Ben-Hur
宾虚(上)

（美）华莱士●著　徐凯杰●译　何亮●丛书编辑

首都师范大学出版社

图书在版编目(CIP)数据

宾虚/(美)华莱士著；徐凯杰译.—北京：首都师范大学出版社，2015.11(2019.7重印)

(奥斯卡经典文库)

ISBN 978-7-5656-2269-4

Ⅰ.①宾… Ⅱ.①华… ②徐… Ⅲ.①长篇小说－美国－近代 Ⅳ.①I712.44

中国版本图书馆CIP数据核字(2015)第078552号

BINXU

宾虚

(美)华莱士 著　徐凯杰 译

责任编辑　王慕飞
首都师范大学出版社出版发行
地　址　北京西三环北路105号
邮　编　100048
电　话　68418523(总编室)　68982468(发行部)
网　址　www.cnupn.com.cn
印　刷　龙口市新华林文化发展有限公司
经　销　全国新华书店发行
版　次　2015年11月第1版
印　次　2019年 7 月第2次印刷
开　本　880mm×1230mm　1/32
印　张　22.125
字　数　487千
定　价　38.00元(上下册)

版权所有　违者必究
如有质量问题　请与出版社联系退换

总序： 电影的文学性决定其艺术性

不是每个人都拥有将文字转换成影像的能力，曾有人将剧作者分成两类：一种是"通过他的文字，读剧本的人看到戏在演。"还有一种是"自己写时头脑里不演，别人读时也看不到戏——那样的剧本实是字冢。"为什么会这样，有一类人在忙于经营文字的表面，而另一类人深谙禅宗里的一句偈"指月亮的手不是月亮"。他们尽量在通过文字（指月亮的手），让你看到戏（月亮）。

小说对文字的经营，更多的是让你在阅读时，内视里不断地上演着你想象中的那故事的场景和人物，并不断地唤起你对故事情节进程的判断，这种想象着的判断被印证或被否定是小说吸引你的一个重要原因，也是作者能够邀你进入到他的文字中与你博弈的门径。当读者的判断踩空了时，他会期待着你有什么高明的华彩乐段来说服他，打动他，让他兴奋，赞美。现实主义的小说是这样，先锋的小说也是这样，准确的新鲜感，什么时候都是迷人的。

有一种说法是天下的故事已经讲完了，现代人要做的是改变讲故事的方式，而方式是常换常新的。我曾经在北欧的某个剧场看过一版把国家变成公司，穿着现代西服演的《哈姆莱特》，也看过骑摩托车版的电影《罗密欧与朱丽叶》，当然还有变成《狮子王》的动画片。总之，除了不断地改变方式外，文学经典的另一个特征，是它像一个肥沃的营养基地一样，永远在滋养着戏剧，影视，舞蹈，甚至是音乐。

我没有做过统计，是不是20世纪以传世的文学作品改编成电影的比例比当下要多，如果这样的比较不好得出有意义的结论的话，我想换一种说法——是不是更具文学性的影片会穿越时间，走得更远，占领的时间更长。你可能会反问，真是电影的文学性决定了它的经典性吗？我认为是这样。当商业片越来越与这个炫彩的时代相契合时，"剧场效果"这个词对电影来说，变得至关重要。曾有一段时期认为所谓的剧场效果就是"声光电"的科技组合，其实你看看更多的卖座影片，就会发现没那么简单。我们发现了如果两百个人在剧场同时大笑时，也是剧场效果（他一个人在家看时可能不会那么被感染）；精彩的表演和台词也是剧场效果；最终"剧场效果"一定会归到"文学性"上来，因为最终你会发现最大的剧场效果是人心，是那种心心相印，然而这却是那些失去"文学性"的电影无法达到的境界。

《奥斯卡经典文库》将改编成电影的原著，如此大量地集中展示给读者，同时请一些业内人士做有效的解读，这不仅是一个大工程，也是一件有意义的事。从文字到影像；从借助个人想象的阅读，到具体化的明确的立体呈现；从繁复的枝蔓的叙说，到"滴水映太阳"的以小见大；各种各样的改编方式，在进行一些细致的分析后，不仅会得到改编写作的收益，对剧本原创也是极有帮助的，是件好事。

——资深编剧　邹静之

主编的话： 跟随文学人物走进各种各样的命运险境

能参与《奥斯卡经典文库》丛书的编辑工作，我感到特别的荣幸和高兴。说实话，这套丛书的编辑过程不仅给我，也给我们整个编辑团队带来了莫大的兴奋感。

兴奋之一：这是国内首次以大型丛书的形式出版经典电影的文学原著，这无疑是奉献给广大读者的一场阅读盛宴，我们相信无论何种口味的读者，都会从这套丛书里找到自己的最爱，甚至找到陪伴自己一生的精神伴侣。

兴奋之二：我们选择的书目全部是奥斯卡奖得奖或者提名的电影原著。奥斯卡本身就是全球最值得大众信赖的品牌之一，在奥斯卡异常严格的选拔标准下，这一批电影原著小说的艺术质量，还有部分原著是第一次出中文版本，我们之前也并未读过，但读过之后，深为震撼——世界一流的小说确实能带给人直击心灵而又妙不可言的独特感受。

兴奋之三：这套丛书让我们重新认识了文学原著和电影作品之间的互动关系。有的作品我们只看过小说，没有看过电影；而有的作品我们只看过电影，没有看过小说（后一种情况更多一些）。于是在编辑的过程中，我们重新补课，将同一故事的两种艺术形式尽量都补看完整。补完课才发现，文学与电影之间的关系真是太有趣了——电影或者因为时长所限、或者因为视听特性的发扬、或者因为求新求变，通常都要对原来的文学作品做出取舍和改动，电影编剧和导演如何取舍如何改动，背后其实都隐藏着电影创作者的深入思考。而很多文学名著又被不同的电影创作者多次改编，这些不同的电影版本所体现出来的电影创作者的不同趣味、不同表达以及独特个性，每每让我们生发出一种"又发现了一片新大陆"的感觉。我们作为读者和观众，往往会为哪一个电影版本改得更好而争论得面红耳赤——而对于那些两种艺术形式都没看过的朋友来说，我个人的建议，最好先读小说，充分展开自己的想象世界之后，再去看电影，收获绝对不一样。

兴奋之四：比起编剧和导演对文学作品的改编，演员、明星们对文学人物的演绎无疑更能引起大家的好奇和关注，在看完小说之后，带着悠闲而挑剔的眼光，再去评论、比较电影里的明星的表现，甚至去评论、比较不同版本的明星的表现，这给我们带来了数不清的快乐时光。

因为部分原著小说和电影也是我们第一次接触，以上所呈现的，都是我们在编辑过程中非常真实的感受。我们也非常期望我们的工作能带给广大读者同样的兴奋和快乐。《奥斯卡经典文库》为您精心挑选的这些非常优秀的原著小说，完全值得您腾出一点业余时间，全身心投入其中，跟随着那些精彩的文学人物走进各种各样的命运险境，去迎接那些意想不到的感动和震撼。

——北影老师　何亮

导读： 历经磨难终成大器

刘易斯·华莱士（1827－1905）一生出入政坛和战场，无论在哪一个领域，他的经历都兼有成功和失意，颇多唏嘘。华莱士一生最为后人所称道的作品就是1880年出版的小说《宾虚》，这部著作的出版获得了巨大的成功，试想一下能有多少作家能在有生之年看到自己的作品销量超两百万册？就算在出版业已经非常发达的今天，这个数字也绝对算得上是难得的成就。

华莱士一生做过律师、将军、参议员、州长等，作品当然也并非仅《宾虚》一部，但他所经历的人生挑战和际遇仿佛就是为了《宾虚》所做的铺垫，最终促成了这部传世之作的诞生。

《宾虚》讲述的故事发生在犹太耶路撒冷地区周边，时间跨度三十多年，正是耶稣基督诞生前后这个时间段。主人公犹大·宾虚是作者华莱士先生虚构的一位犹太王子，故事的主线便是围绕宾虚一生传奇的经历展开，同时穿插了耶稣基督降临的故事。

罗马政府指派新任耶路撒冷指挥官梅撒拉赴任履新，梅撒拉为了巩固自己对当地犹太人的殖民统治，会见儿时好友犹太王子宾虚并劝说其出卖自己的民族和同胞，以助其仕途。在其提议被宾虚拒绝后，梅撒拉便伺机报复。尔后，他借口在罗马总督巡视时发生的意外，指控宾虚蓄意谋杀罗马总督，将宾虚流放，同时将宾虚的母亲和妹妹关进地牢。

宾虚被流放途中经过沙漠，在他干渴得奄奄一息时，有一个人（耶稣）给他喂水将他救醒。宾虚被救起后，从那人身上得到了在苦难中生存的信心和力量，继续踏上了艰辛的流放之路。

后来，宾虚被安排到一条罗马战船上，以奴隶桨手的身份勉强生存下来。在一次海战中，宾虚救起了舰队指挥官，而此人颇为喜爱宾虚的善良和坚定，不仅还给他自由，还将他收为义子，带回罗马。宾虚得此机遇，一边在罗马发展，一边谋划返回家乡寻找亲人和仇人。途中他与一位东方博士邂逅，这位博士多年前曾因圣灵指引，献礼于一位婴孩，若婴孩长大成人，此时的年纪应与宾虚相同。

宾虚返回耶路撒冷，一路上结交了不少好友，这些好友帮他找到了仇人梅撒拉，并最终与他一起驱战车角逐于大竞技场，梅撒拉在关键一圈失手，几乎殒命。宾虚一直寻找的母亲和妹妹，此时已经身患麻风病，被隔离于麻风山谷。宾虚眼见亲人患病却无能为力，心中满是苦楚。途中，他看到一个人在山上向人们宣讲："虚心的人有福了，因为天国是他们的……"，这人似曾相识。正是这个人治愈了宾虚的母亲和妹妹的病痛，可就在宾虚决定带母亲和妹妹回家时，途中目睹了罗马巡抚彼拉多正下令将此人钉死到十字架上。他被鞭打、戴荆冠、身负十字架行路……

小说的副标题是"关于基督的故事"，华莱士的高明之处就在于整部作品对耶稣的正面描述几乎没有，主耶稣的几次出场给读者的感觉都是背影或者侧影的闪现，甚至是通过第三者的口述。这种手法反而加强了读者对基督的主观认知，通过避免晦涩或华丽的神迹描绘，让主的形象让人更加容易接受。

如果读者稍加留意的话，作品以马槽圣婴诞生开始，以宾虚放弃武力，虔诚信主结束，虽然主角一直是犹太人宾虚，但是我们能感受到作者真正要倾诉给人们的，是书中的那个身影——基督。华莱士不着笔墨反胜浓墨重彩，从不大声宣扬却使读者心领意会，这种写作手法也是颇值得写作爱好者学习的。

　　小说中涉及一些圣经人物、希腊神话，多数只为丰满作品存在，读者只需要稍作了解即可通读，这些细节并不影响读者对作品的理解和欣赏。

　　国内的读者对《宾虚》的了解可能不是很多，许多人是通过奥斯卡经典同名影片认识这部作品的。的确，1959年的电影翻拍是影史上难得一见的佳作，读者有兴趣的话，译者推荐您可以把电影和小说进行比较欣赏。实际上作为小说的《宾虚》受欢迎程度绝不逊于电影，实际上1880年出版的这部作品，在美国一直占据了畅销作品榜榜首数十年，直到《飘》的出现，这个神话才被打破；而颇具意味的是，到1959年电影翻拍大获成功后，小说《宾虚》的受欢迎度又反过来超越了《飘》。译者认为《宾虚》作为基督教入门文学作品，对读者加深了解西方基督教文化还是颇有助益的，同时其故事性强的特点，又不局限于宗教作品，国内读者没有宗教情结的，也大可把它当作流行小说来阅读。

目 录

第一部 ……………………………………… 001

第二部 ……………………………………… 097

第三部 ……………………………………… 169

第四部 ……………………………………… 221

第五部 ……………………………………… 363

第六部 ……………………………………… 489

第七部 ……………………………………… 547

第八部 ……………………………………… 591

宾虚

第一部

第一章

祖布山脉，方圆逾五十英里，且其轮廓狭长更不止于此，仿似一条履带，纵贯南北。山岭间多是红白交错的悬崖，会当立于绝壁之上向东远眺，一望之内，唯见无边的阿拉伯沙漠，挟着自古被耶利哥（Jericho）①葡萄园主视为噩梦的东风，千百年来无休止地吹袭向西。而祖布山脉恰好屹立在这里，阻挡住幼发拉底河淘出的沙粒，成为西面摩押（Moab）和亚扪（Ammon）②牧场免受沙漠侵袭的天然屏障。

朱迪亚（Judea）③地区以东和以南的广大地区，自古以来

---

① 古巴勒斯坦地名，今位于死海以北，耶路撒冷以东。——译者注（后文除特别标示，均为译者注）
② 摩押和亚扪：古代以色列以东地区，有广阔的牧场。
③ 古代巴勒斯坦南部地区，包括今以色列南部及约旦西南部。耶稣在世时，它是由希律王室所统治的王国，也是罗马帝国叙利亚行省的一部分。

便为阿拉伯人所熟识，并浸润到阿拉伯语中。用阿拉伯人的话说，祖布，是无数高地之尊。这些高地，使"条条大路通罗马"成为空谈，却不曾阻挡了叙利亚朝圣者往来麦加（Mecca）①的脚步。遍布高地之间的沟壑在雨季把洪流送入约旦河，或者送入死海。祖布山脉东北尽头的一脉高地，凸起成了雅博河（Jebel）②的河床，支撑雅博河水流向沙漠中的高地。此时从远处走来一人，吸引了我们的注意。

从貌相来看，他仿佛四五十岁年纪，布满前胸的茂密胡须，已经被时光沾染成黑白相间的颜色。被阿拉伯头巾包裹的头部显露出部分棕红色的面部，好像炙烤过的浆果。他时不时地四处张望，眼睛大而有神。一身在阿拉伯地域常见的随风褂子，款式很难说有什么特别之处，更别说现在他正戴着伞帽，身下骑着一头毛色灰白的单峰驼。

以人们彼时所惯有的认识，很难想象出一个西方人骑着一匹行头齐备的骆驼会是什么样的画面。但在这里，西方旅行者已经习惯了使用这种沙漠中不可或缺的坐骑。在沙漠中乘着骆驼骑行，本身就充满了神秘的色彩，看到沙漠，自然会联想到骆驼传奇般的身影，它宽厚的脚掌，庞大强健的身躯，如天鹅般优雅弯曲的脖颈，双眼远远分开，形成宽阔的额头，而到了嘴巴处又迅速收窄到几乎可以穿过女人手镯的宽度，它们行进时每个动作透着弹簧一样的劲力，落地却悄无声息，这一切都透着尊严和荣耀，成为叙利亚血液的印证，如同塞勒斯王（Cyrus）③一样，象征了永恒和尊贵。缰绳穿过

---

① 全称是麦加·穆卡拉玛，意为"荣誉的麦加"。麦加是伊斯兰教最神圣的城市。麦加是伊斯兰教的圣地。
② 位于今死海和加利利海约中间位置的一条河流。
③ 古代波斯王国奠基人、国王。

它红色流苏的护额，脖颈下垂着金铜色的链子，两边各悬挂一只银制的铃铛；而缰绳的设置更加奇特，又让人不得不大加赞叹——它不像马匹是配备给乘者驱使所用，相反的，缰绳被固定在背上——这是阿拉伯世界所独有的伟大发明。缰绳两侧固定了两个不到四英尺长的一模一样的木箱，用软布做里子，外部附上毯子，这样的布置方便乘者半卧，两边立起的绿篷可以挡雨遮阳，宽阔的后背和到处可见的结头通过奇思妙想的工匠之手把整套装置稳稳固定住，让穿梭于无边沙漠的长途跋涉竟可变得这般舒适。

随着单峰驼迈过高地最后的边缘，这位旅行者穿过了厄贝卡城（El Belka）——这座古老的亚扪城池。太阳正慢腾腾地从发丝般的晨雾中升起，他乘着骆驼，迎面是无边的沙漠，遍地是低矮的灌木，被风化的岩石泛着灰色和棕色，斑驳流离；偶尔几棵金色合欢树挺立着，很是惹眼。他身后的草丛、荆棘和橡树仿佛心怀畏惧地张望着他前行的方向。

单峰驼朝向地平线，好像看到终点就在前面不远一样，它加快了步伐，伸直了脖颈，大张的鼻孔发出响亮的气流声，起伏的身躯带着行李上下摇晃，成了沙浪中的一叶扁舟。骆驼脚下踩过沙砾发出沙沙的声音，空气中有时隐约飘过丝丝苦艾酒的甜香，间或有些鸟儿——云雀、麻雀、石燕之类的，跳几下便飞走，还有白羽的鹡鸰也欢快地跳开去。有一次甚至遭遇到一只狐狸又或是土狼，一边快速移动一边审视进入它领地的人类，保持着彼此安全的距离。路右边耸立的，便是祖布山，山峰顶端此时呈现着珍珠般的银灰色光泽，而稍晚一些时候，太阳就会给她披上曼妙绝伦的紫色纱巾。远远的山巅上空，一只山鹰舒展着巨翅不断盘旋——而所有这些落入他伞帽下黝黑的眼睛里，变成了迷蒙死寂的目光，如同路上那些动物一样,好像正被什么引领着。

这只单峰驼就这样,载着他一步一步保持着稳定的速度向着正东行进。在两个小时左右的时间里,他保持着同一个姿势几乎没有改变,甚至没有顾盼左右的动作。在沙漠中长途跋涉,距离无法用英里或者里格①来衡量,而要用时间来计算:一小时或者一站。一小时的时间里大约可以行进三个半里格,一站的时间里则可以行进十五到二十五里格,当然这只是普通骆驼的速度;对于血统纯正的叙利亚骆驼而言,载货一口气跑三个里格是轻而易举的事,如果全速而发,则是疾风般的速度。快速行进的时候,连周遭所见的景观都会快速变化起来。西边,祖布山脉沿着地平线被不断牵引浮动,仿佛灰蓝色的飘带在跃动。沙丘和小山岗一座座不断耸立起来又湮没在地平线后。玄武岩石块时不时露出地表,如同在展示曾经的山脉历经了沧桑才有了今天的平地,除了这些以外,更多的依然是漫天的沙砾,这里可能平坦如同细腻的海边沙滩,那里可能又是堆积起一座粗糙的沙丘或沙墙。除了景观,天气也在无形中变化着,太阳高挂,饮尽了清晨的雾水和露珠,晨风也被阳光蒸得微醺,热辣地拂过乘者的面颊,大地被铺上一层乳白色,天空也开始伴着微光醒转。

这样又往东前进了两个小时,已经完全看不到植被了。岩石也慢慢抵御不了自然之力,全都在骆驼的脚步下化为沙砾,尽管如此,骆驼仍然稳步向东。祖布山脉已经完全淹没在地平线以西,再没有地表可见的参照物。行者的身影已经

---

① 陆地及海洋的古老的长度测量单位,相当于3.18海里,但在海洋中通常取3海里(1海里=1.852千米),折合6000英尺,大约1.2英里。

从原来跟随在身后，变成斜倚在他的北边，跟行者一起，毫不犹豫地笔直向东。

从来没有人把这片沙漠当成是游乐场，这里有的，只是穿插着生命和交易的通道，铺满了无数争夺后留下的骸骨，从一个水源到另一个水源，从一个牧场到另一个牧场。这位经验老到的族长到了这块没有人迹的旷野沙漠，心跳反而更快了，他既不是为了寻找乐趣，也不是为了逃亡。他只是这么一直前行着，并不为恐惧和好奇所左右。人们往往在非常孤单的时候，为求一伴而屈服于哪怕是一条犬，一匹马，它也能成为良友而得其主人的抚慰和关爱。然而漫漫征途上，这头骆驼面对的只是沉默。

正午时分，骆驼自己停了脚步，开始低声呻吟，表达自己的劳苦，恳求主人是否可以休息。这时，它的主人抖了抖精神，一把将驼背上的布料拉到眼前，瞄了瞄太阳，然后仔细扫看了周围，就好像在确认什么地点一样。探视过后，他深深呼了一口气，微微点点头，像是说："终于到了!"然后，他双手交叉在胸前，低下头开始短暂而静默的祈祷。结束后，他从喉咙发出骆驼期待已久的声音——让它跪下前腿的命令——于是骆驼慢慢弯曲前腿，跪在地上，主人从骆驼的脖颈上下来，脚落平川。

第二章

下得地来，方才看出此人身姿魁梧——他松了松头顶的阿拉伯头巾，用手向后抚了一下遮挡的流苏，露出整个面部：坚毅的面庞，黝黑的皮肤，额头不高却甚是宽广，鹰钩鼻子，眼角稍微上挑。一头浓密的直发，编成的细辫披到肩膀，泛着金属光泽，把粗犷的外形展露无遗。这幅外表，颇有埃及法老或者说埃及始祖麦西（Mizraim）①的遗风。一身白色的传统阿拉伯开襟长袍，从领子到前胸都是精美的绣花图案，外面披着一件棕色毛料斗篷——一种曾被叫作阿巴的类似裙装的短袖长衫，棉质混纺的内里，黄色的镶边。他穿着一双软牛皮收口的便鞋，外衣用带子在腰间收住。最奇特之处在于，来往于狮豹出没的沙漠地带，他独自一人却手无寸铁，甚至连一条给骆驼指路的拐杖都没有带。由此我们似乎可以试着

---

① 《圣经·旧约》中诺亚的次子含有四位后人，麦西排行在二。

推断他远途至此的必是出自和平，要么他太过勇敢，要么他必是受到特殊的佑护。

长时间兼程赶路难免让人四肢酸麻，他搓了搓手掌，跺了跺脚，开始绕着忠实的坐骑踱步，这匹骆驼目光沉静，此时正慢慢咀嚼着什么。就见他一边踱步，一边手搭凉棚远眺目光所及的沙漠尽头。然后他变得面色凝重，失望之情已经于不经意间显露出来，有经验的人一看便知，他到了约定之地却没有看到约定之人。

尽管有些失望，他仍相信自己期待的人不至于爽约。于是他走到骆驼旁，从座位另一头的存物箱中取出一块海绵和一只水囊，把自己的脸和骆驼的鼻孔擦洗了一番。然后，他又取出一块圆形红白相间的布料、一捆短木条和一根结实的短杖。原来这根特制的短杖有几个环环相套的关节，稍微一拉便成了一根高过头顶的杆子。他把长杆埋进地里，然后把短木固定在周围，而上面用圆形布料作顶，三下两下就搭成了一间小小的"居室"——这自然无法跟那些位高权重的埃米尔(emir)①或者酋长的宫室相比，甚至连他们最简陋的居所也比不上。搭好帐子，他又取出一张方毯，铺在小帐子下面遮阳的地方。最后，他走出帐子，再一次，用更加渴望的目光向尽头张望着。苍茫的远处，除了远远的有豺狼疾跑而过，就只剩下天空中的鹰隼向着阿卡巴湾缓缓飞去，在它身下的大地和头顶的苍穹一样，了无生机。

他转而向着骆驼，用异乡的口音低声道："追风绝尘的朋友啊，你陪我离家漂泊到这遥远的异乡，再忍耐些吧，上帝与你我同在。"接着他从鞍鞯处的袋子里掏出些豆子，放进骆

---

① 土耳其高级官员的尊称。

驼嘴下盛放食物的小口袋里，看着骆驼开始慢慢享用这些豆子，他又转回身，望向天边。远处的地面在烈日的炙烤下仿佛蒸腾模糊起来。

"他们一定会来的，"他沉静地说道，"他指引我来到这里，一定也会指引他们前来，我只需做好准备。"于是他开始着手从骆驼背桥内里的衬袋中和柳条编制的筐中取出食物：一小皮囊酒，一块熏羊肉，去核的干果，富庶的纳克希尔盛产的埃尔西勒比枣椰子，被大卫[①]称作"切片的牛奶"的干酪，还有发酵的松面包以及用棕榈丝做成的浅盆——他把这些摊在帐子下面，最后，他在食物旁铺上三块丝质的布料——本来是上层人物就餐时用来垫在膝盖上的餐布——表明他正耐心等待的人数。

所有准备都已就绪了，他再一次走出帐篷——他发现远远的东方地平线上出现了一个黑点！几乎不敢相信自己的眼睛，他直直地站着，瞳孔放大，血液都像是停止了流动，好似被什么力量附体了一样！黑点慢慢变得已经有手掌那么大了，轮廓终于开始变得清晰。不久，离得更近以后看得出来者骑着一匹跟他差不多高大的白骆驼，背上是印度斯坦[②]式的鞍鞯。他把双手在前胸交叉，仰面向天："上帝啊，我伟大的神！"他热泪盈眶，用敬畏的声音呼喊道。

来者走到他面前，停下来。好似也是刚从朦胧中醒转，努力睁大眼睛，看着眼前跪着的单峰驼、帐篷和虔诚站立在

---

① 若无特别注明，本书提及的"大卫"指古犹太以色列国王，曾在与腓力斯巨人歌利亚的战斗中击败巨人而成名。耶和华（上帝）选择他替代扫罗。他在位其间，以色列作为犹太人的独立国家最终确立，并成为强盛的国家，同时他促成了对上帝耶和华之信仰的广泛传播。

② 古印度国的称呼，后文若无特别注明，简称为印度。

帐前的男人。他低下头，双手交叉默声祷念了一会儿，然后从驼背下到地上，朝着面前的埃及人走去，而对方也迎面走了过来。短暂对视后，他们拥抱在一起——双方的右臂放在对方的肩膀，左臂围抱对方的侧身，下巴依次碰触对方的左边和右边前胸处。

来者先说道："平安与你同在，上帝重视的仆人！"

对方也热情作答："你也一样，忠信的兄弟！欢迎你的到来！"

新来这人身形细高挑，面容瘦削，眼眶深陷，须发皆白，肤色在古铜色和肉桂色之间，同样也是手无寸铁而来。一身印度斯坦式的穿着打扮；头顶一个无檐帽，帽上用方巾折叠围成包头巾，身上也穿着，不过稍短些，露出宽大的布裙垂于脚踝处；脚上蹬一双红色的皮制半拖便鞋。这一身穿着除去脚上的鞋子，从上而下都是白色麻质的衣物，更显得此人高大、严肃，颇有毗奢蜜多罗（Visvamitra）①——东方史诗中最具代表性的苦行英雄之遗风，不知是否曾有人称赞他深得梵天（Brahma）——这位奉献之神智慧的浸润，只有他的双目中还留有凡人之光，因为当他从这位埃及人怀抱里抬起头来时，双目中已是热泪盈眶。

拥抱结束之后，他虔诚地说道："上帝啊，我唯一伟大的神！"

"请您保佑您的子民！"埃及人应道，"我们再稍等一下，另一位兄弟马上也将到来！"于是他们一同向北方眺望，那里一片清明，第三匹骆驼的身影已经显现，仿佛一叶白色扁舟

---

① 毗奢蜜多罗是刹帝利（印度种姓之一，即武士），他通过自身的虔诚和苦行将自己提升为婆罗门仙人。

慢慢靠近。他们两人站立在一起，翘首等待，直到来人下了坐骑，朝着他们两人走来。

"愿你们平安，我的兄弟们！"来人一边走过来拥抱第二个抵达的印度人，一边说道。

印度人则回答："愿上帝的旨意得施！"

和先到的两位不同，第三个人的身形偏小，白皮肤，头顶无冠，一头茂密的卷发自成其冠。一双深蓝色的眼睛，流露出此人慎思、热忱而勇敢的天性。一样是没有佩戴任何兵器，他身披一张优雅的提尔紫色羊毛毯，露出下面低领束腰的短袖长衫，腰部用带子扎起，下摆垂到膝盖处，而脖子、手臂、膝盖以下的部位则裸露在外，脚上穿着一双便鞋。看模样他已年逾半百，但岁月似乎除了使他更加稳重和睿智以外，没有留下太多痕迹。不需多问便知，此人必是伟大的雅典娜神的后裔。

松开手之后，这埃及人颤声道："是圣灵引领我先抵达此处，我才知自己有幸被选中做兄弟们的仆从。帐子已经立好，面包也准备好，请跟我来。"

手拉着手，他把两人引领到近前，把他们坐骑的鞍鞴松开，给他们洗了双脚、双手，并用餐巾把他们的手擦干。接着，他自己也净了手，说道："兄弟们，请享用这些食物，不需拘束，同时我们要相互了解，彼此姓什名谁，彼此从何处而来，如何受到指引而来。"

他领着他们坐下，准备就餐。这时，三个人同时双手交叉于前胸，然后同时低下头，餐前祈祷："一切的父啊——我们的神！我们到此全赖您的指引，请接受我们的感激并佑护我们，让我们继续履行您的意志！"

说话的时候，他们目光交错，用惊奇的眼神对视着。每个人所说的语言都不同于他人,但每个人都能完全领会其意。他们的灵魂在这神圣的一刻战栗,因为此刻所发生的,不正是明圣示现吗?

第三章

三人的会面发生在——用当时的纪年方法来计算——罗马七百四十七年十二月，彼时地中海以东的广大地区已经被冬季笼罩。骑行于沙漠之中，走远路的话必须及时进食，他们三个自然也不例外。他们都已经腹中无物，疲惫不堪。酒足饭饱以后，他们聊了起来。

最先到的埃及人是这场"筵席"的主办者，首先开口说道："他乡结新朋乃是人生幸事，能在这遥远的异乡跟两位兄弟会面值得庆祝。相信我们的友谊必将从此刻开始恒久深厚，不过在此之前，两位兄弟谁首先介绍一下吧。"最后到的希腊人似乎深思片刻，然后缓缓说道："我最为确信的是，我正在为最高的神服务，执行他的意志，而且这事让我得到恒久的喜悦。每每想起自己被指引到此要实现的事业，我就满怀愉悦之情，因为我知道这是上帝的意志。"他情绪有些激动，说到这不得不停下来平复一下心绪，而另外两人感同身受般目光也低垂下来。

"我来自一个西方的国度,这个国家为世人贡献了永不磨灭的艺术、哲学、雄辩、诗篇,乃至战争等方面的精神财富,这些荣光必将被记录于史册并永远闪耀于人世。这个国度就是希腊,我的祖国!而我,是雅典克里安西斯(Cleanthes)①之子,加斯巴尔(Gaspar)。"

"我国的人民,"他继续说道,"都要接受完全的教育,这种学习,是我热情的源泉。碰巧一天有两位最渊博的哲学老师在讲学,他们中的一个,教导的信念是每个人心里都有不灭的圣灵;而另外一个的信念则是无上平等的圣主。于是两人就很多问题进行了激烈辩论,我劝止了这场争论,因我相信圣主和圣灵之间应是相关而非对立的,只是其中的关联暂时无人知晓。怀着这种想法,我认为一个人理智的推论到尽头必定会遇到一堵无形不灭的墙,假若我们到达了这个地步,只有哭求至高者的帮助,我尝试着,想要听到那个可以帮助我的声音,但是始终没有任何回响。最后,我不得不做出痛苦的决定,离开了我的城市和学校。"

听到这里,印度人的脸上露出严肃而赞同的微笑。

"在我的国家北部的城市塞萨利②,"希腊人继续道,"有座众神之山——奥林匹斯山,那里据称是众神之王宙斯的居所,大家都相信宙斯是最高的神。我便去到奥林匹斯山山中,在山脉东南一支的一个山洞中隐居起来,终日冥想——等待接受谕示。怀着对无形却真实的无上之神的坚定信仰,我认

---

① 古代雅典的哲学家之一,斯多葛学派创始人芝诺的弟子。
② 塞萨利或塞萨利亚,位于希腊大陆部分的中部,在希腊神话中,宙斯和他的兄弟姐妹们击败了提坦们,在这里的奥林匹斯山建立起自己的统治,成为希腊人所敬仰的最高神。

为只要用自己的灵魂诚心祈求,一定会听到谕示。"

"你一定听到了谕示,一定听到了!"这时印度人抓起希腊人的双手,说道。

"请听我说,兄弟,"希腊人一面让这位印度人平静下来,一面继续说道,"我当时的住处屋门敞开,可以直接俯瞰塞尔迈湾的海面,有一天,我看到一个人从一只船上跳到海中游上岸来。我接待了他并了解到他是个犹太人,他跟我讲了犹太人的历史和法典,并且告诉我我所祈求的无上之神就是上帝,并且上帝是真实存在的,上帝为犹太人制定了法律并且佑护他的子民至今许多个世纪,是他们民族的真主!天啊,我苦苦冥思坚持不懈的信仰终于得到了谕示,上帝终于回应了我!"

"是啊!"印度人则回应道。

"但是,唉!"这时埃及人补充说,"像你这般虔诚祈求谕示的人,却是少之又少!"

"不仅仅是这些,"希腊人继续说道,"那犹太人还告诉我,几个世纪以来,先知们跟随第一谕示①的指引,曾经跟上帝一同行走交谈,并宣称上帝会再现世间。犹太人告诉了我先知们的名姓,并引证先知之语,称上帝再现的时间已不远,地点暂时定在耶路撒冷②。"

希腊人顿了顿,脸上的光彩表情慢慢消退。"的确,"他稍停后,接着说,"的确如那个犹太人所说,上帝和他的谕示曾显现给犹太人,并且不久将重现,引领犹太人并赐给他们王。

---

① 这里指《圣经·出埃及记》中摩西接到的上帝的启示。
② 后文有时会简称其为圣城,犹太人的以色列国首都,位于死海以西偏北处,本书提到的朱迪亚地区涵盖了耶路撒冷。

我当时不禁问道,'他是否只爱庇佑犹太人呢?'他当时自豪地回答我说:'是的,因我们是他选的。'我听了回答后并没有放弃希望,因为我相信至高无上的神不可能将他的爱仅限于一地、一人或者一族,我抱着这种想法打破砂锅地追问他。最终得知那个犹太人的教父们,只不过是被选定来保守秘密的仆从,但是这个秘密最终会被解开,世人终会因上帝而得以救赎。送走犹太人后,剩我一个人,我开始用新的祈祷洗涤自己的灵魂——祈祷有一日上帝降临人间时,可以让我瞻仰和崇拜,不至错过他的谕示。一天晚上,我坐在住处的洞口,正在冥想之时,突然发现山下的黑暗之中,升起一颗星,它慢慢地升起来,靠近了我住的门口,不断发光洒在我的身上。我被光照到不久便睡过去了,在睡梦里有个声音告诉我:'加斯巴尔!你的信仰终有福报!还有两个人,他们来自遥远的地方,并将会与你相见,你们将会一起见证耶稣的诞生。明天醒来后,你应出发与他们汇合,你内心对圣灵的信仰将会指引你前往。'"

"第二天我醒来后,感觉仿佛圣灵之光萦绕在我身体里,犹似太阳一般。我褪去身上隐士的衣服,换回正常人的服装,整理了随身的物品和钱粮,跟着一艘过路的船只离开了。后来到了安提俄克①登岸,并在那里买了一头行脚的骆驼,穿过奥伦提斯②河岸成片的花果园,我先后经过伊米沙、大马士革、波斯特拉和费拉德菲亚③,来到这里。这就是我的故事,那么,现在让我来听听你们的经历吧。"

---

① 古叙利亚的重要城市、首都,今土耳其南部城市安塔基亚。
② 发源于叙利亚西部,注入地中海。
③ 伊米沙、大马士革、波斯特拉和费拉德菲亚均为古代叙利亚城市。

第四章

埃及人和印度人相互看了看,前者摆了摆手,于是印度人弯腰行了个礼,开始说道:"兄弟,你开了个好头,说得很好,希望我说的也能这般睿智。"停顿了一下,他整理一下思路,开始讲道:"我叫梅尔该(Melchior)。我所用的语言即使不是世界上最先出现的,也应该是最早变成文字的,也就是梵文。我是土生土长的印度人,我的国民应该是最早步入知识之林的民族,他们最早将知识分门别类,并让知识开花结果变得美妙。以后不论世事如何变迁,我们民族的四部吠陀①经书一定要存留下去,这四部吠陀是很多宗教和现时智慧的源泉。从这四部吠陀又产生了:乌帕吠陀——主神梵天②传下来的经典,

---

① 印度古代宗教文献和文学作品的总称,通常作印度婆罗门教四部古经文的总称。
② 印度教的创造之神,梵文字母的创造者,与毗湿奴、湿婆并称三主神。

包含了医药、箭术、建筑、音乐以及六十四种工艺的知识；吠安伽——由远古获取了灵感的先人所揭示，讲述的是天文、语法、韵律、语音、符箓、咒语、宗教礼仪和仪式，等等；乌安伽——由上古圣贤毗耶娑（Vyasa）所写，讲的是宇宙起源、年代学和地理学。由这部经卷也产生了像《罗摩衍那》和《摩诃婆罗多》①这样的英雄史诗，先贤们所著的这些经典为我们塑造了各种神祇和半神，他们都能永生不死。兄弟们，这些伟大圣典对我而言，已经如死水一般。然而，在任何时代，它们仍然是我们的民族曾经诞生出天才人物的明证。它们展示了快速至臻完美的各种人物。但如今为何这些应许的速成故事都失败了呢？唉！那是因为这些经典本身在抹杀人们一切继续进步的可能。它们的作者把对人类的珍爱当作借口，向人灌输一切命定的原则，告诫人不可自行探索未知，或是主动去发明，并告诉你人之所需，上天早已替你准备。当这种说教变成神圣律法，印度人的智慧之灯便像是被置于井底，在那里，灯光只能照亮冰冷的井壁和不知甘味的井水。"

"二位弟兄，我这样说绝不是意图自诩什么，而是想说这些经卷谈到了一位至高的神——梵天，此外，乌安伽里的《往世书》（Puranas）也讲述了美德、善行和灵魂的道理。所以，我的兄弟，请允许我这样说，"说到这里，他恭顺地向那位希腊人行礼，随后说，"在你的族人开化之前的时间里，上帝和圣灵的观念就已占据了印度人的思想。让我进一步解释一下，

---

① 《罗摩衍那》和《摩诃婆罗多》：并列为印度两大史诗，在印度文学史上占据着崇高的地位，全书为梵文诗体写就。前者主要讲述阿逾陀国王子罗摩（Rama）和他妻子悉多（Sita）的故事；后者讲述的是印度列国纷争时代，婆罗多族的两支后裔为争夺王位继承权而展开的斗争故事。

如创世的主神其实是三位一体：梵天、毗湿奴（Vishnu）和湿婆神（Shiva）。在这三者当中，据说梵天是我们民族的缔造者，他在创造我们的时候，把我们分成了四个种姓。首先，他为下界和诸天创造了生灵。随后，他预备大地，使大地适合生灵们居住。然后，从他的口生出了婆罗门种姓，婆罗门种姓最像他自己，最为高贵。只有婆罗门人有资格教授《吠陀经》。当然，《吠陀经》也是从他的嘴唇流出的，一经流出，既已全备，已经赋予了各种需用的知识。随后，从他的膀臂生出了刹帝利种姓，伟大的武士。从他的胸膛即生命之所在生出了吠舍种姓，他们是生产者——牧羊人、农民和商人。从他的脚即最低贱的地方生出了首陀罗种姓，他们是奴仆。首陀罗生来就是为其他阶层为奴出力的——他们是农奴、家奴、工人、工匠——负责最累最苦的工作。此外还有一点不可不知，这些种姓生来就要遵循某种法则，即禁止一个种姓的人成为另一个种姓的成员。婆罗门不能加入较低的种姓族群。如果他违背该法则，他就被整个社会所摒弃，无法进入任何种姓的族群，只能与其他被驱逐之人为伍。"

这时，那位一直专注着倾听的希腊人想象着竟会有人面临如此悲惨的命运，他忍不住说道："我的兄弟，到了这种状况，这些人该是何等的需要一位慈爱的上帝呀！"

"是啊，"那位埃及人紧跟着说道，"就像我们所信仰的仁爱的主。"

那位印度人此时痛苦地双眉紧蹙。等到情绪平稳之后，他用更轻的声音继续讲道："我出生便是婆罗门种姓，注定我从一出生，命运就已经被安排好了。从小到大，从生到死都无法超出那一定之规。我的吃、喝、行、卧随时都可能触犯戒条，可是，二位兄弟你们要知道，触犯戒条的代价是对灵魂的惩罚！根据触犯戒条程度的不同，我的灵魂会去到不同的天，最低的是因陀罗天，最高的是梵天。完美地遵从这些戒条也能获得至大福气的奖赏，那福气就是被梵天吸收进入它的存在，那种状态与其说是安息，倒不如说是不复存在。"

说到这里，印度人停下来，想了一想，又接着说道："婆罗门的第一阶段也是学徒的阶段。当我行将进入第二阶段时，即我可以娶妻生子、成家立业之时，开始质疑一切，包括梵天。我那时是个十足的背道者。我好像井底之人，只能隐约看到井外投进的微弱光芒。我渴望逃出井底，看一看光芒普照下，一切是什么样子。后来，经过多年的痛苦修行，终于有一天我大彻大悟，原来上帝的爱——才是人生的真谛、宗教的基本以及上帝和圣灵之间的纽带！"此时他瘦削的脸上神情一震，忽然用力地拍了一下掌。随后是片刻的宁静，另外二位看着他，而那位希腊人竟然双眼含泪。片刻的寂静过后，他又开口了。

"得爱之福一定要行动，而考验一个人，是看他是否愿意以及怎样去付出，所以我必须行动。梵天让这世界充满这么多的苦痛。首陀罗姓人向我祈求，无数的皈依者和种姓制度受害的人也向我祈求。在恒河的圣水汇入印度洋的地方，有一个叫岗嘎拉高（Ganges）的岛屿。我到那里，祈望在为先贤迦毗罗（Kapila）①的神庙找到平静。毕竟这座神圣的庙宇还保留着有关这位圣哲的记忆并由信徒看守着。然而我想错了，每年有两次，无数信徒来到这里朝圣。祈祷用圣水洗涤灵魂。我目睹了他们的悲惨生活，使我更生慈悲之心。我多想跟他们说上几句，但不得不保持沉默。因怕任何一句话得罪梵天

---

① 印度正统哲学其中数论派的奠基人。

或他的三种现身，抑或违犯印度教的经卷戒条，那样我必死无疑。有时遇到被逐出的婆罗门拖着身子来到灼热的沙滩上来受死，我多想对他们表达善意，哪怕一句祝福的话，或施舍一杯水，但那样我就会落到他们一样的下场，永远地失去了家人、祖国、特权乃至种姓。我纠结到最后，终于还是慈悲的爱占据了上风，结果我在神庙里还没说上几句话，他们就把我赶了出来。我对那些朝圣客说话，他们就用石头打我，把我从岛上赶走。在路上，我试图向人讲道。我的听众不肯听，离我远去。更有甚者，有人想要杀我。一路上的遭遇使我发现，原来在印度已经觅不到一方净土来得取平静。就连同样被放逐的人，也难免对我不利，因为虽然他们已堕落被逐，可他们仍然相信梵天。走投无路之际，我准备找个去处只身面对上帝。我沿恒河溯游而上，一直来到河水源头的喜马拉雅山脉。当我来到忽尔德瓦尔的河口时，我见到清澈而湍急的河水从这里流入淤泥遍布的低地。在这里，我为我的民族祈祷，想到我就此永远失去他们了。走过一道道峡谷，翻越一重重峭壁，横越一道道冰川，我在刺破星空的山峰下跋涉，后来我终于来到了位于岗仁波齐、纳木纳尼和凯拉斯①脚下美丽无比的朗措神湖。这几座雪山山顶被亘古未融的冰雪所覆盖，在阳光下发着耀眼的光芒。这里是世界的中心，在这里，印度河、恒河和雅鲁藏布江找到了各自的源头，并从这里开枝散叶。这里是人类最早定居的地方，从这里出发了，离开众城之母巴尔克（Balk），人类走向世界，并见证了这伟大的历史开端。在这里，天地间保留着远古一样的宁

---

① 岗仁波齐、纳木纳尼和凯拉斯，三座山峰的名称，均位于今西藏喜马拉雅山西段，是印度河、恒河发源处。

静和博大，贤哲和无家可归的人皆在此可安身。在这里，无家可归的人找到安居之所，贤哲找到独处的时光。我独自一人来到这里，住了下来，每天祈祷、斋戒，等候死亡。"

说到这里，他又放低了声音，瘦骨嶙峋的双手又一次击掌。"一天夜里，我在朗措湖畔漫步。周围仿佛只有寂静的黑夜。我对那黑夜说：'上帝何时才来收取这原本属于他的一切？难道就没有救恩了吗？'突然，他的光芒照射到水面上。不久，有一颗星闪耀升起，向我这里移动，并且在我的头上停下。那光芒把我吓得扑倒在地。不料，趴伏在地后，我却听到甜蜜无比的声音对我说：'印度之子，你有福了！你的慈悲之心我已尽知。你祈求的救恩已来到。你要和另外两位来自远方的人一起去朝见那位救主，并且见证他已经来临。明早起身，去和他们两个会面吧，圣灵将会为你指引。'"

"从那时起，他的光就与我同在。我知道那是圣灵的光，而且是如此真实。第二天一早，我开始沿我来时的路回往印度。在一座山的峡谷中，我捡到一块珍贵的宝石。我到哈德瓦①把它卖了。后来我取道拉合尔、喀布尔、亚兹德来到了伊斯法罕②。在那里，我买了一匹骆驼，然后没有等商队，我就自己出发了。从那里我去到巴格达。独自一人旅行，我却毫不惧怕，因为圣灵与我同在，一直到现在仍然与我同在。二位兄弟，我们是多么荣耀啊！我们就要看到救主了！我们就要敬拜他，向他说话了！我的话说完了。"

---

① 北印度朝圣者的圣地。
② 拉合尔、喀布尔、亚兹德、伊斯法罕分别是古巴基斯坦和伊朗的城市名。

第五章

希腊人活泼欢快地表达了对印度人的祝贺,然后埃及人用透着特有的严肃语气说道:"我向你致以敬意,兄弟。你受了很多苦,但你终归胜利,我为你高兴!下面如果两位兄弟愿意,由我来介绍一下我的经历,请稍等片刻。"他走出去照料了一下几匹骆驼,然后回到帐子坐下。

"你们所讲的,是关于圣灵的经历,"他开始说道,"正是圣灵相佐,我才得以毫无困难地听懂你们的故事。你们都由自己的国家开始讲述,我也不例外,为了完整地讲述我的经历,就从我的名姓开始说起,我来自埃及,名为巴尔退则。"

埃及人介绍自己时的说话声音不大,但显得如此尊贵,以至于另外两人都向他行鞠躬礼。"我的民族有许多特性,跟你们的截然不同,"他继续说,"但我只说其中一个足矣。历史,从我们这里发源。埃及,是第一个开始记录并存留历史的民族。因此,埃及人的历史,不存在传说,一切都确凿可查，我们不崇尚诗篇，而是记录史实。我的祖先们把国王的名字和事迹记录在宫殿、神庙、方尖碑的表面，还有墓室内的墙壁上。把先贤圣哲们的智慧和宗教的秘密写在纸莎草纸上——有一个秘密除外，等下我会讲到。我的弟兄，梅尔该！我们的历史比韦陀的梵天或是毗耶娑的乌安伽更为古老；还有我的弟兄，加斯巴尔！比荷马的史诗或者柏拉图的哲学理论更加古老！还有，中国的那些经典和皇帝，美丽的摩耶之子释迦牟尼，希伯来的摩西等都是后来之人啊——可以说人类最早有记录的历史就是关于我们的美尼斯王①的。"埃及人停顿了一下，友善地对加斯巴尔说，"在美尼斯王的时代，希腊可以说还是个尚未全备的小孩子呢。"

希腊人微笑着鞠了个躬。

"通过这些历史记录，"巴尔退则接着说道，"我们了解到圣父是从遥远的东方，如你——梅尔该——刚才所说的那样，从大地的中部，三条神圣大河的源头处，从古伊朗的领地而来。告诉我们关于大洪水和大洪水之前的事，就如同远古时期诺亚的子孙把神谕传给雅利安人，并把关于上帝、造物主、创世记和不灭圣灵的事迹传承下去一样。到我们在圣灵昭示的任务被顺利完成的那天，如果两位弟兄愿意的话，我会带领你们到我们祭司的藏书室去看看，那里有一部《亡灵之书》②，记录的是通过怎样的仪式让人死后脱离肉体的灵魂前去接受审判。上帝和圣灵的理论，发源自沙漠中的麦西，并沿着尼罗河岸传播开来。这个理论纯净、易懂，就如同上帝

---

① 据传是埃及统一后第一代国王，其在位时间可能在公元前 3200 年以前。

② 又称《死者书》，是古埃及随同墓葬的圣典。

赐福和我们怀着喜乐、希望和爱去崇拜与歌颂他一样简洁自然。"

希腊人这时举起双手，呼喊："圣光与我同在！"印度人也发出同样的呼喊。

埃及人亲切地凝视着他们两人，然后继续说道："宗教仅仅是让人皈依造世主的简洁律法，即是由这些元素——上帝，圣灵以及两者间相互共同作用所组成。基于这个基础又衍生了崇拜、爱和报答。这律法，如同其他神授论，举例说，就像大地蒙恩于太阳一样，从人类之初便已造就，弟兄们，从大地上第一个家庭出现，从我们的祖先麦西开始，就注定了人不可能不晓得造物的律法，因这律法如此朴素易识，铭记于人最初的信念和膜拜中。上帝即是完备，简洁即是完备。世人所遭受的最大诅咒就是不愿相信和秉承这个真理。"他停了一阵，好像是在想如何继续，"尼罗河流经许多国家，埃塞俄比亚，巴里普特拉，希伯来，亚述，波斯，马其顿，罗马等——这些国家除了希伯来人以外，都至少做过一次尼罗河流域的主人。人口来往迁徙频繁，严重冲击着古麦西人的信念。棕榈谷变成了'神之谷'。至上的神被分为了八个，每个扮演自然的一种法则，以太阳神亚蒙为首。然后像伊西斯①和奥西里斯②等则象征水火风等其他自然力量的神祇被创造了出来。这种造神之风，受人性本身的力量、学识、爱等特质影响，到现在仍继续着，直到社会制度更迭。"

希腊人大声说："这些愚蠢的人啊！"他看起来很激动，

---

① 古埃及神话中的丰饶女神。
② 古埃及神话中文明的赐予者，冥界之王，执行人死后是否可得到永生的审判。

"他们都被幻象所迷!"

埃及人鞠个躬之后,接着说道:"再多言几句,兄弟们,在我回到自己的经历过程之前,我不得不多说几句。用现在的我们和过去的我们比较,我们才能更深领会主的神圣。从历史上看,麦西曾发现尼罗河沿岸已经落入了埃塞人①手中,埃塞人曾是我们祖先的后裔分支中的一支,去到了非洲沙漠地带定居,这个民族富有,而且不乏天才,更特别的是,他们把信仰全部归属于自然。富于诗情的波斯人则膜拜太阳,称太阳为无限光明神奥穆德(Ormuzd)②;虔诚的远东人民则把他们信奉的神明刻在木头和象牙上。再说埃塞人,他们既没有文字更不用说书籍,而且也没有任何手工艺,他们用膜拜动物的方式来获得内心的平静,比如鸟类、昆虫,他们还把猫视作是太阳神一样神圣。如同他们把公牛视作伊西斯——丰饶之神一样,他们还把甲壳虫视作普塔——创世之神。新的帝国经过与他们残酷信仰的长期斗争将这些信仰吸收采纳为国家宗教。接着尼罗河沿岸和沙漠中各处开始纷纷兴建各式的纪念建筑——方尖碑、迷宫、金字塔、国王墓群,甚至还有鳄鱼墓地。兄弟们,雅利安人的后裔啊,他们竟然堕落至此!"

讲到这里,埃及人已经无法再保持平静了,他的外表虽然风平浪静,但声音已经颤抖起来。"请不要太过鄙视我的同胞们,"他开始说道,"他们也并非完全把上帝忘怀。刚才我讲的时候提到过,我的祖先曾把先贤圣哲们的宗教秘密记录于

---

① 指古代埃塞俄比亚人,据圣经记载,埃塞人是诺亚次子含所生的长子古实的后裔。
② 琐罗亚斯德教最高主神,创造了物质世界,也创造了火,即"无限的光明",因此琐罗亚斯德教把拜火作为他们的神圣职责。

纸莎草纸上，但有一个例外，现在我就把这个例外告诉你们。我们曾经的一位国王也就是法老，在位期间，大肆兴修土木，增捐加税。为了建立他想要的新制度，他几乎想要完全舍弃之前的社会。当时有很多希伯来人在埃及作奴隶。他们信仰坚定并尊崇他们的上帝。随着社会环境日益严酷，当这些希伯来人终于无法再忍受的时候，他们决定离开，而接下来就是永留史册的《出埃及记》，再后面发生的事情都是有史书记载的了：希伯来人摩西，来到法老的宫殿，以以色列民族的上帝之名，为希伯来的奴隶请愿，希望法老同意数百万的希伯来人离开埃及。这个请求被法老拒绝了。请听后面发生的事情。第一次，所有的河湖、井渠中的水都变成了血。法老仍然拒绝了请求；第二次，青蛙泛滥成灾，占据了所有地面，但法老还是坚持他的决定。于是摩西把灰扬向半空中，便有了各种瘟疫席卷了埃及人。接下来，所有牲畜全部倒毙，只有希伯来人圈养的牲畜安然无恙。然后蝗虫漫天遍野吞没了所有的植物、庄稼；烈日当空的中午突然被黑夜笼罩，就连灯烛也无法照亮；最后，所有埃及人的长子一夜之间全都暴毙，包括法老的儿子也不能幸免。终于，法老屈服了。但是就在希伯来人离开后不久，奸诈的法老又反悔了，派出大批军队尾随而至。在千钧一发之际，摩西到海边，于是海水分开一条通道，希伯来人得以安全通过。而当追赶他们的埃及军队过海时，海水合拢，把全军吞没，包括法老在内。加斯巴尔啊，你谈到启示。"

加斯巴尔碧蓝的双眼此时闪着光芒。"我曾从那个犹太人那里听闻这段故事，"他叫道，"而我的兄弟巴尔退则！我从你这里再一次得到确认！"

"没错，但要知道，我所讲的乃是从埃及的角度而发，而非摩西那一方面。我只是把大理石上记录的历史讲解出来，是当时作为见证的祭司用彼时的方式所记载下来的事情，来告诉后人，上帝的启示是一直存在的，这就是未被纸莎草纸所收录的秘密。在我的国家，从那位令人遗憾的法老开始，一直存在两种宗教信仰——一个隐秘，另一个则是公开的。一个是百姓大众，他们膜拜众神；另一个则是祭司们，他们只拜祭自己唯一的神。和我一起分享内心的喜悦吧，兄弟！所有被强国所践踏的，所有被国王们蹂躏的，所有被敌人挞伐过的，所有时代的变更，实际上都是徒劳。如同山下泥土里深埋的种子，伟大的真理长存，而且即将为我们揭示！"

印度人再也无法抑制表情的变化，他在喜悦中颤抖，希腊人更是喊出了声。"在我看来，沙漠也将为此吟唱。"

埃及人取过身旁的水囊，喝了口水，继续说道："我出生于亚历山大港①，是一个王子并身兼祭司，自小接受上流社会的常规教育。但是早间我心生疑虑。我被强加灌输的信仰告诉我，人死后肉体腐坏，但灵魂不灭，死亡只是灵魂进行升华的开始，将会从最低等的生物不断进化，最后进化到最高级别的人道而存在；并且这过程和现世的生命并无关联。当我了解到波斯人相信死后前往天堂'光的国'，必须先过审判之桥，只有好人才能通过的，这种理论让我一直深思。从白天到深夜，我一直沉思和比较着天堂的永生和永世轮回两种理论。如果，像我的老师教我的那样，圣主是平等的话，为什么对好人和坏人都是一样？最后我终于想通并得出了结论：作为必然性的律法，我认为宗教的归属，人死后必然是坏人被遗弃，而忠实信仰者得以享受到更高尚的生活。这不

---

① 埃及北部港市，今亚历山大省省会。

同于我的弟兄梅尔该,你国的神佛涅槃或者梵天的安息;也不同于加斯巴尔,你国的奥林匹亚众神应许地狱亦有优待的信仰;而应该是死后将面见上帝,并得到生命的永久愉悦!接着,我这结论又导致另一番疑问。为什么这真理被少数祭司知晓,但只是自我慰藉秘而不发?况且,现在我们早已告别了拉美西斯暴君的统治,成了罗马帝国的天下,了却了对血性镇压的恐惧,加上哲学家们也增进了社会的容忍度啊。一天,在亚历山大港最繁华的布鲁却姆①,我站了出来进行讲教。我的听众里面既有东方人,也有西方人,有去往图书馆的学生,有从塞拉比尤姆神庙来的神父,还有从西部来的市民——众多人驻足听我讲说。我宣讲上帝,圣灵,对与错,以及天堂——正直者死后的奖赏。结果知道吗,梅尔该兄弟?你听到一定会震惊。我的这些听众在听了我的布教之后,用俏皮话讥讽我,并嘲弄我的圣主和天堂。我却无力辩解,最终在他们面前落败。"印度人长长叹了一口气,感慨道,"兄弟,人的敌人只是自己。"

巴尔退则陷入了沉默中。"我试图找到自己失败的缘由,最后终于被我发现,"他过了一会儿,又开口道,"在尼罗河上游,相距一天路程的地方,有一个牧羊人和园丁们居住的村庄。我找了艘船去了那里。晚上到达后,我把那里的穷人们召集在一起,男男女女,他们都出身贫困。我又把白天在布鲁却姆布教的内容讲说了一番,结果他们并没发出嘲笑。第二天晚上,我又一次布教的时候,他们相信了,并且非常高兴,将我所说的传播了开去。到了第三天夜里,人们已经成立了祈祷的社团。我又乘船连夜回到城市,一路上天空的星

---

① 古代亚历山大市一座繁华城镇。

辰从未显得如此接近和明亮。这段经历教会了我：要开始变革，不能企图从富裕的大都市入手，而必当从幸福之杯还空空如也的人们那里开始，因这些人虽贫穷但却谦恭。于是我将生命重新进行规划，第一步，继续维持我的财产和收入，并积极地在贫穷的群体中开展慈善。兄弟们啊，从那天起，我不断来往于尼罗河上下游，到乡村里、部落中，宣讲圣主的恩德和天堂的荣耀。我的事业进行得很顺利——当然这无须炫耀。这使我了解到，这世界相当一部分人已经准备接受圣主到来。"说着，埃及人黝黑的面颊闪过一丝红晕，但马上消失不见了，他继续说道，"过去的这些年里，弟兄们，一个念头一直困扰着我——人当有死去那天，到那时，从我手上开始的事业该怎样继续呢？是否会跟我的生命一起结束？我梦想过很多次试图为我这项事业建立一个组织，这里绝无虚言，并且我努力去尝试，却无法成功。兄弟们，现世想要重拾麦西时代的信仰，所需要的，单单以圣主的名义宣教是不够的，而是要有超越现实的神迹来佐证；他所说的，必得实现，对圣主也是如此，方能说服大众。要改变那些被神话和旧制度先入为主的观念，和那些被假神占据的天、地、空气，圣主的回归一定不是一件轻而易举的事情，这一定会是一条艰辛而布满荆棘的路，也就是说作为皈依圣主的变革者，要有觉悟百死而不悔。在现今这个时代，除了圣主，还有谁敢于背负万众的信仰？所以圣主一定要来洗涤他的族人——当然，不是要毁灭——而且，他必须以凡人之子示人！"

三个人此时心情顿时变得紧张。"我们不就是要一起去寻找这个人吗？"希腊人问道。

"你们应该已经理解我为何难以建立组织，"埃及人缓和了一下情绪，然后说，"因我没有神力。这使我觉得自己的事业终将难以为继而宣告失败，这种挫败感使我几乎崩溃。我虔心祈祷，为了使我的祈祷更加纯洁和强烈，我跟你们一样，弟兄们，我开始踏上坎坷的路途，前往没有人迹之地，希望能更加靠近上帝。跨过第五大瀑布，途经众河交汇的森纳尔①，走过白尼罗河上游，我到了非洲未知之地。"那里有一座高山，早晨山体在西部沙漠中呈蓝色，如同天空投射到地上的苍蓝影子；山顶的积雪融水形成山间的瀑布，流淌到山脉东部形成一座巨大而宁静的湖泊。湖水变成了大河的源头。我在山里隐居一年有余。用棕榈树的果实填饱肚腹，用虔诚的祷告滋养精神。有一天晚上，我独自在湖泊旁的树林中一边踱步，一边思考和祈祷'这个世界充满灾难，主啊，你何时才能降临？为什么我还见不到你的救恩？'宁静的湖水倒映着天上的星光。众多的星辰中，有一颗好像离开了原位，从湖水中升起来到了湖面上，光芒越来越盛，直刺我的双眼。接着它朝向我靠近，在我头顶停了下来，感觉好像伸手就能触摸到！我匍匐在地，不敢望向它。这时一个天籁般的声音传出，'你的努力没有白费，圣恩佑你，麦西之子！救恩必将来到。有另外两个你的友人，将会从世界另一端会同你一起，见证救世主的降生。明早你就起身去寻找他们吧！你们将会一起前往圣城耶路撒冷，到那里问一问当地人，作为犹太之王降生的人住在哪里？因你们会在东方见到他的星，并膜拜他。心怀对圣灵的信仰，它便会为你指引方向。"

"那圣光进到我体内，从那时起便与我共存，并指引着我，沿着大河而下，到了孟菲斯城②，我准备了应用之物，

---

① 今苏丹南部省份。
② 这里指古埃及城市，废墟在今开罗之南。

购置了骆驼，然后沿着苏伊士运河，摩押和亚扪之地，兼程来到这里。圣主与你我同在，我的弟兄！"

他停顿了一下，随即好像受到什么力量的驱使一样，三人一起站了起来，互相看着彼此。

"我们三个人分别讲述了自己国家的民族和历史，我想绝非巧合，这当中是有着更高意志的，"埃及人继续道，"我们将一起去寻找的人被圣主称之为'犹太之王'，而今我们会面，从我们刚才所讲的各自的国家和故事来看，其实我们要找的人应是真正的救世主，而非单单属于犹太人。大洪水时代幸免的我们的祖先，留下的三个儿子[①]以及他们的家族，在世界各地开枝散叶，延续人类的烟火。他们从亚洲的中心区域，被后人称为'亚利安纳乐土'的福地分散开。长子家族的后裔去到远东和印度地区；三子家族的后裔，向北到了欧洲地区；次子家族的后裔，则穿过红海地区的沙漠地带到了非洲，他们中的多数仍保持着在流动帐篷中居住的生活方式，不过有部分人已经成为沿尼罗河流域的建筑师。"

三人的手不约而同地握在一起。"这神圣的秩序，除了圣主以外，还有谁能够建立？"巴尔退则接着说，"当我们迎见主的时候，我们的同胞以及所有跟随主的人，将和我们一起，以最高的尊崇跪拜他。而当我们各行其道时，世界将习得真理——天堂是可以到达的，但所仗凭者，并不是武力，亦非才智，而是坚定的信仰，爱和勤恳的工作。"

一阵沉寂之后，三人都已是热泪盈眶，他们轻轻叹了口

[①] 这里提到的即诺亚的三个儿子——闪、含和雅弗，大洪水退去之后，三个儿子和他们的后裔分别分散到世界各地繁衍后代，据《圣经》记载这便是现代人类的起源。

气，只怕此时充斥胸中的愉悦无法长存：这份愉悦发自灵魂深处却无法用言语表达，是来自生命的河流旁，是被上帝救赎后的珍贵体验。不久，他们把握紧的手松开，然后一起走出帐子。沙漠和天空一样沉寂。太阳很快就要落山，骆驼已经安睡。

过了一段时间，他们把帐子拆了，把剩下的食物收拾到储物箱里。上了骆驼，埃及人在最前头，他们排成一列开始上路。他们向西，慢慢地走进冰冷的黑夜。三匹骆驼迈着稳定的步伐，始终保持着一样的距离，后面的一匹几乎是踩着前面一匹的脚印走着。三个人就这样一直在沉默中行进。

月亮慢慢升起，伴着牛奶般的月光，三匹白骆驼越行越快，却毫无声息，他们像精灵幻影一样在沙漠中穿行。突然间，前方不远处的空中半山高的地方出现了一团柔和的光；当三人瞩目观望时，这团光收缩凝聚成了耀眼的光点。这时他们心跳加速，灵魂震颤，异口同声地喊道："看啊，星星！看这星！主与我们同在！"

第六章

耶路撒冷西城墙悬着橡木吊桥的地方被称为小伯利恒（Bethlehem）①或雅法②门（Joppa Gate）。外围的区域是这座城市一个非常著名的去处。在大卫王觊觎锡安山地之前，这里就有城堡。最后耶西之子③成功驱逐了耶布斯人④，并开始大兴土木，于是原先的城堡遗址变成了新城的西北一角，新

---

① 伯利恒：巴勒斯坦中部城镇，相传为耶稣和大卫的诞生地。这里的"小伯利恒"是耶路撒冷一角。
② 以色列西部旧港市，因此门出后直通雅法港而得名。
③ 耶西是以色列大卫之父。
④ 耶布斯人：据《圣经》记载，耶布斯人是迦南一支部落，最初建造了耶路撒冷老城。后来大卫在公元前1003年占领了耶路撒冷。迦南指的是由巴勒斯坦或其位于约旦河和地中海之间的部分组成的一个古代地区。旧约中，它被称为乐土。迦南一词主要出现在圣经中，其实它就是希腊人所称的"腓尼基"。这个词作为地区名，主要是指今天的巴勒斯坦、叙利亚和黎巴嫩。

建的巨大塔楼远比原城堡的塔楼壮观得多。但原城门的位置并未被易址，很大程度上可能是考虑到众多道路在原城门处汇集，一旦易址可能会造成诸多不便，加之这里早已是众所周知的老市①所在。远在所罗门王（Solomon）②时代，这里就是交通发达的地方，汇聚了来自埃及的商人，还有来自提洛和漆冬之地富有的贸易者。尽管三千多年过去了，这里仍然是做买卖的热闹地方。前来朝圣的人们，如果想要买东西，比如针线、酒瓶、黄瓜或者骆驼、马匹，再或想要借贷或者买扁豆、大枣，甚至于要找个当地的翻译，找个脚夫，买个西瓜、鸽子或是驴子，都必光顾此处。有时这里一番繁荣热闹的景象让人不禁会想，在希律王建设这里之初，当时这市场会是何等景象！但现在毕竟已与遥远的过去大不一样了。

根据当时希伯来人的计时方式，前文提到的三位博士的会面发生在当年三月份的第二十五天下午；也就是说，发生在当年的十二月份二十五日。彼年是奥林匹亚纪年系统（Olympiad）③的第二年，或者说罗马纪年的七百四十七年；是年大希律王（Herod the Great）④六十七岁，是他执政的第三十五年，也是公元纪年开始的前四年。根据当时犹太人的习俗，时间跟着太阳走，从太阳东升算起是一点钟；所以，更

---

① 耶路撒冷著名的景点之一，古时贸易集中地。
② 古以色列国王大卫之子，以智慧著称。
③ 指古希腊纪年方法：希腊以召开第一次奥林匹克运动会的那一年（公元前776年）为纪元开始计算，从当届奥运会开始到下一届奥运会开幕，这连续的4年时间，称为一个奥林匹克周期，不同于现代奥运会。
④ 大希律王：生年不详，公元前37～公元前4年在位的犹太国王，据《圣经新约·马太福音》记载，大希律王在位期间曾重修圣殿，但知悉耶稣诞生的消息后，曾想杀死幼时的耶稣未果。

加精确的说，雅法之门这里的集市在当日一点钟的时候就已经是熙熙攘攘，热闹之极了。巨大的橡木吊桥从天开始亮就已经落下。做买卖的人潮从城外穿过塔楼下狭小的城门涌入，被拥挤成了细小的人流，争先恐后地汇入城市中。因为耶路撒冷是依山而建，早上的空气甚是清冷，而太阳的光辉这时带着一丝暖意，姗姗地爬上了城垛口和塔楼，城墙上飞落一群群的鸽子，低沉地鸣叫着在城池上空来回盘旋。

来在这座圣城之中的人们，形形色色，不管是外地人或者当地人，在步入这座城市时，都有必要在城门旁边驻足一下，好好审视一下，如同下面将会介绍的内容一样。因为人来人往，可能不久后便会不复此时的心情了。

眼前的景象，给人的第一感觉是无比混乱——各种活动、声音、颜色、食物组成的混乱画面。尤其是马道两旁和集市地。路面上铺着宽大而不规则形状的旗布，就从这路面上，各种叫卖争吵声、器物碰撞声、牲畜的踩踏声在路两旁狭窄的墙壁间回旋而上。在嘈杂的人群中，只剩讨价还价的声音勉强可以分辨。一头驴子把身子藏在背筐下面假寐，筐子里满满的有小扁豆、豆子、洋葱还有黄瓜，这些新鲜的农产品被它从加利利的田间载到城里。在没有生意的间隙，它的主人，操着一口浓重的本地土话，奋力吆喝。他的穿戴简朴之极——脚穿一双拖鞋，身上披了一张未经漂染的土布毯子，斜挂在一边肩膀，用带子束在腰间。旁边不远处，卧着一匹比驴子高大不少却似乎少些耐性的骆驼，它干瘦如柴，一身粗糙的灰色皮毛，喉咙下面的脖颈和肚腹下长着一簇簇长毛，宽大的鞍鞴上放置着箱子和篮筐，里面装满了货物。它的主人是个小个子的埃及人，一张黝黑的面孔透露出此人必是常常来往于沙漠之中的货商。他头顶一只褪色的塔布什帽，身上穿着一件宽松的无袖长袍,腰间没有束带,长袍从领圈一直垂过膝盖,脚上无鞋。疲累的骆驼,被压在重重的货物下,低声呻吟,不时地咀嚼着,并露出牙齿;而它的主人则漠不关心地来回踱步,手里握着鞭子,不断地向路人吆喝,推售他采自汲沦(Cedron)①果园的新鲜水果——葡萄、枣子、无花果、苹果还有石榴。

在马道通向集市的拐角处,一群妇女背靠墙坐在地上。她们身上穿着最底层人的普通服装——麻料的连衣长裙,非常宽松,用腰带束在腰间;头上用宽大的纱巾包头,往下一直垂在肩膀上。她们售卖的商品都装在陶制的瓶瓶罐罐里,这些陶罐在当时的东方是被用于盛水的常见器皿,地上滚爬着六七个她们带着的孩子,在嘈杂混乱的路面,却丝毫没有畏惧躲避,孩子们赤裸上身,露出象征以色列血统的褐色皮肤,漆黑眼珠还有浓黑的头发。有时这些妇女藏在头巾下的脸会抬起头,谦卑地告诉路人手上出售的商品:瓶子里装着葡萄蜜,罐子里装着好酒。她们用恳求的声音,在喧嚣的集市里低不可闻,跟那些穿着脏兮兮的长袍,露着双腿和长须来回奔走吆喝的小贩实在没有可比的,他们把瓶子背在身后,边走边叫着"蜜酒啊,蜜酒!恩戈地(En-Gedi)②的美味葡萄酿制"!一旦揽到客人,他们马上拿过一瓶,娴熟地打开瓶盖,接着甘美的红色琼浆就给倒入了事先准备好的杯子中。

还有鸟贩们也不甘示弱地在拼命吆喝着他们要售卖的各

---

① 耶路撒冷城以东的一道溪谷,在耶路撒冷与橄榄山之间。岸边香柏树茂密成荫,"汲沦"的意思是幽暗。后文多次提到这个地区。
② 名字意思是"羔羊的泉水",以色列境内的一处绿洲,地处死海西侧,这里地理独特,有着众多的矿洞和矿泉,以及种类丰富的动植物群,现在是著名旅游胜地。

种禽类——白鸽、鸭子，以及不断鸣叫着的夜莺，不过，他们大多做的是鸽子的生意；而买家从网里接过买到的鸟儿，根本不会想到那些捕鸟人是冒了多大的危险攀登上绝壁悬崖上，才抓回这些鸟儿给鸟贩——他们此时此刻正乘着篮筐悬在山崖上吧。

加上珠宝商人——这些内行人，穿着猩红和蓝色的袍子，头上裹着巨大的包巾，眼睛里只装得下光亮的首饰和耀眼的金子，手镯、项链或是戒指和鼻环——再有贩卖家庭用品的，贩卖衣物服装的，贩卖药膏的，贩卖小商品的，各种各样，应有尽有，无处不在。牲畜商奋力地牵着各种动物——驴子、马、牛犊、绵羊、羊羔、骆驼……各式人群，来来往往，布满了整个市场。

看过形形色色的商贩们，从市集这边转过身，读者还请注意那些到此的访客和买主们，因为你会在墙外发现最有意思的事情：在墙外，满地的帐子、货摊、露天市场，更大的地方，更放肆的自由，东方的太阳闪着荣耀的光。

第七章

让我们站在门口处,就在进出的人流旁边,用我们的耳目查看一番。赶巧了,这时走来的两人恰恰最值得注意!

"天啊!太冷了!"其中一位说道,满身的戎装,黄铜头盔,身穿明亮的甲胄,腰下是甲叶的战裙。"真冷!你记得吗,兄弟,咱们罗马的广场旁那道拱廊,被祭司们称为通往冥神普鲁托(Pluto)①世界的通道,那里已经够阴森了,现在我宁可是在那里多站一会儿,至少比这鬼地方要暖和。"

另一个士兵褪去头顶的斗篷,露出头脸,不无讥讽地回答道:"当年征服东罗马帝国时正下着大雪,可比现在这里还要冷得多!更别提你了——我可怜的兄弟——别忘了你才刚从埃及打完仗过来,身上留着埃及炎夏的热气儿吧?"

人群里走出一位犹太人,骨瘦如柴,弯腰驼背,穿着一

---

① 罗马神话中的冥王,掌管冥府。

件质地粗糙的褐色长袍。乱蓬蓬的头发遮住了眼睛和面孔，直垂在身后的背上。他形单影只，路人看到他几乎没有不讥笑一番的。因为他是个拿撒勒（Nazarite）①人。这里的人不认同摩西五经是圣典，而是投入到那些被憎恶的约誓中，他们在苦行约誓的过程中不能修整毛发。

当我们正把注意力放在这个卑微之人身上的时候，人群突然发生了骚动，人们随着高声呼喊左右分开，迅速让出一条道来。接着出现的一位，从外表和穿着看好像是个希伯来人。他身披雪白的麻布斗篷，斗篷的帽子用黄色丝质的带子系在额间，往下自然地垂在肩上；身上穿的长袍团花刺绣，红色的腰带嵌着金黄的条纹在腰间缠绕着。他举止沉着，甚至还向给他让路的粗俗人等微笑致意。难不成是个麻风病人？当然不是，他不过是个撒玛利亚人②罢了。如果问闪到两旁的人们，他们八成会告诉你，他是个混血的亚述人③，这类人对以色列犹太人而言还是避开的好，他们是宁死也不愿成为亚述人。实际上这种隔阂并非起因于血缘。当年大卫在锡安山称了王，只有犹大支持他，几十大部族的人跑到了当

---

① 又译纳匝勒，是以色列北部城市，位于历史上的加利利地区。传说耶稣在该城附近的萨福利亚村度过青少年时期，是基督教圣城之一。

② 据称在三千多年前迁居到以色列帝国北部的一个部族的后裔。撒马利亚人自称是北国以色列国的后裔，保存有摩西律法的教导。但以色列人并不接纳他们同为犹太人后裔，后文亦有提及。

③ 主要生活在西亚两河流域北部（今伊拉克的摩苏尔地区）的一支闪族人，或者更确切地说是与非闪族人融合了的闪族人。公元前 30 世纪年代末期，在两河流域的北部，亚述人的部落兴起。到了公元前 8 世纪后期，亚述国已经成为地跨亚非、两河流域最强大的国家。亚述人强盛时期军国主义盛行，战争频繁。

时更加古老而且据说更富裕的舍根城。这几十大部族最终没有定居下来,但大卫和他们的冲突从那时就开始延续下来。撒玛利亚人于是以基利心山为中心继续秉承他们神圣至高的信仰,并讥笑耶路撒冷愤怒的教徒们。时间虽然已经久远,憎恨的情绪却没有消退。在希律王统治下,信仰的门向世界敞开,却依然把撒玛利亚人拒之门外。犹太的宗派永远的把他们视为异教徒而隔离在外。

随着撒玛利亚人从拱顶下走进城门,里面走出三个人,吸引了我们的目光。这三个人身形极其魁梧,肌肉发达。他们都是蓝色眼睛,皮肤下暴凸的血管好似用蓝色铅笔刻画出的线条。不甚茂密的短发,小而圆的脑袋不偏不倚地落在脖颈上,配上这高大的身躯,就像一根高大粗壮的树干。身穿毛料的无袖长衫,前胸处袒露着,宽松的腰带,下摆垂下不多,胳臂和腿部裸露,让人不禁马上想到竞技场中的角斗士。看他们不羁、自信和粗野的举止,不难想象他们原来的主人卖掉他们之后连看都不会再看一眼了。角斗士、摔跤手、跑步健将、拳击手、剑士,这些都有可能是他们的称谓。这些人都是随着罗马军队的进驻才出现在这里的。他们闲暇的时候,最常做的事就是在王园①溜达,或者跟王宫的卫兵一起坐着闲聊;他们也有可能是来自恺撒利亚(Caesarea)②,奥古斯塔(Sebaste)③或者耶利哥城的访问者,在这些地方,希律王更像是希腊人而不是犹太人,钟情于罗马人的游戏,钟情

---

① 耶路撒冷以东一地区名,所罗门王在那里开辟了王园,种植花草树木。
② 一座位于地中海东岸的古城,现属以色列,居特拉维夫和海法之间。
③ 意大利西西里岛东岸港城。

于血腥的竞技，并兴建竞技场和培养斗士的学院，从高卢①、斯拉夫②和多瑙河地带购入奴隶。

"以酒神之名！"他们中的一个说道，握拳放在肩头，"他们的头盖骨不会比鸡蛋壳硬多少！"这种粗野残忍的姿态叫人厌恶，还是让我们看看别的什么让人愉悦的东西吧。

我们的对面是个水果摊。地面的毯子上坐着业主，光头长面鹰钩鼻子，背靠着墙壁。头上撑着破烂的布帘，周围的小货架子上放着些柳筐，筐中有杏仁、葡萄、无花果、石榴等各种商品。此时摊位前来了一位，吸引了我们的注意——与那几个角斗士不同，来者是个颇为英俊的希腊人。一头大波浪的卷发，戴着一顶桃金娘编制的花冠，还留有暗淡的花朵和半熟的一粒粒浆果。他身穿红色的长袍，材质是极软的毛料。腰间系着暗黄色软皮腰带，中间用一块金光闪闪的皮带扣固定，裙摆上同样镶嵌了金色的绣花，垂到膝盖处。毛织的围巾黄白相间，围在脖颈上，多出的部分向后飘洒在后背。胳膊和腿裸露在外的部分，洁白如抛过光的象牙一般，想必一定是平时用洗浴、精油等等进行精心保养的结果。

小贩弯下腰，双手举过头顶，手心向下，十指伸直，向来人行礼："帕福斯（Paphos）③的子民，这么早就到这里，你买些什么啊？"

年轻的希腊人，一直盯着摊上的各种东西，甚至没有看

---

① 指现今西欧的法国、比利时、意大利北部、荷兰南部、瑞士西部和德国莱茵河西岸的一带，公元前6世纪时，高卢的主要居民为凯尔特人，罗马人称之为高卢人。公元前1世纪，高卢人社会仍处于原始社会阶段。
② 欧洲东部和东南部民族，少数居地则跨越到亚洲北部。
③ 塞浦路斯古城，在古代曾经是其首府。

一眼卖东西的塞浦路斯人。"我腹中饥饿,你这有什么可做早餐的呢?"

"佩狄尤斯的特产水果——安提俄克(Antioch)[①]的歌唱艺人早起都吃几个保养嗓子。"小贩发牢骚式的口气,鼻音很重,回答说。

"安提俄克的歌唱家吗?随便一个无花果就够了吧!"希腊人说,"看得出,你也是个阿芙罗狄忒(Aphrodite)[②]的崇拜者,我和你一样,我头顶上戴的花冠,便是明证。我觉得安提俄克的歌手嗓音带着红海海风的清冷,看到我腰间的带子了吗?这是莎洛米大人送我的。"

"噢,是国王的妹妹!"塞浦路斯人惊道,又行了额手礼。

"对,正是莎洛米大人,她拥有尊贵的品位和神圣的决断。这是毋庸置疑的,因为她比国王更像是希腊人啊。但话说回来,我的早餐吃点什么好呢,这是钱——红色的塞浦路斯币。请来一些葡萄吧,另外……"

"不要拿一些枣子吗?""不必了,我又不是阿拉伯人。"

"无花果呢?"

"不,我可不想变成个犹太人。不,我只要些葡萄就好。对一个希腊人来说,再没有什么比早餐享用葡萄更好的了。"

在这么污糟又喧闹的市场,竟有一个人旁若无人地在唱诗,这番景象闯进视线里就让人挥之不去,不由自主地惊愕。

[①] 古地名。古代塞琉古帝国(公元前312年~公元前64年)的都城,位于今土耳其南部,土耳其人称之为安塔基亚(Antakya)。位于地中海东北沿岸,其外港称塞琉西亚。是当时地中海东岸商业重镇和交通枢纽。公元前64年被罗马征服后成为叙利亚行省首府。后文很多情节发生在此城。

[②] 希腊神话中专司女性魅力与美貌的爱与美之女神。

他埋头缓步走来，行几步就停一下，双臂在前胸交叉，伸展身躯，把头抬起双眼望天，好像是祈祷仪式开始前的准备。恐怕除了圣城耶路撒冷，再没有什么地方能看到这样的人，这样的景象了吧。他的额头上，用来固定头巾的绳子上挂了一只方形的小皮袋，另外还有一只用皮绳挂在左臂上。长袍的边缘用又长又密的流苏作装饰。从这些象征性的装扮——护符一样的小袋子，宽大而带有流苏镶边的衣服，还有浑身散发的神圣庄严的气息——来看，我们可以判断出来这个人是法利赛①教徒，这个教派以保守和传统著名，颇有影响力。

人群在城门外路上最为密集，堵满了通往城外的道路。当我们的目光从法利赛人身上移开之后，马上又被另一个人，确切地说，是个团体——所吸引。他们当中一个人，一眼望去就看得出周身显露着高贵的气质——干净、健康的肤色、漆黑的眼睛、长须飘散前胸，并且明显是经过用油膏精心打理过。穿着的衣物非常合身并且看得出造价不菲，正是时下最合适的装扮。他手执一支拐杖，胸前用绳带悬挂着一尊金印。他身边有几个仆从跟随左右，个个腰佩短剑，间或跟他讲话，都是摆出一副极其尊重的姿态。除了这群人之外，我们还看得到两个骑着骆驼过来的阿拉伯人，两人瘦骨嶙峋，古铜色皮肤，面颊深陷，眼睛闪烁着近乎奸诈的光芒。他们头顶红色的塔布什帽，身穿毛纺的阿拉伯长袍，缠绕在左肩和身上，而右臂露在外面。从他们口中传出大声地讨价还价声，他们极力试图售卖身后的马匹，因此声音相当高亢尖锐。

① 古代犹太教一个派别的成员，该派标榜墨守传统礼仪，与之相对的是撒都该派（Sadducee）。撒都该人只承认圣经的前五卷，因而不同于法利赛人，他们不相信灵魂的不灭、肉身的复活、天使以及神灵的存在，藐视口传法律。法利赛人则相信弥赛亚和人的转生以及灵魂不灭。

那位高贵的来者多数情况都把事情交给仆从来交涉，只偶尔回答几句，言语间彰显尊贵的身份。当看到塞浦路斯人的时候，他亲自停下，要了一些无花果。当这批人在法利赛教徒身后纷纷通过拱门，如果我们靠近了水果商贩身边，就能看到他一边行额手礼，一边。刚才那个跟他买果子的陌生人是这座城的犹太王子中的一个，刚刚出游归来，一眼就分辨得出叙利亚的葡萄和塞浦路斯葡萄的不同，而他手中的财富车载斗量。

接着，到了中午时分，目睹形形色色的人从雅法门进进出出，有的是来做日常买卖，有的则是以色列部族的代表。他们各有各的特点，所有这些不同的宗教派别，从古代统一的信仰发展到现在被不断分化、演变成各种宗派部族。所有这些社会和宗教分支、所有这些在希律王统治下大胆地纵情于声色犬马的名流、艺术家、行政官员等，尤其在地中海周边，他们放肆地挥舞着罗马皇帝给予的权力之鞭。换句话说，如今作为圣城的耶路撒冷，虽然有着悠久而神圣的历史，更有与圣谕的神圣牵绊，在极为富庶的所罗门王年代，当时的耶路撒冷，金银遍地，雪松木好似梧桐般随处可见，几乎已经变成了罗马帝国的复制品，成了无神论者聚居之地和展示异教徒权柄的乐园。在此时此地，一个真正的犹太王穿着祭祀的礼服步入至圣所膜拜主，但出来后竟变成了麻风病人。而罗马将军庞培，步入大希律王的圣殿和同一座至圣所，走出来却安然无恙，原来这里不过是个空荡荡的房间，上帝不过是个幌子。

第八章

现在已经到了上午九点光景,请再次把目光转回雅法门内的市场里。此时很多人已经离开,然而这里来往的过客并没有间断。我们的注意力被吸引到一男一女和一头驴子身上。男子牵着驴走在前面,手里拄着一根木棍,棍子既可以用做拐杖,也可以用来赶驴。他穿着一身普通的犹太人服装,不过看得出是一身新衣服。头巾从头上垂下,长长的袍服从脖颈一直垂到脚踝,可能是在安息日常被穿来参加教会活动的那种装束。他没有遮挡面目,从外表看他有五十来岁,他黑色的胡须中夹杂的灰白色印证了我们的猜测。他像个外乡来的陌生人一样往身边左右观望着,但从他的眼神看又像是并不对周围什么感到好奇。

那头驴子只是低头悠闲地啃着地上的一堆青草,像这样的草堆在市场上有不少。除了坐在它背上的女人,驴子似乎对周围吵吵闹闹的环境丝毫不感兴趣。女人坐在驴背的坐垫上，一身毛纺的哑光长衫，将她整个人包裹起来，白色的头巾掩住了她的全部面容，甚至是脖子。偶尔她会被好奇心驱使撩起头巾一角，不过不至于露出面孔罢了。

终于，有人过来跟男人打招呼。"难道你是拿撒勒的约瑟夫吗？"问者在他身旁站住。

"人们都这么叫我，"约瑟夫严肃地答道，同时转过身，"请问您——啊，愿你平安！原来是我的朋友，塞缪尔拉比①！"

"也祝你平安。"名叫塞缪尔的人一边说着，一边注意到驴背上的女子，"也祝你的家人和帮助你的人，祝你们都得平安。"说完，他把一只手放在胸前，向女人低头行礼。女人看着他，禁不住拉起遮脸的头巾，把整张脸露了出来，虽然只是短暂的一瞬间。两人右手向前伸，将要碰触到的时候，女人又停下收了回来。两人各自亲吻了自己的手背，接着，拉比把手放在额头。

"你身上都没有看到多少尘土，"拉比一副并不见外的样子，"我猜你们昨晚在这座圣城过的夜，对吧。"

"不，"约瑟夫回答说，"因为我们在昨天天黑之前只能赶到伯大尼（Bethany）②，我们昨晚在那里搭了个帐子过的夜。然后我们天亮动身赶到了这里。"

"我想你们还要行很多路，当然，如果你们的目的地是这里就另当别论了。"

---

① 犹太人中的一个特别阶层，是老师也是智者的象征，指接受过正规犹太教育的人。
② 位于橄榄山东麓，是约旦河西一个小小的村庄，离耶路撒冷约六英里路，在耶路撒冷通往耶利哥城的路上，四围是绿色的丘陵台地，和生趣盎然的橄榄树。前往耶路撒冷的客旅，常在此歇脚住宿。

"不，我们要去的是伯利恒。"

拉比的表情突然收起了友善和热情，开始变得阴沉起来，然后他似带怒气般清了清喉咙："是啊，我明白了，"他说道，"你本就出生在伯利恒，现在带着你的女儿回去，好一起做给罗马皇帝纳税的顺民。天啊，作为雅各的子孙，现在连摩西和约书亚都忘记了吗？已经堕落至此了吗？！"

"这女子不是我的女儿。"约瑟夫一动没动，表情上也没有任何变化，回答说。

但是拉比似乎根本没有留意约瑟夫的回答，一心只想继续表达他的政治主张。"你是否了解加利利的奋锐党都在做些什么？"

"我只是一个木匠，拿撒勒不过是个小村子，"约瑟夫谨慎地说道，"那里的街道并不通向哪座城市。我在那里只是锛木板、锯木条，忙我的木匠活，没有时间加入到党派的争论中去。"

"但是你终归是犹太人，"拉比急切地说道，"你是个犹太人，是和大卫一族的子民。除了为耶和华敬献之外，难道你为罗马人纳税还能获得什么喜悦？"约瑟夫仍然不动声色。

"对普通的税收，当然，"他的朋友继续说，"我并不会这样抱怨，毕竟一个便士算不得什么。可是天啊！横征暴敛怎能忍受！我们这样纳税不正是助长暴政吗？告诉我，你知不知道犹大宣称自己就是弥赛亚[①]？你们大概也相信他的话吧。"

"我听他的人说过他就是弥赛亚。"约瑟夫回答说。

---

① 犹太人所期待的救世主、解放者。

这时，女人掀开头巾，拉比的目光扫过终于看清楚了她美丽的面孔，顿时引起了他的注意。女人注意到这点，马上收手把脸又一次藏在头巾里面。这位"政客"忘记了自己刚才在讲演什么。"你女儿长得真标致。"他低声赞美。

"她不是我的女儿，"约瑟夫又一次解释说。拉比于是更加好奇。拿撒勒人见此，进一步解释说："她也来自伯利恒，是约阿希姆和安娜的女儿，他们两人的名声，想必你听说过吧？"

"听说过，"拉比用充满敬意的语气说，"我早就听说过，他们是大卫王的直系，这个我非常了解。"

"不过，他们两个已经去世了，"拿撒勒人继续说，"他们在拿撒勒去世的。约阿希姆家里并不富有，尽管如此他留下一座房产和花园，分给了两个女儿，玛丽安和玛利亚。这位就是玛利亚，为维护她对财产应有的继承权，律法要求她嫁给自己最近的血亲。她现在是我的妻子。"

"那么，之前你是她的……"

"是她的叔父。"

"是啊，没错！既然你们都是伯利恒生人，罗马要求你带她回去，这样就多一个应纳税的人。"拉比双手握紧，愤慨地仰望天空呼喊，"以色列的圣主不灭！必会复仇！"

说完，他便突然离去了。一位陌生的路人走过见此情景，看到约瑟夫正在发愣，悄声说："塞缪尔·拉比自己就是个奋锐党①人。犹大本人并非这样暴烈。"约瑟夫不愿跟这陌生人多说什么，假装没有听到，抓紧时间拢了拢被驴子拱得到处

---

① 古犹太教教派，奋锐党派人笃守摩西律法，热切等待弥赛亚国度降临。

都是的青草，然后继续拄着拐杖，等待着。

又过了一个小时，他们三个已经走出城门，左拐走上了回伯利恒的路。欣嫩谷的小路破败不堪，野生的沙枣树丛散布在四处。拿撒勒人在女人的旁边，小心地牵着驴子赶路。左手边，是锡安山的东南支脉，耸立着朱迪亚的城墙，而右手边，陡峭的山石在山谷的西部形成天然的分界线。

他们缓缓走过基训的下池①，随着时间的推移，山谷的影子在慢慢变短。他们沿着所罗门池旁的沟渠慢慢行着，直到靠近被称作邪恶议会山上的乡村附近，从那里开始他们向上走，朝着利乏音平原②的方向行去。阳光的威力在这里变得更盛，倾泻在利乏音的石头上，玛利亚难忍强烈的日晒，只得把头巾全部放下来，露着头顶。约瑟夫边走边跟她讲述着大卫如何突袭腓力斯人的事。他显然并不擅长讲故事，一本正经的讲述，让人觉得冗长无趣。玛利亚甚至有些时候并没有在听。

不管行走在哪片土地，或者行于哪片海中，犹太人的面孔都很容易辨认。这一组人的外貌特征从古至今几乎没变，当然不同人会有自己的一些长相特点。当耶西之子大卫被带到撒母耳先知③面前，他是这样被描述的："现在他站在这里，光彩照人，外表俊朗无双，让人眼前一亮。"从那时起，大卫王的美貌就被四方传扬。

诗人们谱写诗篇，用诗的破格赞美祖先的特征，描述给荣耀的后人。所以我们心目中所罗门后人都有着美丽的面庞，

---

① 耶路撒冷附近基训河的河流平缓处。
② 耶路撒冷以南的平原地区。
③ 扫罗王时期的犹太人先知，因扫罗王对上帝不敬，后撒母耳重新拣选犹太人的王，后来选中了大卫做新的王。

和阳光下闪着金色光芒的栗色须发。而对我们敬爱的平安之父押沙龙①，我们同样相信如此。当然，尽管后世没有真实的历史描述，我们相信这位正跟随丈夫回返故乡的玛利亚的容貌，一定更值得赞美。她的年纪不到十五岁，此时正是告别少女时代的青春年华。她一张标准的鸭蛋脸，肤色很白。鼻子完美无瑕，轻启的嘴唇不厚却丰满，使她嘴部的线条非常优雅，给人以温暖、轻柔和笃信的观感。她有着一双蓝色的大眼睛，眼帘低垂，睫毛细长，加上被打理成犹太新娘的一头金发在身后似瀑布般一直垂到坐垫上。她的脖颈有着非常柔和的线条，被后世的艺术家所刻画，让人猜想不知是肤色还是轮廓形成这般美妙的效果。除了这些外表带给人的吸引力之外，还有一些无法定义的微妙气质自然散发——只有灵魂才能给予的纯净和自然赐予的清灵。有时，她双唇颤动，眼望碧蓝的天空；有时，她双手在前胸交叉，虔诚祈祷；有时，高昂着头，好像在仔细聆听谁的召唤。偶然地，约瑟夫在行走的当间回身望向玛利亚，正巧捕捉到她脸上如圣光般的表情，于是忘记了自己在说什么，低下头，琢磨着什么，缓步前行。

就这样，他们绕着平原的边缘行走，最后抵达玛·艾利阿斯高地。从这里，跨过一条溪谷，他们已经可以看到伯利恒了，那个古老的收获之地，粉白的墙壁成了山脊上的冠冕，在褐色的无花果林上方散发着光芒。他们停下了脚步，稍事休息，同时约瑟夫一一指出各处让人记忆深刻的名胜之地，然后他们步入溪谷，先到了当初大卫手下大力士们开凿的众

---

① 大卫第三个儿子，容貌俊美，但不遵守法度，后来在反叛中被杀。

井之一旁边。这个狭小的地方已经围满了人和牲畜。这场面让约瑟夫心生不安——如果镇上人太多的话,可能他很难给柔弱的玛利亚找到落脚之地。于是丝毫不敢耽搁,他加快了脚步,经过拉结墓①旁的石柱,走上果园之间的斜坡,沿路很多人跟他打招呼,他都没顾得上回答,终于他到了交叉路口旁的客栈门口。

---

① 根据《圣经·创世纪》的记载,是雅各第二位和最宠爱的妻子,雅各是以色列人的祖先。

第九章

要想完全了解拿撒勒人在这间客栈里发生的故事，读者首先需要补充一下关于东西方客栈的区别之处。在东方，客栈的称谓始自波斯人，所谓的客栈风格非常简陋，仅仅是用围墙围拢起来的一块区域，没有屋舍，有的甚至没有大门。选址通常是在一块遮阳地或者按照便于防御或靠近水源的原则。当初雅各到巴旦亚兰结亲时就是在这样的客栈避难的。在现时来看的话，这种客栈就好像沙漠里的歇脚处一样简单。但也不全是如此，特别是如果开在大城间的交通要道上，譬如耶路撒冷和亚历山大港之间的客栈，通常则是金碧辉煌——为纪念当初兴建它们的国王，也为彰显王者之尊。通常这些华丽的客栈不过只是显贵者普通的一幢房产，而它们的作用，就是其主人的社交场所，供沿途过客打尖仅仅是其最不起眼的作用之一，它们同时也是贸易市场、工厂、堡垒以及附近商人和匠人甚至错过宿头的赶路人聚集之地。在围墙之外时光荏苒，可里面则常年各种交易不断。

而客栈的运作方式更加会让西方人看到后诧异不已。客栈没有老板，没有会计职员，没有厨师，也没有厨房，只有门口的一个服务员，成了行使管辖权的明证。路人进来打尖住宿的，根本不需要记账。这种管理方法的结果，就是不管来客是谁，都不得不自带食物和厨具，否则就要跟客栈服务员来购买。同样的，休息用的床以及被褥，还有牲畜的饲料也是如此。旅客从服务者那里免费得到水，暂时休息的居所以及庇护，除此之外再无他物。就算是在犹太教堂里，有时也难免会有脾气粗暴的人挑起争端，但是在东方的客栈里却从不会发生争执，这里房屋连同一切物品，如同一眼井一样，都被视为是神圣的。

约瑟夫和玛利亚停下来的这间客栈，可以说是这种东方客栈的范本，既不是太过简陋，也算不上金碧辉煌。建筑是典型的东方风格，也就是说，墙体都是粗糙的巨石方砖，一层高的平房，一扇窗，只有一个朝东的门廊作为前面的入口。门口的一条大路，因为相距很近，不少白色沙砾被风吹进客栈里，沉积在靠近门口的过梁上。砖石垒砌的围墙从客栈东北一角开始，延伸到斜坡上几码远的地方然后转向西直到断崖边。这种布局和位置使得这家客栈相当安全，杜绝了野兽侵袭的可能。

在伯利恒这样一个小村落里，只有一个族长，也就意味着只有一个客栈而已。加之尽管生于此地，回来的拿撒勒人却长居外地，所以也很难期待会受到什么礼遇。另外，罗马帝国在这里的执法官办公效率低下，这也是人尽皆知的，所以要觉察到他们的到来可能要数周甚至数月之后，更别提确认两人的夫妻关系以及征税的事了。约瑟夫正是考虑到这些还有路上看到熙熙攘攘的人群，才更加焦急地紧赶着驴子爬上斜坡，生怕无处安身。等到临近客栈门口，看到入口旁的人群，他更加不敢放松，这么多的人聚集在这里，该不会已经住满人了吧。

"我们没办法进去，"约瑟夫慢声说道，"咱们先在这落脚，看看前面情况怎样。"他妻子并没有答声，只默默地掀开头巾的一边，脸上满是疲惫，然后很快又流露出感兴趣的神情。她对自己旁边有这么一大伙人感到好奇，尽管这种场景对于那种门口的大路上天天跑高级马车的客栈来说，是司空见惯了，可她却是第一次看到。这群人里，有的人一边用叙利亚话交谈着，一边光着双脚跑来跑去；有的人骑在马背上，冲着骑在骆驼背上的人喊话；有的人正费力地跟牛群和羊群较劲；有的人叫卖着面包和酒水。在这些人群里，还有一群男孩子看得出正在追赶着一群狗。这时刻每个人、每件事好像都那么起劲儿。可能这种场景太过于喧闹了，让人容易疲累。玛利亚看了一小会儿，轻叹一声，又安坐在驴背上，看似要寻找平静和休息，又似是在期待什么人，望向南方天堂山的悬崖，在落日的余晖中，天堂山被慢慢染上了红晕。

当她正在远眺的时候，一个男人挤出人群，然后走到驴子身边，转过身，眉宇间流露着怒气。

约瑟夫开口向他说道："恕我冒昧，我的朋友，如果我没看错的话，你是犹大的后裔吧，我能不能打听一下，这里的乱象是怎么回事？"

这个陌生人快速转身过来，仍旧怒气冲冲的样子。此时面对约瑟夫，看到对方神态庄严，说话缓慢而深沉，也礼貌地行了半个举手礼，然后回答道："愿你得平安，拉比！我的确是犹大的后人，请听我说。我住在伯大衮，在过去是丹族①居住地。"

"在从摩丁②到雅法的路上。"约瑟夫说。

"噢,这么说你也去过伯大衾。"男子说,脸上神情又缓和了些,"我们都是犹大流浪的后裔啊!我离开以前被我们的天父雅各称为以法莲(Ephrath)③的故乡已经很多年了。要求所有希伯来人到圣城报道的布告张贴到了各个州城府县,我看到后就来到这边了,拉比。"约瑟夫接着说,"我跟你一样,看到布告就跟我的妻子赶了回来。"脸上还是一如既往的淡漠,好似戴了副面具一般。

陌生男子看了一眼玛利亚,没说什么。这时她把目光落在基多山那光秃秃的山顶。太阳余晖洒在她脸上,给她的眼睛增添了一层紫罗兰色,而微启的嘴唇更散发着神圣的光晕。这神态在一瞬间凝固,美妙而庄严,超尘脱俗,如同坐在天国门外沐浴圣光一般。这位来自伯大衾的男子一瞥之间捕捉到的身姿,在后世恰被拉斐尔·圣齐奥(Sanzio)④刻画成了传世的神作。

"我刚才讲到哪里了?哦,想起来了。说到我接到命令回到这里,当时我非常生气。但是后来,当我想起这里古老的山岭、城镇和幽深的汲沦谷,那里遍地的葡萄藤和果园,还有从波阿斯(Boaz)⑤与路得(Ruth)⑥时代开始就养育这一方

---

① 古代以色列十二部族之一,丹是雅各和辟拉所生的儿子。
② 与伯大衾同为古代以色列城市名。
③ 雅各在妻子拉结死后非常伤心,把她葬在以法莲。
④ 文艺复兴三杰之一,画作以清秀祥和著称。其代表作品有圣母系列、教皇利奥十世像等。
⑤ 圣经记载的一个大财主,路得的第二个丈夫。
⑥ 《圣经·旧约》记载摩押地区的女子,是个贤良孝顺、勤劳朴素的形象。第一个丈夫是以色列伯利恒人以利米勒。

的无边的田地，那些熟悉的山峰，这边的基多山（Gedor），那边的基比亚山（Gibeah）和玛·艾利阿斯山（Mar Elias）——对孩提时的我来说，就是大地的边界。我于是原谅了这暴政，回到了这里——和我一起回来的还有我的妻子拉结和我的两个女儿底波拉（Deborah）和米甲（Michal）。"男子说到这停了下来，突然望了望玛利亚，她这时正一边看着自己，一边聆听着。他于是继续说，"你们两个不如到我那里吧，去看看我的孩子，就在这道路转弯的橄榄树下，我跟你说，"他转向约瑟夫，很肯定地说，"客栈已经满员，你挤进去问也是一样。"

约瑟夫是个慢性子，他没有马上决定而是犹豫再三，才说道："非常感谢你的盛情。不管客栈是否已经客满，我都会去你的住处拜访的，让我还是去问一下看门的再说吧。我马上就回来。"他把驴子的缰绳递到陌生男子手中，然后钻进了人群中。

客栈的守门人正坐在门口斜卧的粗大杉木上。后面靠墙放着一支梭标。一条狗蹲在他身旁的地上。约瑟夫费力地来到这人面前，问候道："愿耶和华的平安降临你。"

"你所给予的，愿你复得，并愿你所得成倍于你的付出。"守门人答道，身体连动也没动。

"我是伯利恒人，"约瑟夫尽量从容地说，"请问这里还有没有房间？"

"没了。"

"不知你是否有听闻我的名字——我是拿撒勒人约瑟夫。这里曾是我祖辈的房产，我是大卫的后人。"这几句话给予了约瑟夫最后的希望。如果没有用，再继续恳求也将无济于事，就算给再多的舍客勒(shekel)①也无用。在部族的传统观念里，作为犹大的后人是很光荣的，而如果是大卫王的后裔则是最让人引以为荣的事了。从年轻的牧羊人大卫继承扫罗王的国，建立荣耀的家族算起，一千多年过去了。这片土地经历了多少战争、灾难和沧桑变幻，命运把王的后裔身上的光环慢慢消磨，现在他们变成了普普通通的犹太人。他们口中的食物成了脖子上的镣锁。然而他们仍小心呵护传承者那段伟大的历史，这荣耀的血统是揭开伟大历史的开始，却也是最终的篇章。这份名声为人所尽知，不管走到以色列的哪一片土地，提起来都能让人肃然起敬。

既然在耶路撒冷和所有以色列之地皆是如此，那么对于这个小小客栈的管事人来说，至少约瑟夫的话"这是我先祖的房产"是易于理解和真实的述说。因这里原来的确是路得作为波阿斯的妻曾住过的地方，是耶西的出生之地，也是耶西生下十子的地方，其中大卫王是最小一个。撒母耳曾来此寻找并找到新王。大卫曾把这地方赐给巴西莱(Barzillai)②之子，友善的基列人(Gileadite)。耶利米曾在此地祈祷帮助他剩余的族人逃脱巴比伦人的虎口。

约瑟夫的话还是有作用的。客栈管事人听后从杉木上下来，手托胡须，用尊敬的语气说道："拉比，我虽说不上这客栈之门自何时起敞开，但我知道那至少也是上千年以前了，在这上千年里，据说除非是住满人之外，从没有好人被拒之门外过。更不用说对于大卫的后裔，这里的管事绝不会没缘

---

① 以色列货币单位。
② 在大卫初到耶路撒冷时，曾善待大卫和他的随从，把家中的食物器皿提供给他们使用。

由地拒绝你。所以，我再次对你致以敬意，如果你愿意的话，我愿意带你到里面观看，这里确实已经没有落脚地，不管是里屋还是院落，甚至房顶上也没有空地留下。请问您什么时间到这里的？"

"刚到。"管事人微微一笑。

"'对与你同住之人，当如同爱你自己一样爱他'我们的律法是这么说的吧，拉比？"约瑟夫静默无语。"若我没有说错，我怎能对这里的一个住客说，'你走吧，另外一个人要来取代你？'"约瑟夫仍然没有答言。

"另外，如果我这么说了，赶走一个住客，那么他留下的空位该由谁来填补呢？想必你也注意到门口这群人了吧，他们有的从中午就开始在等待着。"

"这些是什么人啊？"约瑟夫转向人群，问道，"他们为何此时都聚于此地？"

"跟你一样，拉比，因为恺撒的法令。"守门者用疑问的目光扫了一眼拿撒勒人，继续说道，"现在住着的人里面绝大多数都是受法令驱使才来的。而昨天一辆大车从大马士革赶往阿拉伯半岛和下埃及地正好路过这里。然后就是你看到的景象了，这么多的人和骆驼准备在这里修整。"

约瑟夫仍不放弃："看起来院子应该是很大的啊。"

"的确，但是已经堆满了各式货件——打包的丝绸，一袋袋的香料等等，数不胜数。"

此时约瑟夫感觉看不到希望，终于泄了气，目光变得无精打采。然后关心地问道："我并不在乎我自己怎么过夜，但是跟我一起的还有我的妻子，这里地势高，夜晚非常寒冷，会比拿撒勒冷得多。我不能让我的妻子在外夜宿的。这镇上就没有什么地方可以过夜吗？"

"这些人，"守门人用手指向门口的人群，"已经求了镇上的人家，能住的地方都被订下了。"

约瑟夫的目光看着地面，似是自言自语，"我的妻子还太年轻！如果我让她在山上夜宿，她会被冻死的。"接着他又继续跟守门人说，"她的父母，你或许也有所耳闻，约阿希姆和安娜，曾经也是伯利恒人，跟我一样都是大卫的后人。"

"我听说过。他们都是好人，我年轻时就听说了。"说话的同时，守门人的目光落在地面上，似乎在思考着什么，突然他抬起头。

"因我没办法应许你住进客栈，"他说，"又难以这样拒绝你。拉比，我来尽量想办法帮你。你一行有几人？"

约瑟夫反应过来赶紧回答说："我的妻子，还有我的一个从伯大衮赶来的朋友和他家人，加在一起一共六人。"

"好吧。我当然不能让你们露宿山顶。带着你的人，要赶快，马上太阳就要落山，入夜只是眨眼的工夫，你应该知道。"

"主保佑你，我马上带他们前来。"说着，拿撒勒人高兴地回去见了玛利亚和伯大衮人。后者没用多久，就把他的几个亲人带了来，几个女人骑着驴子。他妻子很端庄，两个女儿青春年少，就这样一行六人一起来到客栈门口来见守门人。

"这是我妻子，"拿撒勒人一一介绍，"这几位是我的朋友。"玛利亚掀起遮面的头巾。

"蓝眼睛和一头金发啊，"守门者看着玛利亚低声念道，"正如年轻的大卫王来见扫罗时的模样。"

然后，他从约瑟夫手中接过缰绳，跟玛利亚说："愿你得平安，大卫之女！"然后对其他人说，"也祝福你们！"最后，跟约瑟夫说，"拉比，跟我来。"

于是几个人被带领着从一条宽宽的铺满石子的路走进客栈，到了当院。对他们几个新来者而言，客栈里的场景让人好奇，但是里面的人，却从各个角落朝他们打着哈欠。院子本身使这人群更显得拥挤。从一条用货车堆起来的小路中间穿过，就像大门的入口处一样狭小。他们来到客栈围墙和房屋交接的地方，这里拴着骆驼，马匹以及驴子等牲口，夹杂着看守它们的或是睡着的主人。一行人尽量归拢着牲口，沿着斜坡缓缓下去，终于他们走上一条小路，通往正对客栈的灰色的石灰岩绝壁。"我们这是要去往山洞。"约瑟夫简单地说。

领路人徘徊着，等到玛利亚走到近前。"我们前往的山洞，"他对玛利亚说，"一定是你们的先祖大卫曾经常去的地方。他从前一定经常从山下的田地和井边驱赶羊群到山洞安身。他做了国王之后，则回到旧居修养身体，带着大量的动物，因此饲槽被保留至今。像他以前那样睡地面的床铺上也好过在客栈里睡院子和路边，不是吗？看，这就是山洞前的房子！"

请不要误以为这是带有歉意的解说，实际上，把这山洞作为落脚地不需要道歉，因为在彼时彼地，能在此处落脚已经是最好的选择了。另外，这一行人都是过着简朴生活的人，能够得到这样的帮助已经非常满足了。对当时的犹太人来说，以山洞为家很常见。这是他们很多人每天的工作状态使然，也可以从安息日的教导中经常听到先祖们也有这样生活的先例，有多少历史和激动人心的大事件便是发生在这样的山洞中！具体到伯利恒的犹太人，这种居住方式更是常见。因为这个地区正是多山洞的地理环境，各种大小的山洞，有的从以米和何利人的年代开始就在山洞中定居了。另外客栈管事这么说也不是有意暗示他们几个是从山洞中出来的，绝无此意。作为牧人后裔的一支，他们牧养的牲畜都习惯于跟主人同行同住。贝多因人的帐篷里，向来马匹和孩子是在同一屋檐下，这种生活方式从先祖亚伯拉罕那时起就代代相传。所以这几位都乐于接受这种安排，此时他们都不禁好奇地看着前面的房屋。因是大卫住过的地方，这就更加激起众人的兴致。

前面是个又窄又低的建筑，好像从山岩突出的一块，尾部和巨石相连，没有设置窗户。前面光秃秃地开出一扇门，用巨大的铰链连在巨石墙体上，外面糊以赭色的黏土。几个女子在男人的帮助下从驴背上下来，客栈的管事打开门上的木栓，一边推开石门，一边说："请进！"

从门口走进来后，几个人都吃惊地看着眼前的景象。因为进来后他们马上发现，原来从外面看到的建筑只是个入口，背后是个天然的山洞，约莫四十英尺长，九到十英尺高，十二到十五英尺宽。光线从门口射进来，越过凹凸不平的地表，落在谷物和草料堆上，山洞中间是一些家用物品和器皿，侧面是牲口槽和桩橛，从高度看是用来饲养羊群用的，用石块砌成。洞里没有厅室的划分。沙砾和谷壳落在地面，铺了一层金黄色，石块之间的坑槽都已被填平，上面甚至落了厚厚的一层蜘蛛网。除此以外，洞里还算比较整洁，布置得也很舒适，事实上，作为牧人很难期待更好的条件了。

"请进！"引路人说道，"这些谷物堆放在这里便是为像你们这样的旅客准备的，来到这里，请各位自便。"然后他对玛利亚说。"您觉得怎样？"

"这地方尚好。"她回答道。

"这么说我就把此处交给你们了。愿平安与你们同在！"说完，领路者就离开了，留下一行人开始收拾洞里的摆设，尽量让自己接下来的休息可以更舒服点。

第十章

入夜，到了当天第九个小时的时候，客栈里面原本吵嚷喧闹的声音刹那间都消失了。同时，所有的以色列人，原来坐着的都站立起来，所有人直立着双手交叉放在前胸，面带庄严神色，把目光投向耶路撒冷，开始祈祷。因为每天的第九个小时是神圣的时刻，是当年先祖亚伯拉罕在摩利亚山（Moriah）的神殿祭献的时间，人们相信上帝在看。完成祈祷后，所有人将双手从胸前放下，然后又是在一瞬间，刚消失的声音全都爆发开来，所有人有的忙着吃东西，有的开始整理床铺。过了不久，灯光止灭，人们开始进入梦乡，世界陷入沉寂。

大约到了午夜时分，突然房顶上有人叫道："快看啊，天上那光是怎么回事？弟兄们，快醒醒，你们看啊！"人们在半睡半醒之间坐了起来往所指的方向望去，接着都在震惊中清醒了过来。骚乱快速地传递到了院子和屋里。不一会儿，所有住客都出来到了空地上望向夜空。

原来,大家争相观望的是夜空中出现的一束光,这束光从附近的一颗星星旁边升起,然后宛转下行靠近地面,光束的顶部逐渐变细成尖状,底部则甚宽,有数弗隆[①],光束侧边亮度渐渐变淡融入夜空,光束的中心闪耀着玫瑰色的光彩。这束光的精灵看起来最后停在了城镇东南的山峰顶部,于是山顶被白色的光晕所笼罩。那光的余晖竟然划破夜空照射到客栈屋顶上,使人们彼此面目清晰可见,每个人都觉得如此不可思议。

就这么维持了几分钟,光束在山顶徘徊着,起初的惊奇慢慢变成了敬畏和恐惧。胆小的人开始浑身颤抖,胆大的人则开始窃窃私语。"你见过这般景象么?"一人问道。

"看起来,好像就在那边山上。我说不上来,我也从未见过。"被问的人答道。

"会不会是星辰燃烧陨落呢?"另一人说道,舌头直打绊。

"要是那样,落下来后光应该会消失才对。"

"我想到了!"有个人貌似很有信心地说,"据说这里牧羊人见到了狮子,就会燃起火堆来驱赶。"

说话者的旁边一人用力深吸一口气,说道:"有道理,一定是这样!今天就有人在那边的山谷放牧。"

又一个旁观者打破这种猜想:"不可能!即便把犹大[②]之地所有山谷中的木头伐光,堆放到这里燃烧,也不可能有这样的光亮,你们没看到这光束有多高多亮啊!"

---

① 英制长度单位,弗隆相当于八分之一英里。
② 这里提到的犹大,是指以色列人祖先犹大,也就是雅各的第四子。

继而是一阵沉默，又被一个神秘的声音打破："我的弟兄们！"一个犹太人说道，话语之间透着庄严的神采，"我们正在看的，是我们的天父雅各在梦中所见到的天梯，被众父之父，圣主所佑护的天梯！"

第十一章

在伯利恒东南不到两英里的地方,有一片平原。附近山脉隆起的山丘正好把平原和伯利恒隔开,而崛起的山势恰好阻挡了从北面吹过来的强风。山谷间长满了大枫树,低矮的橡树,还有松树,在峡谷和沟壑交汇处布满了橄榄和桑树林,这些植被在这时节对牧人而言弥足珍贵。

平原离城最远的那边,山崖下不远的地方,有片古老的羊舍。这座建筑在许久以前经历的一场战争中遭到破坏,如今房顶已经塌毁,整座房子只剩了墙壁还算完整,其他一切几乎荡然无存。不过对于来此的牧人而言,房子反而不那么重要,有这几面墙壁对他们更有意义。一人来高的墙壁难以阻挡狮豹这样的猛兽,它们可以轻易跃入墙内。所以牧人们在里面增加了一道防御工事:种植了很多鼠李,用它围成了另外一层密密实实的内墙,连麻雀都难以通过枝杈的缝隙钻进去,就好似用长矛一样的荆棘簇拥起来,结实又安全。

上一章讲述的事件发生的当天，几个以色列牧民赶着羊群来到这片平原放牧，寻找新鲜的牧草。于是从一早开始，丛林和草地间就回荡着驱赶羊群的吆喝声，斧头的劈砍声，羊群的咩咩声和铃铛声，牛犊的哞哞声和牧犬的吠声。太阳落山后，牧人们开始把牛羊驱赶到羊舍处，确保入夜前人和动物都安置妥当。最后，几个人在羊舍门口燃起火堆，围坐在一起，简单地吃了晚餐，然后留一个人守夜，其他人开始一边休息，一边聊天。

除去一个守夜的，火堆旁一共六个人，他们很随意，有人坐着，有人趴伏在地上，摘掉头上的帽子，他们粗糙而茂密的头发乱蓬蓬地暴露在外面。胡须向下生长着，一直覆盖到他们的喉咙，然后跟胸口的毛发连接到一起。他们用羊皮毛毯裹着身子，绒面在外，从脖子一直裹到膝盖处，然后用宽大的腰带束起来，而胳膊则露在外面。他们穿着简陋的便鞋，右肩上挂着方袋，袋中装着干粮和防身用的石块，每个人身旁放着他们的武器——曲柄的手杖。

这就是朱迪亚的牧羊人！从外表看，他们粗俗而原始就像跟他们一起围坐火堆旁的枯瘦的牧犬一样。实际上，他们头脑虽然愚钝，内心却温柔。虽然延续着远古以来简朴的生活，却从不曾放弃爱，并乐于对无助者施以援手。

他们休息时所聊的都是关于放牧的事，这单一的主题在别人看来相当的枯燥无味，对他们而言却如同整个世界。他们不断叙述着放牧过程中的点滴琐事，在此过程中假设有人在给羊群点数时发现少了一只，他会一直说个不停，因被遗失的羔羊和牧羊人之间维系着这份感情。一只羊羔从出生时起就成了牧羊人的羁绊，作为主人，他要帮助羊群躲避洪水，带领它们跨越沟壑，给它们起名字并训练它们，慢慢地，羊群成了牧者的伙伴和他全部想法及兴趣的维系，终生伴随他逐草四方。在羊群遇到危险时，他更要站出来迎击猛兽或劫匪，不畏死亡。

至于那些震惊的大事件，诸如哪里的部族被灭绝，或者哪个地方统治者的更迭，又好像希律王在城里颁布了什么新的法令，修建了什么宫殿和竞技场，甚至又举行了什么叛神活动，对牧者而言，即便听说了也不过是过眼云烟的无谓琐事。罗马帝国以她一贯的作风，在朱迪亚还没来得及反应之前就已经来到这里。沿着牧人们放牧时常去的山路，一支部队在夜间朝着城池进军，守夜的牧者躲避起来，不时听到催促行军的军号声响起，他禁不住朝军队的方向偷偷张望，就见军队好像长龙一样有条不紊地行进着。当军队走过，士兵闪耀着金光的头盔消失不见了，他回过神来开始琢磨罗马的鹰旗和士兵镀金盔甲的含义，以及所来的军队对他意味着什么。

这些牧羊人虽然思想简单愚钝，但是也有他们自己的智慧。他们习惯于在安息日到教会净化自己的灵魂，他们会坐在距离法柜最远上的长凳上面，听主持者讲述圣经的枯燥约法，但是没有谁会去亲吻约法的经文，当使徒朗读文字的时候，他们也不会抱着坚定的信念去聆听。他们走时仅仅会听取几句老者的训诫，或者走后回想一下罢了。他们从示玛①的一节中找到了他们俭朴生活的一切意义——他们要全心全意地爱主，因主是他们唯一的神。他们爱这唯一的主，这就是他们的智慧。只从这一点看的话，他们甚至胜过君王。

---

① 这个词出现在《圣经·中命记》6：4，而示玛的意思包括6：4—9的整段经文。——编者注

几个人聊着聊着，有的人开始睡着了，大家轮流守夜，守夜结束就回到原来坐的地方睡觉。

如同冬季山间所有的夜晚一样，这晚的天空晴朗而带着清冷的寒意，天上的星辰不停地闪着光。夜空沉寂无声，空气似乎从未这么纯净，一切在沉默中静止。在这神圣的静谧气息里，好似天国正低声对大地耳语什么。门口，守夜的人把身上御寒的羊皮毯再收紧一些，来回踱着步子，不时地，他会停下来，注意听着休息的羊群中偶尔传来的骚动声和山边传来的豺狗的吠叫。午夜慢慢降临了，他守夜的任务也要结束，终于可以安心睡个好觉，恢复一下疲累了一天的躯体。他朝着火堆走去，但突然停下了脚步。一束光突然划破漆黑的夜空，照亮了他眼前原来不可见的一切！这片亮光笼罩了他，令他瞬间被比冬夜还要冰凉的恐惧感占据了。他抬头看去，所有的星辰都消失不见了。只剩下了这片光芒好像从天上开了一扇窗飞泻而下，焕发着壮丽的光彩，接着他恐惧地尖叫道："醒醒，你们快醒来！"

火堆旁的牧犬跳起来，哀鸣着跑开。羊群不知所措全都挤在一起。几个人警觉地都站了起来，并把曲柄的手杖抄了起来。"怎么了？"他们一起问道。

"看啊！"守夜人呼喊着，"天空在燃烧！"

就在这时，天空的光芒照得一片光明，亮到他们几乎睁不开眼睛，全都跪倒在地上。接着，他们脸朝下扑倒在地，在惊惧中昏厥过去，就在几乎要死去的时候，一个声音传到了他们耳中："尔等莫怕！"这声音听起来真切无比，"尔等莫怕，我将为尔等带来无上的喜悦，也为所有人。"

这话语，带着慰藉和美妙的非凡力量，低沉而清晰，仿佛在他们身体的每一处回响，叫人不得不信服。于是他们又重新跪在地上，用膜拜的目光注视着光芒的中心：一个身穿白袍的身形。这耀眼的身躯，一双闪光的翅膀收拢在其肩膀后面。这人的额头有一颗星稳稳地散发着光芒，如同金星一般。他的双手祝福般伸向众人，他的脸安详而神圣，如此美妙。

他们过去也曾以自己简单的方式听到天使的话语，但都不像现在这样真切，丝毫不容置疑，因为声音传进了他们的心底。上帝的荣光此刻近在眼前，旧时的预言在乌莱河(Ulai)①边应验！天使继续说道："救主将临，就在大卫的城，他便是基督！"

过了一会儿，所有的话浸没在众人脑海里。"这是给尔等的证示，"天使继续说道，"你们将看到救主化身初生的婴孩，包裹了襁褓，栖身在饲槽内。"

天使不再说话，停留了片刻后，突然神光绽放呈玫瑰色，摇晃中天使展开双翅，携着光明上升到了众人目光所及的最高空，伴随那光传来无数的声音异口同声地念道："在至高之处荣耀归于神，在地上平安归于他所喜爱的人！"赞颂如此重复了数次。

接着，大天使眼望远方，似乎是寻找主的首肯，然后挥舞起翅膀，动作舒缓却带着庄严之力，翅膀上缘雪白，而基部则是像珍珠母一样闪现着梦幻的色彩。当翅膀完全展开，有超过身高数万尺长，他缓慢地升高，毫不费力，逐渐消失到了视线以外，连同跟随的光芒一起。天上还留下那句话反复回荡在夜空里，"在至高之处荣耀归于神，在地上平安归于他所喜爱的人！"

---

① 《圣经》中提到的被希伯来人称为 Ulai 的河流。

牧者们神志过了许久才完全恢复了清醒，他们开始木讷地相互盯着。直到有一个人说道："是大天使加百利（Gabriel），上帝的报喜天使①！"说罢良久，没有人搭话。

"他好像说，基督我主将降临，是吗？"另一个人说道，"没错，我也听到了。"

"他还说了，会在大卫的城降生，那不就是耶路撒冷吗？我们要去所指的地方迎接襁褓中的婴孩？"

"是啊，那孩子被放在饲槽里。"

第一个出声的人，凝神盯着火堆。终于说道，好像突然坚定了意志，"伯利恒只有一个地方还留存了饲槽，就是那间老客栈后面的山洞里。弟兄们，我们必须到那里去。祭祀和博士们不知寻找了多久，等待基督的出现。现在他终于降生，主还特意给了我们明昭，那我们还等什么，要尽快出发去膜拜他。"

"但是羊群呢，怎么办？！"

"我们的主会照看好它们的，我们不需犹豫。"

于是众人站起来，离开了羊舍。他们爬过山，穿过镇子，来到了客栈门前，此时有个人在门口守着。

"有什么事吗？"他问道。

"我们今晚刚刚看到和听到了不可思议的事。"他们回答道。

"是吗，我们这里也看到了不可思议的景象，但是没有听

---

① 是一个传达上帝信息的天使。加百利第一次的出现是在希伯来《圣经·但以理》的故事，名字的意思是"天主的人"或"将上帝之秘密启示的人"。他也被认为是上帝之（左）手。事迹亦包括为耶稣的受胎、复活和诞生等报讯，而最著名的事迹即为向约瑟夫传递及妻玛丽亚怀有圣子耶稣。亦是亲手埋葬摩西的天使。

到声音。你们听到了什么?"

"我们到后面的山洞里看看吧,这样我们就确信我们所听到的事了。然后我们就告诉你听到了什么。跟我们一起去吧,眼见为实。"

"这是徒劳。"

"不,你不知道,基督已经降生了。"

"这是真的?你们怎知?"

"我们一起去山洞看了便知真假。"结果这人却蔑视地一笑:"你们撞邪了吧!你怎会认得出他?"

"他会在今夜降生,现在正躺在饲槽中,这就是我们被告知的内容,而且伯利恒只有一个地方有所说的饲槽。"

"在后面山洞里?"

"没错,跟我们一起去看吧。"

他们穿过客栈的庭院,没有引起任何人的注意,尽管还有一些人醒着谈论着刚才看到的奇妙光芒。山洞口的门打开着,里面亮着一盏灯,他们几个人就这么随意地进入到洞里。

"愿你平安,"客栈的管事向约瑟夫和伯大衆人问候道。"这几位前来说要寻找一个今晚降生的婴孩,他们说这个襁褓中的孩子会被放在饲槽里。"

过了一会儿,拿撒勒人一向冷漠的面部缓和了一些。他转身走开,说道:"他们要找的婴孩就在这里。"众人被引到饲槽旁,里面果然有个小婴儿。有人早已在这里掌灯,几个牧者怔怔地看着眼前幼小的婴孩,如同其他初生的婴儿一样,并没有什么区别。

"他的母亲是哪位?"客栈看守者问道。一个女子把婴儿抱在怀里,走到玛利亚身前,靠近后把婴儿递到玛利亚怀里。所有人都明白了。

"他就是救主啊!"其中一个牧者终于说话。"救主!"他们开始反复说着,跪倒在地开始膜拜。其中一个人重复数次后说道,"是圣主,他和他的荣耀将遍布天国和大地。"

这些质朴的牧者,坚信着眼前的神迹,亲吻着圣母的裙角,每个人脸上都流露着喜悦。在客栈里所有醒着的人都被告知了这个伟大的消息。接着牧者在回去羊舍的路上,又把这喜讯告诉了所有见到的人,并不断重复着:"在至高之处荣耀归于神,在地上平安归于他所喜爱的人!"

这个事迹就这样传播开来,所有看到夜晚的圣光之人都确信不疑。从第二天开始的以后很多天里,山洞的洞口就挤满了好奇的来客,有的人相信,而更多的人则嗤之以鼻。

第十二章

救主在山洞降生后的第十一天,前文提到的三位智者在中午时分,走在舍根(Shechem)①的来路上,前往耶路撒冷。穿过汲沦谷后,他们遇到了不少人,这些人全都好奇地盯着他们。

朱迪亚地区在当时成为国际化通道是有其必然性的。东部的沙漠和西部的海域相挤压升起形成狭窄的山脉地形。由此在东南区域自然而然地出现跨越山脉的贸易之路,这是她天然的财富。换句话说,耶路撒冷的富有是朱迪亚地区天然商贸通道的恩赐。恐怕世界上除了罗马以外也只有耶路撒冷能汇聚这么多来自不同国家和民族的人。也只有在耶路撒冷

---

① 古代迦南的城市,据《圣经》记载,舍根是以色列民族十二大支族之一玛拿西族建立的城市,后来成为以色列第一次建国时的首都,有时也译作"示剑"。

城内和附近地区，其居民才会对各种陌生面孔见怪不怪。尽管如此，当三位智者来到这里时还是引起了当地人的好奇。

一个妇女和她的小孩正坐在以色列诸王之墓对面的路边上，小孩看见三个人走来，马上兴奋地不停拍着手掌，并叫道："看啊看啊！好漂亮的铃铛！好大的骆驼！"小孩所说的铃铛是银色的，而几匹白骆驼确然体型不小，并且给人感觉异常的威严。三个人三匹坐骑从外表看，显然是穿过沙漠经过了长途跋涉，他们的装扮一如在祖布山脉第一次聚首时的模样。不过，真正令人称奇之处，并非他们的行头、坐骑、铃铛和举止，而是走在最前面的人的问话。

他们是从北面来到耶路撒冷的。从地形低洼的大马士革之门往南是一片平原，平原向南突进，他们便是沿着这片平原而来的。一路走来，道路交错狭隘，好在经过长期的踩踏很容易辨认，有些地方经过雨水冲刷，布满路面的松滑的鹅卵石给行进带来很多不便。不过这些地方在旧时曾经长满美丽的橄榄树，是一片丰饶的土地，那时若有穿越沙漠的来客，定然会惊叹于眼前的景象。三人就是经过这条路来到诸王之墓旁边。

"善良的人，"巴尔退则说，抚弄着编成小辫的胡须，坐在骆驼上弯腰向路边的妇女打听，"请问耶路撒冷是否就在附近？"

"对，"女子把小孩拢在怀里，"看见那边山上的树林了吗？要是这些树长得矮一点的话，你就很容易看到耶路撒冷市场里的塔尖啦。"

巴尔退则向希腊人和印度人示意了一下，接着问："请问您有没有听说犹太的新王在哪里降生的？"被问的女子看着另外的妇女，没有出声。"您没有听说吗？"

"不，没听说过。"

"是这样啊，那请告诉所有人，我们看到东方出现救主的星辰，这才赶来膜拜他。"说完，三人继续前进。凡所遇到的人，他们都传达了一样的喜讯。途中他们遇到一群人正准备前往耶利米①石窟(Grotto of Jeremiah)，这些人看到三位智者的异国装扮并得知救主降生的消息后非常震惊，毅然改变了主意，转而跟他们三人一起前往耶路撒冷。

三位智者一心惦记着肩负的使命，完全忽略了一路行走经过的壮美景观：首先迎接他们的毕则撒新城，左手边经过的米斯巴和橄榄山，城后面高大的城墙和墙顶上结实的塔楼，局部还经过特殊的加固，一部分是为了强化防御，另一部分是为了彰显威风。城墙向他们的右手边方向不断蜿蜒，每过一段距离就修造几座城垛，这样一直延伸到三座建筑群，即法赛尔塔、希皮库斯塔和米里亚尼塔。远眺锡安山，这座最高的山峰上，坐落着大理石的宫殿，从未像现在这么壮美。摩利亚山(Moriah)②神殿的露台，更被公认是世间奇迹。还有环绕这座圣城的壮丽山脉使整座城池好似沉入一只巨大无比的碗里。

他们终于到了城门前，城门顶上的塔楼高大结实，远远呼应大马士革之门，此处也是舍根、耶利哥和吉比恩三座城来此的道路聚会之处。一个罗马守卫在门口站岗。此时追随三人而来的一行人排成长龙等待入城，其场面吸引了不少闲人在城门口好奇地晃悠着。于是当巴尔退则张口跟城门守卫

---

① 公元前七和六世纪希伯来先知。
② 锡安山的另一个名字。《圣经》中记载，亚伯拉罕差点将他儿子以撒献为燔祭，后来在建造神殿时该山被改称锡安。锡安山位于耶路撒冷以南，是当今基督徒的圣地，因为这里有耶稣曾走过的足迹。

说话，队伍最前的他们三个人便一下子成了所有人关注的中心。

"愿主给你平安。"埃及人用清晰的声音说道。门官没有作答。

"我们从非常远的地方而来，寻找犹太的新王。请问你是否听说过他在何处？"这个士兵用手扶了扶头盔的帽檐，大声呼叫，接着从门廊右手边出来一位长官。

"让开！"长官对熙熙攘攘围观的人群叫道。当他发现这些人对他的话并没什么反应时，他把手中的标枪左右挥动起来，从人群里拨开一条路。

"你想干什么？"他用当地的方言问巴尔退则。巴尔退则于是再次问道："我打听一下犹太人的王在哪里？"

"你问的可是大希律王吗？"这位长官显然听到这番问话有点困惑。

"大希律王的王位来自罗马，我问的不是他。"

"这里没有第二个犹太王。"

"但是我们看到犹太王的星，并且是追随它前来膜拜他的。"

罗马人听了更加迷惘了，"去吧前辈。"他最后说道，"您请便吧，我不是犹太人，无法回答您，您可以到神殿去问问那里的博士，或者神父哈纳斯，或者直接去问希律王自己。如果真的出现第二个犹太王，他肯定会去找出来的。"

然后罗马人给来的一行人让开了一条路，让他们进城。众人步入圣城后，巴尔退则徘徊了片刻对他的朋友说："我们已经清楚地告知了。午夜之前，整座城市都会听说我们和我们前来的目的。咱们马上赶往客栈吧。"

第十三章

同一天在日薄西山之际,几名当地的妇女正在西罗亚池①旁的台阶上浣洗衣服。她们跪在地上,每个人身前都放着一个巨大的陶制碗样器皿。一个女孩子一边从台阶下的池水中不断地打水到妇女们面前的陶器中,一边唱着什么。喜悦的歌声传来,让众人的活计轻松了不少。偶尔她们也会跪坐在脚踝上,远眺着放斐耳山的斜坡,和环绕着现在被称为"犯罪山"(Mount of Offence)②的山丘,山丘慢慢在夕阳下闪耀着光芒。

她们在陶器里搓洗着衣服的当口,又走过来两个妇女,

---

① 古耶路撒冷城南面的水池,传说后来耶稣就是在这里给瞎子清洗并医好了眼睛。
② 橄榄山是个包括了四个山峰的小山脉,在汲沦谷和罗西亚池对面,从东面俯视耶路撒冷和圣殿山。圣经中记载所罗门拜偶像、为基抹和摩洛在山上建丘坛,以致使其中一峰蒙上"犯罪山"的恶名。

每个妇女肩上扛着个空陶罐。"愿你们平安,"其中一个新来的妇女说。听到问候的声音,原来正在劳作的妇女们停下手中的活计,甩动着手中的水,然后向来者回礼。

"这时节天长夜短——该回去歇着了。"

"活总是要干完啊。"对方回答。

"不要做得太累吧,还是要休息的,而且……"

"你们该不是错过那个消息了吧?"另一个刚来的女人插话说,"你们听到什么了?"

"这么说你们真的没听说?"

"是啊。有什么事发生了?"

"据说基督降生人世了。"这个嘴快的妇女赶忙说道。听到这个消息的妇女面露惊异的神色,显然非常感兴趣,索性把旁边的陶罐拉过来坐了上去。

"圣主降临了?! 这是真的吗?"她几乎叫了起来。

"他们都这么传的。"

"听谁说的?"

"到处都这么说,好像每个人都知道这事。"

"他们都相信么?"

"今天下午,有三个人从舍根城过来经过汲沦谷,"为了消除听者的怀疑,那女人连忙补充说明事情的细节。"他们三个每人骑了一头骆驼,这三匹骆驼全身雪白,一根杂毛没有!而且耶路撒冷还从没出现过这么大的骆驼。"几个听众一个个被这番描述惊得目瞪口呆。

"跟你们说啊,那三个人别提多有钱了,"讲述的人继续丰富着故事的细节,"他们的骆驼背上的遮阳篷用的篷布都是丝质的;鞍鞯的锁扣都是黄金的,连降生都镶了金边。铃铛是银制的,那铃声像乐曲一样美妙。没有人见过他们,他们三个人好像是从世界尽头过来的。他们中有一个人负责问话，而且在大街上遇到每个人都问同样一个问题：'你知道犹太的王在哪里降生的吗？'可是没人知道。没人知道他们问的是什么意思，所以大家就都把他们仨的话传开了：'因为我们看到主的星在东方升起，召唤我们到耶路撒冷来膜拜救主'。他们还跑去问城门口的罗马士官。不过罗马人也不比别人知道的多，竟然让他们三个直接去问大希律王。"

"他们现在在哪里啊？"

"在客栈呢。几百人都跑去看过他们了，还有好多人正去呢。"

"他们到底是什么人啊？"

"没人知道。有人说他们是波斯人——能跟星辰交流的智者——可能就是先知吧，说是就像以利亚和耶利米（Elijah and Jeremiah）①一样的人。"

"犹太的王指的是什么呢？"

"基督呀，就是救主以人身降临凡间了。"

其中一个女人笑出声来，又开始做手中的活计，同时说道："眼见为实，我看到才会相信。"

另一个觉得有道理，接着说道："我呀，除非我看到他能让人起死回生，我就相信。"

第三个则低声说："这样的预言已经不知传了有多久了，除非我看到他能治好麻风病人。"这些女人于是坐在一起聊了起来，直到入夜时分，夜风渐冷，她们才恋恋不舍地回到各自家里。

晚上迟些时候，大约是头班守望的时辰，在锡安山的一

---

① 古代以色列人的先知。

座宫殿里，有一帮人组织了一场别开生面的聚会。这些人大约一共五十位，除非有希律王的谕旨请他们来了解犹太律法和历史的深层谜团，否则他们是不会聚在一起的，这些人概括起来有大学的教师，有祭司长，有城里知名的博学之士——他们学识广博，善于解释各种学科的知识；有撒都该人的王子；有墨守律法的法利赛雄辩者；有冷静而善于言辞的爱色尼派（Essene）①哲学家。

聚会的场地在宫殿内的天井当院，罗马风格的建筑，相当宽敞。地面是大理石的，磨砖对缝。墙壁上开了一扇窗，橘黄色的壁画装饰着墙壁。场地的中央是U形的长椅，上面铺着鹅黄色的靠垫，正对着门口；长椅的弯形处放置了一张巨大的、铜制的用金银镶嵌的三角桌，桌子上空正对一盏天花板上垂下来的吊灯，被七只吊臂悬起，每只吊臂上点亮着一盏灯。长椅和吊灯完全是犹太风格。

在场的人坐在长椅上，每个人身穿统一的服装，只是颜色不同。他们当中大多数是上了年纪的人，满脸的胡须，硕大的鼻子上是一双黑色的眼睛，眼睛几乎被粗长的眉毛所掩盖。每个人举止都相当严肃，好似族长般透露着庄重的威严。简言之，这聚会叫人感觉如同是身处于最高法院审判的现场。

有一人坐在三角桌旁的首座位置，其他所有人分列左右坐在两边，此人显然是这会场的主持者，让人不禁第一眼便注意到他了。看得出此人曾经身材高大，但如今已显露出龙钟老态，白袍从肩膀堆叠而下，看到的不是健硕的肌肉，而

---

① 指公元前2世纪至公元2世纪盛行于巴勒斯坦的一个教派。他们热心追求的是圣洁的思想、属灵的宗教、自我谦卑。他们过着僧侣式的退隐生活，苦行自修，生活俭朴。

是一身单薄的骨架。他的双手在膝盖上握在一起,半只手掌露在长袖外,丝质的袖子红白条纹相间。当他说话时,有时右手拇指会伸出来微微发抖,除此之外,他没有其他的肢体动作。他的头发不多,比银色稍微白一些,衬托着圆形穹顶一般的头顶周边;向下的头皮紧紧贴服在头部,反射着智者之光。他的太阳穴深陷,使其额头更显突出,如同险峻的悬崖般。他的双眼浑浊暗淡,鼻子已经不再高挺,缩皱成一团。下面的脸颊被茂密的胡子掩盖,给人好像亚伦般的庄严感。这位就是巴比伦人希勒(Hillel)①!在先知已经消失很久的以色列,一群学者现在继承起先知的衣钵,希勒是这些人当中的先驱者——当然他们并不是神启的先知。此人在一百零六岁高龄时,仍然任职大学校长。

他前面的桌面上放着一卷羊皮卷,打开的部分写满了希伯来文字。他身后站立着一位男侍者,身着华丽的法衣。他们看似已经进行过一轮讨论,此时得出了某种结论,在场的人从姿态上看,进入了中场休息的时间,而希勒依然正襟危坐,神态庄严,就见他轻声吩咐身后的侍从,身子连动都没动。

"咳!"侍从会意,非常谦卑地向前走了半步。"去回复王,我们已准备好给他答复了。"男侍从听到后,马上离场了。

一会儿,两名士官走进会场,分立在门口两旁。在他们后面跟着走来一位要员,使人一眼便看得出其至尊显赫的地位:一身紫色长袍,猩红色的镶边,用黄金的腰带束在腰间,腰带虽是金制的,但工艺精良,看似跟皮质腰带一样柔软。

---

① 活动在公元前1世纪后半叶,犹太教圣经注释家,著名的饱学之士。

脚上的鞋子更是与众不同，鞋带上都镶满了珍贵的宝石。头顶被猩红色长绒头巾包裹着，下摆垂过脖颈搭在肩膀上，只露出前面的脖子，头巾上面是一顶小而精致的王冠，用金银丝拉制而成，耀眼夺目。腰带上斜挂着一柄匕首。来人手拄拐杖，步履沉重，低头迈步一直走到会场长椅旁才停下，然后抬起头来。当他意识到眼前这么多人聚于一室时，马上站直了身躯，随即用傲慢的目光扫视众人，如同意识到某种危险，开始寻找敌人一样——虽只是一撇而过，但目光阴暗，透着狐疑和威吓。这位，就是大希律王（Herod the Great）①——眼前的这位君王身患重病，身上罪行累累，但不得不承认他的确是个能力非凡的君主，而且是恺撒大帝"合格的"好友。希律王此时虽然已经七十六岁高龄，他独霸王位之心却比任何时候更强烈，他警惕地挥动手中的权力之鞭，不惜被冠以残暴之名。

在场的其他人见到希律王进来，全部卑躬屈膝，行额手礼。这当中不乏年纪比希律王更大的耄耋老叟，也不乏谄佞献媚者，他们纷纷把手放在胡子或前胸上，屏息凝神。

希律王瞥过众人之后，慢慢走到希勒前面三脚桌的对面，希勒感受到希律王脑袋微微低向自己，同时向自己投过来冰冷的目光，他抬起的手举得更高了。"答案！"希律王向希勒傲慢而极为简洁地问道，同时双手扶住拐杖立在希勒的面前。"告诉我！"

---

① 公元前40年～公元4年统治加利利和犹太。由于他曾救过恺撒大帝一命，所以获得恺大帝特准而统治以色列旧地全境。他并非犹太人而是以东人，但他的两位妻子米利安一世和米利安二世却是前犹太王国马加比王朝的皇室后人，使希律王亦继承有以色列王国的王位继承权。他亦曾扩建圣殿。大希律王以残暴而闻名。

这位德高望重的元老人物听到王的问话，抬起头用温和的目光看着希律王，开始回答他的问话，此时所有其他人都将注意力集中到了他身上，"我的王，愿上帝、亚伯拉罕、以撒和雅各带给你平安！"

这是臣子对君王的礼节和祈福。客套之后，他回到正题："您要求我们一起商讨和寻找的问题是基督会在哪里降生。"

国王稍稍弯腰作为致意，其邪恶的目光一直不离对面这位圣贤的脸，"不错，的确如此。"

"那么，王上，刚才我们已经得出一致的结论，现在我代表自己和在场的各位兄弟，告诉您，这个地点就在朱迪亚的伯利恒。"希勒说到这里，瞥了一眼三角桌上的羊皮卷。用颤抖的手指着羊皮卷，然后继续说，"在朱迪亚的伯利恒，因为这早已被写进了预言里，预言中说，'至于你，伯利恒，在朱迪亚众多的土地中，在犹太的子嗣中，并未被小看。因你的地将会出现一位领导者，他将会统治我以色列的子民'。"

希律王的脸色开始变得凝重，一边思考着希勒口中说出的预言，一边盯着桌上的羊皮卷。空气好似冻结，旁边在场的人一个个紧张到几乎无法呼吸。他们都沉默不语，而国王也许久不语，最终他转过身，离开了会场。

"兄弟们，"希勒说，"大家散了吧。"众位听到后纷纷站起，三五结伴地开始离去。

"西面（Simeon），"希勒叫了声。一个男子，大约五十岁，却正值盛年，答了一声，走了过来。"把羊皮卷收起来吧，动作小心点。"西面于是照做。

"现在帮我一把，扶我离开。"西面把腰弯下了些。老人把枯瘦的手臂搭在他背上，在他的助力下，站起身来，蹒跚着走向门口。

就这样,这位著名的院长离开了会场。扶助他的西面,他的儿子,即将成为他的继承者,继承他的智慧、学问和职位。

时间推移,当晚迟些时候,三位智者正在客栈中的帐子下休息,他们还没睡着,用石头作枕,以便能够看到门外深邃的夜空。一边这么望着天上闪烁的星辰,他们脑中不断地思考着圣主何时才会再一次显现,会怎样显现呢?以何种姿态显现?他们终于来到了耶路撒冷,也按照主的指示询问了应该问的问题,并为基督降生做出证明;现在剩下要做到的事,就是找到救主的所在了;为了达到这个目标,他们只能把希望寄托在圣灵身上。他们躺着,试图能听到上帝的声音,或是天国的兆示,辗转无法入睡。

正在这时,一个男子走了进来,漆黑的身影阻住了帐中的光线。

"醒一下!"他说,"有人要找你们。"他们全都坐了起来。

"谁?"埃及人问道。

"大希律王。"三人感觉到来者相当紧张。

"你不是客栈的管事吗?"巴尔退则问道。

"是的。"

"希律王找我等何事?"

"这没有说,见到他自见分晓。"

"请转告他,等下我们过去。"

管事离开后,希腊人说:"你是对的,兄弟!我们到处询问的事现在已经传得沸沸扬扬,咱们几个已经背负了恶名。我已经不耐烦了。咱们赶紧起身吧。"他们站起身,蹬上鞋子,穿好衣服,离开了客栈。

"向您致敬,愿您得平安,请原谅我的唐突。我的主人,国王陛下,让我前来有请诸位,跟我一起到王宫走一趟,我王有话要跟各位私下商谈。"这位信使简单传达了此来的目的。

客栈门口处悬着一盏灯,借着灯光他们三位相互看了一眼,感受到圣灵仍与自己同在。接着埃及人走到客栈的管事附近,轻声对他说,以免别人听到,"你知道我们的东西都放在院子里的,还有我们的骆驼拴在哪里。我们离开以后,请帮我们做好准备,等我们回来马上要赶路。"

"尽管去吧,您的吩咐我一定照办。"他回答说。

"国王的意志我们一定会遵照,"巴尔退则告诉信使,"请带路,我们跟你去。"

圣城的街道自古就这样狭窄,不过路面倒还干净平整。伟大的建设者不单单重视街道的美观,更在意清洁和便利。三位智者默默跟着带路的信使走在街道上,天空中只有昏暗的星光,加上左右两边墙壁的遮蔽,路面更不可见了,有时从房顶间天桥的下面穿过,简直是漆黑一片。经过一片低地,他们开始向上走,爬上一座山坡后,他们来到一个大门口。大门外两樽大火盆里面燃着熊熊的火焰,借着火光,他们得以一瞥眼前这座建筑的结构,同时看到有些看守的卫兵一动不动地在站岗。他们从门口走进这座雄伟非凡的宫殿,经过拱形的走廊和过道,穿过宫院和昏暗的柱廊,拾阶而上,路过无数的回廊和房间,三个人被领进一座高塔中。突然,带路人停下了脚步,然后指着一扇打开的门对他们说:"请进,国王在里面。"

按照指引,他们走进房内,里面空气中弥漫着檀香味,显得相当沉重,而目光所及的设施和物品尽显奢华。地板的中央铺着一张簇绒地毯,上面是一张王座。三位来客进来后充满好奇地环视周围——精雕细刻、镶金的搁脚凳和睡椅;

各式的扇子和容器，还有各种乐器；熠熠生辉的烛台，上面燃着烛火；墙壁上艳丽的希腊学院式壁画，足以令法利赛教徒看一眼就惊恐垂首。大希律王此时正坐在王座上，看着他们，身上的装束跟白天在会场时一般无二。

三个人未得请字就从地毯旁边走了进来，然后拜服在地给王行礼。国王敲了下传事铃。一个侍者进来，在王座前摆放了三张座椅。

"请坐吧，"大希律王和蔼地致意说。他们入座后，王继续说道，"今天下午，我接到城北门的报告说城中来了三位异乡人，穿着奇异，看似从遥远的国度而来。说的就是你们吧？"

埃及人、希腊人和印度人眼里会意，先行了额手礼，然后深沉地说，"伟大的希律王，您的声名远播四海，相信您既然把我们找来，想必已经十分肯定，不错，我们就是你提到的三个异乡人。"

希律王摆了摆手，"那么，你们都是谁，从何而来？"他问道，然后意味深长地补充道，"你们分别介绍一下吧。"

接下来，三个人分别把自己的来处、身世以及如何跋涉来到圣城的经历简单地作了介绍。大希律王似乎对回答的内容有些失望，直接打断了他们。"你在城门口问了我的士官长什么问题来着？"

"我们问他，犹太的新王在哪里。"

"我可以想象为什么人们对你们这么好奇。其实我也一样。怎么还有另外一个犹太的王吗？"

埃及人没有打绊，回答说："还有一位，是个新生的王。"

希律王本就暗淡的脸上露出非常不悦的神色，好像他脑海里突然回想起什么痛苦的往事。"不是我，怎会不是我！"他大声叫道。

可能那些被他下令扼杀的幼童的怨灵在他的眼前闪现，刺激到了他的神经，不管是什么原因吧，他定了定心神，接着问："这位新生的王，在哪里？"

"这个问题，我的王，也是我们想要知道的。"

国王接下来说："你们带来了一个让所有所罗门人都无法解答的难题。如你们所见，我已经到了风烛残年，可越是年纪老迈，我的好奇之心越是如同孩童般无法遏制。请把一切有关这个新王的消息都告诉我，我会赐给你们王的荣耀，并且，我将协同你们一起寻找这位初生的新王。找到他后，我将如你们所愿地把他带到耶路撒冷，然后亲自教导他如何为王，进而让他继承我和恺撒大帝的荣光。我们之间不存在嫉妒之心，我可以保证。但在此之前，请告诉我，相隔万里的你们都是怎样听到他的兆示的？"

"我必以实情相告，我的王。"

"请说，"大希律王示意。

巴尔退则站了起来，严肃地说："有一位无上的主。"

希律王听后看得出很震惊。

"是这位主命我们到这里来的，保证我们将会找到救世之人。他主告诉我们应去见他、膜拜他，见证他的到来。作为兆示，我们都看到主的星。他的圣灵守护我等并与我们同在。王啊，他的圣灵此刻便与我们同在！"说到这里，一股无法抵御的情感占据了三人。希腊人好不容易才克制住了没有大声呼喊出声。希律王快速扫视着三人的表现，比刚才更加狐疑和不满了。

"你们这是在讥讽我，"他说。"若非如此，那请告诉我，这位新王将会带来什么呢？"

"给世人的救恩。"

"何谈救恩?"

"救赎人之恶行。"

"那又如何救赎?"

"靠神圣的愿力——信仰,爱和善举。"

"这么说,"希律王停顿了一下,从他的表情看不出接下来他的话是抱着怎样的想法,"你们都是基督的先驱者咯。是这样吗?"

巴尔退则深深鞠了一躬,"我们是您的仆从,我的王。"

国王又一次敲响传事铃,叫侍从进来。"把礼物拿来。"他吩咐道。

侍者出去不久便返回进来,跪在每个客人身前,给每个人一件猩红和蓝色相间的斗篷和一条金腰带。他们匍匐在地,用东方的礼仪对赏赐表达谢意。"在这次会谈结束之前再多说一句,"大希律王说,"你们对城门的士官,就如刚才你们对我说的,你们提到看到过出现在东方的星星。"

"是的,"巴尔退则说,"是他的星,初生之王的星。"

"你们见到他的星是在什么时辰?"

"在我们听到指示要来这里之前。"希律王站了起来,意味着会面到了尾声。他从王座走下,向他们亲切地说,"假若,也如我所信的,你们三位不凡的举动,的确称得起是基督新生的先驱者,要知道,我今天早些时候刚刚咨询了圣城最了解犹太学问的智者们,他们已经给了我唯一的答案,那就是新王的降生地会在朱迪亚的耶路撒冷。我把实情告诉你们,你们可以去那里,好好地去找这位新王吧。请仔细寻找这位婴孩,找到后,请给我捎个话,我将前去膜拜他。你们此行不应有任何阻碍。愿你们平安!"

然后,大希律王拉了拉王袍,离开了房间。原来那位引路人径直走了过来，带他们回到外面街道上，最后把他们又送回到客栈，到了客栈门口时，希腊人忍不住说："咱们得尽快去伯利恒啊，弟兄们，就像国王所说的那样。"

"没错，"印度人感同身受。"圣灵与我，都要燃起来了。"

"那就这么办，"巴尔退则说，一样的心急如焚。"骆驼已经备好了。"

他们把里屋给了客栈的管事，然后骑上骆驼，问明从雅法之门出城的方向，就起身了。城门为他们敞开着，使他们顺利地离开到了城外，沿着之前约瑟夫和玛利亚走过的那条路迈向伯利恒。他们刚走过欣嫩谷，到了利乏音平原上，夜空中出现了一束光，一开始朦胧，继而随着光芒变得清晰，他们心跳迅速加快，后来光芒四射，使他们不得不闭上眼睛。当他们鼓起勇气重新睁眼望去，天哪，有一颗星，如同天上的星辰落到凡间一样，慢慢到了他们面前。于是他们双手交叉，大声呼喊，声音中溢满了喜悦。

"上帝与我们同在啊，与我们同在！"他们不断重复着，表达心中的愉悦！一路走着，直到星星上升到玛·伊莱亚斯山谷之外，停在了山下斜坡上的一间房顶上面。

第十四章

在第二天的第三班守望开始的时辰,破晓的太阳慢慢从伯利恒东方的山峰上爬起,而此时山谷中的黑夜仍未消散。在伯利恒古老的客栈房顶上,守夜人被清晨的凉意冻得瑟瑟发抖,期待着出现什么动静打破这黎明前的寂静,期待着白天赶快降临。这时,一束光芒从山脚下斜射上来,投在他脚下的房屋上。他觉得可能是谁手中火把的微光。接下来光芒渐亮,他又以为是有流星飞过。然而,这光迅速地增长着,已经如同星辰一般来到眼前。他惊恐万状,忙把客栈的众人唤醒到房顶上。就见那团光旋转着离客栈越来越近。周围的树木、山石和路面都落入到光的笼罩之下,纷纷闪烁着奇异的光彩,后来索性亮到夺人眼目的地步。胆小者纷纷跪倒,把头脸隐藏,开始祈祷;而胆大的,同样跪倒在地上,蜷缩着身体,满怀恐惧却不忘时不时地偷瞄两眼。过了一会儿,客栈和一切都被万丈圣光覆盖。胆大的人看到,原来这光停在了离客栈不远的上空,就在传说中救主诞生的那个山洞的门外。

在众人的恐惧达到最顶点时,三位智者来到了客栈前,在门口下了坐骑,大声呼叫客栈的管事。管事注意到来人,才从刚才的恐惧中勉强抽身出来,给他们打开了门口的栅栏。三匹高大的骆驼在耀眼的光芒照射下走进客栈,如同异域的古怪精灵,加上三个人的奇特相貌和装扮,此时看上去,更加刺激了管事者紧绷的神经,使他感觉眼前的一切如同幻境。他连连后退,好长一段时间无法张口回答对方的问话。"这里是不是朱迪亚的伯利恒?"

这时其他人也围拢过来,这让门口的管事心里的惊惧减轻了不少。"不,这里是伯利恒的客栈,要去镇里还要往前走一段路。"

"这里是不是有个刚降生的婴儿?"

周围的人纷纷交换着目光,为来人的问话感到惊异,不过还是有些人小声地回答说:"是啊,没错。"

"请带我们去见见他吧!"希腊人最先忍不住说道。"我们想要见他!"巴尔退则也情不自禁地叫道,"因为我们见到了他的星,就如同你们眼前看到的,我们来到此地膜拜他。"

印度人双手交叉,喊道:"主是真实的!快,快啊!救主已经降临。上帝啊,佑护你的子民吧!"

房顶上的人们纷纷下到院落中,跟随着刚到的陌生人,在管事人的带领下来到客栈外面。这时他们发现山洞外面的光芒已不似刚才那么白炽灼目,尽管如此,有一小部分人还是害怕地背过身去,其他人则一起朝着山洞走来。当三个智者靠近山洞时,那团光芒徐徐上升。等众人来到门口,光芒已升至高空逐渐变弱,而随着所有人走进山洞,那光已经不见了。这般变化无疑跟三位陌生人的到来是有所关联的,连同栖身洞中的人也是这么想着。打开洞门,大家鱼贯而入。

山洞中有一盏提灯,借着灯光,人们一眼就看到了母亲怀抱中醒着的婴儿。

"您是这孩子的母亲吗?"巴尔退则问玛利亚。玛利亚谨慎地看了一下眼前的众人,尽管她并不希望孩子和自己被人打扰,但经过思考,还是把孩子抱起来,说道:"没错,这是我的儿子。"于是,众人跪倒在婴儿前面,膜拜他。

他们看着这个婴儿,似乎跟其他见过的婴儿并无不同:他的头顶似有似无的有一团光彩;嘴唇微启但却并未发出声响;看起来好像他听到了眼前众人正在表达的由衷喜悦,以及他们的祝福和祈祷;但他没做任何反应,他就跟一般的婴儿一样,盯着灯光不去看眼前的人们。看了片刻,他们站起身来,回到骆驼那里把携带的礼物取来,有黄金,乳香①,还有没药②,他们一边把这些礼物放在婴儿的身前,一边不断诉说着膜拜的言辞。这些话常人难以听懂,因为在智者心中,最纯洁的心所奉献的最真挚的膜拜之歌不应是预言所能表达的。这,就是他们一路跋涉而来寻找的救主!

而且,他们如此诚意,没有一丝疑虑,却是为何?他们的信仰植根于圣父所显现的兆示。他们对圣父的应许深信不疑,而不问他如何实现。只有少数人亲眼看见了圣父的兆示,听到了圣父的应许——玛利亚和约瑟夫,牧羊人,还有三智

---

① 取自阿拉伯和东北非产的各种乳香属树木的树脂,经过处理可以制成镇痛、消炎防腐的药剂。
② 又名末药,为橄榄科植物地丁树或哈地丁树的干燥树脂。希伯来人将没药树枝制作成各种芳香剂、防腐剂和止痛剂。旧约时期,常被做成油膏,涂抹在伤口,促进伤口愈合。

者，他们都一样对此深信。也就是说在主的救赎之始，圣主行使了神迹，而圣子仅仅是个普通婴儿。但在不远的将来，读者们！一个新的时代即将到来，圣子将代替圣父行使他的神迹！那些相信圣子的人们，将会得福报。

让我们一起期待那个时代的到来。

宾虚

第二部

"灵魂的火焰和运动,不安于狭隘的形体,它渴望超越欲望的常态。但当投入其中后,便永不停歇,不断登上更高的险途,至死方息。"

——《恰尔德·哈洛德》(Childe Harold)①

---

① 出自乔治·戈登·拜伦的叙事体长诗。讲述的是一个厌世的年轻人在享乐生活幻灭后,寄托于到国外各地旅行,以及在旅行过程中发生的一些思考。作品主要反映了生活在战争和后工业革命时代的年轻人对自己和社会的反省。

第一章

现在让我们把故事向后跳跃到公元二十一年,来到第四任朱迪亚总督瓦勒利乌斯·格拉图斯(Valerius Gratus)①统辖的时代。这个时期的耶路撒冷因政治暴乱而闻名,同时,也是罗马人和犹太人争端最终激化的开端。

在过渡的时期,朱迪亚经历了各种变革,其政治地位的变化影响尤甚。圣子降生后不到一年,希律王便去世了,他可悲的离世被后世基督教世界认为是招致圣怒使然。和其他统治者在位时致力于巩固自我统治地位一样,他致力于延续

---

① 这一时期的时代背景比较复杂,犹太朱迪亚地区原来处于大希律王的统治下,希律在公元 4 年去世后,其领地被罗马奥古斯都大帝分割给其三个儿子,安提帕斯(后文亦有提及)、菲利普、阿基拉,后来在公元 6 年,阿基拉被放逐,罗马政权把犹太地区收归划为行省,并指派巡察管管辖,这里文中称之为犹太的行政官或总督,巡察管隶属于叙利亚总督。其中瓦勒利乌斯·格拉图斯是第四位巡察管,也是辖期最长的一位(公元 15~26 年)。

自己一手建立起来的王朝。为此，他临终前留下遗嘱，把自己管辖之地分给他的三个儿子，安提帕斯（Antipas），菲利普（Philip）和阿基拉（Archelaus），其中阿基拉被定承袭他的王位。遗嘱中他托付奥古斯都大帝（Augustus）[①]，在确认阿基拉具备为王的资格后，再把统治权交付给他；在过渡期内，阿基拉共统治了朱迪亚九年，这段时间内他无力控制和平息暴乱，也没能巩固自己的地位，最终被放逐到高卢之地。

罗马政府对罢黜阿基拉的决定并不十分满意。这些举措伤害了耶路撒冷人民的尊严，而且激怒了出入神殿的犹太贵胄和上层掌权者。皇帝把朱迪亚地区变成了罗马帝国的一个省份，并把其划归叙利亚管辖地区。于是，锡安山希律王的贵族统治时代宣告结束，朱迪亚的统治权被转到了一位二级地方长官的手中，新上任的长官由罗马任命，并通过驻叙利亚首都安提俄克的罗马使节，对罗马行政院负责。另外恺撒利亚成了新任巡察官的行政驻地，而不是耶路撒冷，这无疑使犹太人的民族感情雪上加霜。而最让犹太人蒙羞和愤怒的是，罗马有意地把撒玛利亚这个犹太世界最瞧不起的区域划分出来，跟朱迪亚一样成了单独的省份。基利心山（Gerizim）[②]的信徒此时得以假借恺撒利亚行政官之名嘲笑法利赛人和坚持犹太独立的人，这种

[①] 恺撒大帝的侄子，恺撒被安东尼阴谋刺死，临终前指定奥古斯都继承其王位，奥古斯都回到罗马后发动了对安东尼和其同谋克娄佩特拉的战争，不久他就平定了叛乱，并巩固了王位。其影响力在欧洲历史上持续了数百年。

[②] 撒玛利亚人认为上帝耶和华选择的圣所是基利心山，不是锡安山，并且他们只接受摩西五经。同时犹太人不接受撒玛利亚人同为犹太人后裔，尽管撒玛利亚人自称是北国以色列灭亡后残留部族的后裔。由于复杂的政治、种族、文化信仰等差异，撒玛利亚人跟犹太人相互敌视。

政治局面使以色列民族的子民感受到难言的悲凉!

在这场苦雨中,留给这个堕落民族的唯一慰藉是:大祭司占据了位于市场内的希律王宫,在此保留着犹太议院的面貌,尽管此时的议院权威显然已经不复存在。因为行政官操纵生死大权,而相关的判决则由罗马皇帝命令做出。更值得注意的是,王宫被帝国的税官占用,同时罗马派遣来的助理官员、书记官、收税员,当然也包括线人和间谍等等也入驻其中。尽管如此,对期盼自由之日到来的人而言值得庆幸的是,在希律王宫仍有这么一位犹太人的代表。这一事实对犹太人民来说意味着先知们的应许和契约仍有希望,亚伦的子民代行耶和华治权之日仍存希望。主还没有放弃他的子民,给他们留下了一丝希望。所以他们还可以继续忍耐并坚守信念——犹大之子终将回来统治以色列。

朱迪亚成为罗马实质上的行省其实已经八十多年——这足够罗马当权者去研究和了解这里的民族特性——这么长的时间里,他们至少了解到一点,犹太人很容易管理,前提是你足够尊重他们的宗教和尊严。按照这一原则下来,格拉图斯的前任们都小心翼翼地避免干涉和介入任何与犹太宗教仪式相关的事务。但格拉图斯却采取了截然相反的举措:他上任伊始便驱逐了大祭司亚那(Hannas)[①],转而由法布斯(Fabus)之子以赛玛利(Ishmael)入驻。

[①] 罗马人逼迫亚那从大祭司的职位上退了下来,但他通过女婿该亚法(在公元 18～36 年为大祭司)和做大祭司的五个儿子继续在幕后施加影响。亚那虽卸任,但在犹太国事上仍有举足轻重的影响。后文讲到耶稣被捕后也是先被押去见亚那的,说明亚那在民众心目中仍为"大祭司"。实际上亚那和该亚法都与罗马有着一定的联系。亚那的直接继任者是 Ishmael ben Fabus(公元 15～16 年为大祭司)。

不管这场权力更迭是由奥古斯都大帝一手导演，还是格拉杜斯自己挑选，都被证明是个败笔，而且其负面效应越来越明显。讲到这里，有必要分出一个章节向读者们简单介绍一下犹太人的政治，因为这些政治背景对于帮助读者更深入理解本书后面要讲的故事是至关重要的。当时的朱迪亚行省，除了普通原住民以外，主要党派可以分为贵族党和独立党（或称大众党）。大希律王死后，这两个党派曾联手抵制阿基拉政权。从圣殿到王宫，从耶路撒冷到罗马，他们在各条战线上同阿基拉政权抗争。有时用计谋，有时甚至动用武力。摩利亚（Moriah）①的圣殿中不止一次响起战士们搏斗的叫声。终于，阿基拉被赶下王座并被流放远地。事后曾在战斗过程中联手的双方出现了意见上的分歧。贵族党痛恨大祭司约亚撒（Joazar）②。独立党则相反，狂热追随着大祭司。在阿基拉政权分崩离析后，约亚撒失势，亚那——塞特（Seth）的儿子，被贵族党选出作为新的执政者。这之后原来的同盟开始分裂。亚那的就职成为两派正式敌对的导火线。

在与倒霉的当权者斗争的过程中，贵族党发现把对方跟罗马政权捆绑在一起对己方非常有利。在现存的政权被推倒之后，考虑必须建立新政，贵族党建议把朱迪亚转变为自治省。这无疑给敌对一方的独立党派增加了进攻的借口。另外，当撒玛利亚被划为新的行省后，贵族党成了少数派，支撑他们的除了王室就只有他们阶层的声望和财富。即便处于这种不利的境况，贵族党还是成功维护了他们在王宫和圣殿的地

---

① 摩利亚山，即《圣经·旧约》中的耶和华山，亚伯拉罕曾在此献祭自己的儿子。

② 亚那前任的大祭司。

位，坚持了十五年，直至格拉图斯政权建立。

亚那被推上权位后，忠实的利用他的权力为给他撑腰的派系服务。在当时的耶路撒冷，罗马的势力渗透到各处，安东尼亚塔变成了一个罗马要塞由罗马军团驻守。王宫大门的门官皆由罗马士兵担任，平民犯罪与否也由罗马的法官裁定，税收制度亦由罗马制定并被无情的推行到城乡各地。每时每刻，朱迪亚的百姓都不得不忍受罗马政权的横征暴敛，徘徊在自由人和奴隶的分界线上，而亚那利用各种办法维持社会的相对稳定。罗马没有真正意义上的朋友，任何触犯其利益者会迅速被惩治。亚那被赶下台后，很快以赛玛利被任命为其继任者。与亚那不同，这位新任的就职场所从圣殿转移到了独立党的议会，成了塞特人（Sethian）和贝特人（Bethusian）这个新兴联盟的首领。

瓦勒利乌斯·格拉图斯，这位新的行政长官，经此举措基本消除了当地的党派对立局面，十五年党派斗争的战火渐熄，民生亦稍有复苏。以赛玛利接任一个月后，格拉图斯认为有必要和他在耶路撒冷进行一次特别会晤。当时，犹太民众唏嘘着目睹了他的护卫队从圣城北门游行般向安东尼亚塔行进的过程，老百姓明白这次会晤的目的——整支罗马军团的步兵队被补充到原先的塔楼要塞中，这里的塔防也就使罗马对这座城池的控制得到了更有力的巩固。这对图谋叛乱和入侵的地下势力来说无疑是个相当糟糕的消息。

第二章

经过前文的介绍,请读者跟我一起来到锡安山王宫的一座花园中。此时是七月中的一个中午,一年之中最酷热的时候。

花园的周围耸立着几幢楼房,楼层间用两排楼梯连通,建筑的上层是阳台,底层门窗被遮蔽在阳台的阴影中。结实的护栏一方面围成底层的走廊,一方面作为上层楼房的支柱。建筑的各个地方都有柱廊,这种建造格局不但创造了良好的通风环境,而且使得不管从哪里都能看到整座建筑的宏大规模和美妙风格。地面首层的布局同样让人着迷。铺设整齐的甬道,两旁辅以灌木丛和绿草地,间隔地种植着一棵棵高大的树木,还有一些矮棕榈树,每一株都是稀有品种,旁边围拢种植着角豆树、杏树和胡桃树。所有这些布置的中心,是一个大理石砌就的喷泉,水池的边壁上每隔一段留空,装着一扇小闸门,打开闸门时水池中的水便会自然地沿着甬道旁的水槽流淌开去,这个装置被用来应对干旱时缺水的状况。

距离喷泉不远，有个小型的水槽，盛放着清水，用以灌溉一丛甘蔗和夹竹桃，这两种植物盛产于约旦河流域和死海下游地区。此时，两个年轻人无视炎炎烈日，正在小水槽和树丛之间交谈着什么。他们中一个有十九岁左右，另一个只有十七岁的样子。

这两人的长相都十分俊朗，乍一看几乎所有人都会误以为他们是亲兄弟。每个人都长着黑色的眼睛和头发，而面色也都是深褐色。坐在一起，他们的身形和年纪的区别一样，让人一目了然。

年长的那位头上没戴帽子，只穿了一件宽松的袍服，垂下至膝，脚上穿着一双便鞋，浅蓝色的头巾放在他身下的座椅上。他的胳臂和小腿露在外面，肤色跟面色一般呈褐色。然而，文雅的举止，不俗的气质和话语间透露的教化，都让人不难看出他不俗的出身。他身上的长袍，灰色领圈和袖口边用最柔软的毛料织就；裙摆用红色镶边，腰间用带流苏的丝质腰带缠绕着，显示出他的罗马人身份。事实上此人出身显赫，即使在罗马，其家族也算得上是贵族阶层的一员。这种出身使他在与人交谈时，常常眼带傲慢，好似对方低自己一等似的，不过在现在看来的高傲无礼，放在那个时代却无可厚非。在恺撒大帝征战各国的战争中，梅撒拉（Messala）族人就是布鲁图（Brutus）[①]的好友。腓立比（Philippi）[②]之役后，

[①] 公元前85年～前42年，罗马贵族政治家、将军，刺杀罗马独裁者恺撒的主谋者之一。

[②] 东马其顿的一个城市，在公元前356年由腓力二世建立。恺撒被暗杀后的罗马内战期间，马克·安东尼和奥古斯都（后来的奥古斯都大帝）面对恺撒的行刺者，马可斯·布鲁图斯和盖乌斯·卡西乌斯，双方在公元前42年10月在城西平原腓立比展开战役。安东尼和屋大维最终获胜。

梅撒拉和征服者达成了和解，并幸运地保住了家族的声誉。后来，奥古斯都大帝，在罗马内讧期间又得到了梅撒拉一族暗中的帮助，新的皇帝没有忘记梅撒拉一族的扶助，用显赫的荣耀报答了他们的族人。在耶路撒冷被划分为行省之际，他派年轻的梅撒拉之子来到这里，作为罗马皇帝的心腹，负责征收和管理此地的税赋，任职期间他和大祭司一同在王宫办公。刚才提到的年轻人，就是这位梅撒拉了，不难想象，他已经习惯于把自己祖上和罗马帝国的亲密关系作为自己先天的优势，而这种天生的优越感在言谈之间自然而然便流露了出来。

跟梅撒拉一起的年轻人身形相比稍小，身上穿着在耶路撒冷常见的白色麻质长袍。套头的长袍用黄色细绳在头顶固定，边缘向脖颈后垂下去。熟悉不同种族区别之处的人，更多关注人的容貌特质而不是穿衣打扮，经验丰富的观察者很容易确认这位年轻人的犹太血统。那位罗马人的额头高但比较窄，鼻子细而呈鹰嘴状，嘴唇薄而线条较直，眼睛之间不宽且更靠近眉毛。而这位以色列人的额头则比较矮而宽，鼻子较长鼻翼稍大。嘴巴稍微有点天包地，嘴唇较薄而且线条有一定弧度，好像有一条弧线一直延伸到了脸颊的酒窝，如同丘比特的弓形一般。下巴较圆，鸭蛋形的脸上洋溢着好像醉酒般的红晕，使他的面部有一种以色列人独有的温柔却不失坚韧的神态。两人相比，罗马人让人感觉冷峻而高贵，犹太人则让人感觉富有而亲和。

"你刚才说新来的总督明天就到？"

年纪较轻的这位用当时朱迪亚地区流行的希腊式礼节用语问道。这种表达在当时相当普及，从王宫到民间或学校中。不过相当奇异的是，后来不知何时也不知如何竟也流传到了圣殿中，要知道圣殿和其附近是神圣之地，自然是严禁异教徒也包括其语言的。

"没错，明天到。"梅撒拉说。

"你是从何而知的?"年轻人继续追问。

"这消息是被你们称为大祭司的以赛玛利昨晚告诉我父亲的，被我听到了。我向你保证，这消息是可信的，正因为是从一个埃及人或称他为以土买人的口中说出的，可别忘了埃及人是个忘记了真理的民族，而以土买人则是根本没有真理的民族。但是为了进一步确证，我今天早上见到塔楼上的百夫长，他对我说接待的准备工作已经办妥。军械师已经把盔甲盾牌擦亮，把罗马金鹰和金球重新镀金。空置很久的驿馆也已经重新进行了清洁和通风，好似对要塞进行加固一样，要塞还增配了护卫，极可能就是为迎接他准备的。"

从以上的回答中很难理解和体会其背后隐藏的内容，这些部分是笔者极力想要说出却又无法传达到笔端的。这时需要读者来发挥想象帮助笔者，同时我必须提醒读者的是，在当时"敬畏"作为罗马人的特质之一，正在迅速消失，或者说已经变得过时。旧有的宗教体制已经崩塌，甚至已经失去了信仰之力，只剩下残留于人们思考表达习惯中的一些影子罢了，就连那些祭司也只是为了圣庙的香火钱才死抓不放，还有一些诗人，他们则是因为诗句需要难以省略，毕竟当时还有些以歌唱业者需要他们填词谱曲。哲学在当时有了取代宗教之势，而讽刺式的批判则正逐渐取代"敬畏"这个罗马式思维和观念而成了当时语言的重要基础部分，甚至融入交谈时的诽谤和恶骂中，好比盐之于食物，芳香之于好酒。这位年轻的梅撒拉，自幼接受罗马教育，近期才回到耶路撒冷，自然承袭了很多罗马的人的规矩和习惯。他外眼角下眼睑部分细小到几乎难以察觉的动作，鼻翼相应划出的坚定曲线，和他装作漫不经心似的语言，都投射出他实际上的冷漠，而最明显的信号则是他回答时貌似为了修饰表达出现的停顿，听起来主要是想让对方认为不过是戏谑或者讽刺。这个停顿出现在刚才回答中以埃及和以土买人为例子之后。对方作为犹太人的年轻人听到这里时，脸上的神色变得严峻了，可能根本没有听后面罗马人的讲述，他就这样保持着沉默，眼睛似乎心不在焉地看着池水。

"你还记得吗？我们当时分别时也是在这个花园里。你最后说的话是'愿主佑你平安'，而我说的是'愿主保佑你'。这一转眼之间过去了几年来着？"

"五年了。"犹太人说道，仍然看着水面。"我觉得你应该感恩，对谁感恩呢——众神吗？这都不重要。你现在已经成长得如此英俊。即使希腊人，也不能不赞美你的长相。祝贺你，你一定是耶路撒冷最英俊的少年！如果朱庇特(Jupiter)要选择一个像加尼米德(Ganymede)①那样俊俏的凡人，你一定可以胜任！告诉我，我的犹大，为什么你对新来的总督这么感兴趣？"

这位犹大的后裔把眼神落在向他提问的人身上，神色严肃，好像在思索着什么一样；他迎着对方的目光，回答道："是啊，一转眼五年过去了。我还记得分别时的情景。你出发回罗马，我眼含热泪目送你启程，因为我爱你。这么多年过去了，你终于归来，并且是以如此显贵的身份和飒爽的英

---

① 特洛伊王的儿子，是世间绝色的美少年，宙斯化作鹰把他掠到天界做了一个为众神侍酒的童子。而朱庇特是罗马神话中的主神，相当于罗马神话中的宙斯。后文也提到了"酒童"一次，亦指的是加尼米德。

姿——我这么说并非玩笑。我只是……只是希望你仍是当年我送别时认识的那个梅撒拉。"

热衷嘲讽的梅撒拉鼻翼动了一下,然后经过更长的一段停顿,然后慢声说:"噢不,我不应该把你比作加尼米德,我觉得你现在更像古代的圣贤,我的犹大。我在罗马广场旁接受过修辞学老师的教导——回头我写封信把你介绍给他,在此之前我要给你一个建议,希望聪明的你不要拒绝——那位老师曾教授给我如何去运用奥秘艺术的技巧,我觉得你比我强多了,要是你去的话,我相信德尔斐(Delphi)会像欢迎阿波罗一样欢迎你。听到你庄严肃穆的嗓音,皮提亚(Pythia)女祭司①会戴着花冠走下神殿迎接你的。好吧,说真的,我的朋友,我怎会不是当初的那个梅撒拉呢?我曾听过最伟大的逻辑学家讲学。记得当时他讲的主题是'辩论',当中有句话我记得清楚——'在回答对方之前,要先理解对方。'请让我明白你这么说的意思好吗?"

犹太人听了梅撒拉的话,感觉到对方话语之间透露着嘲讽,脸上觉得有些发烧。尽管如此,他仍然语气坚定地回答道:"看得出来,你很善于抓住和利用机会;你从老师那里不光学到了知识,而且言辞优雅。你说话慢条斯理轻松自如,但却绵里藏针。我认识的那个梅撒拉,在离开这里的时候,天性纯良没有沾污,那时的他无论如何都不会去伤害一个朋友的感情。"

罗马人微微一笑,反而好像被恭维了一样,把高贵的头抬得更高:"我的犹大弟兄啊,你何必这么严肃,咱们又不是

---

① 古希腊德尔斐城阿波罗神殿的女主祭司,德尔斐是古希腊的国都。

在多多纳(Dodona)和派索(Pytho)①圣地。告诉我，我哪里伤害了你？"

对方先是深呼一口气，然后一边拉了拉腰带，一边说道："过去的五年里，我也多少学到了些东西。希勒，虽然可能无法跟你刚才提到的逻辑学家相提并论，西面(Simeon)和撒买(Shammai)②，可能也比不上罗马广场旁教你修辞学的老师。他们的学识都专注于正宗正派，从不研究那些歪门邪道。那些受教者得到的知识是关于如何爱主，遵守律法和忠于民族的。他们通过学习了解到要去敬畏和爱身边的一切。在学院中学习的经历，让我了解到这里已经不是以前的朱迪亚了。现在的朱迪亚游离在一个自由的国度和一个美丽的省份之间。另外，现在我认识到以前的那个自己是多么自私，卑劣，看不到国家的堕落现状，甚至还不如一个撒玛利亚人，以赛玛利并不是合法的大祭司，至少在王室的亚那离世之前，他还算不上。他只是个利未人(Levite)③。利未人几千年来都致力服务于为我们的信仰和膜拜来侍奉和供养我们的主。他的——"

梅撒拉刺人的笑声打断了犹太人的发言："噢，我懂了。照你的意思，以赛玛利不过是个篡位者，而你们比起以赛玛利反而更愿意相信以土买人，这也太讽刺了！以酒神的名义，到底犹太人意味着什么！万物皆在变化，连天地也不例外，但犹太人却不接受变化。对犹太人而言，没有进退，永远和

---

① 希腊西北部古城名，为著名的宙斯神示所遗址。
② 西面和撒买：两人都是当时的饱学之士。
③ 利未(Levite)是希伯来语，意为做管家的事情，利未是雅各和利亚的第三个儿子，他的后裔形成了利未支派，被分别出来专门管理会幕和后来的圣殿，没有分土地。

他的祖先一样。我给你在这沙地上画个圈圈,你瞧!现在告诉我,犹太人的生命是什么?亚伯拉罕在这,以撒和雅各在那,上帝在中间,周而复始。这个圈——看在雷神的份上——实在太大了。我来重新画给你看——"他停下来,把大拇指按在地上,其他四个手指在四周展开。"你看,拇指这里是圣庙,旁边手指的区域是朱迪亚。四周的空间呢,难道就分文不值吗?那么艺术呢!大希律王开创了一代先河,结果他却被诅咒。绘画,雕塑呢!连看一眼也有罪。诗篇,被你们跟祭坛束缚在一起。除了在教会堂上,你们在那里是试图研究雄辩术吗?在战争中,所有在前六天被你们征服的,在第七天全部被你们失去。而你们的生命和道德底线又何尝不是如此。如果我对此发笑又有何不可呢?你们这样的一个民族,满足于这样的崇拜之中,那你们的主与那赐予罗马战鹰并指引罗马纵横寰宇无往不利的朱庇特神相比,又算得了什么?希勒,西面,撒买,阿夫塔隆(Abtalion)[①]——这些人又怎能与我们的伟大导师相提并论?我们的导师告诉我们'一切值得了解的都将被了解',这才是无上的真理!"

犹大站了起来,脸憋得通红。

"不,别这样,你需要保持冷静,我的犹大,你少安毋躁。"梅撒拉叫着,伸手劝道。"你这是赤裸裸地嘲笑我。"

"请你继续听我说完。"罗马人带着嘲弄的微笑说,"希腊和罗马人之间的谈判就要结束了,到时罗马人会来到我这里,罗马人一贯雷厉风行,这你是知道的。另外,我明白像你这样优异的兄弟一定会热诚地欢迎我回来,我希望重续咱们之前的兄弟情谊——如果我们可以的话。'去吧',我的老师在

[①] 当时犹太人中的贤者之一。

他教我的最后一堂课上，对我说'去吧，记得要活得轰轰烈烈，愿你如战神（Mars）一样君临天下，如爱神（Eros）一样但不再盲目。'他的意思是说，爱情无足轻重，而征服意味着一切。在罗马，事实便是这样。婚姻不过是离婚的第一步罢了。所谓美德，不过是商人手中的珠宝。克娄巴特拉（Cleopatra）[①]这位埃及艳后，临死时舍了她的遗产，结果别人帮她报了仇，现在罗马人每家里几乎都有她的继承者。这个世界，正在沿着这条大道转变和前进。就像我们的未来一般，爱神在下，战神在上（Down Eros, up Mars）[②]！我要做一名战士。而你，我的犹大，我对你感到同情，你将要怎样处置自己的未来呢？"

犹太人向水池靠近了些。梅撒拉又停顿许久："是的，我很怜悯你，我亲爱的犹大。从学院到犹太的教会堂，再到圣殿，下一步呢？噢，多么至高无上的光荣——在犹太最高议会或法院取得一个位子。这一生就是这样，没有闯荡，风平浪静。也许上帝助你！但是我——"

犹大静静地看着对方随着说话变得越来越自豪甚至充满着傲慢的面容。

"但是我——对我而言，世界还等着我去征服！海洋那边还有未能看见的大陆。北方，还有我们未至的国度。亚历山

[①] 公元前69年～前30年，埃及托勒密王朝最后一位女王。她才貌出众，又有人说她只是头脑聪明，手段高明，相貌却是一般。最为著名的是她跟恺撒、安东尼一起卷入了罗马共和国末期的政治漩涡中，留下了种种传闻逸事。这里提到的是她在埃及皇室的政权斗争中，色诱恺撒并利用罗马强横的势力帮助自己扫除异己并登上最高权位的故事。

[②] 这是梅撒拉经常说的口头禅，也是他和宾虚年幼时友谊的见证之言。后文多次出现。

大征服远东的遗志还有待完成。看到了吗？一个罗马人面前有多少未知的可能！"接着，他又拉长了话音："先是在非洲战场，而后是西塞亚(Scythian)①战场，然后指挥罗马军团！大多数人战场的生涯都结束在异乡，但我不然。我感谢朱庇特的指引！做出了一个决定——我将会放弃军团的指挥权，转而负责一个省的管辖。想象一下，在罗马富人的生活吧——金钱、美酒、女人、豪赌，阳台上吟诗作赋，议会上争权夺利，一年到头的赌博。这才是上流社会的生活，多么诱人的机会，现在我就要抓住这个机会。我的犹大，这里是叙利亚！朱迪亚是个富庶之地，安提俄克众神的首都。我一定会成为像居里扭(Cyrenius)②一样的人物，而你将会是我的幸运星。"

在当时，那些经常把罗马市民聚集起来的雄辩家和修辞学者们，垄断和把持了对贵族青少年的教育。梅撒拉一席话的逻辑和原动力，便是出自这些人之手，而且这种言论在罗马已颇为盛行。但这些话对于对面这位年轻的犹太人来说，则是闻所未闻并完全不同于他所习惯的那些严肃的论述和交流。他归属的民族，所有的律法，道德范式以及思维习惯都将讽刺和幽默视为禁忌。因此，很自然地，听到旧日朋友这席话，他百感交集，一时间愤愤然难以抑制，过一会儿又不知如何对答。从一开始对方带有攻击性的、高人一等的优越感，到后来变成让人恼火，最后却又叫人觉得严谨中透着聪明。这个过程中，恐怕任我们谁作为听众都会被愤怒感占据。而这恰恰是被罗马人极尽讽刺之能事所挑逗起来的。对大希

---

① 指公元前7世纪～公元3世纪黑海以北地区。
② 罗马驻叙利亚地区的巡察管或总督，负责包括朱迪亚在内的整个叙利亚地区的管辖。

律王时期的犹太人而言，爱国主义是种野蛮的冲动，这在罗马人幽默的表达中也毫不隐晦，而当他联系到犹太人的历史、宗教和上帝时，所有都成了被嘲笑的对象。所以听到这里，梅撒拉的话已经非常精确地命中了听者愤怒的神经。最后，犹大苦笑道："确实有少数的人，据我所知，能够承受别人拿自己的未来开玩笑。我的梅撒拉，你让我确信了一点，那就是我并不是这些人中的一个。"

罗马人盯着他看看，回答道："对于实情，难道一定要用晦涩的比喻来讲，就不能放松点开开玩笑吗？伟大的富尔维娅（Fulvia）①有一次去钓鱼。她钓到的比旁边的人都要多。于是别人就流传说那是因为她的钓钩是镀了金子的。"

"这么说你并不是简单地嘲笑？"

"我的犹大，看来我跟你说得还不够明白，"罗马人快速说道，眼睛里闪着精光。"如果哪天朱迪亚落到了我的掌控之中，你便是犹太人的大祭司。"

犹太人愤怒地转身要走。"你就这样离开吗？"梅撒拉说。

犹大踌躇不定，又停下了脚步。"神啊，犹大你看，今天的太阳真毒！"这位罗马贵族感叹着，同时注意到了对方心中的犹豫。"咱们找个阴凉的地方吧。"

犹大冷冷地回答说："我们最好分开。我真后悔来这里。我本来以为能找回昔日的好友，不想遇到的却是个……"

"罗马人。对吗？"梅撒拉迅速插话道。犹太人双手紧握，但紧接着控制了一下自己的情绪，迈步离开。梅撒拉站起身

---

① 古罗马共和国一位著名的贵族妇女，先后嫁给三位当时手握大权的罗马政治家、高官，并与安东尼关系密切。她是唯一一位头像出现在罗马硬币上的真实人物，在罗马是长袖善舞的典型代表。

来，拾起长椅上的头巾搭在肩上，跟在他的后面。紧赶了几步，梅撒拉走到犹太人身旁，一只手搭着他的肩膀跟他肩并肩走着,"还记得这条路吧，我们小时候一起走过无数次的。咱们今天一起再走一遭，去往城门那边。"

梅撒拉显然试图表现得认真和友好一些，不过他的脸上还习惯性地保留着讽刺的神态。犹大对他的"好意"没有拒绝。

"你还是个大男孩，我则已经成人，请原谅我用大人的口气对你讲话。"罗马人说到这里，自豪感溢于言表。足见教导这位年轻"忒勒玛科斯"(Telemachus)①学业的老师，其教书育人的风格也是相当的自由。

"你相信命运女神(Parcae)②吗？噢，我给忘了，你是个撒都该人。我觉得爱色尼派人(Essenes)是明智的，他们相信命运女神三姐妹。我也如此。她们三个姐妹作为世人司命，永恒不变地履行着自己的职责，任凭世人万般追逐！我静静地策划一切。我也在自己的路上勇往直前的奔跑。可是命运啊！就当我要伸手取过世间疆土之时，我听到背后有人正把剪刀磨得霍霍有声。我看过去，可憎的艾托普丝(Atropos)已在那里准备结束我的生命！可是我的犹大，为什么在我提到想要做个居里扭那样的人时，你会恼怒呢？你一定认为我是想要搜刮朱迪亚好让自己的腰包肥起来对吧。就算是这样，

---

① 希腊神话中奥德修斯和珀涅罗珀之子，奥德修斯出征特洛伊后，许多人向他母亲求婚，他劝说求婚者离开但没有用。后来雅典娜女神帮他找到了阔别多年的父亲。两人一起返回故乡，杀死了所有向珀涅罗珀求婚的人。后遂以其名喻指回老家尽其天职的人。

② 这里指的是希腊神话中的命运三女神合称，她们是：可罗索(Clotho)，命运之线的纺织手，不断转动巨大的纺车轮；以及负责测量命运线之长短的拉姬西丝(Lachesis)；还有在生命将尽时，剪断生命之线的艾托普丝(Atropos)。

那也是很多罗马人认为理所应当的事,为什么我就不可以?"犹大听到这里放慢了脚步:"实际上在朱迪亚的历史上,罗马人来到之前也有外人做主的先例,"他说着,把对方的手从自己肩膀上移开,"别忘了,这些人最后都是怎样的下场,梅撒拉?朱迪亚经受住了一切。不要让以前的历史再上演一次。"

梅撒拉再一次拉长声调:"看来在爱色尼人之外,命运女神又多了个信徒。欢迎你,犹大,欢迎你加入!"

"不,梅撒拉,这并非我的意思。我的信仰,跟我的祖辈们一样,可以追溯到亚伯拉罕的时代以前,早已镌刻在巨石之上,是与以色列的主订立的契约。"

"你对信仰的热情太强烈了,我的犹大。我要是像你这样为那么多的戒条而愧疚,面对我的老师时他该是多么震惊!我本来还有好多话要跟你说,但现在有点担心了。"他们又走出了几步,罗马人开口继续说道。

"好吧,我想还是对你说了比较好,尤其是我将要说的内容同时关系到你自身。我是愿意帮助你的,我英俊的加尼米德,我是出于好意愿意帮你。因为我爱你,我将尽我所能。我刚才说了,我是个天生的战士。为什么你不也做个战士呢?为什么你不能从我刚才画的小圈子里跳出来呢?是不是限于律法和习俗?"犹大并没有作答。"我们这个时代的智者是哪些?"梅撒拉继续道,"绝不是那些整日围绕着已经逝去的东西争吵不休的人。什么太阳神巴力(Baal)①,朱庇特神,还有耶和华,什么哲学和宗教。给我一个真正伟大的名字吧,犹大。我不在乎他来自哪里——你可以从罗马,埃及,东方,

---

① 古代迦南人、腓尼基人信奉的太阳神和丰饶之神,进入犹太教时代他被视为恶魔和邪神。

或者就从耶路撒冷这里选。愿死神降临于我，如果成就伟人之名的不是伟人自己的话。他们并不墨守那些对自己的伟业无益的宗教，相反也不会嘲笑那些有益的！看看大希律王如何？看看马加比，还有恺撒大帝？从现在开始，我辈不应该效仿他们吗？而眼下——就说罗马，已经准备好帮助你，就像帮助以土买人安提帕特（Idumaean Antipater）①那样。"犹大听到这里，已经被怒火冲击得浑身颤抖。眼看花园的大门就在眼前了，他加快了脚步，恨不得马上逃离开去。

"噢，罗马，罗马！"他喃喃说着，"你最好放明白些，"梅撒拉没有停下的意思。"放弃摩西那些胡说八道的经法和风俗吧。看清现状，勇敢面对命运女神吧，她们会告诉你，罗马就是未来的世界。去问问朱迪亚的命运女神吧，她们会回答你，她们代表的意志就是罗马的意志。"说着他们到了大门口。犹大停下脚步，跟梅撒拉面对面站着，双眼含着热泪。

"我能理解你，因为你是罗马人；但你却不理解我，我是个以色列人。你刚才所说一切都在不断地折磨我，并且让我确信，我们再也回不去以前了，再也不能做回到交好友，永远不能！就此分手吧，愿我主与你同在！"梅撒拉伸出手来，犹太人却没有停留，径直走出大门。当他离开后，罗马人怔了一会儿；然后，他也走了出去，一边摇着头，一边自言自语着："那就这样吧。爱神已死，战神降临！"

---

① 公元前47年，恺撒和克娄巴特拉曾被安提帕特率领的三千犹太军队所救，后来其后代被恺撒任命为朱迪亚众王，后来的大希律王便源自安提帕特建立起来的附属罗马的众王。在文中梅撒拉这样提，等于是劝告犹大做罗马人的鹰犬。

第三章

从花园大门通往圣城，也就是现在称之为狮门(St. Stephen's Gate)①之处，有一条大街一路向西，与安东尼堡(Tower of Antonia)②北门前的街道平行，中间隔着这个著名的城堡。沿这条街一直行至泰罗波恩峡谷(Tyropoeon Valley)③，转而向南不远，再继续向西行到距离俗称审判之门

---

① 又称"Gate of Yehoshafat"、"Gate of the Tribes"建于1538年～1539年，位于耶路撒冷东侧北部，狮门面向耶路撒冷城东边的汲沦谷和橄榄山，也称羊门，后文亦有提及。

② 公元前20年，大希律王重建圣殿西北的城堡，改名安东尼亚堡以维护圣殿安全。今耶路撒冷景点之一。

③ 广义的耶路撒冷地处于犹大丘陵之上，距离死海北端之西三十余英里，西距地中海五十余英里。全区被一条深邃的中央山谷(泰罗波恩峡谷Tyropoeon Valley)分为东、西两半。

(Judgment Gate)①的地方，再一次向南折。游客或者学生对这里应该比较熟悉，很容易辨认出这里就是被称为十架苦路(Via Dolorosa)②的一部分——基督徒对这里街道的关注超过世界上任何其他街道，当然，不免心怀悲伤之情。由于我们的目的无须过多描述整条街道，只要读者注意到刚才提到的最后折向南的拐角，那里坐落的一幢建筑就可以了，它才是我们要关注之处。

这幢建筑朝西和朝北的两边有大约四百码长，并且如同大多数阔气的东方建筑一样，有上下两层，整体呈四角形。在西侧的街道大概十二码宽，北部的街道不到十码宽。于是当人靠着墙侧行走抬头向高墙望去时，会不禁感叹于这种粗犷的、貌似未完工一样并不友好但是强壮、牢固的墙体。因为墙体的建造结构就是用粗大的木头做骨架，然后加以巨石堆砌而成，不加粉刷和磨砺——实际看上去，墙外层的石头就像刚从采石场取出的样子。叫当时的评论家来品评的话，这幢建筑一定是过于粗糙而毫无风格的。窗口和门廊以及大门则例外，这些部位还是经过了一番修饰。西边一共开有四扇窗，北边两扇，这些窗都开在第二层骑楼的俯角处，以便可以俯瞰下面的大路。院墙从四面完全封闭，只有通过院门可以一窥里面第一层楼的样子。另外大门为了增强抗打击破坏的防御能力，特别加装了大理石的檐板层，精巧的工艺从外面一目了然，并且这种设置似乎在告诉来访者，里面的主人一定是身家巨富的撒都该人。

---

① 耶稣死前接受审判，其判决书就贴在这里，现在原址上盖了一座圣方济礼拜堂。

② 耶稣被戴上荆棘冠冕背负十字架直至钉十字架的地方（加略山）所走过的道路。是基督信仰最神圣的道路。

这位犹太年轻人和罗马人在王宫的花园分别后不久,他来到了西面的一扇门口敲了敲门。边门被打开后,有人把他让了进去。他带着慌乱走进去,连对给他开门的人该行额手礼也忘记了。

为了弄清这里的建筑布局,也为更多地了解这位年轻人,让我们的目光一起随他而行。

他被领进门后通过一条好像狭隘的隧道一样的门廊,两边墙壁镶嵌着格形饰纹,头顶天花板上有不少的凹痕。左右两侧放着石头的长凳,经年累月的使用而显得锃亮。走过十几个台阶,他被带进一个南北方向呈椭圆形的院落,除了东面以外的三个角落边上伫立着外面看到的两层建筑,当然从这里看到的是建筑的正面。底下一层分成一个个的小间,而上面一层则设置了阳台,边沿围以结实的栏杆。侍从们来往于阳台边的走廊。院子里时不时传来石磨转动的噪声,晾晒的衣服被风吹鼓的声响,家禽和鸽子的叫声,山羊、牛、驴子还有马厩里面的马匹的声音。院里宽大的水槽,显然为了公共使用而设,似乎在表明院落的主人统辖这里一切。东面有一堵墙把院落隔开,一扇大门打开了通向另一个院落的走廊。

走过两道走廊,年轻人到了第二层院子。宽敞的四合院里,靠着北面的走廊有一座水池,里面的水用来灌溉院落里的灌木和葡萄藤。底层的房舍高大通风,红白条纹相间的布帘垂在外面,用来遮蔽烈日。拱顶下面由柱廊支撑。靠南边的阶梯通向二楼,阶梯上同样加装了篷布来挡避阳光。楼层同样有阶梯连通天台顶上,并且连通整个院落,阶梯两边的扶手栏雕刻着飞檐,外面的护墙顶上贴着亮红色六角陶瓦。第二层院落显得非常整洁精致,不管任何角落都看不到灰尘的死角，就连灌木里也找不出一片黄色落叶，俯瞰过去让人心旷神怡。如果有客来访，在未进院子之前便能闻到香甜的空气，并知道这座院子的主人一定不是俗辈。

来到第二层院子，他右转，从灌木丛和花丛中走过，来到楼梯口，走上阳台，宽大的通道两旁插满了白色和棕色的旗帜，其中不少已经破损不堪了。从雨篷下面穿行而过，他来到了北边一个入口处，随着他走进里面，身后的门帘落下来，房间里又变得昏暗。不过他还是往前走过铺着瓷砖的地面，来到一张睡椅旁，重重地坐在上面，目光向下看着地面，双手交叉在前额上。

大约入夜的时候一个妇女来到门前呼唤。他应了一声，女人走了进来，"晚餐准备好了，现在都已经晚上了，你腹中不饿吗？"她关心地问道。"我不饿。"犹大答道。

"是不是哪里不舒服？"

"不，我只是有点困倦。"

"噢，你母亲想要见你。"

"她人在哪里？"

"正在房顶的凉亭中等你。"

犹大抖擞一下精神，坐了起来，"那好吧。给我拿些吃的来吧。"

"有没有什么想吃的？"

"随便什么吧，阿姆拉（Amrah）①。我没有生病，只是心情有点失落。生活对我来说已经不像今天早上那么让人快乐了。我的心里出现了一种从未有过的不安情绪。我的阿姆拉，你向来对我非常关切，自然会觉得这是生病或者饥饿所致。

---

① 较常见的阿拉伯人名之一，这里指宾虚家一位忠实的女佣。

去吧，帮我取些食物来。"

阿姆拉询问的话语和她说话的低沉声调，都透露着她对这位犹太人非同寻常的关心和同情，他们之间的感情显得亲密无间。她把手掌贴在他额头。觉得的确没事，才满足的离开，并说道："我这就去取。"

不一会儿，她端了一个浅沿的木质大盘子回来，上面放着一碗牛奶，一些薄饼和白面包块，可口的碎麦片团子，一只烤熟的鸟，还有调味用的白糖和盐。在盘子一边，搁着一只盛满酒的银制高脚杯，另一边放了一盏点亮的手提灯。

房间里面这才亮了起来，墙面平整看得出经过精心的粉刷。头顶是巨大的橡木房椽，经过雨水和时间的洗礼变成了棕褐色。地面上铺着带有细小的白色和蓝色钻石花纹的瓷砖，质地坚实且严丝合缝。几只长脚椅子，椅子脚被雕刻以狮足状的花纹。地板上一条矮沙发椅，上面铺着蓝色的面料，有一部分则盖着条纹的毛毯。总的来说，一看便知这是个希伯来人的居室。

待女人看清楚以后，拉过一把椅子放在沙发椅旁，然后把木盘放了上去，然后跪下来侍候在一旁。从她的面容看，五十来岁，肤色黝黑，黑眼睛，借着并不十分明亮的灯光，可以看出她的眼睛里流露着母亲般的慈祥。她头上戴着白色的头巾，耳垂露在外面——可以从她耳垂上粗大的耳洞看得出身份地位。她是个埃及土人奴隶，对她来说，五十年的为奴生活并不足以换取自由的地位。就算给她这样的机会她也不会接受，因为眼前的少主人是自己哺乳并一手照顾大的，如同己出一样。在她的眼里，他永远是个孩子。

他进餐的过程中一句话也没有说。"你记得吗，阿姆拉，"他吃完后说，"那个以前常常来咱们家里拜访的梅撒拉。"

"我记得。"

"他几年前去了罗马，现在回来了。我今天去拜访他了。"说到这里，犹大满心憎恶，不禁浑身颤抖。

"我猜你们之间一定发生了什么事吧，"她听后非常在意地说道，"我从来不喜欢这个叫梅撒拉的人。能对我讲讲吗？"

但是他陷入了沉思中，听到阿姆拉不断要求他讲说详情，他只是简单回答："他跟离开时相比变了很多，我以后跟他再不会有瓜葛。"

阿姆拉收拾好东西端走木盘后，年轻人也走出了房间，然后向天台凉亭走去。

东方建筑大多都在第二层上面装设了天台，也许读者对此用途有所了解。建筑的风格，很大程度上跟当地的气候密切相关。在叙利亚地区，夏日的酷热天气把人炙烤的只能躲进阴暗的房间里。但是到了晚上，人们迎来难得的阴凉，纷纷选择来到外面。山边渐深的影子如同迷人的女歌手头上朦胧的纱巾。那里虽然阴凉但远水难解近渴，这时居民房子的楼顶天台就成了好去处，从白日被阳光照射得烁烁放光的地平面上拔起，高处让人更容易接触到晚间流动的凉爽空气，同时从楼顶上仰望星空，使人觉得星空更近更亮，这也不失是一种享受。因此房顶变成了避暑胜地——人们在上面玩耍，睡觉，家人在上面聚会，少女在那里纵情幻想，有人演奏音乐，有人跳舞、聊天、沉思、祈祷。

气候较凉爽的情况下，人们往往对室内的装潢更加在意并且不惜代价，东方人则将此沿用到了凉亭的装饰中。从摩西时代人们开始注重装饰女儿墙，这也成就了陶瓦匠这个职业。继而，人们又开始中意修造墙塔，有平庸无奇的，也有精美华丽的。再后来，国王和王子开始用大理石和金子建造避暑用的夏宫。而巴比伦人的空中花园则把这种建筑方面的奢靡追求推向了绝顶的高度。

假使犹大此时是个未到过这里的陌生人，行走过程中当会注意到脚下建筑的各种造型和格局，下面的房子有格子状的，还有各式的立柱和穹顶，说不定会停下来欣赏一番。然而此时犹大毫无兴致，他走过半搭着的门帘向凉亭走去。里面昏暗的空间只有四角的拱廊入口透过一些星光。其中一个入口处斜放着一张睡椅，上面放着软垫，透过外面撑起的白色幔帐，他看到椅子上斜倚着一个女人。听到年轻人进来，她停下了手中的扇子，扇子上装饰的珠宝在星光照射下熠熠生辉。她坐起身，叫了声年轻人的名字。于是犹大顺着天台慢慢走到了西北角的凉亭。

"犹大，我的儿子！"

"是我，母亲。"他答道。

走到切近，犹大在女人身前跪下，母亲把儿子搂在怀里，亲吻着。

第四章

年轻人行完礼之后,在母亲身旁坐下。他的母亲斜倚在靠垫上,把儿子的头揽过来放在自己的腿上。两人就这样静静地望向外面。从这个高度望过去,地面上的房顶不断向远方延伸,高低错落,尽头高耸的山峰在夜空中呈现着幽蓝的身影,深邃的夜空里繁星点缀。整座城市似静止一般,只有夜风轻送。

"阿姆拉跟我讲了关于你的一些情况,"她说,用手摩挲着儿子的面颊。"我的犹大,你还小的时候,我难免要为你操心,但你马上就要成为一个男子汉了。我希望你不要忘记,"她用非常温柔的声音说着,"有一天,你一定会成为我期望的英雄。"

她说话所用的是几乎已经失传的古老语言,在耶路撒冷只有少数人——这部分人不但是富有的贵族,而且都有着高深的修养——他们珍视着这种纯粹的语言,因为正是这种语言使他们跟异邦人有了明确的区分——被后人所爱戴的利百加(Rebekah)和拉结(Rachel)在古代就是用这种语言歌唱给便雅悯(Benjamin)①听的。

听到母亲讲这种语言,他不禁重新整理了一下思绪。思考了一会儿,他把母亲给他扇扇子的手握住,说道:"母亲,以前有很多事是我不曾去思考的,但今天的经历让我对一些事有了新的认识,请您告诉我将会成为怎样的一个人?"

"我没有告诉过你吗?你将会是我心目中期盼的英雄。"犹大虽然看不清母亲的神情,但是心里明白这是玩笑话。他开始严肃了起来:"您这么说都是为了我好,您的心地太仁慈了,母亲。只有您是这个世界上最爱我的人。"说着,他反复亲吻着妈妈的手。

"我知道您为什么让我先不要去考虑那么多,"他继续说。"从小到大,我都没有离开过您。是您用仁慈和耐心把我带大!我也希望这种温暖可以永续。但是这不现实。我想总有一天自己是要独立的,这是上帝的意志,那天到来的时候,我们终将分开,我知道这对您来说一定是个可怕的消息。我们都要学着勇敢,认真面对。总有一天我会成为您的英雄,但是您要容许我先踏上正确的道路。您知道律法的规定——每个以色列人的儿子必须有自己的职业。我也是如此啊,现在我想要请教您的意见,我究竟是应该去做什么,放牧?耕田?伐木?或者做个书记员或是律师?我亲爱的母亲,您能告诉我吗?"

---

① 据《圣经·创世纪》的记载,利百加是以撒的妻子,孪生兄弟以扫和雅各的母亲。拉结是雅各第二位也是最宠爱的妻子(原是表妹),约瑟和便雅悯的母亲。即利百加是拉结的婆婆,是便雅悯的祖母。

"迦玛列(Gamaliel)①今天不是讲学么。"母亲回答说,同时在思考着什么。"可能吧,但是我今天没有去听讲学。"

"那么你一定去找过西面吧,据说他承袭了家族的智慧。"

"没有,我没有见过他。我今天去了老市那边,没有去圣庙。我去见了梅撒拉。"

说到这里他的声音出现了一丝波动,引起了母亲的注意,并且带给她一种不好的预感,原来握着扇子的手也停止了摇动。"是他啊!"她说道。"梅撒拉跟你说了什么让你如此困扰?"

"他变得跟以前判若两人。"

"我知道你指的是他变成了罗马人,对吗?"

"是啊。"

"罗马人!"她继续说道,有点像是自言自语一样。"这个词语对整个世界而言,就意味着主宰。他离开这里多久了?"

"已经五年了。"

她抬起头,目光投向夜空中,"圣道(Via Sacra)②上充斥的罗马式观念对埃及和巴比伦人是适用的,但在这里,在耶路撒冷,我们必须坚守与上帝订立的圣约。"接着,她又回到原来的坐姿,继续思考着什么。

犹大先开口道:"母亲,梅撒拉所说的话,非常尖锐。其

---

① 前文提到的耶路撒冷著名的学者希勒(Hillel)的孙子,由于家学渊源,他也成为希勒尔学派中的七位拉比中的头一位,并被尊为犹太教历史上最伟大的教师之一。

② 罗马街道"圣道"是古罗马的主街道,从卡比托利欧山(Capitoline Hill,罗马建城处)山顶,经过古罗马广场的一些最重要的宗教遗迹(这里是最宽的一段),到达罗马竞技场。这条路是传统的凯旋式路线(开始于罗马郊区,经过古罗马广场)。

中有些真的让我难以容忍。"

"我明白：罗马的诗人，演说家，议员，朝臣，他们一个个矫揉造作，而且喜欢自以为是。"

"也许是伟大的人都难免自傲吧，"他接着说道，似乎没有注意到母亲的答话。"但罗马人的骄傲现在已经变得盲目，连众神也不放在眼里。"

"是啊，连众神也如此！"母亲快速地回应道，"很多罗马人现在认为他们的所作所为乃是神授的权力。"

"对，梅撒拉身上本就有着这种讨人嫌的脾性。在他还小的时候，就习惯嘲讽陌生人，就连被大希律王钦赐过荣耀的人他也敢拿来开玩笑。不过，以前他从未这样嘲讽过朱迪亚。今天他第一次把我们的风俗和圣主视同儿戏般狠狠地挖苦了一番。我实在无法听下去，于是只能果断离开。我想你若在场也会让我这样做的，母亲，我现在更加确信了自己对罗马人这种毫无理由的藐视是绝无法容忍的。凭什么他可以这样看不起我？难道我们的人民比罗马人低贱吗？哪怕面对的是恺撒，难道我们就应当如同奴隶一般卑躬屈膝吗？告诉我原因吧，母亲，如果我有自由的灵魂和选择的权力，为何我不能去夺取整个世界的荣耀？为何我不能仗剑参与战争？如果我是诗人，为何我不能任意创作，把所有主体都写入我的诗作？我还可以去做铁匠，牧人，商人，或者去效仿希腊的艺术家不是吗？请告诉我，母亲——这才是最困扰我的地方——为什么作为以色列人的后裔不能像罗马人一样，做自己想要做的事而不得不瞻前顾后？"

讲到这里，读者需要回想一下白天两个人在市场对话的内容。母亲此时全神贯注地听着儿子的表达——生怕遗漏任何一个细节，甚至是儿子讲话时的语气和腔调——而犹大在复述白天和罗马人的对话内容时语速也快了很多。听完儿子的话,她坐了起来,迅速而高亢地回答道:"我知道,我理解!梅撒拉在前往耶路撒冷之前,几乎算得上是个犹太人。假如当年他没有离开,而是留在这里的话,可能现在的他已经改了性子,改了信仰,转而跟我们一起蒙受我主的惠恩了。但是这几年在罗马的生活经历已经使他走上了与此相反的不归路,我并不期盼他能回头。但是,"她的声调低沉了下来——"他至少对你不至于如此绝情,如此强硬。年少时的友情,怎能轻易就遗忘呢?"

她的手从儿子的额头滑下,手指充满慈爱地抚过他的头发,而眼睛则望着深邃夜空中的星辰。她对儿子的自尊心遭受的伤害感同身受。她想马上回答,同时她又知道,她的答复一定不能否定和危及儿子原有的自尊,这使她不得不心怀忧虑,反复的权衡。"你所提出的问题,我的犹大,并不是我这样的妇道人家能解答的。我会好好想一下,明天我去把智者西面请来跟你……"

"请不要让我去请教西面,"他突然抢白。

"不,我会把他请到咱们家中来。"

"不是这个意思。我想要的并不是学识,也许在这方面他的确能给我更多的指导,但是我的母亲,有些问题您更有资格作答——只有您能找到我心灵的钥匙。"母亲抬头快速地扫了一眼夜空,试图找出刚才儿子所提问的实质。

"我们都渴望公正,但也不能把不公强加给他人。否认敌军的勇猛,就等于轻视自己的胜利。如果敌人强大到可以陷我们于困境甚至于战胜我们,"她稍稍犹豫片刻:"我们因为自尊心作祟,往往只会把战败的原因归于其他解释。"然后,好像自言自语一样,她开始说道:"我的儿子,你要振作起来。

梅撒拉出身名门，他的家族世代显赫。在罗马共和国时期——具体多少年前我已记不清楚了——他们家族人才辈出，有的从军，有的是平民。我只记得有一个叫梅撒拉的曾做过执政官。他们家族的阶层甚高，不少人做过议员，这也跟他们手中的巨额财富有直接关系。如果今天梅撒拉是拿他祖上的荣耀在你面前吹嘘，你倒可以把我们先祖的事迹讲出来，那足够羞辱他一番的。如果他强调家族可追溯的历史有多么久远，或是他前辈族人做过的露脸的事，当过什么高官，或者坐拥多少财富——诸如此类的举例，都只能暴露他狭隘的思想，除非他们族人曾参与或左右过大事件——假如他提到的是这些内容，来表达自己的优越和高人一等，那么你大可针对每一项用自己跟他比较，对他进行驳斥。"停顿了片刻，他的母亲思考了一下，继续说道："一个种族或者一个家族的高贵跟其历史和起源有极大的关联，这一点是世所公认的。就这一点来讲，一个罗马人在以色列人面前吹嘘自己的优越，如果凭借真凭实据去比较，罗马人必将以失败告终。罗马是从罗马这个国家建立作为起点的，最有智慧的罗马人也只能将其血统追溯到建国之时而已，但几乎没有人去做这种调查，假使有人这样去追溯更早的历史，他们除了从风俗和传统入手之外没有别的办法了[①]。梅撒拉自然也不例外。现在，我们再来从这些方面审视一下自己吧。"

此时如果房间多一些光亮的话，犹大就会注意到母亲脸上散发出的骄傲。"让我们想象一下，罗马人非要与我们较真的话，我会毫不迟疑和夸张地回答他。"

[①] 这里是指罗马的荣耀建立在并不悠久的历史之上，而不像犹太人有着非常悠久的民族史。

她的声调有点颤抖,此时闪过她脑海的温柔念头改变了她论证的方式。"我的犹大,你知道吗?你父亲虽然现在已经与他的先祖一起安眠于地下。但是有些记忆现在回忆起来就像刚刚发生过。还记得那天他和我,还有许多赶来庆祝的朋友,一起去到圣殿给你施洗。我们祭献了鸽子,把你的名字告诉了牧师,牧师也做了记录,'犹大,以他玛(Ithamar)①之子,虚姓家族长子。'你的名字就这样被记入了这个神圣家族的系谱中。"

"我也说不上来,这种登记族谱的风俗是什么时候开始的。我只知道是在出埃及之前就已盛行开了。我记得听希勒说过是亚伯拉罕用他的名开启了记载族谱的先河,之后被他的子孙继承下来,后来他和他的子孙们各自分开,去了上帝应许之地,这种习俗使他的后代跟其他部族区别开来,成了被主选定的、最崇高的一族。雅各与上帝订立的盟约也有着类似的效果。'地上万国都必因你的后裔得福'——天使在耶和华以勒(Jehovah-jireh)②对亚伯拉罕说过。'我要将你现在所躺卧之地赐给你和你的后裔'——雅各去往哈兰(Haran)的途中,在圣地睡着时上帝亲口对他说。后来雅各和他的人便盼望着获得上帝许诺之地。而众所周知的,上帝以他们的名字兑现了应许的土地,从那时开始上帝的子孙便在大地上繁衍。他赐福的诺言通过各部族的族长流传并支撑起他们的未

---

① 以他玛是一位祭司,圣经中记载他负责数点会幕中所有的器具,是一位职权很高的人。这里的以他玛指犹大·宾虚的父亲,同时也指出其家族的源起。

② 这是一句希伯来文,意思就是"耶和华必预备"。这是亚伯拉罕献祭自己儿子以撒后,他把献祭以撒的地方起名叫以勒,前文的批注亦提及过亚伯拉罕献祭之处就在耶路撒冷的摩利亚山(Moriah)。

来。赐福的话提到，被选定的家族中施恩惠者当是最谦卑的，因为在上帝看来，人与人没有等级高低之分更没有贫富之别。这样一来，为了使人们的所作所为能被当代人见证，或得到应得的荣光，人们继承了记录族谱的风俗。你对此有疑问吗？"扇子一开始来回扇着，后来变得不耐烦起来，犹大不停地问母亲："这族谱的纪录都是准确的吗？"

"据希勒说是这样，如今在世的人中没有对这个十分精通的。我们的族人可能有时会对律法中的某些章节有所忽视，但在族谱问题上，从来没有。希勒更是深入研究过三个时期的世系族谱——从应许之日到圣殿建立，到雅各被掳掠①，然后直到现在。在第二个时期的最后族谱的纪录曾被打断过。但在以色列的国经历了长时间的流亡之后，为上帝尽职的一件事便是所罗巴伯(Zerubbabel)②对族谱的修复，使我们犹太血统得以延续，长达两百余年。而如今——"她停顿了片刻，好让儿子稍微消化一下所讲的内容。

"如今，"她继续说，"罗马怎么胆敢吹嘘自己的民族历史悠久？历史有记载咱们以色列人曾在看守利乏音人的部落那里放牧，而利乏音人都比罗马的祖先玛西人高贵。"

---

① 这里指的事件是巴比伦之囚(Babylonian Captivity)：公元前597年~前538年期间，两度被新巴比伦王国国王尼布甲尼撒二世征服的犹太王国，大批民众、工匠、祭司和王室成员被掳往巴比伦，这些人称为巴比伦之囚。公元前538年波斯国王居鲁士灭巴比伦后，被囚掳的犹太人才获准返回家园。这段历史对犹太教改革产生了巨大影响。之后犹太人分三批陆续回到耶路撒冷。第一批就是由所罗巴伯于公元前538年率领回国。

② 犹太王国倒数第二位国王耶哥尼雅的孙子。在居鲁士大帝灭巴比伦之后，所罗巴伯带领第一批犹太人，从巴比伦之囚中返回耶路撒冷。次年，所罗巴伯在耶路撒冷开始重建圣殿。

"那么，母亲——从族谱上讲，我是谁呢？"

"孩子，我刚才所讲的，正是为了回答你的问题做的铺垫。我马上就会给你答案。如果梅撒拉现在在这里，他可能会跟其他人一样，说你的世系在亚述人占领耶路撒冷①，夷平圣殿并劫掠财物的时候就中断了。而你可能会拿所罗巴伯的敬神续谱的事迹进行辩护，并辩驳他说所有真正的罗马人血统在罗马被西方野蛮人占领时就断代了，而且据记载罗马被占领后，野蛮人曾在其遗址上宿营六个月之久。难道罗马政府有为罗马的系谱存续做过什么吗？若有，那么在那段黑色时期里他们的世系又是怎样被保存下来？没有，都没有，我们的系谱是真实的。并且，可以回溯到第二时期和圣殿被建立的时候，甚至可以追溯到出埃及时，我们绝对有理由相信，你是虚姓一脉的子孙，是约书亚的联合部。就血统的神圣和纯净而言，这种荣光不是很珍贵吗？你难道还要追寻更久远的祖先？如果真是这样，你去看摩西五经吧，也可去寻找一下民数书，查一下亚当之后的七十二代以色列人，一定有你的祖先被记录在其中。"接着两人都沉默了一阵子，谁也没有说什么。

"谢谢您，母亲，"犹大接着说道，把母亲的双手握住。"我真心感激您。从刚才您给我的解答，让我庆幸自己是向您请教，而不是希勒。他不可能像您这样语重心长。这么一个家族要称之为高贵的话，是否必须依靠时间来证明？"

---

① 公元前 10 世纪，所罗门死后不久，以色列·犹太王国分裂。北部为以色列王国，建都撒马利亚。南部为犹太王国，仍旧以耶路撒冷为首都。公元前 722 年，亚述帝国国王萨尔贡二世攻陷了以色列王国首都撒马利亚，俘虏走两万七千多人，并把其他地区的居民迁移到以色列。存在了两百年左右的北部以色列王国，便从历史上消失了。

"我想你是忽略了我刚才说的,并不是指仅仅去依靠时间。上帝的赐福才是我们的特别荣光。"

"您所谈论的,事关我们家族和我自己。那么在先祖亚伯拉罕的年代里,他们这些老祖先们又有何作为呢?他们凭借什么样的成就得以统领所有的部族?"

她犹豫了一下,感觉之前所讲的可能是误导了儿子所关注的重点。他所寻求的可能并不仅仅是修复自己的自尊心那么简单。青春就如同七彩的贝壳,外壳在长大,而灵魂在其中也在不断成长,这个过程中可能经历各种光怪陆离的事情,而有些人则可能通过某些瞬间的经历成长得更早更快。她作为母亲此时有些颤抖,因为她有一种感觉,自己的孩子可能正在经历这种时刻。如同刚出生的婴儿般,在发出平生第一次哭声之后,伸出未经任何世事的小手试图抓住黑暗中尚不确定的未来。原本并不在意的问题此时却在他的脑海中变得如此强烈,我是谁,我要成为怎样一个人?而现在自己的回答,则可能左右他的未来,给他带来巨大的影响。

"我有一种感觉,我的犹大,"她说,同时从儿子手里抽出手掌,轻抚他的面颊,"我感觉我刚才所说的只是凭借你的部分讲述,在跟一个假想的敌人进行争论,尽管有一定的真实性,但是如果真的把梅撒拉作为一个敌手,请告诉我所有他说过的内容,以免我的回答有失偏颇。"

第五章

于是,小伙子就把跟梅撒拉对话的详细内容对母亲复述了一遍,重点放在梅撒拉轻视犹太人风俗和其他对犹太民族表示蔑视的长篇大论部分。

没有插话,母亲一边平静地听着,一边认真地思考。犹大讲述了自己如何去老市在王宫花园里遇到了梅撒拉,如何欣喜异常,以为自己当年亲密无间的玩伴回来了,以为他还像数年前离开耶城时一样。后来梅撒拉如何跟自己寒暄,回忆往事,聊了一些跟运动相关的话题,两人还捧腹大笑。再后来,梅撒拉开始谈论他的未来,对权力、财富和荣耀是如何渴望。而自己在尚未自知的情况下,自尊已经被梅撒拉说得伤痕累累,而一种来自天性的野心亦被梅撒拉所勾起回到了家中。听到儿子的讲述,母亲心中泛起猜疑,眼看儿子内心蠢蠢欲动的野心,似乎有被罗马人的话所说服和吸引的迹象,这使她非常担心,这个关口很可能成为决定儿子今后人生方向的转折点，最怕的是他会不会受罗马人影响，逐渐远离自己部族的信仰？如果真的这样，那将是比什么事都要可怕的。对此，作为母亲她必须想办法避免最坏的情况，用母爱把儿子的心重新带回到正途。下定决心之后，她用极其刚强的声调，甚至有时带着一种诗人一样的狂热开始回答："历史上各个民族，都至少是把本族放在与其他民族平等的位置上。而历史上的国家，无一不是把本国放在高于其他国家的位置上。一个国家的盲目自负，便往往会招致灾难。想象一下埃及人、亚述人，还有马其顿人吧。如今的罗马不过是在重蹈这些民族的覆辙罢了。"她的声音越说越坚定，"从来没有什么律法，可以作为评价一个国家优于其他国家的依据，不论是出自虚荣的主张，还是对主权的无聊争辩。一个民族崛起、壮大，最后消亡，这就是历史。消亡的原因，或出于内部斗争，或被其他强族吞并。于是新的民族在这些基础上建立了起来，在纪念碑上书写新的名字。这，就是历史。如果要我用简单的标识来表示上帝和凡人的区别，我会分别画上一条直线和一个圆圈，上帝是直线，因为上帝永远是独自前进的，而凡人则是圆圈，因为那就是人类发展的形象。我这么讲，并不是说不同国家皆是一样的圆形，实际上，没有哪两个国家的发展是一样的。不过，所谓的不同之处并不在于一个国家的圆圈所占据的地域范围，或者囊括了多少空间，而在于这个国家所能达到的精神高度，在于她离主的距离有多么靠近。"

"我的儿子，说到这，让咱们把开始时的话题先放放。继续说这种区别。衡量一个国家有多么靠近主，是有一定的标志作为参考的，现在我们拿希伯来和罗马来比较着说明一下。"

"第一种,最简单的标志,来自国民的日常生活。说到这儿,我不得不说,以色列在历史上某些时候确实忘却了自己的主,但罗马人,他们却从来不知上帝,所以这方面是没得比较的。"

"你的朋友——应该说你曾经的朋友——如果我理解的没错,他曾嘲笑我们的国家,没有诗人,艺术家,也没有勇士。我想,他实际是想否认我们的历史上也曾有过伟大的人物。而这种人物正是我要说的第二种标志。公正地考虑他的评价,需要首先定义怎样算得上是伟大的人物。一个伟大的人,我的儿子,他以自己的一生做明证,并得到了上帝的认可。曾经,我们的祖先,遭受一个波斯人折磨,被他囚禁。而另一个被选定的波斯人却把他们的孩子送回到圣地①;比他们更伟大的,还有一个马其顿人,他曾恢复朱迪亚和圣殿的荣光②。这些曾经的名人,他们的区别是,他们被上帝选定并授予不同的神圣意志。并且异邦人的身份并不妨碍他们成就伟业的荣耀。这一点对我讲的伟人的定义很重要。"

"曾有种说法,说人最高贵的职业是投入战争,相应的,他最大的荣光是不断扩大战场并征服四方。不要因为世界接受了这种说法,你就盲从的相信。如果我们有什么真理值得膜拜,那就是不论什么时候都能指导我们了解未知的律法。

---

① 如前文注解,第一个人指的是尼布甲尼撒二世掳掠犹太人的巴比伦之囚。第二个人指的是居鲁士大帝放犹太人回国。

② 这里是亚历山大大帝在征服四方时,非常赏识犹太人的优越品德。相传其大军抵达耶路撒冷时,犹太大祭司出城迎接。大帝见其头戴"归耶和华为圣"的圣牌,立即下拜,并承诺善待犹太人,他说自己曾梦见该圣牌。大祭司又出示了但以理书,表明关于他的预言早已载于经上,这更令大帝惊叹。后来他在埃及建亚历山大城,并赐予犹太人一等公民权。

蛮族的祷文是恐惧在力量面前的恸哭，力量是他们最需要的。所以他们信仰和膜拜英雄。朱庇特神为什么是罗马人的英雄？希腊人首先使崇拜的对象超越了凡人的力量。在雅典，演说家和哲学家比勇士更加可敬。驱使战车者和速跑者仍是竞技场的偶像。不凋花只留给最好的歌手。一个著名诗人的出生地竟然在七个城市间争论不休。是希腊人首先去否定蛮族的信仰吗？不是这样的，我的儿子，是我们的民族。我们尊崇上帝，抵制兽性的野蛮。在我们的崇拜中，恐惧被和撒那（Hosanna）和圣诗（Psalm）①所代替。因此希伯来和希腊人确实地把人性升华得更高，推进向前。但是，天！政府和全世界都错误地认为战争是世界永恒不变的主题和向前发展所无法避免的条件。从这个野心理论出发，罗马人才会把恺撒的地位抬得高过理智甚至上帝，他们妄图把世间权柄握于己手，并否认任何其他伟大的国家。"

"希腊人统治的时期百花齐放，天才辈出。从自由的社会涌现出多少位伟大的思想家啊！当时的希腊人在各个领域都取得了惊人的进步，只有战争除外。他们让人类文明的各个领域都焕发出美妙和荣耀的光彩，后来就连罗马人也不得不拿来借鉴和模仿。希腊人，成为后世论坛演说家的典范。另外，从罗马人的歌曲中你也能听到当年希腊人浪漫的曲调。再者，如果你听到罗马人口吐莲花，大讲美德，或抽象之理、自然之秘的话，那么此人要么是抄袭经典，要么十有八九他曾经在希腊人的学院中进行过深造。咱们再说说战争，罗马可谓是战争艺术的开创者。罗马人的休闲娱乐和人文景观基本上都出自希腊人的创意发明，然后融入罗马人血液中暴力

---

① 和撒那与赞美主的圣诗都是尊崇上帝的赞美语。

残忍的因素。连罗马人的宗教信仰,姑且这么称之,也都是从其他民族剽窃的。他们最尊崇的神祇来自希腊的奥林匹斯山——就连他们最著名的战神和最崇拜的主神朱庇特也不外如是。所以事实上,我的儿子,全世界能够跟希腊的卓越文明和天才人物分庭抗礼的民族,只有我们以色列。"

"与其他民族的长处和美德相比,罗马唯我独尊的自负犹如他们战铠上的护心镜一样顽固不化。他们是残忍的劫匪!多少土地在他们如同枷锁一样的铁蹄下惨遭蹂躏!和这些民族一样我们也陷落至此,虽不情愿,但我不得不这样对你说,我的儿子!他们已经占据我们的最高之处和最神圣之处,到最后还不知道会变成怎样。但有一点我知道,他们可以像敲碎核桃一样用战锤削弱朱迪亚,像贪食香油与蜂蜜那样吞噬耶路撒冷。但是以色列人民的荣光将继续在至高的天国闪耀,这是罗马人无法触及的,因为我们民族的历史,是上帝的历史,上帝的文字,经由我们的手写就,上帝的话语,经由我们的口说出。我们的成就便是他的成就,哪怕是最微不足道的成就。他与以色列的族人同在,在西奈(Sinai)[①],他是我们的立法者,在茫茫旷野中,他是我们的引路人,在战争中,他是我们的指挥官,在政体里,他是我们的王。他一而再,再而三的敞开怀抱,接纳他的子民,如同人与人的交谈,为他的子民指引如何正确生活,如何追求幸福的光明之路,应许他们全能之力并订立永远的契约。我的儿子,难道作为与耶和华同在、并与他如此亲密的子民,我们不曾因他而受益吗?我们凡人的生活和每天的所作所为浸润在他的光辉之中,

---

[①] 指摩西出埃及的路上,在西奈接受上帝的十诫,上帝把对以色列人的告诫刻在石碑上,送给摩西。

难道我们的人格不曾因此而分享他的神圣美德吗？尽管经过时光变迁，我们中的圣贤，难道没有在天国获得自己的一席之地吗？"

接着是一阵的安静，只剩下扇子摇摆时发出的沙沙声。"如果说艺术只局限于绘画和雕刻，那么的确，"她继续道，"以色列的确没有艺术家。"

承认这一点对她这样一个撒都该派信徒而言，是非常遗憾的，因为不像法利赛派人，撒都该派允许信徒对任何美妙的事物表达自己的热爱，而不局限于一定要与上帝相关。

"尽管如此，对于公正的主来说，"她又接下去说，"他不会忘记我们的妙手是被禁令束缚起来的，'不可为自己雕刻偶像，也不可做什么类似的形象。'这是上帝的话，却被书吏误读并扩大了其原本的含义。我们不应忘记，早在代达罗斯（Daedalus）出现于阿提卡（Attica）①之前很久，也就是他带着木刻的雕像去往科林斯（Corinth）和埃伊纳岛（AEgina）②修造学校，并建造匹奥西勒（Poecile）和卡匹托里乌姆山（Capitolium）的神殿之前，在代达罗斯时代之前，我的意思是，已经有两个以色列人，比撒列（Bezaleel）和亚何利亚伯（Aholiab）③，他们两位建造专家，修建了第一座神龛，据说当时他们两人的工艺已经炉火纯青，达到了大师级的水平，方舟上

---

① 希腊中东部区名，南和东濒爱琴海。公元前13世纪时已建独立居民点，有海上贸易。首府雅典。公元前11世纪时以巨型画瓶艺术著称。代达罗斯，希腊神话人物，墨提翁的儿子，厄瑞克透斯的曾孙，也是厄瑞克族人，一位伟大的艺术家，是位建筑师和雕刻家。
② 希腊东南沿海岛屿名。
③ 犹大支派的比撒列（Bezaleel）和但支派的亚何利亚伯（Aholiab），两人都有神的灵所赐的特殊技巧，擅长雕刻、建筑。

施恩,座旁的基路伯(cherubim)①,就是出自他们两人之手,用金子锻造而成,没有经过凿刻处理。并且同时涵盖了凡人和神。'基路伯要高张翅膀……他们要面向着对方。'任谁看了这个作品能不称赞其美妙绝伦?并称赞它的历史最古老?"

"噢,我算明白为什么希腊人超越我们了,"犹大看起来非常感兴趣。"还有为何约柜②被巴比伦人诅咒并毁灭!"

"不是这样的,犹大,你的信仰要振作些。约柜并没有被毁,只是失踪了而已,可能被隐藏到了山中的某个山洞里面。有一天——希勒和西面都这么说的——在上帝选定好的时间里,约柜(the ark)还会有重现天日和被发扬光大的那天,到时我们以色列人将在他面前起舞歌唱。那些曾见过密涅瓦女神(Minerva)③的象牙雕像之人,当面对基路伯的雕像时,会发现恨不得要去亲吻犹太雕刻大师之手,他的作品到现在已经数千年了,仍然为众人所爱戴。"

讲完前面的这些内容,母亲停下来,前面她的讲述由于心情急切而热烈,好像让她变成了一位演说家一样。现在她

---

① 智天使(基路伯)一词可能可以追溯到巴比伦人时期,在上帝还不时显现在人间的时候,智天使以上帝活的战车的形式出现。

② 传说中的约柜是一个用木头造的柜子,里面放着刻了十诫的两块石头板子、一根摩西的哥哥亚伦曾经用过的发芽的手杖、一个用金子做成的罐子,里面装着以色列人在旷野漂流时期所吃的吗哪。在柜子的上面有两尊用黄金打造的天使——基路伯,这两尊天使面对面地用翅膀围出一个空间,这个空间就是代表上帝所在的地方。约柜放在哪里,那个地方就代表有神的同在。约柜在旧约时代以色列人的心目中,就是与神同在的象征。

③ 古罗马神话中的智慧女神,传说是她把纺织、缝纫、制陶、园艺等技艺传给了人类,因此,她最受雅典人的尊敬,栖落在她身上的猫头鹰因此成了智慧的象征。希腊名为雅典娜(Athena)。

需要一点时间平复一下情绪。

"您说得真好，母亲，"犹大带着感激的语气说。"我自己是不可能表达出这样的言辞的。就算西面或者希勒也不见得能比您说得更好。我感觉自己又变回成了真正的以色列子孙。"

"你太夸赞我了！"她说。"你不知道，刚才我说的其实是重复希勒的话而已，那是有一天我刚好听到他在跟一个罗马来的诡辩家争论，于是便记下了。""但这些至理名言，我确是从您口中听到啊。"

整理了一下思绪，母亲又接着讲了起来："刚才我说道哪里了？哦，对了，说到了我们希伯来的祖先才是最早的雕塑家。但是犹大，雕塑并不是艺术的全部，艺术的涵盖其实很广泛的。我常想历史的长河里，伟大的人们通常在不同的国家，集中涌向某个时代。譬如印度、埃及，还有亚述，在他们各自鼎盛的时期，到处一片歌舞升平的景象，无数的百姓们在盛世里不论老少也都心怀敬意，在这些强国里面，我想象着他们一起在历史长河中并进的场景，人们想起希腊，通常会说，'看，希腊人在队伍的最前面！'紧接着，罗马人一定会回答说'住嘴！你们没有资格说话评判。我们已经把你们这些弱小民族甩在身后了，就如同把这沙砾踩在了脚下！'事实上，在这些强国的队伍最前，在时间的尽头，一直流动着一束光芒，那就是启示之光！"

犹大听到这里倍感振奋。

"请继续说，我祈求您，"他叫道，"听了您的话让我觉得醍醐灌顶，我仿佛听到了先知米利暗（Miryam）①击鼓之声，

---

① 公元前 13 世纪的耶和华的女先知，是暗兰和约基别的大女儿，亚伦和摩西的姐姐。

我迫不及待地要看到后面的妇女跟着她跳舞和歌唱了!"

感觉到儿子的激动心情,她用自己的聪明才智在脑海中整理了一下思路,接着娓娓道来:"好的,如果你能听到女先知的鼓声,那么想必下面我要说的,你听了应当也没什么问题。现在想象一下,跟我一起站在路旁,看着神选的以色列人带着队伍从我们身旁路过。首先走过来的是排在前面的族长,然后是族人中的长辈们。队伍中的驼铃声和牛叫声隐约可以听见。我注意到队伍中有一个人独自行走着,他是谁?这位老者,目光炯炯,身姿硬朗。他识得上帝,主与他同在!勇士,诗人,演说家,立法者,先知,主的伟大如同早上的太阳,绚烂如淬火的洪水般将其他的光芒全都吞没,连至高尊贵的恺撒大帝在他的光辉下也变得暗淡无光。跟在老人后面的,是法官,然后是国王——耶西之子①,战争中走出来的英雄,并留下了许多如同海洋般永久的歌曲。然后是他的儿子,所罗门王,他的智慧和财富超越其他的众王,他带领人民把沙漠改造得适合人居住,在荒漠中修建城市,却遗忘了耶路撒冷才是上帝选定给王的城市。儿子,再弯些腰!接下来走过来的是个特别而且唯一的群体。他们的脸朝着天空,仿佛是听到了天上传下的声音。他们的生命充满了悲痛。从他们的衣服闻到好像古墓和山洞中久居的味道。听,他们中有个女人在唱着'你们要歌颂耶和华,因他已取得大胜!'噢不,在他们面前,你应该额头贴地!这些人是上帝的唇舌,是主的仆从,可以得见天国,可以看穿未来,然后把他们所见记录下来,由后世证明其是真实。国王看到他们也面目变得苍白,国家也要在他们的声音中颤抖。连自然也侍奉他们。

---

① 这里指的是大卫王。

他们手上有赏金，同时可以掌控各种瘟疫。有没有看到提斯比人(Tishbite)和他的侍者以利沙(Elisha)①！还有希尔克雅悲伤的儿子，和希尔克雅(Hilkiah)②自己，他在迦巴鲁河(Chebar)③旁曾得见上帝的异象。后面过来的是，曾经拒绝巴比伦王的犹大三子，看啊！就是他们在伯沙撒王④和一千大臣的宴会上，难倒了占星家。还有那边，我的儿子，再次亲吻地面吧！那里是阿摩司(Amoz)的儿子，以赛亚⑤，是他预言了弥赛亚必将降临世间！"在讲述这一段的时候，母亲手中的扇子一直在快速地扇动。而讲完后她的动作停了下来，声音也变得低沉，"你累了吧?"她关切地问道。"一点也不，"犹大回答道，"我仿佛是在听一首以色列人的新歌。"

母亲坚定地贯彻自己的思路和想法，郑重地继续说了起来："我的犹大，站立在光辉里的，就像我刚才向你列举的，是我们民族的伟人们——有德高望重的族长，立法者，勇士，歌手和先知们。如果要把他们和罗马人做个对比，我想可以这样对照，摩西对恺撒，大卫对塔尔坎王(Tarquin)⑥，马加

---

① 以利沙生于主前9世纪中叶，是以色列国的先知。提斯比人据传也是上帝的仆从和先知。
② 管理上帝殿的大祭司。
③ 圣经中提及的一条河，在这里上帝显示了神迹。
④ 新巴比伦王国的最后一位统治者(严格来说是共同摄政王)，那波尼德之子，在位期间常常大宴群臣，奢靡至极。
⑤ 先知阿摩司之子，同样身为先知，通常被人认为是先知中最伟大的一位。他名字的意思是"耶和华拯救"。他活动的时间在公元前8世纪前后，预言了巴比伦之囚和弥赛亚(耶稣基督)终将出现并拯救以色列。
⑥ 古罗马末代君王。

比(Maccabees)①对希拉(Sylla)②。我们最好的法官对罗马的最杰出的执政官。所罗门王对奥古斯都大帝,然后到此为止:这一系列的对比我就讲到这里。但是你要注意我们的历史上有不少先知,我是无法找出罗马人可以相提并论的,他们才是居功至伟者。"

似乎对罗马人表示蔑视一样,她笑了笑,然后说:"请原谅我,我刚才想起当年罗马的预言者给恺撒提出三月十五日是不详之日的事,当时预言者竟然还怂恿恺撒去寻找据说藏在鸡肠中的魔鬼。对比这幅画面,我们的先知以利亚曾在通往撒玛利亚城的山顶上,坐在战士们的尸体间,警告亚哈(Ahab)③的儿子不要迁怒于上帝。最后,我的犹大——如果他们能尊重预言和警告的话——看看这些主的仆从,他们都做了怎样的事,我们又凭什么去审判耶和华和朱庇特?至于你应该如何去做……"她说道后来语速变得很缓慢,声音几乎在颤抖。"至于你应该去做的,我的孩子——敬奉我主,你当继续敬奉以色列的圣主,而不是罗马。因为作为亚伯拉罕的子孙,离开了主,便是离开了荣耀,只有信靠他,走他所指的路,才得荣耀。"

"这么说,我也可以去做战士吗?"犹大问道。"为何不可?连摩西不也曾称主是争战的上帝吗?"两人都开始思考,良久不语。

---

① 公元前1世纪统治巴勒斯坦的犹太祭司家族。
② 摩门经中一位先知,也是军事将领。
③ 公元前9世纪,古代中东国家北以色列王国的第八任君主。亚哈把对腓尼基神巴力的崇拜带入以色列,结果招致以利亚和其他先知的反对。亚哈在基列的拉末同叙利亚人作战时阵亡。他的儿子是亚哈谢和约兰先后为古代北以色列王国国王。

"如果你想问我的意见,那么我同意,"她最后开口说,"前提是你要为上帝服役,而非为了罗马。"

犹大听完后满意地慢慢入睡了。她则站起身,替儿子放好枕头,然后给他盖上了一张披巾,轻轻吻了他后离开了房间。

第六章

好人跟坏人一样，最终归于死亡。但怀着信仰的教导，我们会说："没关系，他会在天堂睁开眼睛。"而人活在世间最接近天堂的体验，就是清晨经过健康的睡眠后自然地睁开双眼，然后迎接新一天的快乐景象和感受听到声响那一刻的清新愉悦的心情。

犹大第二天醒来后，太阳已经越过山顶。鸽子成群在城市上空盘旋，雪白的翅膀闪动着早晨的阳光。他张开眼看了看东南方的圣殿，它金色的身影屹立在蓝天下。他瞥了一眼这些司空见惯的景象，然后注意到一个约莫十五岁的女孩这时正跪坐在睡椅旁，一边用手轻抚着空气间的晨雾，一边轻轻吟唱，他入神地听着，女孩歌唱的内容是：

莫要醒来，你可听到，吾爱之人！
漂流吧，漂流在安眠之海，

你的魂灵呼唤着我啊,唤我而来
莫要醒来,你可听到,吾爱之人!
静谧的王,愿他赐他,安眠之礼
吾愿给你,所有快乐之梦。"

莫要醒来,你可听到,吾爱之人!
愿世间所有的梦都归于你
而这次赐你最神圣的一个
好好选择吧,在安眠之时,吾爱之人!
因你所选再难如此自由,
除非,除非——你所选之梦,梦中是我。

她把乐器放好,然后手放在腿上,静静等着男人出声说话。故事进行到这里,为了读者读来更加明白,有必要借这个机会向读者介绍一下这个女孩的身世和来历。

希律王死后给他生前的支持者们留下了巨大的财富。这些财富继而被留给了以色列各部族首领的直系子孙中有名望的人,尤其是我们提到的这位年轻的犹大,他的身份正是耶路撒冷王子——这尊贵的身份为他带来的不仅仅是巨额的财富,还有无数族人的拥戴和效忠,同时常年跟他的家族有商业往来的异邦人也对他尊重有加,因为通过跟他父亲的生意往来使他们家族不管是私人还是社交方面都获得了前所未有的好处。犹大的父亲本人一直秉承对国王、对部族的忠诚,不管是在国内还是到其他国家进行贸易都不曾忘记自己的身份。有一次他为了生意到过罗马,奥古斯都大帝听说后不遗余力地跟他攀关系,希望和他建立起友谊。于是他的住处堆满了各式尊贵的礼物——紫色的罗马宽袍、象牙椅子、金器等——尤其经由国王之手赠送,每样都是价值连城。这使他不可能缺少财富,当然他的财富也并非都是赠予所得。他经营的买卖种类繁多。在平原上,在山顶上,远至古老的黎巴嫩地区,无数的牧羊人在为他牧养牲畜。在海边和内陆的许多城市,都有他建造的客栈。他的商船,从当时矿产最丰富的西班牙为他运来白银。他的骆驼队每年两次从东方为他运来丝绸和香料。就信仰来讲,他是个希伯来人,熟悉教义教规和本教的基本惯例。他在犹太教堂和圣殿里的地位被大家所熟知,而且他曾深习经文。他喜欢和学院的教师和学者交往,尤其对希勒的尊重到了无以复加的地步。他绝不是一个独立党人。他热诚好客,常常接待来自五湖四海的朋友。爱挑剔的法利赛人甚至不止一次指控他与撒玛利亚人一起进餐。假如他是个异邦人并且还活着的话,可能会跟大希律王一样闻名于天下。遗憾的是在我们所讲的故事之前十年左右他壮年殒命,葬身于大海,为此朱迪亚地区还举行了隆重的哀悼活动。本书在前面已经出场的便是他的儿子犹大·宾虚和遗孀。另外还有一个是他的女儿——就是刚才唱歌给她哥哥的那个年轻女孩。

她的名字叫得撒(Tirzah),他们兄妹对视的时候,他们外形上的相似之处在外人来看清晰而明显,她跟哥哥一样有着匀称的五官和犹太人的特征,并且一样浑身散发着无邪的青春气息。这位小公主在自己家中穿着比较随意。现在她身穿一件无袖吊带长裙,用纽扣在右肩上扣住,裙子宽松舒适的盖过胸部和后背部分,刚好齐腰高,以至于假如她抬高手臂,下半身就会裸露在外了。宽松多褶皱的外衣被腰带束在腰间。她的头饰很简单,就是一个提尔紫色的丝制小冠。一样是丝制的条纹围巾覆盖在头上,表面是精美的绣花图案,细密的褶皱向下垂落围绕着头部，勾勒出头部的线条。围巾在头顶的小冠顶部用流苏固定住。耳朵上的耳环，手指上的戒指，脚踝和手臂上的镯都是金制的饰物，尤其是她颈间戴着金子做的假领，用精巧的工艺把细链打造成网状，下面悬挂着珍珠做点缀。她的眼睑边缘涂了眼影，指尖涂了甲油。长长的头发在身背后编成两条辫子。鬓角的卷发贴在耳朵前的脸颊上。整个人散发着让人难以抗拒的优雅，精巧和美丽。

"太美了，我的得撒，太美丽了！"他赞叹道。

"你是指我唱的歌吗？"她问道。

"对，当然还有唱歌的人。你的歌富于希腊式的幻想。你从哪里学到的？"

"你还记得上个月在大剧院演出的希腊歌唱家吗？听说那个歌手曾经为希律王和他的妹妹莎乐美演唱过歌曲。当时他出场前刚举行过摔跤表演，现场非常嘈杂，结果他一开嗓，所有人就被他的歌声吸引，全场变得鸦雀无声。我当时在场，就记住了这首歌。"

"但是他应该是唱的希腊语吧。"

"而我用希伯来语唱啊。""嗯，我真为你自豪，我的妹妹。世界上还有谁能与你媲美呢？"

"恐怕有很多吧，不过只有我陪在你身边啊。阿姆拉让我来告诉你，她过一会儿就把早餐给你送来，你就不用下去了。我估计她马上就过来。她以为你病了呢，说你昨天好像遭遇了很不好的事。能告诉我是什么情况吗？我会和阿姆拉一起帮助你。她懂得一些埃及人的疗法，但我觉得都不怎么样。我学了很多阿拉伯的良方。"

"那恐怕比埃及人的疗法还要差吧。"他摇了摇头说。

"你这么认为啊？好吧，那么，"她把双手放在左耳朵旁回答说，几乎没有停顿地继续道，"我们就两种都不要用。我这里还有更好更快的办法——我们族人秘传的护身符——我都说不出已经相传多久了，反正很古老就是了——是从一个波斯的魔法师那里得到的。你瞧，上面的铭文几乎都已经磨掉了。"说着，她把辟邪的耳饰递了过来，他接过来看了看，笑着还给妹妹："如果我真的重病将死，得撒，我更不能用这种魔力啊。因为它是邪神崇拜的象征，作为亚伯拉罕的后裔，邪神之物都是不允许使用的。拿着，你可以收起来，以后也不能再戴，知道吗。"

"禁止吗？不会啊，"她说，"奶奶在世的时候不知道多少个安息日都是带着它的呢。你不知道用它治好过多少人呢，至少也有三个。肯定可以用的，不信你看，这里有拉比的印记。"

"我不相信护身符的。"

她睁大眼睛看着哥哥，显得很惊讶："你觉得阿姆拉听了会是什么反应啊？"

"阿姆拉的父母不过是在尼罗河畔照看花园的水车。"

"但这是迦玛列拉比准许的啊！"

"我听他说过这些是无神论者的无聊发明。"得撒怀疑地看着耳饰，"那么我应该怎么处理它啊？"

"你戴着好了，亲爱的小妹。戴着它，我会觉得你很漂亮，当然就算不戴你也是个美女。"得到了满意的答复，她才把耳饰戴回到耳朵上。正巧此时阿姆拉进来了，端着木盘，上面是一些餐具。

不像法利赛人那样，犹大很快洗了个澡。仆人退了出去，剩下得撒给哥哥梳理头发。她的腰带间披着一把金属制成的小镜子——这种做法在当时爱美的乡下妇女之间很流行——

当她觉得自己梳理出来的发型很好看的时候,她就把镜子拿出来给犹大看,让他看看是不是很满意。在这同时,他们继续聊着天。"得撒,我准备离开,你觉得怎样?"

得撒的双手垂了下来,感到非常惊讶:"离开?!什么时候?去哪?为什么离开?"

犹大笑了:"好家伙,一口气问了三个问题!"接着他认真起来,"你知道的,我们的律法要求我要从事某项工作。我们的父亲是个好例子。我想要从继承他的生意开始,向他学习——即使你会鄙视我是为了偷懒才这么做吧——我准备去罗马。"

"是吗,那我跟你一起去!"

"不行,你一定要留在家里,照顾母亲。如果我们俩都离开家,她老人家的日子会很难捱。"得撒脸上原来的光彩瞬间都褪去了。"你说的没错。但是你一定要去吗?我是说,在这里,在耶路撒冷你也一样可以学习经商之道不是吗——如果这是你想要做的。"

"但是说实话,那并不是我想要的。律法并没有规定儿子一定要子承父业。"

"那么除此之外你还想要做什么呢?"

"我想做一个战士。"他带着自豪肯定地回答。妹妹的眼睛已经热泪盈眶,"这太危险了!"

"如果是上帝的意志,危险就危险吧。但是,得撒,不是做战士一定就会死。"得撒扑上去用力搂住了哥哥的脖子,好像想要让他回心转意一样。"我们在一起多好啊!留在家里吧,哥哥!"

"家里不可能一直是这样子。你自己不用太久也会出嫁的啊。"

"绝不!"

犹大对妹妹诚挚而天真的回答报以微笑。"或许是犹大的王子,或许是某个部族的王子,迟早会登门求婚于你,然后把你娶回家,到时你就离开了家,成了别人的贤妻良母。而我呢,到时又当如何?"得撒只是轻轻地啜泣着。

"战争就是场交易,"他继续说道,更加语重心长。"为了更深入的了解它,我必须去学校学习,而没有比罗马军营更好的学校了。"

"你不会是去做罗马战士吧?"她问道,屏住了呼吸。"妹妹,我知道你不喜欢罗马。全世界都恨罗马。虽然是这样,得撒,请理解我所做的决定。没错,我会去做个罗马战士、为罗马战斗,因为这样才能学会有一天如何打败罗马。"

"那你什么时候离开?"阿姆拉的脚步此时传了进来。"嘘!"犹大忙说。"不能让她知道我的想法。"

忠实的奴仆端了早餐走了进来,把东西放在两人前面的一张凳子上面;然后,把雪白的餐巾搭在得撒的手臂上,然后侍立在一旁。他们两人把手指在水碗里浸了浸洗干净,这时外面一阵嘈杂的声音吸引了两人的的注意。他们仔细听了听,分辨出从院子外的北边有军乐的声音传来。"是总督的军队!我得去看看。"犹大叫道,然后霍然而起,跑了出去。

他跑到房顶东南角的女儿墙处,手扶着廊檐外贴满了瓷砖的房顶,向街上张望,他的注意力全都被吸引到了街上,并没有留意得撒也来到他旁边,一只手扶着他的肩膀。

从他们的位置——所处的地方是整个院落最高的地方——向东可以俯瞰一排房顶一直延伸到安东尼亚塔,也就是前面提过的罗马军营要塞驻地,也是罗马在圣城的军事指挥所所在地。而底下的街道不到十尺宽,相当的拥堵,街道的上空不少地方被房顶上的天桥分隔开来，如同街两旁的房顶一样成段被分隔，此时犹大注意到街上有大官的军队游行而过，到处包括房顶都开始站满了围观的百姓，男女老少听到军乐声都跑出来想开开眼界。这么说可能不太合适，但是实际情况是：百姓们所听到的其实不如说是喇叭和长号发出的噪音，只不过可能对游行的士兵来说则是悦耳动听的仙乐吧。

两人俯在房顶，此时游行的队伍已经进入他们的视野之内。首先映入眼帘的是轻装的先锋队，基本上是梭标和弓箭兵，他们队列间的距离因为游行的缘故放的比较大，士兵们迈着正步行军。接着过来的是重甲步兵的队伍，每个人手持巨大的盾牌和长矛，就如同当年在伊利昂城（Ilium）①外决斗时的装扮一样。在步兵队伍后面跟着奏乐的乐师之后是一位长官骑着高头大马缓辔而行，当然，他的身后跟着一对骑兵作为护卫在护卫骑兵的后面接着走过来又是一队重甲步兵，他们密集行进，塞满了街道，而且人数众多，一眼看不到队尾。

士兵们强健的四肢呈棕褐色裸露在外，他们把盾牌在左右手间按照一定的节奏交替着。胜利天平、腰带扣、护心甲胄和头盔全都是打磨得锃亮，闪亮耀眼。士官长的头盔上的翎毛轻巧地跃动着，旗帜和金属的矛尖也有节奏的摆动。士兵们英勇自信地踩着一致的步伐行进着，发出整齐的脚步声。这种整肃而警觉的行军，还有如同机器般统一的节奏，令房

---

① 古代特洛伊城的拉丁文名。《伊利亚特》叙述了阿开亚人的联军围攻小亚细亚城市特洛伊（Troy）的故事，因特洛伊城拉丁文名字又叫伊利昂（Ilium），故书名《伊利亚特》。

顶的犹大印象深刻。这时,队伍当中有两样东西吸引了他的注意:首先是部队里的金鹰[①]——一只镀金的鹰形塑像被固定在长杆顶部,金鹰的双翅展开在头顶上连到一起。他对此有些印象是因为当初罗马的金鹰进入安东尼亚堡时曾举行过类似的盛大仪式。

另一个吸引犹大的注意力的则是队伍正中骑着高头大马的罗马长官。他也是全身戎装,只是没有戴头盔,左胯间佩了一柄短剑,而且他的手中拿着一支权杖,形状就好像卷起来的一卷白纸一样。另外他胯下并没有乘坐马鞍,而是用一块紫色面料铺盖在马背上,马缰绳上用金箔包覆着,并且用宽大的金黄色丝绸镶边,整匹坐骑的装扮与众不同。

当这位长官从远处走来的时候,犹大注意到围观的民众在看到此人时纷纷表现出十分愤怒的情绪。他们不少人斜倚在女儿墙边,朝罗马人挥舞着拳头。同时不少人高声叫喊着,向罗马总督过来的方向啐着唾沫,恨不得在他路过天桥下面的时候啐到他脸上。还有些妇女把拖鞋扔出来,有的还挺准,险些砸中。当他越走越近了,民众的叫声更大了,"强盗,暴君,罗马的走狗!滚出阿拉伯世界!把大祭司亚那还给我们!"

此时那位官员已经离得非常近,犹大甚至看得清他面部的表情,显然他并不像那些士兵一样对民众表现得漠不关心。他的脸色阴沉肃穆,偶尔瞥一眼激愤的百姓,面对大家威吓的怒视,他似乎也有些惊惧。

这时犹大看到这位官员头顶戴了一顶月桂冠,他明白这是从恺撒一世时留下的习俗,用来表明佩戴者被帝王授予了

[①] 罗马军团的标志是鹰徽和鹰旗。

尊贵的官衔，而新上任的官员要戴着桂冠到任区跨马游行。由此来看，这人一定是刚到任的朱迪亚总督——瓦勒利乌斯·格拉图斯！

说实话，对这位初来乍到的行政长官遭遇到如此激烈的抗议，年轻的犹大心里还是抱以同情的。于是他用手撑着矮墙外贴了瓷砖的房檐，努力向外探着身子注视着格拉图斯从下面的街道路过，在他不经意间，被他手扶的部分有块瓷砖因为年久失修已经崩坏松动，本来就已是摇摇欲坠了，在他的按压下，突然移位向下滑落！这一突发状况吓坏了犹大，他急忙伸手想要阻止瓦片坠落，但这一幕在旁人看来正像是他在用力把砖瓦投向下面一样。他的努力非但没能起到任何作用，反而加速了瓷砖飞出墙外。他不禁大声惊呼，呼喊声更引来正从下面路过的军士和长官的注意，他们纷纷仰面瞧看，不幸的格拉图斯，额角正巧被飞落而下的瓦片打个正着，应声滚落马下，昏厥在地。

队伍都停了下来，护卫纷纷下马，迅速地把格拉图斯围在中心，用盾牌把他掩蔽起来。同时目睹此过程的人毫不怀疑是犹大故意投掷砖瓦攻击的这位新任长官，大家看到格拉图斯倒地不起，纷纷朝着犹大的方向雀跃欢呼起来。此时的犹大，望着眼前混乱的场面，不知所措地呆立在当场。

事态紧接着变得更加不可收拾，那些在房顶围观的群众似乎从刚才发生的事得到了灵感一样，开始有人效仿一样揭了女儿墙上的砖瓦和已经晒干的墙泥投向街上的罗马军队，这一举动迅速传播蔓延到沿街的房顶和天桥上，更多的人被愤怒驱使，开始疯狂地攻击下面已经停止行进的罗马士兵。于是双方开始展开巷战，结果可想而知，普通老百姓面对训练有素的士兵自然毫无胜算可言。混乱的战场局面与本书的故事无关,无须详述,让我们的目光再次回到可怜的犹大身上。作为一手引发这场混乱的人,他脸色苍白,起身离开护墙。

"得撒啊,得撒!这下我们该如何是好?"得撒没有看到街里发生的事情,但是听到了大家的喧闹之声,也目睹了墙头上人们的狂热举动。她知道,一定发生了可怕的事情。但是具体发生了什么以及是何起因她却没能看到,乃至将会降临怎样的灾祸,她更是懵懂不知。

"发生了什么事啊?你的话是什么意思?"她警觉地问道。"我想我刚刚失手杀了新来的罗马行政官。有一块瓷砖掉下去正好砸中了他。"得撒听罢好像有一只无形之手在她脸上撒了一层死灰——她的脸上瞬间没了血色。她伸手搂住了哥哥,绝望地看着他的眼睛,似乎想要从中找到一丝希望。犹大刚才的恐惧已经转到了妹妹身上,面对此时此景,他只能振作起来。

"我并不是故意为之,得撒,那是个意外,"他说道,已经冷静了很多。"他们会怎么处置呢?"她问道。

犹大瞧着街道和房顶随时会恶化的场面,想起格拉图斯那张阴沉沉的脸。如果他只是昏倒落马的话,那么一旦醒来他会展开怎样的报复行动?如果他真被砸死的话,百姓们的怒火又会发展到何种地步?他想不出答案,于是又从墙头向外观望着,这时下面的卫兵正动手把格拉图斯重新扶上马背。"他没死,还活着,得撒!这一定是得我主保佑啊!"

他一边高兴地呼喊着,一边退回来对妹妹说。"不要害怕了,得撒。我会解释清楚究竟发生了什么的,他们看在我们的父亲面上,应该不会加害我们的。"

他带着妹妹来到避暑的凉亭,突然感觉到脚下的房顶突然传来杂乱的震动。有人一边叫嚷着,一边撞坏了木制的大门，涌进下面的院里。他停下脚步仔细听着。院子里人们的呼喊声、尖叫声此起彼伏，随着沉重的脚步声不断靠近，愤怒的呼喝声清晰可辨，夹杂着一些人的祈祷声。紧接着传来了女人死命的尖叫声。士兵们已经突入北门，占据了整个院落。此时犹大预感到这些人是来抓捕自己的，他的第一个反应是自己是否应该逃走？但是他继而想到，即便离开这里，又能逃去何处？除非这时肋生双翅，否则不可能逃得掉罗马的追捕。而得撒的眼睛里满是恐惧，紧紧抓着哥哥的胳膊。"噢，哥哥，这又是怎么了？"

仆人们正遭受罗马士兵的伤害，恐怕母亲也会受到连累！说不定刚才听到的就是母亲的尖叫声？！想到这些，犹大忙说："你待在这儿，等我回来，得撒。我下去瞧瞧发生了什么事，马上回来。"他的话仍透着不安，得撒反而更害怕了，紧紧拉着他。

女人的尖叫声再次传了过来，这次听得很清楚了，的确是母亲的声音。他不敢再迟疑，"快，我们得赶紧下去看看。"

阶梯下面的走廊已经站满了士兵。还有一些士兵手中握着剑从各个房间进进出出。一群女人互相紧靠着跪在一个角落里，有的在向士兵们祈求着什么。还有一个女人，衣服被撕得破烂不堪，头发散乱地披在脸上，正拼命地要从一个士兵的怀里挣脱。她一边挣扎，一边高声尖叫，叫声凄厉刺耳，震动屋宇。犹大看到此景，大步跳到近前，"母亲，母亲！"他叫道。女人伸直了双臂想要抓住儿子；但是在犹大就要抓到母亲双手的时候，被士兵制止并反剪双臂押在一旁。这时一个熟悉的声音大声响起："就是此人！"犹大扭转回头，看到说话者——竟是梅撒拉！

"谁？你是说刺客——是他？"一个身材高大的军官说，此人一身盔甲，耀眼夺目。"你确定？他看起来不过是个毛孩子。"

"天啊！"梅撒拉回答说，习惯性地拉长了声音。"难道说一个人因为仇恨去杀人还需要规定年龄吗？这是什么逻辑！你知道你这话让塞内加（Seneca）①听了会怎么评价吗！现在凶手已经在你手上，还有他母亲；那边那个是他的妹妹。全家都在这里。"

为了亲人的安全，犹大早忘了昨天才跟梅撒拉吵过一架："天啊，梅撒拉！帮帮她们！看在我们曾经是朋友的份上，我——犹大——求你了！"

梅撒拉置若罔闻："我只能帮你指认他们，"他对那位军官说道，"我还要去街上控制局面。爱神在下，战神在上！"

说完，梅撒拉离开了院子。犹大明白了他话里的意思，心里苦涩难当，只好向天祈祷："上帝啊，有朝一日，"他说道，"请助我一臂之力，我必向他报回今日之仇！"说罢，他用力挣扎着靠近罗马军官。

"长官，她是我的母亲，那边是我的妹妹。请您饶恕她们吧，主是公正的，今日她们得您怜悯，他日我主必以仁慈相报。"军官听后似有动容："把她们母女带去要塞看押！"他命令道，"但是不要伤害她们，等我的发落。"接着他对押解犹大的士兵说，"用绳子把他的双手绑上，带到街上去，等下再处置他。"

母亲和得撒先后被押着离开了院子，妹妹得撒受到突如其来的惊吓，临走时如同失魂落魄一样。犹大看了她们一眼，双手掩面，好像要铭记住这最后一面。没有人看见他双手背

---

① 古罗马道德家，悲剧作家，受斯多葛哲学影响，精于修辞和哲学。

后是否已经泪流满面。

命运无常,使他经历这般巨变。细心的读者可能已经从前面关于他的描述中感觉得到,这个年轻的犹太后裔,是个心思细腻,性情温婉的人——这种天性源自他自小受到他人关爱和常常关爱别人的成长环境,在这种环境中长大,他的性格几乎没有毛刺,一切看起来都那么温润。当然,有时候他的内心里也会因为某种志向和抱负而冲动,但那就像无形的梦,他像是梦中的孩子站在海边沙滩,看到有威武的轮船驶过时心里不禁会涌现莫名的憧憬。而这场巨变对他来说,如果打一个比方,我们可以这样想象:他一直以来所崇拜的偶像,突然从祭坛跌落到地上,连同他心底善良的爱一起跌得粉碎。虽然没有什么征兆表明他心里正经历怎样的变化,但当他仰起头伸手就缚时,我们仍可以从他紧咬的嘴唇看出,在这一霎那,他已经从以前的孩子,变成了一个男人。

院子中间响起了军号声。走廊各处的军兵们迅速向院子中间集合。他们中的不少人害怕手里抢掠的东西被上级发现,急切之间纷纷扔到了地上,于是眨眼间地面上到处散落着贵重物品。当犹大被押解着从走廊来到院子里时,军队已经集结完毕,军官站在当院,盯着抓捕到的犯人。

包括母亲和妹妹在内,还有其他的仆从人等已经被带离北门,大门已经被毁坏,碎片散落一地。佣人们悲痛地哭喊着,他们中有的人就出生在这个院子里,并在这里长大,这部分人尤其可怜。当犹大眼睁睁地看着家里的马匹和牲畜都被陆续带走,他终于明白,这就是格拉图斯的报复,院墙之内,所有活的的东西全部不留:对胆敢筹谋刺杀总督的人,宾虚一家的下场就是个警告,破败的宅邸便是明证。

军官到外面的街上等着,直到最后一个士兵出来后关闭了大门。

街上混乱的冲突已经结束,只剩下到处飞扬的尘土。军团的士兵排列整齐,稍息待命,看上去依然那样威武。犹大此时的心里空空荡荡,已经不去想自己会怎样,目光在被押走的犯人中间游走,却没有找到母亲和妹妹的身影。突然一件意想不到的事情发生了:一个原本躺在地上的女人忽地站了起来,开始奔向宾虚宅邸的大门。一些卫兵伸手想要抓却没能抓住她,开始高声呼叫。她跑到犹大身前,一不留神整个人扑倒在地,飞扬的尘埃沾满了她的头发,跌倒之际她的一只手终于抓到了犹大的膝盖。犹大惊异地看着这双几乎被尘土覆盖了的眼睛。

"阿姆拉,噢!好心的阿姆拉!"他对这个女人说,"愿上帝佑护你,但我已无能为力啊!"她已不能说话。犹大弯下腰,对地上的阿姆拉耳语说,"活下去,阿姆拉,为了得撒,也为了我母亲。因为她们还会回来,还有——"一名士兵走过来驱赶着阿姆拉。她却一跃而起快速冲进了宾虚宅邸。"随她去,"军官命令道。"把大门给我封了,让她在里面受饿去吧。"

士兵们按照命令把北门封死,之后一路绕到西门一侧,然后把西门也一并封死:偌大的宾虚家宅自此被弃用。

罗马的兵团终于完成任务,撤回到塔楼驻地。受伤的格拉图斯在这里养伤,所有被抓捕回来的犯人也看押在此处。十天之后,这位总督去参观了老市。

第七章

第二天，罗马驻军派遣一支分队来到被封闭的宾虚家，将其永久关闭，大门四角都用石蜡封死，并在每边的墙上钉上了拉丁文的通告："此宅为罗马皇帝之私有财产。"在傲慢自大的罗马人眼里，将偌大的宾虚家产充公，只此一张简单的通告足矣——遗憾的是，在当时事实的确如此。

宾虚家宅被封之后的第二天，大概在正午时分，一位什长①带着手下的十名骑兵从耶路撒冷向北来到拿撒勒附近，他们到了一个坐落在半山腰的村庄旁。这个毫不起眼的小村落看起来相当穷困，村中没有一条像样的大街，唯一的街道只是一条常年被人和牲畜踩踏出来的路罢了。著名的埃斯德赖隆（Esdraelon）②平原便坐落在此处以南的山脚下，而如果

---

① 古罗马军队中十人骑兵队的队长。
② 以色列与巴勒斯坦伊茨雷埃勒平原的西部。

站在西边的山顶上,便可以俯瞰到地中海的海滩,那已经是约旦和赫尔蒙山(Hermon)[1]边界以外的地域了。不少村落就散布在下面山谷的两边,受到特殊气候和地理条件的影响,这个地区非常适宜于种植花草、葡萄以及各种果树,而且此地还有很多天然的牧场可以放牧。四处可见的棕榈树勾勒出一副富于东方特色的风景画。这个地区的民居,呈现出各种不规则的形状,但都是普通百姓的民宅——单层的平房,被嫩绿的藤条包覆着。让人头疼的干旱天气把朱迪亚地区很多山岭已经烤得几如一片褐色焦土,毫无生机,但到了加利利山区(Galilee)[2]的边境线,干旱却不得不停下他肆虐的步伐。

当骑兵的队伍靠近这个村子时,不知是谁在村里吹起了小号,随着响亮的号声,村中的居民纷纷从家里涌到了村口,大家争先恐后,都想先见到这几个不同寻常的访客。在拿撒勒地区,在当时为人所知的不仅仅是其处于交通要道的特殊地理位置,而且这片区域处在加玛拉(Gamala)反抗者领袖犹大(Judas)[3]的影响范围内。于是不难想象这十来个骑兵在到

---

[1] 以色列的北部边境,有雄壮的赫尔蒙山,山脚下是戈兰高地,正是赫尔蒙山脉塑造了戈兰高地(Golan Heights)的形状。戈兰高地是叙利亚西南边防的战略要地。

[2] 巴勒斯坦北部地区。西到地中海沿岸平原,东到约旦河谷地。为一地形崎岖的高地。主要城市为采法特、拿撒勒,其中拿撒勒正是耶稣降生地。

[3] 加玛拉位于以色列国西北部加利利湖的西北端,此地的居民大都为奋锐党人,注意这里提到的犹大其人与主人公犹大·宾虚(Judah Ben-Hur)不是同一人,仅中文译名相同而已。这个名叫犹大(Judas)的人利用加利利地区居民对罗马二次征收赋税的不满,组织了反叛活动,借行刺、暗杀的手段反对罗马人,此处只是一笔带过。另外,本书还提到其他叫作"犹大"的称呼,各有不同含义,请注意区分。

达这个村子里时心里是什么滋味。当他们出现在村里的街上，所来的目的可谓昭然若揭，而蜂拥过来的村民，在看到这些骑兵之后，本来的恐惧和敌意突然转而被好奇心所取代。村民们知道来人不得不在村子东南的水井那里停下，于是大家纷纷从骑兵队列的后面围堵了上来。

其中一个骑兵押解了一名囚犯，正是这个囚犯挑起了大家的好奇心。这名犯人走在地上，没戴帽子，上身赤裸，双手被皮绳捆绑在身后，绳子的另一头拴在其中一匹马的颈上。骑兵们行进时荡起的尘土把这个囚徒笼罩在其中，他步履蹒跚，耷拉着脑袋几乎要晕倒一样向前挨着。村民看出来这个罪犯是一个年轻人。到了水井旁，什长叫停了队伍，大家纷纷跳下马来。跟在马后的囚犯一下子坐倒在地上，整个人呆若木鸡般，一声也不吭，看得出来他已经精疲力竭。离得近了村民终于看清，这个犯人很年轻，不过是个男孩，不少人想过来帮助他，无奈又有谁敢越雷池一步。

骑兵下马后相互传递着水囊饮水，村民们则困惑犹豫着，这时一个男人从通向西弗里斯城的山路上走来。一个妇女第一个看到他，高声叫道，"看啊！那不是老木匠来了吗？不知带来了什么消息。"

走过来的是一位可敬的老者。他穿着朴素，头上包着白色的头巾，一头从侧面垂下，雪白而茂密的胡须披散在前胸的灰色长袍上。他脚步缓慢，因为尽管已经这把年纪，他还拎着沉重的工具——一柄斧子和一把锯子，还有绘图用的刀子，每样重量都不轻。此外，看得出来者是一路长途跋涉，相当劳累。他走到切近停下脚步，看着众人。"是尊敬的拉比。约瑟夫①!"那个妇女叫着跑向走过来的老者。"这里刚来了一个罪犯,请您跟士兵们打听一下这个罪犯是谁吧,他到底做过什么犯法的事,准备怎么样处置他。"

这位拉比面容严肃。他看了一眼坐在地上的罪犯,同时走向什长:"愿上帝赐予你平安!"他不卑不亢地问候。

"也祝您平安,"什长回答说。

"你们是从耶路撒冷而来吗?"

"没错。"

"这个罪犯看起来年纪不大。"

"的确,他年纪很轻。"拉比接着问,"可以请您告诉我,他做了什么犯法之事吗?"

"他胆敢行刺总督大人。"什长回答得斩钉截铁。

听到此话,围观的众人不禁一边重复着,一边惊异不已,但约瑟夫继续问道:"他是以色列人吗?"

"他是犹太人。"罗马人淡淡地回答。

本来犹豫不决的围观群众,听到这里又开始同情那个罪犯。

"我对你们犹太人民族并不了解,我只能告诉你他的身份,"说话的罗马人介绍道。"不知道你有没有听说过耶路撒冷的犹太王子,名字叫宾虚的,他是大希律王时代的人。"

"我见过他,"约瑟夫说道。"那很好,这个人就是他的儿子。"围观的群众中开始爆发出抗议声,什长赶紧制止他们:"你们听我说,就是这个人,前天在耶路撒冷,趁总督格拉图斯路过他们家房檐下的时候,用房顶的砖瓦攻击总督大人,几乎把大人砸死。"众人听了什长的解说,不敢相信自己的耳

---

① 即前文提到的耶稣的父亲。

朵，用惊异的目光看着年轻宾虚，好像看着一头野兽一样。

"那么总督大人呢，他后来怎么样？"拉比问道。"好在他没事。"

"那么这个宾虚家的年轻人被判了刑？"

"没错，他被判服终身苦役去海上划桨。"什长例行公事一样淡淡地说。

"愿主保佑他！"约瑟夫难得动容，向上帝祈求着。在约瑟夫后面还跟着一个年轻人，他刚刚赶到，因为别人都把注意力放在谈话上，并没有人留意他。把手中的斧头放在地上，年轻人走到水井旁的大石头旁边，从水井里打了一罐水上来。他的动作安静无声，加上士兵们没有得到命令，所以根本没有人去理会他在做什么。就见他把水送到了那个罪犯身前，准备要喂水给他喝。年轻人一只手放在囚犯的肩头，这时奄奄一息的犹大从懵懂的状态中醒转过来，他勉强抬头，看到一张让自己终生难忘的面孔：从对方的脸上来看，年纪与自己相仿，黄色的头巾，褐色的头发。一双深蓝色的眼睛炯炯有神，看着自己的时候，给人一种奇妙的感觉，那么的温和、亲切而且满怀着关爱和神圣的气息，似乎有着包容一切的力量和意志。犹大经历了这两天的日夜折磨，精神世界已经被坚定的复仇心所占据，此刻面对这人的目光，他的心里竟然有种被融化的感觉，好像自己又一次变回了孩子。他把嘴唇靠向水罐，然后大口喝着水。两个人谁也没有说一句话。喂他喝完水之后，这个陌生的年轻人拿开原本放在犹大的背上的手，然后把手放在犹大的额头上，就这样过了大概一段祷告的时间。他才转身把水罐放好，又拾起地上的斧头，来到约瑟夫身后。这时所有的人包括什长在内，已经都注视着这个陌生人。

这就是井边的最后一幕场景。骑士们喝水完毕后，纷纷上马，而什长的脾气似乎有了变化，竟然把犹大从尘土中扶起，并且送他乘在其中一个士兵的马背上。而拿撒勒的村民们也各自归家，包括约瑟夫和那个陌生的年轻人。

这就是玛利亚之子①和犹大②的第一次遭遇。

---

① 这里指圣子耶稣，按照本书的时间顺序，耶稣此时约二十一岁，而宾虚此时十七岁。

② 这里关于"犹大"的称呼再稍作说明，除了本书男主人公名叫犹大以及前文提到的叛军首领叫犹大以外，后文还会提及背叛耶稣的门徒犹大，还有经常提到主人公是犹大的子孙/后裔——这个犹大指的是以色列民族的犹大支派，古以色列民族主要分为南部犹太王国（也叫犹大王国）和北部以色列王国两部。后来北部王国被亚述人所灭，而犹大王国势力得以扩大。犹大支派的大卫王在公元前 10 世纪前后统一了以色列各支派，建立了统一的犹大/犹太王国。

宾虚

第三部

"克娄巴特拉……我们的不幸有多么大,
我们的悲哀也该有多么大。
狄俄墨得斯于下方上场。
克娄巴特拉:怎么!他死了吗?
狄俄墨得斯:死神之手已经降临于他身上,可他还没有死。"

——莎士比亚《安东尼与克娄巴特拉》(第四幕第十三场)

第一章

那不勒斯西南数英里的米塞努姆城（Misenum），因其所处的海角而得名。尽管现在那里只剩了一片废墟。但在当时——也就是公元 24 年——这么说便于读者的理解——这座城池是意大利西海岸的重镇①。

在前文提到的这一年，作为游客来到米塞努姆，我们要是想一览海角风光的话，最好爬到城墙的墙头上，背对城池，面向大海，那不勒斯海岸的美景便可尽收眼底了。这份美丽历经岁月变换，保留至今：曼妙绝伦的海滩，炊烟袅袅的尖顶房屋，纯净的深蓝色天空和海浪，伊斯基亚岛在这边，卡普里岛在那边。游客的目光在两者之间的紫色天空流连——如同眼睛在品尝美味的甜品一样——最后，我们把注意力投

---

① 米塞努姆城当时处在罗马政府统辖之下，如后人所知的那样，罗马在两个港口——拉文那港和米塞努姆港有帝国舰队常驻。

向了一处后来失落于历史中的景观——从这里往下看可以看得到，在当时驻扎的罗马一半的海军队伍。这个地点，理所当然成了三巨头开会的绝好选择，在这里谈笑间便将世界玩转于指尖。

在当时，城墙靠海岸的一边某处是开有城门的——一条街正通向这里，出了城门是大片的防波堤和许多视距仪，正对着波涛汹涌的大海。

九月的一个清冷的早晨，一群人从街道上朝城门走来，喧闹声吵醒了打盹的城门守卫，守卫朝下面的人群瞥了一眼，马上又打起了盹。

人群里大概有二三十人，大部分是奴隶，他们手擎火把，火光不是很大，烟雾倒是很浓，随着冒出来的烟散发出一股印度甘松的香味。奴隶们的主人们走在人群最前面，手挽着手。他们中的一个，看上去五十来岁，微微有点秃顶，头上戴着一顶细细的月桂冠，从众人的簇拥来看，这个人显然是这场送别仪式的中心人物。这几个人全都身着宽大的罗马袍服，毛料的长袍包着紫色的花边。只是轻瞥了一眼，那个守卫已经知道这几个走在前面的人均非等闲。看样子是刚刚离开晚宴，估计是要陪同中间那人送他出城。

"太遗憾了，我的昆图斯，"其中一人对头戴月桂冠的人说道，"幸运女神太不应该了，这么快就要使你离开我们。昨天你刚从匹勒斯（Pillars）外遥远的海域抵达这里。为什么今天就要离开了呢，你还没缓过乏来啊。"

"请不要这样说，无须像女人一样多愁善感，"另外一个人接过话来，似乎有点微醺的醉意，"我们又何必伤感呢。我们的昆图斯只不过是继续他的使命，去建立新的功勋罢了。在海面航行，好过搁浅靠岸，不是吗？"

"不要责怪幸运女神!"第三个人接着说,"她并不是盲目或者负心的。还记得艾瑞斯在安提厄向她求问时,她无不应允,而且在海上,女神一直与他同在。今天,她虽然要带艾瑞斯离开这里,但一定是带领他又一次迈向新的胜利,不是吗?"

"没错,使艾瑞斯离开的是希腊人,"另一个人插话道。"我们应该责怪的是他们,而不是女神。这些人只知道经商早就忘了如何战斗。"

一边说着,人群已经来到了城门外的防波堤前,前面是清晨美丽的海岸。对于常年飘在海面上的老兵而言,波浪拍击的声音如同是在问候一样。艾瑞斯深深吸了一口气,似乎这空气的香甜胜过印度甘松的香味,接着他把一只手臂高举起来。

"她的大礼在普拉内斯特,而不是在安提厄——瞧!这清凉的西风,感谢您,幸运女神,我的母亲!"他由衷地感慨道。

他身边的朋友们都跟着重复他说的话,奴隶们也挥舞起手中的火把。

"来了——瞧!"艾瑞斯继续说,同时用手指着正在靠过来的大船。"水兵与女人无缘,也无须多愁善感,这当然比不了在帝都当差。"

他注视着船只靠近,自豪之情油然而生。白色的船帆拴在桅杆下面,船桨得先落桨,再抬桨,然后稍微停顿片刻,再一次落桨,循环往复,动作如同鸟儿扇动翅膀一样,配合得天衣无缝。

"刚才你说得对,无须怪罪神灵。"艾瑞斯冷静地说,他的双眼一直没离开这艘船。"神只给我们机会。如果我们没有好好把握而失败,这怎能怪神。至于说那些希腊人,你忘记了,我的伦图鲁斯,我正是要去迎击希腊的海盗。扫平他们胜过在非洲打一百个胜仗。"

"那么说你这是要出发去爱琴海?"

这时艾瑞斯眼里面已经只有他的船。"这样的大船竟能控制的如此美妙自如!就算海鸟也不过如此。看啊!"他感叹道,艾瑞斯马上接着说,"原谅我,伦图鲁斯。我的确是要出发去爱琴海。眼看就要走了,我不妨把实情告诉你吧——请你保守这个秘密。我不想你晚一些时候见到执政官对他有所微词,因为他是我的朋友。你可能也知道的,亚历山大城和希腊的贸易足以跟其与罗马的贸易相提并论。希腊人忙于经营各种贸易,甚至都忘了庆祝农神节,特里普托勒摩斯赐予他们丰收,可他们连收取都忙不过来。无论如何,与希腊的贸易增长速度可以说一日千里。你可能对切索尼斯岛海盗有所耳闻吧,他们盘踞在黑海一带。这些海盗贼胆包天,猖狂之极!前些时,海盗的舰队追踪到博斯普鲁斯海峡,击沉了拜占庭和卡尔西登的船只,横扫普罗庞提斯海域,尽管如此,他们仍不满足,又把战火燃烧到了爱琴海海域,昨天这个消息传到了罗马。在东地中海拥有商船的富商非常惊惧。他们中有在罗马大帝身边说得上话的人,今天有一百艘商船从拉文那港起航,而我从米塞努姆港——"他停顿了一下,好像故意刺激几个朋友的好奇心一样,接着他加重语气说,"乘坐这艘战船领航。"

"可喜可贺啊,昆图斯!祝你马到成功!"

"前途无量!百尺竿头,晋升在即啊。我们要提前向你致敬了!"

"昆图斯·艾瑞斯,新执政官,听起来比保民官强得多了!"众人纷纷向他祝贺。

"我跟其他人一样为你高兴，"那位微醺的朋友说，"非常的高兴，但是我的想法比较实际，未来的执政官。在你拿到任命书之前，还需保重才是，尤其是你将面临的事情并不是那么简单。""谢谢，谢谢你们！"艾瑞斯总结性地说道。"你们都是预言者，放心！我一定会走得更远，并且证明你们的预言不虚！你们就等我的好消息吧。"

艾瑞斯从长袍里取出一卷纸，递给他周围的朋友们，说道，"这是昨晚在席间赛扬努斯交给我的。"

这个人名在当时的罗马已经相当有名了，当然，还没变得像后来那样声名狼藉。"赛扬努斯！"他们异口同声地说，赶紧凑近了观看纸上写的内容。纸上写"塞扬努斯致库西琉斯·卢夫斯，执政官。"

"罗马，十九年，九月。罗马接到了保民官昆图斯·艾瑞斯的捷报。尤其当他听说了艾瑞斯在西部海域连获大捷后，曾经亲口提到想要把昆图斯调到东方任职。

这是大帝的意思，并且，他希望安排一百艘配备一流、满员服役的战舰，按照命令前去消除爱琴海海盗的威胁，见谕旨后片刻不得耽搁，交由艾瑞斯指挥并出发。如上所述，我的库西琉斯。事态紧急，详情可以参阅后附之说明以及昆图斯的履历。此致，赛扬努斯。"

艾瑞斯并未留意这几人，他的注意力一直在战船身上。此时船只已经越靠越近，而他盯着战船的目光也越来越狂热。最后，他对着船只过来的方向扬起了宽大的袍服，而对面的船马上做出了反应，船尾展开了一面猩红的旗帜，同时有几名水兵出现在舷墙旁，双手在空中交叉挥舞示意，并降下了桅帆。接着，战船以比赛似的速度迅速靠近岸上这几人所在的位置。艾瑞斯目不转睛地观察着来船。船只对船舵变化的反应速度和船向调整后船只的稳定程度，都是可圈可点的。

"以女神之名!"艾瑞斯的一个朋友说着，把那张纸卷好还给他，"我们以后不能常说你将会如何了不起了，因为你已经声名显赫了。你是我们的荣耀。你还有什么需要我们几个帮助的吗?"

"没有了，"艾瑞斯回答道。"你们刚才了解到的，其实在罗马已经是旧闻了，尤其是在宫廷内以及广场论坛之间。执政官做事很细致谨慎。我的职责和此行的目的地，等上了船他会详细告诉我。如果今天有空的话，诸位倒是可以到祭坛帮我祈求众神的祝福，保佑我前往西西里方向的航行一路顺风。船已经过来了，我得马上登船了，"他说着，转身面对来船。"我倒是对这艘船的统领印象深刻，一则他会跟我并肩作战，另外，难得他能把这艘大船靠岸的动作控制得如此自如。咱们不妨上船看看他的训练和技巧，开开眼界。"

"怎么你没见过这只船吗?""没错，而且还不知道船上能不能有我认识的面孔。"

"这个重要吗?""有点关系但没有什么影响。我们整日漂在海上的军人，很快就会熟稔起来的。我们的爱恨，都交织在战斗中。"

过来的是一艘中殿级的战船——船身窄而长，吃水很深，船体的特点决定了这种船在速度和敏捷度上的优势。船首呈现着优美的弧线。船只停靠时船首撞击水面溅起的水花，超过夹板两人多高，水花在空中飘散，又洒在船头的夹板上。船身的侧边是特里同海神吹着海贝的塑像。在船舷以下，沿着船的龙骨，从吃水线下面向船首突出的船喙，用非常结实的木头构造，然后用金属包覆起来用以加固，这个尖嘴部位在作战中被用来撞击敌船。船身舷墙的雉堞沿着两侧整艘船身，建造得结实威武。舷墙下面有三排桨孔，供船桨伸缩出入，每个孔洞用厚布覆盖着——左右两侧各六十个孔。作为装饰，高翘的船首上雕刻斜倚着神使的权杖。两条粗大的绳索越过船舷，分别标记了前夹板中锚的编号。

船体上层的结构简单，突出了船桨对整艘船的重要地位。桅杆被设置在船身中部靠前的地方，前后用拉索固定，同时用两边的侧拉索与左右舷墙内侧连接。桅杆上的滑车被用以调节帆桁上那张巨大的船帆。从舷墙上方可以看得到夹板上的一举一动。

桅杆顶的水兵收起船帆后，站在帆桁上。防波堤旁人群的注意力此时落在了船首一位将官身上，这人盔甲在身，手持盾牌立在船头。

一百二十支橡木船桨，经过海浪长年累月的拍打，桨头已经被打磨得白亮，这些桨升降划动的动作好似被同一个人操作一样，推动着战船劈波斩浪，速度足以和蒸汽机车相媲美。

这艘船靠岸前速度明显过快，岸上的艾瑞斯等人显得有些惊慌。突然，站在船首的那位将官举起一只手然后做了一个奇特的手势。于是就见所有的船桨同一时间抬了起来，在空中稳定了片刻，然后直直的落下，拍打得海面浪花飞溅，泡沫翻滚。一开始船身好像惊恐的人似的，每块木头都在颤抖，之后又迅速安定下来。接着那位将官又做了个手势，这次所有船桨又抬了起来，然后如同翅膀一样摇动几下再落入水中。不过这次左右两侧船桨入水的方法却相反：船身右边的所有船桨落水时全部向船尾划动，而另一边的船桨则向着相反方向划动。就这样连续三次，船身完成了右转的动作，船舷右边稳稳靠了岸。

我们此时得以看到船尾的样子——它的饰品如特里同神像，和船头相似，用巨大的字体写就的船号，侧边的船舵，瞭望台，上面坐着满身戎装的舵手，手扶着舵绳。还有尖翘的尾橹，像一面倒钩形的巨大扇叶。

在船靠岸的同时，船上响起了简短而高亢的军号声，接着许多的海军士兵从舱口鱼贯而出，这些士兵各个铠甲满身，头戴黄铜头盔，手持锃亮的盾牌和标枪。不一会儿，战士们分列四角，水手们纷纷沿着侧支索攀上帆桁站定。士官长和军乐手们各就各位。整个准备过程安静且迅速。当船桨触及堤岸边，有人把一座踏板桥从夹板上搭下来到地面上。最后，保民官艾瑞斯转过身，深色庄重地对他身后的众人说道："我该登程了，朋友们。"

他把头上的月桂花冠取下来捧给身旁那位嗜赌的朋友。"花冠送你吧，我的赌场好友！"他说道，"如果有天我回返这里，我将赢回输掉的铜币。如果我没有胜利，我便不会再回来。那时就请你把这花冠挂在前厅做个纪念吧。"

他朝众人伸开了双臂，和每个人拥抱告别。"众神与你同在，我的昆图斯！"他们一起说道。

"后会有期。"最后他朝后面挥舞火把的奴隶们挥舞手臂。接着他走向战船，迎接他的是按照级别高低整齐排列的军官和士兵，盾牌耀眼，标枪林立。在他踏上战船夹板的一瞬间，响起了响亮的军号，同时有人升起了军旗和象征舰队指挥权的三角信号旗。

第二章

保民官站在船舵所在的夹板上，手中拿着执政官的大令，对桨手头目①说："船上人力如何？"

"桨手，二百五十二人，另有十名后备。""换班的人呢？""八十四人。"

"作业时间呢？""按照每两个小时换一次班。"

保民官沉思了一下："这种分工并不合理，我将会进行革新，但不是现在。船桨必须日夜不停地划。"接着，他对领航员说道："风向不错，扬起船帆，让桨手省点力气。"两人交流结束后，他又转向主驾驶。

"你服役多久了？"

"三十二年了。"

"主要在哪些海域？"

---

① 旧称桨手长，后文统一称其为桨手长。

"罗马和东方之间。"

"看来你是我想要的人选。"保民官说到这里,又看了看手中的大令。

"驶过坎帕内拉海角,设定航线目的地在墨西拿港。另外,沿着卡拉布里亚海湾走,一直到梅利托,然后,你应该懂得看爱奥尼亚海的星象吧?"

"我很熟悉。"

"然后从梅利托往东航行,去往塞西拉岛。情况允许的话,我们一直到安特莫纳海湾才会抛锚。大帝的命令非常紧急。就看你的了。"

艾瑞斯是个慎重的人,就他所在的阶层而言,他是个相当谨慎的人,他的名声给普拉内斯特和安提厄姆的祭坛带来荣耀,这也说明了对于那些神殿的女神而言,祭祀者的谨慎和辨别力比起他的献祭和发下的誓约更加重要。这位保民官昨天饮宴了一整夜。但此时海水的味道又把他变成了另一个人,一个老到的海员,而作为一个海员,他在完全了解自己的船舰之前是绝不肯休息的。从划桨手头目开始,他看了领航员、主驾驶、舵手,还有其他军官——海军的指挥官、储藏室的保管员、机修工、厨师和火工监工等的营房。没有什么逃得过他的眼睛。走完各处之后,他已经对整艘船的物资储备、如何面对这次航行途中可能出现的状况了然于胸。除此之外,对他而言还有一件事需要做的就是——对自己麾下的人员做到完全了解,并且这是最难做到的一点,需要大量的时间和细心的工作,他决定马上着手。

当天中午,战船驶离了佩斯敦。在西风的助力下,航行如他所愿,一切顺利。斥候兵观察着海面。前夹板上已经设好了祭坛,上面撒了盐和大麦,保民官举行了隆重严肃的祭典仪式，向朱庇特和涅普顿以及海洋诸神祈祷了一番，并燃香敬酒。仪式结束后，他坐在自己的舱内，开始研究他手下的每个随员。

需要说明的是，这间舱室是整艘船的中央室，大约六十五尺乘以三十尺的面积，三个宽大的舱口为室内提供了足够的采光。一排立柱从房间一头一直到另一头，支撑着房顶，从房间中部可以望见外面的桅杆和密布的长矛和标枪。每个舱口左右两边搭着阶梯，连接舱顶。这些设置暂时收了起来，所以现在的中央舱如同一间光亮的大厅一般。

读者应该已经看出来，这里便是军舰的心脏所在，船上所有布置的中心——餐饮室，寝室，操练场，业余时间休息室——按照军队的律法，海兵每日的生活被简化成了一道道冷冰冰的程序。

在船舱的最后面设置了一个平台，两旁设有几级台阶。平台上设置了一面鼓台。桨手长端坐在鼓台后，手持木槌，有节奏的给划桨手敲击着鼓面。在他右边，有一只滴漏也叫水钟，作为量度时间的工具，来看换班和换岗的时间。在桨手长的上面，有个更高些的平台，三面用镀金的栏杆围着，保民官就在上面俯瞰下面的一切运转情况。他稳坐在提前准备好的椅子上，身前一张桌，桌椅都铺了一层软垫——高背坐椅和精致的扶手彰显了受命于帝国的高贵权威。

艾瑞斯气定神闲地坐在椅子上，随着战船的缓缓起伏，战袍跟内衬的长袍垂在椅旁，腰带上悬着短剑，他就这样静静地注视着下面每一个人，同时下面的人也看着他。他注视的目光似乎在挑剔又好像在洞察手下的每个人，并且他主要观察的还是那些桨手。可能换做是读者也会这么做，只不过我们的保民官在看这些桨手的时候，还包含了一些同情，并且，作为长官，他又并不局限于双眼所见，他同时思考着更多问题。

眼前的场面看似十分简单。沿着舱室两边，分别是三列长凳，凳子就固定在船舱地板的横木上。而如果靠近了去看，就会发现实际上同一排的三人所坐的并不是同一条凳，居中一人的凳子位置比过道旁一人的要靠后一点并且要高出一个台阶，同样，靠舱壁一侧的那人的凳子则更加靠后并且更高，也就是说同一排的三个人其实分别排了一行，他们分别在高度以此递增的台阶上。为了合理的调整和安排桨手们的座位，每一排桨手之间隔了一码的空档，这种安排能够为每个桨手划桨时提供足够的空间和活动余地，同时也使舱内可以最大限度的多安排划桨人员。如同步兵行军一样的道理，只要桨手们划桨动作一致，便可以顺利并持续地为船只输出动力。这种布局使得船舱很容易计算和增加桨手，只要船身长度允许即可。

说到桨手，一排的三个人中，靠近中央过道的两个人划桨时是坐在凳子上的，而靠舱壁的人则必须站立划桨。因为布局的原因，靠近舱壁的船桨最高，而且是加长的。所有的船桨的握手处都包缠了细绳，而在船桨的平衡点部位则用了结实的软皮吊着防止脱落，与之俱来的是，增加了操纵船桨的难度，因为船底的巨浪有时击打到船桨后，随时可能连带着把另一头的桨手打飞出去。每条船桨穿过一个方形的开口，透过这个小窗口，桨手可以呼吸到新鲜的海风，同时外面的光也得以照射进来。从某种程度上讲，作为桨手，他们的工作条件完全可能变得更糟糕，不过，就现在的状况而言，他们的生命中一样没有任何乐趣可言。首先他们之间不允许有任何交流。日复一日的苦役基本就是他们的全部生活，每天繁重的劳动过程中，他们甚至看不到别人的脸。而所谓的休息，只有在抢食进餐和睡觉的时候才能勉强感受到。他们从来没有笑容，没人听过谁唱过歌。一个人如果生活中只需要叹息和呻吟便能足以表达一切，那么这些桨手们的舌头真可以说是白长的了，不知道是否他们的思考也是静默无声的？这些穷困卑微的人们，他们的生命就如同地底的涓涓暗流，缓慢地流淌，辛苦的在黑暗中寻找着出口，猜测着也许就在某时某处。

我主耶稣，圣母之子啊！如今我们的剑有了你的勇气和你的荣耀！但是现在，即使在我写这部作品之时，仍有无数人在不知名的街上，或在矿区中，战船上如同那些桨手一样服着苦役，来满足那些追名逐利之人的野心。自从当年德里留斯第一次为罗马帝国赢得海战胜利时起，罗马人就开始为海上的战舰装配船桨和桨手系统，而每次海战的胜利实质上应归于这些桨手的部分，大过那些海军士兵，正是桨手身下的凳子见证了一次次的征服和给罗马帝国带来的荣耀。这些桨手，可能是来自任何一个国家，大多是战争中的战俘，如果被发现身体健壮或者有足够耐力，就被挑选到船上做划桨手。这一个，不列颠的；他前面的一个，利比亚人；他后面的人，则是克里米亚的。别的还有比如塞西亚人，高卢人和塞巴萨人。这些人连同那些哥特人、伦巴第人、犹太人、埃塞俄比亚人甚至还有野蛮人一起，被罗马人从亚速海的港口带到船上。这边一个是雅典人，那边是个爱尔兰红发的野蛮人，还有一个蓝眼睛大个子的辛布里人。

桨手的脑海里，除了沉默的劳动之外几乎已经没有任何其他的消遣，每个人都变得简单、粗暴，就像他们每天重复的动作一样，推桨，拉桨，抖桨，落桨，无意识而机械的动作反而更完美。窗外的大海对他们而言也从一开始的澎湃多情变得麻木，最后只剩下本能的动作罢了。长期的苦役，把桨手们磨炼成了几乎没有感情的动物——耐力强韧，没有思想，容易顺从的动物，他们肌肉发达，头脑贫瘠，支撑他们精神世界的也许只剩下对上船之前生活的回忆，这些珍贵的片段年复一年徘徊在脑中最后沉入意识的最深处，变得不再清晰，最后渗透进了他们的潜意识中，他们的灵魂如同被提炼了一样，炼成了惊人的忍受力，将悲惨的生活变成了顺受的习惯。

艾瑞斯一直就这么坐在椅子上顺着船只左右摇晃。随着时间的推移，他思绪万千，一部分注意力放在划桨的奴隶身上，更多的部分则用在思考其他事情。盯着桨手划桨的动作久而久之，奴隶们整齐划一的动作如同不断重复的画面难免让人觉得单调乏味。于是他开始把注意力放在单个的桨手身上。同时他用手中的笔边看边记录着自己的想法，如果一切顺利的话，他准备找到并击败海盗舰队之后，把自己觉得不合格的奴隶用新的囚徒换掉。

对划桨的奴隶而言，姓名是没有任何意义的，或生或死皆是如此。在这里，他们每个人被分配到一个固定的位置，而每个桨手的位置对应一个号码，这个号码就成了他的姓名。保民官的目光在不同的桨手间移动着，最后落在六十号身上。正如前面介绍的那样，六十号的位置在左手边靠船尾最后一排，靠窗口的位置，比中间的五十九号高出一个台阶。他们一排的人现在正休息着。

六十号所在的位置比地面稍微高出一个台阶的高度，距离艾瑞斯并不远，加上他旁边的小窗口投射进来的光洒在头上，让艾瑞斯可以看他看得很清楚——他站立在自己的位置上，和其他桨手一样，几乎赤裸着身体，只有腰间用布包缠住。此人吸引保民官之处在于看得出来他非常年轻，最多二十岁。实际上，艾瑞斯不光是赌桌上的常客，他还很擅长识人，他经常出入于当时的体育场馆，通过与教员跟运动员的交流，他学到了很多观察一个人的方法，比如有怎样的肌肉才会有力量，当然最重要的一点是思想和身体的融合与统一。这些他学到的东西总是时不时地被他拿来评估一个陌生人，来验证是否正确。

我们很容易想到，像保民官这样的人物，经常会被各种琐事缠身，很多时候他正打算好好观察和分析一个人的时候，却被人打断。因此他几乎从来没有认认真真地去验证一下自己学到的东西究竟是不是真的，实际上，他从来没像现在这样用这么长的时间去看一个人。

一开始注意到六十号时，他的身材和面部好像侧画像一样呈现出来，为了取得身体平衡，他的用力方向和身体的移动方向相反，所表现出来的姿势，似乎在用力推动船桨。但他的动作优雅而闲适，给人一种不真实的感觉，似乎他并不是很费力地在做这些动作，这种疑虑很快又消除掉了，因为从他紧握桨尾的手，和船桨几乎要打弯的受力程度上仍然看得出他也是在卖力的劳动。六十号这样的表现让保民官觉得很有意思，他试图要寻找那种力量和头脑都上佳，并相得益彰的人，而六十号引起了他的兴趣。

在他关注六十号的过程中，艾瑞斯发现此人很年轻，却完全找不到这个年纪应有的稚嫩。同时，他发现这人的身材颀长，四肢比例近乎完美。他的胳臂，也许显得有点太长了，但是手臂上粗大的肌肉掩盖这一点，尤其在他活动的时候，隆起的肌肉就像打结的粗绳索一样突爆勃发起来。他的肋条一根根清晰可见，但是他并不显得骨瘦如柴，而是很多运动员们在体育场中长期训练所追求的那种身材。他的身材和肌肉的配合度让艾瑞斯觉得此人每个动作都显得如此协调，这跟前面提的艾瑞斯观人的理论非常吻合，不免引起了他的好奇心和兴趣。

不久，他发现自己已经忍不住想要一睹对方正面的容貌了。从此人的侧面轮廓看到，他的头部线条匀称，脖颈长而优雅，很明显是个东方人，从他侧面线条的微妙处可以感觉到，他有着不凡的血统和敏感的灵魂。这些观察的结论，让保民官对六十号的兴趣更加浓厚了。

"以众神之名，"他自言自语说，"这个小伙子让人印象深刻！看得出是个有潜力、有前途的年轻人。我有必要好好了解一下他。"这时六十号突然转过身来，保民官终于捕捉到了他的正面。

"是个犹太人！还是个孩子！"

当六十号注意到自己正被保民官注视，他的一双大眼睛睁得更大——独特的双眉跳动了一下——他开始摩挲着手中的船桨。突然桨手长像发了怒似的，落下木槌。六十号赶忙收回了目光，似有自责般开始划动手中的船桨。当他的目光偶然又回视保民官的时候，他惊异地发现——对方竟然对自己露出了善意的微笑。

这时，船只进入了墨西拿港，很快驶出了墨西拿城，然后转而向东，埃特纳山顶上云雾逐渐消失在视野中。

尽管保民官不时地要回到他在中央室的观察台上，但每当回到桨手舱里，他总会继续观察六十号桨手，并且告诉自己说："这个年轻人跟其他人是不一样的，他是个有思想的人。犹太人跟那些蛮族不同，我得多了解他。"

第三章

出海的第四天,阿斯特莱雅号——这艘战船以女神的名字命名——加速穿越了爱奥尼亚海。晴空万里,徐徐的海风如同众神送来的善意。

考虑到可能在抵达塞西拉岛东部沿岸之前,遭遇到敌人的舰队,艾瑞斯开始有点焦躁,他在甲板上召集了船上的部队,并做了相应部署。他有勤做笔记的习惯,笔记中记录了与舰船有关的各种信息。而当他在自己舱室闲坐时,脑海里总是对六十号桨手挥之不去。

"你对那边那个年轻人了解多少?"他终于向桨手长问道。问话的时候,正是桨手的休息时间。"您所说的是六十号那个人吗?"

"没错。"

桨手长锋利的目光扫了一眼六十号,然后回答说:"我对他的了解跟您一样,这艘船是一个月前才下水的,我对桨手的了解跟我对这艘船的认识差不多。"

"他是个犹太人,"艾瑞斯若有所思的补充道。"尊贵的昆图斯,您太睿智了。"

"他年纪很轻,"艾瑞斯继续说。

"但他是我们船上最好的桨手,"对方说,"我看到过他划桨时竟然可以把桨身撑弯到快要断掉的程度。"

"你是怎样分配他的工作的?"

"怎样分配他都非常顺从,更多的我就不知道了。对了,有一次他跟我提过一个要求。""说说看?"

"他希望我能让他交替着在左右两边划桨。"

"他有没有告诉你为何这样提?"

"他说经过他的观察发现,长期被固定地限制在一侧劳动的桨手身体会变得畸形。并且,如果有一天遭遇了暴风雨或者战斗,可能突然会需要他更换到另一边劳动,他不想到那时自己完全无法胜任。"

"嗯!听起来有些见地。还有呢?"

"他喜欢干净,这和别人不同。"

"听起来又像是罗马人,"艾瑞斯赞许道。"关于他的身世呢,你了解多少?"

"不清楚。"保民官听后思考了一阵,然后回到自己的座位。

"如果轮到他休息时间,而我在甲板上面,"他停顿了一下说道,"让他来见我。一个人来。"

大约两个小时之后,艾瑞斯站在船帆下面,被壮阔的海景带得神思飞扬,百无聊赖中,他兴致勃勃地观察着船舰两头的舵手冷静地操纵船舵,他们和自己一样经验老到并且沉着冷静,一丝不苟地控制着手中的舵绳。而在船帆下的阴凉里，有几个水手正躺着睡觉，一名斥候①尽忠职守地在帆桁上警戒。艾瑞斯一边用眼睛衡量着船帆和太阳的位置，一边琢磨着航向是否有偏差，这时，他所等待的桨手走了过来。

"我的长官称呼您为尊贵的艾瑞斯，他告诉我说您要我过来。"

艾瑞斯看着眼前的年轻人，高大的身姿，结实的肌肉，在阳光下显得白亮耀眼，而长时间的曝晒加上体内流动的血液使他的皮肤呈酱红色——他用赏识的目光打量着，如同眼前站着的是他在竞技场中挑选的角斗士一样，这种心情溢于言表。他说话的声音透露着对眼前这个桨手的恩赐之情，而且眼睛里闪着好奇的光而不是像对其他奴隶那样充满了傲慢和蔑视。面对眼前这位睿智的保民官如此打量自己，这个桨手不知道这位高高在上的主人对自己会提怎样的要求，尽管如此他的面上并没有丝毫怪责、消沉或是惊恐的表情，依然是一副洋溢青春的俊秀样子，除了隐约闪现的，心中长期饱受悲伤折磨所留下的印记，就像是时间在画作表面留下的伤痕一样。两人相互对视片刻，仿佛心照不宣一样，罗马人已经对眼前的桨手有了一定的了解，然后他并没有表现出主人对奴隶那种颐指气使，而是用前辈的语气，说道："桨手长在我面前赞赏你，说你是最好的桨手。"

"他是个非常仁慈的长官，"桨手回答说。

"你在船上服役多久了？""差不多三年。"

"一直在划桨吗？""是的，每一天。"

"这可不是个轻松的差事，据我所知没有几个人能坚持一年以上，更别提你了——我看得出你还是个孩子。"

---

① 斥候：古代的侦察兵——编者注

"尊贵的艾瑞斯阁下,您可能忘记了,持续的忍耐可以强健精神。正因如此,有时候强壮的倒下了,而看似弱小的却得以存留。"

"从你的话语来看,你是个犹太人吧。"

"早在罗马人历史之前,我的祖先是希伯来人。"

"你仍然保留着本族固执的骄傲,"艾瑞斯说,同时注意到桨手脸上闪过一丝红晕。"骄傲在锁链下也只能沉默不语。"

"是什么让你保留这份骄傲?"

"犹太人的身份。"

艾瑞斯微微一笑:"我没有到过耶路撒冷,"他微笑后说道,"但是我对圣城的王子们却有所耳闻。我认识他们中的一个。他是商贾,他的足迹遍布世界各地,以他的才干,本来可以做国王的。能告诉我你的身份吗?"

"我所能回答您的,恐怕只能是船上一个无名的奴隶桨手,这就是我的身份。但说起身世的话,我的父亲,他也是耶路撒冷的王子,作为商贾,他的足迹遍布天下。他声名远播,被罗马皇帝所知并在帝都接见过他。"

"他的姓名是?"

"他的名讳是以塔玛,宾虚家族的以塔玛。"

听完这个名字,保民官禁不住惊奇地抬起了手。"你——原来是宾虚家的子嗣?"

经过一阵沉默后,他问道:"是什么原因让你来到了这里?"

犹大低下头,他的胸脯起伏着。当他觉得情绪已经得到平复,才抬起头看着保民官,回答说:"我被指控企图刺杀瓦勒利乌斯·格拉图斯,被派到圣城的总督。""你?!"艾瑞斯忍不住倒退一步,惊诧地叫道,"你就是那个刺客!这个故事在整个罗马都传扬开了。我的船在到罗蒂纳姆城的时候,这个消息就传到我的耳中。"

两个人在沉默中相互注视着。"我当时想,宾虚家族的名声竟然会毁于一旦。"艾瑞斯首先开口说道。回忆的浪潮此时席卷了这个年轻人,以前的点滴温情冲刷着他,带走了他脸上的骄傲,眼泪夺眶而出,顺着脸颊流淌。

"母亲啊——妈妈!还有我娇小的妹妹得撒!她们现在身处何处?我尊贵的长官阁下,如果您知道关于她们的任何消息"——他双手紧握,作祈求状——"请全都告诉我吧。告诉我她们是否还活着——如果,如果她们还在的话,身在哪里?过得怎样?噢,我求您了,请告诉我吧!"

他一边说着一边靠近了艾瑞斯,他祈求的双手已碰触到保民官交叉的手臂垂下的袍襟。"我已经在这种恐惧中挨过了三年,"他继续说道——"三年了,我的长官,每个小时我都被这种不幸折磨着,如同过了一生——一生被放逐在死亡的深渊里,没有慰藉只有苦役——这三年里没有任何人跟我说过一句话,哪怕是耳语也没有。天!如果我们已被这世界遗忘,那么我们也只能选择去遗忘!只要我能够躲避的开——我每时每刻都仿佛能感觉到妹妹拉着我胳膊,还有母亲最后一次看我的目光!在船上,我经历过瘟疫的侵袭,海战时敌舰的冲击。我曾在暴风雨对大海的怒吼中大笑,尽管,其他人只是忙着祈求活命,只有死亡或许能让我解脱痛苦。划桨——是啊,我只能拼命地划桨,用繁重的劳役来逃避当初那场离别的伤痛。想的越少越好。告诉我,她们已经不在人世了,因为如果她们还活着,一定每天都经历着失去我的思念之苦。我经常在睡梦中听到她们呼喊我的名字,看到她们从舱外的海面朝我走来。天啊,这世界上还有什么比母亲的爱更加真实！还有得撒，我的妹妹——她的呼吸，犹如白色百合花一般香甜。她是棕榈树上最娇嫩的枝叶——那么新鲜，那么温柔，那么的优雅美丽！看到她，让我每一天都如同清晨般神清气爽。我常看到她伴着音乐声走来又消失不见。而我只能低垂双手，我——"

"你拒绝认罪吗？"艾瑞斯严厉地问道。

当被问到这个问题，宾虚脸上的表情骤然更变，他的声音突然变得尖利，双手紧紧握住拳头伸向天空，看似每根肌肉都紧绷颤抖起来，双眼布满了血丝。

"您听说过我的先祖们所信仰的上帝吧，"他说道，"就是无限的耶和华。以他的真理和全能的名义，以从以色列一族的发源至今他所赐予的爱的名义，我可以起誓，我是无辜的。"

保民官深受打动。

"尊贵的罗马人！"宾虚继续说，"请您相信我，哪怕只有一点，就让我在越陷越深的黑暗深渊中看到一丝光芒吧！"

艾瑞斯转身走向夹板。

"你有没有接受过审判？"他突然停住脚步，问道。

"从来没有！"

罗马人抬起头，显得非常吃惊。

"没有审判——没有证人！是谁敢判决你的罪名？"

要知道，对当时开始步入衰退期的罗马帝国而言，人们对法律和法律形式的推崇无以复加。

"他们把我用绳子捆绑起来，然后把我拉进塔楼的拱顶下。我谁也没有见到，也没有人跟我说话。第二天士兵就把我带到海边。从那时起，我就做了船上的奴隶。"

"你有何为证？"

"那是三年以前，我还是个孩子，怎么可能是阴谋家。如果我真的要谋杀总督大人,更不可能选在那个时间那种场合。您想想看,总督当时正骑着高头大马在军团的保护下游行,何况是在光天化日众目睽睽之下。我一旦进行刺杀,又怎能逃脱。我作为耶路撒冷的王子,是对罗马保持友好的。我的父亲也为帝国做了很多贡献。我们家族那样做的代价也未免太大了。不光是我,还会连累了我的母亲,妹妹。我没有任何动机去做那样的预谋,不管您从任何方面揣摩——财产,家庭,生活,理智,律法——作为以色列的子民必须从小遵从律法如同呼吸空气一般——我都没理由动手做刺客,我是被污蔑的。我不是疯子。死亡对我来说都好过遭受这样耻辱。请相信我,我祈求您,这就是真相。"

"袭击事件发生时,谁跟你在一起?"

"我当时跟妹妹一起在房顶上——我父亲的宅院里。得撒当时就在我的旁边——我那温婉如水的妹妹。我们一起俯在房顶的女儿墙头观看罗马的部队游行。当时我手下扶过的一块墙瓦松动滑脱,掉了下去,正巧砸到了总督头上。我以为我失手杀死了他。天知道,我当时多么的惊惧!"

"那么当时你的母亲呢?"

"她当时在地面自己的房间里。""后来,她又怎样了?"

宾虚握紧双手,长叹一口气。"我不知道。我只看到士兵们把她拉走了——那就是最后一面。他们把我们家里所有活着的都抓走了,连牲畜也不例外,最后把院子大门封死。意味着不允许母亲再回到祖宅。我满心要求见她一面,哪怕再说上一句话!至少,她是无辜的啊!我便能原谅他们——请您原谅,尊贵的长官!我知道,我现在作为一个奴隶没有资格谈论什么原谅或者雪耻。看来我注定要在船桨旁了此一生。"

艾瑞斯专心地听着宾虚的讲述。他凭着这么多年来跟奴隶打交道的经验，试图分辨在此情况下哪一句是谎言，现在看起来，如果这个人所说的是编造出来的谎话，那么他的表演无疑是完美无瑕的。换句话，如果他所说的都是真实的，那么无疑这个人的确是无罪的。而如果他真是无辜的，那么帝国赋予的神圣职权竟被滥用至此！为了一起事故，竟然不惜玷污一个家族的名誉！这种想法令他震惊不已。

我们都认同一个普世的道理那就是不论我们的职业是什么，不论多么粗鲁或者血腥也好，都不能超越我们的道德底线。譬如公正和怜悯这样的品质，一旦我们在它的约束下生活，即便卑微的过活，也会如同被冰雪覆盖的花朵一般。这位保民官，他性格坚毅不屈不挠，否则也不可能在他这个职位做到现在。同时他为人公正，最厌恶违反法令胡作非为之辈，这种性格使他善于拨乱反正。他所指挥过的船舰没有人不赞赏他这一点。聪明的读者会在后面的内容中对他的这种性格特点有更加深刻的认识。

在这样的情况之下，很多条件对这个年轻人而言是有利的，当然，有一些条件只是假定对他有利。比如，我们假设艾瑞斯对瓦勒利乌斯·格拉图斯的了解可能是以某种并不让他喜欢的方式。而他对犹大父亲的了解则是相反的方式。在犹大表达自己诉求的过程中，艾瑞斯一直保持着沉默。

这一次，保民官深陷困惑和犹豫之中。他在这艘船上的权力是至高的。他的本心无疑使他对这个年轻人的同情油然而生。说真的，他是信任眼前这个年轻人的。但是他同时告诉自己，不要轻易下结论，一切言之过早，不需要着急给他豁免，相比之下，塞西拉岛的海盗才是最紧要的大事。这个自称耶城王子的宾虚可以忍耐一时，而自己需要继续深入了解其人。至少，他的真正身份必须得到确认，这样自己才好做出正确的处置。毕竟通常来说,奴隶都是谎言家居多。"够了,"他大声说。"回你的位置去吧。"

宾虚对他鞠了一躬。然后又看了这位主人一眼,但却没有从他脸上找到希望的痕迹。他慢慢转身,又回过头说:"如果您会记住我的话,我的长官,请记得我刚才的祈求,我只想得知我母亲和妹妹的消息,仅此而已。"

说罢,他转身走去。艾瑞斯用赞赏的目光望着年轻人的背影。"我的神啊!"他心里想。"多棒的年轻人,只要稍加训练,这人一定可以成为竞技场里的新星!一定是个跑步健将!给他一把剑或者一副拳击手套,他马上可以成为出色的角斗士或者拳击手!——站住!"他忍不住叫出声来。

宾虚停下脚步,而保民官朝他走来。"我问你,如果你获得自由,你打算做些什么?"

"尊贵的艾瑞斯,您一定是在嘲笑我!"犹大嘴唇颤抖着说道。"不!以众神之名,我绝没有这个意思!"

"那么我很乐意回答您。如果有这么幸运的话,我要做的第一件事,就是寻找母亲和妹妹的下落,不和家人团聚,决不罢休。我会珍惜此生剩下的每时每刻,并带给她们幸福。我会尽力侍候她们,像奴隶一样让她们信赖。她们因为我失去了太多,但是,以上帝之名,我会偿还得更多!"这样的回答是罗马人所没有料想到的。片刻间,他忘记了叫犹大留步的初衷。"如此说来,"他平复了一下心绪,说道。"如果你的母亲和妹妹已经不在人世,或者已经失踪,你又当如何呢?"

宾虚听到这样的话,面色变得苍白,他转过脸望向茫茫的大海。显然这使他的内心出现了剧烈的波动,过了好一会儿,他才平复下来,转向保民官说:"您是问我如果那样的话,我应该以何为目标?"

"没错。"

"长官，我实话实说吧。就在刚才我跟您所讲述的不幸发生的前一天晚上，我下了决心要参军成为一名士兵，并得到了准许。我现在仍然是这样的念头。并且，全天下只有一个教授战争的学校，我准备就到那里去。"

"你是说角力学校！"艾瑞斯猜测说。"不，我是指罗马军营。"

"但若如此你应当先熟悉各种武器如何使用。"主人给奴隶提出这样关切的忠告这在当时是很奇怪的事情，艾瑞斯马上注意到了自己的失态，马上调整了自己的语气和神态，"走吧，对刚才我们之间发生的一切，勿做他想。就当我只是无聊找你随便说说话。或者"——他停顿了一下，沉思一般看向别处——"或者，如果你真的对自由抱有什么希望的话，可以考虑的选择只有两个，一则到角斗场上做个好的角斗士，另一则就是去军队做个士兵。前者还可能讨得大帝的欢心，而后者嘛，对你没有任何好处。记住你不是罗马人。去吧！"

不久，宾虚又回到了他的位置上。一个人只有内心轻松，他的担子才不会显得重。对犹大来说，现在划起桨来感觉没有原来那么费力了，因为他发现了隐约的希望，这丝希望如同在歌唱的鸟儿一样，尽管他看不见，也摸不着，但是他似乎感觉到在某处，希望已经悄然来到。适才临走前保民官小心的结语——"就当我只是无聊找你随便说说话"——在他的脑海里反复的响起。被身居高位的罗马长官接见并询问了发生在自己身上的故事，这件事如同一只无形的手递给自己灵魂的面包。他预感到这件事会是个幸运的开端。舱壁上开着的小窗口投进来一束透亮的光芒，带着希望照在年轻人身上，他祈祷着："我的主啊！我是蒙恩多年的以色列子民！请帮帮我，我向您忠诚的祷告！"

第四章

在安特莫纳海岸，塞西拉岛东部的一个岛屿，集结了数百艘战舰。在那里，保民官对部队进行了审阅。接着开拔前往纳克索斯岛，这个基克拉迪群岛中最大的岛屿，位于希腊和亚洲海岸线之间，就像是被放置在一条大道中间的巨石，卡住海上交通的咽喉；但另一方面却可以作为追击海盗舰队的有利跳板，不管海盗的船队在爱琴海还是在地中海。

在舰队鱼贯开往纳克索斯岛的途中，发现一艘船从北部驶过来。艾瑞斯派船拦截下来。原来这艘船来自拜占庭，从这艘船的长官那里他得到了自己急需的信息。原来这些海盗来自黑海沿岸，甚至还有人来自塔奈斯，这是个位于亚速海入口处的岛屿，他们习惯于隐秘作战。第一次接触到这些海盗是在色雷斯的博斯普鲁斯海峡外，那里被击溃的驻军残部追踪了海盗的舰队。从那里到达达尼尔海峡外，海盗席卷了海面上一切船只。海岛部队是由大概六十只船组成的编队，全部装备精良，给养充足。一部分是双排桨，其他都是三排桨的战船。编队首领据说是希腊人，而领航员，据说对东部所有海域都了如指掌，也是希腊人。他们劫掠的战利品堆积如山。这种恐慌迅速蔓延，先是在海面上，后来又波及陆地上，关城都紧闭大门，每天都加派警戒的士兵轮流值班。交通几乎中断。

这些海盗现在在哪里？这才是最紧要的问题，艾瑞斯经过进一步的调查找到了答案。在利姆诺斯岛劫掠了海帕依司提亚之后，敌人横穿海面到了塞萨利群岛，据最后一次目击的情况，他们消失在埃维厄岛和希腊岛之间的海湾。目前得到的音信就是这样。

不久，舰队来到纳克索斯岛不远处，岛上的人纷纷到山顶上观看着难得一见的壮观场面，一百艘舰船组成的编队，整齐的行进，然后突然转向开往北部，而所有的舰只竟然就像训练有素的骑兵一样几乎在海上同一个点转向。关于海盗猖獗的新闻早就传到了岛上，居民们一开始非常害怕，可后来看到舰队转向远去，最后消失在雷纳岛和锡罗斯岛之间，他们才放下心来。事实就是这样，凡是被罗马帝国占有管辖权的，她都会进行守护：因为这些人向罗马政权缴纳赋税，换来的起码是他们的安全。

保民官掌握到敌人的动向后感到非常高兴，他不禁更加感谢幸运女神的眷顾。因为她不禁让自己顺利追击至此，而且还帮忙把自己的敌人引到了必败之地。他深知，一艘海盗船在广阔的地中海能引起多大的破坏，要在那片茫茫大海中找到海盗的下落并且成功追击难度有多大！所以，现在的情况会大大减小搜索的难度，并且几乎可以确保只要发现就能将海盗舰队一举全歼。

如果读者现在手上有一张地图，可以清楚地看到，爱琴海和希腊地图上，埃维厄岛形状狭长横亘在希腊的本土之外不远处，就像是一面壁垒，遥望对岸的亚洲，而埃维厄岛和希腊之间是一条细长的海峡。该岛从西北到东南长度大约一百二十英里，平均宽度约八英里。在海峡北部的入口，就是当年波斯大军在薛西斯率领下进攻希腊的切入点，而现在则迎接着黑海的强盗。在这里，沿着皮拉斯济科斯海湾和马利亚科斯海湾，有很多富庶的城池，而海盗从这里劫掠的战利品数不胜数。从以上所有情况进行综合分析，艾瑞斯认为，海盗极有可能藏匿于温泉关平原南部区域。这是个非常难得的机会，他准备从海峡南北两面堵截海盗将其一网打尽。而这个机会稍纵即逝，所以一刻也不能耽误。尽管原计划是到纳克索斯岛补充给养，现在也只能把那里美味的水果、酒水和美丽的女人抛在脑后。他想到这点才命令即刻调整航向。傍晚时分，高耸的厄察山已经出现在视野之内了，领航员向保民官报告已经看到埃维厄岛海岸。

在艾瑞斯的命令下舰队先停桨片刻。而当安排妥当后，艾瑞斯亲自率领了五十艘战船北上，准备从海峡北部的入口插入，而剩余的五十艘战舰，按照计划到海峡南部出口外进行围堵。

为了确保作战计划无虞，两个部分的舰队在数量上虽然都比不上海盗舰队，但是却都有自己的优势作为补偿，因为艾瑞斯料想到海盗的军队就算作战再勇猛，他们毕竟缺少军纪约束，也就是说充其量是一帮散兵游勇。而己方则是经过军事训练的正规海军，这正是保民官的英明之处，退一步来说，即使两支舰队中的一支在激战中落败，其结果也肯定是海盗舰队惨胜，那么另外一支罗马海军就可以轻易将其围歼。

同时，宾虚继续在他的位置划桨，每六个小时换一班。在安特莫纳海岸的停靠休息时让他恢复了体力，回到岗位上以后划起桨来也显得不那么劳累了，一切看来都按部就班。

一般情况下，人们对自己身处何地，去向何处，只有模糊的意识，而不十分清晰。而迷失的感觉往往带给人莫名的痛苦。更有甚者，是一个人觉得自己被蒙上了眼睛正驶向未知的所在。习惯，已经一定程度上钝化了宾虚的感情。不停地划动着船桨，日复一日的重复劳动，只知道其所在的船只快速的沿着某条航线在漫无边际的大海上行进，他渴望清楚地知道自己的所在，以及去往哪里。尤其是眼下跟艾瑞斯会面的事让他觉得船只前进的速度比以前任何时候都更快，因为这件事使他心里冒出了希望的芽。他所处的位置愈狭小，他的渴望就变得愈强烈。他仿佛能听到船上所有人的劳动发出的声响，他试图去分辨每一种声响，因为他觉得有一个声音想要告诉他什么重要的事情。他看着头顶的小栅窗投进来的细小的光，期待着，那微弱的希望早日得以实现。有很多次他几乎要忍不住去问桨手长，然而他知道，在此关头这位长官除了即将到来的战斗之外没有什么能让他分心的。

在他服苦役的三年里，每天凭借透过窗口照射在舱内地面上的阳光，他能够粗略地识别出船只正在行进的大概方向。当然，外面必须是晴朗的天气才行——正如保民官向幸运女神所求的。他获得的这种经验自从起航离开塞西拉岛后一直被证明是正确的。感觉到船队的航向是朝着犹太人国家的方向，他更加注意着船只的每个动向。但是航线在纳克索斯岛不远处的突然改变转而向北，令他十分失落，至于原因他根本无从知道。因为他作为众多奴隶中的一员，对自己所处的境况根本一无所知，也不感兴趣。他的岗位决定了他所应该关心的只有如何划动船桨而已，不需要任何感情，也无须关心是抛锚停泊还是扬帆远航。三年的时间里，他只有跟保民官对话那一次才被准许登上夹板，看到了外面的世界。实际上，他并不知道跟在这艘战舰后面的还有上百艘战船组成的壮观的海战编队，更不用说舰队在执行怎样的使命了。

太阳落山，带走了桨手舱内最后一抹余晖，战船仍旧向着北方行进。入夜后，宾虚仍然感觉不到航线有任何改变。这时一股香味从甲板上经过舷梯的入口处飘了进来。

"保民官在祭坛焚香了，"他心想。"这是否意味着我们要迎接战斗了？"他警惕起来。虽然经历过多次战斗，他却没有目睹过战场。从他所在的位置他只能听到夹板上和外面的战斗声，现在他已经熟知战场上的各种声音，就好像听一首非常熟悉的歌曲一样。所以，他对战斗开始前的征兆也已经非常了解，譬如，不论是希腊人还是罗马人，在步入战场之前，一样都要首先祭祀众神。其仪式跟起航时的祭典一个样，对他这个桨手来说，只不过是个战前的提醒。

一场战役，对这些底层的桨手，和对甲板上的海军和水手而言，意义截然不同。对他们这些奴隶来说，战斗并不会带来什么危险，不管是战胜或者战败，只要战船不沉，就算战败了，他们顶多更换一个主人——甚至还可能被释放重获自由——哪一种可能都不会变得更糟。

很快有人点亮了灯笼挂在阶梯旁边，保民官从夹板上走了下来。在他的命令下，士兵们纷纷把盔甲穿戴整齐。接着又按照他的命令，机修工再一次检查了所有的机械确保正常，士兵们准备好长矛，标枪，弓箭被成捆的摆放到夹板上。同时架起了不少大油罐，里面装满了遇火即燃的油，旁边准备了许多棉球缠绕的炮弹，炮弹上被类似灯芯一样的棉绳缠绕着，方便浸油和引燃敌舰。最后，宾虚看到保民官又来到指挥台上，快速的穿戴上头盔和铠甲，这就再确定不过了，他已经准备开战，战前的工作只剩最后一项等待布置，也是最耻辱的一项。

每个桨手位置旁边，用来固定座位和地板的木头上，都装备了脚镣，用铁链跟木头相连。桨手长会动手把所有奴隶的一只脚踝锁住，并且每个奴隶脚上的铁链是连在一起的，这让他们除了服从命令拼命划桨之外，没有其他选择，同时在船只遇险的情况下，也无法逃生。

桨手舱内，此时一片沉寂，只有船桨划过水面传进来的飒飒声。各就各位的桨手被一一锁住，每个人都感觉到羞耻，宾虚更是如此。如果有的选择，他愿意付出任何代价也不愿被锁在船底。桨手长把桨手们一个个锁起来，铁链发出叮叮当当的声音。马上就要轮到宾虚了，他在想，保民官会不会为了自己制止桨手长呢？

这种想法可能被认为是虚荣或者自私，也是读者想要看到的，现在宾虚一霎那间被这种想法占据了。他相信这位罗马长官会为他进行干预，为他破例一次。不论怎样，情况的发展会验证他的想法。如果，保民官在准备开战时能想起他的话，自己的这种想法就会实现了——证明经历过那次对话之后，保民官已经对自己有所看重了——而这就是他的希望。

宾虚焦急地等待着。虽然只是一会儿，却感觉像是一个世纪。传令长每锁起一个桨手，宾虚就向保民官望上一眼，就见艾瑞斯已经穿戴妥当，稳坐在指挥台的椅子里，稍事休息；看了几次之后，六十号的宾虚自责般苦笑一声，决心不再朝保民官看多一眼。

桨手长越走越近。从一号桨手开始一直向后——铁链格格作响的声音听起来令人不寒而栗。最后，终于轮到了六十号！由于现在宾虚已经放弃了希望，反而平静下来，他停好桨，把脚伸向桨手长。正在这时，保民官动了——他坐了起来——向桨手长伸手示意。

这突如其来的变化让犹大呆立当场。艾瑞斯朝桨手长示意后，看了一眼犹大。而当犹大落桨后，整个半边船舱在他眼里就像发起光了一样。他什么也听不见，也不知道对方交谈了什么。只看到铁链空荡荡的挂在座位的铁环上，而桨手长回到他的座位，敲响了划桨的鼓点。此时这鼓点的声音在犹大听来竟然像音乐一般悦耳。他的胸膛顶住船桨，双手紧握着船桨的手柄，用尽最大的力气划动着——直到船桨看似要弯折崩断了一样。

桨手长停下手中的槌子，走到保民官旁边，指着六十号，微笑道，"您看他划起船来多有力量啊！"

"而且精神十足！"保民官回答道。"神啊！他还是不要戴着脚镣比较好。以后把他的脚镣打开，就不要锁他了。"

这么说着，他又躺回到椅子里。战舰就这么不停地在桨手的划动中快速前进着，海面几乎没有一丝风。船上所有人这个时候本该睡觉休息的，现在全部各就各位严阵以待，艾瑞斯在指挥台，所有士兵在夹板上待命。

一次，两次，宾虚已经换班两次，但是他并没有入睡。三年了，他在黑暗中度过了三年，现在终于看到了一丝光芒！在海里漂泊了三年，现在就要靠岸！如同从死亡中逃脱，现在随着激动和颤抖，终于即将迎来复活！在这种时候怎么能睡得着。未来充满了希望，现在和过去的不幸都只是为了迎接未来的希望所做的准备罢了。从受到保民官的看重开始，希望就降临到了他身上。这世界上神奇的事在于，有一些事情仅仅是存在于人的想象之中，所谓的幸福的结果不过是我们的想象力所指的方向而已，但是这却足以给我们带来无比的快乐，因为这想象带给我们的感觉是如此真实。这种虚幻的力量如同美艳的罂粟一样，在她的影响之下，在那绯红的、紫色的和金色的花朵下，或许隐藏着某些理智的东西，又或许纯粹是梦境。在宾虚的想象中，伤痛可以得到抚平，家人和财富重回自己身边，母亲和妹妹围绕在自己左右——正是这种想法让他此刻比以往任何时候都更加喜悦。这种感觉，让正在急速步向战场这件事看起来也已经无足轻重了。当然，这种突如其来的幸福感毕竟只是停留在假设和希望的阶段。尽管如此，他此时的喜悦这么美满，以至于他的心里根本没有空间留给复仇。什么梅撒拉，什么格拉图斯总督，还有罗马，连同自己经历的痛苦和不公的回忆，已经像瘟疫一般逝去——从中康复的他飘在对未来的憧憬中，如此安乐，好像在听着星辰歌唱。

黎明前的黑暗笼罩在海面上，阿斯特莱雅号一路上顺利地行进着，突然一个人从甲板上进入舱内，来到保民官睡觉的指挥台旁，叫醒了他。艾瑞斯站了起来，戴好头盔，挂上佩剑，手持盾牌，走到军舰长面前："我们已经靠近海盗的船队。准备作战！"他说道，命令马上被传递到各个岗位上，冷静而自信，让人感觉就像是在说，"伙伴们！不用担心，打完仗就回去享受庆功宴好了。"

第五章

船上的每个人都警醒了起来，就连阿斯特莱雅号也好像从睡梦中醒了过来。军官们各就各位。士兵们各自端着武器，在甲板上排出整齐的队列，俨然就是罗马的陆地军团来到了船上。一捆捆的弓箭和标枪被摆放到甲板上合适的位置。油罐和火球炮弹也已经准备妥当。更多的灯笼被点亮，把船上照的通明。水桶纷纷盛满水备用。换班的桨手们在看守下集合起来，桨手长就站在他们身后。宾虚就是其中一员，他听着头顶夹板上传来的备战的声音——水手有的在降帆，有的在结网，有的在把绳索上的重物卸下，有的在船侧布置防护船身的公牛皮。现在终于船上又恢复了安静。这种平静中透着模糊的恐怖气氛和莫名的期待，这意味着战舰已经备战结束，准备战斗。

这时从夹板上传下来一个命令，传令的人是个英俊的军官，他跟桨手长说了几句之后，桨手们被指示停桨。

这是什么意思？在一百二十个奴隶当中，只有宾虚一个人这么问自己。所有其他的桨手对这命令都没有任何想法。他们只是和正常人一样面对未知的危险感到惊恐而已。他们对战事早已变得麻木不仁，外面发生的不会给桨手们带来任何希望。听到这个停桨的指令，他们的反应只是停下手上的船桨而已。取胜的话，对他们而言的不过是把脚链再加固一下，相比之下，他们更加关心的是船只的安全，因为所有人被锁死在船体上，船在人在，船亡人亡。

对桨手这么处置，却没有人觉得不合理。面对如此情况，读者们难免要问，究竟谁是真正的敌人？是奴隶们吗？为什么不能把这些奴隶当作朋友，兄弟或者同胞呢？各位，带着这样的疑问，在后面的内容你会清楚罗马人这样处置的必要性在哪里，尤其是在遇到战争或诸如此类的紧急情况时，是有必要把这些可怜的人锁住的。

然而，在这种紧要的关头，没有多少时间去想太多。宾虚突然听到仿佛很多只船划动船桨前进的声音，这引起了他的注意，这时阿斯特莱雅号也浑身震动起来，好像开始冲撞海浪。这些动静传到他脑海中，让他联想到——外面一定是有整支战舰编队按照统一的部署一起行动的——可能是要发起攻击了。想到这里，让他也热血沸腾了。

从甲板上又传下来另一项命令。船桨落水，阿斯特莱雅号令人轻轻地启动了起来。舱里舱外几乎没有声音。舱内的桨手们都准备好，每个人都找好了平衡，准备面对眼前就要发生的巨震。就连阿斯特莱雅号似乎也屏住呼吸，绷紧身体，如同蜷伏的老虎一样准备迎接搏斗。

空气是如此的紧张，以至于没有人去注意时间。宾虚在舱内对阿斯特莱雅号向前冲了多远也失去了判断。终于，甲板上传来了号声，长时间清脆而响亮的号声意味着冲击开始。桨手长用力地敲动着木槌。所有的桨手身体前倾到最大限度，让船桨尽可能吃水，然后又用尽了力气划动。战舰战栗着身子，几乎像跳跃一样向前飞速前进。接着又有号声响起——全都从阿斯特莱雅号后面传来——从后面又传来一阵简短而尖利的骚乱声。紧接着前方发生了剧烈的撞击，桨手长前面的部分水手当时撞昏了过去，还有一部分摔倒在地。船身在撞击后马上被反方向弹回，然后一刻不停继续向前冲击。在惊恐中尖利的叫声从四处传来，盖过了号声，船体摩擦的声音和撞击的声音。然后宾虚感觉到从脚下，应该说船的龙骨之下，传来了敌方的船体在撞击之下片片碎裂剥离并且压沉的声音，这是完全压制蹂躏敌舰的感觉。他周围的人一个个目目相觑眼里充满了惊恐。之后，从甲板上传来了胜利的叫声——罗马的领航舰战胜了！但是是谁的什么船被击沉了？被击败的船上是些什么样的人，他们都是什么国家的人？

并没有停顿或者停留，阿斯特莱雅号继续向前冲击。在它奋力冲击的过程中，有的水手下到甲板上，把裹好棉线的火球炮弹浸油，浸满后用投射装置射击到敌舰上去，射击之前用火将其引燃。这种火球也是海战中非常恐怖的武器。

被撞击的敌舰已经开始侧沉，到目前为止，敌舰的桨手基本无法操控划桨。情绪高涨的罗马士兵们则再次高呼庆贺，这和对方战舰上传来的绝望的尖叫形成了鲜明的对比。另外有一艘敌方的小艇被发射过去的钩锁牢牢抓住，在阿斯特莱雅号的拉扯下甩到了半空，估计掉落海面后也将沉没。

尖叫声从前后左右四面八方不断传来，汇聚成无法形容的喧闹声。时不时地有船只激烈相撞，跟着传来骇人的轰隆声，意味着又有一艘船被撞沉了，船上的人也将葬身漩涡之中。战场上也并非是一边倒的。偶尔有罗马的士兵被击倒,从舱口滚落下来,血流满地,有的显然已经没救了。

有时会有阵阵烟雾从外面飘进舱里,混着水汽和人的血肉被烧焦的煳味,舱内本就不亮的灯光一时间变得浑黄一片。桨手们在刺鼻的空气里拼命地呼吸着,宾虚知道,一定是阿斯特莱雅号正驶过一艘燃烧起来的敌舰,这股焦臭味一定是被锁的桨手无法逃脱而被活活烧死。

阿斯特莱雅号一直在快速的行进着。现在却突然停了下来。所有的船桨被猛甩向前,脱离了桨手的掌控,同时桨手们全都被惯性甩飞了起来。在甲板上同时发生了严重的踩踏,原来有一只敌舰从侧面跟阿斯特莱雅号发生了碰撞。这时连木槌敲击的声音也淹没在震耳欲聋的喧嚣中。不少人惊恐的趴伏在地,四处寻找可以藏匿的地方。在这场恐慌之中,有一具尸体像是被什么力量扔进舱里一样从舱口掉进来一直滚到离宾虚不远的地方。他注意到这个人半身赤裸,浓密的黑发盖住了他的面目,尸体的背上还背着用公牛皮和柳条制作的盾牌——这人是个北部来的白人蛮族,而死亡令他的希腊和复仇都成了泡影。这人的尸体怎会到了这里?有人把他带到阿斯特莱雅号的甲板上吗——不,是敌人已经登上这艘战舰了!罗马人此时正在自己的甲板上跟海盗近身战?想到这里,年轻的犹太人后背袭来一阵凉意:艾瑞斯境况不妙——他可能自身难保了。如果有人要对他不利的话,亚伯拉罕之主啊,一定要救护他!最近才出现的希望美梦,难道都只能落空?母亲和妹妹、家乡、宾虚祖宅、圣地,这些终究还是见不到了吗?头顶上喧嚣继续,他四处张望着,船舱内一片混乱——桨手们都瘫在自己的位置上,人们慌忙地四处跑来跑去。只有桨手长一个人仍然泰然自若,坐在他的位置上不停地敲打着鼓点，等着长官的命令——这是怎样的纪律使然，正是这种精神带领着罗马人攻城略地建立起庞大的帝国。

桨手长的冷静让宾虚冷静了一些。他控制住自己激动的心情，开始思考。是荣耀和职责让这个罗马人坚守自己的岗位。但是这些对自己区区一个奴隶又算得上什么？自己的岗位只不过是逃跑的出发点仅此而已。就算跑出去还是一样会死在乱军之中，以一名奴隶的身份死去，连个牺牲品都没有。自己或者其实也是一种责任和义务，当然没有什么荣耀可言。他的生命并不完全属于自己，同时也属于他的人民。家乡的人民是否盼望着自己回去？他仿佛看到人们伸着双手恳求他活下去。他多想回去啊。他刚迈出一条腿，马上又停下了。唉！是罗马人的不公正判决害得自己走到今天这一步。逃跑也是徒劳无益。世界虽大，却没有他容身之地，因为无论逃到天涯海角，罗马人都会把他追捕回来。他多希望能在家乡受审经过律法宣布自己的自由，好让他可以在母亲膝前尽孝，除此之外不论用哪一种方法自己都难以逃走，因为其下场无疑都是死亡。主啊！为何自己等待、守望、祈祷了三年之后仍然面对的是这样的结局！既然如此，为何不在耶路撒冷就来个痛快？但是，他又想起保民官对自己说的话，从话里的意思看，自己可能被他恩赐自由。如果真是这样的话，这个保民官就是自己的恩人，怎能眼看这位恩人处境困难而置若罔闻呢？人死不能复生，到时恐怕再没有人会来拯救自己了——艾瑞斯不能出危险。至少，要死的话，宁可和他一起，也不要和其他人一样悄无声息地死在这里。

宾虚又环视了一下四周。舱顶夹板上战斗仍在继续，船身侧面不断传来跟敌舰刮擦碰撞的声音。有些桨手预感不妙，拼命地拽着脚镣，想要挣脱逃走，当他们发现徒劳无功后，一个个跟疯了一样绝望地嚎叫起来。所有的卫兵都去甲板上了，舱内彻底陷入恐慌和混乱中。不能这么说，桨手长还在座位上，冷静如常——除了手中的木槌，他没有任何武器在手。一次次，他继续敲击着木槌，在喧嚣的间歇，鼓点声传达着坚定的意志。宾虚最后看了他一眼，然后迅速离开了自己的位置——并非为了逃命，而是要出去寻找保民官的下落。

他的岗位和舱口之间的距离并不算远。他一个箭步已经来到了楼梯上，再往上跳一步就来到夹板上了——这时从他所处的位置已经能看到外面被战火染红的夜空，看得见阿斯特莱雅号两侧的战船，当中有不少战舰行将沉没，同时，他也注意到不少海盗已经登舰，正杀向水手们的角落，入侵者一方的人数显然多过船上防守的一方——就在这时，宾虚突然发现脚下猛地一震，好像被巨大的力量撞上，他马上被这股力量撞得向后倒去。就在他倒在地板上的刹那间，他看见后面的船体已经被撞的崩裂破碎。眨眼的工夫，他身后的船身整个断裂了，无数的碎片随着后半截船身迅速没入海水中，大海就像一张一直在期待着此刻的大嘴，随着刺耳的嘶嘶声，把一切吞入腹中，海面上翻滚着泡沫，很快又变成了一片黑暗的水面。

如果说年轻的犹太人是完全靠自己的力量挣脱险境并不准确。因为除此之外，眼前的压力和危险刺激了他身体潜在的力量，才让他在千钧一发之际得以逃脱。现在，面对眼前的黑夜，混乱，还有海水的咆哮，他被吓呆了，剩下的只有无意识的呼吸。

海水翻滚形成洪流，他如同一截木头一样被洪流冲到舱里，要不是海水的回流又把他冲了出来，恐怕就要溺亡在舱里了。他就这样先沉到水面下几浔处，然后连同无数船只的残骸又被海水喷涌到海面上。在上浮的时候,他无意间抓住了什么,出于求生之本能,他便紧抓不放。从水里到水面明明只有很短暂的时间,对他而言却如同过了一个世纪。终于浮上水面,他贪婪地呼吸着,甩掉头发和眼睛里的水,连忙爬到被他抓住的一块木板上。死神在水里与他擦肩而过,现在虽然暂时逃脱,但他仍然处于极度的惊恐之中——仿佛被死神的眼睛注视着一样。

此时海面上浓烟密布,把空气变成了半透明的大雾,在模糊的视野中,只有熊熊的火光在烟雾中闪耀。他知道每一处火光便是一艘燃烧的战船。战斗还没有停息,也无法辨别哪一方是胜利者。在可见的范围内,不时地有战舰从眼前驶过,同时朝着火光中闪动的阴影发动攻击。透过昏暗的烟雾,他目睹了舰船相撞的惨景。他回过神来,发现自己所处的位置仍然处于危险之中。阿斯特莱雅号的沉没把甲板上不论是罗马人还是海盗全都卷进了大海。有不少人挣扎着浮出水面,他们敌对双方扒着漂浮的木板继续死斗着,说不定,他们海水里也没有停止过。他们在水面上不停地翻滚着相互扭打在一起,有的则用剑或者长矛击打对方,海面持续着混乱的场面,有的地方漆黑一片,有的地方在火光映下变得通红。环视四周之后,他觉得这些争斗都与自己无关,因为可以说不论哪一方都是自己的敌人。不管是罗马人还是海盗,随时可能为了抢夺自己这块木板而把自己击杀。得抓紧时间离开此处。

正在此时,一艘战舰疾速地向他迎面驶来。从水里望去这艘船比平时要高出一倍,在海面的火光照耀下,船头镀金的雕像面目狰狞,好像有了生命一样。船下的海水被快速劈开,海面上泡沫翻滚。

他击打着海水，试图划动这块木板迅速离开险地，但是收效甚微，因为这块木板又大又重，很难划动。他拼尽全力的逃命，此时可能半秒钟时间已经足以决定他的生死。就在极度危机的时刻，从一臂高的半空中突然飞来一只金色的头盔，就像一道金色闪光一样。接着出现了一双手伸直了手指——一双强健的大手——紧紧地抓住了木板。宾虚看到这突发的状况惊骇不已。跟着，这人的脑袋戴着金色的头盔浮出水面——然后是双臂，疯狂地拍打着水面——此人扭转头的瞬间，借着火光的映照，宾虚看清了他的面貌。就看他大张着嘴巴，奋力呼吸着空气。瞪大了眼睛，面色惨白的就像淹死的人一般——不管是谁看到这场景都难免要惊吓得失魂落魄。但是宾虚看到后，心里却涌现了难以言喻的喜悦，看到这人已经筋疲力尽又要沉入水里，他连忙拉动木板上恰好从这人脖颈下穿过的铁链，然后把他从水里拽到了木板上。

这个被他救下的人，正是保民官艾瑞斯。

他们周围到处是翻滚的漩涡和飞溅的水花，宾虚只能拼尽全力抓住木板同时还要扶住旁边的保民官的头部以免他溺水。刚刚迎面过来的战舰此时已经从两人身边擦了过去，他们两个几乎被船桨打到。这艘战舰越过海面上散落的残骸和露出海面的人头，不顾一切似的向前飞驰，船后只留下火红的浪花。很快，传来一声巨大的闷响，吸引着宾虚的目光离开保民官，向战舰前往的方向望了过去。一股原始的快感在他的心底浮现——是罗马的战舰撞沉了敌舰，为阿斯特莱雅号报了仇。

战斗仍在继续。反抗慢慢演变成了溃退。但是却看不清是哪一方取得了优势？宾虚很清楚，眼前战斗的结果会对自己和保民官产生怎样的影响。他把木板又向保民官身下挪了些，好让艾瑞斯能稳定的浮在上面，然后仔细地注视着他，生怕他会滑落到海里。晨曦慢慢降临了。他趴在木板边上，看着太阳慢慢升起，他的心里怀揣着希望，同时也掺杂着恐惧。战斗结束后究竟将面对的是罗马人，还是海盗呢？如果是后者，那么他救下来的保民官可就完了。

终于，天光大亮。在宾虚的左手边，他看到了陆地的边缘，但是显然太远了，而他根本无力奢望能游到那里。海面上散落了像他一样漂浮在海面上的幸存者，在某些区域海水被烧焦的炭灰染成漆黑的颜色，有一些残骸还在海面上冒着烟。不远处有一艘船，船帆已经破烂不堪，帆桁斜挂着，船桨一动不动。从海天相接的远处出现几个移动的斑点，可能是继续在追击的军舰，或者是落荒而逃的，又或者只是飞翔的海鸟。

就这样又过了一个小时。宾虚更加焦虑了，因为如果长时间没有船只路过的话，艾瑞斯可能会撑不下去的。有时他看上去就像已经死去了一样趴着一动也不动。宾虚取下他的头盔和沉重的铠甲，然后艰难地把他扶到木板上，这时发现保民官的胸部还在起伏着。他这才稍微放心了一些，继续地等待着。这种情况下，他除了等待以外，只能默默地祈祷了。

第六章

从溺水中恢复过来需要经历的痛苦,比溺水时更难受。艾瑞斯终于挨了过来,并且可以说话了,这让宾虚非常高兴。

一开始,刚从昏迷中恢复过来的艾瑞斯有点语无伦次,随着神智逐渐地清醒,他向宾虚询问自己身在何处,是谁怎么把自己给救下来的,宾虚一一作答。对战斗结果的关心刺激着保民官,他很快恢复了正常,经过一段时间休息——多亏有这块木板的支撑,他慢慢变得健谈起来。"我们能否得救,要看这次战斗究竟哪一方获胜。我知道,是你救了我的命。事实上,你是冒着生命危险救了我。我由衷感谢你,不管今后发生什么,我会记得你的救命之恩。另外,如果能得到幸运女神的眷顾,让我们成功脱险,我将会帮助你成为一个罗马人,一个有权势的罗马人。但是这也要看你救我的究竟是出于好意,或者是另有目的,谈到你的好意,"——他犹豫了片刻——"我需要你向我做保证,在一定情况下,这或许是一个人能帮别人的最大的忙——我要你现在就向我保证。"

"当然，我答应您，只要这件事不违反禁忌，"宾虚回答说。艾瑞斯又休息了一会儿，"你真的是宾虚家的儿子？"他继续问道。"就像我之前告诉您的，一点儿没错。"

"我认识你的父亲——"犹大向保民官靠近了一些，因为对方说话的声音很微弱——之后他尽量认真地听着——终于他听到原来对方断断续续地在讲自己家族的事情。

"我认识他，并且很爱戴他，"艾瑞斯继续说道。他停顿了一下，这时好像有什么念头突然改变了保民官的思绪。"这不太对啊，"他继续说，"如果你是他的儿子，你不可能没有听说过布鲁图斯和加图。他们在世时都是伟大的人，死后声名更震。他们两个在将死之际告诉我们一个道理——一个罗马人可能会因为好运丧命。你在听我说话吗？"

"我听着呢。"

"在罗马，绅士们都会佩戴戒指。我的手上就戴了一个。你现在把它取下来。"他说着，把手伸给了犹大，犹大照他所说的把戒指取了下来。"现在你把这枚戒指戴到自己手指上。"宾虚照他所说的把戒指戴好。

"这个小东西自有它的用途，"艾瑞斯接着说。"我有很多财产，即便是在罗马也算数得上的富豪。但是我没有家室。你带着这个戒指去见我的管家，我不在时由他打理一切。你到米塞努姆城就能找到他。告诉他你是怎样得到这枚戒指的，他就会满足你提出的任何要求。当然，如果活下去的话，我将为你做的不只是这些。我会还你自由，并且周济你回家和家人团聚；并且帮助你做你想要做的任何事。你听到了吗？"

"我听到了。"

"那么答应我。以众神之名——"

"对不起，善良的长官，我是犹太人。"

"那么就以你的上帝之名吧，或者以你认为最神圣的信仰为名——答应我，答应我接下来将要提出来的要求。我等着听到你的誓言。"

"高贵的艾瑞斯，既然您要提出来的事如此重要和严肃，我的习惯告诉我最好还是先听您说出来为好。"

"那么我提出来后，你能起誓答应吗？"

"是的，而且——上帝啊！那里有一艘船过来了！"

"从哪个方向？！"

"从北面！"

"能不能分辨出是哪个国家的船？"

"您知道，我不过是个奴隶桨手罢了。"

"那么，能不能看到船上的旗帜？"

"看不到。"

艾瑞斯安静了一会儿，明显在沉思着什么。"船只是否继续向这边开过来？"他又问道。

"没错。"

"有没有看到船只有什么特征？"

"船帆扬起，是三层船，而且速度很快——我只能看到这些了。"

"如果是胜利的罗马战舰，一定会挂出很多旗子。我想一定是敌舰。听着，"艾瑞斯说，再一次变得非常严肃，"听着，趁现在我还能跟你讲话。如果是海盗船，你是安全的。他们可能还你自由之身，或者抓你继续划桨，但是他们不会杀你。但是我——"保民官踌躇起来。

"神啊！"他继续说道，毅然决然。"我已经老朽了，应当保住晚节。让罗马的人民去传扬我昆图斯·艾瑞斯，作为一个保民官，是如何跟海盗作战并且战到最后陪着他的战舰一起沉没。我要求你，如果确认对方是海盗船的话，把我推下木板，让我葬身大海。你听到了吗？答应我你会这么做。"

"不，"宾虚坚定地说，"我不会发誓，更不会这样做。我主的神圣律法，告诉我，我的长官，我将会对你的生命负责到底。你的戒指还给你。"他把戒指取下来。"请收回你的戒指，还有你刚才许诺的一切。虽然我被诬陷并判决为奴，但是我不认为自己是个奴隶。我不需要你赏赐的自由。我是以色列的子孙，至少现在，我是自己的主人。请收回我戒指。"

艾瑞斯仍然显得很消极。"你不要？"犹大继续说。"我这么做并不是因为愤怒，或者对您的蔑视，只是想把自己从可恨的债务中解脱出来，你若不想要的话，我把你的礼物送给大海吧。你瞧！"

说完，他把戒指扔到了海里。艾瑞斯听到戒指掉落海中的声音，但是他一眼也没有看。

"你这么做太愚蠢了，"他说，"特别是对你现在的处境而言，这样太蠢了。自杀是很简单的，我完全可以自己去做，而不用你帮忙。但是如果我这么做，将会置你于何地啊？我希望是借别人之手去死，是因为希腊的智者柏拉图所留下的精神告诉我自杀是可耻的，仅此而已。如果来船是海盗的，那么我一定活不了。我的主意已经打定了。我是个罗马人。我的生命只能接受成功和荣耀。同时我想要报答你，你却拒绝了。这枚戒指是能够使我的遗嘱生效的唯一信物。现在我们两个都完了。我会带着战败的耻辱离去。而你，可能不会这么快死去，但是你今后肯定会后悔白费了我的好意。我怜悯你。"

宾虚此时已经明白了刚才的所作所为带来的后果，但是他却没有一丝踌躇。"我在船上服苦役已经三年了,在这三年里,你是唯一一个对我表示善意的人。不,不对!还有一个人。"宾虚停顿了一下,眼眶开始变得湿润起来,仿佛眼前又出现了那个在拿撒勒给他喂水喝的少年。"至少,"他继续说道,"你是第一个问我姓名的人。尽管在你掉落海里的时候,我救你不死也有一部分私心,希望你能帮我脱离困境,但这一点私心并不是全部动机,希望您能相信这一点。另外,我知道如果上帝要带走我的性命,在我的想法里,他会用公平的办法。所以我宁可跟您一起去死,也不愿意做杀您的刽子手。我的主意已经打定。就像您已经下了决心一样。哪怕你要把整个罗马给我,我的长官,那也是您自己决定的礼物,而不是我想要的,我更不可能为此去杀了您。您提到的加图与布鲁图斯和希伯来人相比不过是像孩子一样罢了,而我必须遵从希伯来的律法做事。"

"但是我刚才所说的,你——"

"您的命令会更加有说服力,您不用再提了,我不会答应。"两个人都变得沉默不语。

宾虚时不时注意着开过来的船。艾瑞斯则闭着眼睛休息,一副漠不关心的样子。"你确定那是一艘敌船?"

"我是这么认为的,"艾瑞斯回答。

"船停下来了,放了一艘小艇下来。"

"有没有看到船上的旗帜?"

"除了旗帜以外有没有其他什么标识可以帮助辨别是不是罗马人的战舰?"

"如果是罗马人的船,通常在桅杆顶上会悬挂一顶头盔。"

"那么你可以欢呼了。我看到头盔了。"但是艾瑞斯并没有十分确定。"小艇上的人正在把人救上船。海盗应该不会这么仁慈的吧。"

"也许是海盗需要桨手也说不定。"艾瑞斯回答道,或许他这么说因为他也这么干过。

宾虚注视着这些陌生人的一举一动。"船开动了。"他说。"开去哪里?""在我们的右手边不远有一艘战船,我想是艘被废弃的空船。刚才过来的那只船正向它开过去。到了,现在到了那艘船旁边,开始派人登船了。"

这时艾瑞斯的眼睛瞪大了,突然激动了起来。"感谢你的主吧,"看了一眼两艘船,他跟宾虚说道,"感谢他吧,正如我要感谢众神。海盗只会击沉不用的船,根本不可能去登船营救。根据这行动和桅杆上的头盔来看,这一定是一艘罗马战舰。我们打赢了,幸运女神没有舍弃我,咱们得救了!快,快摇动手臂!把他们叫过来!我将会凭此一役成为两执政官之一,而你!我认识你的父亲,并爱戴他。他是个真正的王子。他告诉我犹太人不是野蛮人。我将带你一起回国,你就是我的儿子!感谢你的主吧,快呼喊那些水手过来,快!趁现在距离不算太远!叫他们过来!"

犹大站到木板上,一边挥舞双手,一边拼尽全力地呼叫着,终于他的举动被人注意到了。很快,他们两人被小艇救了起来,送到了大船上。

艾瑞斯在大船上受到了热烈的欢迎,像个幸运女神的宠儿,他得到了英雄应有的待遇!在甲板上有人向他报告了昨晚海战的战况。接着在他的命令下,战舰把浮在海面上的其他幸存者营救了上来,然后他把船舰的旗帜换成了新的,又迅速调头向北,赶去跟舰队大部队会合,享受完整的胜利果实!按照作战计划的安排,五十艘战舰的编队按时封锁并杀进海峡,恰好堵截住逃窜中的海盗,把他们一举全歼,没有一艘敌舰逃脱。为了彰显保民官的辉煌胜利,罗马舰队特地俘虏了二十艘海盗战舰。

巡航的使命已经结束,艾瑞斯在米塞努姆的岸边受到了极其隆重的欢迎。陪同他的这位年轻人吸引了不少人注意,他们纷纷打听这位陌生的年轻人是谁,艾瑞斯亲切而热情向他们介绍了宾虚,然后讲述了宾虚是怎么把他从灾难中拯救出来的经过,当然,他有意地忽略了有关宾虚在这之前的一些经历。在他的介绍最后,他把宾虚叫到眼前,一只手慈爱地放在他的肩膀上,然后郑重其事地宣布:"我的好朋友们,这位,将会成为我的儿子和继承人,我死之后,我的所有财产都将由他继承——如果,众神保佑我能留下些什么——还有我的名字。我祈求各位以后能像爱我一样热爱他。"

不久之后,收养的手续办妥了。通过这个手续,这位罗马人更加信任宾虚了,高兴地把他带进了罗马帝国的核心世界,向他介绍很多重要人物。在他们回到罗马的第二个月,战神节到了,在这个节日里罗马举行了盛大的典礼来庆祝艾瑞斯的凯旋,典礼在斯考卢斯剧院中举行。剧院里的半边堆满了这次大海战的战利品。最瞩目的当属二十艘被俘虏的海盗战舰的舰首和舰尾了,这些部位被从战舰上卸下来摆放在典礼当场,供八万人观看,而在这些巨大的战利品上,可以清晰地看到这些文字:

于埃夫里普海峡大败海盗舰队所得

——昆图斯·艾瑞斯

宾虚

第四部

"阿尔瓦(Alva)上。君王的裁决是不公的。并且,这一次——王后上。那吾辈只能等待公正的到来。在此之前,良知只有静待公正的权利降临之日,喜悦还很遥远。"
——席勒(Schiller)①,《唐·卡洛斯》(Don Carlos)②
(第四幕,第十五场)

---

① 德国诗人及剧作家。
② 席勒青年时代最后一部剧本,也是他的文艺创作从狂飙突进时期进入古典时期的一个过渡。剧本讲述的是16世纪西班牙王宫中的故事。

第一章

让我们跟随时间来到公元29年的7月，来到被称为东方皇后的城市安提俄克——这座紧靠着罗马，虽算不上是人口最多，但除了罗马之外，她恐怕是当时世界上最坚固的城市了。在当时有一种说法，这个时代所流行的奢靡放荡起源于罗马，随之蔓延到帝国的各个角落。大城市的名流们在台伯河(Tiber)①流域养着不少情妇。当然这说法不一定属实。征服者的道德性情似乎对被征服者有莫大的影响。在希腊人们发现了贪腐的源泉，在埃及也是如此。学者们，在穷极了对这个课题的研究之后，终于合上书本，把道德堕落的源头指向东方，尤其指向了安提俄克城，说这座叙利亚的古老政权

---

① 是意大利中部河流。源出亚平宁山脉海拔1268米的西坡，纵贯亚平宁半岛中部，经罗马市区后注入第勒尼安海，全长405英里。台伯河是罗马市内最主要的一条河，罗马城就在台伯河下游，跨台伯河两岸。

中心，是引发了道德堕落的主要发源地。

这一天的上午，一艘运输船在奥伦提斯河口入港。正是一年中最酷热难耐的时间，运输船的甲板上，人们纷纷站在阴凉的地方躲避阳光，宾虚也是其中一个。

已经又过去了五年，年轻的犹太人现在长成了标准的男子汉。尽管穿着的白色麻质长袍掩盖了他的健壮的身躯，从外表亦然能透出不同寻常的气质和吸引力。他已经在船帆阴影里的椅子上坐了足足一个小时了，这段时间里有好几个犹太人同胞试图跟他搭讪，但是都简短的结束了。他对别人提出的问题回答得非常简洁而不失礼貌，并且是用的拉丁语。他的拉丁语口音纯正，举止文明，并且让人觉得不喜言谈，这更加让外人对他感到好奇。有些人仔细观察他之后，更是觉得他的风度，如此安逸优雅，明显一副贵族的模样，但却与他本身的一些特点并不一致。譬如，他的手臂长的出奇。有时因为船只颠簸，他会伸出手抓紧船身以保持平衡，好奇的人发现他的手非常大而有力，而这绝不是贵族应有的特点，而是经历过长期的劳动磨炼的标志。于是这进一步加深了旁观者的好奇心，禁不住想知道这位不俗的年轻人有过怎样的经历。换言之，在别人看来，宾虚越看越像是一个有故事的人。

这艘船此前在塞浦路斯的一个港口停靠过，当时有一位希伯来老人搭船，外表上看去一副让人肃然起敬的长者之风。宾虚跟这人聊了起来，问了他一些问题。看起来那位长者的回答给了宾虚不小的信心，于是两人聊了很多。

而在船只抵达奥伦提斯河沿岸时，恰巧另外两艘船同时进入河口，这时两艘船同时伸出一面亮黄色的小旗。对这个举动，船上的人纷纷猜测其意。终于有一个乘客忍不住好奇，来到希伯来长者身前询问起来。

"没错,我知道这些小黄旗,"希伯来长者答复道,"它们是所在船只所有权的标志。"

"那么这两艘船的主人是不是拥有很多船?"

"是的。"

"你认识这个主人吗?"

"跟他打过交道。"

好奇的乘客们看着这位长者,用目光鼓励他继续说下去。宾虚也对此非常感兴趣。

"此人就住在安提俄克。"希伯来老者继续说,他看上去很平静。

"这个人因为富有而广为人知,人们对他的评价褒贬不一。他是一个来自耶路撒冷虚姓家族的王子。"

犹大尽量使自己镇定,但是他的心跳已经加速跳动起来。

"这位王子同时是个天生的商人。他一手创立了很多家生意,横跨东西世界,在各大城市都有分支。在安提俄克城,他的生意由他的家族总管萨耐德负责,希腊人的名字,实则是个以色列人。这位巨贾据说死在海里了。但是并没有影响到他的生意,一切生意继续由这位总管经营,没有出现丝毫的衰败。而后虚姓家族又发生了更不幸的事,王子的独子,在快要成人之前,试图刺杀耶城新到任的格拉图斯总督。刺杀行动没能成功,之后再也没有人听说过小王子的下落。实际上,震怒的罗马长官一举端掉了他的家族——虚姓的人没有一人活下来。他们的家宅被封,现在恐怕已变成了野鸟的窠臼。房产被罗马人充公,所有与虚姓家族有关的东西都被充公了。总督虽然受了伤,但是换来一贴'金药膏'啊。"

听者都笑了起来。

"你是说他们家族的财产被总督占去了,"其中一人说道。

"他们是这么传言的,"希伯来人回答说,"我只是把我听说的故事转告给你们而已。后来,萨耐德(Simonides),以前是王子在安提俄克的代理人,在家族发生不幸之后不久,以他自己的名义重新开启了原来虚姓家族的生意,这让他在极短的时间内成了安提俄克的巨贾。效仿他的主人,他也派遣了商船船队到印度。据说现在他旗下的商船数量惊人,足以马上组成一支皇家舰队。据旁人说,这个总管非常谨慎,从他身上找不到任何差错。他派出去的骆驼商队,除了自然老死以外,从来没有骆驼死亡的例子。他的船队也一样,从来没有一艘船在海里沉没的。他扔一块木屑到海里,回到他手上就变成了金子。"

"你说的这人像这样经营了多久?"

"不到十年。"

"他起初一定打下了很好的基础。"

"没错,据说总督只拿走了王子在耶城的资产——他的马匹、牛群、房产、土地、商船、货物。但是他的巨额钱财,却没有被找到。至于这些财富被藏匿何处,则成了一个谜。"

"我想我知道在哪里,"一个乘客冷笑道。

"我理解你的想法,"希伯来人说。"不少人跟你的想法一样。大家相信这笔财富被萨耐德用在重启他的生意上了。总督大人跟你一样相信萨耐德知道财富的下落;或者说以前一直相信这一点,所以他五年中两次抓捕过萨耐德,并且对他严刑拷问。"

犹大用力地抓着手里的绳索,好像要把绳子握碎一样。

"据说,"此人继续讲述着,"萨耐德被折磨到最后,身上已经没有一根完整的骨头。最后一次我看到他,他整个人已经成了没有人形的残废，蜷缩在椅子里面，全靠软垫支撑身体。"

"竟然会这么残忍！"有几个听众忍不住深吸一口气叫出声来。

"疾病怎能把一个健全的人变成这副模样。但是这种痛苦似乎在他身上没有产生什么效果。他的所有，他所有的经营手段，全都是合法的——这就是罗马人从他身上所榨取的结论。不过现在，他已经没有继续遭受迫害。他凭着提比略皇帝签署的许可令合法经营着旗下的生意。"

"我敢说，他肯定付出了巨额财富作为交换代价。"

"这些商船就是他的，"听完乘客的表达，这位希伯来人并没停下来。"他的船队之间有一个传统，就是水手们在看到船队里的其他商船时，就会亮出小黄旗，所表达的意思大概是说'又是一次幸运的远航。'"

他的故事到这里就讲完了。

在运输船进入到河道中间的时候，犹大开口问那位希伯来人。

"请问那位商人的主子叫什么名字？"

"宾虚，耶路撒冷的王子。"

"这位宾虚的家人现在怎样了？"

"宾虚家的长子被送到战船上做了奴隶。我想他已经死了。通常一个奴隶不可能在那种环境挨过一年的。未亡人和她的女儿从那次事件之后再没人听说过她们的下落。就算有人知道也不敢泄露。我想她们十有八九已经死在朱迪亚路边某座城堡里了吧。"

犹大走到水手们的角落里。他已经沉浸到深深的思考中，却没有注意到沿河两岸的美景，从海岸到陆地的都市之间，到处一派让人惊叹的美丽景象，叙利亚的果园里挂满了各种各样的果实，成片的葡萄园，周围散布着奢华的别墅群落，如同那不勒斯的城里一样。他既没有注意到一眼看不到尽头的船队从旁边经过，更不用提船上水手们说笑打闹的声音和工作时的呼号声。天空万里无云，从水面上升腾着薄薄的暖雾。只有他的心里一抹乌云挥之不去。

在他沉思当中，只有在很多人指向河流的转弯处那片达芙妮树林的时候，他短暂地从沉思中回到了现实当中。

第二章

当这座城市进入大家的眼帘之后,乘客们站在甲板上,用热切的目光观望着眼前的景象。前文提到的那位希伯来长者则主动向大家做介绍。

"这条河,从东向西流淌,"他介绍道。"我记得以前这里经历战火后的样子,河流冲刷着残破的墙根。自从罗马统治这里之后,人们告别战争一直到现在,商业贸易也在和平中繁荣了起来,现在整条大河密布着码头和船坞,瞧,"他用手指着南方"那边是卡修斯山(Mount Casius),或者按照现在人们喜欢的称呼,叫作奥伦提斯山。它北面的那座山就是阿穆努斯山(Amnus)。两山之间就是安提俄克平原。再过去就是黑山地区,从那里发源的淡水供养了这一带的人民,不过那里遍布着茂密的原始森林,是很多鸟类和野兽的栖息地。"

"那个湖在哪里?"有人问。

"在北边。你如果想要去看的话,找匹马吧,或者最好乘船去，有条支流是跟那里连通的。"

"达芙妮之林！"他说着，回答第三个提问题的人。"没人能够用语言描绘她的美丽，所谓只可意会，不能言传！据说是阿波罗一手创造的地方。他宁可待在那里，而不愿去奥林匹斯山。人们去了那里只要看上一眼，只要一眼就会爱上那里，再不愿离开了。有一句话这么说的——'宁为达芙妮林中之虫，也不愿为国王座上之客'。"

"你的意思是不建议我们去那里吗？"

"当然不是！你们一定要去。每个人，甚至包括愤世的哲人，健硕的男子、妇女、祭司，大家都要去那里。去的话，请记得我的好意建言。不要选择在城中住宿，那只能浪费你们的时间。倒不如直接去树林旁的小城镇寻宿。沿着路穿过一座花园，还有喷泉。神的爱妾和侍女建起的那座小镇。在那里有许多特别的东西，在任何其他地方都是找不到的，比如风俗和甜品等等。另外，你们必须得去看看这里的城墙！就在那里，那可是著名的建筑艺术家薛利尤斯（Xeraeus）的大师级作品。"

所有人的目光跟着他的手指张望着。

"这部分城墙建于塞琉古帝国一世时期。三百年过去了，城墙已经成了脚下巨石的一部分。"

受到如此赞美一点不为过。城墙和工事高大坚固，并且有很多险峻的拐角，一直延伸到南边消失在人们视线里。

"城池的上方建有四百个塔楼，同时兼作蓄水池，"希伯来人继续说。"你们看！在墙那边远处的两座山丘，可能有人知道，它们就是苏庇尤斯（Sulpius）夺冠峰。最远的那座，上面的建筑就是要塞，常年有罗马军团驻守。它的对面这边建造的是朱庇特神殿，神殿下面，在罗马使节的馆驿前面是一座宫殿，里面现在设置成了办事处，同时也可以作为防御用的堡垒，易守难攻。"

这时，水手们已经开始收起船帆，同时希伯来人热心地呼喊着说，"看见了吗！你们有谁讨厌在海上航行的，还有发誓再也不要坐船的，收拾好你们的咒骂和祈祷吧。那里那座桥，就是终点了，桥上的路通向塞琉西亚（Seleucia）。这船上的货物将会在那里卸下，然后交给路边的驼队。桥的那头就是卡里尼克斯（Calinicus）建造其新城的岛屿，他造了五座壮观的高架桥向外连通，这五座桥每一座都非常坚固，时间没有给它们带来任何改变，洪水、地震也拿它们没有办法。而那些去往主城的乘客，你们不会后悔的，它将令你们终生难忘的。"

如他所说，船果然放慢了速度停靠进桥下的码头，从这里能够看到河流周边人们更多的生活面貌。终于，船上扔出绳子，停下了桨，航行就此结束。宾虚马上来到了希伯来人跟前。

"在说再见之前，我可以占用您一点时间吗。"

对方马上躬身行礼。

"您刚才讲的那位商人的故事引起了我的好奇心。我很想要见见他，您称呼他叫萨耐德？"

"是的。他的名字听起来是希腊人，可他实际是犹太人。"

"我在哪里可以找到他呢？"

长者用锐利的目光看了一眼面前的年轻人，回答说，

"我看你还是不要自取其辱了。他不会借钱给你的。"

"我并非要向他借钱，"宾虚说，一边微笑着向周围一些自作聪明的旁观者致意。

这时长者仰起头思考了片刻。

"人们通常这样认为,"他接着回复了宾虚,"这位安提俄克最富有的商人一定会住在跟自己拥有的财富相配的豪宅里面。但是如果你见到他的话,就不会这么认为了,你顺着这条河到那边的那座桥,他就住在桥旁一座看起来好像城墙的拱壁一样的建筑里。很容易认出来的,他的门前有一片很大的平台,那里堆满了卸下来或者等待运走的货物。那里不远处会有船队等着取货。去吧,到那不可能找不到他。"

"非常感谢您。"

"愿我先祖的平安与你同在。"

"愿您一样平安。"

就这样,两个人分了手。

宾虚雇了两个脚夫背上他的行李,然后对他们说,"去要塞。"暗示着他此行似乎有官方的军事往来。

城里面,由两条主干道垂直交叉从而被划分成了四个部分。这里建造了一种叫作水神庙的水道体系,横贯南北。跟着两个脚夫顺着水道转而向南后,面前壮观的街道景象令这位从罗马来的年轻人叹为观止。就见眼前的街道宽大平整,左右分列着排排宫殿,宫殿之间修了很多大理石的柱廊,中间有分别供行人、牲畜还有战车使用的通道。而且每隔不远就有一个喷泉,它不断地喷洒着泉水,维持着清新而凉爽的空气。

宾虚没有心情欣赏这些景观。关于萨耐德的事情让他心绪不宁。这时他们到了翁法格斯(Omphalus)①纪念碑前——一座由四个拱顶支撑起的宽大的石碑,是以法彼尼斯(Epiph-

---

① 是一种人造的宗教性圆形石器,象征着"大地的肚脐"。

anes），这位塞琉古（Seleucidae）[①]八世勾画并建造起来的。这时宾虚突然改变了主意。

"我今晚先不去要塞了，"他对两个脚夫说，"你们带路，给我在通往塞琉古的路经过的那座桥旁找一个最近的客栈。"

于是三个人回头及时地在一个简单的客栈落了脚，离这个客栈几十步远就是萨耐德的住处。晚上宾虚躺在房顶上面。他的脑海里一直萦绕着一个想法，"很快我就能听到家乡的消息了——我的母亲——我的妹妹得撒。如果她们还在世上，我一定要找到。"

[①] 亚历山大逝世后，帝国分为四个王国，亚细亚和波斯由塞琉古统治；埃及交托勒密负责；马其顿由安提柯（Antigonids）继承。

第三章

第二天一早,在整个城市还没醒来的时候,宾虚已经找到萨耐德的住所。穿过一道锥形的大门,转过一排停船的码头沿河而上来到了塞琉古的大桥下,他停下脚步看了看眼前的景象。

就在大桥下面,他看到这位商人的住所,一幢巨大的用灰色石头砌起的建筑,所用的石块都没有经过切削打磨,也没有什么风格可言,正如船上那位希伯来人介绍的,就好像是拱壁一样的房子矗立在城墙脚下。两扇巨大的房门,正对着前面一排码头。房子顶上开了几个洞口,用栅栏封了起来,权且叫作窗户吧。巨石的缝隙长满了野草,有些石块上甚至已经长满了黑色的苔藓。

两扇大门都大开着,人们从一扇门进去,从另一扇门出来,进出的人都一副急急忙忙的样子。

码头堆满了各种形状的包裹,还有成群的奴隶,四处走动忙碌着。

桥下停靠了一支船队,一些在装货,另外的则忙着卸货。小黄旗在每个桅杆上飘舞着。奴隶们熙熙攘攘,一边叫嚷着一边在船队和码头之间,在船与船之间的人群中来往穿梭。

在大桥的另一侧,沿着河边是高大的城墙,城墙顶上耸立着皇宫的炮塔,皇宫的建筑雕梁画栋,美轮美奂,就像那个希伯来人描述的,它覆盖到这座岛屿的各个角落。但是,在这些东西面前,宾虚丝毫不为所动。此刻,他就要听到家人的消息了。当然,前提是,这个叫作萨耐德的人确实曾经是自己父亲的奴隶。但是他会承认自己以前的身份吗?那样可是意味着放弃他现在所有的财富和自己对遍布四海的商队的控制权。更重要的是,他不得不放弃自己辛苦打拼这么多年积累起来的成功,而且要自愿地重新成为一名奴隶。简单想一想都觉得这是如此的不可思议,这样要求他简直是荒谬至极。用最直白的语言来说,就等于是面对面告诉对方,你是我的奴隶。把你的一切交给我,包括——你自己。

尽管这么想,可宾虚还是有理由去见萨耐德一面,他从自己坚定的信仰中找到了来访的力量,因为这是自己应有的权利,更重要的是他需要掌握自己所希望听到的消息。也就是说,如果他昨天听到的故事都是真的,那么自己就确然拥有萨耐德的一切财富包括他本人。事实上,对萨耐德的财产,宾虚一点儿不在乎。在他决定前来的时候就已经想好,就像对自己的保证一样,"只要他能告诉我关于母亲和妹妹的下落,那么我便还他自由,并不附加任何要求。"

他大胆地走了进去。

房子里面其实就是一个广阔的仓库,里面的空间被仔细规划并分隔,各种各样的货物经过仔细的包装后被有序地堆放在这里。尽管室内的光线昏暗，灰尘四处飞扬让人窒息，但这丝毫没有影响里面人们踊跃地劳作。他又看到有一个工人正用锯子和锤子制作海运用的包装箱。宾虚慢慢地走过货物之间的通道，心里不禁好奇自己前来拜访的人真的是父亲的奴隶吗？为何这人可以把这里处置的如此井井有条？如果真的是如此，那么自己究竟应该把他定位于怎样的阶层呢？如果他是个犹太人，是否他是侍从所生？或者他是债主或债主之子？又或者他是被判了刑或者是被卖的窃贼？这些乱七八糟的想法迅速在宾虚的脑中一个个闪现而过，随着他越走进里面就越引起他的好奇心，眼前看到的景象让他对这位奴隶的敬意油然而生。我们对另一个人的敬意总会不由自主地寻找更加尊敬他的明证。

终于，有一个人走近他并开口问他。

"有什么能帮你的？"

"我想要见见萨耐德，这里的商主。"

"请跟我来吧。"

跟着这个人穿过夹杂在货物之间的小道，宾虚终于到了楼梯前。走上楼梯后他发现自己来到了仓库的顶上，面前其实就是一个小一号的石头房子，建造在底下一层之上罢了。不过从外面，不管是房前的空地还是桥头，都无法看到上面竟然还有一个小房子。房顶周边是几面矮墙，就像女儿墙的高度差不多，让他吃惊的是墙边摆满了花朵。在这些花儿的包围中，这所小小的房子就这么四四方方的坐落着，只有楼梯正对的地方开了一扇门。走进门里，是一条干干净净的通道，通道两边全都摆满了盛开的波斯玫瑰。闻着醉人的玫瑰香味，他跟随领路的人走了进去。

他们越往里面走光线变得越暗，最后来到一张半掩着的

门帘前面。领路人叫道，

"有个陌生人想要见主子。"

一个清晰的声音回答："以上帝的名义，让他进来吧。"

他接着走进了被罗马人叫作天井的地方。墙壁是间隔开的，就像现代的办公桌的布置相似。而每面墙壁旁都堆满了标好标签的褐色账本，看起来使用过并且已经有些老旧了。墙壁的上下左右用木板镶边，原来的白色现在已经褪成了米色，但是都经过复杂精巧的雕琢。天花板从镀金的球状廊檐上面升起，类似帐篷顶部一样，一直到形成类似穹顶似的效果，而穹顶下面装了数百片紫罗兰色的云母石，透过这些石头阳光可以投射下来，给地面铺上了一层舒适而迷人的光。地板上铺着厚厚的灰色地毯，双脚落在上面好像都能陷进去一样，走起路来没有一点声息。

在并不怎么明亮的房间里面出现了两个人——一个男人，躺在一张宽大的高背椅子里，椅子上铺满了看得出很柔软的枕垫。在男人左侧，斜倚着椅背站着一个年轻的女子。看到两个人，宾虚禁不住热血上涌。他深深地行了一个鞠躬礼，表达了自己的敬意，激动之下他浑身颤抖着，甚至忘了伸出双手——而这一切都被椅子里的男人看在眼中，虽然只是转瞬即逝的表现。他站直身躯抬起头后，发现面前两个人几乎以相同的姿势在端详着自己，所不同的是，女子的一只手轻轻地放在老者的肩膀上。

"若您就是萨耐德，那位犹太商人的话"——宾虚停顿了一下——"那么愿我祖亚伯拉罕的主带给您平安——还有这位。"

当然，他最后指的是旁边站立的年轻女子。

"没错，我就是你要见的人，我从一降生起就是个犹太人,"老者的回答十分清晰。"我的名字叫萨耐德,犹太人萨耐德。我向你回礼了,能不能告诉我,你是?"

宾虚一边听一边注视着眼前的这位老人,的确如同船上那人所介绍的一样,虽然上了几岁年纪,但身形应该正常的一个人,现在却没有了完整的人形,只是这么深深的陷在椅子上的软垫里面,用绗线的深色丝绸覆盖在身体外。不过,从这个人露在外面的头部来看却有着不凡的气度——如同常常看到的政治家和帝王一般——天庭饱满,地阁方圆,假如雕塑家要为恺撒大帝塑造头模的话,通常也是这个样子。前额白发低垂,盖住了一样白色的眉毛,令人更加觉得他黑亮的眼睛炯炯有神。老者面色苍白,没有多少血色,皱纹堆垒,尤其是下巴以下的部分。换句话说,有这副相貌的通常是大有作为、改变世界的人,而现实却是,残酷的世界一而再,再而三地折磨他,把他变成了一个畸形的废人,尽管在遭受折磨的过程中,他既没有呻吟也没有认罪。他宁愿屈服于生活,却不肯在强权下低头。这样一个天性坚强之人,所谓的弱点恐怕只有他的爱了吧。宾虚向此人伸出了双手,手掌向上,献上他平安的祝福,同时说道:

"我叫犹大,以塔玛之子,虚姓家族最后继承人,耶路撒冷的王子。"

这位商人的右手露在袍襟之外——一只长而瘦削的手,关节因为酷刑而变形。现在听了对面年轻人的介绍紧紧地攥着。除此之外从他身上再难找到其他部位能够传达他内心的感情,也不知道他的心里是否感到吃惊或者引起他的注意,只听他沉静地回答说:

"耶路撒冷的王子,欢迎你来到寒舍。埃丝特,快给客人看座。"

女子搬过来一张矮凳,让宾虚坐下。在她放好凳子站起身时,遇到了宾虚看过来的目光。

"愿主保佑你平安,"她谦逊地说道,"请安坐。"

接着她又回到老者的椅旁,她没能揣摩到这个陌生人此来的意图。一个女人尽管才思敏捷但通常也只是体现在感性方面,譬如一些细腻的感情变化,怜悯、可怜、同情之类,而其他方面就力有未逮了。这大概就是女子和男人天性之间的区别吧,由此她看得出面前这位陌生的男子一定是带着一颗负伤的心灵前来寻找救治的。

宾虚没有坐下来,而是谦恭地说道:"希望善良的萨耐德不要把我当作一个冒失的访客。今天我沿河而上时,听到有人说您认识我的父亲。"

"我的确认识虚姓的王子。我们联手经营了许多生意,这些生意遍及世界各地。但是还请就座,埃丝特,帮这位年轻人倒些酒水来。尼希米谈到过虚姓的子嗣曾经控制耶城半数的财富,一座古老的宅邸,非常古老,但却富于信仰!在摩西和约书亚的年代,虚姓人据说还有幸见到过圣主,他把这种荣耀跟其他的王子分享。对这样的家族,他们的后人来到寒舍,怎能不饮一杯呢,来,这可是梭烈谷(Sorek)①酿造的葡萄酒,葡萄来自希伯伦(Hebron)②南面的山坡。"

他们交谈时,埃丝特从椅子旁边的桌子上拿起酒瓶,把葡萄酒倒进一只银质的杯中。她目光向下看着,把酒端到宾

---

① 一条自犹大山地(以耶路撒冷为起点)通往海岸非利士平原的重要通道,长约三十多英里。

② 巴勒斯坦中部历史悠久的城市。位于约旦河西岸南部、耶路撒冷西南部。因与《圣经》中的列祖亚伯拉罕、以撒、雅各和大卫有关,被尊为犹太教四大圣城之一和伊斯兰教圣城。

虚身前。他在伸手接酒的时候触碰到了埃丝特的手指，然后连忙把手缩了回来。他俩的目光再一次相对，这一次宾虚注意到对方身材娇小，身高大约到自己肩膀。但整个人看上去非常端庄，皮肤白皙面容甜美，他心里突然想到，要是自己的妹妹还活着，应该也会长成这副样子吧。可怜的得撒！他想到这里，忍不住大声说："不，你的父亲——萨耐德是你的父亲吗？"——他停顿了一下。

"我叫埃丝特，萨耐德的女儿。"她很有尊严地回答说。

"那么，美丽的埃丝特，你的父亲，他应该听得很清楚我刚才所讲的话了，我想他对我的来意也应该有所了解了，我并不是冲这美酒来的。同时我也不想在你面前有失风度。请你能不能站在我的身旁，我现在有话要问你的父亲，请你做个见证人！"

两个人，就这么站在一起，望向椅中的老者。"萨耐德！"他用坚定的语气说道，"我的父亲，临死之时有一个他所信任的侍从总管，他跟你有着同样的名字，有人告诉我，那个总管就是你！"

这时突然椅子里铺着的丝绸下面，老者的四肢出现了颤抖，而他瘦削的手掌也紧握起来。

"埃丝特，埃丝特！"他在椅子里叫道，语气严厉，"快过来我这，干吗你站在他身边，别忘了你是我和你母亲的女儿——快过来这里！"

女子望了望父亲，又瞧了一眼宾虚，然后她把银杯放回到桌上，忠实地回到了椅子旁。她的表情透露出强烈的惊讶和惶恐。

萨耐德抬起手，放在女儿的手中，然后搭在自己的肩头，接着，他不动声色地说道："我跟这个世上的人打交道太久了——你看现在的我，已经老朽得超过了我的年纪。如果像刚才那样把故事讲给你听的人，他熟悉我的过往而且讲述得合情入理的话，那么我想他已经说服你相信我是一个不值得信任之人。愿以色列的圣主佑护此人，在他活着的时候，竟然了解这么多的事情！我心中的爱已经所剩无几了，不过毕竟还留有一部分。这仅剩的爱一部分留在我这躯壳中无私的灵魂里，只有这灵魂的慰藉勉强支撑着我的生命，没有它我很快就会死去。"

埃丝特把头低下来，把她的脸颊贴着父亲的脸。

"还有一部分爱，其实不过是一段回忆。我下面会告诉你听，这段回忆就像是圣主的祝福一样，它有关一个家族，只要"——他的声音低沉而颤抖起来——"但愿我知道他们的下落。"

宾虚的脸已经涨得通红，他向前走了一步，因为激动而哭喊着说，"我的母亲还有妹妹！噢，你所说的是不是她们！"

埃丝特，这时好像要说话似的抬起了头。但是萨耐德已经恢复冷静，冷冷地回答说："听我说完。因为我就是我，因为我内心的爱，在我还没跟你解释我跟虚姓家族的关系之前，有些事必须先澄清才行，那就是我需要你证明你确实是虚姓家族儿子，把证据拿出来吧，或者有证明人写下的证言？或者有证人也可以？"

对方提出来的要求非常简单清楚，而且合情合理无可辩驳。宾虚听了以后，脸憋得通红，双手紧握，支吾不语，然后若有所失一样把脸转向别处。萨耐德继续逼问他。

"拿出来，把证据给我看，给我啊！放到我的面前——交到我的手里！"

宾虚一言不发。他来之前万万没有料到对方会提出这样的要求。而如今，自己有什么好说的，在船上的三年时间里面，所有有关自己身世的证明都已经不复存在。母亲和妹妹也失踪了，他这段非人的生活几乎没人知道。即使有人认识他，又有谁知道他的过往。哪怕昆图斯·艾瑞斯在面前，他也只能说是选择相信自己的身份而已，同样没有任何证据。现在站在这里，早年那个桨手奴隶已经逝去了。犹大霎那间从内心里感觉到无边的孤独，这种孤独直达心底最深处，把他覆盖在浓浓的阴影中。他站立在当场，双手攥紧，转脸向着旁边，呆若木鸡。萨耐德将年轻人的痛苦的表情看在眼里，耐心等待着，三个人都沉默不语。

"尊敬的萨耐德，"他终于开口说道，"我只能把我的故事讲给你听，希望好心的你屈尊听我讲述，讲完之后你再做出自己的判断。"

"说吧，"萨耐德说，他现在重新控制了场面，主动权回到了他的手中——"你放心地说出来，我刚才并没有说我不相信你的身份，但是我需要了解你身上发生了哪些事情。"

于是，宾虚把自己的亲身经历快速地讲述了一遍，他的每一句话如果说听起来雄辩可信的话，都是因为源于真实感情的流露。他在前一段时间的经历读者已经熟知，我们便不再赘述，接下来，我们从他跟艾瑞斯从爱琴海的海战中凯旋说起。

"我的恩人深受罗马大帝的爱戴和信任，凯旋回国后，大帝重重奖赏了他。东方的商人也敬献了无数贵重的礼物，这使他成了罗马众多富人中的佼佼者。一个犹太人怎能忘记自己的信仰？或是他的出生地，更不用说他就出生在祖辈们的圣城？但是艾瑞斯如此的善良，他履行了合法的手续收养我为他的儿子。之后我尽我所能地报答他，我敢说没有哪个儿子能像我对他一样恪尽孝道。他要求我到罗马的学院中学习他们的艺术，哲学，修辞学，还有演讲术，他准备给我请最好的老师教授我。但这些都被我拒绝了，因为我是犹太人，无法磨灭我唯一的信仰，我心中只有唯一的主，我也不曾忘却先知们的荣耀，还有大卫王和所罗门王在山上建起的一座座城池。你一定会问我，为何要接受罗马人的恩惠？因为我爱他，只有他的帮助，能让我有一天解开封存在心里多年的谜题，让我有能力去找到我的母亲和妹妹，了解他们的命运现在如何。另外还有一个原因和动机我不得不说，那就是我曾经立志要从军，我希望能习得战争的艺术和所有与之相关的重要知识。我在罗马的时间，经常到角力学校和竞技场中努力地学习并磨炼自己，我还在罗马军营中付出了很多汗水。在这些地方，我用的并不是生身父亲的姓氏。我赢取的桂冠——你可以在米塞努姆城郊区的别墅中看到有很多——全部是以执政官的儿子——艾瑞斯之子的身份获得的。罗马人只知道我的这个身份而已……后来我离开罗马，是想要秘密调查和寻找到内心的谜底，于是我来到了安提俄克，试图协助执政官马克森提乌斯（Maxentius）准备组织对帕提亚人（Parthians）的战争。我已经掌握了如何使用各种武器击杀敌人，现在我想学些更高一层的学问，那就是到战场上去指挥军团作战。执政官已经认同我加入他的作战指挥部。但是昨天，就在我乘坐的船只进入奥伦提斯河口时，与另外两艘船擦肩而过，他们互相亮出小黄旗。这引起我的好奇，于是在询问一个来自塞浦路斯的陌生乘客时，他向我讲述了关于你的事情，说那两艘船都是你的，而你现在是安提俄克最大的商人。他告诉我关于你的很多事情，你的经历，你商业上的巨大成就。你的船队和驼队遍及世界各地进行贸易。和其他乘客感兴趣的部分不同,当他说起你曾经是虚姓家族的总管时,我便加倍留心。他毫无隐瞒地告诉我你是个犹太人,格拉图斯总督曾经为了逼问你虚姓家族财富的下落,而对你进行了残酷的迫害。"

听到这里,萨耐德把头埋在胸前,好像是想要掩盖自己的内心起伏的情感,和听完这些话后对这位年轻人产生的深深的同情,而他的女儿把脸贴在父亲的颈上。接着,他抬起头,看着年轻的犹太人,清楚地说:"我在听。"

"我善良的萨耐德!"宾虚上前一步说道,他的灵魂挣扎着想要向对方证明自己,"我看得出来,我所说的并没有让你信服,而我还站在不可信任的阴影中。"

这位商人仍然是一副不为所动的面容,好像冰冷的大理石一样,一语不发。

"我很清楚,我现在的处境非常尴尬,"宾虚继续说道,"我在罗马的生活我完全可以证明,我只需要把执政官请来,他现在正是这座城市主管者的座上宾。但是我没有任何证据能够表明我的出身身份。我甚至无法证明我跟生身父亲的血缘关系。因为所有与此相关人——唉!他们都不在了。"

说罢,他双手掩面。埃丝特此时站了起来,把刚才斟满酒的银杯又端了过来,递给他,说道,"请喝吧,这酒毕竟来自我们都热爱的地方!"

这声音,听起来就像是当年利百加在拿鹤(Nahor)[①]城外的井畔取水给别人时一样。他发现埃丝特眼含泪水,于是他把酒接过来喝了,然后说道:"萨耐德的女儿,你的心太仁慈了。让我这样一个陌生人跟你的父亲分享美酒,我谢谢你,

---

[①] 古地名,据圣经记载,以撒在拿鹤娶了利百加为妻。

愿上帝赐福于你!"

之后,他再一次对椅子里的商人说道:

"既然我无法拿出你要的证明,也无法向你证实我是虚姓子嗣,那么我只好收回我对你提出的要求,萨耐德,我会马上离开再也不会打扰你。但在此之前我想要说清楚的是,我此来无意要你承认是我家族的奴隶或佣人,更无疑要你交出手中的财富。无论如何,我想表达自己对你的敬重,这些财富都是你的聪明才智和你的辛苦劳动换来的,你应该自己留着。我并不需要这些。有一天,如果我那善良的第二个父亲,艾瑞斯,他出航后无法再回返的话,我就是他的继承人,到时我还是会像王子一样富甲天下。如果,我走后你还能想起我的话,请记得我们的谈话和我一开始问你的问题,那是我来找你的唯一目的,我可以对你我都信仰的先知和耶和华起誓:我来此的目的就是想问——你究竟知道些什么——你能告诉我什么——关于我的母亲和妹妹的消息——如果我妹妹还活着的话,她现在应该会跟你的女儿一样美丽典雅吧?噢,你究竟知不知道她们的消息啊?"

埃丝特的眼泪夺眶而出,但是老者仍然故作镇定,他用清晰声音回答说:

"我说过,我认识宾虚王子。我听说了他们家族的不幸。我还记得刚听说不幸的消息时内心的痛苦。而带来这不幸的人,同样把不幸带给了我。我所能告诉你的就是,我已经竭尽我之所能,去寻找她们两个的下落,但是——我无法告诉你她们在哪里。她们至今杳无音信。"

宾虚听到这里发出一声痛苦的呻吟。

"这么说——这么说我的希望又一次破碎了!"他说着,压抑的情感在心里挣扎着。"我已经习惯了失望。请原谅我这次贸然拜访。如果我的到来给你们带来了困扰，我非常抱歉，请体谅我的痛楚。现在，我活着已经没有什么意义，我除了复仇之外，再无他念。再见。"

他转身走出帘外，同时简单地说了句，"感谢你们两位。"

第四章

就在宾虚刚刚离开这幢房子时,萨耐德突然好像刚从睡梦中醒来似的——他的脸变得通红,两眼的目光变得更亮,他高兴地说道,

"埃丝特,快叫下人来——快!"

她赶忙敲响了桌子上的呼叫铃。

铃声响罢,就见有一扇影壁墙忽然向后移动,让出一条通道出来,正好容得下一个人进出。一个男子从通道中来到商人面前,行了半个额手礼。

"玛鹿,到这儿来——靠近些——到我的椅旁来,"主人说,带着不容置疑的语气。"我要交给你一个任务,不容许失败的任务。听着! 有个年轻人刚刚下楼到储货仓库——这人身材颀长,长相俊秀,以色列人的装扮。你马上去跟着他,给我像影子一样盯紧他。从今天开始,每一天晚上把你看到的情况报告给我,包括他去到哪里,他做过什么事,他跟什

么人在一起。并且尽量在不被他发现的情况下，听听他说过什么话，把他所说的每一个字报告给我，总之所有关于他的一切，他的习惯，动机，生活。你明白没有？去吧！站住，玛鹿你记住，如果他离开了这个城市，就跟踪他，并且，听着，玛鹿，对他像一个朋友一样。如果他发现了你跟着他的话，你就随机应变地跟他交流，但是千万不要把我派你跟踪他这件事泄漏。去吧——快点！"

这位仆从向主人行了个礼，便离开去执行他的任务了。

接着萨耐德一边搓着变了形的双手，一边大笑起来。

"今天是什么时候了，女儿？"他说道，沉浸在喜悦中。"今天几月几日？我要记住这一天，因为久违的快乐终于到来。想一想，笑着告诉我吧，埃丝特。"

这突然起来的愉悦对埃丝特来说似乎太陌生了。并且，她似乎带着恳求的语气，悲伤地回答道："我怎能高兴得起来，父亲，我恨不能忘记今天的日子啊！"

他的双手立时垂了下来，笑容凝滞，低下头来，下巴埋进了颈部松弛堆垒的皮肉之中。

"是啊，没错，我亲爱的女儿！"他说道，仍然低垂着头。"今天是四月的第二十日。五年前的今天，我的拉结，也就是你的母亲，撒手人世。他们把我这残躯抬回家中时，看到你的母亲已经悲伤而死。上帝啊！她就像恩戈地葡萄园中一簇美丽的指甲花！她使我的生命比蜂蜜更甜蜜，比花香更芬芳。当年我们把她葬在群山之中，她的墓地那么孤独。她的去世让我的生活从那时起变得黯淡无光，但是后来在这片黑暗之中，出现了一束微弱的光芒，它随着岁月慢慢变亮，如今已如日出前的晨曦一般！"他抬起一只手放在女儿的额头上。"我的主啊，感谢您的佑护，使我的埃丝特现在已经出落得和她的母亲一样美丽了!"

他说着抬起了头,好像突然想到什么一样,说,"今天外面天气晴朗吗?"

"刚才那个年轻人过来的时候,我看到天气还不错。"

"那么让亚比米勒过来,把我抬到花园去吧,我想过去眺望一下河流和船只,另外,亲爱的埃丝特,我会告诉你为什么我刚才会那么的欣喜若狂。"

随着服务铃想起,从下面走上来一个侍者,按照埃丝特的指示把萨耐德的轮椅推出房间,来到了一楼的房顶上,这里就是被商人称之为花园的所在。穿过玫瑰的甬道,这里花团锦簇,所有的花朵显然是经过精心的照料,只不过现在萨耐德的注意力却不在赏花上面。他的椅子停在一个窗口旁,从这里他可以望见远处王宫的尖顶,还有下面的大桥那头的河岸,桥下的河面上到处是忙碌的船只,清晨的阳光倾泻在河面上,随着涟漪和波动,粼粼波光闪亮耀眼。这时侍者放稳了轮椅,默默退了下去。

此时底面仓库中传来忙碌的声响,货物落地的闷响,奴隶们的吆喝声,脚步声,加上外面不远处大桥上,匆忙的人群发出的嘈杂声,这些都没有打搅到萨耐德的思绪,因为他整日听着这些声音,看着这些情景,早已经习以为常了,他心里清楚,这些人忙忙碌碌,正在为自己贡献着财富。

埃丝特坐在椅子的扶手上,摩挲着父亲的手掌,等着他开口说话。终于,萨耐德在平心静气后,缓缓道来。

"刚才那个年轻人说话的时候,埃丝特,我观察了你的神情,看似你已经被他说服了。"

埃丝特的目光低垂,同时说道:

"以信仰的名义,父亲,我的确相信他。"

"依你看，他的确就是那个失踪多年的宾虚王子？"

"如果他不是……"她犹豫了一下。

"如果他不是，又怎么说呢，埃丝特？"

"父亲，自从母亲去世，我就一直在你身边侍候着。每天看着你跟那些精明的商人打交道，他们用尽各种方法攫取利益，有的正当，有的阴暗。我在耳濡目染之中也积累了不少观人的经验。所以现在我可以这么告诉您，如果那个年轻人真正的身份跟他所讲不同，那么他的表现则太过逼真，起码按照我的经验来说，他撒谎的技巧太逼真了。"

"以所罗门王的荣耀的名义，我的女儿，你说得很真切。那么，你相信你的父亲我就是他父亲的奴仆吗？"

"他之所以这么讲，我想他一定是听别人这么跟他介绍的。"

萨耐德的目光在游弋的船只之间停留了片刻，尽管这些船实际上并没有引起他的注意。

"你是个好孩子，埃丝特，继承了我们犹太人的聪明才智，现在你已经长大，成了坚强的女子，我觉得是时候把这个悲伤的故事讲给你听了。所以请注意听我说，我会慢慢地把我和你的母亲，还有很多相关的事情，凡是你不了解的，全部讲给你听。你之所以以前被蒙在鼓里，我是害怕你知道了这些信息以后会对你有危害，因为如果不巧被罗马人听到的话，他们可是一直在盯着我们的。况且，如果你过早的知道了这些事，也将会不利于你的健康和成长，我希望你能像芦苇向着阳光一样，向着上帝所希望的方向成长。我出生在锡安山南部欣嫩谷中的一座坟墓中。我的父母都是希伯来人奴隶，他们在那里负责照料王园里面的无花果树和橄榄树，王园位于西罗亚池附近，花园里郁郁葱葱。在我孩提之时，我常帮助他们一起劳动。按照律法，我的父母当终身为奴。后来他们把我卖给了宾虚家，当时宾虚王子在希律王身边为官，已经是耶路撒冷最富有的人。王子把我从果园里调到他位于埃及亚历山大港的仓库中劳动，在那里我一直工作到长大成人。在我为他工作到第七年的时候，按照摩西的律法，我变成了自由人。"

埃丝特欢快地轻轻拍着手。

"噢，这么说，您不是他父亲的奴仆咯！"

"不像是这么简单，我的女儿，听我继续说。在那个年代，圣庙中的律师们正在就奴隶的儿女应不应该继承其父母的身份终身为奴的话题进行激烈的辩论。但是宾虚王子不论在任何事情上都非常正直和公正，他同时兼任着律法条文的翻译工作，在这个问题上面，他为我出头，说我是买来的希伯来奴隶，而根据当初立法者的本意，赋予我人身的自由，并履行了相关的手续，所以说，实际他给了我自由。"

"那么我的母亲呢?"埃丝特问道。

"耐心些，埃丝特，听我把话说完。在我讲完之前，你应该看得出来，我宁可忘记自己也不会忘记你的母亲……在我的服务结束之前，我到了耶路撒冷去参加逾越节。我的主人热情地款待了我。我当时对他已经是非常爱戴，向他祈求说希望我能继续为他做事。他答应了我的请求，于是我得以继续为他服务了七年，不过是以被聘用的以色列人的身份。我作为他的代表经营他在世界各地的生意，他在海上的船队，他派往东方苏萨和波斯波里斯的驼队，还有派往更远的丝绸之地的商队。到这些地方经商，一路之上危险重重，但是承蒙主的庇佑，我所经营的生意顺风顺水。我每次回到主人家里，都能给王子带回巨额的利润和财富，同时我也增长了丰富的知识，感谢那些年的经历才让我在后来的灾祸中得以东山再起……有一天，我到主人在耶路撒冷的家中做客。有一个女仆用盘子给我端来了食物。她来到我面前，那是我第一次见到你的母亲，从见到她的第一眼起，我就知道自己已经深深爱上了她。主人告诉我她是家中的女奴，并且根据律法将终身为奴。但是如果她自己乐意，主人愿意满足我的意愿，还她自由之身。面对我的爱，你的母亲也用她的爱做回应，但是她对自己女奴的身份很满足，拒绝做个自由人。我不断祈祷，每次相隔很长一段时间回耶城的时候，我都会恳求她。她只说愿意做我的妻子，但条件就是我放弃自由人的身份，跟她一样恢复成为奴隶的身份。我们的先祖雅各为了他的拉结服苦役七年。那么我为主人再做七年行吗？但是你的母亲坚持她的主张，让我必须做回奴隶，终生成为主人的奴仆。我先是离开了耶城，当我再次回去，你瞧，埃丝特，你看这里。"

他拉起左耳朵的耳垂。

"有没有看到我耳朵上钻空的疤痕？"

"我看到了，"她回答，"噢，我现在明白了，原来您这么深爱着母亲！"

"爱她吧，埃丝特！你母亲之于我，胜过《雅歌》中的书拉密，她比书拉密还要美丽无瑕。她就像花园里的喷泉，像一眼喷涌活水的井和黎巴嫩发源的溪流。主人应我的要求，把我带到法官的面前做了公证，然后回到他家宅门前，用锥子将我的耳垂穿刺到门上，从那时起，我跟你的母亲一样，成了终身奴隶。就是这样，我和你的母亲成了夫妻，她便成了我永远的拉结。"

埃丝特弯下腰来亲吻了父亲，父女二人陷入对死者的缅怀之中，沉默良久。

"我的主人在海上遇难身亡，让我平生第一次遭受沉重的悲痛，"他继续说道。"之后，在他的家乡耶路撒冷，同时在安提俄克这里，都为他的去世举行了隆重的悼念活动。现在，埃丝特，请注意听我说！好心的王子死后，我一跃成了他家族的总管，他的一切财产转而由我管理和控制。你可以想得到，主人是多么的爱我和信任我！我连忙回到了耶路撒冷，把账目给主人的遗孀，也就是女主人过目。她决定由我继续掌管家族的商业经营。我更加的兢兢业业为家族服务。生意非常繁荣，每一年都在迅速的发展和壮大。就这样过了十年。突然不幸降临到了家族头上——也就是刚才那个年轻人跟你讲述的飞来横祸发生了。总督格拉图斯宣称是小主人刺杀他未遂，并以此为借口，在罗马不知情的情况，吞并了虚家在耶城的所有家产。然而这样他仍未满足。为了让他的恶行不为人知，他企图抹杀与此事件相关的所有当事人。于是从那天开始，虚家的家人便失踪了。小主人，当时我见到他时，他还是小男孩，被总督遣送到了船上做了奴隶。女主人和主人的女儿，据说被囚禁在了朱迪亚的地牢里，要知道，那种地方一旦进去，就如同进了坟墓一样，永无天日。他们的突然失踪就如同石沉大海，再没有人听过他们的消息。我们从那时起无从知晓他们是怎么死的——甚至他们是死是活也不能确定。"

埃丝特的眼里已经热泪满眶。

"你有一颗纯真善良的心，埃丝特，就像你的母亲一样。但是很多好心的人却没有得到好报——他们的善良被恶人无情践踏，我祈祷你的命运不要跟他们一样就好。注意接着听我讲。我后来去了耶路撒冷，想要帮助我的女恩人，但是却在刚到城门的时候就被人抓捕带到了安东尼亚要塞的地牢里。当时我并不知道什么原因,直到格拉图斯出现并要求我交出宾虚家族的财产,他知道,按照犹太人的传统,虚姓家族的王子死后,他在世界各地流通的财富全部都要经过我的授权,由我支配和管理。他提出让我签押声明,使这些财富跟虚家在耶城的资产一起充公,交他处置。我拒绝了他的要求。他已经取得了耶城所有虚家的房产,土地,货物,船只以及动产,所缺的只剩恩人一家的钱财。我明白,只要我守住家族的钱财,我就能找机会复兴家族的贸易,恢复家族的财富实力。所以我严词拒绝了暴虐的总督。于是他开始想尽办法折磨我。我的意志很坚定,最终他看一切手段都是徒劳,才把我释放。我回到家里后,以安提俄克的萨耐德之名,重启了家族的贸易。后来商业上的繁荣和成功,埃丝特,你是看见了的。王子数以百万计的收入和财富,可谓奇迹。后来你也是知道的,三年后我去往恺撒利亚的途中第二次被格拉图斯捕捉,他又想用重刑逼我就范,让我把虚家的财富拱手相让。我再一次拒绝了他,守口如瓶。我的身体被毁得不像样子,回到家里之后,我亲爱的拉结因为无法承受这巨大的不幸和恐惧,不久就过世了。以上帝的名义,我坚持着活了下来。再后来,我从罗马皇帝手中买到了豁免权和到全世界经营贸易的许可令。而今——感谢圣主的荣耀和庇佑——感谢全能的主,让我经手的生意一日千里,顺利地发展到了今天的规模,现在我已为主人积累了无数的财富,这堆积如山的金钱足以令恺撒汗颜。"

他骄傲地抬起头,两人的目光交错,每个人体会着对方心里此时的想法。"我应该如何处置这些财富呢,埃丝特?"他的眼睛仍然望着女儿,问道。

"父亲，"她声音低沉地回答说，"这些不是应该属于刚离开的那位真正的主人吗？"

萨耐德的目光仍然坚定不移地看着眼前的女儿。

"那么你呢，我的孩子，难道我让你沿街乞讨为生？"

"不会这样的，父亲，因为我是您的女儿，那么按照律法，我应该继续为您的主人服务不是吗？我听过一句古语说，'刚毅和尊严是她的服饰，一念将来便笑容满面'。"

"现在听我说，"他用更加清晰的嗓音说——"我马上告诉你为什么我今天早上会笑。我在那个年轻人身上看到了他父亲年轻时的清秀模样。我的灵魂忍不住向他行礼致敬。我能感觉到，我身上背负的刑罚和劳役就要结束了。我差一点忍不住叫出声来。我渴望牵他的手，告诉他我的手上有那么多的财富，并且对他说，'看！这些财富都属于你！而我就是你的仆从，准备好了听候你的调遣。'那样的话，埃丝特，那样的话我肩上的重担就算终于卸下来啦，但是就在那个瞬间，有三个念头跳进我的脑海里阻止了我这么做。我首先要确认眼前人确实是主人的儿子——这是第一个念头。如果他真的是主人的儿子，那么我接着要详细地了解他的天性如何。因为出身富贵的公子王孙，你也知道，埃丝特，他们中的很多人把财富当作了骄奢淫逸和滋生罪恶的温床。"他停顿了片刻，双手紧握，声音也因为激动而变得高亢——"埃丝特，想想吧。想想我在罗马人手中遭受的严刑拷打。不，我说的并非单指格拉图斯一个人。在第一次和最后一次囚禁我的过程中，所有那些无情折磨我的卑鄙小人，他们都是罗马人，我还记得当时在我痛苦的尖叫声中他们发出的狞笑。想想我这副残缺的肢体吧，这么多年来，我拖着已经没有人形的半截身体，度日如年。想想坟墓里你那可怜的母亲吧，我身体的伤痛却比不上她的灵魂为此遭受的折磨，否则又怎会这么早就撒手人寰。想想我的主人全家的不幸吧，假如他的家人还活着的话，那么她们每天都在经历着怎样的痛苦，而假如她们已经全都不在人世，这对小主人又将是多么残酷的现实。想到这些，我的女儿，凭着头顶天国之爱，你来告诉我，难道如此的罪恶不应该让他们为此赎罪吗？不要跟我讲，就像那些传教士布道时所说的话一样——说什么主是公正的，复仇是耶和华的，这些冠冕堂皇的话。难道主的复仇和爱不都是通过他在人间的代理人来实施的吗？难道主派往战场的人数不是远胜于他的先知的人数吗？以眼还眼，以牙还牙，这不是他教给我们的道理吗？这么多年以来，我一直期待着复仇的一天，祈祷并为这一天准备，我的耐心随着商业和财富的增长而增长，在这期间，我一边思考一边筹划，如果上帝有在，他难道不应当许我向那些作恶者复仇吗？正如那位年轻人临走之时所说的，他万念俱灰只剩下一个活下去的理由，我清楚地知道，因为我和他有着一样的目的——那就是复仇！而这个，埃丝特，这就是出现在我脑海中的第三个念头！是他刚才执拗的恳求点燃了我的复仇之心，让我清楚地意识到我终于就要迎来这一天了，所以他离开后我才放声而笑！"

第五章

宾虚离开这座巨大的储货仓后,安排好自己的行李便出发了。

失败的感觉又一次侵袭着他的灵魂,在此之前他在寻找亲人的路上已经经历了许多次失败。这种挫败感随着每次的失败,不断加深,一次比一次更让他心痛,因为他所寻觅的,皆是自己至近至亲之人,不断寻觅,不断失望,孤独的阴影将他笼罩,现在的他,只能与孤独为伴,勉强地支撑着他继续在这条看不见光的寻觅之路上向前走。

穿过人群和堆积如山的货物,他来到河岸边上,两眼怔怔地看着河面上的阴影,好像受到什么诱惑一样。而缓缓流淌的河水也似停止一般等着他的到来。他终于还是战胜了绝望的魔咒,忽地想起那个船上老者的话——"宁为达芙妮林中一虫,也不愿为国王座上一客"。于是,他转头忙向自己来时的客栈走去。

"你问去达芙妮的路？"客栈的管事者对宾虚提出的问题很吃惊。"你没去过那儿？看来果真如此，好吧！我保证今天会是你这辈子最快乐的一天。听我说，你千万不要走错了路，下条街左转，向南走，一直走到苏庇尤斯山前，很好辨认，那座山顶上建有朱庇特神殿和大竞技场。继续向前走一直到第三个十字路口，你会在那看到希律王柱廊，然后右转，向前一直走，穿过塞琉古老城，来到以法彼尼斯金色大门前，从那里开始，你就登上了去达芙妮之路了——愿上帝为你指引！"

希律王柱廊很容易找到。从那里到金色大门，连续地建造了很多高大的大理石柱廊，他发现有很多人簇拥着往前走，看样子是世界各地路经此处的商人。

在他过了金色大门之后，大概到了一天的第四个时辰，路上都是前往达芙妮的游客，宾虚感觉自己好像走进了洪流之中，前面是一眼看不到头的人流。大路分成了几条小路，分别供徒步者、骑行者以及乘车者使用。而这些小路再分成两条来往的道路，人虽多却显得井然有序。岔路口有矮廊柱作为标识，廊柱下是巨大的底座，许多岔道口的底座上都建有雕塑。道路左右两边分别是精心铺设的绿化带，每相隔不远间或种着一片片的橡树和大枫树，另外还有一些避暑别墅错落其间，因为常常有很多回程的游客会很疲累，便可以在这里住宿。人行道用红色的石块铺就，而马道则铺以碾实的白沙，但也不像石块那么的坚硬，马蹄踩过去不会发出很响的声音。路边有各式各样美轮美奂的喷泉，大多是由来访的国王兴建，并以他们的名字命名。达芙妮树林的西南门外一直到城里是超过四英里长的一条华丽的大道。

宾虚由于心中忧郁，根本打不起精神去欣赏这条精心铺设的大道,更无心留意旁边的人群。所以他对周遭表现出来的是一副漠不关心的样子。事实上,如果不是因为此时他胸中的症结攫住了他的思绪,他原本是会对这里不一样的景色抱有很大兴致的。当他在罗马时几乎整天都要经历各种繁杂而奢华的典礼仪式,这里应该是足以让他耳目一新的地方。但此时的他,失去了耐心,走在人群中间,他恨不得马上冲过人群。到达赫拉克雷亚——这座位于城市和树林之间的小镇后,他的情绪终于好了一些,开始放眼去看街上的情景。他看到有一个美丽的妇女领着两只山羊路过,山羊和妇女一样装扮得非常引人瞩目,头上都配了绸带和鲜花,光彩照人。然后他停下脚步看着眼前走过一头雪白的公牛,这头牛的体型颇大,身上披着新伐的葡萄藤,在宽阔的牛背上放着一只篮筐,篮筐中放着一个赤裸的婴儿,多么形象的一幅酒神图,让人不禁联想到幼年的酒神巴克斯,把果浆挤进高脚杯里,然后一饮而尽的画面。白牛过去后,宾虚继续向前走,他很好奇这些牲畜将被用于谁的祭坛。这时一匹骏马从他身边走过,马的鬃毛按照当时流行的样子被修剪得整整齐齐,马背上的人更是打扮得非常华丽。宾虚带着微笑观察着眼前的一人一马,从两者身上笼罩着骄傲的光环。他耳畔时不时响起车轮来往经过的隆隆声,还有马蹄声。不久,他开始注意周围的人群,这些人有男有女,有老有少,但相同的是大家都穿着节日的盛装。一部分人全部穿成了白色,另一部分人则全部穿成黑色。一些人扛着旗帜,一些人抽着烟袋,一些人缓缓地边走边唱着颂歌,其他人则踩着乐队的笛声和鼓点的节奏行进。如果一年里面每一天前往达芙妮的路上都是这般景象,那么达芙妮树林会是多么美妙!这时,随着一阵鼓掌的声音,人群里迸发出一阵快乐的尖叫声。大家纷纷用手指向前方，宾虚看到原来人群已经来到了树林外的斜坡下面，斜坡上耸立着一座宏伟的神庙大门。来到这里，颂歌和奏乐的声音突然变得更加响亮了。给人一种好像连时间也加快了脚步的感觉。紧接着，他被拥挤而兴奋的人群携带着一起涌进了门内，如同当初在罗马时一样，随即跟着人群一起陷入了对这个地方的膜拜之中。

这座建筑的后方，也就是被美化的树林入口——完全是希腊风格的建筑——他来到一片开阔地，地面上全都铺着经过细心打磨抛光的石头。对面的喷泉向天空中喷洒着水晶般的泉水，水雾从半空洒下来在阳光照耀下，形成了一道道彩虹，周围穿着各色衣服的人们对此奇景不住地发出惊叹声。在他前面是几条通向西南方的人行道，全都打扫得一尘不染，通向前方的花园之中，而后一直延伸到达芙妮树林中。从这里望去，树林的上空仿佛笼罩着一层浅蓝色的雾气。宾虚盯着这幅奇妙的景象，不知道该走脚下的哪条路。恰巧这时，一个妇女高声说道：

"太美了！但是该怎样前往呢？"

她的一个同伴，戴着月桂树的花冠，笑着回答她："当然是步行前往咯，你真是个美丽的蛮族！你这么问还是心里害怕不是吗？但是我们在出发前已经说好了会放下所有的顾虑吗？这里吹拂的微风，就像是众神的呼吸一般。让我们身心放松些，沉浸在这微风中吧。"

"但是，万一咱们迷路了呢？"

"你的胆量未免太小了！还没有听说谁来到达芙妮迷路的呢，除了那些永远被达芙妮的大门关在里头的人。"

"这些人又是谁呢？"她带着恐惧，继续问道。

"就是那些彻底拜倒在这里的美景下，决定留下直至终老的人们啊。听着！你站这儿别动，我马上告诉你我说的是哪些人。"

这时在大理石的甬道上，传来穿着拖鞋疾跑的声音。于是人群中闪出一条路来，接着一群女孩子朝着刚才说话的人跑过来。接着她们绕着中间的美丽女子和她的朋友，一边敲击着手中的小手鼓，一边跳着一边唱着。而被围在中间的女子显得很害怕，忙伸手拉住旁边的男子，男子见状用一只手臂搂住她，另一只手则抬到头顶跟着周围人群的节拍晃动着。这些舞者长发飞舞，身上的轻纱无法遮蔽兴奋发红的四肢。语言已经不足以形容淫靡的舞姿。这些女孩只短暂地围着两人跳了一会儿，又迅速地消失在人群里，就好像她们不曾来过一样。

"现在感觉怎样？"那位男子高声问美丽的女子。

"这些人是谁啊？"她问道。

"神之女奴——献身于阿波罗神殿的女祭司。这样的人有很多。她们在举行典礼仪式时是合唱团成员。这里，就是她们的家。有时她们会离开这里去往其他城市，为给她们的圣地带回更多的女奴。我们可以走了吧？"

不一会儿，这两人也消失在人群之中。

宾虚听了两个人的对话，感到慰藉的是看来不至于在这里迷路了，于是他也出发开始往前走——至于走到哪里去，自己也不知道。

步入花园之中，一座精美的底座上矗立着一尊雕塑，首先吸引了他的注意力。原来是半人马座的雕像。下面的铭文告诉了对此并不了解的游客，这是一座喀戎的雕塑，喀戎是阿波罗和狄安娜的爱子，他们两人教授喀戎狩猎、医药、音乐还有预言方面的才能。铭文同时教人注意天空的某处，在晴朗的夜晚某一时分,将看到死去的半人马的魂灵在群星之间流离,而朱庇特会安排他们转生。

然而,半人马中最聪明的继续活着,为人类服务。他一只手中握着一支卷轴,上面用希腊文雕刻着这样的话:

"游客啊!

你是否第一次来到此处?

Ⅰ. 听吧,溪流的颂歌;看吧,喷泉之雨;心中无惧,方能得到那伊阿得女神的青睐。

Ⅱ. 迎面而来的达芙妮的微风,来自泽费罗斯的西风和奥斯特的南风,他们是生命的侍者,为你们奉上香甜的气息。当欧洛斯带来东风之时,狄安娜定是到别处狩猎去了。而当玻瑞阿斯吹起北风之时,快躲藏起来吧,因那是阿波罗的愤怒。

Ⅲ. 白天,树林的荫凉属于你们;晚上,则属于潘神和他的德律阿得斯。此时切勿打扰。

Ⅳ. 去食用溪畔的忘忧树果实吧,但请爱惜,除非你想忘怀过去,成为达芙妮的子女。

Ⅴ. 当你看到吐丝结网的蜘蛛——那是阿拉克尼在为密涅瓦辛勤劳作。

Ⅵ. 你曾否见到达芙妮的眼泪,从月桂树的枝芽上滴落——消失不见。

放心观赏吧!留下来,祝福你们快乐。"

宾虚看完了神秘的铭文离开了此处,迅速融入周边的人群之中,此时人群被前面雪白的大牛引领着往前走去。牛背上的篮筐中那个婴儿还在,牛身后跟着一支队伍。在他们后面跟着那个妇女和她的两只山羊。再往后面是奏乐的乐手,有的吹笛,有的击鼓,乐手后跟着的是散发礼物的人。

一个围观的游客问道，"他们这是去哪里？"

另外一人回答说："那头公牛是敬献给朱庇特主神的，山羊呢？"

"阿波罗不是曾经看管过阿德墨托斯的羊群吗？"

"没错，山羊正是献给阿波罗的！"

想必读者难免会好奇前面讲述的内容有何所指。人们建立的一些与宗教信仰相关的建筑或设施，往往会在其他宗教人士之间引起争议。逐渐的，我们了解到在不同的宗教信仰中，其实存在着共通的现象或者真理，那就是每种宗教的教旨都是借由其教派当中备受尊崇的仁慈者的言行展现于世人面前，而不是借由那些巨恶者的恶名。对于宾虚而言，在船上为奴的三年，以及之后在罗马的几年时光，在他的信仰中并没有留下任何印记，他依然保持着身为一个犹太人的初心。只不过在他看来，到达芙妮之林这样的胜地观赏美景对自己的信仰并不会有什么影响。

在这样的理解之下，我们可以这样说：假如宾虚的信仰一直是极端排他的，那么经历过这些年的波折之后，不见得到此时他不会已经扼杀了前面提及的顾虑。现在的他，心中充斥着愤怒——这种怒火，不同于因琐事引起的焦躁之怒。亦不同于愚者的无名之火，毕竟这种怒火往往用责备或者咒骂即可熄灭。他此时的愤怒，来自于希望的崩毁——或称之为梦碎——之后，从人之本性深处所迸发的怒火，是已经触手可及的幸福被生生夺走时，幻灭的痛苦所引发的怒火。从这个角度出发，没有什么能扑灭这种情感——因为这是灵魂与信仰之间的争论。

把这种哲学放大了来说，我们这样告诉自己：如果信仰是有形之物，可以在一瞥间、一息间放手的话，又或者如同一个至高的当权者一般，怨怒的话语也可能被听取。若如此，那么喜悦的凡人就不会总这样堕入自我惩罚的深渊之中了。

倘若是在情绪正常的时候，宾虚是不太可能独自来到达芙妮之林的，即便会来，也一定是以执政官之幕僚的身份前来，而不会是像现在一样无所事事地闲逛，既不识此地，亦不被人识。他会对此行有充分的准备，并且在旁人的指引之下观赏这里的风光，如同一桩生意一样或者他至少会事先知会这里的最高主事人，然后才到这里来放松地度过闲适的一天。而如今，他成了跟周围普通人一样的观光客。而且他对这里供奉的神明根本没有任何的尊崇，甚至根本打不起半点兴趣。就这样，他好似一个被蒙上了眼睛的人，怀着满心的失望，如同浮萍般跟着人流茫然行走着，不过他并不是在等待命运，而是把命运当成了孤注一掷的挑战者。

我想现在每位读者都对宾虚此时的情绪有所了解了，尽管程度可能有所不同。在这种情绪的支配下，勇敢的他仍保持着自己的平静，可谓难能可贵。我想有的读者大概会感慨道，幸亏此时的宾虚来到这样地方，面对的只是一些穿着奇装异服的滑稽角色，相反如果前面有暴力挑衅之人手握长剑，那么结果可就难讲了。

第六章

宾虚跟着人群走进树林中，一开始他并不关心人群走向哪里。慢慢地他朦朦胧胧地感觉是在朝神殿的方向走去，那里是达芙妮之林的中央，也是最具吸引力的心脏地带。

不久，随着歌者们如梦似幻的合唱之声响起，宾虚开始不断地自语呢喃："宁为达芙妮林中一虫，也不愿为国王座上一客。"呢喃之际他的脑海中浮现出很多纠缠不清的疑问。在这林中生活果真如传言一样美好吗？她的魔力究竟来自何处？是否存在于杂乱纠结的人生哲理之中？或者来自于表面的事实，每天的感官都可以辨别得出呢？为何会有数千人每年甘愿弃世献身于此处？这些人是否找到了这种魔力的所在？如果已然找到，那么这种魔力是否足以教人抛开了外界多彩的生活，教人忘怀了外面的世事？忘怀了俗世的所有甜蜜和伤悲？忘怀了飘于前方的希望和身后难掩的伤痛？如果达芙妮是这些人的乐园，那么对自己而言是否如此？他是个犹太人，这种身份是否应该成为一种桎梏使自己应被排除到这种人群之外？带着这种疑问，宾虚马上发动了自己的全部所知来思考答案。

他抬头仰望天空，湛蓝的天上莺歌燕舞，万里无云。

他和所有人一起继续前行着，忽地从行进的队伍右边树林顺风飘来了一股奇香，似乎是一种混合了玫瑰和人工香料的奇异香味。和其他人一样，闻到这股味道后他停下脚步，不由自主地向香味传来的方向看着。

"那边是不是有个花园啊？"他问肘边的一个男子。

"我猜更有可能是祭祀典礼燃香的味道——大概是在祭祀狄安娜或者潘神，或其他森林之神。"

回答者用的是自己的母语，这使宾虚听后很吃惊，马上问，

"你是希伯来人？"

对方谦虚地微微一笑："我就出生于耶路撒冷老市旁边不远处。"

宾虚正想继续攀谈一二，却被拥挤的人群推向前去，很快地被挤到了人群外面靠着树林的路边，那个家乡人的身影也消失在人海中，但他的形象——传统的长袍和手杖，棕褐色头巾和黄色的丝带，还有典型的朱迪亚人的五官相貌——却久久停留在宾虚的脑海中，挥之不去。

想着的时候，他被挤到一个岔道口：面前有一条小路通向树林的深处，这正是他逃出拥挤的人流的好机会，于是没有任何犹豫，他顺着这条小路走进了树林。

树林中满是茂密的灌木丛，显然是野生鸟类栖息的天堂。枝头花朵绽放，果实累累。树下的地上百花盛开，最显眼的是一朵朵淡黄色的茉莉花和盘绕蜿蜒的花藤，无一不是造物

主的杰作。丁香和玫瑰争艳,百合跟郁金香竞放,还有夹竹桃和杨梅树俏立,宾虚对所有这些身影无比熟悉,她们是当年他在朱迪亚山谷中的好友。空气中飘荡的香甜气息昼夜不断,随着花影下的溪流渐渐飘散,飘去那不知名的地方。

从灌木林中走出来后,他一边往前行走,一边听着左右两边鸟儿的啼叫。鸽子和雉鸠在树丫上发出咕咕的声音,画眉则停在他前面的地上,对他这个陌生的闯入者毫不畏惧。夜莺也是如此,任他从离自己一步之遥的地方走过。一只鹌鹑一边叫着一边从他脚边跳过,招呼着它后面的鸟群。就在宾虚停下脚步,等待鸟儿让出道路时,突然一个赤身裸体的人从金色花丛中爬了出来,这是宾虚万万没有料到的,他霎那间被惊呆了。这难道是传说中的森林之神么?这个"野人"抬起头看着宾虚,牙齿间咬着一柄修枝刀。宾虚在心里嘲笑自己的胆怯,看来这丛林不但美丽,而且充满了"惊喜",自己何必大惊小怪呢,这里确实是个无须恐惧的乐园啊!

他找到一棵溪边的佛手柑树,坐在树下虬结的树根上,蔓延的树根一直伸展到了溪流中。溪水旁边一个山雀的窠臼里面,一只小山雀探出脑袋来朝宾虚望着。"也许,这鸟儿正向我说些什么吧,"他心里想着。"它可能是在说,'我并不畏惧你,因为此地的快乐律法就是爱'。"

这片树林的美妙之处对宾虚而言简单而质朴。他此时心中的喜悦让他真想就这样忘记一切,成为一个达芙妮之林中的迷失者。每天远离尘嚣,守着这里美丽的自然,看着花草树木的生长绽放,也许,就像刚才那个看似野人一样的家伙,忘记世间的烦恼,也慢慢从世人的记忆中消失?

伴随着他这种想法,体内的犹太血液却开始加速流淌,在体内翻滚激荡起来。或许这种离世索居的生活对某些人已经足够了，他们愿意欣然满足于此，但他们是怎样的人啊？

爱是多么的令人愉悦啊！尤其对经历过重重不幸的自己不更是如此么。但是这抛离世事的原始之爱难道就是生活的全部吗？不是！因为他和满足于这里原始生活的人们不同，这些人没有责任可言，他们不需要对谁负责。但是他呢，"以色列之主啊！"他高声叫了出来，同时跳起来，满面羞愧的神色说道，"母亲，得撒！原谅我刚才这刹那的妄想吧！我怎能背对你们的悲惨命运，却在此地贪图快乐！"

喊罢，他迅速离开了树林，沿着溪流旁的石堤数着一道道的水闸向前摸索。不久他看到一座桥，登上桥头望去，这里原来隔不远就有一座风格各异的石桥。桥下的溪流缓缓流淌，每隔一段距离就会有石块密布的地方，在那里溪流突然变得湍急，随着地势变成了小瀑布一般继续向下游流去，就这样一直延伸到视野的尽头。石桥，溪流，瀑布，所有这些如同一个口齿不清的人在讲述着简单的故事，或是在吟唱着神的颂歌。

从这里望向远处，眼前出现了一幅美丽而恬静的画面。宽阔的山谷郁郁葱葱，高低错落的地形，散落着星星点点的房屋，穿插流淌的河流闪耀着粼粼波光。若逢大雨时节，这里的山谷或被洪流充溢，但眼下看去，一片绿油油的景象就像无边的绿色地毯，点缀着田地和花丛。更远处甚至看得到牧羊人安闲地放牧着羊群，群聚的羔羊从这里看上去就像是一簇簇的雪花，而牧羊人的呼喊声依稀可闻。在视野的另一个方向，山间耸立着一座座神殿，难以计数的虔诚信徒们穿着白色的长袍，排着长长的队列来往于其间，神殿中祭祀的香烟袅袅升空，消失在碧蓝的天空中。

他望着那些来往于神殿的人们，他们中有的在欢快地行走，有的则伫立在原地，沉醉于眼前的美景，有的在草地上，有的在山腰，有的漫步于树林之间看着行进的人群，有的看似已经放弃，不再努力追随人流，而是留驻在原地啊！多么壮观美丽的场面！在这背后又隐藏了有多少不为人知的秘密！四处的景象沉浸在一片祥和的氛围中，极具说服力地让人自然而然的相信，这里就是世间的乐土，和谐的所在。

突然之间如同一道启示之光在宾虚的脑海中闪现：达芙妮之林，实际上她就是一座神殿啊！这是一座广阔而没有壁障的神殿！无与伦比！伟大的建筑师们，没有盲目的痴迷于建造祭祀的神殿和敬神的柱廊，他们聪明的选择了大自然的力量，重塑了史诗中的乐土，艺术的最高境界不就是如此吗？如同卡利斯托和朱庇特聪明的子嗣建造了古老的阿卡狄亚，希腊人创造了达芙妮之林。

宾虚下了桥，向最近的山谷走去。他来到正在放牧的牧羊人附近，看到牧羊人原来是个女孩子，他看到对方向自己打了个招呼。离开了羊群，他继续向前走，来到一个祭坛前，这祭坛用黑色的片麻岩做底座，面上铺设的是大理石方砖。祭坛正中放置着一只点燃了的黄铜火盆。祭坛的边上站立着一个女子，看见宾虚走来，她摇动手中的柳枝，一边向他喊道，"留下吧！"她的脸上洋溢着青春的微笑。但这并没有使他停下脚步。不久，他又遇到一支行进中的队伍，队伍领头的是一群小女孩，她们什么衣服也没穿，只有腰间束着花环，一边走着一边高声歌唱。接下来走在后面的是一群小男孩，同样身上未着衣物，他们的皮肤被晒成了浅褐色，随着前面女孩子的歌声边走边舞。再往后面是一群妇女，她们手中都挽着篮子，篮里装着祭祀用的香料——她们穿着极为简单的袍衫，并不在乎会暴露自己的身体。在路过他身旁时，这些女人向他伸出手，一起说，"留下来吧，和我们一起。"其中一个希腊女子，吟唱着阿克那里翁的诗句：

"今日，我当且取且给；

今日，我当且饮且活；

今日，我或借或求；

因你我，谁知明天，是否还会悄然而至？"

奈何这些对此时的宾虚已经失去了魔力，他继续来到山谷中心最引人注意的茂密的树林处。从此处看过去，草地远处有亮光闪烁，似乎来自某座神像。他于是掉转方向沿着小路走进了树林。林中地上长满了清新的绿草，各种树木交错混杂地生长在一起，很多种类源自东方，还有不少是希腊本土的树种。树与树之间并不是太密，丝毫没有拥挤之感。棕榈树、无花果树、月桂树、常绿槠、香柏、桑树、笃耨香树等等，这么多种不同的树木生长在同一片土地上，不能不说是一种难得一见的奇景，教人不免猜度，天堂里的果树林也不过如此吧。

来到近前终于看清，那座神像原来是达芙妮本尊，精美异常，不过此时他却没有过多留意。只看到神像下面的底座上躺着一个男孩和一个女孩，两人相互躺在对方的臂弯里，身下铺着一张虎皮。两人身旁放着他们的工具——男孩的斧头和镰刀，女孩的篮子——里面装着一束褪色了的玫瑰花。

眼前这幅景象使宾虚呆立在当场，回想起刚才在密林深处自己的思考，达芙妮之林带来的是让人很容易沉醉其中难以自拔的祥和气氛，而且在这氛围中没有恐惧。但现在看着眼前的一对男女，他们竟可以在光天化日之下相拥而睡，且就在达芙妮神像的脚下，这让宾虚又有了更深一层的理解。这个地方确然充满了原始之爱，但是这种爱却没有加以任何律法。而这，就是所谓的达芙妮之和平！这实际上也是此地那些追随的侍者在世间生命的终点！而那些国王和王子竟然还为此地奉上钱财税赋！原来那些神职人员只是狡猾地利用了自然——那些鸟儿、河流、百合花朵，当然还有用无数人的劳动来建造的神坛，甚至包括普照世间的阳光！

现在看清了这里的和平背后的实质，宾虚甚至开始对这美丽的地方感到悲哀。那些生活不如意的人来到这里，追寻永远无争无忧的快乐和平静。这些人中没有钱财的，只能付出自己的劳动，而另外一些投入钱财的人则高高在上，享受成果。这种事实无形中把人划分了高低等级，而绝不像外面传言的那样这里只有美景和快乐。想必读者已经开始明白为什么这里的人不能诉说真情？因为他们屈服在自己所求和现实之间的落差，而选择了麻醉自己。实际上在那个年代，世上恐怕只有两个民族……他们会大声疾呼地告诉世人，宁可生活在没有爱的律法之下，也不要生活在没有律法的爱中。

有了这层理解，宾虚尽管没有完全摆脱这个谜一样的地方对自己的影响，嘴角仍然轻轻扬起说明了这点，但他已经能用更加冷静的目光思考眼前的一切。当然无法否认一点，那就是此行在一定程度上帮助他的内心恢复了平静，而不是被愤怒占据。正因如此，他加快了离开的脚步。

第七章

宾虚来到一片柏树林前,只见古木参天,棵棵笔直挺秀。他径直走到林中,当他来到一片树荫处时,突然听到不知何处飘来了明快的小号声,接着他看到去往神殿的途中遇见的那个老乡。这个人原本正躺在草地上的,看到宾虚走近,赶忙站了起来,高兴地跟他打了声招呼:"愿你得平安!"

"谢谢,"宾虚回答道,接着问道,"你这是要去哪里?"

"刚才的号声你有没有听到?那是竞技场里面传出来的,是比赛前集合选手的信号。我正准备去竞技场看看!"

"是吗,说实在的,我对达芙妮之林真没多大兴趣。倒是对竞技场挺好奇的,如果朋友你不介意的话,我可以跟你一道吗?"

"当然,那样太好了,我正好有个伴,听!我好像已经听到了战车(chariot)①的轰隆声。我想战车已经开始熟悉赛场了。"

宾虚听了片刻,然后握住对方的手臂,最后介绍自己说:"我是两执政官之一的艾瑞斯之子,请问高姓大名?"

"岂敢,我叫玛鹿,安提俄克的商人。"

"幸会,玛鹿,我对竞技场中的号声和战车比赛并不陌生,实话跟你说,我在罗马的竞技场中经常参加赛车比赛,而且小有名气,岂能错过这样的比赛。咱们赶紧过去吧。"玛鹿仔细打量了宾虚一番,说道:"我知道执政官艾瑞斯是个罗马人啊,怎么我看你一身犹太人的打扮。"

"忘了告诉你,我并非是他的亲生子,而是他收养的。"宾虚回答说。

"噢,原来如此,请原谅我的唐突。"

穿过一片树林,两个人一起来到一处开阔地,这里便是赛车竞技的场地,赛道用柔软的细沙铺就,并且看得出路面才刚刚松过,赛道跟罗马相比虽然不如,但也像模像样。赛道旁竖直立着一根根遮标枪,中间用绳子连起来把赛道围在其间。观众的席位上设好了一张张遮阳篷,篷下是一排排的长椅。宾虚两人在观众席里找了个位置坐了下来。

宾虚数了数,场内一共九辆战车,然后说:"我看好它们,""东面的那辆。我原以为这里的比赛顶多是两马车,真没

---

① chariot 源于希腊,该地区养马不易,用马的人基本上非富即贵。在荷马史诗里,按本事大小英豪们各自的 chariot 依次有 4 马、2 马和单马拉的(某些特大英雄的拉车马还有名字)。较之骑乘,驾车的技术难度很大。特别是 4 马的受力根本不合理,操控也很困难,极易翻车。chariot racing 是相当刺激的一项竞技体育运动,最初仅限于贵族子弟参加。

想到竟然都用的是驷马战车，看来这些赛车手很有野心啊，这下有看头了，咱们拭目以待吧。"

有八辆车已经各就各位到了出发点，有的缓缓走动着，其他的则在原地踢踏着，看得出所有赛车手都控制得很到位，接着第九辆车飞驰了过来。

宾虚看到第九辆赛车兴奋地喊道："我虽然曾在罗马的竞技场里阅马无数，但是玛鹿，我以祖先的名义发誓，我从没看到过这样的马儿！"

说话间，第九辆战车被四匹马拉着一闪而过。突然，观众席中有人发出一声尖叫。宾虚不禁转身观看，原来出声的是一位老者，这人从位置上站立起来，胸前浓密的白色胡须颤抖不止，双手高举紧握，眼睛烁烁放光，看得出来相当地激动。引得周围观众席上爆发出一片笑声。

"这些观众真不应该这样讪笑不是吗？对这位老者太过不尊重了，对了，你认不认识他是哪位？"

"据说是从摩押外面的沙漠来的，很有来头，有自己的驼队和马队，有人说，他的家族从第一位法老时就给皇室供马，很了不起——他是伊德荣酋长（Sheik Ilderim）。"

说话间，第九辆战车的驾驶者试图安抚狂躁的马匹，但是根本没有效果，这情景被酋长看在眼里使他越发的怒不可遏，高声叫道："你这个废物！瞧你把车给驾成什么样了！还有你们，还傻愣着干吗，还不快去把那厮给我拦下来？"他对自己手下的人号令说，"你们都聋了吗？！快点，去把我的马儿给我拦住！快！"

结果赛场上他的马儿反而越跑越快。

"天杀的罗马人！"酋长朝驾车人晃着攥紧的拳头。"是他向我保证能够驾驭我的马儿，我才放心交给他去驾车的，这个胡吹大气的混账,他还当我的面以他那些杂种拉丁神祇的名义赌咒发誓!别拦着我,不,你们别拦着我!他跟我说什么我的马儿会像雄鹰一样迅疾,像绵羊一样驯服——这个混蛋!他竟然用鞭子抽打我心爱的马儿,它们在我的眼里都是无价之宝!"——说罢他还切齿嘟囔着什么,已经听不清楚了。"天啊!鞭子落到马儿的头上了!你们谁过去跟我的马儿说,都是我的不对,就像你们小时候妈妈唱给你们的儿歌一样——莫信罗马人!"

这时有些比较聪明的手下忙站到这位暴怒的酋长前面,害怕他一气之下冲下赛场,去抢回他的马儿。宾虚在旁边看着这场闹剧,非常同情伊德荣的心情——他并不是简单地心疼自己的马儿,更不是担心比赛结果——而发自心底的对马儿的心爱之情,就如同自己的亲属一样,这远远超出了金钱所能衡量的范围。

这四匹马全是通体呈浅枣红色,浑身上下不见一根杂毛,而且马的身材比例也几乎一样,让人一眼看去很难相信竟然这世界上会有四匹马如此的浑然一体。再看它们的身上,小而尖的耳朵竖在头顶,显得精力十足。宽大的脸面,左右两边是两只硕大而有神的眼睛。鼻孔不时地扇动着,打开的瞬间可以看到里面通红的内膜颤动,就如同随时会喷射火焰一样。马儿的脖颈在空中划出优美的拱形,脖子上面披着茂密的鬃毛,直垂下来到前肩和前胸,脑门上飘逸的额毛跟马鬃浑然一体,就像姑娘头上披着的青纱一样。马儿的膝盖下面笔挺如柱,而膝盖上面的大腿则是浑圆虬结的肌肉,为身体的站立和奔跑提供强健而结实的支撑。这几匹马时而欢蹦跳跃,鬃尾乱炸;时而垂首闲步,蹄声如珠玉落盘。动静之间,好一幅形神兼备的"四骏图",难怪这位伊德荣酋长会如此看重这几匹马。

通过对这几匹马的近距离观察，宾虚看得出，这些马一定是从一出生就在酋长的精心照料下才长成现在这般伟岸英姿，同时也看得出来伊德荣对它们倾注过大量的心血，所以看待它们就如同看待自己的子女一般。现在他带着这些马跨过茫茫沙漠来到此地，想必是准备借助它们赢得竞技场中的战车比赛，挫一挫罗马人的威风。马儿们的脚力皆是上乘，唯独缺少一位同样上乘的驾车手，能够跟马儿灵犀相通，驾驭它们到赛场上一展英姿。这正是使酋长暴跳如雷的真正原因。

酋长的咒骂还没停歇下来，五六个人已经冲上去拉住了四匹马儿，不停地摩挲马的脊背，使马儿最终安静了下来。与此同时，赛道上又出现了一辆战车，这辆车与众不同的是，不论驾车手还是战车的装配，都是按照罗马大竞技场决赛时的标准。说到这里，我们不能不提一下古罗马竞技战车的构造。

想必读者们在脑海里对冷兵器时代经典的战车造型都有一些印象，古罗马的战车驾车者只有一人，脚下是战车的主体，手中握着马缰绳。战车的主体中间向前延伸出一条长长的车辕，车辕左右是拉车的马匹。当然，对当时的竞技比赛而言，有等级较低的参赛者驾乘两马拉的战车，也有一些贵族们有自己专用的四匹马战车，而在较正规或大型的赛事中，参赛者都是驾乘四马拉的战车——回到战车的介绍上，战车跟普通拉货马车类似，不过为了比赛时能获得更快的速度，参赛者对战车在各个细节方面会做一些调整和改进：车子的底盘较低，车轴更为粗壮，更加坚固耐用。车轮的主轴两端一般有锥形的防护。车辕的一头会固定金属的圆环，每一匹马嘴上的笼头上也有圆环，缰绳穿过这些圆环从靠车辕的一侧引出来，握在驾驶人的手中。同时，每一匹马肩上装着辔头，辔头下面在马的两侧同样设了圆环，缰绳穿过这些圆环跟车前横置的车轭上的圆环相连接——车轭紧靠在战车主体前侧，跟车辕垂直横放，马匹奔跑时通过缰绳拉动车轭传送动力牵引战车急速前进，而驾驶人通过拉扯马首的缰绳调整战车的平衡以及控制每匹马的用力。驾驶人通常把最外面的两匹马叫作边马，而里面紧靠车辕的两匹马叫作辕马。这种驷马战车竞速的比赛在当时非常流行，也非常危险，因为四匹马并辔而行，要求驾驶者必须具有控制每一匹马的复杂技巧，稍不留神就会出现车毁人亡的悲剧。

有了以上的介绍，相信读者们对后文将呈现的竞技情节就会有更清晰的理解了。让我们再回到刚才提到的那辆战车。与前面已经出现在赛场的八辆战车不同，这辆战车一出现，就引起了赛场的轰动，随着战车慢慢靠近赛道起跑位置，观众席上唿哨声和鼓掌声此起彼伏。就见这辆战车前的四匹马，两匹辕马浑身乌黑，而两匹边马则浑身雪白。另外，按照当时罗马人的习惯，四匹马已经都被仔细修整过，鬃毛被编成了辫子分别倒向马脖子两边，并且辫子上还系上了火炭红色和金黄色的丝带作为装饰，同时每匹马的尾毛也全都被剪短到一模一样的长度。

战车不慌不忙地来到出发点位置，这时从观众席上可以看得更清楚了。无怪乎会有这么多人欢呼，这辆战车的确奢华出众：锃亮的黄铜包覆着战车轻巧而结实的车身，车轮的辐条用乳白色的象牙作装饰，而且辐条向轴心方向呈凹面形，如同现在我们看到的车轮构造一样。车轮外缘用铜皮包裹，被磨得黑亮。车轴两端是两只铜制的虎头，车轴中间用镶金的柳条编织交错。

在这里看到如此出众的战车，让宾虚不禁对驾驶者非常感兴趣。他注目观看，但一时间还看不到对方的面孔。不过，驾车人的身姿和气势看起来却非常眼熟，勾起了他遥远的记忆——难道是他？

随着靠近出发点，拉车的马匹开始原地踢踏着蹄子。从观众的反应来看，驾车的人很可能是个高官或者什么王子，这并不出奇，就连古罗马的国王有不少也痴迷于这项竞技运动，譬如尼禄和康茂德(Nero and Commodus)①，它们就经常参加战车比赛，想尽办法要得到冠军的桂冠。宾虚忍不住站了起来，分开前面的观众，挤近赛道，急切地想要一看究竟。

终于，他看到了战车上的人，原来车上有两个人，一个驾车，另一个陪着。相陪的人当时被称为"弥耳提洛斯"(Myrtilus)②，通常是身份显贵并热衷于观看战车竞速比赛的人。宾虚从此处看到驾车人腰上缠着马缰绳——这人身穿一件浅红色褂子，长相英俊潇洒。他右手执鞭，左手高举向观众致意，看上去卓尔不凡，面对观众一浪高过一浪的欢呼声，他始终保持着雕像一样的表情。宾虚等看清了这人的容貌，当时呆若木鸡，他的记忆中阴暗的角落，虽然深藏多年却不曾淡忘，这个驾车人正是自己的仇敌——梅撒拉！

从这华丽的车马，从他标志性的表情和如鹰隼一样冷酷而锐利的眼神，宾虚看得出，历经多年之后眼前的梅撒拉丝毫没有改变，仍然是和当年一样——那个傲慢自信，野心勃勃，习惯于冷嘲热讽，敢于铤而走险并无所顾忌的梅撒拉。

---

① 尼禄和康茂德，都是古罗马的皇帝，并以残暴著名。
② 希腊神话，赫耳墨斯之子，擅长御马，他拥有战神阿瑞斯的战车(阿瑞斯送给弥耳提洛斯的礼物)和熟练的御马技术。

第八章

就在宾虚走下观众席的时候,一个阿拉伯人突然从最底的台阶上站了起来,高声地叫着:"各位朋友,不管是来自东方还是西方,请注意了!我代表我的主人伊德荣酋长,问候大家!我的主人有四匹神驹,这四匹马可以说每一匹都是少有的千里良驹,血统可以追溯到伟大的所罗门王时代。酋长现在要重金寻觅一位能够完美驾驭这四匹马的战车驾驶人,哪位有意的,只要能让酋长满意,他保证您下半生衣食无忧,这可是发财致富的大好机会啊!请各位听真了,如果您觉得有合适的人选,不管他是来自何方,请代为转告,伊德荣酋长的战车期待您来试驾!"

遮阳篷下顿时喧闹起来,这个消息不胫而走,想必日落之前就会传遍安提俄克城了吧。宾虚听得真切,一时间犹豫地把目光投向了这位传话者,还有那位酋长。跟他一起来的玛鹿看到宾虚的神情,以为他在考虑要不要接受抓住机会,但是宾虚却转过头对他说："好朋友，现在咱们到哪里去？"

玛鹿听完笑着回答："和其他第一次来达芙妮之林的人一样，听听你心里的声音，看命运是怎么告诉你的吧。"

"你说命运？我怎么听你说这话的时候觉得连你自己都不相信呢？算了，咱们去女神殿看看吧。"

"艾瑞斯的长子，不如到阿波罗神殿去吧，那里有一种很奇特的玩法，比皮提亚（Pythia）或者西比尔（Sibyl）[①]她们的预言有意思多了，你跟神殿里的人买一张空白的纸莎草纸，然后他们会让你把纸放到某个喷泉的水里面，浸湿以后，纸上就会显现出关于你命运的诗句。"

想不到宾虚听完这些后，脸上竟然出现了一副失望的表情，他落寞地说道："奈何某些人并不想要知道他未来的命运啊。"

"那么你是宁可去女神殿了？"

"那是希腊式的神殿对吗？"

"他们都这样说。"

"古希腊人在艺术方面的成就令世人瞩目；但是建筑方面的成就却很有限，他们建造起来的神殿都是大同小异，美感千篇一律。你所说的喷泉叫什么？"

"卡斯塔利亚泉。（Castalia）"[②]

"原来是卡斯塔利亚，这眼泉闻名遐迩啊，咱们就去那里吧。"

玛鹿留意到，宾虚原来的好心情好像突然不见了，一路

[①] 皮提亚、西比尔分别是古希腊德尔斐城阿波罗神殿的女主祭司和希腊女预言家。

[②] 希腊帕纳塞斯山上的神泉，被称为诗歌灵感的源泉，亦作Castaly。

上的行人、名胜古迹,他一眼都没有去注意。他就这么迈着缓慢的步伐,神情肃穆,若有所思。

事实上,刚才看到梅撒拉的一幕还一直萦绕在宾虚的脑海里。母亲和妹妹被罗马人押走,家产被抄,打上封条,这些痛苦的往事就像发生在前一秒钟一样。他还记得自己在船上为奴三年的时间里,梦中不断重复的场景,除了跟家人重聚之外就是向仇人复仇,所有这些悲惨的生活经历背后,梅撒拉都逃脱不了干系,即使格拉图斯也是黑手之一,就算他可以被原谅,但梅撒拉没有这个资格——永远没有!他曾经一遍又一遍地问,是谁一手给宾虚家带来厄运?是谁面对自己的苦苦哀求,不但不念往日情谊,反而横加迫害?他祈求上帝——只要他还能再遭遇梅撒拉——一定要帮助自己一雪前仇!而刚才仇人就在眼前!

或许,假如梅撒拉此时境遇凄惨,宾虚内心的仇恨会少一些,至少会跟现在不同。但是从刚才的一幕来看,此时的梅撒拉恰恰相反,如金子般光华闪耀的他更胜从前!这也是为什么玛鹿会觉得宾虚似乎若有所思、失魂落魄一样。

过了一会儿,两个人转过一个弯来到一条两旁栽种着橡树的林荫大道上,这条路上人来人往,成群结队。有走路的,也有骑马的,还有很多女奴。时不时地,会有参赛的战车轰隆而过。

这条大路的尽头是个缓坡儿,下得坡来之后,两人来到一块低地,右手边是陡峭的灰色山岩,左手边则是一片开阔的草地,他们在绿油油的草地里,一眼就看到了卡斯塔利亚神泉的所在。

顺着神泉的侧面,宾虚看到一股甘甜的泉水从一块巨石的顶部汩汩流出,落到底面上黑色大理石的水槽中,然后翻滚一下便流走了。

巨石的基座处向内镂空凹陷，呈现出一个柱廊似的所在，里面端坐着一位年长的祭司。只见这人皱纹堆垒，长须散满前胸，头上裹着头巾，完全一副隐士的打扮。从周围游客的反应来看，跟这眼恒久流淌的神泉比起来，真不知这位几乎跟巨石化为一体的隐士是否更具吸引力。这个祭司一动不动地坐着，有时会有游客伸手递给他几枚铜币，他便眨眨眼睛，接过铜币，然后交给对方一页纸莎草纸，但不论怎样，他从不张口说话。

接到纸莎草纸的人，迫不及待地把纸张放入神泉的水槽中浸湿，然后迎着阳光辨认着上面浮现出来的"神谕"之诗。卡斯塔利亚被称为诗人灵感的源泉绝非虚言，这里从来不缺少诗句。宾虚正要上前一试，突然草地上出现了几位来客，他们的出现立即引起了在场所有人的好奇，宾虚跟其他人一样，忍不住驻足观看。

最引人注目的是一匹高大雪白的骆驼，在前面一个骑马的人牵引下，缓缓走来。骆驼背上一张宽大的象桥①，猩红和金色的搭配显得尤其高贵不凡。骆驼的后面还跟着两位手握长矛的骑士护卫。

"好漂亮的骆驼！"有人惊叹道。"一定是来自遥远国度的王子吧。"另一个人回应说。

"说不定是个国王呐。"

"如果他乘坐的是头大象的话，才是国王吧。"

这时第三个人发表了截然不同的看法："我看他既不是国王，也不是什么王子，你们看到没啊，这是一匹白骆驼！前

---

① houdah，象背上设置有篷盖的座席，这里指驼背上的坐席。

面两个人,她们是女的!"

正在众人叽叽喳喳争论不休之际,骆驼来到了神泉旁。

靠近了看这匹骆驼,它更显得高大尊贵并极具异域特色。泉水旁的游客虽多,却没有一个见过这么漂亮的白骆驼,很多人的目光被吸引了过来:这匹骆驼一双黑色的眼睛又大又亮,全身的毛色雪白,动起来脚步轻盈,行走无声,停下来则体形硕大,气势逼人。再往骆驼的身上看,背上铺着的是真丝布料,镶以金边和金丝流苏。骆驼脖子下面的银铃叮当作响,它的每个动作显得如此安闲自在,如同毫不在意背上的重负一样,这更让游客们赞叹它的无与伦比!

那么像桥上的一男一女是什么人呢?所有人转而打量起二人,目光中充满了疑问。

如果当真像刚才有人猜测的那样,那名男子是王子或者国王的身份,那么人群里面的贤者或许会感叹于这个时代的公正吧。因为大家注意到,这男子头顶巨大的头巾下面是一张瘦削干瘪的脸,加之面色灰白了无生机,让人仅凭面容难以猜度他属于哪个民族,是何来历。他这幅长相叫人不由得感觉生命对每个人皆是平等的,不管你是出身贵胄还是平民,是显赫还是平凡。除了这一身华贵长袍之外,游客们对这男子便再没有别的什么好奇之心了。

而那名女子在驼背上端坐着,身着蕾丝花边的纱衣,质地细腻,风姿雅致。她如藕似的小臂上戴着几只精美的臂环,臂环交错盘绕成蛟蛇的造型,与手镯之间用金丝拉制的绳索链接起来。纤纤玉手似吹弹可破,一直扶着座位的边沿,伸长的五指宛若嫩葱,手指上的戒指反射着耀眼的光芒,指尖涂着珍珠母的淡粉色,更显得优雅绝伦。她头上戴了一方网巾,上面点缀着珊瑚珠粒,还有闪烁着七彩光芒的亮片挂在前面，一些横过额头，还有一些埋进脑后垂下来的头发中，她的头发几乎是深蓝色的，青丝如绢，美不可言，即便没有头上的饰物点缀，似这等雾鬓云鬟也一样叫人赞叹。她高高地坐在白骆驼背上向下看着路边的众人，眼光沉静而快乐，似乎对所有人都好奇一样，却不知自己此时已成了所有人关注的中心。尤其让大家惊异的是她并没有以头巾遮蔽相貌，尽管可能对她而言这并不是她的民族应有的传统，但在此地，这样的女子绝对罕有。

女子生的一张鸭蛋形的俏脸，第一眼看上去就给人一种扑面而来的青春气息，肤色并不像希腊女子那样白，亦没有罗马女子那么深，更不像高卢人一样黄。如果一定要形容一番，只能说她的脸庞叫人想起尼罗河上游夏日清晨的阳光，那种几乎透明的凝脂般感觉却是如此自然地呈现出来，一对娥眉的深红色尾梢儿，好像深夜透窗而出的灯光。下面本就很大的一双秀目，因为淡施眼影而更显得如同两潭秋水般柔波荡漾。朱唇轻启，皓齿微露，她的一举一动无不让人感觉高贵而典雅，该用怎样的溢美之词去赞美呢，或许只能说她如同女王一样美丽吧。

观察了一阵之后，这位美丽的女子转而对骆驼前面的侍从说了些什么，于是侍从一边让骆驼前腿跪地，一边从女子手中接过一只杯子，并用神泉中的水将它盛满。正在大家沉浸在这位异国女子的美妙画面中的时候，突然一阵隆隆的车轮声和马蹄声打破了这片寂静，并且随着一声尖叫，周围的游客开始四散奔逃。

"小心！那个罗马人的战车朝我们开过来了！"玛鹿提醒宾虚，同时拔腿就逃。

宾虚所在的位置正对着战车开过来的方向，他眼看着梅撒拉催动四匹马径直向这里驶了过来。这次碰面跟刚才不同，两人是面对面的遭遇。此时众人的逃散正好把骆驼给闪了出来，而这匹优雅的动物此时正半跪在地上，闭上了双眼舒服的咀嚼着什么，根本没有觉察到危险在靠近自己。而因为事发紧急，骆驼旁边的埃塞俄比亚人侍从被吓得呆呆地站着，双手因为紧张紧紧地攥着。骆驼背上那位老者倒是作势要逃，但是显然年纪太大，腿脚非常缓慢，加之可能素日里地位的束缚让他更不可能跟普通人一样仓皇逃窜。这样下来，只有宾虚在骆驼旁边最近的地方，于是他冲着梅撒拉大声叫道：

"注意点！难道你看不到前面有人吗！退后，退后！"

说罢，宾虚趁势伸手抓住了两匹轭马的缰绳。然后高声喝道："罗马人的走狗！难道你一点都不关心别人的性命吗？！"同时他用尽全身的力气推搡两匹轭马，两匹马见势前蹄离地，哝哝直叫，这一闹把另外两匹马也带停了下来，同时扯动战车的车辕，战车几乎倾覆。梅撒拉还好，可怜的是跟他一同乘车的那位，整个人被甩到了地上。待闹剧终于停歇下来时，周围心有余悸的游客们围在一旁开始指指点点，当中有一些甚至对梅撒拉发出嘲讽的冷笑。

梅撒拉本人倒是满不在乎，傲慢地他向来对别人的态度不予关心。只见他松开腰间缠绕的缰绳，然后丢到一旁，走下了战车。接着他来到骆驼旁，走动中打量了一眼宾虚，然后对骑在骆驼背上的一男一女说道："我真心地祈求两位的原谅——我叫梅撒拉，刚才我真的不是有意撞向两位或者两位的骆驼，事实上我刚才并没想到你们会出现在这里。也许我对自己的驾车技巧太过自信了，本来我想开个玩笑，不料却成了别人的笑料。"

围观的群众安静地听着梅撒拉想要说些什么，这让梅撒拉更加大胆起来。他让刚才掉下车来的同伴把战车驾离此地，然后竟然向那位美丽的女子自我介绍了起来。

"美丽的姑娘，你似乎对这位老者很关切，我对刚才自己的鲁莽感到万分抱歉，如果你现在不能原谅我的话，我也要想办法得到这位老者，也就是你父亲的原谅。"

女人并没有答言。"以帕拉斯的名义，你真是个世间少有的美女！但愿阿波罗不要把你误认为是他的恋人。我很好奇是何方土地竟能孕育出这样的美人。请不要转脸走开。都是我不对！我的天，这双眼睛好像可以投射出印度的阳光，还有这含情脉脉的嘴角！请不要转向那个奴隶，美丽的姑娘！至少，请你先答应你已原谅了我的冒失。"

这时女子突然打断了梅撒拉，她微笑着对宾虚优雅地行了一礼，同时说："请您过来一下好吗？请您帮忙盛些水到这个杯子中，我父亲口渴得厉害。"

"我很乐意效劳！"宾虚伸手接过水杯，转身盛水的时候，和梅撒拉的目光碰在了一起，宾虚的眼光里充满了藐视。罗马人的眼光里则仍是充满了嘲讽的傲慢。

"美丽的陌生人！"梅撒拉说道，同时把手伸向女子。"如果阿波罗没有带走你的话，我相信我们会有重逢的一天！既然我不知道你来自哪个国家，所幸我就祈祷众神吧，期望有一天把你再次带来我的身边！"

看到朋友已经把战车收拾妥当了，梅撒拉重新登上了战车。女子目送梅撒拉离开，眼睛里却不曾流露出不悦之色。她接过宾虚打来的泉水，先给父亲饮用，之后自己抿了一口，然后弯腰把杯子递给了宾虚。"为了表达谢意，这个杯子就送给您吧，并且我们会为您祈福！"

姑娘说完后，骆驼站起了身子，看样子准备启程了。这时那位一直默不作声的老者突然说道："年轻人，请留步。"

宾虚充满敬意地朝说话的老者走近了几步。

"今天多亏你的帮忙了。以唯一的神的名义，我感谢你。我的名字叫巴尔退则，我是埃及人。在这里，我是说在达芙妮之林附近不远，有一片棕榈树林，那里是伊德荣酋长临时栖身的地方，而我们是他的客人。请晚些时候到那里一趟，我们还要另行致谢。"

宾虚站在当场，耳畔似乎还停留着老者像传教者一样庄严而清楚的声音。同时，他盯着梅撒拉离开的方向，他注意到自己的仇人扬长而去时那副无所顾忌的兴奋神情。

第九章

经过刚才发生的事情之后,玛鹿对宾虚的印象改善了很多,尤其是宾虚的勇气和言辞让玛鹿刮目相看。现在他算是对这位年轻人的来历稍微有了些了解,这足以让他觉得不虚此行,毕竟他回去后可以对主人萨耐德有所交代了。从他的所闻所见来看,关于这位叫宾虚的年轻人,有两点是可以肯定的——首先他是一个犹太人,并且被一位声名显赫的罗马人所收养。除了这些确定的情况,玛鹿还注意到宾虚和那位叫作梅撒拉的罗马人之间似乎存在着某种羁绊。至于究竟是什么?何以证实?却依旧是个难题。带着这个疑问,玛鹿正在苦思冥想,没料到宾虚主动走了过来,伸手抓住他的胳臂把他拉出了重新开始围观神泉和祭司的人群。

"善良的玛鹿,"把他拉到旁边停下,宾虚问道,"你说一个人是否能忘记自己的母亲?"

这个突如其来的问题问得玛鹿像丈二和尚,完全没有头绪。他注意地看着宾虚的脸,想要从他脸上找到这么问的缘由,但是他只看到对方脸颊通红,眼睛里似乎还留有泪痕。除此之外他难以找到任何线索。于是他机械地回答道:"不!"然后又看似冲动地补充道,"怎么可能!"停顿了片刻,他让自己平静了一下,接着说道:"如果是以色列人的话,绝不可能忘记自己的母亲!"看宾虚没有接话,他又想了想,"我在教堂里学到的第一堂课是施玛书(Shema)①;而第二堂课就是西拉(Sirach)②之子的谚语,里面有句话叫作'用你的灵魂给父亲带去尊荣,同时永远勿忘母亲的忧思'。"

听完玛鹿的话,宾虚的脸色变得更红了,看得出刚才玛鹿的话似乎勾起了他内心深处的往事。他松开了抓着玛鹿胳臂的手,紧紧地捂在胸前,仿佛要压制心里想要翻涌而出的痛苦一样,开始对玛鹿缓缓道来。

"我的父亲,是个出身名门的好人,在耶路撒冷享有盛名,但是却英年早逝,我的母亲当时正值大好年华却不得不独自支撑起偌大的家庭。善良和美丽已经不足以赞美她的操守和美德。她从不与人交恶,所说的话都是出自仁慈的律法,她所做的事也受到家乡人的称赞,她豁达而乐观,总是用微笑迎接明天。我还有一个小妹妹,我们一家三口在一起度日也不失快乐,至少我们俩在母亲的照料下从未受过什么伤害,就像年长的拉比所说的,'上帝无法在每个人需要他的时候出现,所以他造就了母亲'。但是后来有一天,当一位位高权重的罗马长官路过我们家屋檐下的时候发生了一起意外,于是罗马军团冲进了我的家宅,把我们一家三口全都抓捕了起来。

---

① 犹太教申述笃信上帝的祷词。
② 《圣经》次经中的章节。

从那一天起,我就再也没有见过母亲和妹妹,也不知她们俩现在命运如何,是死是活。但是玛鹿,刚才驾驶战车的那个罗马人,在我们家发生不幸的时候就在现场,而且就是他把罗马士兵带到我们的家中,当时他不顾我母亲的哀求,笑着看我的母亲和妹妹被罗马人抓走。我的心里既有对母亲和妹妹的爱和思念,又有对这个人的切齿痛恨,这么多年过去,我已经分不清楚爱和恨哪一样来得更强烈。今天没想到会在遥远的异乡跟他相逢——我说玛鹿——"

他又一次紧紧地抓住玛鹿的胳臂,"他可能是唯一知道我母亲和妹妹下落或是生死消息的人。这是我的生命得以继续的最重要目的啊,至少他可以告诉我是否她——不,应该是她们——太多的痛苦,她们母女两人早在我的心里变成了一人——是不是还活在世上,如果已经不在,那么她们又是死在哪里?怎么去世的,就算是尸体我也想要再看她们一眼啊。"

"他不能告诉你吗?"

"不,他不会的。"

"为什么呢?"

"因为我是犹太人,而他,是罗马人。"

"但是罗马人一样可以说话啊,尽管现在这世道,犹太人被罗马人瞧不起,起码有的是办法诱他说出真相。"

"他吗?不,这对他来说是没有用的。而且对这个阴暗的秘密他一定会守口如瓶的。另外,我父亲的所有财产都已经被罗马人分割和充公。"

玛鹿缓缓点了点头,似乎很认同,然后问道:"怎么他好像不认识你呢?"

"他当然认不出来。他把我送到海上为奴,早就以为我已经葬身大海了。"

"我很好奇,为什么刚才你能忍得住不跟他拼命的。"玛鹿忍不住感叹道。

"如果我刚才没能忍下来的话,我怕会杀死他,可是如果他死了,他所知道的秘密再也没有人能揭示,我想知道的事也会永远石沉大海。"

玛鹿没想到对面这个年轻人身负这样的深仇大恨,竟然还能在面对仇人时保持冷静的头脑。这说明他要么对自己非常自信,要么早有自己的筹谋。而这种认识让玛鹿对宾虚又有了新的看法,他对这个充满谜团的人更感兴趣了。如果说一开始他是作为萨耐德的间谍在执行任务的话,从现在开始这个任务的性质已经发生了改变,出于对宾虚的欣赏和敬慕,他决定从此刻起真心实意地扶助这个年轻人。

宾虚接着说:"我现在不会取他性命,不光是因为我需要了解母亲和妹妹的下落,同时他的左右总有罗马卫兵保护,那么做是难免冒失。但是我早晚会让他受到应有的惩罚,在此之前希望你能帮助我。"

"他是个罗马人,"玛鹿毫不迟疑地回答,"我和你一样,都是犹大的后人。帮助你是我义不容辞的事情,如果你决定去做,我愿起誓助你。"

宾虚握住玛鹿的手,然后两手分开,两人就这样用简单的方式达成了共识。宾虚这时的心情显得轻松了不少,对玛鹿说:"好朋友,我虽然需要你的帮助,但是你尽可放心,我不会让你摊上什么麻烦更不会让你做违背良心之事。现在咱们继续走吧。"

两人沿着来路穿过绿油油的草地往回走着,宾虚问道:"你知不知道伊德荣酋长?""当然知道。"玛鹿对此有所了解。

"那么这位酋长的棕榈园在哪里，你知道吗？离此地多远？"

玛鹿听了宾虚的问题，先是感到一丝疑虑。他回想起适才那位美女在场的时候曾对宾虚示好相邀，这个年轻人该不会贪恋美色一转眼就把深仇大恨抛到了九霄云外吧？他这么想着，回答道："离这里不算远，离开这里骑马的话两个小时的路程，骑骆驼只要一个小时。"

"谢谢你，另外之前你所说的竞技场比赛活动是什么时候举行？有没有消息会在哪里举办？"

玛鹿正在疑虑的时候，被宾虚的问题把注意力马上转移到了自己也很感兴趣的比赛上，他回答道："消息已经传扬开了，据说会相当隆重。这里的行政长官非常富有，即便他不走仕途，一样是富甲一方。当然，在他的位置想要继续高升财富自然是越多越好。为此他迫切希望能在罗马的内阁有一个自己的靠山，现在恰逢执政官马克森提乌斯要来安提俄克，为扫平帕提亚人的叛乱做开战的准备，要知道这可是升迁的大好时机，他岂能放过。在此期间举办盛大的竞技比赛作为庆典活动，是人人都喜闻乐见的，何况是以长官的名义召开的，规模空前，据说甚至会从各个海岸城市、岛屿，还有东方征集参赛者，而且参赛的费用全部由政府支付，想必一定会是精彩纷呈吧。另外，比赛的场地——竞技场的规模也非常宏大，仅次于马西姆斯竞技场。"

"你说罗马的马西姆斯竞技场吧，那里可以容纳二十万人，这里的竞技场则能容纳七万五千人，我看两者都是大理石建造的，而且建筑的设计如出一辙。那么竞技的规则呢，是否也是一样？"

玛鹿微笑道："当然，大同小异，不过有一点是打破了马西姆斯竞技比赛规则的，在马西姆斯竞技场竞速的战车只允许四辆参赛的战车同时进行比赛，但在安提俄克，战车的数目没有限制。"

"这岂不是跟希腊人的比赛规则一样了？"

"没错，安提俄克确实更加的希腊化。"

"那么如果我参赛的话，是不是可以选择自己的战车和马？"

"是的，这个方面同样没有限制。"玛鹿一边回答宾虚的问话，一边注意到他的脸上先是好像在思索什么一样，而后又好像得到了想要的回答似的，浮现出一丝满意的神情。

"还有一个问题，比赛在何时举办？"

"噢，对了，别忙，让我算算，"玛鹿一边回答一边大声地算计着日子。"明天——后天，嗯，按照罗马人的说法，如果海神保佑的话，一切顺利，马克森提乌斯如期抵达这里，那么会在六天后举行。"

"时间很短，但是应该足够了。"最后这句话宾虚说得坚决而果断。"以以色列诸位先知的名义！看来是时候重新踏上战车了。慢着，是不是梅撒拉一定会参加这次比赛？"

问到这里，玛鹿算是明白了宾虚的用意和计划，原来他想要借这次比赛的机会，羞辱那个罗马人一番。尽管弄明白了这点，玛鹿并没有兴奋过头而忘记对比赛结果进行理智的预期。他声音有点颤抖地问："你有练习过吗？把握如何？"

"不要担心，好朋友。过去的三年里，我在马西姆斯竞技场未尝有过败绩！不信你可以去找了解的人证实一下。不仅如此，罗马皇帝还亲自授予过我荣耀，允许我可以在世界任何地方自由使用他的御马。"

"那么你是否乘过他的御马？"玛鹿好奇地问。

"我是个犹太人，我不曾忘记这一点。尽管我现在跟了艾瑞斯的姓，我仍然怀着本民族的信仰，我当然不能那么做，那会玷污了我父亲的名声。如果我到场馆中去练习的话，大家会以为我是为了赢取奖赏参加的比赛，但是我发誓我绝无此意。"

"慢着——你可不要太早这样说！"玛鹿叫道。"你可能不知道吧，最终的胜出者奖金有一万罗马铜币——这笔钱够花一辈子的！"

"也许吧，但是对我而言没有任何意义，哪怕是再翻上五十倍又怎样，哪怕把罗马自恺撒的时代算起每年的税收都给我，那又怎样——我所寻求的只是这个复仇的机会，因为复仇是被摩西的律法所允许的，仅此而已。"

玛鹿微微一笑，点点头，好像是在说："是啊，作为一个犹太人，才最能理解犹太人。"

"梅撒拉一定会驾驶战车，"玛鹿直接说。"他已经通过各种方式宣布自己参赛的消息——街上、浴室、剧院、宫殿甚至兵营里都知道了，他的名字传遍了安提俄克，我想他不太可能退出比赛的。"

"我想打赌下注的也已经投注了吧？"

"没错，而且他每一天他都会堂而皇之地到赛场练习，就像刚才你看到的那样。"

"我明白了，所以刚才我看到的战车和赛马就是他的参赛装备了？谢谢你，玛鹿！你的消息对我而言很重要，我非常满意。现在麻烦你帮我引路去棕榈园，然后把我引见给伊德荣酋长好吗。"

"你打算什么时候去？"

"就今天，他的赛马必须明天就开始训练才行。"

"你也觉得他的马不错？"宾虚表示认同，回答玛鹿说：

"我刚才只是在观众席上看到了一瞬间,接着梅撒拉就出现了。不过就从那一瞬间来看,我已经感觉到那四匹马都不会错,全是上等好马。我除了在罗马皇帝御用马厩里面见过此等良驹以外,还从来没有遇见过,这种马的血统是沙漠中的奇迹和荣耀,一旦见过再难忘记。明天我们跟酋长会面的时候,我会通过你还有他的言行举止更多地了解你们,因为不光酋长,就连你我也知之甚少。如果咱们都能坦诚相见,那么我一定会驾驭那四匹良驹,并且——"

"并赢得比赛的奖金!"玛鹿笑着说。

"不,"宾虚马上接话道。"你知道那不是我的目的,我会按照先祖雅各的教导——我会在赛场上击败他,在大庭广众之下羞辱他。但是,"说到这里,宾虚开始有点焦急了,"我们没时间了,咱们得尽可能快些找到酋长。"

玛鹿思考了片刻,说道:"咱们先回到城里,找两匹骆驼上路,那样的话咱们只要一个小时差不多就能到棕榈园了。"

"那还等什么,走吧。"

不一会儿,两人就回到了城里,城中有很多豪华的客栈,客栈旁都有不少单峰驼供人租用,于是租取了骆驼,两人踏上了前往棕榈园的路途。

第十章

来到城外，只见乡村里人们耕种的田地一望无边，像波浪一样铺开去。事实上这里就像是安提俄克的后花园，所有这里的乡民都非常勤劳，就连山脊上也开垦了梯田，路边的树篱上都爬满了葡萄藤。从路上望过去，繁密的葡萄藤上挂满了一串串成熟的紫色葡萄，想必这里一定有不错的酿酒师吧。另外在瓜田的尽头，透过杏树和无花果树以及橘子树和酸橙树，遥遥望去，能看到掩映之下的一幢幢白粉墙的民居。眼前一片祥和的乡村景象，平日里多么让人心旷神怡，唯一遗憾的是需要给罗马人缴纳重税。像这般气象在陶洛斯和黎巴嫩附近有时也能看到，银色的奥伦提斯河蜿蜒于两者之间。

两个人沿着曲折的乡间小路，穿过两侧的绝壁，来到一条河流旁的溪谷中。谷中郁郁葱葱长满了各式树木，河面波光闪闪，来往的船只穿梭不断，尤其是看着桅杆上的白帆迎风招展叫人着迷。就这样两个人一边欣赏着沿途风景，一边来到了一个湖旁，湖水由河流的一条回流的支流汇聚起来，干净而深邃，湖面平静好似镜面一样。这时一棵老棕榈树立在路口处。从树下左转之后，玛鹿拍起手来，叫道："你看，瞧啊！棕榈园到了！"

眼前的景象就像是来到了阿拉伯沙漠或者是尼罗河沿岸的托勒密国度，走进了那里的绿洲一样。宾虚被引进一片广阔的庄园中，脚下所到之处全是绿油油的草地，向上看去椰枣树上结满了果实，这些茂密而古老的果树生长在这片奇异的土地上，每棵都如此粗壮高大，让人忍不住称奇。草地、树木、湖水，这些加起来才有了这个完美的庄园，宾虚甚至觉得这里跟达芙妮之林相比也不遑多让。

脚下的路跟湖边平行，沿着路往前走两人发现只要靠近湖边的地方都会种植上很多的棕榈树，而且只是这一种树，没有任何其他树木。

"你瞧，"玛鹿指着一棵树说，"这种树每长大一岁，就会长多一圈年轮，从树根处向上数到枝丫部位，就知道这棵树的年龄。另外，如果等下酋长跟你说这些树比塞琉古在安提俄克待的时间还要长的话，你千万别质疑他。"

宾虚看着眼前这棵棕榈树，它伟岸而古老，总能引发观赏者的感慨和诗意，正因如此，自古以来犹太民族才对这种树倍加爱戴。宾虚一边想着，一边说道："在我那天第一次看到伊德荣酋长的时候，他给我的感觉非常普通，像他这样的人在耶路撒冷会被拉比们当作是以东（Edom）[①]之犬的后代而瞧不起的，他怎会拥有这样庞大的家业？他又怎敢对抗罗马政府？"

---

① 以东是雅各之兄，以扫的别名。

"如果说人们的智慧和美德是从时间中沉淀而来，宾虚，那么伊德荣酋长同样是一个出类拔萃的人，尽管他的身份是非犹太的以东人。"玛鹿亲切地解释道，"他的先祖世代都是酋长的身份。其中一位祖先因为偶然的机会，把一位正在被人追杀的国王给救了。据说当时他还把自己手下一千名骑兵借给了那个国王，这些骑兵利用他们对当地地形的熟悉，带着国王跟敌人周旋了很久，终于抓到一次战机打败了敌军，并帮助国王重登王位。国王感激伊德荣祖先给他的协助，为了表达谢意，他把棕榈园这里的土地、树木、河流、湖泊都赏给了伊德荣家族，并且永远给他们家族所有。就这样一直持续至今。后来的统治者们发现跟伊德荣家族搞好关系是非常重要的，于是他们不断赏赐牛羊驼马甚至直接赏赐钱财和人口给伊德荣家族，到现在伊德荣酋长成了许多商业通道的话事人，大城市之间的贸易，如果他说不，你的生意就做不成，相反的话你就得到很多方便。就连现任的统治长官也不例外，如果发现有人应该赏赐，往往会以伊德荣的家族姓氏赐名给他和他的整个家庭，之后连同牲口一起送去给伊德荣酋长，就像我们的祖先亚伯拉罕和雅各一样，来到这片绿洲，和现在的你我一样高兴。"

"原来如此，"宾虚漫不经心地听着，此时胯下的骆驼已经放慢了脚步。"我刚才在竞技场看到酋长一边扯着自己的胡子一边大声咒骂罗马人，说自己不应该信任罗马人。恺撒听了这样的话恐怕会很不高兴的吧。"

"你说的没错，"玛鹿微笑着回答道。"伊德荣酋长不喜欢罗马人，而且对罗马人非常不满。三年前当帕提亚人的军队通过自波次拉到大马士革的大道时，他们进攻了载满税金的大篷车，所有押运车辆的人无一幸免。然而罗马的监查官并没有想办法去追回税金，相反决定由纳税的农民承担税金的损失。于是闹得当地民怨甚大，怨言传到了恺撒耳朵里，恺撒则要求希律王弥补损失。希律王接到指示后，竟然以对叛乱行动的疏忽大意为名，查封了伊德荣酋长的资产。酋长自然不服，到恺撒那里申诉，结果再次碰壁。那次事件让伊德荣酋长非常心痛，从那以后他就对罗马人彻底失望，并抱着这种不满经常诅咒罗马人。"

"但是他不能对罗马人做些什么，不是吗？"

"这个嘛，"玛鹿说，"需要另做解释了，等下到了我再跟你细讲。你看！——好客的酋长已经开始他的欢迎礼了——那群孩子们在跟你说话。"

骆驼停下脚步，宾虚看到一群叙利亚农民装扮的女孩子围拢过来，纷纷从手臂上挎着的篮子中取出枣子给宾虚。看到如此新鲜的水果和这么友好的场面，宾虚却之不恭，于是接过一个来。这时旁边树下站着的一个男子对他们高声说，"祝你们平安，欢迎你们到来！"

他们向面前的孩子们道了谢，看着孩子们蹦蹦跳跳地走开。这时玛鹿开口说："有些事我不得不说，是我的主人萨耐德，教我成为一个自信的人，有时他甚至会夸奖我，说有一天要提拔我做理事。在为他工作的这些年里，我也认识了许多他的朋友，这些人知道我跟萨耐德的关系，所以很多事情并不避讳我。所以我才会对伊德荣酋长这么的熟悉。"

宾虚听着玛鹿的话一开始没有反应过来，但当他听到萨耐德的名字，眼前开始浮现出萨耐德的女儿埃丝特那美丽而端庄的面庞，和她乌黑闪亮的大眼睛，充满了犹太人的谦逊和温柔。他还记得当时埃丝特倒酒给自己的场景，她对自己的同情溢于言表，就好像经历过自己的痛苦一样。这种温暖的回忆随着他转身面对玛鹿，全都消散不见了。

"几个星期之前，"玛鹿继续解释说，"一位阿拉伯老者来拜访萨耐德，他情绪很激动，看到我在场，似乎欲言又止的样子。我正要离开，他对我说'既然你也是以色列人的子孙，那么就不妨事了，我有一个奇怪的故事要讲给你们听'。他对以色列人这个身份的强调，引起了我的好奇之心，接着他讲述了起来。我现在把他当初所讲的简略地转述给你，为了节省时间，同时因为咱们马上就到酋长的住处了，我会省略一些内容，这部分后面你如果遇到那个阿拉伯长者，让他告诉你好了。许多年之前，有三个异邦人拜访了伊德荣的住处，他们分别是来自印度、埃及和希腊。每个人骑乘一匹巨大的白骆驼。酋长当时热诚款待了他们，留他们住下。第二天他们起来开始向神灵祷告，但他们的祈祷与众不同，他们的祷词提到上帝和圣子——暂且不说他们祷词的奇特，过了不久其中的埃及人道出了他们三人的身份以及他们从何处而来。他说他们三个都是受到主的星星的感召前往耶路撒冷朝见圣子的。他们听从了上帝的话，并且在伯利恒找到了新生的基督，于是他们在那里膜拜了他并留下了礼物。接着他们三人就来到酋长这里，因为他们恐怕希律王可能会心怀歹意对他们三人不利，所以仓促之间来见酋长，并得到了酋长的庇护，就这样他们在棕榈园这里避难一年，最后三人留下了一些值钱的礼物就各奔东西了。"

"这的确是个迷人的故事，"宾虚惊讶道。"你说他们三人到耶路撒冷跟人打听什么来着？"

"他们受到上帝的谕示，到耶路撒冷打听'犹太人新生的王在哪里？'"

"就这么简单？""不，还有其他内容，但是我已经记不起来了。"

"于是他们找到了那个婴孩?"

"是的,然后他们膜拜了他。"

"这真是一个奇迹,玛鹿。"

"伊德荣是一个严肃的人,尽管也跟其他阿拉伯人一样脾气比较暴躁,但他所说的话是可信的。"

玛鹿非常肯定地说。说着说着他们忘记了胯下的骆驼,结果不经意之间,骆驼在一个路口拐了弯,走到了草地上。

"那么后来伊德荣还有没有听到那三个人的消息?"宾虚问道。"他们几个后来怎样了?"

"嗯,就是我刚才所说的几个星期前有个阿拉伯人拜访萨耐德的,那人就是三个人中的埃及人,在那天前夜,他拜访了伊德荣。"

"在哪里?"

"就在酋长的住处,也就是我们正前往的地方。"

"他们经历这么多年之后还能认识吗?"

"当然,就像你看一眼就会认出良马的来历一样。那个埃及人仍然骑着那匹高大的白骆驼,他的名字叫巴尔退则。"

"这绝对是上帝的神迹!"宾虚兴奋地感叹道。

玛鹿好奇地问道,"为什么这么说?"

"你刚才说巴尔退则?"

"没错啊,那个埃及人的名字。"

"今天咱们在神泉那里遇到的那个老者告诉我他的名字就叫巴尔退则啊。"

玛鹿听宾虚这么一说,也兴奋起来。

"是啊,我怎么没想到,而且他同样骑着一匹白骆驼——你还救了他的命!"

"还有那个女人，"宾虚喃喃说道——"巴尔退则的女儿。"

他开始思考起来，可能连读者都会以为他的脑子里一定在想着那个女人的面孔，甚至会胜过对埃丝特的记忆。但是并非如此——"我想再问一遍，"他想了一会儿，然后问道，"他们三人在耶路撒冷问的问题是'犹太人的新王在哪里？'对吗？"

"不完全对，原话应该是'犹太人新生的王在哪里'，强调的是生而为犹太之王的人。酋长从那时起就一直在等待这位犹太之王到来，他的信仰非常虔诚。"

"会是怎样的一个王？"

"说是他将会带来罗马的覆灭——这是酋长说的。"

宾虚沉默了一会儿，试图控制自己的感情。

"那个酋长只是无数人中的一个，无数心怀不满甚至是心怀深仇大恨的人中的一个，他之所以坚定地抱着这个信仰，是因为这个信仰能给他带来希望。希律王死后，谁能成为犹太世界的新王，同时得到罗马政府的承认？他和无数人一样翘首以待。那么玛鹿，萨耐德有没有跟埃及人说过什么呢？"

"如果说伊德荣是个严肃的人，那么萨耐德则是非常聪明，"玛鹿回答，"我当时听他说——你听，有人从后面追上来。"

声音越来越大，不久他们看到伊德荣酋长和他的驷马战车还有一些侍从人等赶了上来，酋长长长的雪白胡须飘满前心，看到多日未见的好友到来，老远就大声地打起了招呼。

"愿你平安！——我的好友玛鹿！欢迎你们！不要告诉我你正要离开这里，一定要是刚到这里啊。告诉我你从好心的萨耐德那里给我带来什么好东西了——但愿上帝保佑他长命百岁！两位，请跟我来吧。我这里有面包和酸奶，还有烧酒，快跟我来吧!"

于是两人跟着酋长来到他的帐篷门外,他们下得地来,被酋长热情地迎进了帐里,手中端着的盘子上已经准备好了饮品。

"请饮用,"他热忱地说,"到这里就像到了家里一样,千万不要拘束。"

两个人每人端起一个酒杯,一饮而尽。在他们向帐篷里面走的时候,玛鹿把酋长拉到一旁,轻声耳语了几句,接着又来到宾虚旁边说:"我刚才跟酋长介绍了你,他同意明天早上把参赛的战车和赛马交给你试驾。他也是你的朋友,会竭尽全力帮助你,但是你要尽力才对。我今天必须回到安提俄克,因为有个人今晚我一定要见。明天准备好以后,我就回来这里,如果一切没有差池,我回来后会陪同你直到比赛结束。"

说完相互告别,玛鹿离开了棕榈园。

第十一章

苏庇尤斯山头上新月如钩,依山而建的城市高低错落,此时超过三分之二的居民都来到了房顶的天台上,享受徐徐的夜风送来的丝丝清凉。萨耐德不再摇动手里的扇子,静静地坐在他专用的轮椅上,从护墙里面向外望去,前面不远处的河流上,他的商船正一条条地停靠入坞。他身后高大的城墙在对面的河岸边投下了巨大的阴影,大桥上不断地传来匆忙的脚步声。埃丝特站在父亲身旁,手中端着给他准备好的晚餐——很简单,几张薄麦饼,一点蜂蜜,一杯牛奶,萨耐德吃薄麦饼一定要蘸一些蜂蜜才能入口,这已经成了他的习惯。

"玛鹿今晚怎么还没回来。"萨耐德开口说道。"您觉得他肯定能来吗?"埃丝特问。

"除非他跟船队到了海上,或者跟驼队去了沙漠里,不然他一定会来,一定会。"萨耐德声音不高,显得非常自信。

"说不定他会写信过来呢。"埃丝特猜测说。"不是这样的，埃丝特。他曾经跟我承诺过，如果他确定自己赶不回来，便会派人送信知会我。可是我并未收到他的通知，所以我说他一定会来。""是这样吗，但愿是这样，父亲。"

萨耐德从埃丝特的神色上看出一丝异样。或许是从她说话的语气，或许是从她表达出来的意愿中透露了出来。就算是最小的鸟儿落在最高大的树上，也难免会引起轻微的震动，何况萨耐德是何等聪明，最善于察言观色来看透人的内心想法。

"你是不是希望他回来呢，埃丝特?"他问。"没错。"埃丝特直率地看着父亲回答道。

"为什么呢，能告诉我吗?"

"那是因为——"埃丝特迟疑了片刻，开始说道，"因为那个年轻的犹太人是——"她说到这里又停了下来。"你想说的他是我们的主人，对吗?"

"您说得对。"

"你并不希望我把他赶出去。你觉得他应该得到他所声明的一切——你和我还有我所有的财富——埃丝特，我说的对吧。"埃丝特并没有回答，变得沉默不语。

"你难道没有一点点的担忧吗？一点也没有?"他说，话语中透着轻微的酸楚。"埃丝特，我已经一把年纪了，过往的经历让我了解了那些看似无法忍受的痛苦和折磨其实就像是阴暗的乌云，其实并没有什么好恐惧的，就连死亡对我而言不过也是一样。从这个角度来看，如果我们承认那位自称宾虚的年轻人就是我们主人，也就是说要我重新恢复奴隶的身份，这对我根本算不上什么坏消息，比起我以前经历过的痛苦这算是好的了。同时那个年轻人不费吹灰之力便得到了如此庞大的财富，更重要的是，他能够得到千金难买的——我亲爱的女儿!"

他说罢把埃丝特拉近自己，在她的脸颊上吻了两次——分别代表对女儿和对已故妻子的爱。

萨耐德的手从埃丝特的脖子上慢慢滑落，埃丝特感觉到父亲的伤感，于是劝解道，"请不要这样悲观吧，父亲。我觉得是不是我们把宾虚想得太坏了，作为一个遭受过苦痛的人，他应该会很清楚我们的感受，我猜想他会还我们自由之身的。"

"亲爱的女儿，你的直觉并没有错，而且你知道，我很多时候都是相信和依赖于你的直觉，尤其是有时面对一个人，虽然听得到他的言语，看得到他的神情，却难辨真假善恶的时候。但是——"说到这里，萨耐德的声音变得激动和高亢起来，"我的这残废的躯体——被罗马人折磨到失去了人形——但是这并非我要给他看的，我根本无意给他展示残躯，实际上我想让他通过我的遭遇能够学习到：凭借灵魂的力量可以克服和战胜罗马人的邪恶预谋以及他们为此施加的肉体上的刑罚。另外，我会带给他洞察商机的眼睛，我的商路走得比所罗门王更远，能够看到海洋和沙漠另一边的财富，我还会把这遍及天下的贸易渠道转手给他，最后让他学会最重要的东西那就是——要精于筹谋，全盘谋划。"说到这里萨耐德笑了起来，"埃丝特，在下一轮新月升起之前，我将会做出令世人震惊的决定，罗马的皇帝也会被震动。我的女儿，你应该是知道的，我的商业版图之所以达到遍及世界各地、无人能及的高度，原因是我具有的独特能力，这种能力就是把领导力化为接近信仰的力量，它可以不受限于残废的躯体，实际上它超越了完美的躯体，超越了勇气和意志，超越了年龄和经验。它是人最可宝贵的神性的集合，但是——"说着说着，萨耐德的笑声从原本的苦笑已经转变成了热情爽朗的大笑——"就算历史上的伟人也不一定拥有如此强大的能力，因为在引领众人的时候，它便不存在了——而我运用这种能力，将使命感和执行力注入到了手下人的精神里，相当于复制出无数个自己，他们跨越海洋和沙漠为我带回源源不断的财富，代替我去实现我制定的所有目标。包括玛鹿也是一样，他去跟踪宾虚的任务绝不会落空，他也一定会回到这里来"——刚说到这里，楼梯上传来咚咚的脚步声——"埃丝特，我说什么来着，你听啊，他回来了！他一定会带来我们想要知道的消息。以我主的名义，但愿上帝看在我可爱的女儿的面子上——你正像纯洁的百合花一样含苞待放——给我们带来的一定要是好消息。"

这时玛鹿走进了房间，来到萨耐德身旁。

"愿您一切平安，我的主人，"他说着向萨耐德深深地行了一个礼——"还有您，世上最美丽的埃丝特。"

玛鹿的态度和称呼既恭顺又亲切，让人感觉他既像一个忠实的仆从，又像一个相熟的朋友。另一方面，萨耐德在跟玛鹿打过招呼之后，按照他一贯的作风，马上开门见山切入正题。

"告诉我据你的了解，那个叫宾虚的年轻人怎样？"

于是玛鹿把他跟宾虚在一起的所有经历事无巨细，认真地做了汇报。在他讲述的整个过程中，萨耐德和埃丝特都没有打断。萨耐德一动不动地静静听着，如果不是偶尔变换呼吸的节奏，他简直就像变成了雕像一样。

"谢谢你，非常感谢，玛鹿，"他听完以后真诚地说道，"你做得非常好，甚至超出了我的预期。你刚才说这个年轻人是哪个民族的？"

"他是以色列人，我的主人，是犹大的后裔。"

"你对此确定无疑吗？"

"非常确定。"

"他似乎并没有跟你谈论多少与身世相关的东西。"

"他对此好像非常谨慎。我一开始觉得他很可疑,所以用各种办法试探他的身世,不过都没有效果。直到我们在卡斯塔利亚泉相遇并一起赶奔城里去的时候。"

"达芙妮之林旁的城镇?那个让人憎恶的地方,他为什么会去那里?"

"我想是因为好奇心,像很多第一次去那里的人一样。但是奇怪的是,他对达芙妮的景色似乎并不感兴趣。他连神殿也没有去看,只是简单问了问是不是希腊风格。我的主人,这个年轻人似乎有难言之隐,不愿被人刺探到,他去达芙妮之林的目的,好像我们去圣体安置所埋葬遗体一样,他似乎是想割断某种牵绊或者说埋葬他的心事。"

"果真是那样便好,"萨耐德声音低沉地说;接着他提高了声调,"玛鹿,你们在一起的时候,你是否有发现他的什么弱点?比如他有没有用到钱,比如请客或者买什么东西——如果有的话,他用的是罗马货币还是以色列的?"

"主人,他没有用钱干什么。"

"确定吗,玛鹿,你们去过的地方,对普通人而言到处都是诱惑——我的意思是,他难道没有买些什么吃喝的东西?没有请你吃个饭什么的?"

"没有,我们一路同行他不吃也不喝。"

"那么你从他的言语中,有没有察觉到他打的什么主意或者有什么计划?要知道一叶知秋啊。"

"我不太明白你的意思。"玛鹿困惑地说。

"我是说不管一个人做什么说什么,都受背后的动机驱使,尤其是一个人自己筹划自己的事情的时候更是如此,所以我的意思是你有没有洞察到他究竟有什么打算。"

"说到这里，我的主人，我可以给您非常明确的答复。他的主要的动机就是寻找他的亲人，母亲和妹妹——同时，他还要找那个当初迫害他的罗马人报仇。这个仇人叫作梅撒拉，刚才我跟您讲述的时候提到的那个人。是他给宾虚罗织了莫须有的罪名，并一手促成他家族的不幸遭遇。现在他的目标是准备在公开的场合战胜并羞辱他。我们在神泉旁边的遭遇可谓机缘巧合，对他来说正好是个机会。"

"那个梅撒拉是个很有影响力的人。"萨耐德沉思着说道。

"是的，但是他俩对决的场合是在竞技场中，也就是说他的个人影响力将会失效。"

"然后呢？"

"然后这位自称艾瑞斯之子的年轻人会获胜。"

"你怎么能断言呢？"

玛鹿微微一笑，说道，"我也是凭他所说的话做出的判断。"

"就这么简单？"

"不光如此，还有他的志气和精神，也加强了我对他的信心。"

"哦，但是，玛鹿，他复仇的决心究竟有多坚定？是针对少数仇人进行报复，还是针对大范围的人群？另外——他的复仇心是否像多愁善感的少年一样单纯？还是像有头脑的成年人那样是经过深思熟虑的决定？要知道，玛鹿，要是前者的话可能哪天他高兴了就会随风消散的，但是后者的话，复仇的决心会越来越坚定直到达到目标为止。"

在问这些问题的时候，萨耐德脸上露出少有的急切的神情，他双手紧握，语速比平时也快了许多。

"我的主人，我之所以坚定地相信这个年轻人一定是犹太人，就是因为我看到了他强烈的复仇心。在我看来，他已经把复仇当作了毕生的心愿和计划，包括他跟罗马人在一起的时间里，也不曾忘记这个目标，好像复仇已经成了他自然的本能。另外，有一个细节让我看到了更多——当他听说伊德荣酋长对罗马人的态度时非常感兴趣，似乎很迫切地想要知道酋长对罗马人是否抱有仇恨。而当我跟他讲述三位智者和酋长之间的故事，并提起当初智者们在耶路撒冷所问的那个问题'犹太人的新王在哪里？'，当时——"

萨耐德听到这里整个人身体前倾，再也忍不住问道："玛鹿，快告诉我当时他所说的话，我要知道他的原话！这绝对会影响我对他的判断。"

"他当时对智者的问题非常感兴趣，到了咬文嚼字的地步，他反复问我是将会出现新的王，还是出生即为犹太之王。他对这两者的区别非常在意。"

萨耐德又重新坐回到椅子里。

"后来，我把伊德荣对这个奇迹般的故事的理解告诉了他——就是说一位新王将会降临，并且带来罗马帝国的覆灭。结果那个年轻人听后非常兴奋，他诚挚地对我说，'希律王死后，还有谁能坐上王位，并且继续忍受罗马？'"

"他这么说的意思是？"

"就是说罗马一定要被摧毁，才能出现新的世界。"

萨耐德看着窗外河流里穿梭的船只，当他再次抬起头的时候，他结束了对话。

"好了，玛鹿，就到这里，你快去吃饭吧，做好准备，明天回到棕榈园去，你一定要帮助那个年轻人赢得比赛。明天早上出发前先来我这里，我会给你一封信转交伊德荣酋长。"接着好像自言自语一样，他又说，"有可能我会亲自到竞技场观看比赛的。"

玛鹿退下后,萨耐德喝了一大口牛奶,好像整个人轻松了不少。

"把晚餐放下吧,埃丝特,我已经饱了。"

埃丝特按他所说的放下手中的盘子。

"近前来。"

埃丝特来到父亲的椅旁。

"上帝对我的恩德深厚,"他热情地说。"他的作为对凡人而言是奇妙而神秘的,但是有时候他允许我们以为我们能够看到并理解他。我已经老朽不中用了,但是在这绝望的时刻,他为我们派来了一个让人满怀希望的年轻人,我觉得自己就像获得了新生一样,这个新王的出现,也许就是新世界揭开序幕的启示。而我也所托有人了,我的女儿,我们的将来有了新的希望。"

埃丝特依偎在父亲身旁,好像也徜徉在父亲充满希望的思绪里。

"犹太人的新王已经诞生,"萨耐德继续说道,"这位救主现在应该也快到了而立之年。正如巴尔退则所说,他当年见到救主的时候,他还在襁褓之中。加上伊德荣所说,当年他跟三位智者的会面发生在二十七年前的十二月。这么算起来,我们对新世界的期待不需要等很久了,我仿佛能听到旧的秩序倒下和新的秩序建立起来的声音——到那一天,人们欢呼庆贺,罗马不再是今日之罗马。"说到这里,萨耐德笑出声来。"怎么,埃丝特,你没有经过这种喜悦吗?让你热血沸腾的兴奋和喜悦,如同米里亚姆和大卫王的时代将至一样,所有人将见证新的犹太之王的出现,大家一起弹奏乐器,敲锣打鼓。你父亲我所遭受的冤屈得以洗清,你的母亲得以含笑九泉,而你也将会永远幸福。"他说着轻轻吻了女儿的额头。

埃丝特静静地坐着,什么也没有说。萨耐德想到或许因为天性的原因,她还是个女孩子。

"埃丝特,你在想什么?"他心平气和地问道,"如果你心里有什么愿望的话,不妨告诉我,趁我还有这个权力和能力的时候,让我为你实现它。因为你知道,权力就像有翅膀一样,随时都会飞走。"

"那么让我去见他吧,"埃丝特的回答非常简单,好像带着孩子气,"父亲,让我今天晚上就去见这个年轻人,我要阻止他参加战车比赛。"

"啊?!"他非常吃惊,发出的感叹被拉长了音。继而,他又把目光转到楼下的河面上,这时河面已经被阴影占据,月亮早已落到了苏庇尤斯山后,夜空中只剩点点星辰。想必读者跟我所想的一样,这位父亲此时的心里泛起阵阵嫉妒的痛苦,难道自己的女儿真的爱上了那个年轻的宾虚——自己未来的主人?但是她还太年轻啊!不!这怎么可以!尽管不愿相信,但是这个念头却紧紧攫住了萨耐德的心。在他的想象中,他会选择在女儿十六岁满之后的某一天,亲自为她举行盛大的订婚礼,就在海边为她准备一艘以"埃丝特"命名的船,以极其隆重的仪式庆贺女儿的成人。但是他也知道,就像我们每个人一样,终有一天我们将老去甚至死去,不得不对自己最心爱的女儿放手。当这一天如此突然的来到自己的面前时,竟然是如此的痛苦难当,怎么让他甘心把女儿就这样交给另一个男人?他发自内心的痛苦让他一时间忘记了复仇的计划,忘记了救主的降临,好不容易他才平复了心中的酸楚,强作镇定地问道,"阻止他参加战车比赛?为什么?我的孩子?"

"竞技场不是一个以色列的子孙应该去的地方,父亲。"

"仅仅是因为长老们的训诫吗?"

萨耐德这么问有试探女儿内心想法的意思,简单的一句话说到了埃丝特的心里,她的心跳加快——以至于不知该如何回答父亲的问题。她的心里浮现出一种奇特而愉悦的感觉。

"那个年轻人将会得到我手上的财富,"萨耐德把女儿的手握住,语重心长地说,"他将会得到我的商船和财产——我所有的财富,所有。但是尽管如此,我并不觉得自己贫穷,因为有你在我身边,你明白吗?在你的母亲去世以后,你就像她一样给我带来慰藉和爱,难道我连你也将失去?告诉我,埃丝特。"

她弯下腰,把脸颊贴在父亲的头顶上。

"埃丝特,你说话啊,我非常想要知道。"

"父亲,请不要担心。我永远都不会离开您的。尽管女儿确实喜欢那个年轻人,但是绝不会离您而去,我将永远侍候在您身边。"她说这些话的时候,身姿笔直,神情庄严而真诚,说完之后,她又一次弯下腰亲吻了父亲的额头。

"还有,"她接着说,"我觉得那个年轻人长相清秀,而且他说话的时候带着恳求,女儿确实被他吸引住了,想到他将面临的危险,我更忍不住要马上见到他。父亲,请准许我前去。当然,我明白得不到回报的爱是不完美和可悲的,因此我不会立刻前去的,我会让自己冷静一下,同时请您相信我仍然是您和母亲的女儿,昨天如此,现在和以后也如此。"

"埃丝特,我的好女儿,你是上帝给我的安慰!上帝还恩赐我无数的财富,其他所有我都已经失去,所以更加珍惜他的恩赐。但愿上帝保佑,让你永远远离伤害。"

萨耐德说罢,让侍从进来把他推进卧室,他又思考了许久才入睡,而埃丝特也回到了自己的卧室就寝。

第十二章

和萨耐德的住所斜对的方位就是王宫,据传是著名的伊比法尼王(Epiphanes)[①]兴建并完成的。伊比法尼一味崇尚宏大的规模而不在乎风格的经典,当时人们把这样的人称为建筑仿造者,再后来进而把这类人叫作波斯人——跟希腊人区别开来。

高大的城墙沿着岛屿的沿岸将整个岛屿纳入其中,既可防止海浪侵袭,又能在战争中的防卫敌军的攻击,后来据说这个高墙内的王宫并不适合长期居住,所以罗马驻此地的使节从城中迁出,转移到了苏庇尤斯山下西侧,朱庇特神殿下面。精明的罗马人声称常驻使节的转移并不是因为新的驻地

[①] 塞琉古王朝君主安提俄克四世统治叙利亚时用"伊比法尼"(Epiphanes)的衔号,Epiphanes的意思即"神明显现",但他的百姓却称他为伊比玛尼(Epimanes),即"狂人"。

环境更益于健康,而是因为那里更方便开展防卫工作,山脊东边巨大的堡垒正适于屯驻罗马士兵,保卫使节安全。而这个理由也貌似合情合理。可实际上他们此举是为了规避入驻王宫中所需要的开支,另外王宫里面原来的驻地则为从罗马来到安提俄克的要员或长官预留着。

前文我们提到,靠城墙外的一处房子里住着萨耐德和他的女儿,他们的居所其实也是王宫的一部分,而前面我们简略提到的只是他们的居室。现在让我们四处走走,看一看王宫的花园、浴室、大厅、迷宫一样的房间和楼阁,毕竟这里是被赞誉最接近弥尔顿书中描述的"华丽的东方"的建筑。

让我们的目光来到王宫里面当时被称为沙龙的地方。这里的空间相当开阔,大理石的地板,经过打磨之后平整如镜,四面的窗户都是轻薄的云母石,就像现在的玻璃一样,白天可以借助室外的阳光把沙龙里面照得通亮。墙壁每隔一段有一根像柱,每一根柱子的造型都不尽相同,相同的是全都经过精心的雕刻,阿拉伯式的复杂图案到处可见,再辅以各种色彩,更显得繁杂绚丽。柱子跟墙壁一起支撑起屋顶的斗拱飞檐。沙龙室内四处摆放了用印度丝绸和山羊绒毯覆盖的长沙发椅,还有雕刻了奇异的埃及花纹的桌椅。此时,萨耐德和埃丝特早已熟睡,让我们一起把目光转到这豪华的沙龙里,看看会发生什么。

沙龙里面天花板的四角和中央各有一盏巨大的金字塔式吊灯,每个吊灯上点着密集的灯烛,把室内照得通明,连外面人像柱和飞檐上雕刻的花纹也一览无遗。沙龙中此时有不下一百个人,让我们对这些人稍作观察。

沙龙里多数人的年纪不大,有的甚至是刚成年的男孩。这些人里面有意大利人但多数是罗马人。所有人讲的都是纯正的拉丁语，身上穿着跟安提俄克此时气候相宜的衣裳。一些人把罗马宽袍和短披风随意地扔在长椅上，有些袍襟还镶嵌了紫边，可见地位不凡。也有一些人懒洋洋地躺在长椅上，也不知是受不了炎热的天气，还是喝多了酒。

有人不断地发出响亮的说话声，时不时地还会传出一阵阵大笑或者恼火的叫声，在所有的声音之中又夹杂了被拉长的尖锐声音，不熟悉的人一定感到很奇怪，而当我们的目光来到沙龙中的桌面上，就会发现原来有人开了赌局，这噪音就是赌具发出的声音。很多人聚在赌桌旁边，玩跳棋的，掷骰子的，有的三五成群，有的自娱自乐。各种赌具的声音混杂在一起，房间里成了一锅粥。是谁赌的这么情绪高涨？

"弗拉维，我的朋友，"一位赌友手中拿着一枚棋子，口中说道，"你看到那边那件披风了吗，就那件？明眼人一看就知道是刚买的新衣，你瞧见没有，黄金的肩搭扣都有手掌大小了。"

那位叫作弗拉维的人，一心想着下一步棋应该怎么走，回答说，"没什么稀奇的，这衣服我以前见过。我敢对着维纳斯的腰带起誓，肯定不是新买的衣服。你怎么关心起这件衣服来了？"

"没什么，我只不过准备把他送给一个什么都知道的人罢了。"

"哈！原来你耍我，我想在这里肯定能找到和你赌得起的人。还是好好玩吧。"

"嗯，将军！"

"好吧，我输了。怎么样，再来一把？"

"没问题。"

"这一把赌什么?""一个塞斯特(sestertium)。"①

于是两人各自取出记事的木板,用刻笔做了记号,然后开始整理棋盘,这时那个叫弗拉维的人回到了刚才的话题上。

"一个什么都知道的人!我的神!预言家都没有这么厉害吧。如果你真的找到这样一个人,你准备问他什么?"

"他只要回答我一个问题,弗拉维,回答错了我就杀了他。"

"那么你要问的问题是?"

"罗马执政官马克森提乌斯明天到达的准确时间,我要精确到小时——不,要精确到分钟。"

"这个赌打得好,我赌你赢!但是为什么精确到分钟?"

"难道你不觉得这个鬼地方就像是阿佛那斯(Avernus)②的地狱吗?每天都热得要死,就算维斯塔(Vesta)③的柴火点燃也不至于这样吧,我宁愿死在罗马广场之上,也不想继续待着这里。哈,你原来是在要诈,我又被你给消遣了,弗拉维!我的钱啊!一个金币啊!"

"再来一把?"

"一定的,我要赢回我的钱!"

"也许吧。"

两人就这样一局又一局的玩下去,直到连灯烛都逐渐变暗了,他们还没有停下来的意思。就像沙龙中的大多数人一

---

① 指古罗马货币单位,后文简称之为罗马金币。
② Avernus 阿佛那斯,是在意大利那不勒斯港口附近的一个小湖,这里曾经是一座火山的喷口。古代的传说中说这里就是地狱的入口,所以阿佛那斯也变成了地狱的代名词。
③ 维斯塔,女灶神(Vesta)是罗马每个家魔都供奉的女神,往往用火来象征。

样,他们也是军队里面的军官或者是领事,一边等待着执政官到来,一边无聊地打发时间。

两人正在对话的时候,从外面又进来一群人,这群人好像刚刚经过什么狂欢庆祝活动,有的人脚步都已经站立不稳了。看得出这场活动的焦点是人群中头戴花冠的年轻人,他好像刚从什么比赛中获胜似的,长相俊美,昂首而立,只有微红的脸颊和嘴唇说明他也刚从狂欢的酒席上回来。他身穿一件白色多褶的宽袍,步履稳健,双眼烁烁有神。来到沙龙中间的桌旁,他霸气十足地挥手驱散原来围拢在这里的人,为自己和身后带来的人腾出足够的地方,没有丝毫的歉意,相反的,他望着眼前的众人,没想到所有人看到他过来竟然都转向他高呼道:"梅撒拉!梅撒拉!"

那些原来散布在沙龙角落中的人,听到中间的呼叫声,也纷纷停下手中的游戏,响应了起来,都朝着梅撒拉所在的位置涌了过来。

梅撒拉看着眼前的热烈场面,似乎无动于衷一样淡然相对。"愿你身体健康,我的好友德鲁苏斯,"他对右手边的玩家说,"能不能让我看看你手中的记事板。"

他接过对方的记事本,扫了一眼上面记录的赌注。"这上面记录的都是便士,只有便士——这是车夫和屠户的赌注吧!"他说罢,充满了嘲讽地大笑起来。"我等罗马帝国的子民竟然在赌桌上变得这么小气吗?竟然只用便士下注!"

德鲁苏斯听罢整张脸红到了耳根,正要说些什么却被蜂拥过来的围观者打断,大家争抢着高呼道:"看啊,是梅撒拉!"

"台伯河①的子民,"梅撒拉继续说道,把玩着手中装骰子的盒子。"这个世界上,众神最器重和喜爱的是什么人?是罗马人。为其他民族订立律法的又是什么人?是罗马人。最具武力、最应该成为世界的主人的,又是什么人?"

很明显眼前这些人的情绪都被煽动了起来,大家几乎异口同声地叫道:"是罗马人!罗马人!"

"莫急——莫急,"梅撒拉继续说——"但是这世上还有超越了罗马人的存在。"说着他甩了甩头,用讥讽的目光扫过眼前的众人。

"听到我说了吗?这世上还有超出了罗马人的存在。"

"我知道,你说的一定是赫拉克里斯(Hercules)②!"其中有人尖叫道。马上又有人接话说:"酒神巴克斯!"

"是朱庇特主神!"

"不,不对,我说的是凡人。"

"说吧,他叫什么名字!"众人齐声问道。

"当然,我会说的。"他停了片刻,继续说,"他来自东方,如同罗马人完善和增强了罗马一样,他完善了东方,并统治东方。"

这时有人起哄说:"毕竟还是效仿咱们罗马啊!"

"在东方,"梅撒拉没有介怀起哄者的声音,继续说,"我们没有神灵,生活中只有酒,女人和金钱,这里面最重要的就是金钱;所以我们的格言叫作'为人所不敢为'——这个道理适用于议员,适用于战争,同样适用于我说的这个人,他

---

① Tiber,意大利中部河流名,流经罗马。
② 又称海格立斯,希腊神话中的人物,宙斯与密刻奈王妃阿尔克墨涅所生,他是希腊最伟大的英雄,间最强壮的人。

不断地挑战不利，寻求最佳。"

梅撒拉的声音不高，语气平和，但是这丝毫不影响他在周围人中的支配性地位。

"在堡垒的金库里，我有五个塔兰特①的财富投入到市场中流通，我手上有投资的收条。"说着，他从袍襟中取出一卷纸，铺在桌面上，然后继续对洗耳恭听的众人说。

"这些钱就是我敢下的赌注。试问你们谁敢跟我赌？嗯？你们都不说话了。是不是赌注太大？那么我减少投注，我用四塔兰特做赌注。现在怎样？你们怎么还不说话？那我再退一步，三个塔兰特——只用三个做投注，两个呢？一个？不能再少了?!"

尽管他把骰子在头顶晃得山响，也没有人敢跟他打这个赌。

"东方的奥伦提斯河挑战台伯河！"他重复几次，每一次声音都更加充满挑衅和轻蔑的态度。

仍然一片寂静，没有人敢接这个赌约。

"哈哈！以朱庇特的名义，我现在算是长了见识，看来你们来到安提俄克是为了挣钱养家啊。我说塞西利尤斯！"

"我在这，梅撒拉！"他身后的一个年轻人应声答道。

"刚才我被这些赌徒'洗劫'了，害得我到处祈求给我一个银币好跟那位衣衫褴褛的仁兄清账，结果这些人一个个穷的一毛钱都没有。"

这个人一番俏皮话逗得在场的人哄堂大笑，之后大厅中又开始恢复原来的嘈杂声。只是梅撒拉仍然保持严肃。

---

① 塔兰特是当时的货币单位。据权威估算当时一塔兰特与二十到四十千克的黄金等价。

"你去咱们进来时放物品的那个房间,"他对塞西利尤斯说,"去把酒罐和杯子都取来。虽然这些'乡民'这么穷困,但我想酒量应该不至于一样寒酸吧,咱们把带来的好酒和大家一起分享了吧!快去!"

说罢,他转过身面对德鲁苏斯大笑道:"哈哈,我的朋友,请原谅我刚才的唐突和冒犯,我并非有意让你难堪。我只是借用你的名字试探各位一下,你可千万别介意啊!"说着,他又拿起了骰子,欢快地摇动起来。"来,看在我的面子上,咱们来耍一把怎么样。"这次他说话显得真诚而热忱。德鲁苏斯被打动了,他已经原谅了梅撒拉刚才的无礼。

"以自然女神的名义,当然!"他回答道,然后放声大笑。"梅撒拉,那咱们就来一把——我赌一便士。"

这时一个看起来还像个孩子一样的人正注目看着眼前发生的这一幕,突然梅撒拉转过身问他:"你叫什么名字?"

被问到的少年羞怯后退。

"不要害羞!我并无恶意。我需要你给我做个见证人和书记官,你愿意吗?"

这位年轻人于是拿出自己的记事板来,梅撒拉的态度让他无法拒绝。

"别忙,梅撒拉,先不要急!"德鲁苏斯叫道,"在你掷骰子之前我是否可以问你个问题,这不会影响你的运气吧。"

"当然不会,你尽管问好了。"说着,梅撒拉稳稳地按住骰子。

德鲁苏斯于是问道:"你有没有见过昆图斯·艾瑞斯?"

"你指的是执政官吗?"

"不,我是说他的儿子,小艾瑞斯。"

"我可没有听说他还有个儿子啊。"

"其实也没什么,只是梅撒拉,我看就算卡斯达(Castor)和波利克斯(Pollux)也赶不上你跟小艾瑞斯长得像!"

这句话一出,几十个声音马上附和道:"是啊,没错,他们的脸真的很像。"

"说什么呢!这不可能!"又有人马上反驳,"梅撒拉是罗马人,小艾瑞斯是个犹太人!"

"你说的没错,但是他长了一张罗马人的面孔。"又有人接话道。于是房间开始了另一番争论。梅撒拉插话:"趁酒还没送过来,德鲁苏斯,你跟我说说有关这个小艾瑞斯的事。"

"好吧,不管他究竟是罗马人还是犹太人,以潘神的名义,我下面的描述如果对你有任何的冒犯,还请你原谅,梅撒拉。——这个小艾瑞斯长相俊秀,他既勇敢又聪敏。皇帝赐给他荣耀和官职,他都拒绝了。他的出现富于神秘色彩,很少有人真正了解他的出身来历。他特意跟其他人保持距离,要么是他自视甚高,要么就是他内心太过卑微,这没有人知道。在角力学校里面,没有人是他的对手,他跟莱茵河畔的蓝眼睛蛮族以及萨尔马提亚人①在一起练习,如同儿戏一般。执政官艾瑞斯家资巨富,所以小艾瑞斯不缺钱,他对军事有着极高的热情,每天都想着关于战争的事情。马克森提乌斯已经将他纳入战争顾问团,这样一来,他本来应该跟我们一起登船的,但是在拉文那他跟我们分开了。不过,今天早上听说他已经安全到达安提俄克,之后他既没有直接来王宫也没有赶奔军营,而是把行李存在了客栈里,然后就消失了。"

---

① Sarmatia,古地区,位于现今的维斯杜拉河与伏尔加河之间,萨尔马提亚是一个多部落联盟,在罗马帝国时期,罗马的军队中曾大量雇用萨尔马提亚人作为辅助骑兵征战四方,尤其是重骑兵。

一开始梅撒拉只是出于礼貌地听着,后来他变得非常感兴趣。在听完对方的讲述之后,他的手从赌具上抬了起来,叫道,"凯厄斯,我的朋友!你听到了吗?"

这时那位跟梅撒拉形影不离并且白天从战车上摔落的年轻男子回答道:"当然,梅撒拉,我听得很清楚。"

"那么你还记得白天把你从战车上甩下来的那个人吗?"

"以酒神的名义!我的肩膀还有一大片瘀青呢!怎么会忘记?!"

"那么,你应该感谢命运女神——我想我知道你仇人的身份了。听着。"

梅撒拉说着转向德鲁苏斯。

"请继续跟我们多讲讲这个人的情况——关于他可能是犹太人和罗马人的双重身份——以太阳神的名义,德鲁苏斯,请告诉我他的穿着打扮如何?"

"他穿的一身犹太人服装。"

"听到了吗,凯厄斯?"梅撒拉开始提醒他的朋友。"首先,你的仇人也是个有着罗马人长相的年轻人;其次,他也是一身犹太人打扮;第三,他能以一人之力阻止奔跑的战车,这跟小艾瑞斯在角力学校没有敌手的特征恰好相符;第四,德鲁苏斯,我的朋友,这又要请你帮忙解释一下。我想既然小艾瑞斯能够把他的出身隐藏的这么好,他肯定是能讲不同的语言吧,譬如像拉丁语、希腊语,他会讲吗?"

"不光会讲,梅撒拉,他的发音非常纯正,足够去参加伊斯米亚(Isthmia)[1]运动会了。"

---

[1] 伊斯密亚运动会,在希腊波塞冬神庙附近举行。每三年举办一次,一般就在每届奥林匹克运动会间歇期的第二年和第三年之间举行。

"凯厄斯，你有在听吗？你应该也看出来了吧，这家伙还会说希腊语，怪不得他能跟那个美丽的姑娘沟通。现在算下来已经有五条理由让我相信，那个年轻人就是小艾瑞斯。"

"梅撒拉，你推断的没错，一定是他了。"凯厄斯回答。

"德鲁苏斯，原谅我们两个的对话，肯定让你摸不着头脑吧——我不是有意打断你，只因为我对小艾瑞斯的身世的确很感兴趣。麻烦你再跟我介绍下，关于他神秘的出身？"

"其实也没什么，梅撒拉，就是一个简单的故事。现在的执政官艾瑞斯当年在追击海盗舰队的时候，落了海，被现在的小艾瑞斯搭救不死，之后没有家室的执政官就把他收养为义子，直到今天。"

"他是被收养的？"梅撒拉反复念着。"以众神的名义，德鲁苏斯，我对你说的这个故事非常感兴趣！老艾瑞斯他是怎样找到这个男孩的？在被他搭救之前，这个男孩又是做什么的？"

"恐怕除了小艾瑞丝自己以外，这个世界上没有人能回答你这两个问题了。我只知道当年海战的时候，老艾瑞斯——当年是保民官——所在的战舰被击沉了。后来去扫荡战场的战舰发现他和小艾瑞斯漂浮在一块木板上，所有同一艘战舰的人都牺牲了，只有老艾瑞斯幸存。据当时救下他们两人的军官所说，当时的小艾瑞斯是个犹太人——"

"犹太人！"梅撒拉惊呼出声。

"我还没说完，他当时是一个犹太人奴隶。"

"这怎么可能？！一个奴隶？！"

"据说当时两人被救到甲板上时，老艾瑞斯身上穿着保民官的护体铠甲，而后来的小艾瑞斯当时穿着桨手的衣服。"

梅撒拉听到这里突然身体向前倾，看似对某个细节非常关注。"一艘战舰——"他一边喃喃自语，一边看似在琢磨着什么，目光竟然变得散乱和游移不定起来，这对他而言是从来没有过的。这时一群奴隶来到沙龙内，有的拿着酒罐，有的提着篮子，篮子里放满了水果和小食，还有的奴隶端着银制的酒杯和酒壶。看到这些奴隶进来，梅撒拉突然精神提振了起来，他登上到一条长凳，居高临下对众人朗声说道："台伯河的子民们，美酒已经备好了，让我们一起畅饮吧，不过在这之前按照惯例，是不是应该分清主客啊？"

德鲁苏斯站起来说："大家觉得谁应该请客啊？回答我，罗马的子民！"

所有人异口同声喊出梅撒拉的名字，于是梅撒拉取下自己的花冠递给了德鲁苏斯，这就代表他将会成为这场酒席的主办人和请客的一方。

梅撒拉接着说："那么为了显示饮宴的神圣，咱们是不是选一个酒童出来？啊？刚才跟我一起过来的，哪一个最不能喝的？"于是在众人的起哄声中，一个孱弱却美貌的少年被选了出来充当酒童，从面孔上看这个少年简直就是酒神在世，不足的地方在于他既没有戴酒神冠，也不可能拿得起酒神手杖，因为他已经烂醉如泥了。

"来，把他扶到桌子上，"梅撒拉说。众人这时发现这个酒童已经醉到根本坐不住的地步。

"德鲁苏斯，帮帮他忙，把他扶住了。"

德鲁苏斯按照梅撒拉所说，把这个少年给扶起来勉强立在地上。梅撒拉对着这个"醉汉"开始了祈祷："巴克斯，我们的酒神！众神之中最伟大的一个，愿您今夜赐福给我，还有这些虔诚的信徒吧，我把花冠敬献给您！"说罢，他高高地把花冠举过头顶——"请您接收达芙妮之林的花冠！"

他深深鞠了一躬，然后站起身打开刚才一直盖着的骰子，大笑道，"德鲁苏斯，你看，我赢了吧，钱归我了，哈哈！"

他的笑声揭开了众人狂欢的序幕，整个沙龙沸腾了起来。

第十三章

伊德荣酋长的身份不可小觑。他在叙利亚东部沙漠一带是享誉盛名的族长,而在大城市中,他则以屈指可数的富商巨贾身份出现,而事实上他的确富甲一方——除了堆积如山的钱财,他还拥有数不胜数的仆从,还有驼队、马群等等各种牧群——庞大的家资塑造了他傲气凌人的一面,让人不敢轻易冒犯尊颜。他在棕榈园独占三座大帐,其中一座归他自己使用,一座为访客准备,还有一座则住着他的妻妾。除此以外还有至少六到八座大帐,里面住的是奴仆和部落的护卫——这里的护卫都是他精挑细选的壮士,每一个都善于骑射和搏击。

伊德荣对棕榈园内的安全看得很重要,手下人必须严格地遵行他定下的纪律,目的是为了确保棕榈园内包括牧群在内所有产业的安全。另外,他也是个恪守本民族传统的人,所有本民族的风俗习惯,他都很好地继承了下来,换言之,这里的生活等于是他原来在沙漠中生活方式的延续——即古老而原始的以色列田园生活被他完整地保留了下来。

让我们的视线重新回到棕榈园，宾虚到这里的当日清晨。

伊德荣领着队伍刚到棕榈园——"帐篷扎这里，"他勒住胯下的马，朝地面掷出一支标枪。"门口朝向南边，面对湖面。"说罢，酋长走到三棵高大粗壮的棕榈树前，轻拍其中一棵树的树干，如同在轻拍马儿的脖颈或是爱子的脸蛋一样。

只有伊德荣酋长能有这样的气魄并用这样的方式决定帐篷搭在何处以及如何搭建。草地被标枪插中的地方会竖起新帐篷的第一根柱子，同时标记了前门的位置。接着在其他地方又束起了八根柱子，然后女人们和孩子们走过来，开始从驼背上取下帆布搭建帐篷。

这些女人平时的工作就是从牧群里褐色山羊身上取毛，纺成纱，再把纱纺成帆布，用帆布为部落搭建帐篷。正因如此，那些搭建好的帐篷基本上都是黑褐色的，就像当年基达①的帐篷一样。

最后帐篷终于立好，只等他们的主子伊德荣酋长核准了。就见酋长从内到外来回走了几趟，看看外面太阳的方向，衡量了一下帐篷附近树木与湖面的位置，最后发话道："干得不错！今晚准备好香甜的面包和烧酒，还有奶香的蜂蜜。我要每个角落都站一个小孩子侍候着，上帝与你我同在！要喝水的话，对面就是湖面。牧群也不至于挨饿，因为这里就是草地。愿上帝与汝等同在，孩子们，去吧！做自己的事去。"

于是队伍中多数人纷纷散开搭建自己的帐篷去了，只剩几个人留在帐篷里为酋长收拾整理。留下来的男仆在帐内正

---

① Kedar，以实玛利的次子，以实玛利是亚伯拉罕的长子

中拉起一道布帘，把帐篷一分为二：右手边的一间是伊德荣酋长自己的寝室，而另一间则是为他的四匹良驹准备。这四匹马是被酋长视为"所罗门的明珠"，伊德荣把它们牵到帐篷里后，一边抚摸轻拍着马儿，一边亲吻它们，好像自己的儿女一样。帐内正对中间支柱的地方放着兵器架，里面放满了标枪长矛和弓箭盾牌。架子外面悬着酋长自己的圆月刀，刀柄上嵌满了宝石，夺人眼目。旁边挂的是给马儿准备的盖布，其华贵程度堪比王宫贵族的衣料！

帐内自然不能少了沙发长椅，几个女仆忙着把长椅装好，面朝帐口，然后铺上精美的布料和毛毯，放上黄褐色条纹的靠垫，并在椅子两头摆放了红蓝相间的靠枕——她们深知主人对沙发椅的重视程度就好比每天要看到自己雪白的大胡子一样，不可或缺。最后她们在沙发椅前地面上铺设了地毯，一直到帐口。这些都做完后，她们垂手侍立，只等酋长点头确认是否满意了。

宾虚那日正是被酋长接进这个大帐中的。

仆从们侍立两旁等待着酋长的指示，其中一个到近前拾起伊德荣脱下来的鞋子，另一个为宾虚拔掉罗马靴子。然后分别为两人取下布满了风尘的外套，换上干净的白色麻质外衣。"欢迎光临寒舍，请坐吧，看在上帝的份上，不要拘束才好。"伊德荣用耶路撒冷的本地方言热心招呼宾虚，同时手指着沙发长椅。"我坐这里，客人做那边。"旁边的女仆听到后，连忙在他所指的位置铺好靠枕和软垫，并打来了洗脚水，为两人洗脚擦干。

"我们在阿拉伯沙漠有句谚语，"伊德荣一边手捋胡须，一边说道，"能吃是福，能吃方能长寿。你的胃口还可以吧？"

"要是您所说的是真，那么我想我能活过一百岁。我已经饿坏了。"宾虚回答道。

"我想也是这样，不过放心，到这里就像到家，我马上准备晚餐。"说罢，伊德荣连续击掌数次。"把客人用的帐篷准备好，等一下他就在那里休息。"

仆人听命后躬身行礼，正要离去，他的主人继续说道："还有，你去跟巴尔退则说，有客人跟我在大帐中，问他要不要一起进餐。"仆人领命离开。

"我们先休息一下吧。"酋长舒服地半躺半坐在长沙发椅中，停下了捋胡子的动作，语气严肃地问宾虚："我的客人，你喝了我的酒，等下还要在我这里就餐留宿，不介意告诉我你的名姓吧？"

"当然，伊德荣酋长，"宾虚看着酋长很平静地答道，"但是，首先希望您不要把我当成是混吃喝的无聊之人；其次虽然我并不介意告诉您我的姓名，但在此之前我想要问一下，您是否曾经有这样的经历，就是说出自己的姓名会有负罪感？"

"以所罗门的名义，我不得不承认是有的。"伊德荣回答，"背叛自己，如同背叛部族。"

"谢谢您，善良的酋长！您的回答正如我所感。我来到您的大帐，希望能得到您的信任和帮助。不过，我料想在我说出自己的身世和请求后，您一定会非常感兴趣的。"

酋长欠了欠身，致意的同时示意宾虚继续。

"关于我的身份，我想先澄清一下，尽管您所听到的我的姓名是罗马人的名字，但是本人并不是罗马人。"

伊德荣一手抓住胸前的胡子，双眉紧锁盯着眼前的年轻人。

"实际上，"宾虚继续说道，"我是犹大的后人，地道的以色列人。"

伊德荣听到后眉毛似乎挑了一下。"不仅如此,我跟罗马有切齿仇恨,我听过您的遭遇,相比起来,您与罗马之间的事端不过是小巫见大巫罢了。"

酋长摩挲着胡须,手上的动作比刚才更快了,双眉渐渐舒展,目光如炬地看着宾虚。

"此外,我以先祖们所信奉的神明的名义对您发誓——如果您能跟我合作,给我复仇的机会,那么胜利和报酬都将归于您。"

伊德荣听完后,露出一副满意的表情,似乎听到了自己想要的承诺。

"足够了!"他说。"我想如果你说的话是假的,所罗门王也会被你欺骗。我相信你犹太人的身份以及你所说的跟罗马人之间的深仇大恨。但是我更关心的是你有没有能力参加并且赢得比赛,有没有实力把你的复仇计划付诸实践。你有过什么样的比赛经验?我又如何能相信你拥有驾驭赛马的技艺?不要跟我说什么拼尽全力之类冠冕堂皇的话,我需要的是一个真正能懂得并驾驭我心爱的马儿的参赛者,而具备这个资格所需的,不仅仅是决心和技巧,还要有天赋。我见过能统领百万之众的国王,但他却不一定能驯服一匹好马。况且,我说的国王并不是那种奴隶主,而是像我这样能够领导一族所有人,并赢得他们的尊重、信任和服从的人杰。他的手下人一样能够感知到雄心壮志,爱恨荣辱,在战争中敢于成为英雄,在生活中,能够值得信任。你!"他点首示意一名仆从,"把我的阿拉伯朋友给他看看。"

那位仆人连忙撩起帐内正中的布帘,露出酋长的四匹神驹来。四匹马望着帐篷内的主人,不知何意。

"来!"酋长对马儿们说,"我说你们几个,还站着干吗,快过来啊!"

四匹马听话似地从另一边走了过来。

"以色列的子孙,你的先祖摩西是个伟大的人,但是一想起来就想发笑——他让你的祖先父辈们终日靠牛和驴子耕种工作,但这些牲口都是脑袋迟钝的动物,哪里比得了马呢?如果当初摩西他老人家有看到像这几匹马中的一匹,可能他的看法早就改变了。"说着有一匹马离他最近的,他温柔和骄傲地拍了拍它的脸颊。

"我觉得您这个判断有失偏颇了,酋长,"宾虚应道,"摩西不仅是我族的立法者,他还是一个无所畏惧的勇士,他曾亲自参与过战争的——天啊,谁会不喜欢这几匹马啊。"

就见最近处的这匹马,它大大的眼睛,流露着跟小鹿一样顺从的目光,两只直立呈尖状的小耳朵,鼻子忽闪着热气,嘴唇一动一动的,仿佛是在问宾虚"你是谁?"宾虚感觉到这匹马是如此亲切,忍不住伸手去触碰马儿的身体。

"它们想要告诉你,请尊重它!——它见过不少的浮夸子弟,但愿你不是其中一个!"酋长非常语重心长地跟宾虚说,"它们会告诉你,马儿是上帝的恩赐,它们的血统向上追溯,全部都源自涅赛伊阿①。上帝给了阿拉伯人一座黄沙漫漫的沙漠,看不到绿色的山峰,还有一眼苦井。并告诉他说,'照看好你的国土',而穷困的阿拉伯人对这种分配表示不满,于是主怜悯他们,又说,'振作!我拣选的人!我会为你们送上双倍的祝福!'那个阿拉伯人听了以后继续闯荡,后来从沙漠中发现了绿洲,而在绿洲的中央,他发现了骆驼群,还有马

---

① Nesaean,即汗血宝马古时称呼

群！于是，他小心而又快活地照料牧群，因为它们是上帝的恩赐。而这些骆驼和马群后来去到了世界各地的，在各处繁衍。不要怀疑这个故事，因为你拒绝相信的话，你身边阿拉伯人的护身符就不灵了。"说道虔诚之处，酋长双手击掌招呼仆从，"把部族记录取来。"

在他们等待的时候，酋长跟四匹马儿玩耍了一会儿，时而轻拍马背，时而抚摸马鬃。不久，六个仆人小心翼翼地走进帐来，每人捧着一只镶嵌黄铜的小箱子。

"混账，我不是让你们把所有的氏族记录都拿来，只要关于马的那个！就这个，打开它！其他的给我送回去。"

箱子被打开后，露出里面用银丝穿起来的象牙书简，因为每片书简都制作的非常轻薄，所以每一本有几百页之多。

"我知道，"伊德荣说着，手中托着一部分书简——"我知道在耶路撒冷，新生的婴孩在被命名后会被登记到族谱中，这种传统从以色列古老的先祖时代就已经被延续下来。我的先祖则把这种传统沿用到了马儿的繁育上。你看这些书简。"

宾虚接过来，看着上面的阿拉伯文字，原来都是用烧热的金属烫到象牙薄片上的。

"这些你读得懂吗？"

"看不懂，请您把书中所讲翻译给我吧。"

"这里每一页记载着一匹良驹的血统传承，从几百年前我的先祖的时代一直到现在，同时记录了生它的雄雌二马。"

这些书简有的已经几乎破损难辨，所有的书简因为时代久远，已经变黄了。

"在这个箱子里，我完美地保留了历史，说'完美'是因为像这样完善的历史记录是世间罕有的——你可以从中查阅我的马群里任何一匹马的系谱——我对手中的马匹了如指掌，我亲手给它们喂食草料,和它们交谈沟通,就像对待我的亲生子女一样。尽管它们和幼儿一样不会说话,但却同样能体会到我对它们的关爱,并用行动表达出来。我想你能明白——假如我是阿拉伯的王,一旦我的幕僚带走了我心爱的马儿,只剩我在华贵的车架里,那样我怎能活下去?所以我很感激这些马儿,是它们帮助我成就了现在的我。哈哈,看在所罗门的份上,它们从来没有让我失望,它们从不怯懦,快如疾风,在我遭遇危险而逃命的时候,没有人能追赶上我!但使我担心的是,它们从来没有在同一套轭下奔跑过,这项比赛对它们来说是全新的挑战。尽管它们有足够的速度和耐力,但却缺少一个称职的驾车人,我希望你是合适的人选。"

"我今天算是明白,为什么阿拉伯人对马儿如此钟爱,如此了解,而又是为什么阿拉伯出产世上最好的马。但是酋长,话语的应允不能代表什么,为了证明您所托不谬,明早请把您的四匹良驹和战车交给我,我会让您看看我究竟能否胜任。"

伊德荣听罢面露喜色,正欲开口,宾虚又继续说道:"请容许我再说几句,善良的酋长。我从罗马的老师们那里学会了许多,当时却没有想过现在能用得上。我这么跟您说吧,您心爱的四匹赛马,它们的确都是人间少有的神驹,耐力和速度俱佳,但是说实话,如果没有人好好训练,就这样放任自流地跑,是绝对无法赢得比赛的。道理很简单,四匹马的力量速度毕竟不同,总有一匹最慢,一匹最快,这就需要合理调度它们到合适的位置,训练它们如何协作,而不是盲目乱跑。我可以做到这一点,您尽管放心。我能够把四匹马训练得跑得跟一匹马一样,为您赢得比赛和奖金,同时也报了我的仇,您觉得怎样呢?"

伊德荣捋着胡子听完了宾虚述说，最后笑道："我拭目以待，明天早上就照你说的，我会把战车给你试驾，就像我们阿拉伯的一句谚语'光说不练是假把式，又说又练才是真把式'。"

这时帐篷后门一开，走进一人，原来是埃及智者巴尔退则。

"晚餐都准备好了——在这里！我的好朋友巴尔退则，你应该认识认识这位年轻人，他的故事很有意思，你也来听一听吧。"

接着他又对仆从说："把我的马儿牵回去吧。"

第十四章

巴尔退则被接进帐内的时候，已经有仆人在中间的沙发椅旁边铺好了三张毯子，毯子正中摆上了一张不到半米的矮桌子，并又铺上了桌布。一名女仆在桌子的一边上放了一只陶制的烤箱，她的工作就是随时为酋长和客人提供美味的面饼。

宾虚站了起来迎接巴尔退则进帐，只见巴尔退则身穿黑色长袍，走起路来似乎很无力，整个人步履缓慢，显然如果有根拐杖或者有仆人扶助会好得多。

"欢迎，我的老朋友，"伊德荣尊敬地称呼道，"愿您得平安。"

巴尔退则抬起头回礼说道："您也是一样，善良的酋长，但愿唯一而慈爱的圣主保佑您和您的部族。"

巴尔退则的举止虔诚而轻缓，让宾虚心生敬畏。另外他的回答触动了宾虚，好像同时是对宾虚说的一样，而且在巴尔退则说话的时候，他的两颗深陷的眼睛里面好像发出奇异的光芒，这种目光宾虚从未见过，非常神秘，以至于他在吃饭的过程中不断地看向巴尔退则，试图再找到一样的目光，但是只看到一张老迈的面孔。平时巴尔退则的神态给人一种温和而可信的感觉，而且一贯如此。

"就是这个年轻人，巴尔退则，会跟我们一起共进晚餐的就是他。"

埃及人看了一眼年轻人，显得颇为惊奇。看到巴尔退则脸上的表情，酋长继续说道："我已经答应他，明天早上让他试驾我的车。如果他有这个实力的话，我会支持他参加竞技比赛。"

巴尔退则仍然目不转睛地看着宾虚。

"他是我的好友推荐过来的，"伊德荣继续说道，对巴尔退则的反应感到奇怪。"你可能听说过，他被称为小艾瑞斯，是罗马一位执政官的义子。"——酋长犹豫了片刻，接着笑道："他刚才跟我说他是犹大的后人，是地道的犹太人，我相信他的话。"

巴尔退则终于忍不住，说道："今天我遇到一次很严重的事故，幸亏危险时刻，一个年轻人出现救了我的命。当时所有人都自顾自地逃命，只有那个年轻人挺身而出。"说到这里，他转向宾虚直接问道，"我越看越觉得你是白天那个年轻人，是吗？"

"您言重了，我的确当时拉住了马缰绳，然后您的女儿给我留下了一只杯子。这是举手之劳而已。"

说罢宾虚从怀里取出酒杯递给巴尔退则。

这时巴尔退则的脸上焕发起光彩。他声音颤抖地说："今天一定是主的安排，让我们在神泉那里遇到你，而后又安排你跟我在此见面。感谢主，感谢他给我的这个机会，让我可以报答你的救命之恩。这个杯子已经送给你了，你留着就好了。"

宾虚收回了杯子，而巴尔退则看到伊德荣满脸不解的神情，就把白天在神泉旁边的所遭所遇给他讲了一遍。

"什么！"酋长听后对宾虚说，"你刚才怎么不跟我讲这件事，你救他就等于是救我，你来我这里就算来对了。我无论如何都会助你一臂之力的。"

"谢谢您的盛情，酋长，请原谅我没有告诉您这个经过，那是因为我来您这里不是为了讨您的报酬，不论您想要给我怎样的报答都是如此。另外我也是碰巧救人，就算当时遇到危险的是别人，哪怕是您的一个仆从，我也是一样会出手相助的。"

"但毕竟他是我的朋友，不是普通的仆从。你应该知道这中间有很大的不同。"接着他又对巴尔退则说，"以上帝的名义，我得再跟您介绍一遍，这个年轻人不是罗马人。"

说完，酋长转身走开，去吩咐手下的仆人，因为他看到晚餐差不多准备好了。

想必读者如果还记得本书一开始几位智者在沙漠中相遇和谈话内容的话，就不难明白为什么巴尔退则听到宾虚无视报酬的话之后，他是怎样的心情。这和主对他所允诺的救赎有一定程度的相似，不计报酬，不计贵贱。想到这里，他向宾虚走近了一步，问道：

"酋长说让我怎么称呼你来着？记得是个罗马人的名字。"

"艾瑞斯，执政官艾瑞斯之子。"

"但是你并非罗马人？"

"曾经我的家人都是犹太人。"

"你说曾经？难道你的家人都不在了吗？"

这个问题简单却敏感。伊德荣酋长赶忙出来打圆场："跟我来，"他说，"晚餐已经备齐了。"

宾虚伸手搀扶着巴尔退则，两人一起来到桌前，不一会儿，三人都端然坐在地毯上。有仆从送上了水盆，给三个人都分别洗了手擦干，然后在酋长的示意下退到一旁，这时埃及智者开始大声祈祷："全能的上帝啊！我们所有皆是你的恩赐，感谢你，请佑护我等继续施行你的意志。"

同样的祷告在数年之前的沙漠中曾经出现过，那时三位智者分别从埃及、印度和希腊而来，在主的指引下奇迹般在沙漠中汇合，当时三人分别用本国的语言进行祈祷，祷文不谋而合，跟今天巴尔退则所说一样。

餐桌上已经摆满了东方的美食佳肴——刚出炉的热腾腾的糕点，从果园中采摘的新鲜蔬菜，熟肉，牛奶，蜂蜜，黄油。但是桌上除了吃喝的东西以外，并没有现在我们常见的餐具，比如刀叉，汤匙等。三个人围在餐桌旁安静地吃着，没有人吭声说话，因为三个人都已经饥肠辘辘。直到甜点送上来，三个人才开始边吃边聊。

至于三个人聊天的内容，可想而知是围绕他们共同信仰的上帝展开——尽管他们三个人分别是阿拉伯人，犹太人还有埃及人，民族地域相差甚远，但是大家都抱着一样的信仰来到了一起，并且恰恰是上帝的神圣力量促成了他们的相聚，这本身就是一个多么辉煌的奇迹！

第十五章

天色渐晚，棕榈园早早地就被西边山峰的巨大投影所覆盖，没有机会看到夕阳西下时分那紫罗兰色的天空和日夜交替的瞬间那一抹金色的余光。夜幕简单而直接的降临到这里，棕榈园的仆人及时地为主客三人围坐的桌子布置好铜制的烛台。一共四个烛台分别被安置到桌子的一角，每个烛台上有四个分枝，每个分枝上面安放了一盏银制的小烛台和一个盛满了橄榄油的小杯。这四个烛台全部点亮后，桌子周边亮如白昼。主客三人正围拢在桌子旁，用相互都熟悉的叙利亚方言继续交谈着。

巴尔退则又讲述了一遍二十七年前十二月前后自己和两位朋友如何在沙漠中相遇，然后又怎样前往耶路撒冷寻找救主以及后来如何逃难到了伊德荣酋长这里祈求庇护的往事。虽然事情已经过去许多年，现在被他讲出来仍然像是刚刚发生的一样紧张而富有传奇色彩，连周围的奴仆都侧耳倾听着，生怕错过了哪个细节。宾虚在聆听的过程中,感受跟其他人大不相同,他认为这个巴尔退则经历的故事是对以色列民族的启示,是对自己信仰和人性的验证和明示。正是这种理解在后来彻底改变了他的人生选择和道路。

听着埃及人娓娓道来的故事直到结束,宾虚内心的情感也在不断地增强,他的胸中充斥着从故事中体会到的感动和启发,这种感受深沉而饱满,不可触摸却如此真实可信。看似传奇的故事,却让人觉得无可置疑,只能笃信。

说到这里,可能有些敏锐的读者迫切想要了解本书和救主相关的内容安排,在这做一个简单介绍。本书讲述的故事从圣子降临之前的某个时间开始,以巴尔退则几人为主线讲到他们抵达伯利恒膜拜新生圣子。之后尽管没有特地交代圣子的遭遇和成长,但是一直没有间断地点到他。现在故事来到棕榈园,更使救主距离我们越来越近,直到我们看到他长大成人的一刻,我们将在不久之后一起见证这一刻的到来,见证他成为一个伟大的人——一个世界不能缺少的人。我们这样称呼他,看似简单,却蕴含了无比丰富的意义和强大的信仰。

对伊德荣酋长而言,三位智者当年在棕榈园避难时已经把这个故事讲给他听过,当时听来比此时更加详细。当然,他对这段往事一样是坚信不疑的,所以当年才为三个人提供庇护,使他们免于希律王的追杀。今天三个智者中的一个时隔数年重返到棕榈园,再一次讲述这段往事,让他倍感亲切和感动,但这种感受跟宾虚相比却大为不同。毕竟他是一个阿拉伯人,所感兴趣的是故事本身。而宾虚则是地道的以色列人和犹太人——他所感兴趣的,是故事背后折射的真理和作为一个犹太人所能感受到的信仰和意志。

从他记事的时候起,他就听过关于救主弥赛亚的预言。长大后在学校里,他更深入地学习了本民族的信仰,了解到本民族如何成为上帝选定的一族,以及相关的希望、恐惧和荣耀的事迹。另外,还有民族历史上的预言、伟大的先祖和英雄人物等等,这些再熟悉不过的内容,他从拉比那里听说过无数遍。在教堂,学校,神殿,所有公开的场合或私人的居所,教师们一遍又一遍地教授本族的孩子们,无论他们来自哪里,告诉他们铁一样的事实,即弥赛亚终将降临世间,领导和统治犹太民族。在此基础上,犹太民族内争论的疑点只有一个,那就是弥赛亚将在何时降临?

传教者才会去争论这个话题。作为作者,我只能是把故事写出来,并把它尽量阐述得清楚明白,让读者们真正了解到人物角色的性格和内心。这里赘述的部分是想要读者对弥赛亚多一些了解,当时犹太人对弥赛亚惊人一致的信仰也是读者应该知晓的——弥赛亚是后来犹太人实际的王,如同恺撒之于罗马。

先说说宾虚的父亲,他追随的是撒都该派的信仰,在当时也被称为自由派。他们崇尚理性,认为死亡是一切的终止,不相信灵魂不朽。同时,他们也是保守的律法解释者,只相信摩西律法,对后世祭司的传承附加解释报以讥讽。作为一个确实无疑的党派,他们的信仰更多地倾向于是一种哲学学派,而不是奉为教义和信条。他们不拒绝物质享受,不反对教派内非犹太分支的存在。在政治方面,他们是分离主义者的坚定反对派。这种信仰的成分或多或少对他的儿子宾虚有着一定的影响。而且就像前文对宾虚少年时的介绍那样,他确实继承了父亲这方面很多的思想和特征,直到后来发生的不幸和苦难,让他对信仰有了新的认识和升华。

之后在罗马生活的五年，对宾虚青年时期的意识和性情也有着颇大的影响，这种影响主要来自于他对罗马这座四通八达的大都市繁华的记忆，那里是各个民族人才和文化汇聚之处，也是各种意识交汇碰撞的地方，罗马人放纵享乐和无拘无束也让他印象尤深。作为执政官艾瑞斯的义子，他经常出入上流社会的名流贵族云集的场合，公子王孙，达官显贵以及来自世界各地不同国家和部落的首领和要员，几乎每天他都要面对这样或者那样的面孔，这样或者那样的集会。但是无一能与他在故乡耶路撒冷的逾越节大家欢聚一堂时的场面相比，当他坐在大竞技场的遮阳篷下和三十五万人一起观看比赛时，他也曾想过，这些观众之中或许有一些人尽管是异邦人，其实也值得或愿意接受和自己一样的信仰，成为自己的兄弟并归于自己民族的上帝。

他的这种念头源于自己的信仰，非常自然地出现在他的脑海之中，但是当他沉浸在这种想法中再进一步思考时，他又无可避免地为这些异邦人感到可悲，生出怜悯之心。因为这些异邦人毕竟跟自己不同，他们的生活没有信仰和希望可言，他们的愤怒和怨言也就无法述说给神或者归于对神的需要。德鲁伊教（The Druids）在不列颠的橡林中有它的信徒[①]；奥丁和弗雷娅（Odin and Freya）[②]在高卢和德意志以及北欧地区有他们的追随者；在埃及，人们喜欢与鳄鱼为伴，并崇尚

---

① 德鲁伊教（The Druids）德鲁伊宗教敬拜自然，并将橡树视作至高神祇的象征。

② 北欧神话的神谱中有两大神系，奥丁是埃西尔神系的主神，弗雷娅则是瓦尼尔神系的主神。

阿努比斯(Anubis)[1]；在波斯，人们则把名为欧马兹特(Ormuzd)和阿里曼(Ahriman)的善恶二神相提并论[2]；寄期望于涅槃天堂的印度人，终生苦行在梵天为他们划定的道路上。崇尚美和哲理的希腊人，还在吟唱着荷马关于众神的史诗。至于罗马，没有什么比神灵更普遍和世俗的了，每天都挂在人们嘴边。罗马人凭着一时的兴致，把所谓的信仰随意在众多神灵的祭坛之间转换，似乎众神就是喜欢这种闹哄哄的乱象，如果说它们有什么不满的话，或许是因为神位太多了。这种乱糟糟即兴的信仰，后来又演变成对个人英雄的崇拜，那就是被每个罗马人所敬仰的恺撒，人们为恺撒兴建神坛举行祭祀。不，说到本质这种让人不悦的信仰并非源于宗教，而是源于混乱的政治和权谋以及无数暴政法规。他曾目睹很多意大利的平民，他们的命运遭受践踏，却只能终日祈祷着解脱苦海，这种悲惨的现象其实是恶政的后果。而罗马治下的各地——像亚历山大，雅典，耶路撒冷等等——人们所祈求的，并不是一个供他们膜拜的神灵，而是一个能推倒罗马政权重建升平盛世的王。

经过两千来年来的研究，现在我们发现当时困惑大多数宗教信徒内心的问题，其答案在于只有能真正证明自己，并能解救他的子民的神才能给他的信徒带来内心的平静和坚定的信仰。但对当时的人来说，即便是最敏锐的哲学家最多也只能将其归咎于政治层面，认为唯一的希望只能是摧毁罗马的暴政。而要达到这个目的，只有修复重组政治体系。于是

---

[1] 对古埃及人来说，来生极其重要，因此守卫亡者的阿努比斯神在很早以前就为人所崇拜。
[2] 古波斯明教认为欧马兹特(Ormuzd)是善与光明之神，而阿里曼(Ahriman)则是恶与黑暗之神。

才有了各地的叛军和反抗军。

继续回到宾虚的思绪中来,他跟当时许多人的想法是一样的,当仇恨累积到一定程度,他也想到一切悲剧的来源是罗马统治,尤其经历了五年在罗马的生活之后,他见到了更多被罗马征服和奴役的民族的悲惨下场,这让他更加坚定了自己的想法。他之所以在罗马军队学习,也是抱着有朝一日可以倒戈相向推倒罗马暴政的信念。现在他已经成为一名完美的罗马士兵,而他深知这还远远不够,要对抗一个国家的军队和军团,他必须学会如何让自己成为一个战无不胜的军队统领,领导自己的军队直捣罗马。这就是他目前对自己人生的规划和复仇的最终目标。毕竟,像他这样经历过诸多的不公正之后,选择复仇的战争比选择某种和平方式更加简单直接。

这些就是宾虚在聆听巴尔退则的故事时内心里的真实想法。三位智者和酋长的故事触动了宾虚最敏感的情感部分,他的心跳加快——尤其当他听到关于救主的部分时,更无疑地点燃了他心底的火焰。他现在迫切想要知道的两个问题于是在脑海中浮现出来:那个被称为救世主的婴孩在哪里?他降生世间的目的又是什么?

他为打断巴尔退则的谈话道了歉,并抛出了自己的问题。而巴尔退则并没有愠怒,相反地,他直言不讳地做了解答。

第十六章

"如果我能够回答你的话,"巴尔退则用简单、真挚又虔诚的语气答道,"如果我知道他身在何方,我会毫不犹豫地前往寻找,山峰和海洋亦不能阻隔!"

"这么说,您已经尝试过去寻找他,是吗?"宾虚问道。

埃及人脸上掠过一丝微笑,答道:"当年在我离开沙漠中的避难所,躲过希律王的追杀之后,我给自己的第一要务"——说着巴尔退则用感激的目光扫过伊德荣酋长——"就是查探新生救主的下落。但是一年过去了,我仍然没有胆量独自前往朱迪亚,因为暴虐的希律王仍然在位。于是我回到埃及,在我把自己的所见所闻讲述出来之后,没料到我的一些朋友对此深信不疑,他们还跟我一同庆祝救世主的降生。其中有几个朋友收到这段故事的感召,找到我主动要求前去伯利恒照顾新生的救世主,后来他们从伯利恒回来,告诉我说他们确实找到了伯利恒的那个客栈还有救主降生的山洞,但是客栈的管事人已经不在,据说是被希律王带走的,再也没有人见他回来过。"

"虽然如此,他们去了一趟一定找到了这段故事的某些证据吧?"宾虚很好奇地问。

"是啊,那是血一样的证据——整个伯利恒都在哀悼,所有的母亲都在为自己的孩子痛哭。你可能听说过,在我们逃离伯利恒之后,希律王抓不到我们,于是下令屠杀了伯利恒镇中所有新生的婴儿,无一幸免。这个事件尽管让我的几个朋友更加确信了我对他们讲述的故事,但是他们非常遗憾地告诉我说,救主一定跟其他新生婴儿一道被杀了。"

"什么!"宾虚叫出声来,惊骇道,"死了?您说救主已经被杀了?"

"不要急躁,年轻人,我没有这样说。我是说我的朋友这样告诉我而已。我本人对此非常怀疑。"

"哦,原来这样——这么说,您一定得到了特别的消息吧。"

"不,并非如此,"巴尔退则目光低垂下来,"圣灵在圣子降临之后就再也没有跟我们沟通过。我记得对圣灵的最后一次感知,是在我们逃离伯利恒之后,圣主指引我们前往伊德荣酋长这里前来避难。在那以后,我再也没有听到过圣主的声音,一切只能靠我自己了。"

"是啊,"酋长紧张地捋着胡须,证实道,"你当年也是这样跟我讲的——受到了圣灵的引导来到棕榈园,我记得很清楚。"

"我没有什么特别的消息,"巴尔退则继续说,他注意到宾虚脸上流露出的沮丧,"但是年轻人,我一直在思考这件事的来龙去脉——这些年不曾停息过,受到信仰的激励和感召,上帝可以见证，我向你担保，如今我的信念跟我当初第一次听到圣灵召唤时一般无二，从未动摇。如果你愿意听下去，我会告诉你为什么我仍坚信圣子还活在人世。"

伊德荣和宾虚都对巴尔退则投以鼓励的目光，并且两人的神情显得更加投入了。就连旁边的侍从佣人也都尽量靠得更近，想要听得更清楚。整个帐篷里鸦雀无声。

"我们三个都信仰上帝。"巴尔退则点点头继续说道，"他就是真理，他所说的话亦是真理。"

巴尔退则说这些话的时候，表情非常肃穆。"我在湖畔第一次听到他的声音时，他是这样说的，'圣恩佑你，麦西之子！救恩必将来到。有你的两个另外友人，将会从世界另一端会同你一起，见证救世主的降生。'我看到了救世主——愿他的名得佑护——但是救恩，也就是上帝第二部分的许诺，还没有到来。你们明白了吗？如果救主已死，就没有人代替圣主在人间执行他的旨意，为人世带来救恩，那么圣灵告诉我的话语不就成了空谈，上帝啊——我不应该这么说！"

他自责地举起双手，脸上充满了惊怖。

"救恩是圣子被带到世上所要完成的任务，并且只要圣主的承诺仍存，死亡也无法阻挡他完成对世人的救恩。这是我坚信圣子仍在的第一个理由。如果你们愿意我将继续讲述下面的理由。"说到这里，他暂停了片刻。

"不妨喝点酒吧，就在你手边——瞧。"酋长尊敬地说道。

巴尔退则倒了一杯，一饮而尽。尔后似乎精神了许多，他继续说道。

"我所见的圣主，跟我们常人一样由一位女子生养，当然也难免生病遭灾——死亡也无可避免。请把这一事实作为下面所有分析的前提，然后他的非凡使命才能得以施行。既然以凡人之躯降临世间,那么他必然要跟我们一样经历从小到大的成长过程,而不会是一夜之间变成一个我们所想象的那种睿智、坚定而神圣的人。你们可以想见,他在这个长大成人的过程中所要面对的各种危险。希律王的统治本身就是救主生存下去的敌人。还有罗马政权,就连以色列的百姓也一样——有谁胆敢收容这样一个危险分子?所以,他要生存下去,只能过隐姓埋名的隐居生活。为此我这样告诉自己和自己的信仰:他一定还活着,只不过他可能改换了身份隐藏起来罢了。而且他一定会再次出现在世人面前,因为他在人间的工作还没有完成。这就是我坚信他仍活在世间的原因。你们觉得呢?"

伊德荣眨了眨阿拉伯人那小而有神的眼睛,表示理解和认同。宾虚一扫刚才脸上的落寞和沮丧,诚挚地说:"至少对我而言,我找不到否定您的理由。那么您还有其他的证据吗?"

"这些对你还不够吗,年轻人?好吧,"巴尔退则语气平静下来,"我前面所说的理由是显而易见的推理,最重要的是你要明白,按照圣灵的意志,圣子必须隐匿起来——我的信仰如今寄托于耐心地守候和等待。"他抬起头,双眼望向天空,眼里充满了神圣的信念,然后低下头来,似乎又变得茫然——"我正在等待着,我相信他还活着,就在某座不知名的山里或者某个不知名的溪谷,他正隐居其中,保守他那惊人的秘密。他一定活着,就像花儿含苞待放,就像果实就要成熟,他只是静静地等待一个机会,来完成他被赋予的伟大使命。依着圣灵的许诺和他的真理,我知道他一定还活着。"

宾虚听到这里因心中升腾起来的敬畏而战栗——他再无任何怀疑。

"那么您觉得圣子现在可能身在何处呢?"他声音低沉地问道,显得有些犹豫,似乎生怕得不到任何答案一样。

"几个星期前,我在尼罗河畔的家中思考这个问题,一个三十来岁的男人,他的生命之田早已播种就绪,到这样年纪,是该收成的时候了。圣子活着到现在应该已经二十七岁了,对他也是一样,我想他的准备应该已经妥当,该到了他出世的时候了。那么在这一神圣的时刻,他会从哪里开始进行他的工作?我想来想去,答案只有一个,那就是朱迪亚的耶路撒冷,这个上帝选定的圣地。要去寻找他的下落,我也一定是从那里开始,我将寻遍朱迪亚和加利利的每座山东面的城镇乡村。他现在一定隐身其中某处,就站在某个门口或者某个山顶,等待着某个夜幕降临后,他自己将化身为照亮世界的光明。"

巴尔退则停下来,伸手指向远方朱迪亚的方向。这时所有听他讲述的人,包括帐篷里的仆从,都被他浑身散发的高涨的信仰之力所感染,就好像某种庄严的精神存在突然在帐内变得具象化了,令所有人为之震惊。并且这种震动并没有马上消散,所有人在这神圣的气氛里沉默良久,桌旁的宾虚思考之后首先出声,打破了寂静。

"善良的巴尔退则,我明白了,您确实是被上帝选中和庇佑之人。另外,您所说的皆充满人生智慧,听君一席话,使我无法表达和形容内心的感激之情。我祈盼您能找到这位预言之子,帮助他完成他在世间的救恩。我一直认真地听您所讲,您称这位圣子为'救世主',之前您不是称他为'犹太人的王'吗?"

巴尔退则用仁慈的语气回答宾虚:"孩子,他神圣的使命是他跟上帝之间的安排。我只能按照自己听到的圣灵的话语进行思考，并为圣子祈祷，而我想圣灵的话语中已经隐藏了答案。我是否要重述一遍圣灵所说的话语给你听？"

"我愿洗耳恭听。"

"还是从最初我寻找真主的起因讲起吧，"巴尔退则平静地说道——"我当年之所以到尼罗河畔的亚历山大去布教，乃至后来我离群索居的原因，就是当初我眼见人们堕落的情景，我思索其缘由是因为他们缺少可信仰的神。当时我非常的痛苦，不仅是为我所在的贵族阶层，更加为了我的整个民族感到痛苦。我看到人们如此的堕落，当时我想恐怕只有圣主亲自动手才能救赎我们。于是我祈祷他早日到来，祈祷让我能见到他。后来他对我说'你做得很好，救恩就要来到，你将见到救主'——这就是当时我听到的原话。我在他的指导下前往耶路撒冷寻找救主庆贺他的来到。那么说，上帝救赎的受众是谁？是全世界所有的人。他的救赎又当如何实现？年轻人，你要相信自己的信仰之力！我时常听到有人说，除非罗马从这个世界消失，否则不会有幸福可言，似乎人们都把这个世界的堕落归咎于残暴的政权和统治者，而忘记了信仰的缺失才是真正的原因。他们简单地认为只要推倒罗马政权就够了，而忘记了就算现在的皇帝被赶下台，又会有另外一个皇帝登上那个宝座，其结果还是一样重蹈覆辙。如果上帝的智慧仅限于此，未免也太让人失望了。我想要告诉你，尽管他教导我们'以眼还眼'，但就目前局势而言，复仇的战争不能从根本上解决问题，上帝想要他派到世上的救主来解放和拯救我们的灵魂，而不是引导一场战争，这是我的思考和理解。"

听到这里，宾虚的脸上浮现出失望的神态，他垂下头。即便他并没有被说服，却也找不到理由反驳埃及人。伊德荣酋长却并非如此，他激动地高声叫道：

"以上帝的名义,审判必然带走和消灭现有的制度。如今的世界固有的现状一般人无法改变。所以每个部落的领袖都应该站出来,代表一方的力量大家一起改变这个世界。"

巴尔退则听着酋长爆发的话语,表情非常严肃。

"善良的酋长啊,你是个有智慧的人,而且你的智慧是世间少有的。但是你忘记了一点,上帝正是要救赎我们整个世界运行的方式。以凡人的眼光去看待,救赎便成了称王称霸的雄心,但上帝的愿望却是洗涤每个人的灵魂。"

伊德荣酋长听罢摇头不语,表现出一副不愿意相信的样子,宾虚接过话说道:

"神父——我不知能否这样称呼您,请问您在耶路撒冷城门前是要询问何人?"酋长向宾虚投过感激的目光。

"我当时是想要询问,'新生的犹太人的王在哪里?'"

"他就是你在伯利恒的山洞中见到的婴孩吗?"

"没错,而且当时我们分别膜拜并献出了礼物——梅尔该奉献了黄金,加斯巴尔奉献了乳香,而我则献上没药。"

"您所说的事实,我听即信之,但是说道主张和观点,我无法理解的是,您既然称圣子为超越了王的众王之王——他怎能没有王的权柄和职责?"

"孩子,"巴尔退则回答说,"我们往往卖力地研究触手可及的东西,却忽略了远处伟大的事物。你只是太过关注这个头衔——'犹太人的王'。为什么你不能把目光放得更远更广一些,这个头衔不过是一张窗户纸,捅破了它你才能看得更远。讲到这个头衔,听我说,如果是在你那些伟大的先祖的时代,倘若上帝向你的先祖们——通过那时的先知——许诺某人将成为犹太人的救主和王,会是怎样的结果?很容易想到,他们一定会尊他为王并接受他的治理。这么说你能明白我当初为什么在城门前这么问了吗？可能你又会考虑救主的尊严和地位问题吧——如果是这样，那么请你想想看，即便救主成了希律王之后的继承者又怎样呢？——按照这个世界对尊严和荣耀的定义，这样又能说明什么？上帝在信徒心中的地位就会变得更牢固吗？如果你认为无所不能的天父只是想要这样一个头衔的话，他岂不是变成了跟凡人一样，甚至相当于还要借用凡人所创造的称谓？倘若如此，为什么我不干脆找一个新的恺撒？再回到我们讨论的问题上来，孩子，我只希望你的目光能看得更远，与其问谁将成为新的王，不如问他要成为谁的王。因为这才是解开秘密的关键，不弄明白这个问题就没有办法弄清楚上帝的安排。"

巴尔退则抬起头，眼睛虔诚地望向上方，"这个世界上存在着一个这样的国度，尽管这样称呼它可能并不准确——它的疆土超越海洋和陆地，无比的宽广，那里遍地撒满了金子。它的存在就像我们的心跳一样真实，而且我们从出生到死亡都活着那个国度中，却浑然不知。直到一个人认识到自己的灵魂，他才会意识到这个国度的存在，因为它本就是灵魂的国度。在它的疆界内，到处充满了无上的荣耀。"

"您说的话，神父，我听起来如同谜语一样，"宾虚听完说道，"我从未听说过这样的国度。"

"我也没听说过。"酋长也说道。

"那么我就不再多讲了，"巴尔退则谦逊地收起目光，"这个国度是怎么样的地方，它存在的意义以至于怎样到达那里，没有人知道，除非圣子来临并统领这个国度，他掌握着不可见之门的钥匙，他将为被他救赎的、他所爱的和信仰他的人打开这扇门。"

说完这段话，三个人沉默良久，巴尔退则也不再发言。

最后终于还是他先打破了静默,"善良的酋长,"他语气柔和地说道,"明天或者后天,我将会出发到城里去,可能要去上几天。我的女儿却想要留下看看战车比赛如何进行。晚一点我会再跟您确认我出发的具体时间。年轻人,我们后会有期。祝你们二人平安,晚安!"

说罢,三个人都站起身,宾虚和酋长目送阿尔退则离开了帐篷,宾虚对伊德荣说:"酋长,我今天听了太多的东西,请容许我先告退,我想独自到湖边散一散步,好好想一想今天的听闻。"

"那你就去吧,我晚些再找你。"

两人于是净了手,在酋长示意下,仆人给宾虚把鞋子穿上。宾虚信步走出了帐篷。

第十七章

沿着棕榈园北面的一条小路，靠着小路和湖边有一排棕榈树，树的倒影一半撒在路面上，一半撒在湖水中。夜莺在树丫上啼叫吟唱着好像欢迎宾虚来这里散步一样。如果是平时，夜莺动人的叫声一定会带走宾虚的思绪，但是今天却不同于往日。今天的所见所闻，让宾虚陷入了深深的思索中无法自拔。

夜幕之下的一切都显得非常静谧，就连湖水也停止了拍打岸边的涟漪。夜空中是古老东方的星辰，各自安守着自己亘古不变的位置。陆地、湖面甚至天空中，都充斥着夏夜所特有的气息。

宾虚此时心潮澎湃，思绪起伏不定。眼前的棕榈树，天空，让他恍惚之间如同到了巴尔退则绝望之际所到的那个人迹罕至的隐居处，平静的湖面也好像成了尼罗河的一支，就是当初巴尔退则初逢圣灵的地点。是否奇迹将要再次发生？

难道圣灵想要对宾虚说些什么？宾虚的内心此时渴望着圣灵能像当初指引巴尔退则那样指引自己的去路，但是他等了许久，一切还是那么平静。当这狂热的情绪平复下来之后，他终于找回了自己的理智，重新开始思考。

他给自己设定的复仇规划已经被巴尔退则阐述过了。在进行所有相关的思考之后，宾虚发现了一个巨大的裂隙或者空白处，自己不论怎样思考都无法填补——他甚至无法看清楚这个裂隙对面是什么样子。终于他从一名士兵变成了现在的指挥官，那么在此之后他应该追逐怎样的目标呢？革命一直占据了他的整个计划，要革命就需招募士兵，带领更多人加入到革命战争中，这就需要想好两个重要方面的关系：第一需要有始，就是出师有名，必须有一个招兵买马的正当理由；第二，有终，就是发动革命想要得到怎样的结果。要有完善的抚恤措施，如果士兵受伤的话，要有医生给他诊治；如果战死的话，要给予适当的荣誉和奖励。

考虑这两点之后，他要确定的是每个方面是否有足够成熟的条件。进而思考之后，他认为第一点的条件是足备的，因为有大量对罗马统治不满的以色列同胞，他们只要有足够号召力的人领导，就会加入到革命洪流之中来。

那么第二点的条件如何呢？他对此的思考已经不是一时半会儿了，而是经过无数次的苦思冥想——最后所能想到的结果都是一样——只能看到昏暗而不确定的民族独立。这样的目标足够有说服力吗？不能说不够，因为那样想的话，未来等于失去了希望。但是如果说足够，他的理智判断又似乎觉得很勉强。他甚至不能确定以色列有没有足够的实力跟罗马帝国分庭抗礼。他非常清楚敌对一方的罗马拥有如何丰富的资源，而谈到战争，更是罗马极具优势的方面。或许多国联盟的话还有成功的希望，但是那又怎么可能呢，除非——他一直期待这种例外情况的出现——有一位不世出的英雄人物从饱受罗马欺压的民族出现，带领人们夺取让世人侧目的巨大胜利。好比是朱迪亚出现了一位马其顿帝国的亚历山大大帝一样！但是即便如此，会不会出现像梅撒拉曾经讥讽的情形呢——"你们花了六天时间取得的胜利，总在第七天全部失去。"

面对这个巨大的裂隙，宾虚始终没办法填补，他思考过一遍又一遍，但每次思绪都没有满意的结果，唯一的希望就寄托于一位英雄人物的出现。在宾虚第一次听到玛鹿对巴尔退则故事的简单讲述后，他心里非常喜悦，以为自己终于等到了那个机会，一位能够领导犹太人奋起反抗的王终于来到了！他似乎看到在这位尚未谋面的英雄背后，整个世界已经武装起来，随时候命了！

一个王也就意味着他必将有自己的王国，在宾虚想象中，这位新王将是一位像大卫王一样有勇有谋的将领，同时是一位像所罗门王一样睿智而高尚的国王。新的王国拥有足以粉碎罗马政权的力量，世界将会经历一场前所未有的大战和生与死的洗礼——之后迎来长久的和平，当然，是在朱迪亚的统治之下。

宾虚每念及此就会热血沸腾，仿佛看到耶路撒冷已经成了世界的首都，而锡安山上则耸立着世界之王的宝座。

既然巴尔退则已经亲口把这个救世主的故事——这个奇迹般的犹太之王的故事告诉了宾虚，他又怎能不为此而狂热，如果他能清楚地知道救主救赎世人的使命付诸实践的时间，尤其是如果这个时间已经迫近的话，他情愿放弃去跟马克森提乌斯汇合的计划，转而尽快回到故乡，为即将到来的"革命战争"做准备。尽管这一切似乎让人情不自禁地兴奋,但还远远谈不上万事俱备。未来仍然被不确定的阴影笼罩着,甚至比这夏夜的棕榈树投下的阴影更加昏暗,这种不确定性主要还是来自于对埃及人所说的那个救主的"国度"的费解。

宾虚暗自思忖着:"这是怎样一个'国度'啊?在人世间又会变成怎样一种存在?"

进而让宾虚非常困惑的是:怎么会存在这样一个"国度"——人的身体和灵魂合二为一,而且肉体必亡,灵魂则不死?这样的世界又会演变成什么模样?

当然,两千年后的读者们已经有了答案,因为圣子已经做出了解答。但是对于身处彼时的宾虚而言,他只能反复地琢磨巴尔退则的话,"直到一个人认识到自己的灵魂,他才会意识到这个国度的存在,因为它本就是灵魂的国度。在它的疆界内,到处充满了无上的荣耀。"我们不能求全责备,难怪宾虚不论怎么想都觉得巴尔退则的话像是一个晦涩的谜。

想来想去,宾虚绝望地感叹道:"这样的'国度'对世人又有何用呢,如果不能用自己的行动来改变这个世界,劳工、议员、士兵,有谁会去渴望和追求这样的'国度'?新的'国度'降临之前,必然要推倒旧的世界;新的政府必然要建立起来——而且人们必须武装起来用武力夺取的办法。不然难道还有他途?"

读者们啊,对宾虚的困惑,我们现代的人自然能看得更清,可他却不能。爱和信仰的力量在那个时代还没有来到人们身边。面对困顿,人们只能想到的就是武力重建,他们认为获得和平与秩序只有这一个办法,却不知爱与信仰才是最伟大的力量。

正在他冥思之时,不知是谁的手按在他的肩上。

"我有话对你说，艾瑞斯之子，"原来是伊德荣酋长来到他身旁——"很简单，说完我要回去休息了，天色已晚。"

"请您赐教。""是关于你刚才听到的内容，"酋长几乎没有停顿，径直说着，"对圣子和他的国度之事，你大可不必想得太多，因为你不需要这么快做出决定，我想你应该见一个人，一切等你们见面后再定，他就是商人萨耐德。埃及智者给你描绘的太过理想，会让人觉得遥不可及，但是萨耐德则不然，相信他会更加实际地跟你讲述一切，甚至告诉你关于圣子的预言早已写入先哲们的经典之中。然后，你就可以定下心来实施你的复仇大计了。祝你平安！"

"请您留步！酋长！"但是酋长说完就扬长而去，也不知是否听到宾虚的声音。

"又是萨耐德！"宾虚唏嘘道。"说起来他还是父亲的奴仆，现在却像高高在上一样，我拿他一点办法也没有。大概他在控制自己财富方面的确要比巴尔退则要聪明。以神圣的契约之名！我怎能到一个无信义之人那里去求得信仰！我不会去求教于他的。咦？怎么好像哪里有女子的声音？——像是天使一样！好像在朝这边而来。"

顺着湖边小路向南走来一位唱歌的女子。她的声音宛转悠扬，如同绕梁九转的长笛声，随着声音逐渐变得嘹亮，一开始好像听到了熟悉的击桨声，后来歌唱的内容渐渐清晰——歌词听起来是当时流行的希腊语，曲调间溢满了悲情，听得出是一支挽歌（下面是歌词内容）：

愿我的歌声，跨越了重洋
回到故乡的土地上
那泥土的芬芳挟带着生命的气息

> 变成拂面的微风
>
> 如同轻声低诉的棕榈叶
>
> 请不要再折磨我吧
>
> 那温柔的月光照耀下
>
> 孟菲斯(Memphian)①岸边,宁静的尼罗河
>
> 啊,尼罗斯(Nilus)②!主宰我梦境的神
>
> 你一次又一次地踏足我的梦
>
> 在梦里,有如莲花一样的酒杯
>
> 有我对你的歌颂
>
> 有门农(Memnonian)③响起的竖琴
>
> 和亲爱的阿布辛贝神殿(Simbel)④
>
> 然而醒来后,仍旧是
>
> 无尽的悲伤
>
> 容许我对你说——再见!

在歌曲的最后,歌者已经走过那排棕榈树。歌词最后的"再见"一词,传到宾虚的耳畔,带着离别时既甜蜜又伤悲的情绪。宾虚颇为感慨,忍不住长吁一口气,听似一声轻叹。

"从歌声猜测,我想歌者一定是巴尔退则那位美丽的女儿!"他又想起白天初见时,她那鸭蛋形红润的面庞和脸上两个深深的酒窝,最让他印象深刻的是她浑身散发的优雅气质。

"多么美丽的人啊!"他重复地呢喃着,心跳随着思绪加快

---

① 古埃及城市,废墟在今开罗之南。
② 古埃及法老之一,据说尼罗河出自其名。
③ 古埃及阿孟霍特普三世的巨大石像,相传日出时能发出竖琴声。
④ 埃及南部的努比亚地区一座古老神殿,据说是古埃及法老拉美西斯二世为纪念其爱妃而建造,然而神殿建成之前这位爱妃却病逝。

了跳动。然而几乎是同一时刻,另一个女子的面孔在他的脑海跳了出来。

"埃丝特!"他低声道,脸上不禁露出微笑。"她多像一颗明亮的星,出现在我面前。"

说罢,他转身向自己的寝帐走去。

这个年轻人的生命中,填塞了太多的仇恨和伤痛,留给爱的空间实在太少了。此刻的快乐瞬间,是否意味着幸福的开端呢?如果真是这样的话,究竟又是谁带给他的喜悦对他影响更甚?埃丝特吗?她曾经给他满上一杯酒。那个埃及姑娘同样为他满上一杯泉水。

奥斯卡
经典文库

[024]

Ben-Hur
宾虚 (下)

(美)华莱士 ●著　徐凯杰 ●译　何亮 ●丛书编辑

首都师范大学出版社
CAPITAL NORMAL UNIVERSITY PRESS

宾虚

第五部

"只有正义之举才能在泥土中散发芬芳,开出花朵。"

——雪莱(Shirley)①

"在错杂纷乱之间,他冷静如常,秉承原则,世事无常,却不出他预见。"

——华兹华斯(William Wordsworth)②

---

① 英国文学史上最有才华的抒情诗人之一,更被誉为诗人中的诗人。
② 被封为英国"桂冠诗人",对雪莱、拜伦和济慈都有影响。

第一章

在皇宫的沙龙里,经过一夜狂欢的酒席,到处趴伏着沉沉睡去的年轻贵族们。马克森提乌斯就快要来了,这座城市已经为迎接这位大人物的到来做足了准备。罗马本地驻军也将从苏庇尤斯山下来,以最盛大的军荣欢迎他。从城外到城内的主干道已经安排了欢迎典礼,一切工作已经就绪,只等这位在东方"享誉恶名"者的到来。偏偏在这个当口,沙龙里竟然躺了一群烂醉如泥的公子王孙。

并非在场的所有人都被放荡的饮宴弄得不省人事。在清晨的阳光透进沙龙的天窗时,梅撒拉作为一个例外者率先醒转过来,他取下头顶的花冠,收拾好身上的袍服,最后看了一眼周围的狼藉景象,静静地走了出去。他显得如此清醒,恐怕冷静机敏如西塞罗(Cicero)[1]一样,在经过这样疯狂的一

---

[1] 古罗马政治家、雄辩家、著作家。

夜后也难以做到这一点。

大约三个小时之后,两个传令官来到了梅撒拉的居所,向他递交了一封信。信是写给格拉图斯总督的,一式两份。这位由罗马委派到朱迪亚的总督如今仍在恺撒利亚当职。两位信使分别由陆路和海路前来送信,一路上一刻也不敢耽搁,足见这封信的重要。为了让读者们看得明白,新的内容大致如下:

寄往安提俄克,朱凯尔街,十二号

由梅撒拉转递格拉图斯

愿您展信后不会怪罪我的唐突,因为请相信,我是心怀对您的感激和爱戴写下的这封密信。

我想跟您讲的是一件让人震惊的事,我想尽管可能只是我的猜度,还是有必要由您亲自考虑和裁断的。

原谅我不得不重提当年的旧事。您可曾记得数年之前在耶路撒冷,曾给您额角留下那块伤疤的宾虚家?

提起当年,我想起我们后来是如何铲除的宾虚一家,并且将其家产全部充公没收的。我愿意相信我们那时的决定是正确的——那一定不是所谓的意外事故——这样我们对自己的道德心才能有所交代,况且当年我们也得到了皇帝的首肯。说起来我非常感激,毕竟我也从中分得了一杯羹。

您作为戈迪尤斯(Gordius)之子,才华和谋略过人,这自不必说。我想您一定还记得当年您是怎么惩罚宾虚一家的,当时我们一致认为袭击您的人是宾虚家人,并且他们肯定是故意发动袭击的。另外您一定也记得当年还把宾虚的母亲和妹妹一并按作罪犯论处监禁起来。可能我不应该感到好奇,不过我确实对两个女子后来的下场和下落有些兴趣。若有冒犯之处,还请见谅。

那位曾经差一点要了您的命的罪犯，后来被押去了海船上为奴。我想他一定是被安排到了当时的保民官艾瑞斯的船上，才会有后面我要说的故事，而且是让您震惊的故事——可能此时您对我所说的故事开始有些兴趣了，不是吗？

如果按照常理，被派到海船上为奴的罪犯不可能撑得了两年时光，这么算的话，他应该早在五年前就抛尸深海了。也正念及此，我们才能在过去的五年中心安理得地占有和享用从宾虚家缴获的财产，尽管说良心话，我对此仍抱有负疚感，但这并不影响我对您的一片赤心。

下面要说的才是我这封信最重要之处。

昨天晚上我在罗马的一场晚宴上听闻了一件事。执政官马克森提乌斯，您应该有所了解，他正在筹备对帕提亚人的战争。在他军营的幕僚中，有一个人引起了我的注意，就是另一执政官昆图斯·艾瑞斯的义子。我在无意间打听这位小艾瑞斯之时，被告知这位义子螟蛉原来是老艾瑞斯当年摧毁海盗舰队一战后收养的，因为他恰好后继无人，而这位小艾瑞斯在海战中曾救他不死。这个本来平淡无奇的故事中，最让我在意而且也应被您在意的地方在于，这位大难不死的小艾瑞斯极有可能就是当年被您发配到海船上做奴隶的那位宾虚！所有人都误以为这个宾虚已经在五年前葬身鱼腹了，但据我看他并没有死！而且他摇身一变，现在成了执政官之子和一位冠冕堂皇的罗马人！想到这里，我也觉得紧张不已，故而第一时间我把这个消息带给您，因为我想你必须知道这件事。

您是否对我所说的话不以为然？当年老艾瑞斯所在的战船在和海盗的海战中被击沉了，后来他的船上只有两人幸存，除了他之外另一个就是后来他所收养的义子，小艾瑞斯。当时发现和救下保民官艾瑞斯的士官长曾说，跟保民官一起被救下来的还有一个年轻人，那个年轻人本是一个身为奴隶的划桨手。

可能您听到这里仍然会觉得这没什么值得大惊小怪的，但是请继续听我说——以命运之神的名义——我今天碰巧见到了这位神秘的小艾瑞斯，并且虽然当时我并不知道他的身份，但是我可以向您保证，他长得简直就跟当年那位名为宾虚的耶城王子一模一样。并且，我有充足的理由相信，他此时此刻正在酝酿着对您复仇的计划——因为这是人之常情，尤其在一个人经历过失去亲人的伤痛，而且最为重要的，在失去了所有的财富之后。

读到这里，我想您对现状也有了一定的了解，我的好友和支持者，格拉图斯！您的财产已经处于危险之中，尤其是在东方的部分。我想此时您应该会相信我所说的事态并慎重考虑下一步该如何行动了。

原谅我的唐突，可能我不应该问您应付的办法，但谁让您于我如同尤利西斯（Ulysses）①一般，堪为师长。

我相信这封信到您手中时，您一定会马上展信一阅。信中所言如我亲至，望您观之展颜。以您之睿智如墨丘利（Mercury）②，聪敏如恺撒，当可阅罢即有良谋吧。

太阳已经东升。一个小时后我的两名信使将会出发，分别经陆路和海路把这封密信送出。望您千万重视和理解我心之所系，并对我们新的敌人早做准备。我在此静候回音。

---

① 希腊神话人物，特洛伊之战中他在阿喀琉斯死后，献木马计，帮助希腊人终于拿下了特洛伊。
② 墨丘利，罗马神话中他是朱庇特与女神迈亚所生的儿子，他是朱庇特最忠实的信使，他聪明睿智，多才多艺。

宾虚的举动按道理都会听命于他的义父老艾瑞斯，我推断在这种关系的影响下，宾虚在一个月之内应该不会离开安提俄克，因为他要协助执政官做战前的筹备，并不是一件简单的事。

我昨天在达芙妮之林看到了这个年轻的犹太人。我想如果此刻他不在那里也应该在就近的所在。实际上，如果您此时问我他的下落，我会非常有把握地告诉您，他现在一定在伊德荣酋长这个罗马叛徒的领地棕榈园中。

在您做出决定之前，我会密切关注宾虚的动向，我相信这对您和我都是非常重要的，希望您切不可错失时机。

如果您认为安提俄克便是行动之地，我建议您把事情交付给您忠实的朋友梅撒拉，他一定不会让您失望。

第二章

约莫在两名信使携带着密信走出梅撒拉居所门口的同时（当日清晨时分），宾虚走进了伊德荣的帐篷。在此之前他先到湖里游了个泳，然后吃罢了早餐，换成无袖的短衫和未及膝的短裙，然后他来到酋长帐内。

酋长向他问了早安。"愿你平安，艾瑞斯之子。"酋长从心底欣赏眼前这个年轻人，长相俊秀，身形伟岸，那种充满了力量和自信的气质不经意就流露而出，如同浑身闪烁着金光。"你睡得可好？我和我的马儿们都准备好了，就等你试驾啦。"

"谢谢您，善良的酋长，我已经准备好了。"伊德荣听罢非常高兴地拍起手来，"我这就叫人把马儿们备好，你先请坐吧。"

"您的赛马有加轭吗？"

"没有。"

"那么请容许我自己动手做这些准备工作，"宾虚要求道，

"我想有必要跟你的宝马们近距离接触一下并且尽可能地深入了解它们各自的脾性，因为操控战车时我要对这些马儿区别对待，也就是所谓的'因材施教'吧，请安排仆从把马具先准备好。"

"战车呢？"酋长询问，"今天先不动用战车，但请给我另外准备一匹好马，这第五匹马不需要配鞍，光身就行了。"

酋长听着宾虚的安排，莫名地来了兴趣，马上叫来一个仆从，吩咐道："快去，给我的四匹宝马备好马具，另外给我的'天狼星'备好缰绳。"说罢他站了起来，对宾虚说："'天狼星'是我最钟爱的坐骑，我们两个二十多年来形影不离，不管是安闲的时间，还是在战乱中，它一直陪伴我从未让我失望过。现在我把它介绍给你。"

说着，酋长走到帐篷中间的帐帘处，一只手把帐帘掀起，把宾虚让了进去。来到另一边，宾虚看到了这匹叫作"天狼星"的马。就见它娇小的脑袋低垂，两只像宝石一样的眼睛炯炯有神，颈似弯弓，马鬃微卷飘洒在脖颈两侧，如同姑娘的秀发一般闪着自然的光泽。看到宾虚走近，"天狼星"发出似乎高兴的低鸣。

"乖马儿，早上好。"酋长说着轻轻拍着马的脸颊，说完转身面对宾虚，"这就是'天狼星'，那四匹宝马的父亲，它们的母亲米拉如今正在故乡等待着我们归去，因为她太过宝贵，我不放心带她到这里来，毕竟在这里不乏比我更有权势的人。另外，"一边说着，酋长一边对宾虚开怀大笑，"另外我担心，亲爱的小艾瑞斯，一旦我把她带了出来，我的部族就没有了寄托，因为米拉在我的部族中地位非常高，其他人都膜拜她，奉若神明，她是我们的荣耀。"

"'米拉'——'天狼星'——这些不是星星的名字吗，酋长？"宾虚问着，向四匹马身边走去，同时把手伸向它们的父亲。

"是啊,这有什么不对吗?"伊德荣回答说,"难道你没有注视过沙漠中的星空吗?"

"从来没有过这样的经历。"

"那么说你肯定不会了解我们阿拉伯人有多么的依赖星辰。我们以感激之心借用星辰之名,并以爱报答。我的先祖他们都有自己的米拉,而我也一样。这些米拉所出者基本都是千里驹,并以星辰冠名。那边的那匹,看到了吗,它的名字叫瑞杰,旁边那匹叫安塔雷斯。还有那匹,是阿泰尔,你面前那匹叫阿尔德伯瑞,同时也是几匹马中年纪最小的,但并不输于其他几匹——实际上,它跑起来快似疾风闪电。"

这时仆从把马具已经取了过来。宾虚亲自动手给马儿把马具套上,然后把四匹马牵到帐外,最后为每匹马套好了缰绳。

"把'天狼星'牵过来。"一名阿拉伯人马上照办,然后宾虚又要了缰绳。

"酋长,我已经准备妥当,请给我派一名向导带我去训练场地,同时安排几个人送一些水过去便可。"

训练开始后一切进行得很顺利。四匹马对这位新来的教官似乎并不害怕,而且它们和宾虚之间仿佛已经建立起了某种默契。加之宾虚在指挥过程中淡定而自信,这种自信在四匹马身上得到了相同的反馈。虽然此时没有套上战车,但实际上宾虚发号施令的手法是和赛车时一样的,不同之处在于驾驶者此时没有站在战车上而是另外骑着一匹马而已。伊德荣酋长在后面观摩这种新颖的训练方法显得兴致高涨。

来到开阔的训练场地,宾虚马上开始用模拟竞速比赛的方法训练。先是让四匹马在直道上到缓缓而进,接着改在弯道上跑。训练了一阵子之后,他命令马儿们小步慢跑,接着又命令它们加速飞驰。跑一会儿再转为慢跑,从跑小圈改为跑大圈,并且不断变换着在训练场的不同角落进行训练,就这样一刻不停地练了足有一个小时。最后他带着四匹马缓步走到酋长面前。

"训练内容就是这些了,接下来只要不断练习就行,伊德荣酋长,我真替您高兴,您的这几匹马果然不俗。您瞧,"他从"天狼星"的背上下来,走到四匹马前,"四匹马长得就像红缎一样,一点杂色都没有。我训练了一个小时下来,它们仍然和训练之前一样气息均匀。您真应该为它们骄傲和高兴。有了这几匹神驹,我们在竞技场上想要夺得优胜就——"

说到这里,他突然停顿住了。因为宾虚突然注意到,巴尔退则在一位仆从的搀扶下,也来到了训练场,就站在酋长旁侧,而他的身后还跟着两名面戴轻纱的埃及女子,而其中一名女子——"该不会是那天偶遇的巴尔退则之女吧?"他心里暗想着,泛起一阵悸动。这时酋长注意到他的迟愣,接过话来——"优胜就指日可待了!"然后伊德荣大声说,"看了你的训练,我之前的疑虑已经一扫而空。很高兴能跟你合作,艾瑞斯之子,看来你正是我要寻找的那个人。但愿比赛的结果跟我们所期待的一样,到时我必有重酬!"

"谢谢您,善良的酋长阁下,"宾虚谦逊地回答,"下面让仆从把水取来吧,该饮一饮马了。"接着,宾虚亲自取了水喂马。

饮完水稍事休息,宾虚重新上马,继续刚才的训练,从缓步行进到小步慢跑再到极速飞奔。终于,他能够稳定地控制几匹马并逐渐调整到最快的速度。他循序渐进的训练方法以及立竿见影的训练成效博得周围前来观看的人们一阵阵热烈的掌声，大家同时也见识到这四匹神驹在年轻人手中竟然能表现得如此出众，不论是直道上的狂奔，还是弯道上的配合都如同合二为一似的令人叫绝。

就在所有人的注意力都被精彩的训练所吸引的时候，玛鹿来到了棕榈园循声找到了酋长。

"我有话对您说，酋长阁下，"他在适当的时机来到酋长的旁边说道，"是萨耐德托我给您带话过来。"

"萨耐德吗?!"伊德荣显得很吃惊，"啊，这太好了。但愿恶人能得恶报!"

"他让我先向您问好，"玛鹿继续说，"另外他托我给您带了一封信，并吩咐我希望您尽快展信一阅。"

伊德荣酋长站起身来，接过信件，撕开封头，发现里面装着两封信；他赶忙一一展开观瞧：

第一封信的内容如下：

萨耐德敬上伊德荣酋长

老朋友！好久不见，请相信我的心里一直惦记着你。

有一位自称艾瑞斯之子的年轻人来到你的庄园做客，他也是我的朋友。此人有着非同寻常的身世，请今天或者明天务必来我的住处一趟，到时我会对他的来历当面详加说明。另外，我也想听听你的意见。

同时，他曾对我提出过一些要求，对于这些要求尚待商榷。在此之前有劳你从中调解，并对你我之间的事暂时保密。请替我向你的贵客巴尔退则以及他的女儿问好。我已经预订好竞技场的座席，到时我会到场跟你们汇合。

最后，我的老朋友，祝你和你的族人平安。

此致，你忠实的朋友，萨耐德。

第二封信内容如下：

萨耐德敬上伊德荣酋长

老朋友！我不得不从我多年的经验和经历出发，给你提一些建议和看法。

今天手握重权的罗马执政官马克森提乌斯已经来到了这座城市，我辈当视此为危险之警示与信号，尤其是所有手握大量财富和资产的非罗马人，当然包括你我二人。

我不能不郑重地提醒你！从老希律王开始你在罗马人的辖区内就坐拥棕榈园和巨额财富，早已成为罗马人的眼中钉，我想当权者觊觎你的财产已久，一定正在密谋对付你。所以请务必提高警惕！

请听我一言，从见此信之刻起，我希望你马上派最忠实的手下，监视从安提俄克南去的各个隘口，如果发现有来往的可疑信使，请务必拦下来，我猜想可能从其中发现不利于你我的谋划，对此绝不可掉以轻心！

事实上，从昨天开始就应当行动起来了。但愿现在还为时不晚，只要你见信后马上通知你的部下，抄小路进行拦截，我想还是可以把敌人的阴谋截获的。

见信而动，切勿迟疑！此信机密，阅后即焚！

此致，你忠实的朋友，萨耐德

伊德荣把信的内容连读两遍然后叠好包裹起来，塞进自己的腰带。

宾虚的训练又持续了大约两个小时，最后他带着四匹马又来到酋长面前。"可以回去了，酋长，我这就把马儿们牵回你的帐篷，下午再继续训练。"

伊德荣走到"天狼星"身旁，对马背上的宾虚说道："在比赛结束之前，我就把它们交给你了，艾瑞斯之子，你可以随时按照你的意志训练它们。事实证明，你的能力胜过那个该死的罗马人万倍，从这半天来看，那罗马人恐怕几个星期也不会有这样的收效。以上帝的名义，我们一定能赢！"

宾虚把马匹牵回帐篷细心地刷洗饮遛了一番，然后他又到湖里游了个泳，接着换上犹太人的服装，并跟酋长共进了午餐。午餐过后，他跟玛鹿在棕榈园中并肩散步，两人聊了一些无关痛痒的事，不过其中的一段对话却值得注意。宾虚对玛鹿说："我有件事拜托你去办，如果你不介意的话。沿着这条河的这边一直到塞琉古桥旁，有一个客栈，我的东西寄存在那里，请你今天帮忙把我的这些东西取来这里。"玛鹿听罢表示非常乐意。

"太谢谢你了，"宾虚感激道，"我对你非常信任，因为你我同为古老的以色列民族的子孙，而且罗马是我们共同的敌人。但是首先，既然你是一个商人，我想有必要提醒你的是伊德荣酋长并非——"

"你的意思是阿拉伯人跟我们民族不同，他们可能有些事考虑得不甚周全。"玛鹿正色道。

"非也，我不怀疑他们的精明，但我想警惕之心还是必要的，因为我不希望在我们之间存在任何有碍于彼此信任的因素。请你替我到竞技场的办事处查探一下，战车竞速大赛的比赛规则具体是哪些，这对我可能很重要，比赛之前我想做好一切准备工作。尤其需要你关心的是，每个参赛选手的出发点位是怎样安排的。你看一下我和梅撒拉是否在相邻的点位，如果不是这样的话，你能否用什么办法调整次序，把我们改成相邻的次序？"

"这个可能有些难度，不过为你去办的话，我一定会竭尽所能达到你的要求。"

"还有一个不情之请。昨天我看到梅撒拉对他所驾乘的战车非常自豪，据说他的战车十分精良，仅次于恺撒的战车。你能否找一个恰当的机会，近距离看看他的战车属于哪种类型，是轻型的或是重型的？最好能知道这辆车的具体重量和尺寸——就算这些你都难以了解到，有一点信息请你一定要帮我问到，那就是这辆车车轴的高度，也就是距离底面有多高。我这么做的原因你应该懂得，因为我不希望这场比赛成为一场比试战车本身优劣的比赛，我要跟他来一场公平的对决。"

"我明白！"玛鹿回答，"你尽管放心，我会尽力查清楚你要了解的信息。"

"非常感谢你，玛鹿，那么现在咱们回去吧。"

就在两人不在的时候，一个信使身负酋长交付的任务已经策马飞出了棕榈园，前去执行萨耐德在信中提出的任务。

第三章

正当宾虚在帐内休息时,一个仆人打扮的侍者走了进来,说道:"艾拉斯,巴尔退则的女儿,派我给您捎来一个口信儿,并让我替她向您致以敬意。"

"说吧。"

"她想邀您跟她一起到湖边走走?"

"好,你回复她我会去的。"

宾虚收拾了一下,穿上鞋子,很快出了帐篷走向湖边。此时已经是入夜时分,山峰的巨大倒影覆盖了整个棕榈园,穿行在棕榈树之间,宾虚的耳畔传来悦耳的铃铛声,那是棕榈园中放牧的羊群的动静,偶尔也能听到牛群低沉的哞声和牧者的吆喝声。棕榈园里的生活是一幅多么恬静的田园山水画!

伊德荣酋长早上观看了宾虚的训练后,了解到下午只是重复训练,于是便没有再参与,而是径直赶往城里去赴约。

萨耐德在信中所提的邀约让他也很好奇，加上他们两位好友已经许久不见，估计今晚是不会回来了。下午的训练结束后，宾虚已经妥善安置了马儿，并到湖中冲了个凉，然后换上自己平常穿的一套素白色便装，这身服装让人一看就感觉得到他是个撒都该派。宾虚已经早早地吃过了晚饭，然后在帐内休息，毕竟是年轻人，尽管白天耗费了大量体力，但此时他已经很快恢复了体力。此时他手头也没有什么事，于是未加犹豫就走出帐篷走向了湖边。

真正的美对任何人来说都具有难以抗拒的吸引力。好似皮格马利翁（Pygmalion）①和他的雕像那富于诗意的故事一样，美本身有着自然而然的力量。此时的宾虚正是受到了这种美的吸引。

艾拉斯的确是位难得的人间尤物，不论是天使般的面容还是婀娜的身姿，都那么让人惊为天人。对宾虚而言，她始终停留在跟自己第一次见面时的那一幕，彼时艾拉斯那美妙的声线，胜过满含热泪的感激之语。还有她那双埃及人所特有的乌黑明亮的杏眼，仿佛深不可测一样，目光所及胜过了千言万语。而她婷婷而立的高挑身姿配上她飘逸的外衣，动静之间流露着优雅和别致，这一切让宾虚禁不住想起了书拉密（Shulamite）——那位《圣经·雅歌》中赞美的女子。换言之，这个陌生而神秘的美丽女子将要重新回到自己的视野之

---

① 是希腊神话中的塞浦路斯国王，善雕刻。他不喜欢塞浦路斯的凡间女子，决定永不结婚。他用神奇的技艺雕刻了一座美丽的象牙少女像，在夜以继日的工作中，皮格马利翁把全部的精力、全部的热情、全部的爱恋都赋予了这座雕像。他像对待自己的妻子那样抚爱她，装扮她，为她起名加拉泰亚，并向神乞求让她成为自己的妻子。爱神阿芙洛狄忒被他打动，赐予雕像生命，并让他们结为夫妻。

中，她的形象在宾虚的脑海中仿佛带着所罗门王的赞歌缓缓走来，他潜意识里期待着对她了解更多，来确认究竟她是否跟自己所想象的一样。可以说此时主导宾虚内心冲动感觉的并不是什么爱情，而是好奇和尊重，而这些往往会进一步发展成为爱情的引线，有谁会知道呢？

宾虚来到约定地点，走过一段阶梯，面前出现一个点起了灯光的平台，拾阶而上，他来到平台边上，这时眼前的景象让他顿时愣住了。

就见一叶扁舟轻盈地停在湖面上，如同一片漂浮的蛋壳。一名埃塞侍者——就是当初在神泉旁边牵骆驼的那个奴仆——手中握着木桨，身上雪白的服饰更凸显了他黑色的肌肤。小舟的尾部用精致的毛毯和提尔紫红的面料以及软垫布置起来，而艾拉斯自己则坐在舵手的位置，身着印度风格的披风、精致的面纱和围巾。围巾本应覆盖住的胳膊和肩膀此时露在外面，如玉般光洁温润。

宾虚一瞥之际，没有再注意更多的细节，但这一瞥却足以让他惊艳，面前的艾拉斯如同浑身散发出强烈的光芒，她绯红的嘴唇，饱满的额头，漆黑光亮的头发，好似自己在寒冬弗过的和煦春日，来到了百花盛放、百鸟争鸣的世外桃源，这就是宾虚第一眼过后的感觉。

"你来了，"她注意到宾虚短暂的失神，说道，"来船上讲话吧，哦，原谅我。"

说着她的脸颊飞过一丝红晕。难道她已经对宾虚曾经在船上做过桨手奴隶的经历有所了解？宾虚听后并不介意，来到了船边。

"我刚才是有点害怕。"他说着来到船上坐在艾拉斯对面的空位。

"怕什么?"

"我怕自己上了船会把这小舟压沉。"他开玩笑地说。

"我们到湖中去谈话吧。"艾拉斯一边说,一边给划船的埃塞人一个示意开船的眼神,于是三人支舟离岸向湖中央驶去。

宾虚坐在船上,跟艾拉斯面对面,除了看着对方以外他不知道还能做些什么。他仔细看着眼前的美女,不断地跟自己脑中的"书拉密"比较着,只觉得自己好像沐浴在艾拉斯的光芒之中,以至于周围夜空中明亮的星辰都变得无法觉察了。

"让我掌舵吧。"宾虚说道。

"不用,"艾拉斯回答,"我在神泉旁边说过了要报答你的,现在怎能错过这样的机会呢。我们就这样聊聊天就好,要么我说话你听,要么你说话我听,但是由我来掌舵和决定到哪里去。"

"那么我能不能问问,你准备驶向何处?"

"不能问。"

"为什么呢,埃及姑娘,我不过是问了一个每个'被绑架'的人都会问的问题罢了。"

"你可以称呼我为埃及。"

"我宁愿叫你的名字,艾拉斯。"

"你可以心中念这个名字,但我请你还是称呼我为埃及。"

"可埃及是个国家,它意味着很多人。"

"是的,没错!就是一个国家!"

"那好吧,我明白了,你这时要把船开往埃及啊。"

"要是那样就太好了。"艾拉斯说罢,轻声叹了口气。

"那么说你根本不在乎我要不要去那里咯。"

"不是这样的,我想你一定没有去过埃及吧?"

"从来没去过。"

"在埃及，到处都是幸福快乐的人，那里是所有神祇的发源地，所以也是最被庇佑的地方。在那里，噢，艾瑞斯之子，快乐的人变得更快乐，不幸的人到了那里只需饮下圣河之水，就会变得载歌载舞起来，像活泼的孩子一样。"

"难道那里就没有穷人吗？就像其他地方那样。"

"在埃及，所谓穷人其实是那些需求和欲望都非常简单的人，他们满足于自己所得，这种知足常乐的人在别的地方却很少见，像希腊人和罗马人是不会懂的。"

"但是我既不是希腊人也不是罗马人。"

听到宾虚这样说，艾拉斯笑了起来，"我有一个玫瑰花园，里面长满了玫瑰花，花园中间有一棵树，到了花开的季节，这棵树开满了花朵，相比玫瑰花毫不逊色。你认为这棵树来自哪里？"

"波斯吧，那里是玫瑰的故乡？"

"不对。"

"来自印度？""也不对。"

"那么一定是来自希腊诸岛之一？"

"都不是，我来告诉你吧，"她说道，"一个旅行者在利乏音平原的路边发现这棵将死的树。"

"是我的故乡朱迪亚！"

"没错，我把这树苗种植在尼罗河岸边的沃土中，南风轻抚它的枝丫，阳光亲吻它的身体，之后它又活了过来。现在我已经可以在它的树荫下乘凉了，它用花朵的芬芳报答我。你看，树木其实跟人一样，以色列人，只有在埃及才能得到幸福。"

"摩西吗，他可是百万分之一的人。"

"不，我说的是能读梦的人，你忘了吗？"

"那些友善的法老们都已经逝去了。"

"没错！但尼罗河从来没有停止过为他们演唱颂歌。还是一样的天空，一样的太阳和人民，不是吗？"

"亚历山大现在不过是一座罗马的城池罢了。"

"只是权杖的移交，这不能说明什么。恺撒虽然在军事上取得了统治，但是那里的人民仍然保持着埃及的社会生态。跟我去布鲁却姆吧，我带你到那里看看我们国家的学府，还有塞拉皮昂（Serapeion），我带你去看看那里宏伟的建筑。还有大图书馆，我带你读一读生命之书，到剧院中听听希腊和印度人的英雄史诗，到码头去，数一数满载而归的商船，到繁华的街道上，噢，艾瑞斯之子！在埃及的街道上到处是教人知识的哲学家在演讲，到处有艺术家在创作，到处有神的追随者们在虔诚祷告，人们一个个脸上洋溢着快乐和幸福。你应该去听一听人们从最早的时代一直流传下来的故事，还有他们传唱不息的歌曲。"

艾拉斯的话让宾虚想起若干年以前，在故乡家中的天台上母亲也曾这般充满爱国情怀和诗意地开导过自己，只不过当时讲的是以色列民族的荣耀历史。

"我现在明白了，为什么你非要我称呼你'埃及'，而不是你的真实名姓。如果我答应照做，能不能请你唱首歌给我听？昨晚我碰巧听到你的歌声。"

"那是一首献给尼罗河的赞歌，"她回答说，"当我回忆和思念故乡的时候，我会幻想自己又一次呼吸着故乡那来自沙漠上空的空气，听着尼罗河的河水拍打河岸的声音。其实那首歌是一个印度姐妹教给我的，改天当我们到了亚历山大城，我带你到街上去找那位姐妹，让她亲口唱给你听。据说那首歌是迦毗罗传下来的，你应该有所耳闻，就是那位上古时期的贤士。"

接着,好像是一种非常自然的表达方式一样,艾拉斯开始吟唱了起来。

迦毗罗

之一
迦毗罗,迦毗罗,年轻有为的青年,
你如此荣耀,让我羡慕。
我在战场上向你致敬,忍不住再问你,
我能否像你一样英勇?
迦毗罗坐在那里,
他深色凝重地告诉我:
大爱者无惧,
此爱令我勇敢。
一个女子有一天把灵魂交给了我。
她的灵魂守护我,
赐予我无上勇气,
你也可以做到——尽管去尝试吧。

之二
迦毗罗,迦毗罗,已经老朽,
听到王后在呼唤。
但在你离开之前,能否告诉我,
如何能拥有和你一样的大智慧,
迦毗罗站在他的神殿门口。
身形藏匿在隐士长袍内,
它并非来自知识和学问,
我总怀着这种信念。

一个女子有一天把她的心交给了我，
她的心伴随我，
让我看清世事。
你也可以做到——尽管去尝试吧。

宾虚还没有来得及表达对艾拉斯献声的感激之情，发觉小船已经靠上了岸边。

"多么短暂的旅行，埃及！"他叫道。

"不，应该叫作短暂的停靠！"她回答着，让埃塞人又用力将船撑离了岸边。

"这次，该让我掌舵了吧。"

"不，"她笑了，然后说道，"驾驭战车，是你的事。驶船的话，就交给我好了。我们只是到了湖的一边而已，刚才给我的教训是我不能在唱歌的时候掌舵啦。刚才算带你回到了埃及，现在咱们回去达芙妮之林走走。"

"真的不唱歌了吗？"宾虚表达了自己的反对，"跟我讲讲那天你救我们时遭遇的那个罗马人吧，你跟他似乎有什么故事。"艾拉斯问。

这个请求让宾虚感觉有些不悦。"我倒希望这真的是在尼罗河上，"她似在推脱一样。"古老的国王和王后们，已经沉睡了千年，说不定会从墓室中爬出来跟我们一起旅行呢。"

"他们啊都跟巨象一样，要是真的来到船上，船岂不是要沉没了。要是侏儒一族的人说不定还好吧。还是跟我谈谈那个罗马人吧，他是个邪恶的人，对吗？"

"我无法这么说。"

"他出身家资巨富的显贵家族？"

"我也不了解他究竟是否很富有。"

"他的马多么的雄劲,还有他的战车,底座上镶嵌的都是黄金,车轮装饰了象牙。他真够厚颜无耻的!那么多围观者讥讽他,他却不为所动。"

艾拉斯一边回忆一边笑出声来。"我们和哪些围观群众一样,对他来说不过是乌合之众的下层人而已。"

"他一定是那种自小在罗马长大的魔鬼——贪婪的罗马人的看门狗,他是不是现在正住在安提俄克?"

"确实在安提俄克的某个地方。"

"像他这样的罗马人应该到埃及去,而不是叙利亚地区。"

"那也难说,毕竟——克娄巴特拉女王已经不在了。"

就在一瞬间,酋长帐外亮起的灯火突然映入两人的眼帘。

"那是酋长的住处!"她叫出来。

"也就是说,我们并没有到埃及,没有到过卡纳克神庙(Karnak)①或者菲莱(Philae)②还有阿比多斯(Abydos),③ 原来我们不在尼罗河上,我听着你的歌声好像做了一个遥远的梦。"

"菲莱——卡纳克神庙,尽管咱们没有到阿布辛贝神庙,更没见到过拉美西斯法老,还是请和我一起悼念那些逝去的伟人,他们会让你我更接近神明,更接近天堂和万物之主,不是吗?现在让我们继续漂流吧,如果我无法歌唱,"说到这里,艾拉斯笑了起来,"因为我刚才已经说过,我不能再继续唱歌了;不过我想可以把埃及的故事讲给你听。"

"好!那就这样一直到天亮吧,然后再到晚上,再到早晨!"宾虚也非常高兴地说。

---

① 位于尼罗河中游的路克索城。
② 埃及岛屿名。
③ 埃及古城名。

"那么我要讲谁的故事呢？讲讲跟数学有关的如何？"

"那太枯燥了，说点别的吧。"

"关于哲学家的？"

"也不喜欢。"

"关于魔术师和鬼魂？"

"除非你愿意。"

"那么关于战争呢？"

"可以。"

"关于爱情的呢？"

"也是可以的。"

"好吧，那我就跟你讲一个关于爱情疗伤的故事。这个故事是围绕一个王后展开的。请你听的时候怀着虔诚之心，因为这是一个有真实记载的故事，我是从纸莎草纸上面记录的历史中读到的。"

故事的内容是这样的：

第一部分

芸芸众生中，没有哪个人的生命轨迹是一条直线，总有跟其他的生命轨迹交叉之处。

完美的生命轨迹应该是一个圆，它的生命结束的终点正好是出生的起点。这样的生命是造物主的宝物，是神的无名指上那枚珍贵的戒指。

第二部分

尼尼哈特拉住在离亚斯旺（Essouan）①不远的一幢房子

---

① 亚斯旺位于尼罗河东岸，地处埃及和苏丹的边界，亚斯旺南郊是第一瀑布，也是尼罗河水路运输的终点站，所有货物必须在此卸货，转换为陆路运输工具再运送到内陆，因为这个缘故，亚斯旺成为通商货物集散地。

里，相比起来离第一瀑布更近——瀑布飞流而下击打在岩石上的巨大声响，都依稀可闻。

尼尼哈特拉慢慢长大，她的美貌也一天天更加出众，人们把她的美貌比作她父亲的花园中那绽放的罂粟花。每一年她的美貌都谱写出新的颂歌，让人心驰神往。

她自幼就像连接南方和北方的纽带，人们不管是来自北方的海上，或是南方月神山外的沙漠，见到她都会大方地说："她是我们的。"

连大自然都被她的美貌打动，不论她走到哪里，生灵们都为她的到来感到欢喜；鸟儿们围绕她，给她送来祝福；风儿温柔地为她送来清凉；洁白的莲花从水中婀娜绽放，只为看到她美丽的面庞；河水看到她都会放慢了步伐；棕榈树垂下头望她，枝叶婆娑起舞；它们好像是在表白自己的心意，纷纷把自己最珍贵的礼物奉上——优雅、聪慧、纯洁的品质。

在她长到十二岁的时候，尼尼哈特拉已经成为整个亚斯旺的快乐源泉。等到她十六岁，她的美名传遍了整个埃及。而到她二十岁的时候，慕名而来的求婚者每一天都摩肩接踵来往不断，几乎都是埃及各地的公子王孙和达官贵人。被拒绝的人只能垂头丧气地离开，但是他们在每个所到之处还是会高兴地对别人说："我终于见到她了，她根本不像是凡间的女子，而更像是天上的仙子。"

第三部分

美尼斯王之后的三百三十个继承者中，有十八个是埃塞族人，这当中包括奥拉俄提斯王。在奥拉俄提斯王一百一十岁的时候，他已经为王七十六载。人们在他的治下过着富足安康的生活，他是一位智慧过人而又仁慈的国王，他的王宫修建在孟菲斯城，同时那里也是他的军械库和藏宝地。时不时地，他会到布托斯找拉托娜畅谈一番。

这一年，这位贤能的国王所深爱的结发妻子不幸去世了。因为她的年纪太大，去世之后，国王已经无法对她的尸体做防腐处理。于是国王对妻子的爱变成了深深的、难以慰藉的悲伤。看到自己的国王沉溺于痛苦之中无法自拔，一位大臣有一天向国王进言：

"伟大的奥拉俄提斯王，您聪明一世，怎会不知如何治愈终日纠缠您的伤悲呢？"

"快告诉我吧，如果你知道的话。"国王问道。

于是这位臣子三次亲吻地面之后回答说："在亚斯旺有一个女子名叫尼尼哈特拉，她的美貌如同仙女一般，已经有无数的王孙贵胄到她家里求婚，都被她拒绝了。请派人请她入宫一见，我想她必是能治愈这顽疾的良药，而且无论怎样她应该不会拒绝您的。"

第四部分

于是，尼尼哈特拉乘着一艘巨船在另外两艘舰船的护卫下沿尼罗河前往奥拉俄提斯王的王宫。船只所经之处，河岸边站满了闻声赶来送行的人。

到了王宫，穿过狮身人面像和双翅雄狮身下的地道，尼尼哈特拉被带到奥拉俄提斯王面前。国王被她的美貌打动，马上让她跟自己并排坐在王座上，并亲手把象征地位的神蛇标记戴到了她的胳臂上，然后亲吻了她。于是，尼尼哈特拉成了最尊贵的王后。

但仅仅是这样奥拉俄提斯王并不满足，他想要得到尼尼哈特拉的爱，并且希望尼尼哈特拉在自己的爱中能够快乐。于是，国王对这位新王后非常温柔，向她介绍了自己手上的财富，自己治下的城池、宫殿、子民，还有他的军队、战船。

另外还领着她参观了自己的藏宝室,对她说道,"美丽的尼尼哈特拉!请给我真爱之吻吧,那样,这些就都是你的。"

国王当然希望这样能够打动眼前这位美丽的姑娘,让她高兴起来,结果尼尼哈特拉吻了国王三次,并且在她住进王宫后的头一年里,她的确过得很开心。但是到了第三年的时候,她开始苦恼起来。她明白了自己原以为对奥拉俄提斯王的爱,不过是被他的财富和权势迷惑罢了。等到她从这个迷人的梦境中醒来,开始厌弃愚昧的自己;她终日以泪洗面,度日如年。时间就这样一天天过去,直到她的女佣已经记不起她上一次露出笑容是什么时候,而她脸颊上的玫瑰色红晕也消失不见,取而代之的是死灰般的苍白。眼见王后逐渐红颜消退,有人猜测她是受到厄里倪厄斯(Erinnyes)①的纠缠和困扰,因为她对爱人的冷淡与残酷招致了复仇女神的惩罚。还有人猜测她是遭到了那些对奥拉俄提斯王心怀嫉妒的神明的报复。不论究竟是什么原因,此时的尼尼哈特拉就像是身患不治之症的病人一样日渐憔悴,甚至到后来卧床不起奄奄一息。

国王奥拉俄提斯看到情况如此恶化,遍请名医亦不见效,于是开始为她准备后事。他为尼尼哈特拉在王后陵寝内选址,并请来了孟菲斯城最好的画家和雕刻家,让他们精心设计和建造往后的陵墓。

在国王一百一十三岁那年,他痛苦地对王后说道:"我美丽的王后和女神,告诉我吧,我求求你,告诉我你究竟得了什么病,为何突然枯槁若此?你可知道我是多么害怕你就在

---

① 希腊神话中的复仇的三女神,她们的任务是追捕并惩罚那些犯下罪行的人,使人的良心受到痛悔的煎熬。

我眼前消逝?"

"如果我把实情相告,你就不会再爱我了,"尼尼哈特拉回答道,声音中透着疑惧。

"不爱你?!这怎么可能!相反地,我只会更加爱你。我以亚蒙的魂灵之名,和奥西里斯之眼对你发誓!请说出来吧。"国王恳求的声音带着恋人般的热情和国王般的庄严。

"那好吧,请听我讲,"王后终于说出了原因,"在亚斯旺附近的一个山洞住着一位隐士,名叫梅诺法。他来自隐士中最为古老和神圣的一支,曾经是我的老师和护卫。我的奥拉俄提斯王,请召他入宫,他将告诉你答案并帮助你找到救治我痛苦的良药。"

国王听后非常高兴,如同一下子年轻了一百岁。他立即派出专人前去寻觅梅诺法。

第五部分

"赶快告诉我吧!"奥拉俄提斯在孟菲斯的王宫里问梅诺法。

"我尊贵而无所不能的王啊,如果您还年轻,我是不会回答您的,因为那样的话我一定会没命的。但是事实上您已经历经世事变幻,遍晓天下之事,我就斗胆直言了。您的王后她如同所有其他的凡人一样,这是受到了罪孽的惩罚。"

"罪孽?!"国王怒不可遏地叫道。见此情景,梅诺法深深鞠了一躬,继续说道,"是的,她自己的罪。"

"我没有时间和精力跟你猜谜,"国王说。

"请听我解释,听完您就明白我所说的并非什么谜语。尼尼哈特拉是我眼看着长大的,她心里所想的事情,没有不对我说的。而其中有一件事您肯定不曾听说,就是她曾深爱着她父亲家园丁的儿子,那个年轻人叫作巴贝克。"

奥拉俄提斯听到这里,紧锁的双眉意外地竟舒展开来。

"尼尼哈特拉被您召进宫中之时,心中还怀着对巴贝克的爱,也正是这份爱使她饱受良心的谴责,变成了今天这副模样。"

"你可知那个叫巴贝克的年轻人现在何处?"

"就在亚斯旺。"

于是国王来到外面,传下两条谕旨。其一,他命令护卫立即出发把巴贝克带到王宫来;其二,他命令手下人马上征集民夫、牲口和工具,要求他们在凯姆来司湖中开辟出一个小岛,岛上要有一座神殿、一座王宫、一个花园,还要有各种各样的果树和葡萄藤,小岛要经得起风吹雨打,牢不可动,这个岛要在下一个月缺之前建造完工。

下达完谕旨之后,国王对王后说:"现在你应该开心些了吧,事情的原委我已尽知,巴贝克不久便到。"

尼尼哈特拉亲吻了国王的双手,"等巴贝克来了以后,你跟他便可以厮守在一起了,不会有任何人打扰你们,我给你们一年的时间。"

尼尼哈特拉感激地亲吻了国王的双脚,国王扶起并亲吻她。他发现王后的脸颊和嘴唇竟然又红润了起来,看得出来,王后是发自心底地重新感受到了喜悦。

第六部分

整整一年时间里,尼尼哈特拉跟自己心上人巴贝克在小岛上无拘无束地沉浸在只属于他们的二人世界里。这个小岛也成了世间的奇迹之一,没有哪个地方比这里更富于传奇的爱情色彩,也没有哪里比这个小岛更加美丽。就这样一年之后,尼尼哈特拉结束了岛上的生活,又回到了孟菲斯的王宫。

"现在请你告诉我,世上谁最爱你?"国王问她。

她亲吻了国王的脸颊，然后说："请让我重新回到您的身边，仁慈的国王，我的伤痕已经治愈。"

奥拉俄提斯王朗声大笑，这一刻多么可贵，国王已经一百一十四岁了。

"这么说，梅诺法所说果然不谬，他当年告诉我，治愈爱的良药只有爱啊。"

"的确如此。"尼尼哈特拉说道。

可是突然国王的神态突然变得可怖，话锋一转，"但我却不以为然。"

尼尼哈特拉心中顿时大惊。

"你这个负罪之人！"国王继续说道，"我奥拉俄提斯，作为一个常人确实原谅了你；但作为一个国王，我却必须要惩罚你。"

尼尼哈特拉听到这里瘫软在地。"你现在已经是个死去的人！"国王说着轻拍手掌，就见一队敛尸官手中持着各式工具和材料走了进来。

国王手指着尼尼哈特拉说："她已经死了，做你们该做的事吧。"

第七部分

美丽的尼尼哈特拉，就这样在七十二天之后，被运送到一年前国王就为她选好的陵墓中，奥拉俄提斯王把她跟前任的王后葬在一处。只是在她生前最爱的湖中岛上却没有举行葬礼。

在故事结束时，宾虚坐在艾拉斯的脚边，手放在她握着船舵的手上，说道："梅诺法做错了。"

"何出此言？"

"爱因爱而活。"

"这么说,王后的病症便没有治愈的良方了吗?"

"有,而且奥拉俄提斯王已经找到了。"

"是什么?"

"死亡。"

"你是个好听者,艾瑞斯之子。"

就这样两人在湖上飘飘荡荡,过了几个小时后他们才结束了谈话停船靠岸。

"明天我们会到城里去。"她对宾虚说。

"但你们都会到竞技场观看比赛的是吗?"

"当然。"

"那么到时你就瞧好吧。"

说罢两人便在岸边分手各自回帐去了。

第四章

伊德荣酋长第二天早上回到了棕榈园。刚一下马就看到对面走来一个自己在棕榈园的手下,这人看到酋长回来,上前说:"酋长,我在这里等候多时,我们截获了一封密信,里面可能有您想要的信息,请您现在马上看一下,但愿就是您想要的东西。"

伊德荣马上接过信件,就见密信的封头已经破损,上面写着一行大字,承交恺撒利亚的瓦勒利乌斯·格拉图斯。

"这个该死的罗马鹰犬,愿他早赴地狱!"酋长愤愤然拆开信件展开一看,他看到新的内容是用拉丁文写就的。这就让他为难了,如果信文是用希腊文或者阿拉伯文写的,他还能应付,但是拉丁文对他来说如同天书,通篇看下来只有信尾的署名——梅撒拉——能够辨别出来。

酋长眨了眨眼睛,问道:"那位年轻的犹太人现在何处?"

"在训练场操练赛马。"一个仆从回答。酋长把信纸攒回信封里，然后在腰带里面掖好重新上马。正要策马扬鞭，突然从安提俄克方向来了一个陌生人来到且近大声问道："我想要找一位名叫伊德荣的酋长，敢问是不是阁下您？"

他所说的话表明了他的身份肯定是个罗马人无疑。

伊德荣尽管读不懂拉丁语，却会说拉丁语。他回答说，"不错，我就是伊德荣酋长。"

陌生男子听后，目光先是低垂致意，然后正视酋长沉静地说："听说您需要一位能够驾驭战车参加竞技的车手，是吗？"

伊德荣藏在雪白胡须下面的嘴唇轻蔑地一撇，说道："请你自便吧，我已经找到合适的人选了。"说罢他拨转马头就准备离开，但这个陌生人并没离去的意思，继续说："酋长阁下，我这个人有个癖好，就是特别喜欢好马，据说您手上有世界上最好的千里神驹，是这样吗？"

酋长听到这里心中一动，忙勒住坐骑，似乎对这个陌生人的恭维感到高兴，不过他想了想后回答说："今天不行，今天我很忙，改天吧，改天我带你看。"

说完他策马来到了训练场，与此同时那个陌生人嘴角浮现出一丝笑意，他此行的任务已经完成了。

接下来直到比赛开始之前的几天，每天都会有人——甚至有时不止一个——来到棕榈园中，借应聘战车驾者之名找酋长攀谈，而他们的真实身份实际上是梅撒拉派来刺探宾虚准备情况的耳目。

第五章

酋长在训练场满意地看着宾虚的训练,直到正午时分将至,宾虚把马儿们赶到了场边——伊德荣对整个训练过程非常满意,因为他眼看着四匹不同的马儿在宾虚的手上已经完全习惯了用一致的速度奔跑,驷马如同一马而且速度仍然能够保持得如同疾风闪电一般——让观者根本分不清楚哪一匹最快,哪一匹最慢,换言之,宾虚已经做到了把四匹马驾驭成了一个整体。

"今天下午,酋长阁下,我会把'天狼星'交还你,到了给它们套上战车的时候了。"宾虚一边说着一边轻轻拍打着"天狼星"的脖颈。

"进展这么迅速吗?"酋长问。

"我善良的酋长,换成别的马可能需要训练很久,但是这四匹马,它们全然没有畏惧之心。而且跟人一样聪明,最难得是它们喜欢这样的训练。你看这匹马,"说着他晃了晃手中一匹马的缰绳——"你称它为阿尔德伯瑞,也就是最年轻的一匹,它是四匹马中跑得最快的,全速奔跑一圈下来它就能甩其他马一个身长。"

伊德荣捋捋胡须,眼睛眨眨,"阿尔德伯瑞确实是最快的,那么最慢的一匹是?"

"就是这匹。"宾虚又晃晃安塔雷斯的缰绳,说道,"四匹马中,安塔雷斯最慢,但是它将会引领其他三匹取得最终的胜利,因为它最有长劲,能够保持它的疾速从日出到日落;所以可能一开始最慢,但是到了比赛最后,他就变成了最快的一匹。"

"你所说的都不错。"伊德荣赞成道。

"我的酋长,目前我只有一个担心之处。"酋长听到这里面色严肃了起来。

"如果一个罗马人极其渴望取胜,他很可能为此不择手段。不管是什么样的比赛,请您注意——尤其是战车竞技中,从战车到赛马到驾者,他们喜欢耍弄各种作弊的手段,可谓无所不用其极,所以从现在开始到比赛结束前,务必请您留心:不要让任何陌生人或者您信不过的人接近四匹赛马。我想您有必要安排护卫日夜守护它们,这样我对比赛才有绝对的把握。"

他们一边说着一边到了帐口,两人分别下马。酋长对宾虚说:"你说的我一定会照办,以上帝之名,我会妥善保护好我心爱的马儿,从今晚就开始,没有我的允许决不会让任何陌生人靠近它们的。但是,艾瑞斯之子,"伊德荣拿出腰里的密信,抽出信纸慢慢递给宾虚,两人在长椅上坐定后,酋长继续说,"小艾瑞斯,帮我看看这封拉丁文的信。"

"就这封信,请把内容大声读出来,用我听得懂的语言。

你知道我有多憎恨拉丁语。"

宾虚显然情绪不错,开始的时候他并不是很在意这封信,可读到第一句"梅撒拉致格拉图斯"时他立刻愣住了。霎那间他的心跳猛然加速,浑身的血液好像都涌上了头顶。伊德荣看出了宾虚的激动,提醒道:"请继续,我在等着呢。"

宾虚道了个歉,重新读了起来,信的内容大致就跟前文我们已经提到的梅撒拉早上接到那封密信一样。

信一开始用的是梅撒拉代表性的讥讽语气,显然他这一点丝毫没有改变。再向后话锋一转,开始回顾了格拉图斯和宾虚间的往事,朗读这一部分的时候宾虚有两次不得不停下来稳定自己的情绪才能继续。就这样他强忍着心头翻滚的情绪读下去,当他读到信中说"我还记得,你得到了宾虚的家产""我们在事发后都认为最有效的处置方式就是让宾虚家的当事人在世上自然消失",他终于撑不住了,信从他的手中滑落,他用双手捂住面孔叫道:"他们的确都死了——死了,唯独留下我一个人。"

酋长深表同情,静默了一会儿,然后站起身说道:"艾瑞斯之子,我知道你现在很不好受,那么请你自己读一读这封信吧,等你冷静下来了再告诉我信的内容。我就先回帐去了。"说罢伊德荣离开了帐篷。

酋长离开后宾虚一下子倒在了长椅上。过了良久理智终于回到了他的身体里,他才想起来信还有一部分没有读完。于是拾起地上的信,继续向下读。信文中提到"另外您一定也记得当年还把宾虚的母亲和妹妹一并按作罪犯论处监禁起来。可能我不应该感到好奇,不过我确实对两个女子后来的下场和下落有些兴趣。"宾虚反复地读着这两句话直到最后确认自己没有看错,"他并不知道我的母亲和妹妹生死如何,也就是说还有希望,上帝啊!"等他继续往下读完了整封信,对这一点更加确信。

"原来她们还没死,"他自言自语道,"她们一定还没死,不然他一定知道的,没错!"

他认认真真又读了第二遍,再一次确认了自己的想法。接着他叫人把酋长请了过来。

"酋长阁下,请进,"待酋长进来帐内只剩他们两人,宾虚沉静地说,"本来我没有想把自己的身世全部告诉您听,因为毕竟我们的合作仅限于战车竞速比赛。但现在是时候把我的身世和盘托出了。你刚才应该也注意到了我读信时的失态。机缘巧合之下,这封信落到了您的手上并转而来到我眼前。这封信的主要内容关系到我的身世并可以证明你我有着同样的敌人,也就是说它的内容其实是我们联手的基础。我现在读给您听,同时会向您做出解释。等您听完就会明白我为何会受到这么大的震动了。"

酋长静静地听着,直到宾虚把信读完。其间宾虚重点向他提出来信里可疑的部分"我昨天在达芙妮之林看到了这个年轻的犹太人,我想如果此刻他不在那里也应该就在附近。实际上,如果您此时问我他的下落,我会非常有把握地告诉您,他现在一定在伊德荣酋长这个罗马叛徒的领地棕榈园中"。

伊德荣听到这两句话并没有感到特别生气,而是大吃一惊,他慢慢地捋这胡子。

宾虚又重复了一遍最关键的一句"他现在一定在伊德荣酋长这个罗马叛徒的领地棕榈园中"。

"叛徒!——我?!"老酋长怒发冲冠,叫出声来。

"您先不要着急,酋长,"宾虚劝慰说,"这只不过是梅撒拉他们对您的称呼和印象罢了。您应该在意的是后面提到的威胁。信中说马克森提乌斯将会抵达安提俄克,并且很可能将您拘回罗马。"

"罗马!我?——伊德荣——手握一万骑兵的酋长——他凭什么放此厥词!"酋长几乎是跳了起来咆哮道,双手十指如钩伸向半空,眼睛好像大蛇般射出两道愤怒的精光。"我的神啊!——不!看在罗马以外所有的神明的份上——这种傲慢何时才能停止?我是自由人,还有我的族人跟我一样。为什么我们要像奴隶一样死去?或者像条狗一样活着,对罗马人摇尾乞怜?我的财产为什么要归属他人,甚至我本人也要成为罗马人的附属物?!哪怕神灵让我在重新变得年轻,神啊,让我年轻二十岁——不,十岁,或者五岁也好!"

伊德荣咬牙切齿,挥舞着双手。突然,他似乎想到了什么主意伸出双手紧紧抓住宾虚的肩头,说道:"如果我是你的话,艾瑞斯之子——年纪轻轻,身强力壮,又精通军事。如果我有跟你一样的复仇动机,跟罗马人有着一样的深仇大恨!宾虚家族的传人,我会——"宾虚注意到酋长对自己称呼的变化,血液几乎停止了流动。他吃惊地看着酋长锐利的目光,而酋长正热切地望着宾虚。

"宾虚家的传人,如果我是你,哪怕遭受到的痛苦只有你所经历的一半吧,我也会不顾一切去报仇雪恨:不报此仇,誓不为人!"接着,酋长的话如同爆豆一样继续倾斜了出来,"我会引领世界上所有对罗马不满的民众,把他们联合起来,一起对付罗马,来帮助我达到复仇的目的。我不会放弃,我将参与到这种反罗马的势力中去,来打击罗马。比如帕提亚人的叛军,我会去帮助他们,就算有人背叛我,我也是一样的想法。我会遍交天下英雄,跟我一起抗击罗马。为了复仇,我会不眠不休,我——"

酋长讲得太快，到这里不得不停下来长呼一口气，一边喘气，一边紧握双手，宾虚看在眼里，心里好像也被点燃了一堆火一样。酋长激动地说着，表达已经有些语无伦次了。但就是在这样的话语中，宾虚第一次听到有人以"宾虚家的传人"的正确称号称呼自己，多少年来，宾虚不得不隐藏自己的身份，并且违心地用另一个名字苟且活着。如今，至少有一个人能够理解自己并正确地称呼自己，而不需要自己出示任何证明，而且这个人竟然是个异邦的阿拉伯人！

究竟眼前的伊德荣酋长是如何得知自己的真实身份的？从信的内容中吗？不对。虽然信里讲述了自己的悲惨遭遇，但他在解读时并没有挑明自己如何从海上幸存的这段经历。那么也就是说，他一定是从别的什么途径得知了自己的真实身份。

"善良的酋长阁下，您能否告诉我这封信是如何得来的？"

"我的手下把守着连接城市之间的交通要道，"伊德荣没有避讳什么，坦率地回答道，"他们从一个信使手中得到这封信的。"

"那么外人知道是你的手下得到这封信的吗？"

"当然不是这样，在外人看来是强盗所为而已。"

"另外，您称呼我为宾虚家的传人，说明您对我的父亲有所了解，但是我并没有印象曾经告诉过你。你却是如何得知？"

伊德荣犹豫了，但是他马上回答："我了解你，但是不能告诉你通过何种途径。"

"有人告诉您并让您保密的吗？"

酋长闭上嘴巴，准备离开。不过他注意到宾虚的失望之情，又转回身，说道："咱们就这样吧，不要太深究个中原委好吗？我马上要起身到城里办一件事，事成之后回来，我就将我所知毫不保留地告诉你。请把信交还给我。"

伊德荣小心翼翼地把信件重新收好，攒进信封里，振作起精神说："你觉得如何？刚才我对你说了如果我是你的话将会怎样复仇，但不见你有什么反应。"

"我刚才本想回答你的，你所说的也正是我想要做的。过去的五年里，我无时无刻不在想如何报仇。别人用来享乐的青年时光对我而言却没有丝毫快乐可言，罗马的奢靡生活对我也没有任何吸引力。我在那里逗留的唯一目的就是为了学习复仇的技能，我对罗马人引以为傲的修辞和哲学没有任何兴趣，我的精力都投入到了战斗和战争方面的技巧和知识中。我在罗马跟角斗士切磋武艺，到大竞技场中参加比赛，并赢得了无数次冠军和大师们的称赞。但是酋长，我是一名战士，我们的复仇大计需要我成为一名军官。正是为了进一步提高自己，我才参与了对帕提亚人的平乱战争。等到战争结束后，如果上帝保佑我不死——接下来我将揭竿而起对罗马人倒戈，用他们教给我的东西推倒他们的暴政。这就是我的真实打算。"

伊德荣一只手抓住宾虚的肩膀，亲吻了他的额头，激动地说道："如果你所说的上帝不庇佑你的话，说明他一定已经死去了，因为你的复仇天经地义。请相信我说的话——我会全力支持你的复仇计划，用我的整个部族包括人、马队、驼队还有土地，我可以对神明起誓！关于你刚才的疑问，我会在晚上以前返回并向你做出解答。"

酋长说完便转身迅速离开了棕榈园。

第六章

宾虚对密信中透露出的信息非常感兴趣。写这封密信的人在字里行间已经承认了自己是当年迫害宾虚一家的黑手之一，而且间接地表露了黑手集团的罪恶动机以及他事后得到的好处。同时信中表现出来此人分得好处时的喜悦和他近日见到所谓"罪犯"时的惊惧，以及迫切想要斩草除根的心情。他写这封信的目的很清楚，就是要求身处恺撒利亚的同谋格拉图斯帮助自己达到杀人灭口的最终目的。

现在从这封密信来看，宾虚感觉得到敌人的势力庞大，就像感受到危险的毒蛇，灵敏而极具威力。趁现在酋长暂时不在棕榈园，宾虚一个人开始仔细地琢磨这封密信，他意识到事态紧急，必须马上采取行动。敌人在东方世界看起来位高权重，而自己身为敌人的眼中钉肉中刺处境可谓危险至极。虽然现在得知母亲和妹妹可能还活在世上，但也只是一种推断，而要证实的话必须从梅撒拉口中问出她们的下落，如今这个机会近在咫尺,这一切就像是上帝的眷顾一样,自己必须抓住这个随时可能失之交臂的时机。

他在琢磨的过程中,偶尔也会质疑伊德荣酋长,他究竟是从何得知自己的身份的。肯定不会是玛鹿告诉他的,也不会是萨耐德说的,因为从他的立场出发,应该只会对此守口如瓶才对。难道是梅撒拉?不,不,这不可能,根本说不通的。想来想去没有结果,他只能往好的方面去推断,这个知情人应该是站在自己这边的好人,也许哪天自己会站出来揭开这个谜底的。自己现在需要做的,就是再多一点耐心,继续等待。

长久以来,宾虚一直对妹妹得撒和母亲心怀愧疚,他一直自我谴责都怪自己连累了家人。只有相信她们两人还活着才能稍微减轻心里的这种沉重的负累。

为了缓解沉重的心情,他走出大帐,来到了庄园里的枣树林。许多人正忙着采摘枣子,看到宾虚走过来,纷纷为他奉上水果并跟他打招呼;鸟儿们扇动翅膀,纷纷归巢;蜜蜂们飞来飞去在他耳边不时发出阵阵嗡嗡的声音,好一派忙碌而亲切的景象。

他漫无目的地漫步徜徉着,不知不觉间沿着湖边已经走了许久。湖面上银色的波光让他浮想联翩,不禁想起埃及姑娘艾拉斯那美丽的面容以及那夜两人在湖面上促膝畅谈。接着他又想起艾拉斯的父亲巴尔退则,这位年长的智者和博士,不远千里前来寻找犹太人的救主,并跟自己讲述了救主降临世间的救赎愿景,以及被他称作"灵魂的国度"的世界,尽管自己并不认同这种国度的存在。如果这个国度与自己的撒都该信仰并不相容,那么它对自己而言不过是个梦境。与此相比,建立一个新的、更加强大的朱迪亚反而更加实在,而且实践这个计划的同时还能达到自己复仇的目的。

吃过了午饭，为了打发时间，他把战车拉了出来在太阳下审查一番。他看得非常仔细，每个细微之处都不放过。他发现战车的设计是希腊式风格，车轮间距较大，结构坚固粗壮，底盘比较矮，这可以使车辆跑起来更稳，不利的地方在于车身重量比较重，而且这种劣势很难通过赛马的力量补偿回来。相反地，罗马的战车则宁愿牺牲战车的安全性和稳定性，以期得到更高的速度和更美的外观。

检查完战车之后，他把四匹赛马牵了出来套上战车。驱车试驾了一会儿，宾虚想象着自己即将遭遇宿敌梅撒拉，并在上万人的眼前彻底击败和羞辱他，心中浮现出一丝快意。尽管到时也会有其他的选手，但他们完全不值一提。他对获胜有绝对的把握和自信，凭着自己的技巧和四匹神驹，取胜不过是如探囊取物。

随着心中快意渐盛，宾虚忍不住叫道："安塔雷斯——阿尔德伯瑞，跑起来吧，让他好好瞧瞧，给他颜色看看吧！还有你们，瑞杰和阿泰尔，加把力，让所有人见识见识你们的厉害！"

驾车跑了一阵之后，他把车子停了下来，把四匹马一个一个看过去，如同兄长一样说了一些鼓励的话语。入夜之后，他回到帐口等着酋长回来。他相信酋长肯定不会食言，也相信上帝不会欺骗自己。果然晚饭之后没过多久，他就听到了外面传来的马蹄声，不过现在出现在宾虚面前的不是酋长本人，而是玛鹿。

"艾瑞斯之子，"玛鹿一见到宾虚就高兴地行礼并说道，"我替伊德荣酋长向你问好，他让我赶回来请你马上跟我到城中去见他，他已在城中恭候。"

宾虚什么也没问,而是马上转身来到马厩,阿尔德伯瑞似乎知道年轻人的心情,主动上前走了两步,似乎有请命之意。

宾虚心爱地抚摸着阿尔德伯瑞的身体,但是并没有选它,而是跳过去走到四匹赛马之外的马群中——在比赛之前他不能让四匹良驹冒任何风险。最后他挑选了一匹马立即跟玛鹿一道动身出发直奔安提俄克。

在塞琉古大桥下不远,他们穿过河边的藩篱,然后沿着右侧岸边再穿过一道藩篱,两人从西门进了城里。虽然这样的走法其实是绕远路,不过宾虚觉得出于安全考虑这是有必要的。

最后他们径直来到了萨耐德居所前面的空地,玛鹿勒住马说道:"到了,下马吧。"

宾虚下得马来仔细辨认之后,认出了这个地方。他禁不住问:"酋长在这里?人呢?"

"请跟我来。"玛鹿走在前面带路,另外有仆从把马接过去安置。就在宾虚狐疑之际,他听到里面有声音传来,"看在上帝的份上,快请进来吧。"

第七章

玛鹿到门口站住，让宾虚独自走进房内。房间里的布置跟宾虚上次来拜访萨耐德的时候一样，唯一不同的是轮椅一旁摆放了一个一人多高的灯座，上面的分支上点起六七盏灯，灯火照耀下，屋子里亮如白昼一般。宾虚向内走了几步后停下了脚步，眼前闪出了三个人的身影——萨耐德，伊德荣酋长和埃丝特。

宾虚的目光仓促间扫过眼前的三人，一时还没猜透眼前的状况，这三个人怎么会在一起？继而各种可能性在脑海中一闪而过，使他顿时警醒起来，因为他想到了一个更严峻的问题：这几个人究竟是敌是友？

最终他的目光落在了埃丝特身上。跟两位老者回视自己的友善目光不同，埃丝特的脸上表现出的不仅仅是友善那么简单，她的目光仿似能看到自己的心底一样——这种感觉难以用语言进行定义。只是这么匆匆地一瞥，使宾虚的心底忍不住又浮现出艾拉斯的身影，并使他不自觉地比较着两者之间的不同——尽管只是一瞬间的感受。宾虚正思之无果时，耳畔传来萨耐德的声音。

"虚姓的子嗣，"宾虚于是转身面对说话人，"虚姓的子嗣，愿我们的主保佑你平安——我为你祝福。"萨耐德坐在轮椅之中，跟上次见面时差别不大，话语中流露出高贵的尊严，两只漆黑的眼睛注视着宾虚，目光中还是他那一贯的温文尔雅。萨耐德的双手交叉在前胸，好像向对方致意一样。

宾虚见对方如此客气，回礼道："萨耐德，谢谢您的问候，但愿你我之间没有隔阂和误解。"之所以这样说，宾虚有意把两人的关系从有争论的主仆关系中抽离出来，简单的同胞关系更容易沟通。

萨耐德的手落了下来，对埃丝特示意并说道："女儿，给主人看座。"

埃丝特马上搬过来一只矮凳给宾虚，然后站在父亲和年轻人中间，目光在两人之间来回游动着，因为两个人谁也不说话，直到让人难耐的沉默变得尴尬起来。最后，宾虚拾起矮凳，趋身走到轮椅旁，放下矮凳说："我就坐这里。"

埃丝特见此向宾虚投以感激的目光，感谢宾虚的大度和容忍。

萨耐德稍微欠了欠身，对女儿说："埃丝特，孩子，把那份文件取来。"说罢长吁了一口气。

埃丝特走到墙边从储物的小室中取过一卷纸莎草纸来递给父亲。萨耐德接过后一边展开纸张，一边对宾虚说道："虚姓的年轻人，你说得好，我们确实应该解除芥蒂，让相互间的理解更进一步。所以，我已经手书了这份完整的声明，就你上次来访提出的要求逐条加以陈述和记录。我想最主要的有两点，首先是财产归属，其次是对我们之间关系的确认。现在我把它交给你，并请你大声地把声明的内容读出来。"

宾虚伸手接过这份"声明"，但是并没有马上去读，而是把目光落在了酋长身上。

萨耐德注意到了宾虚的顾虑，接着说："酋长不会介入声明的内容，你不必多心。他在场只是作为一个见证人。等你读完这份声明，你会看到他作为公证人的签名。他了解你我之间发生的所有事情，同时是你我双方的朋友，所以由他做公证人是再合适不过了。"

说着，萨耐德冲酋长欣慰地点了点头，而酋长也点头回答道："诚如您所说。"

宾虚见状说道，"我与酋长的友谊是毋庸置疑的，更不用提我们之间的精诚合作。萨耐德先生，我想我晚一点一定会仔细阅读您的声明，现在我把它交还给你，请你先简明扼要地告诉我您想要表达的意图。"

萨耐德接过纸莎草纸递给女儿。"埃丝特，你过来我身边扶我一把。"

埃丝特来到轮椅后面，伸过一只手臂垫在父亲肩膀下。萨耐德正了正身躯，从女儿手中抽出第一页，说了起来。

"这张纸上面，记录了我从你父亲的产业中继承过来的钱财总数一共是120塔兰特，而且这些都是净资产，不包括任何不动产，是你父亲在罗马、亚历山大、大马士革、迦太基、瓦伦西亚等地积累的金钱。"

接着他把第一页纸还给埃丝特，取过第二页，接着说道："你父亲去世后，我用他这些钱苦心经营这么多年，截至目前，我又赚取的利润如下：

>船队价值60塔兰特
>
>仓库中货物总值110塔兰特
>
>运输途中的货物总值75塔兰特
>
>驼队和马队等总值20塔兰特
>
>各地的仓库总值10塔兰特
>
>债券总值54塔兰特
>
>在手的现金总值224塔兰特。
>
>以上一共价值553塔兰特。

这553塔兰特的财产加上你父亲留下的原始财产,我现在一共有673塔兰特!——我将把所有这些财富如数交换给你——有了这些钱,你将会成为世界上最富有的人。"

说罢萨耐德取过埃丝特手中的纸张,把其中一张卷好递给宾虚。他的举止动作带着自豪,但并无冒犯之意,好像很好地完成了一项任务似的。

"现在,没有什么事,"他补充说,声音低沉了一些,"没有什么事是你办不到的。"

此刻在场的所有人都没有出声,细细体味着方才发生的事情,如同某种神圣仪式的完成后,大家得以重新认识一切。萨耐德双手又交叉放回前胸,埃丝特焦急地等待着宾虚的表态,伊德荣也不例外。

宾虚接过了这张声明,激动地站了起来。"谢谢您,萨耐德。您的大度让我非常感动,您的决定如同驱散黑夜的光芒,让我可以重新燃起希望之火,"宾虚声音甚至有些沙哑,"我先要感谢万能的上帝,事实证明他还没有放弃我。然后我要谢谢您,萨耐德先生,您的诚实品质令人钦慕。您刚才说了,没有什么事是我办不到的,也许如此吧。在这特别的时刻,我要公布自己想做的事，伊德荣酋长，请您为下面我要说的话做个见证，还有你，美丽如同天使一样的埃丝特。"

他说着把手中的纸莎草纸递还给萨耐德："您刚才所说的，这张纸上罗列的所有财富：船队，房产，货物，金钱等等。我现在全部交还给您，并且从今以后，这些财富将属于您。"

听完宾虚的话，埃丝特已经如雨打梨花般泪流满面，但嘴角却扬着微笑。酋长一边捋着胡子，一边盯着宾虚，眼光闪烁着感动的光芒。萨耐德本人则非常冷静。

"我所说话，只有一个条件，"宾虚继续说着，情绪平稳了一些，"只有一个条件，那就是您从我父亲那里继承的原始资本一百二十塔兰特要归还我。"

伊德荣酋长听到这里，刚刚出现在脸上的紧张表情顿时舒展了开来。

"另外，请您尽全力协助我寻找我母亲和妹妹的下落。"

萨耐德被宾虚的话中表现的决心打动，伸出手说："我明白你的心情，也很高兴上帝能让我认识你这样一个朋友。但是，我不能不说的是，你刚才所提的声明是说不通的。"

他把刚才那张纸展开来，继续说道："那部分财富并不全属于你，请你大声地把这纸上的内容读出来吧。"

宾虚接过来，照萨耐德的要求，读了起来：

"以下是虚姓家族家仆，由总管萨耐德声明，

1. 阿姆拉，埃及人，耶路撒冷虚家女仆。

2. 萨耐德，安提俄克虚家总管。

3. 埃丝特，萨耐德之女。"

这是宾虚第一次得知埃丝特作为萨耐德之女也跟随父亲成了虚家合法的奴仆。在此之前宾虚还不止一次在心里拿埃

丝特跟艾拉斯做比较,纠结于两人之间,究竟哪个才是自己爱情的归属。读到这里,他忍不住把转眼去看旁边的埃丝特,发现她脸颊变得通红,低垂粉颈,眼光不敢与宾虚对视。宾虚见状说道:"六百多塔兰特的财富的确非常多,足够一个人为所欲为的了。但是我觉得,比起这些金钱,还有更为宝贵的东西,那就是创造和累积这些财富的头脑,还有面临财富诱惑却坚守自己信念的一颗忠心。萨耐德,还有埃丝特,请你们不必害怕。既然如此,我决定,也请伊德荣酋长在场作证:从此刻起,我将自由之身归还给你们俩。如果需要的话,我可以马上写下来,其他还有什么我能为你们做的,你们也可以告诉我。"

"年轻人,"萨耐德说道,"你的心意我心领了,但是有些事你是无法改变的。比如我的奴隶身份,是我自己当年祈求你的父亲给我的,当年是为了追求埃丝特的母亲,她当时正在你的父亲手下为奴,她要求我必须和她一样永世成为虚家的奴隶,才能嫁给我。"

"那么我的父亲他答应了吗?"

"他在我苦苦央求之下后来答应了这个请求,我是心甘情愿成为虚家的终身奴仆的,关于这一点,我从没后悔过。"

宾虚了解之后无力地说:"以前我在罗马时,作为艾瑞斯之子,我也非常富有。但是现在你带了更为巨大的财富,让我都开始怀疑是否上帝故意这样安排,是否他有什么事要我去办的?萨耐德先生,如果您知道的话请告诉我,我该怎么做才无愧于自己的姓名?"

萨耐德语重心长地回复道:"少主人啊!如果我知道的话,不论是怎样我自当竭尽全力帮助你,但在此之前,能否请你先答应我一件事呢?"

"请尽管说。"宾虚面露急切的神色等着萨耐德的回答。

"就是允许我作为家族的总管,继续为你照料家族的财富。"

"当然,我现在就答应您,如果您需要的话,我也可以写一份声明。"

"不需要,有你这句话足矣。那么从今以后,我会继续履行自己你父亲健在时的职责。现在我们之间一切都清楚了,是吗?"

"没错。"宾虚肯定地答道。

"还有你,我的女儿,你也表一下态吧。"萨耐德说着把女儿的手臂从肩膀下抽出来。埃丝特经历了片刻的紧张和窘迫后,用她特有的甜美嗓音说道:"我愿意继承我母亲的身份,留在虚姓家族中,继续照顾我的父亲,请少主人允许。"

宾虚接过她的一只手,重新放到萨耐德的肩膀下,同时说:"你是个善良的姑娘,我应允了。"

萨耐德抓着女儿的手放在自己胸前,屋中的人静静地站着,谁也没有说话。

第八章

萨耐德抬起头,对女儿说:"埃丝特,不要慢待了各位客人,快准备一些酒水和食物来,恐怕咱们还要谈一阵子呐。"

埃丝特敲了敲服务铃,不多会儿进来一位仆从,手中端着酒和面包。接着,埃丝特把吃喝分给众人。

"我的主人,关于刚才我们提到的相互理解,"在埃丝特把东西分发好之后,萨耐德继续说:"在我看来,还有一些事需要澄清一下。尤其从今以后你我将会变成一家人一样,我认为有必要讲讲清楚。我所指的是上次你离开这里之前,当时你一定以为我并不认同你所声称的身份,并找托词拒绝了你所提出来的主张和要求。但事实并非如此,我的女儿埃丝特可以作证,当时我已经认出你就是宾虚家的少主人,而且事后我并不像你想的那样置你于不顾。你若不信,玛鹿可以把事情的原委清楚地告诉你。"

"玛鹿!"宾虚叫了声房外的朋友。

萨耐德继续说:"一个篱笆三个桩,一个好汉三个帮;尤其一个像我这样的废人,怀揣着理想和希望,只能依靠别人的友谊和帮助。我交到的朋友不多,玛鹿便是其中一个。另外还有像伊德荣酋长这样的,慷慨无私,义薄云天,同样给了我很多理解和支持,我对他们都非常感激。请你听听玛鹿是怎样说的,是否我真的遗忘或抛弃过你。"

宾虚听着看了看伊德荣酋长。

"我的酋长,您就是从萨耐德口中得知我的身世吗?"

酋长的眼睛眨着,看得出来他是肯定了这个猜测。

"我的主人,"萨耐德这时开口继续说道,"不经过试炼和考察,我们怎样认定一个人呢?当我看到你时,我的确认出了你就是宾虚王子的儿子,因为我从你的外表看到了当年你父亲的影子。但是我并不知道你在见到我之前是怎样的一个人!这个世界上的人形形色色,如此巨大的一笔财富对有的人来说,不过是个极具诱惑力的诅咒罢了。所以我派了玛鹿尾随你而去,目的是确认清楚你的为人如何以及胸怀怎样的信念。请你不要怪罪于他,因为他回来向我汇报的一切,都证明了你配得起宾虚的族姓。"

"不,您过誉了,"宾虚谦逊地回答,"我看得出,您的善意安排充满了智慧。"

"谢谢,我很感谢你能够体会我的用心。如此一来,我心里的石头才算是落地了。感谢上帝的指引和保佑。"

过了一会儿,萨耐德继续说:"说到上帝,我想他真的一直在庇佑我。因为长久以来,我所经营的产业就像纺织工的织机一样,不断地把纱线纺成了布匹,然后布匹再被做成衣物变成金钱。凡我所经手的买卖,从来没有亏损过,甚至其他同行常常遭遇的意外在我这里从来没有发生过——从来没有一次。时间久了以后，这样的事实让我难免困惑。似乎一切都被安排好一样在为我服务着，好像忠实可靠的仆人。这让我觉得非常费解。"

"的确很奇怪。"宾虚说。

"诚如你所说，我一开始也是这么想。最后，我的主人，最后我终于体会到和你一样的感受——一定是上帝的眷顾和照料使然。继而，我又开始思考另一个问题：上帝这么做，是为了怎样的目的？我想，上帝所做的每一件事都不会无缘无故，他一定是有所计划的。这个疑问藏在我心里已经很多年了，另一方面，我同时相信在某一天他一定会亲自用他的方式解开这个谜底。"

宾虚一字一句仔细地听着。

"在许多年以前，那时——埃丝特，我的女儿，你母亲还和清晨的橄榄山(Olivet)①一样美妙——有一天我坐在耶路撒冷城北的路边上，就在离国王陵墓不远处，第一次遇到三位智者来到耶城。当时他们身着异邦人的服饰，每个人骑着一匹高大的白骆驼，非常引人注目。我还记得，当时他们向我询问的问题，'生而为犹太之王者在何处？'看到我不解其意，他们又跟我解释说，'我们受到主的星星指引，来到东方。我们此来就是为了膜拜降临到世间的救主'！当时的我并不理解他们的意思，不过却跟随他们到大马士革门(Damascus Gate)②。经过这么多年，我只记得当时他们逢人便问相同的问题，甚至还问了守城的城门官，于是到处传开了关于弥赛

---

① 巴勒斯坦一条多山峰的石灰岩山脊。行政上在大耶路撒冷区内。在耶路撒冷旧城东面，之间隔着汲沦谷。该山为犹太教和基督教的圣山，在《圣经》及以后宗教文献中屡见记载。

② 耶路撒冷旧城的入口。

亚的消息。三位智者当中的一个人叫巴尔退则，你见过他了吧？"

"是的，他跟我讲过这段往事。"宾虚说道。

"那是个奇迹——的确是个奇迹啊！"萨耐德情不自禁地感叹，"我的主人，当我重新思考这段奇迹般的往事时，我终于想通了刚才我讲的那个使我困惑良久的谜题——我明白了上帝的用意。试想，那位降临世间的救主，他孤立无援，贫困潦倒，更没有武力和城池，如何能建立一个王国？你有没有想到我要表达的意思了，我的主人？他所没有的，正是你我能够提供的！也就是说，你背负了上帝安排的使命！这难道不是无上的荣耀吗？"

萨耐德说到此处，整个人兴奋而激昂。

"但是新的王国，所谓的那个'新的国度'！"宾虚一样对此十分在意，他急切地回应，"巴尔退则说是'灵魂的国度'。"

萨耐德听了宾虚所说，身为犹太人的骄傲使他轻轻撇了下嘴角，马上回答："巴尔退则的确亲身经历了奇迹，他听到了上帝谕旨，看到了上帝的星辰，对他所说的事实，我丝毫没有怀疑。但是他对上帝谕旨的解读却不尽然正确，毕竟他是个外族人，是麦西的后人，对我们以色列民族与罗马之间的关系不尽了解。天国的光芒落在先知身上，我相信他们的语言——埃丝特，请出经书来。"

在埃丝特去取摩西五经时，萨耐德继续说："主人，难道我们可以无视整个民族的证言吗？尽管主人你曾走南闯北，去过不少的地方，但是我相信你从未听过有跟你我一样的信仰的人会告诉你存在什么超越这个世界之外的国度吧？就算我们的先王大卫也不曾这样说过。现在我就从我们信仰的源头分析给你听。"

埃丝特这是已经捧着经书走了过来，几卷经书被收在深棕色的麻质信封里面，隐约看到上面古雅的金色文字。

"请你先捧在手中，女儿，我跟你要的时候，你把经书递给我。"萨耐德轻声交代埃丝特，然后继续刚才话题。

"埃丝特，给我倒些酒来，然后把经书递给我。"

"主人，你相信先祖经文律法中的先知吗？"他小酌了一杯后问宾虚。"我知道你是相信的，因为你的族人一直都承袭着同样的信仰。埃丝特，现在把记载以赛亚(Isaiah)[①]先知的那卷给我。"

萨耐德取过经书打开，然后读道："'在黑暗中行走的人们，看见了耀眼的光。住在死阴之地的人，有光照耀他们……因有一婴儿为我们而生、有一子赐给我们，政权必定落在他的肩头上……在他的统治下，和平将永续，在大卫之地，从大卫的王座上，建立起来的秩序将会带来永久的公正'——这便是先知的原话，我的主人，你是相信的吧？——埃丝特，现在换成弥迦(Micah)[②]的那卷。"

于是换成弥迦书，萨耐德又继续读道："'伯利恒以法他啊！你在犹大诸城中为小，将来必有一位从你那里出来，在以色列中为我作掌权的'——这里提到的就是巴尔退则在马槽

---

① 以赛亚是古以色列大先知。他当先知有五六十年之久。以赛亚书是《圣经》的第23卷，书中透露了上帝将要采取判决与拯救的行动，预言了大约700年之后降临的弥赛亚(耶稣)的遭遇。以赛亚在乌西雅王死的那年，看见异象，他看见神坐在很高的宝座上，他的衣裳垂下，遮满圣殿。其上有事奉神的撒拉弗天使侍立，天使各有六个翅膀遮脸（不敢直接看主的荣光），两个翅膀遮脚（表示谨慎脚步而敬虔），两个翅膀飞翔（表示很迅速地完成奉差遣的使命）。他们彼此呼喊着说："圣哉！圣哉！圣哉！……"

② 和以赛亚生活在同一时代的以色列先知。

中看到的那位救主。这也是先知的原话,我的主人,还有什么可怀疑的吗?——埃丝特,现在把耶利米(Jeremiah)①书递给我。"

接过书后,萨耐德又读道:"'主说,日子将到,我要给大卫兴起一个公义的苗裔。他必掌王权,行事有智慧,在地上施行公平和公义。在他的日子,犹大必得救,以色列也安然居住。'听到了吗,主人?'他必掌王权',以国王的身份!你还没有明白吗?——女儿,现在换成犹大的后裔的那卷。"

埃丝特取来了但以理书的一卷。

"主人,你听,"他继续读着:"'我在夜间的异象中观看,见有一位像人子的,驾着天国的云而来……得了权柄,荣耀,国度,使各方,各国,各族的人都侍奉他。他的权柄是永远的,不能废去。他的国必不败坏。'——怎么样,我的主人,这些先知们说的,你还不相信吗?"

"足够了,我当然相信!"宾虚高声叫了出来。

"那么,如果我们的救主来到,需要帮助,主人你是否愿意施以援手呢?"萨耐德问道。

"帮助他?当然,我至死方休。但是你怎能断言救主会是如此穷困潦倒呢?"

"埃丝特,把撒迦利亚书给我,"萨耐德说,"你听这位新王会怎样进入耶路撒冷。"然后萨耐德读了起来,"'对王的到来感到欣喜,锡安的子民们……看,你的王来到你这里,带着公正和救赎,骑着驴,只是骑着驴驹子来到。'"

宾虚听到这里,把视线转到一旁。

"主人,你看到了什么?"

---

① 另一位古代以色列先知。

"罗马!"宾虚沮丧地回答,"我看到了罗马和罗马的军团。我在那里待过,很清楚罗马军队的厉害。"

"那么,你将会率领我们,率领百万大军征伐他们。"

"百万大军!"宾虚惊呼道。

"军队和武力对你来说,应该不成问题。"萨耐德想了想说道。

宾虚好奇地看着他。

"我的主人!"萨耐德看出了宾虚的担忧,继续说道,"看来你还并不清楚我们以色列的强大之处。可能她在你的印象里就像是个坐在巴比伦的河岸垂泪的伤心老人。但是实际上并不是这样,你可以在下一个逾越节的时候到圣城去,站到小路上或者市集里看看她的真容。我们的先祖雅各曾在巴旦亚兰听天父的话娶妻生子,他的后人从未停止过繁衍后代——即便是在被囚禁的日子里也是如此。他们的人数在埃及人的铁蹄之下仍然能够不断壮大。如今在罗马人的统治下更是如此。现在看来,我们的民族已经发展和成长为一个独立的众族之邦。不光如此,主人,实际上要衡量这位新王能做什么——也就是要衡量我们民族的力量有多壮大,你不能只是等待事态自然地发展,相反地,你应该先发制人——我的意思是,先要普及我们的信仰,这样等起事之后你才能得到人们的认同,新王的国家就可以迅速建立起来,因为信仰是连接所有人最坚实的纽带。人们习惯认为耶路撒冷是以色列的代表,认为她不过是个饱受罗马欺侮的懦弱者,但实际真是这样的吗?不,如果用你智慧的眼睛穿过表象去观察事实的本质,那么你会发现我们以色列民族早已植根到世界各地,我们隐藏的力量实际上已经横跨这个世界:远的地方,比如波斯、蓬托斯（Pontus）[①]、埃及、西欧和北欧等国甚至里海以外的哥革和玛各地区，近的地方如希腊、安提俄克、罗马等地区，到处都有跟你我信仰相同的族人的身影，他们都是潜在却可信赖的力量！他们只等你振臂一呼，都可以成为建立新国的助力。"

这幅蓝图经过萨耐德充满狂热激情的描绘，使宾虚深受感染，热血沸腾。甚至是伊德荣酋长也不例外，他感慨道："我感觉到自己的青春又回来了！"

宾虚的脑海里反复地思考着刚才萨耐德所说一字一句，他听得出来，这番演讲就像是张邀请函，如果自己接受就意味着要倾注全部的生命和精力迄今为止仍然充满神秘色彩的"新王"的事业中。这样的想法已经不止一次出现在宾虚的眼前，但从来没有像现在这样被升华成一种切实可行的事业！

"我的萨耐德啊，让我们先退一步，"宾虚说，"假设所谓的新王将会降临，而他的国必将建立；同时我也愿意付出一切包括我自己的生命到这个事业中，那又当怎样？继续这样如同盲人摸象一样去追逐这个理想吗？或者等待那位新王自己到来，或者等他派人来找我？睿智的萨耐德啊，请您告诉我。"

萨耐德马上回答说："我们现在已经身处险境，别无选择。这封信，"他取出梅撒拉那封被截获的密信说"已经成了行动的信号。梅撒拉和格拉图斯之间的联盟关系已经结成，他们在这个地区拥有强大的影响力，而反观我们一方，如果不做出应对就等于坐以待毙。看看我这把老骨头吧，他们是根本没有任何仁慈可言的刽子手！"

[①] 黑海南岸古王国，这里泛指黑海地区。

回忆起那段恐怖的经历，萨耐德面露惊怖之色。稍停了片刻，他继续说："我的主人，你的决心是否足够坚定？"

宾虚被问得有点摸不着头脑。

"我还记得在我年轻的时候这个世界看起来是多么的美好。"萨耐德说道。

"同时，"宾虚接过话来，"您拥有做出巨大牺牲的坚强意志，事实已经证明了这一点。"

"是的，为了爱情。"

"那么生活之中还有其他动机比爱情来得还要强烈吗？"

萨耐德摇了摇头说："还有野心。"

"但是野心是以色列人的禁忌之一啊。"

"那么，就只有复仇了？！"

听到这里，萨耐德低垂的目光中又燃起了激情，他快速说道："复仇是犹太人的权力，是律法认可的权力！"

"的确，就连骆驼和狗也知道有仇必报，这是天经地义之事。"伊德荣响应道。

萨耐德似乎霎那间接连起了断开的思路，"在新王来临之前，有一项工作是需要提前做的。尽管我们以色列人必将成为建立这个新国的主要力量，但是从现在看我们却对无法避免的战争知之甚少，绝大多数人习惯了和平的生活，对如何应对和赢得战争却一窍不通。在这样的情况下，我们最需要的是一位军事领袖，一个熟悉战争并经过专门训练的统帅。希律王的军队是不用指望了，他们只会做罗马人的走狗。我看主人你正是不二的人选，一旦战争来临，需要你发挥你在罗马习得的军事才干去把那些门外汉训练成为合格的士兵，把绵羊变成雄狮。"

宾虚的内心已经汹涌澎湃，脸色变得通红，憧憬着萨耐德所说的未来之战，但是同时理智告诉他必须冷静地面对。想了片刻，他说："话虽如此，但事关重大，往往说起来容易，做起来难。"

萨耐德小酌了一杯酒，回答道："酋长当然也会助你一臂之力，你们两人都将扮演非常重要的角色。而我则坐镇在这里，仍旧经营我的生意，做你们的坚实后盾。主人，在我的设想里，你将会从耶路撒冷起事，然后一路讨伐并扩大兵源，不断壮大队伍，同时训练和培养新的统领，而我为你提供给养和军需。从利比亚地区发兵，经过加利利地区，以其为跳板，占领耶路撒冷。在利比亚地区作战的话，有广阔的沙漠在你背后，酋长和他的族人跟你相互呼应，利用他长期建立的侦查和防御网络为你隐匿军情保守秘密，直到时机成熟之时。这个想法我已经跟伊德荣酋长商量过了，你觉得呢？"

宾虚看了一眼酋长。伊德荣酋长回答说："正如萨耐德所言，我已经答应助你一臂之力，我和我的族人以及凡是我能够助你的，我都会竭尽全力。"

说到这里，在场的所有人都把目光投向宾虚，等待着这位核心人物的表态。

"每个人，"宾虚神色带着伤悲说道，"人生都有一杯快乐的美酒，或早或晚终能品尝其滋味——但我却没有。我明白两位的心意和筹谋。如果我接受了你们的提议，就意味着挥手告别和平与希望，安稳平静的生活将会永远离我远去。因为罗马必将视我为仇敌，无时无刻不欲杀之而后快，摆在我面前的可能是流离失所终日逃亡的命运。"

埃丝特听到这里忍不住哭出声来，哭声打断了宾虚，大家看到埃丝特正俯在父亲的肩膀啜泣着。

"对不起埃丝特，我没有注意到你的感受。"萨耐德老人温柔地安慰女儿。

"一个将面临艰辛命运的人能得到同情的眼泪,也是种幸运。"宾虚继续说,众人稍顿了片刻,重新把注意力放在他的发言上。

"我刚才想说的是,我没有的选择,只能同意你们刚才的提议,否则难免遭人毒手。我要尽快付诸行动。"

"是否需要写下来作为日后证明?"萨耐德出于经商的习惯询问。

"听你的吧。"宾虚回答。伊德荣酋长也表示同意。

于是,这个改变宾虚一生的协定就这样生效了。

"好了。愿上帝帮助我们吧!"萨耐德祈祷着。

"我还要再说一句,朋友们,"宾虚此时脸上又有了喜悦之色,"按理说梅撒拉送出密信之后,在他还没得到格拉图斯的回信之前,应该不会对我采取行动。据我估计,整个过程至少要七天,在这段时间里,我无论如何要先在竞技大赛上打败他。"

伊德荣对此充满信心,也做好了准备。而萨耐德从生意的角度考虑,补充说,"这几天的时间正好给我用来助你一臂之力。我听说你继承了你义父艾瑞斯的财产,是吗?"

"在米塞努姆城郊区的一幢别墅,还有罗马的房产。"

"我建议你售卖这些房产,把它们变现,并把这些钱款存放好,然后把这些资金交给我安排用于以后的行动。以免事发后被罗马人没收充公。"

"好的,明天我就把户头给你。"

"好了,如果没有其他事,今晚咱们的话题就谈到这里吧。"

伊德荣满意地捋了捋胡须说:"圆满的结束。"

"埃丝特,再来一些酒水和面包。伊德荣酋长今晚会在这里留宿。而主人,你——"

"把我的马准备好,"宾虚回答,"我要尽快回到棕榈园,这样敌人就不会有所察觉,"他看了一眼酋长,"那四匹宝马还在等着我呢。"

次日破晓之前,宾虚和玛鹿回到了棕榈园。

第九章

第二天晚上大约十点钟的时候，宾虚和埃丝特站在萨耐德所在的仓库上面的阳台上，一起看着地面上的忙碌景象：有的人来回跑动着，有的人正在搬运货物，有的人在高声叫嚷什么。熊熊燃烧的火炬时不时发出可燃物爆裂的声音，在浓浓夜色中照亮了地面，给忙碌的人们平添了几分神秘的色彩，如同古老的东方传奇中出现的忠实的魔仆。码头上停靠了一艘需要即刻出航的商船，萨耐德在他的房间里正把一些机密任务交代给一个将会乘坐这艘船出海的人。按照萨耐德的安排，这艘船起航之后将会直达罗马的奥斯提亚港，并且在那里停靠，而接受任务的人在此登岸，之后船只继续航行，从容地驶往西班牙的瓦伦西亚港。

这位乘客被交付的任务就是登岸后转卖掉艾瑞斯执政官赐予宾虚的房产。所以这艘商船的起航就意味着宾虚真正踏上了一条再也不能回头的路。如果他现在反悔跟酋长和萨耐德订立的协定，那么眼前还有时间提出来推翻一切，因为他是主人，只要有他一句话，昨晚所商定的事情就算一笔勾销。

这大概正是此时正浮现于宾虚脑中的想法。他站在阳台上交叉着双臂，目光在下面的人群中游移不定，看似内心正经历着激烈的斗争。很难想象，像他这样一位年轻有为英俊富有的贵族青年，现在却要放弃所有的光环和财富投身到充满危险的斗争中，背负起一个民族的复兴大业。更进一步地说，我们可以想得到他如今正面对的两难境地：一边是怀着微弱的希望直接跟恺撒的帝国为仇作对，而支撑这个决心的仅仅是看似传说般的那位犹太的新王；而另一边，则是安逸而荣耀的贵族生活和无与伦比的巨额财富，更重要的是他心里刚刚燃起的跟家人团聚重享天伦之乐的希望。尤其对一个像他这样在海上漂泊数载经历了沉重冤屈和痛苦的人来说，徘徊在两者之间的心情可谓百感交集。

这个诡谲的世界往往在那些弱者的耳边劝慰说，放松些吧，生活总会好起来的。她总是教人更多地向阳光明媚的方面看——对宾虚而言，站在他身旁的埃丝特就是这样一个让人感觉温暖的女子。

"你到过罗马吗？"宾虚问她说。

"没有。"埃丝特回答。

"你想过去那里吗？"

"不，我不想去。"

"为什么？"

"我对罗马充满了恐惧。"埃丝特用几乎颤抖的声音回答道。

宾虚低头看着身旁的姑娘，对身材高大的他而言，埃丝特就像个孩子一样。因为阳台上灯光暗淡，使他看不清对方的面孔，只能依稀分辨她的轮廓，这反而更让他回想起自己的妹妹得撒——一瞬间仿佛又回到了惨剧发生的那天，他和妹妹一起站在家宅的女儿墙旁。可怜的得撒！她现在身在何方？埃丝特得意于宾虚内心的这种感受，她在这位年轻的主人心目中从来不是作为一个奴仆的身份存在，而更像是亲人一样。

"我甚至不敢去想罗马这座城市，"埃丝特继续说道，声音听上去安定了些——"我无法把罗马当作是个到处是神殿和王宫，而又人口众多的胜地。对我来说，她就像是个残忍暴虐、嗜血如命的怪兽，不停地在贪婪的野心驱使下，吞噬着世界各地美丽的土地和人民。我不明白——"

她的声音停顿了一下，目光低垂。

"请继续说下去。"宾虚安慰和鼓励她。

埃丝特向宾虚走近了一步，抬起头看看他，继续说："为什么你一定要以她为敌呢？为什么不能跟她各安生业？你已经经历了那么多不幸，又从中幸免，你在苦难中度过了宝贵的青年时光，难道你的余生还要这样过下去吗？"

埃丝特像个小女孩一样，无邪的双眼盯着宾虚，她带着祈求的目光使一个即使心如铁石的人也会被打动。宾虚弯下腰，柔声反问："那么，你觉得我应该怎么做呢，埃丝特？"

姑娘迟疑了片刻，回答说："你在罗马附近有房产吗？"

"有。"

"那里漂亮吗？"

"是啊——那是一座掩映于花园中的宫殿，鹅卵石铺成的小径穿梭其中；内外都有喷泉；角落里到处可以看到精美的雕像；四周环绕的群山上爬满了绿色的葡萄藤，走到山上居高临下甚至可以看到那不勒斯海岸和维苏威火山，蓝紫色的海面上点点的白帆尽收于眼底。恺撒在那附近就有一座行宫,但是人们都说老艾瑞斯的别墅是最漂亮不过的。"

"那里的生活平静吗?"

"除了有时客人来访,平时那里称得上是世界上最平静的地方了。现在那座宅邸的老主人已经去世,而我又长期在外,那里只剩下仆人们的低语,鸟儿的鸣叫以及喷泉的水声了,除此以外应该是一片静寂。那里的生活会让你几乎觉察不出每一天有什么不同,除了四季变换,花开花谢,白云苍狗。但是,埃丝特,那里的生活对我而言太过平静乏味,终日无所事事,使我感觉光阴虚度,可是自己明明还有许多事情还没有做。"

她的目光转而看向下面的河流。

"你为什么这么问呢?"宾虚说。

"因为,善良的主人——"

"不,不,埃丝特——请你不要这样称呼我。我宁可你当我是你的朋友——或者兄长,如果你不介意,就叫我哥哥吧。"

他没注意到姑娘听到他的回答,脸颊飞过一丝红晕,转瞬即逝。

"我无法理解的是,"埃丝特继续说,"为什么你放着平静的生活不过,非要选择去铤而走险,过那种——"

"你想说我偏要去过那种充满了凶险的生活吗?"

"是的,"姑娘补充说,"在你罗马的庄园中平静地度过余生有何不可呢?"

"埃丝特,你误解了。没有两者之间的比较,并不是我要做哪项选择的问题。要知道,罗马人并非善类,他们用心险恶,手段毒辣。我若只图安逸的生活就等于坐以待毙,顶多算是饮鸩止渴,所以我只能选择现在这条道路。梅撒拉和格拉图斯之流霸占了我父的家产,他们作为既得利益者,势必不择手段保护自己。想要从这种局面中独善其身已经不可能。不论是怎样的爱人愿意陪伴我一起平静地度过余生,都只是痴心妄想罢了,和平对我而言遥不可及。更不用提我的家人,她们现在仍然下落不明,而我必须时刻保持警醒,不放过任何机会来寻找她们。如果我找到并发现她们跟我一样遭受不白之冤和无情的折磨,难道不应该为她们讨回一个公道?我怎能容忍恶徒们逍遥法外?所以不平息这一切我是决不罢休的。"

"情况真的有这么糟糕吗?"她的声音又一次颤抖起来,"真的没有什么别的办法了?"

宾虚伸手抓过埃丝特的手:"你果真如此关心我吗?"

"当然。"对方回答得斩钉截铁。

宾虚的手掌火热,可姑娘的手却是冰凉。他感觉得到埃丝特的手在颤抖。这时他的脑海中突然又浮现出了那个埃及女子艾拉斯,她的美跟眼前的埃丝特截然不同,她高挑而勇敢,睿智而狡黠,妩媚而醉人。宾虚把埃丝特的手放在自己的嘴唇上亲吻了一下,然后还给对方。

"你对我来说,真的就像另一个得撒一样!"

"得撒是谁?"

"她是我的妹妹,自从罗马人占领了我家的宅邸,我们就再也没有见过面。我一定要找到她,这是我的目标之一。"

就在这时,一道灯光斜射到两人站立的地方,原来萨耐德乘着轮椅被仆人从房间中推了出来。两个人于是停止了谈话,一起朝老者走去。

就在这时,商船斩断了缆绳离开了岸边。伴随岸上工人们的欢呼，船只在火把跳跃的火光里打了个回旋，然后迅速地驶往入海口去了，剩下宾虚一人，他在等待着那位新王的到来。

第十章

在举行竞技比赛的前一天下午，伊德荣酋长把需用之物运送到城中，在竞技场旁边的一个角落进行了安置。运送的过程可谓"壮观"——领队的马队，驮运物品行李的驼队，全副武装的家丁护卫，还有人数众多的奴仆——不知情的人大概会以为整个部落在迁徙！一路上围观的民众忍不住讥讽嘲笑着酋长杂乱无章的队伍，若是在平时，脾气暴躁的伊德荣早就忍耐不住了，势必要给笑话他的人一点颜色看看，但是现在他却非常平静。面对难听的闲言碎语，他一副无所谓的样子，因为他知道此时此刻极有可能自己已经被罗马人监视，他的一言一行，尤其是显露自己实力和敌视态度的举动跟言语，随时可能会引起敌人的注意。倒不如以弱示敌，让他们狂妄地笑话去吧，反正一天之后自己的整个部落将会全部安全迁回阿拉伯沙漠老家中去。事实上此时棕榈园的帐篷已经全部拆除打包，他真正的"迁徙"已经开始了。精明的伊德荣酋长正在一步步地将自己的计划付诸行动。

宾虚和酋长两人对梅撒拉的影响力已经给予了足够的预估,不过他们的判断——梅撒拉在竞技比赛结束前不会开始行动——毕竟谈不到百分百的把握。如果梅撒拉在竞技中被宾虚击败,那么他说不定就会穷凶极恶地展开报复,甚至不再等格拉图斯的回信。正是念及这种可能性,他们已经做好了届时安全脱身的准备,所以现在两人才能信心十足地坐在马背上谈笑风生。

行进的路上玛鹿出现了,这位忠实的朋友向宾虚和伊德荣行了礼,然后来到酋长跟前。"我拿到了比赛主办方的告示,刚刚公布出来。上面列出了各个参赛者,您的战车也名列其中,还有赛前演练的顺序。详细的请您亲自过目吧,我先祝您旗开得胜。"说罢,他把告示递给了酋长,然后转身面向宾虚。

"至于你,艾瑞斯之子,恭喜了,一切按照赛前你吩咐我的,都已经安排妥当,主办者已经答应我按照你的要求安排比赛。所以,你可以放心了,比赛中你肯定跟梅撒拉赛道相邻。"

"谢谢你,玛鹿。"

"主办方面对参赛者装束的颜色有不同的安排,你比赛时被要求用白色,而梅撒拉的颜色则是金红两色,请提前有所准备。我已经安排手下人到处采买白色的丝带,明天我们一方的每个阿拉伯朋友都会带着白色的丝带。到时你凭看台的颜色便能一眼分辨出胜者了。"

"那么执政官的看台呢?"

"那一部分也会是金红两色的,但是如果我们赢了的话,"玛鹿说着,脸上浮现出欣喜的神色,"如果我们赢了,想象一下那场面将会是多么震撼吧！按照罗马人的自负，他们一定会下大赌注赌自己人赢的，赔率可能是二比一，甚至三比一、五比一！只是因为参赛的人是梅撒拉。"玛鹿把声音压低了些，继续说道，"因为我对你取胜很有信心，我准备通过执政官身边的朋友投注，他情愿接受极高的赔率赌梅撒拉胜出，我准备通过他下注，在你身上压个六千舍客勒①。"

"不，玛鹿，我觉得你跟罗马人打赌，最好赌金用罗马的货币。如果你今晚遇到你那位朋友，最好叫他去找梅撒拉和他的拥护者们，提出来在酋长和梅撒拉的战车之间做个赌局。"

玛鹿听后沉思了片刻。"但这可能会引起你的宿敌对你的注意。"

"那样再好不过。"

"哦，我明白了。"

"玛鹿，你果然是我可信赖的朋友。我想你最好把我们之间的对决散播开来，越多人知道，越多人感兴趣便越好。"

"这个简单，你可以放心。"

"如果能把我们之间的输赢做成赌局，您可以尽量下注跟罗马人去赌，赌得越大越好。"

"你明白我的用意吗？我当夺回他从我这里抢走的东西！既然我要赢就赢得他血本无归！我们的先祖也不会反对我这样做的！"坚定的意志此时在宾虚的脸上流露无疑。"玛鹿！既然我们已经决定这么做，干脆把赌注升级吧，直接用塔兰特跟他们下注。假如他们中间有人敢接你的赌约，你可以用五个、十个甚至二十个塔兰特做赌注，甚至用五十个，等于拉

---

① 以色列货币单位，等价于 10 克左右的黄金。

上梅撒拉身家性命！"

"这个金额太巨大了，"玛鹿说，"我必须心里有底才行。"

"这个你不必担心。你去找萨耐德，告诉他这是我的意思，就说我愿意承担这个风险，因为这是个难得的机会，一个让我可以一举击垮敌人的机会。快去吧。"

玛鹿听后也显得很兴奋，立即告别宾虚上马准备前去寻找萨耐德。但是才走出两步他又拨转回马头。

"对了，有件事差点忘记告诉你。我本人无法靠近梅撒拉的战车，只能托别人帮我量了一下他的战车尺寸，据他所说，梅撒拉的战车主轴比你的战车要高出一拳左右。"

"竟然相差这么多！？"宾虚高兴地叫出声来。接着，他把身体贴近玛鹿说，"我有一个想法，一个要梅撒拉好看的办法。如果可以的话，你最好找一个靠近弯道的座席，到比赛时就可以看场好戏了。"

刚说完，突然伊德荣大叫一声，吸引了宾虚的注意。

"看在上帝的份上，这玩意是什么？"他来到宾虚面前，手指着刚才那张布告。

"读一下我听听。"宾虚问。

"我看还是你来读吧。"

宾虚接过布告，只见上面盖着鲜红的印章，代表了这次比赛的举行得到了官方的认可。布告上写着：竞技大赛期间会有举行盛况空前的游行活动，首先表示对五谷之神的尊敬，并以此解开比赛的序幕。比赛的内容丰富，有赛跑，跳远，摔跤，拳击等项目，按照一定顺序轮流进行比赛。参赛的选手来自世界各地，都是经验丰富的行家里手。而比赛的奖金都用鲜明的字体列出。宾虚的目光快速地扫过与自己无关的项目，最后落在了战车竞速比赛的部分，布告上写得清楚，这次战车比赛将是安提俄克规模空前宏大的一次，罗马的执政官将会亲临赛场观战，并且为胜出者颁发十万罗马铜币的奖金和桂冠。接下来是介绍每个参赛者的部分。

"第一位参赛者。利西波斯，来自科林斯——将会驾驭四匹赛马，其中两匹灰马，一匹黄马，一匹黑马；他是去年得过亚历山大和科林斯的两场竞技赛的冠军。驾者，利西波斯。颜色，黄色。

第二位参赛者。梅撒拉，来自罗马——将会驾驭四匹赛马，其中两匹白马，两匹黑马；他是去年罗马大竞技场比赛的冠军。驾者，梅撒拉。颜色，金色和红色。

第三位参赛者。克里安西斯，来自雅典——将会驾驭四匹赛马，其中三匹灰马，一匹黄马；他是去年地峡运动会的胜出者。驾者，克里安西斯。颜色，绿色。

第四位参赛者。迪凯欧斯，来自拜占庭——将会驾驭四匹赛马，其中两匹黑马，一匹黄马，一匹灰马；他是今年拜占庭竞技赛的冠军。驾者，迪凯欧斯。颜色，黑色。

第五位参赛者。阿德墨托斯，来自西顿——将会驾驭四匹灰色赛马；他是连续三届恺撒利亚竞技赛的冠军。驾者，阿德墨托斯。颜色，蓝色。

第六位参赛者。伊德荣，来自沙漠——将会驾驭四匹灰色赛马；他是连续三届恺撒利亚竞技赛的冠军。驾者，犹太人宾虚。颜色，白色。"

"宾虚""犹太人""驾者！"这些字眼跃入宾虚的眼帘。

为何登记的名字不是艾瑞斯？

宾虚转过头看了看酋长，从对方的眼神中他明白了刚才酋长尖叫的原因正在于此。两人心照不宣地想到同一个答案：这一定是梅撒拉的特意安排！

第十一章

安提俄克城的夜晚姗姗来迟。特别在翁法格斯纪念碑附近，也就是城市中央最繁华的地段，人们似乎根本没有注意到天色将晚，竞技大赛开幕前夕的欢腾气氛充斥了这里的每条街道。以希律王柱廊为标志的东西主干道上人流最为密集，大街上形形色色的人们用各种狂欢的方式表达着对酒神巴克斯和太阳神阿波罗的崇敬。从明亮的大理石柱廊望过去，整条街灯火通明，尽管已经入夜，但市中心的街道上却亮如白昼一般。空气中不断传来人们的歌声，欢笑声，还有叫喊声，最后汇成一股激流，如同从空荡的洞穴中疾驰而过，传来嘈杂的声响和回音。

从街上形色各异的装扮可以看出，安提俄克城中汇聚了来自不同国家和民族的人们。不过对本地人而言，这种场景早已是司空见惯的了，因为这里从很早以前开始就是不同民族和文化融汇之地，人们穿着带有民族特征的服饰，保留着自己民族的风俗习惯，操着本民族的语言，并继续膜拜各自的神明。原本来自世界各地相隔万里的人们在这里相遇成为生意的伙伴，人们在这里建造自己的房屋甚至神坛，把这里变得像他们的故乡一样。

人们为了迎接次日的隆重比赛，几乎每个人都用自己的方式表达出对某位参赛者的支持：因为每个参赛选手都有主办方指定的颜色，人们纷纷佩戴上对应颜色的配饰，比如围巾、肩章、丝带甚至还有羽毛。比如当你看到佩戴黑色配饰的人，那一定是拜占庭选手的支持者。这种风俗大概源于希腊俄瑞斯忒斯(Orestes)①部族——是个虽然荒唐却很有趣的历史现象。

稍微细心一点的人很容易通过观察发现，在众多不同的颜色中，有三种出现的频率最高——绿色，白色和金红。

现在让我们的视线从街道来到岛上的王宫中。此时在王宫的沙龙之中，五盏大吊灯刚刚点燃，将室内照得通明。长椅上到处有躺着休息的人和丢放的衣物。掷骰子的声音从四处响起，而更多的人无所事事，有的人边走边大声地谈笑，有的则困顿地打着哈欠，还有的兴致勃勃地谈论着次日将要举行的竞技大赛：天气怎样，天公能不能作美？比赛的准备工作是否已经完备？安提俄克竞技的规则是否跟在罗马相同？事实上这些想法，不过是这些人经过了一天的工作之后，用来打发无聊时间的方法罢了。从他们身上的记事板我们能发现上面密密麻麻记满了各种赌注，有赌长跑比赛的，有赌摔跤的，还有拳击等凡比赛项目可谓应有尽有，唯独找不到战

---

① 希腊神话中阿伽门农和克吕泰涅斯特拉之子，为报杀父之仇，杀死母亲及其情夫。

车比赛的赌注。

这是为什么？亲爱的读者们，这是因为没有人愿意押注赌梅撒拉会输，在他们看来，那是种浪费。

整个沙龙里到处是代表了梅撒拉的金红色，其他参赛者的颜色在这里根本看不到，因为这里没有人会想到梅撒拉会败北。

至于他们为什么会对梅撒拉有着如此坚定的信心，是因为他在平时的练习中表现突出？或是因为他曾在帝都训练场里受到过专业的训练？又或者是他的赛马曾帮他在大竞技场中夺得桂冠？不，最主要的原因其实很简单——因为他是地道的罗马人！

此时梅撒拉本人也在沙龙之中，面色轻松地坐在沙发椅上。他的周围围拢了一群崇拜者，好比众星捧月一样，或坐或站，时不时地向他问一些问题，当然，所有问题都是关于次日的比赛。

德鲁苏斯和西赛留斯这时从外面走了进来。"唉！"一进来两个人就倒进了沙发里，躺在梅撒拉旁边。"你们到哪里去了？"梅撒拉问。

"到街上去了，就是翁法格斯纪念碑那里，还去了更远的地方。到处都是人山人海的景象，他们说明天等比赛开幕，观众们就可以揭开面纱，一睹全世界最精彩的比赛了。"

梅撒拉嘲讽似的冷笑一声，"鼠目寸光之辈，他们是没有见识过我罗马帝国大竞技场的比赛场面。你们，有没有什么消息要告诉我？"

"没有什么。"

"怎么没有——是你忘记了吧。"西赛留斯说道。

"你指的是？"德鲁苏斯问。

"白色的队伍啊。"

"该死！我怎么给忘记了，我们在街上看到了一支队伍，是白色支持者。他们甚至还打着横幅。但是——哈哈！"德鲁苏斯说到这里大笑起来身体直往后仰。

"德鲁苏斯你太可恶了，话只说一半。"梅撒拉说。

"梅撒拉，你不需要有任何担心，那些犹太人都是些乌合之众罢了，沙漠里来的渣滓，竟然敢妄想取胜！"

西赛留斯补充道："不，德鲁苏斯害怕被你笑话，但是我不怕。"

"那么你接着说下去。"

"是这样，我们把他们的队伍拦截下来，然后——"

德鲁苏斯这时抢白道："然后我提出跟他们打个赌，哈哈，他们中竟然有人同意了！哈哈哈！真是不自量力的蚍蜉！于是我把自己的记事板拿了出来问他，'你这边参赛的人是哪个？'他告诉我'我们的参赛者是犹太人宾虚'，然后我又说，'咱们压多少赌注？'他回答我说，哈哈——他说，我的梅撒拉，看在朱庇特的份上，我实在说不下去了，太可笑了！哈哈！"

这时周围已经围拢了不少人想要听个究竟。梅撒拉的询问目光落在西赛留斯脸上。

"他说跟我们赌一个舍客勒！"西赛留斯继续说。

"一个舍客勒！就一个！"这句话一出，引起旁边众多人的嘲笑。

"那么告诉我，德鲁苏斯后来是如何处理的？"梅撒拉继续问。

就在西赛留斯准备回答之际，突然从门口传来一阵尖叫声，并且声音越来越近，他连忙走向门口想要一看究竟，并对梅撒拉和德鲁苏斯说，"两位准备好记事板吧，我想有人要下赌注了。"

"是犹太人！穿的是白色的服饰！"

"让他进来吧！"梅撒拉说。

"这边走，请进！"有人把这个犹太人给领进了沙龙。来者是宾虚手下的一个领航员，来自塞浦路斯。他在一位罗马人的带领下走进沙龙，神色严肃，目光炯炯，身着一件纯白无瑕的长袍，戴着白色的头巾。他一边走着一边弯腰向周围众人致意。来到沙龙的中央，他整了整衣襟，拉张椅子坐了下来，朝众人挥挥手，有意无意间他手指上佩戴的宝石在灯光下烁烁放光，十分引人注目，房间内的众人很快安静了下来。

"各位——各位尊贵的罗马朋友们——我在这里向你们致敬！"来者说道。

"先别忙，以朱庇特的名义！这个人是谁啊？"德鲁苏斯问。

"一条以色列狗——听说名字叫参巴拉（Sanballat）——军粮的供应商代表；现居罗马，据说相当富有，虽然是个犹太人但有着罗马人的身份；其实就是个专门搞承包的商贩，先承包罗马人的生意在转给别人去做，从中谋取暴利，这人是地地道道的奸商。走，一起看看他来耍什么花样。"说罢，梅撒拉跟德鲁苏斯一起走向参巴拉。

"今天我在街上听说，"来者开口说道，同时从怀里取出他的记事板放在面前的桌子上，举止间看得出是个相当老到的商人，"明天要举行的战车比赛竟然没人敢拿梅撒拉的战车设赌下注，想必这种局面一定让诸位非常苦恼吧。当然，聪明人明知道必输无疑谁也不会贸然下注。今天我作为白色参赛者的支持者——正如你们所见，我身上的衣服已经表露无遗——不请自来，就是想要成就各位期盼已久的赌局。咱们先谈赔率,再谈赌注大小,各位怎么看?"

在场的所有人听了参巴拉的话都深感震惊,一时间竟没有人出声。

"各位能不能快点!"来者开始催促,"我跟执政大人预约好的,等一下还有事情要商谈,没有很多时间。"

他的催促显然有了效果,"一赔二"。有六七个人一起喊道。

"什么!"参巴拉面露吃惊,"想不到堂堂的罗马人竟然只出到这么低的赔率,看来我白来了!"

"那就一赔三!"显然有人不服,马上接话道。

"这跟一赔二相差多少?面对我这个犹太贱民,你们也太保守了些吧。有没有人敢出一赔四。"

"我出一赔四。"一个年轻人受不了面前这个犹太人口气中的讽刺,回答道。

"一赔五——谁敢跟我赌一赔五!"参巴拉听后突然高声叫道。

这下整个沙龙里面都静了下来。

过了片刻,见无人答言,他又催促说:"执政官大人还在等我——咱们能不能赶快定下来,啊?"场面顿时显得非常尴尬。

"为了罗马的荣耀,难道就没有一个人敢跟我赌?一赔五,我再说一遍!"

"我跟你赌!"终于,有人站了出来。众人不禁侧目,原来梅撒拉亲自站到众人前面,接下了赌约。

参巴拉的脸上露出了微笑,准备记录到记事板上。

"如果恺撒大帝明天将死的话,"他在写之前说道,"罗马总算还有人继承了他的英勇。我要一赔六的话,你可敢应约?"

"没问题,就照你所说。"梅撒拉眉头皱也没皱一下,回答得非常干脆。

人群中已经有人尖叫起来。

"一赔六,"梅撒拉重复了一遍,"这就是罗马人和犹太人的区别。现在谈好赔率了,让我们赶快把赌注的大小定下来吧。我还记得执政官大人在等你呢,说不定马上会派人来找你呢,耽误了你的时间,我可吃罪不起啊。"

众人都跟着笑了起来,参巴拉听出梅撒拉话中的讥讽,并没有理会众人的取笑,而是马上在记事板上记下了赌注,然后递给了梅撒拉。

"请大声读出赌约吧!"众人起哄,梅撒拉见状朗声读道:"赌约备忘。——战车比赛。罗马梅撒拉,与罗马参巴拉立约为证,称其将在比赛中战败犹太人宾虚。赌注金额为二十塔兰特。赔率一赔六。见证人:参巴拉。"

沙龙里一片死寂,所有人几乎呆若木鸡!梅撒拉盯着手里的记事板,心里很清楚对面的参巴拉正睁大了双眼盯着自己,等着看自己的笑话。他的大脑一瞬间迅速的运转起来,自己根本没有想到赌注会是这么大,现在反悔还来得及,但是别人会怎么看?记得几日之前自己还站在这里嚣张地向沙龙里的众人逞能示威,现在若示弱的话自己颜面何在?!但是如果应约,自己别说一赔六,一赔一也赔不起!想到这里他的心里变得一片空白,当场语塞,面露难堪之色。就在这时他突然想到了一个主意。

"你这个犹太人!我怎知你是否只是想空手套白狼的?你需向我证明你有这么高的身价。"

参巴拉脸上的微笑更加明显了。"没问题,你看看这个。"

说着递给梅撒拉一张纸。

"读出来吧,请读出来!"周围的人纷纷要求。梅撒拉没有办法,读了起来:

"地点:安提俄克,时间:十月十六日。持票人:罗马人参巴拉,现手持吾之现金赠予五十塔兰特,以恺撒金币支付。萨耐德书。"

"五十塔兰特!"人群中爆发出阵阵惊叫。这时德鲁苏斯跳了出来挽救难堪的局面。

"以赫拉克勒斯之名!这张纸完全可能是捏造的,我看这个犹太人一定是个骗子。这个世界上除了恺撒大帝以外,我不相信有人会有五十塔兰特这么多财富!我们把这个白衣人赶出去吧!"

他几乎是撕扯着嗓子喊出这些话来,马上有不少人应和着重复他呼喊的话语。再看参巴拉,一点没有惊慌,反而气定神闲地坐着,脸上洋溢的笑意,充满了挑衅的意味。终于梅撒拉吭声道:"诸位请安静!大家不要乱吵——一个人对一个人,大家难道要以多欺少吗?别玷污了罗马人之名!"

此话一出,立马使他的形象又高大了起来。接着他对参巴拉说:"你这个犹太的贱民!我刚才答应的赔率是一赔六,不是吗?"

"没错。"参巴拉静静答道,"好吧,现在我们就敲定这个赌约。"

"当然了,你应该也看到了,我说的二十塔兰特是有所保留的,如果你还嫌赌注太小,尽可现在改掉。"听似淡然的话语,再一次挑动着梅撒拉的神经。

"那好!你现在就把赌注改成五十塔兰特吧!"

"你有这么多钱吗?"

"以众神之名,我会给你写下字据的!"

"那就不必了,我相信英勇的罗马人,有你这句话足矣。那就这么定了?我要记下来了?"

"就这么定了,请记录吧。"稍后,两人交换了记事板。

参巴拉接过记事板后马上站了起来,目光扫过众人,嘴角还是那一抹微笑,似乎带着些许的嘲讽。没有人比他更懂得如何跟这些罗马人打交道了。"诸位罗马朋友,"他又说道,"还有一个赌约,如果你们敢应约的话!赌注是五个塔兰特,一赔一,就赌白色犹太人会胜出。我跟你们所有人赌!"

在场的人再一次大吃一惊。"什么!这样都没人应约吗?是否明天我到了竞技场上,可以对所有人这么说,我一个以色列的贱民,拿了五个塔兰特跟几十位高贵的罗马人下赌约,结果没有一个人敢接下我的挑战?"

在场的罗马人再也忍不下去了,德鲁苏斯率先说:"就这么说定了!把你挑战的赌约记下来吧,然后留在这里。明天如果我们查清楚你真有这么多本钱下注,我们一定会奉陪到底的!"

参巴拉于是重新写了一个赌约,然后站起身来。"你看,德鲁苏斯,这个赌约我就交给你了。等你签了字请派人送还给我,当然要在比赛开始之前了。我的座位就在主席台执政官旁侧。祝你们平安,告辞了!"

他行了个礼,并不理会众人的嘲笑和冷言冷语,径直离开了沙龙。

当天晚上,这场别开生面的巨大赌局就这样订立了下来。传奇般的故事迅速传遍了大街小巷,此时正在马厩里跟四匹马睡在一起的宾虚,当然也听说了整个经过。是夜他睡得无比香甜。

第十二章

安提俄克竞技场位于河的南岸,几乎是在岛的正对面,竞技场的风格跟其他的同类建筑如出一辙。举行大型的赛事期间,任何人都可以自由参加或者观看,没有任何身份的限制,这样的盛会是广大民众的所喜闻乐见的。说起这次空前隆重的大型比赛,百姓们早就翘首以待,唯恐竞技场不够大容不下这么多人,所以前一天就已经有人来到场外的门口排起了长龙。

而到前一天的午夜时,入口已经人满为患了,于是大门敞开,让等待已久的人进场。百姓们像潮水一样涌入竞技场纷纷前往自己提前分配好的角落里。这种场面如同过江之鲫,恐怕除了突然地震或者大规模的军队持矛而立,没什么能够阻挡他们的热情了。这些人找到自己的位置之后,就在长椅上小睡到天明,然后就地吃过早餐只等比赛开幕了。

而阶层和身份较高的人,并不担心自己的座席。他们的座席早已预留，在当日清晨六点左右开始步入竞技场中，从他们身后穿着制服的仆从可见他们高人一等的地位。到早上七点时，无数的百姓涌向竞技场，形成了势不可挡的洪流。

当官方的指时针来到七点半钟的时候，全身戎装的罗马军团从苏庇尤斯山开了下来。当军团最后面的步兵消失在桥头，安提俄克已经几乎是万民空巷——事实上竞技场根本容纳不下这么多人，但是很多人尽管不能进入竞技场中，还是涌向竞技场。

不少路过河边的群众一起见证了执政官乘坐的大船抵岸的一刻，尽管执政官露面只是短暂的一会儿，但当时百姓争相目睹的热情比起观看竞技大赛甚至有过之而无不及。

到了早晨八点，观众已经入场完毕。这时竞技场中响起了阵阵号声，意思是告诉在场的观众们安静下来，于是现场超过十万人把目光齐投向东边的主席台。

主席台所在的地方，最底下是个地下室，其出口处建造了一个拱形的大门，造型庄严而威武，名曰庞培门。而在地下室之上便是贵宾观赛区，也就是主席台的部分。这部分的建造和装修宏伟壮观，罗马军团的金鹰标记出现在非常显眼的位置，让人肃然起敬。地下室内左右两边分成了一个一个的分区，每个分区之间有一根柱子隔开，立柱同时为上层的建筑提供足够的支撑。而在贵宾区后面支起了巨大的紫色遮阳篷，使得即使是炎热的天气，也一样可以安心观赏比赛。

而竞技场其他部分的结构大同小异，读者们可以轻易想象得到，让我们假设自己坐在东面的贵宾席上观看整个场内发生的事情，视野非常的开阔，可谓一览无遗。在我们左右两边是竞技场的出入口，高大的塔楼下面，巨型的大门已经关闭。在我们身下就是整个竞技场——广阔而平整的地面上，铺上了一层白沙，除了长跑以外的所有比赛项目都将在这里举行。

让我们将目光继续向西移，竞技场中央立着三座灰色锥形石柱，石柱下面是大理石的基座。这几根石柱并不高，用以标记比赛的起止之处。在石柱基座后面，留了一条通道出来，并且为祭坛留足了空间，然后是一道高五六尺、厚逾十尺的墙，从这一端开始一直延伸两百码，到另一端是一样的大理石基座和锥形石柱。

参赛的选手会由右手边的门口入场，逆时针进行比赛，也就是说场中央的墙壁一直会在参赛者的左手侧。而比赛的起点和终点则理所当然地设在最尊贵的执政官主席台正对的下方。

围绕比赛场地旁边是一面高十五到二十尺之间的墙壁，将参赛者所在的比赛场地和观众席隔开，光滑的墙壁顶上设有扶栏。这面墙壁随着竞技场的形状，呈环形把赛场圈在中间，只在三处留有开口供观众进出，两处开在北面，一处开在西面。尤其是西面的出入口，建造得相当华丽，名曰凯旋之门，呈半圆形，每场比赛夺取桂冠的胜者会在庆祝典礼后，在护卫陪同下，带着荣耀经由此门走出竞技场。围墙扶栏之后是第一排座席，之后每一排座席都比前面一排高一些，以便每一个观众都能获得足够的视野。此时西面已经座无虚席，观众们身着五颜六色的衣服，情绪高涨。这些人都是普通百姓，身份和地位与东面观众席上的贵宾相比自然不可同日而语。

介绍完竞技场的大致结构，相信读者们对后面即将揭开序幕的比赛会获得更好的理解。此时号声刚刚响过，整个竞技场一片寂静，观众们睁大了眼睛，期待着有人宣布比赛正式开始。

不久，从东面庞培之门处先是传来了响亮的乐器演奏声和合唱的人声，然后，随着合唱队步入竞技场，开幕典礼开始了。队伍的后面跟着身穿长袍项挂花环的主办方要员。再后面是罗马众神进场，众神的雕像有的由身强力壮的男子抬着，其他则放在华丽的马车上驶入。而最后入场的，便是将参加今天比赛项目的各位选手们。

队伍入场之后，在器乐和歌唱声中需要沿着赛道走完一圈。入场式显然相当成功，博得了观众们经久不息的掌声和尖叫，人浪一波高过一波。

尤其是运动员选手们入场后，将现场的气氛推向了高潮，因为在座的观众几乎每个人有赌注压给某位选手，尽管有的人压的赌注很小。在自己看好的选手经过看台下面时，观众席上的支持者们便会拼命地叫出他的名字，有的甚至提前准备了花环和桂冠，从看台上丢下去，希望能给他带来好运。

要问哪个比赛项目最受大众欢迎，自然非战车比赛莫属。当各位参赛选手驾着自己的战车缓缓进场时，观众席上爆发出了震耳欲聋的尖叫声：华丽炫目的战车，威武雄壮的赛马，身着指定颜色无袖短衫的驾者，无一不是观众们关注的焦点。每个战车比赛的选手身边都有两个骑士左右护卫，一起进场，其中唯有宾虚例外——可能是因为不信任——他宁愿独自进场。也正因如此，只有宾虚一个选手是不戴头盔进场的。在各位选手行至赛场中间位置的时候，不知是谁提前准备了玫瑰色的纸屑撒向赛道，在这人的带领下，很快赛道上空便下起了玫瑰色的"雨"，甚至落在战车上、赛马身上、选手头上，一时之间竞技场内变成了梦幻的海洋，选手们还没开始比赛，就已经历了荣耀之雨的洗礼。

在观众席上的支持者中，由于都佩戴了自己支持的选手对应颜色的配饰，我们稍加观察就不难发现，其中佩戴白色和金红色的观众为数最多。

这样的比赛如果换作是千年之后的今天，赛马的素质一定是人们用来评判参赛者胜算的首要因素，但在彼时彼地，人们首先想到的，却是参赛者的身份和民族。比如拜占庭和西顿的选手，他们从观众席上几乎找不到几个支持者，而另一边的希腊人尽管人数众多，但是却被分成了科林斯人和雅典人两部分，分别是黄色和绿色，一分为二之后两部分的气势难免就显得弱了一些。梅撒拉的金红色如果不考虑安提俄克本地支持者的话，也只是稍微占了一点点上风而已，而众所周知，安提俄克的多数人是亲罗马派，剩下就要数白色的支持者最多了，原因很简单，本地有很多的叙利亚、犹太以及阿拉伯人住在城郊，这些人都对伊德荣酋长的四匹神驹慕名已久，加上这些人因为政治原因多数都痛恨罗马，所以他们毫不犹豫地站在了白色的一方。

宾虚驾着战车缓缓地来到了西面，也就是环形赛道的一半位置，这里的观众席上聚集了大量的白色支持者，他们看到宾虚的战车走到看台下面，开始疯狂地欢呼起来，同时向赛道上撒起了花瓣。刹那间观众席上的呼喊声震耳欲聋：

"梅撒拉！梅撒拉！"

"宾虚！宾虚！"

在参赛者们走过西面的看台之后，观众们陆续重新坐了下来，一些宗派主义的观众开始了热烈地讨论。

"天啊，以酒神之名！你不觉得他很英俊吗？"一个妇女说道，带着难以掩饰的兴奋之情。

"是啊，还有他的战车！"她旁边的观众显然跟她是一样的想法，"车轮上镶嵌了象牙和黄金呢！朱庇特保佑，他一定能赢！"

但这两人身后的人却有完全不同的看法。

"一百舍客勒，我赌那个犹太人赢！"其中一个观众高声地表达自己的看法。

"冷静一点，你先不要冲动，"他身旁一个谨慎的朋友小声说，"在我看来，犹太人对这种异邦的运动，应该不会很在行，何况他来参加这样的比赛应该是有违信仰的吧。"

"你说得有理，但是你看没看到他那副气定神闲的样子？如果他没有必胜的信心，我不相信他会表现得如此淡然！还有啊，你看他的胳臂多么的强健！"

"还有那四匹马！看啊！"第三个人也感叹道。

"不止如此呐，"第四个人补充说，"据说这个犹太人对罗马人的惯用伎俩了如指掌。"

一个妇女接过话茬，继续说："是的，而且我看他比那个罗马人长得更英俊！"

说到这里，刚才押注的那人更加坚定了，狂热地叫道："一百舍客勒，我赌这个犹太选手赢！"

"你这个蠢人！"这时一个安提俄克人回答说，"快收起你那几个小钱吧！难道你没听说已经有人拿五十塔兰特跟梅撒拉打赌，而且赔率是一赔六！你这点赌注简直让人笑掉大牙！"

"哈哈！你这个本地佬，自以为很聪明吗！难道你没看出来梅撒拉是在拿自己的身家性命打赌啊？"

就这样，观众们你一言我一语争论不休。

不久，入场式终于结束了，而各个选手重新回到了庞培之门的出发点。事情正像宾虚计划的那样，他的旁边正是梅撒拉！

这对宿敌终于在赛场上重逢。

第十三章

时间继续推进,来到了中午时分,用现在的话说,除了战车比赛还没开始,其他的比赛项目已经结束并决出了优胜者。比赛的主办方考虑观众的感受,宣布暂时中场休息。于是竞技场通道的大门被打开,人们如潮水般涌到外面,场外的柱廊里饭店老板们早就做好了准备。人们舒展着身躯打着哈欠,三五成群地谈论着刚刚过去的赛事,人群很快分成了两部分:赌输的人垂头丧气,赌赢的则非常高兴。还有少数人只关心接下来的战车比赛:包括萨耐德和他的手下——他们趁中场开门的机会溜进了竞技场,来到提前已经订好的位置,就在入口靠北的旁边,正对东面执政官的看台。

萨耐德坐在椅子里,由四个身体壮硕的仆人抬着从过道走上看台。听到有人跟萨耐德打招呼,周边的观众马上注意到了原来这位坐在椅子中的老者就是有着传奇经历的巨贾。

伊德荣酋长进场后同样有不少人慕名上前跟他打招呼。

巴尔退则就不一样了，他身后跟着两位面罩轻纱的女子，进场后根本没有人认出他们来。两位女子一位是巴尔退则的女儿艾拉斯，另一位则是萨耐德之女埃丝特。

场内的观众主动为两位德高望重的老者让开一条道。竞技场的服务人员为他们排好座位，让他们既能轻易观赏下面赛道上的比赛，又便于相互沟通，然后体贴地在座位上放上软垫，并在座位前摆上搁脚的矮凳。

埃丝特和艾拉斯来到座位前，入座之前埃丝特面带恐惧地向竞技场内望了一眼，下意识地把面纱拉得更紧。而艾拉斯则不然，她任由面纱垂落在肩上，并不畏惧以自己的真实容貌示人。

这时从庞培之门走进来六个人，每个人对应一位参赛者，站在其战车所在区域的门前。

"看，快看！绿色的在右手边四号区，那里就是雅典的参赛者。"

"还有梅撒拉——他在二号区。"

"科林斯选手在——"

"快看，白色选手出现了，他停了下来，他在左边一号区。"

"不，你看错了，黑色选手停在那里了，白色是在二号区。"

"你说的没错。"

那六个守着大门的人身上所穿的衣服自然是和自己对应的选手颜色一致的，所以当他们站好位置后，每个人都能一目了然地知道其所在区域的选手是哪位。

"你看到梅撒拉了吗？"艾拉斯问埃丝特。

埃丝特耸了耸肩，表示没有见到。她只知道，这个梅撒拉是父亲和宾虚的仇敌。

"他长得如同阿波罗一般俊美。"艾拉斯一边说着，一边摇动手中镶满宝石的扇子。埃丝特看了她一眼，心里暗想："难道说这个梅撒拉生得比宾虚还要英俊?"这时她听到一旁伊德荣酋长在跟自己父亲说话，"没错，他的出发点区域在庞培之门左边二号区。"心知他们在说宾虚的位置，埃丝特的目光扫了一眼闭着的大门，伸手拉了拉脸上的轻纱，小声地祈祷起来。

不久，参巴拉也走了过来。"酋长，我刚从出发点那里过来，"他一边说一边向伊德荣酋长弯腰致意，"您的四匹马的状态都很好。"

伊德荣简单地回答道："如果他们也会被打败，只希望不要输在梅撒拉手上。"

接着参巴拉来到萨耐德面前，他拿出一张记事板，说："赌约已经立好了，我想您一定会感兴趣。昨晚我已经跟梅撒拉订立了赌约，在我临走的时候我又跟他们所有人打了另外一个赌，说是今天比赛之前签好了给我的，您看，现在两个赌约都齐备了。"

萨耐德接过记事板，仔细地读了一遍。

"没错，他们已经派了密使找过我了，向我打听究竟有没有给过你那么多钱。请好好保管赌约。如果赌输的话，你知道我住在哪里，尽可来找我。如果赌赢的话——"萨耐德的脸色顿时变得严肃很坚定——"如果赌赢了，我的好朋友，你一定要留意别让输的人给逃了，无论如何要把他们的最后一分钱拿到手。"

"放心，你就交给我吧。"这位承包商回答说。

"不跟我们一起坐下来看比赛吗?"萨耐德问。

"不了，我不能离开执政官身边太久，马上就得回去。祝你们平安，回头再见。"

中场休息时间到此结束。

号声重新响起，提醒还没有回到自己位置的人赶快归座。与此同时，一些赛场服务人员出现在了赛场上，他们先后爬上东西两面的立柱，分别在上面设置了七个木制的海豚和圆球。

"这些木头做的圆球和海豚是什么意思，酋长？"巴尔退则问。

"看来您一定从来没有参加过这种比赛吧？"

"这的确是第一次。"

"难怪。这是计算比赛进度用的器具。选手们每结束一圈后，就会有一个木球和海豚沉下去。"

至此赛前的准备工作已经就绪。主办方派出了一名号兵，就见他身着华丽的仪仗制服，站在场地的东面，准备吹响比赛正式开始的信号。全场观众屏住了气息，安静地盯着这个号兵和他身后的六扇门，只等他吹响手中的小号，然后六辆战车一起冲出来开始比赛。

连向来喜怒不行于色的萨耐德，此时都脸色通红，心情激荡。而伊德荣酋长则迅速地捋着胡子，神色紧张。

"注意看那个俊美的罗马人吧。"埃及人艾拉斯对埃丝特说。可她哪里知道，此时的埃丝特紧紧拉着面纱，心已经紧张得快要跳了出来，她除了宾虚以外根本不做他想。

这里不得不提一下，赛车准备区分布在庞培之门左右，其构造呈弧形，使得每位选手从准备区出来后距离起跑线都是相等的距离。随着简短而高亢的号声响起，每一扇门前站立的那个人迅速从立柱后面来到外边，等对应的战车出来。

有时赛马会出现突然失控的状况，这个人也能临时起到帮忙控制局面的作用。

号声再次响起，六个人几乎是同时分别打开了准备区的大门。

首先出现在所有人眼前的是护卫骑士，因为宾虚拒绝配备护卫，所以只有五名骑士来到赛道跟前。每位骑士都乘跨着高头大马，身着华丽而炫目的戎装，让人眼前一亮。从他们的背后传来一阵阵马儿嘶鸣和马蹄踢踏的声音，显然几位即将开始比赛的选手已经迫不及待了，这时的等待好比是暴风雨前的平静，让人紧张到窒息。

紧接着，六位参赛选手如同离弦之箭一样从各自的准备区冲了出来，全场观众都站了起来，欢呼声尖叫声此起彼伏，响彻天地。他们期待已久的这一刻就要来到了！

六辆战车勉强控制住了骚动的马儿，来到了起跑线前面。旁边的赛场服务人员大声地叫着："控制好你们的马首，低一点！排好队！"

"看呐——那个罗马人出现了！"艾拉斯叫着，手指梅撒拉。

"我看见了。"埃丝特回答她，可她的目光却在宾虚身上。不知哪来的勇气，埃丝特已经摘掉了面纱，她想要坦然面对这场对心上人来说至关重要的比赛，跟他一起见证报仇雪耻的那一刻。

六位参赛者此时成了所有人目光的焦点。但在比赛正式开始之前，他们必须完成统一起跑线的动作。有人在起跑线位置横跨赛道拉起一条擦抹了白粉的绳子作为起跑线，所有选手的战车既不能冒进抢跑，也不敢落后一步。当然，一旦比赛开始，靠内的赛道就会成为各个选手争抢的对象。像这样激烈的战车比赛，必然会伴随相当高的风险，在场的观众对这一点都已心知肚明，正像贤明的内斯特（Nestor）[①]曾说的那样"技艺胜过力量，睿智胜过速度"。观众们纷纷祈祷自己支持的选手能在比赛中有出色的发挥，给他们带来凯旋的荣耀和财富。

万事俱备，只差一声开始的号令了。现在每个选手的目光都盯着起跑线和内赛道，可以想象比赛开始后对内道的争抢将会相当激烈，战车相撞的事情看来是难免的了。但是如果主办者对起跑不满意或是临时改变主意的话，那就不好说了。

赛道在弯道处的长度大约两百五十尺，这里也是比赛中最危险的地段。参赛的选手必须集中所有的精神和力量来操控好战车，不然随时有倾覆的危险。加上有些选手还会在比赛中不择手段地使用各种阴险伎俩，使这个比赛项目充满了风险和暴力，也正因如此，才受到最多的关注。

我们推想，在当时人们的生活中，娱乐消遣和运动休闲的内容是匮乏且无味的，这也是人们对竞技大赛如此热衷的原因之一，况且这次的战车比赛不论场面规模还是选手的水准，都可谓无与伦比。读者可以这样想象一下：首先，我们从竞技场的上空俯瞰整个场地。看哑灰色花岗岩砌成的巨大环形墙壁，在阳光照射下闪动着耀眼的光泽。接着我们再把目光转向各位参赛者的战车：精巧的结构和纹饰，光亮夺目的车轮和优雅的车身线条，一辆更胜一辆，尤其是梅撒拉的战车更是万众瞩目的焦点——竟然选用象牙和黄金做轮子和车身的装饰！再来看看各位驾车的选手：每个人都有着雕塑

[①] 特洛伊战争中的贤明长老，被赞誉为古希腊最富有智慧之人。

般挺拔的身姿，他们冷静而沉着，赤裸在外的双臂雄健有力——右手持鞭，抓着缰绳的左手高高抬起在半空中，为免影响到前方的视线，缰绳穿过车身最前面的辕绷成一条直线，选手们以此操控着各自的赛马。最后，我们再来欣赏一下战车前的骏马：每一匹马都是万里挑一的良驹，在其主人的驱使下，鬃尾齐炸，呼吸之际，宽大的鼻孔喷射着热气。硕大的马蹄在粗壮的肌肉带动下不断地踏在地面上，使地面似遭锤击一般发出轰隆隆的声响。一匹匹神骏的身影牵引着战车，如疾风闪电般在赛场上飞驰，快得几乎影子都要跟不上了一样！这幅画面在旁观者想象起来就已充满了紧张和刺激，更不用说现场的选手此时的心情了。

所有的参赛者在比赛开始后都会第一时间抄最短的线路冲向内道，在这场争夺中，屈服让位就等于放弃比赛，不管哪一位参赛者走到今天都属不易，所以绝没有人自愿服输。观众席上已经传来了雷鸣般的呼喊声，对每一位选手更是无形的鼓舞。

终于选手们的战车在起跑线位置按照要求都做好了准备。接着，主办者旁边的号兵吹响了手中的小号。看到这个动作，发令官马上将起跑绳落下代表了比赛正式开始！一霎那间梅撒拉没有丝毫迟疑，摇动右手的皮鞭，放松手中的缰绳，他的赛马几乎在起跑绳落地的瞬间就飞驰而出，最先抢到了内道！

"朱庇特神与我们同在！"罗马人中爆发出兴奋的呼喊。

当梅撒拉的战车经过第一个弯道时，他利用车轴向外突出的金狮头撞了一下雅典选手右手边马的前腿，看似轻轻一碰，实际上已经重创了这匹边马的马腿，霎那间这匹马前腿剧痛倒向其同侧的轭马，顿时右侧两匹马都乱了阵脚，失去了控制。观众们看得清楚，不少人惊恐尖叫起来，而场中的救助者也看到了情势不妙，准备冲出来。

这时从执政官所在的位置附近，德鲁苏斯高喊道："朱庇特神保佑！"他已经彻底投入到比赛的气氛里变得如同疯了一样。"梅撒拉必胜！朱庇特神与我们同在！"其他罗马人也跟着他大声喊叫。梅撒拉听到自己人的声援，速度更快了。

本来在看记事板上赌注的参巴拉注意到台下的骚乱，也禁不住转身向场中观看。

此时梅撒拉的战车已经飞驰而过，雅典人克里安西斯的战车右边只有科林斯人利西波斯的战车，克里安西斯连忙向右拨转马头，想要带着受伤的赛马跑到外道，不幸的是，从他的左后方冲过来的拜占庭战车撞上了他的车尾，巨大的冲力把他颠到了半空，并掉落在自己的赛马身下！可怜的克里安西斯！很多观众不忍见此惨状，纷纷闭上了眼睛并发出惊惧的尖叫声。埃丝特坐在观众席上，赶忙捂住了自己的眼睛。

可以想见的连锁反应发生了，科林斯、拜占庭、西顿的战车都没有逃脱撞车的厄运。

参巴拉在场内寻找着宾虚，然后又转身来到德鲁苏斯和他的罗马伙伴。

"我再押一百块罗马金币，赌犹太选手赢！"他高声叫道。

"好！我跟你赌！"德鲁苏斯马上答应。

"我再押一百！"参巴拉又叫道。但是似乎没有人听见他的声音，现场已经变得疯狂了，所有人都在嘶喊着梅撒拉的名字。

等埃丝特又一次张开眼睛望向竞技场内，她看到一队工作人员已经冲到赛道上清理现场，一些人忙着把倒地的赛马和破损的战车碎片抬走，还有人在救治克里安西斯，把他抬离现场。在路过的每一个座席旁边几乎都会有一个希腊人，在用歌声诅咒和谴责祸首，同时祈祷复仇。突然，埃丝特找到了宾虚的身影，上帝保佑，他没有受到株连，此时仍在赛道上，在跟梅撒拉并辔飞驰！在两人战车后面跟着刚才受到影响而落后的西顿、科林斯和拜占庭的战车。

竞技大赛继续进行。每个选手都全神贯注，他们的一举一动都牵动着每位观众的紧绷的神经。

第十四章

在比赛开始起跑之前,正如我们所看到的,宾虚当时位于最左边的赛道。他用眼角余光密切注意其他选手的动向,尤其是梅撒拉的每个举动。这个罗马人仍然跟多年之前一样,还是一副傲慢自大的淡然表情,浑身洋溢着贵族的优越感,今天盔甲满身的他更胜以往——宾虚从他闪着黄铜色光晕的身影中似乎看到了更多的东西,恍惚间如同透过一面昏暗的镜子看到另一个自己一样:残忍,狡猾,不顾一切。一旦打定了主意便不择手段——一个时刻警觉并且蕴藏着暴戾之心的灵魂。

只是那么一瞬间,宾虚又把精神转移到了自己脚下的战车上,刚才所想的内容更加坚定了他的决心:不惜一切代价也要击败眼前的敌手!比赛开始之前的一切,奖金、朋友、赌注、荣耀——如果不取得最终的胜利,全都将化为乌有。更重要的是,他精心设计的复仇大计也将胎死腹中。此时此刻的他，心情非常平静，头脑无比清醒，对胜利的渴望并没有使他产生热血沸腾的冲动，这场比赛的胜利只不过是他计划的第一步，他并不相信命运，他要一步步地实现自己的全盘计划，把命运掌控在自己手中！

宾虚在梅撒拉抢跑内道之前就已经有了准确的预测：他预计到一旦比赛开始，梅撒拉势必在这边路程未到一半之前抢占内道。按照罗马人惯用的伎俩，他一定在比赛前跟负责传达起跑信号的人通过气，只要传令人员给他足够的暗示，让他提前知道绳子落下的准确时刻，他便能先发制人第一个抢占内道从而占据优势。

能提前想到这一点已经不易，然而在此基础上如何采取行动却是另外一回事。宾虚选择了示敌以弱——暂时让出内道给梅撒拉。

事情的发展跟他预测的一样，梅撒拉果然一马当先占据了内道，其他的选手则在后面尾随而去。此时宾虚却把马头朝右手边拨转，用最快的速度来到最右边的外道上，然后以最快的速度往前追赶。所以当观众还在为克里安西斯的灾祸唏嘘，而西顿、拜占庭和科林斯还在车祸现场后面用尽全身解数调整车辆继续比赛的时候，宾虚已经从外道赶超到了前面跟梅撒拉一内一外并辔而行了！一开始还为宾虚不取内道而绕远去取外道的举动感到不解的人，此时不得不惊叹于他敏锐的嗅觉。观众席上为宾虚送来经久不息的掌声，连埃丝特也不禁拍手称奇。而参巴拉则更坚定了自己的信心，所以才放心地要加大跟罗马人的赌注，尽管第二次下注之后，罗马人没有一个敢接下——他们的心里也有了疑虑，心想难道这次梅撒拉终于碰到了能与之一较高低的对手？而且这个人还是个犹太人！

现在，两个人已经并肩来到了赛道另一边的弯道处，两人之间的距离越来越近。

从西面看台上望下去，赛道这头立着锥形石柱的花岗岩基座跟弯道以及弯道对面的石壁一样成平行的圆弧状。这样的弯道被看作是检验一个战车驾者技巧高低的最好地点，所以当两辆战车行至弯道时，观众席上所有人都屏住了呼吸拭目以待，原本喧闹的赛场瞬间变得一片寂静，连赛场上战车车轮铿锵作响的声音都清晰可闻。随着两人距离不断拉近，梅撒拉好像突然认出了宾虚，然后暴怒之下的他做出了震惊全场的举动。

只见他不断地大声呼喊着"爱神在下，战神在上！"同时高高扬起了手中的皮鞭，狠狠地朝宾虚的四匹马背抽去！鞭声响过之后，全场的观众先是片刻的愕然，之后不约而同地都站了起来，高声谴责梅撒拉的不义之举。

宾虚的四匹良驹自降生之日起一直受到酋长的精心照料和关爱，从来没有受过鞭打，哪里受得了梅撒拉的侮辱?! 它们疼痛难忍，倏地向前猛蹿，带着宾虚的战车也猛然间向前跃起。但狂颠几次之后，在宾虚的敏捷反应和努力下，四匹马又恢复了状态，总算有惊无险。试想同样的状况若发生在其他选手身上，驾者早就站立不稳被战车颠飞出去了，宾虚之所以安然无恙，跟他在海上三年的桨手经历密切相关。做奴隶桨手的三年时间，对常人来说根本是不可想象也不可能挨过去的，但宾虚凭借信仰和希望之力生存了下来。这段经历成就了他异常宽厚有力的手掌以及他对颠簸失衡的状况超越常人的适应力。故而尽管战车颠簸了一阵，但对宾虚基本没有影响，他的注意力全在四匹马身上：他看到心爱的马儿受惊，立即放松了手中的缰绳，把行动自由还给了马儿们。

同时依据自己平时跟它们沟通的经验，发出声音抚慰受伤的马儿，只是稍微控制一下它们便安全地驶过了弯道。在观众们还在义愤地咒骂梅撒拉的不义时，宾虚已经重新控制了四匹马，并且迅速地追上了梅撒拉——赛场又回到了两人并驾齐驱的局面——只不过跟刚才不同的是，此刻每一位非罗马人的观众对宾虚的同情和敬意都油然而生。观众情感倾向的变化非常直白地从他们的口号声中倾泄而出，这种情势迫使梅撒拉不得不重新掂量自己的所作所为，如果继续下去惹得众怒可就不好收拾了。

两辆车就这样并肩飞驰。在宾虚驶过弯道处时，埃丝特注意到他的面孔——脸色稍微有点苍白，头高高抬起，一副冷静沉着的神色。

这时已经有人爬上了场中的锥形柱顶，随着两人快速掠过，赛场东西两端的第一个木球和海豚被依次降下。接着是第二、第三个，很快比赛已经来到了第四圈。

前三圈结束，梅撒拉仍然牢牢占据着内道，同时宾虚一直保持着跟梅撒拉齐头并进的状态，两人的速度不分伯仲。其他的落后者则紧追不舍，但开始时形成的差距短时间内很难弥补。所以现场基本上变成了梅撒拉和宾虚两人的双人比赛。两人行至哪里，哪里的看台便会爆发出响彻云霄的喝彩声。

到了比赛的第五圈，西顿的选手一度从外赛道赶上了宾虚，但是很快又被宾虚甩在后面。而进入到第六圈后，场上仍维持着胶着的局面。

紧张的气氛在第六圈开始之后，笼罩了整个赛场，每个选手都开始发力加快速度，冲刺开始了。

跑在最前面的罗马人和犹太人从比赛一开始就成了全场

的焦点,尤其对大多数观众来说,都希望在这场对决中后来居上的犹太人能够战胜嚣张跋扈的罗马人,好杀杀罗马人的威风。此刻全场观众都屏息探头注视着场内,唯恐错过任何一个细节。伊德荣酋长也停下了捋胡子的动作,埃丝特更是紧张的心提到了嗓子眼儿。

参巴拉趁这个机会,又一次向一众罗马人提出赌约,"我再押一百罗马金币,赌犹太人必胜!"但是却没有人回应他。他接着又提高了注码,"一个塔兰特——五个!十个!任由你们选!"说罢他带着挑衅的意味把记录赌约的记事板在众人面前来回摇晃。

终于有一个年轻的罗马人回应了他,"我跟你赌一百金币,"说完提起笔就准备签字。不料被旁边的人拦住了,"不要跟他赌。"

"为什么?"年轻人不解地问。

"梅撒拉的战车速度已经到了极限。你们看,他在战车上身体前倾,缰绳已经完全放开了。再看看犹太人吧。"年轻的罗马人照提示把目光移到了宾虚身上。

"我的神!"他惊得瞪大了眼睛。"这个犹太贱民竟然还在用力勒住缰绳。我明白了,明白了!如果神不佑梅撒拉的话,看来获胜的希望渺茫了。噢,不,现在还言之过早!你看,朱庇特神与我们同在!"接着所有罗马人一起用拉丁语高声地呼喊起来,"朱庇特神与我们同在!"

正如刚才罗马人所说,梅撒拉已经把战车的速度提到了极限,收效也已经逐渐显现出来:他所驾驶的战车开始慢慢地冲到了最前面。他的四匹赛马马首低垂,伸直了脖颈;躯体几乎是在贴着地面飞行;鼻孔通红,极速收缩着,甚至从看台上能看到它们喷出的热气;它们的双目充血,几乎要瞪出眼眶。眼看得出来这四匹马已经拼尽全力在奔跑，问题是这样的极速能否保持？我们不要忘了这才是第六圈。就这样当梅撒拉冲到这半圈的弯道时，宾虚开始从外道把马头向内拨转，来到了梅撒拉车后的内道。

看台上梅撒拉的支持者们停止了欢呼，他们多数人开始发出恐惧的嚎叫，有的人甚至开始抛弃身上的金红色饰物，而参巴拉则开心的计算起自己赢得的赌金。

玛鹿此时正站在凯旋之门上面的看台上，他已经抑制不住心头涌现的喜悦。他似乎已经看到宾虚在赛场西面的弯道处超过梅撒拉的那一刻。但实际上宾虚并没有这么做，他只是在内道紧紧咬住梅撒拉的尾巴。

在看台的东面，以萨耐德为首的人群则显得比较平静。萨耐德微微低着头，伊德荣酋长则缓缓地摸着自己的胡须，不过他原来紧缩的眉头现在已经舒展开来，只是用两只炯炯有神的眼睛盯着赛事的发展。埃丝特紧张得几乎喘不过气来。艾拉斯则显得非常高兴。

在第六圈跨过弯道进入下半圈后，梅撒拉更是拼命想要保住自己内道的领先优势，他的执着已经到了歇斯底里的地步。他使自己的战车尽可能地靠近左手边场中的石壁，不想给后面车辆留丝毫空隙可钻。但实际上这是非常危险的举动，因为只要出现一点点失误，他的战车就可能碰到石壁，而在这种高速状态下很可能是车毁人亡的后果。而紧随其后的宾虚也不示弱，同样紧靠内道。两人驶过后，车辙竟然完全重合在一起，如同一辆车驶过一样！

在宾虚经过弯道的短暂时间里，埃丝特发现宾虚的脸色变得更加冰冷苍白。

萨耐德酋长比埃丝特有经验得多，他同样看到宾虚那一瞬间的表情，然后对伊德荣酋长说，"据我判断，宾虚一定是想好了对敌之策，不然他的脸色不会如此冰冷。"

而伊德荣回他道，"是啊，看他的神情怎会如此冷静？看在上帝份上，老朋友，他们好像现在才开始比赛一样！看啊！"

赛场两端的锥形柱顶现在只剩下一个木球和一个海豚悬挂着，比赛终于到了最后一圈！整个赛场的观众几乎都停止了呼吸，瞪大了双眼期待着最终的结果。

西顿的选手阿德墨托斯率先发动了最后的冲刺，开始猛甩手中的皮鞭，像雨点一样抽打在四匹赛马身上，马儿出于对疼痛的恐惧拼命地向前狠命冲去，势头之猛，大有后来居上的意思。跟在他后面的是拜占庭选手和科林斯选手，不过尽管他们也在拼命追赶，但仅仅是追上阿德墨托斯已不是易事。而一直紧跟在罗马人后面的宾虚，对全场除了罗马人以外的观众来说，已经成了夺冠的最大希望。

"宾虚！宾虚！"成千上万人一起高喊着，声势之大，远远盖过了执政官看台附近的罗马众人。

凡宾虚经过之处，距离赛道最近的观众纷纷朝他大声呼喊，"加油，快冲啊，犹太人！"

"快夺得内道吧！"

"冲吧！放开你的阿拉伯神驹吧！快挥动你的马鞭！"

"千万不能再让罗马人弯道抢先了！"

各种声音扑面而来，一双双手死命地伸向看台的栏杆之外，仿佛在祈求宾虚一样。

不知是否他根本没有注意到观众的催促，从最后一圈前半段一直到第一个弯道处他都没有加速冲刺超越梅撒拉的意思，仍然只是紧咬不放。

快到弯道时，梅撒拉下意识地拉动着靠里面的边马的缰绳，以便顺利驶过弯道，而这个动作自然放缓了战车前冲的速度。梅撒拉此刻的情绪亢奋到了顶点，在他高傲自负的天性催化作用之下，他坚定地认为自己必将取得最后的胜利。过了这个弯道，再有短短的六百尺，就是比赛的终点，那里等着他的将会是名扬万里的荣耀，用之不尽的财富，飞黄腾达的仕途，一切伴随那令世人艳羡的胜利都将成为他的囊中之物！然而就在这千钧一发的时刻，玛鹿注意到宾虚突然把身体前倾，上半身几乎俯在四匹马的马背上，并松开了手中一直绷紧的缰绳，任凭缰绳抖落在马背上，翻滚着跟马背摩擦嘶嘶作响。尽管他没有完全丢掉缰绳，但是马儿们的动作已经完全得到了释放——仿佛沿着缰绳宾虚把自己的意志一起释放开来，他的脸色开始变得通红，眼睛烁烁闪光，整个动作完成在眨眼之间，效果也在瞬间显现！只见四匹马就像被通灵一样，不仅速度提升到了新的高度，而且步伐变得无比协调一致，如同一匹马一样！只一个箭步，就带着宾虚的战车冲到了和梅撒拉并列的位置！而梅撒拉还沉浸在自己的世界中，甚至还没有反应过来！这也难怪，就连观众也还没来得及做出反应，事情便已经发生！他只听到耳边传来的宾虚的声音——就像伊德荣酋长那样，宾虚正用古老的阿拉伯语对四匹神驹喊话。

"啊，阿泰尔！瑞杰！还有你，安塔雷斯！你们这样慢慢悠悠可不好！我差点忘记还有我心爱的阿尔德伯瑞——你们有没有听到，你们的家人和朋友正在帐篷里唱歌呐。我听到了，孩子们和他们的母亲——他们在歌颂星辰，别忘了你们的名字的来历，你们就是那些星辰的化身，看吧，前面就是胜利！——他们的赞颂的歌声不会停息！你们已经做得很好！

再加把劲儿——明天咱们就回家去了，回到那黑色的帐篷下面——你们不是都想着回家吗!？对吗，安塔雷斯！部族的人，故乡的人都在等着我们胜利归来，还有你们的主人！快些完成这个比赛吧！加油啊！哈哈！我们一起击碎傲慢的面具！让抽打你们的仇人匍匐在沙土中忏悔吧！荣耀将归于我们！哈哈！——稳住！我们就要结束啦——哈！"

一切看似如此简单自然，同时又如此快如闪电。

梅撒拉已经选择了沿环形的路线驶过弯道，这就给宾虚留下了一个"空子"可钻，但这个机会一则转瞬即逝，另一则即使抓到了也极难成功，因为要抓紧机会在梅撒拉回到直道之前超过他，必须在这短短的时间内至少要超过他一个车身的长度！旁观者清，观众席上几乎每个人都明白这个道理，所以他们无不替宾虚捏了一把汗。随着两人的战车越靠越近，宾虚所在的战车靠内侧的车轮贴近了梅撒拉靠外侧的车轮，这时就在众目睽睽之下，一件意想不到的事情发生了：随着惊天动地的一声巨响，梅撒拉的车轮突然爆裂开来！在所有人还没来得及思考发生了什么状况之前，象牙和黄金的碎片闪耀着夺目的光芒漫天散落。紧接着，梅撒拉的战车瘫倒在地，被四匹马继续拖行不远，战车的主轴也飞了出来，在赛道上掉落后又弹起，如此几次远远地翻滚而去；战车剩下的部分再也支撑不住，彻底散了架。而梅撒拉因为腰上缠着缰绳不得脱身，只能任由四匹马继续拖着前行。

后面赶过来的西顿战车因为咬得太紧，根本来不及刹车或者避让，直接冲进了事故现场，战车碾过了罗马人的身体，而八匹马则撞在一起扭作一团。赛道上马上扬起了浓浓的尘雾，人喊马嘶，乱成了一锅粥。最后的一刻，趴在地上的梅撒拉勉强从混乱中爬了出来，远远地看见科林斯和拜占庭的战车紧紧跟在宾虚的战车后面绝尘而去。

观众们从赛场的骚乱中回过神来，都跳到了长椅上，高声喊着，尖叫着。有人注意到梅撒拉此时直挺挺地躺在地上，任由乱马和战车在他身上踩躏着。多数人都以为他已经死了。更多的观众则冲下了看台，追随宾虚的战车而去。没有人注意到宾虚在事发前的一瞬间稍微向内拨转马头的动作，正是这个动作使他的车轴外侧的金属外饰击碎了梅撒拉的车轮。人们看到的，只是经此一役之后变成了英雄的年轻人，他的一举一动、一言一行，落在众人眼里都变得熠熠生辉，令人油然而生崇拜之情。在众目睽睽之下，宾虚转眼间已第一个冲过了终点线，甩开后面的科林斯、拜占庭选手足有半条赛道！

宾虚胜了！

执政官站了起来，人们嘶哑地欢呼着，见证了主办者为宾虚带上胜者桂冠的一刻。

宾虚注意到为他戴上桂冠的是个金发的撒克逊人，他认出来此人原来就是自己在罗马时的一位老师。戴好桂冠后，他转头向西面看台望去，在那里萨耐德、伊德荣、埃丝特、艾拉斯等人正向他微笑致意。

就这样，凯旋的队伍排成了一条长龙，伴着人们的欢呼声，从凯旋之门鱼贯而出。这一天就这样结束了。

第十五章

当天晚上，宾虚和伊德荣酋长在大桥上逗留到很晚。按照他们事前的计划，酋长的商旅队伍、族人早已先行离开了安提俄克，他们约定当晚午夜随后离开此城。

酋长心情大好，他提出来要送许多贵重礼物给宾虚作为回报，但都被宾虚婉言相拒。宾虚坚持称自己对现在的结果已经十分满足，重挫多年来的宿敌就是最大的礼物。两人为此还争论了良久。

伊德荣称："我的好朋友，你今天所做的事，对我来说意义有多么重大，我想你可能并不清楚。让我来告诉你：从这里一直到克巴①，再到海岸边，沿着幼发拉底河②，甚至远至

---

① 克巴，今土耳其境内一地区名。
② 幼发拉底河，流经土耳其、叙利亚和伊拉克，与底格里斯河汇合而成阿拉伯河，注入波斯湾。是支撑美索不达米亚平原文明的主要河流之一。

黑海①地区，在所有黑色的阿拉伯帐篷下，我的部族从此将美名远播。他们将会忘记我已经老迈的年纪，重新把我当作英雄一样看待。那些无主的士兵和武士会来投奔我，使我的实力倍增。同时，当我回到沙漠中去，我的地盘也会成倍的扩大。商人们会争相向我进奉贡礼，国王们也会将我重看并赐予我无数的豁免权。以所罗门之名！就算我派使者去向恺撒大帝示好，他也会以礼相待。你赋予我这么多，我送你的区区薄礼，你真的不愿收下？"

宾虚回答："不，酋长，您的心意我已了然于胸，但是我从您这里得到的还不够多吗？您将得到的都是您应得的，难道有人会说您配不上吗？我想不会。另外，按照我的计划，今后我还有很多需要您帮助之处。今天我谢绝的，改日我再向您索回，说不定到时会向您索要更多呢！"

就在两人继续争执不下的时候，有两个传信之人赶到了——玛鹿和另一个陌生人。前者兴冲冲地来到两人面前，脸上还洋溢着白天的胜利带来的喜悦。他行过礼之后，开口说道，"比赛结束后，我被萨耐德派去向罗马人索取冠军的奖金，竟然受到他们中不少人的抗议和拒绝。"

伊德荣听到这里，脾气火爆的他马上叫道，"看在上帝的份上！难道不应该由东方人决定比赛的公正和胜负吗！？"

"善良的酋长，您先不要着急，"玛鹿马上补充说，"后来主办方的长官把奖金发放给我们了。""这还差不多。"

"那些罗马人提出来，说是宾虚使用诡计击碎了梅撒拉的车轮才获胜的，主办的长官听后大笑，反过来提醒罗马人说，是梅撒拉用鞭子抽打宾虚的赛马在前，才遭此恶报的。"

---

① The sea of the Scythians，黑海。

"还有那个雅典人克里安西斯,他的战车不是梅撒拉使诈怎会被撞碎。你可知那个可怜的雅典人后来怎样了?""他死了。"

"死了?"宾虚惊愕道。伊德荣喃喃道,"死了,这个天杀的魔鬼梅撒拉!他呢,后来怎样?"

"他侥幸逃脱了死亡——我的酋长,他没死,但是下场比死也好不到哪里,据消息,医务官说他虽然保住了性命,但是落下终身残疾,今后都不能走路了。"

宾虚默默地仰头看天。他仿佛看到梅撒拉变成跟萨耐德一样,虚弱地坐在轮椅上,要依靠仆从的肩膀才能移动。但是,善良的萨耐德老人还能好好活着,而他呢,他将怎样面对自己昔日的高傲和野心?

"萨耐德还让我转告两位,"玛鹿继续说,"参巴拉那边有点麻烦。德鲁苏斯,还有那些跟他一起签下赌约的罗马人,声称他们输掉的五个塔兰特已经都记在执政马克森提乌斯名下了,说是这些钱已经被执政官交给了恺撒。梅撒拉也是一样,拒绝履行赌约偿还赌债。参巴拉按照德鲁苏斯所说,跑去找执政官索要赌债,据说这件事还在磋商之中。一些正直的罗马人称欠债就当还钱。反对的声音也不少,所以现在城中到处是风言风语,这件事已经成了罗马人公开的丑闻。"

"萨耐德老人怎么评说的?"宾虚问。

"主人听说以后大笑说,这种情况正合他意。如果罗马人同意偿付赌债,他就会从此一贫如洗。而如果他拒绝,丑闻将使他蒙羞。不论怎样都是好事。罗马帝国的政治家们会决定如何处理的。据他的分析,此时冒犯东方世界对罗马来说,是非常不明智的举动,因为帝国正在筹备对帕提亚人的战争,这将有可能让帝国腹背受敌。而且冒犯了伊德荣酋长,等于同时冒犯了阿拉伯沙漠,而帝国在眼前的战场上又急需借势阿拉伯沙漠来铺开战线。所以萨耐德让我告诉你们无须担心。梅撒拉一定会偿付赌债的。"

伊德荣听到这里,心情才好转。"咱们出发吧,"他边搓着双手边说。"萨耐德是个睿智的人,他会处理得当的。荣耀终归于你我。我这就去备马。"

"且慢,"玛鹿拦住了酋长。"刚才还有一个传信的人跟我一起来的,你不想见一见吗?"

"上帝啊,我把他给忘了。"

于是玛鹿转身唤来那人。来到且近酋长才发现原来是个长相非常俊秀,举止柔美的年轻小伙。此人来到酋长面前屈膝行礼,用动人的声音说,"艾拉斯,巴尔退则之女,想必酋长已经很熟悉了,叫我向您恭贺今天的大胜。"

"我老友的女儿,她太客气了,"伊德荣笑道。"你回去告诉她,我听到她的祝贺非常高兴,这个戒指就当作我感谢她一片好意的回礼吧。"

传信者接过戒指,同时继续说道,"我定会照办,酋长阁下;另外小姐还有一事拜托您。她希望您代为询问名叫宾虚的青年,她想要明天中午在伊德尔尼的宫殿跟他见一面,她和巴尔退则两人现在暂住那里。不知道宾虚是否方便,如果可以的话,她会非常高兴的。"

酋长看了一眼宾虚,发现这时宾虚脸色通红,但看得出他听到这消息非常高兴。

"你怎么说?去一趟?"他问。

"这样的话,我的酋长,你就先行一步吧,我明天先去见见艾拉斯。"

伊德荣放声大笑,"去吧,年轻人就应该及时享乐不是吗?"

于是宾虚转身对传信者说,"请你回复小姐,我宾虚明天准时赴约,不见不散。"

得到确定的答复之后,那个小伙子默默行了个礼便转身离去了。而时间已至午夜,伊德荣留下一名向导和一匹马给宾虚后,也催马上路,走之前嘱托宾虚事情办完后记得尽快赶上。

第十六章

翌日，宾虚先到安提俄克市中心，然后转弯经希律王柱廊长街，前往伊德尔尼宫殿赴约。

从街道上下来进入宫殿，宾虚走进前厅，前厅两侧铺设了向上的楼梯，一直通到第二层的柱廊入口。楼梯两旁卧着两只生翼的雄狮雕像。前厅正中站立着一只巨大的朱鹭，原来是一个制作精巧的喷泉，不断向地面喷洒着泉水。狮子，朱鹭，墙壁，地面，连上楼时的扶栏也不例外，每一样都极具埃及的特征。

顺着楼梯来到上面，前厅上方的柱廊设计和建造极其精致，尤其是圆柱的优雅造型，用雪白的大理石修砌而成，但看上去轻巧之极，就像是一朵白色的百合花落在了巨石上。恐怕这世上只有希腊人能有此等才华。

宾虚在柱廊中精美的窗饰前面伫立欣赏了一会儿，感叹于其选材所用的大理石的纯净无瑕，之后他便沿着高大的走廊进了宫殿。许多折叠门大开着,好像欢迎他走进去似的。这条走廊虽然高大但宽度上很狭隘,地表铺着红色的瓷砖,左右的墙壁也涂着一样的颜色,看似简单而朴实,似乎预示着他将看到远比这些美妙的东西。

他缓步向前,想到等下就要见到的艾拉斯,便觉得全身放松而惬意。他又回忆起上次跟艾拉斯相约的一幕幕场景、她那美妙动人的歌声、引人入胜的故事和充满趣味的揶揄——她的一颦一笑之间都闪动着让人沉醉其中的光芒,每每想起这些细节,宾虚的脸上便浮现出难得一见的微笑。

他沿着走廊来到一扇关闭的门前停住了脚步。在他还来不及想下一步该做什么的时候,这扇折叠门便自行打开了。奇妙之处在于宾虚没有听到里面传出任何脚步声或是开门时抽离门闩或者打开锁孔时的咯吱声。他正纳闷之间,眼前出现了让他更为惊愕的场景。

原来门后是另一条昏暗的过道,而一眼看过去,对面赫然出现了一个罗马式的天井庭院,看起来十分宽大而且富丽堂皇。

走进庭院中,使宾虚感触最深的是这个罗马式的房子非常高大,室内的高度很难估测。他禁不住停下脚步仔细观赏一番。只见脚下光亮的地面上绘制着勒达(Leda)与天鹅,而自己正站立在勒达的胸部位置。再向前他看到地面上绘制都是以神话为主题的图案。房间的桌椅矮凳看得出来每个都有着不同的设计和风格,如同一件件艺术品一般精致无比。墙壁旁的家具和墙壁仿佛融为一体,又好像是从如水般地表图案的湖面里浮出来似的,这种风格的融合令人惊叹。室内还摆放了数张睡椅,方便客人随时休息使用。连墙壁上的镶板也都没有忘记用精美的图案或者浅浮雕做装饰,更不用提天花板上的壁画了，倒映在地面上清晰可见。仰望房顶的天花板，更是让人叹为观止。房顶以一定的弧度向中心聚拢，到正中央时竟是镂空敞开的天窗，阳光毫无阻碍地照射进来，使房间里的人抬头就能看到一片碧蓝的天空，给人一种触手可及的错觉。正对屋顶天窗的下面是一座方形的水池，周围用铜制的栅栏围拢起来。天窗周围边沿有数根包金的立柱，支撑住房顶，金色的柱身仿佛阳光把它们点燃了一样，同时高大的柱身落在地上的倒影更进一步加强了屋内的纵深感。室内摆放的还有古雅奇特的大烛台，雕像和花瓶等等。整个房间的布置和装饰，就算当年西塞罗（Cicero）从克拉苏（Crassus）手中买的帕拉蒂尼山（Palatine Hill）别墅也不外乎如是吧，甚至这种奢华程度足以和斯考卢斯（Scaurus）的图斯库兰（Tusculan）别墅相媲美！

宾虚一边沉浸在如梦似幻的环境中，一边四处漫步欣赏等待着。他并不在意耽搁这一点时间。通常来说，罗马式的宅院中像这样的天井大厅就是接待客人的地方，宾虚心想艾拉斯准备好以后自然会过来或者派个仆从过来见自己的。

他在大厅里缓步转了两三圈，时而仰望天井外蔚蓝深邃的天空，时而斜倚立柱看着地面的光影变化出神，但是始终也没有人出来。时间一分一秒过去，宾虚逐渐失去了耐心，他开始怀疑是什么事让艾拉斯耽搁了这么久。他强压心头的焦虑，又在厅内转了一圈，对周围的物件也没有了一开始的兴趣。周围一片死寂，这种反常的安静让他变得不自在起来，继而开始怀疑到底自己来这里是不是正确的决定。刚想到这里，他的心里有一个声音又解释说，"也许她需要用很长时间化妆打扮，说不定啊，现在她正在整理自己的睫毛，或者正在给自己准备一张毛毯什么的。不久一定会出现的！这点耽误也是值得的。"于是他一边安慰自己，一边坐了下来，沉浸到了对烛台的欣赏之中。他慢慢品鉴着这个大烛台的每一个细节，但是时间仍然在无情的流逝，尤其是周围如同坟墓一般的寂静还是迫使他回到了现实中来。

难道，自己此行有什么误会？不，这不可能。传信之人所说的话自己听得非常清楚，地名和时间，每一个细节都不可能搞错。接着，他突然想起自己进来这里的时候房门是无声无息自动打开的，这一点非常可疑，他决定再去试试看！

于是宾虚走到同一扇门那里。尽管他尽可能放轻了自己的脚步，但是每一步走过去仍然会发出非常容易让人发觉的声音，这让他非常紧张和惶恐。接着他试图打开门的插销，但是连试两次，都以失败告终——这扇门连动都没有动一下，自己已经被封锁了起来！一种危险气息立即涌上了他的心头，这开始使宾虚踌躇不定起来。

在安提俄克，会是谁对自己最为不利？

难道是梅撒拉！

紧接着他又联想起这座伊德尔尼宫殿。他曾见过埃及和雅典的建筑，心里很清楚这个前厅绝对是罗马的风格。但是关于这个宫殿的一切都跟罗马人并不搭边，应该不是罗马人所有的才对啊。没错，这个地点的确在市区主干道上，按照常理不会有人会想在这公开的地方去行凶和复仇，不过也说不定，因为对于梅撒拉来说，这种方式反而更符合他的性格。看来这个约定是个陷阱！

这个想法让宾虚非常生气。他开始尝试找其他办法离开这个地方。他挨个走进那些敞开的房门，但再向内走不过是通往一个锁了门的起居室，都是死胡同，敲门也没有反应。最后他没了主意，开始躺到其中一张睡椅上面，继续思考。

已经很明显，他成了一个囚徒，但是究竟是为什么？是谁这么干的？会不会是梅撒拉？如果是他的话，宾虚赶紧坐了起来，但他接着只是轻蔑一笑。每张桌子上都有现成的武器，因此他也没有什么好惧怕的。

另外，梅撒拉应该不可能过来的，他已经成了无法行走下地的废人，不过他还可以派其他人来，会是谁呢？宾虚站了起来，有一次试图打开门锁。还是以失败告终，他向外高喊了几声，但没有反应。这时宾虚有点被吓到了。他稳了稳心神，决定再等一会儿，实在没有人反应的话，再想办法破墙而出。

宾虚的内心又经过一阵不安的思索，最终他还是认定这件事要么是个意外，要么是误会。这座宫殿一定有它的主人，既然这样，至少会有人看护照料。管家肯定会来这里，迟早的事情，所以自己需要做的就是耐心地等待。

一个小时又过去了——这个小时比平常的一个小时更加难耐——这时那扇门又一次无声无息被打开了，但并没有引起宾虚的注意。他此时正坐在离门较远的一个角落。

但是这次宾虚听到了脚步声，他倏地站了起来，心想，"终于还是有人来了！"

脚步声很沉重，并伴随着刺耳的刮擦声。他连忙蹑足上前几步，躲到了椅子和门口之间的立柱后面，侧耳倾听。进门来的并不止一人——因为同时传来不同说话声——说话者嗓音较粗，喉音很重，但是他听不明白说的什么，因为对方讲的既不是东方的也不是欧洲南部的某一种语言。

过了不一会儿，来人似乎扫了一眼大厅，然后左转进入到宾虚视野之内。这下宾虚看清了，一共两名男子，个头都比较高，其中一人身形非常粗壮，都穿着短衫。看得出来这两个人都不是这房子的主人。他们看着周围的一切好像也觉得很新鲜，逐样看过去并都要用手触摸一下，看起来是两个没见过什么世面的市井中人。从两个人一系列的举止来看，他们来这里好像是要找谁谈什么生意，那么会是找谁的呢？

两人一边说着什么，一边慢慢向宾虚站立的柱子这边走近。当来到几步之外的时候，他们看似被一座雕塑所吸引停下了脚步，欣赏起来。屋顶射进来的阳光照在两人身上，自这里看过去一清二楚。

这样的距离使宾虚随时可能会被发现，同时他从柱子后面已经认出了两人中的一个，这更让他紧张。两人中比较壮硕的一个，宾虚在罗马的时候就见过，而且也参加了昨天的比赛，他是个北欧人，昨天竞技赛中拳击项目的冠军。此人满脸的伤疤，胳臂上的肌肉经过长期的锻炼像石块一样结实，肩宽背厚，身经百战。在这样的地方遇到这样一个人，宾虚心想不妙，难道这二人是被派来杀害自己的不成？如果是这样的话，这个地方选的太好了，自己根本无处可逃。他又把目光投向拳击手旁边那人——年轻人，黑眼睛黑头发，一副犹太人模样，这两个人从穿戴上来看，都是角斗场中的专业角斗士的装束。宾虚至此算是明白：此行必是陷阱。一定是有人用计诱他上钩，然后在他孤立无援的情况下置他于死地。

宾虚没了主意，他的目光来回落在在两人身上，心里出现了一种奇妙的感觉，就像是自己一生的经历在眼前快速地重演了一遍，看似别人的经历的事一样。这种瞬间的内心感受使他得以迅速地总结了自己的前半生，然后对自己生命有了新层次的体会，仿佛获得了新生。以前他一直表现得是个受害者，从今以后，不，其实从昨天的比赛开始，他要成为一位主动的进攻者。这并不违背自己先祖的遗训，他要埋葬曾经的自己，塑造新的自我，而昨天对梅撒拉的惩罚，就作为开始。感谢上帝的批准和许可，这个开始成效不错，宾虚获得了新的信念——一种作为所有理性力量源头的信念，尤其是面临危险时的信念。

不止如此，这种新生使宾虚觉得新的使命和任务才刚刚开始，它的神圣确然如同新王降临一样——在这项使命里，武力是合法的且无可避免。那么既然如此，在这个关头，有什么好害怕的呢？

放下心中的恐惧和顾虑，宾虚开始坦然面对。他解开腰带，闪掉身上的白色的犹太长袍，脱掉头上的帽子，露出里面的短衫，就像眼前的两人一样，接着他上前一步，双臂抱拢斜靠在柱子上。此时他在身体和心理上都已经做足了准备，冷静地等着两个人的反应。

两人一开始还没有发觉宾虚的存在，继续看着雕塑并用他们的语言交谈着。不一会儿，那个北欧人突然转身看到了宾虚，对他的同伴说了几句话然后两人一起盯着宾虚走了过来。

"你们是什么人？"宾虚用拉丁语问道。

北欧人脸上闪过一丝笑意，尽管在他满是伤疤的面孔上显得很不协调，他回答说。

"巴巴利亚武士。"

"这里是伊德尔尼宫殿。你们来找谁？站住并回答我。"

宾虚说话的语气很诚挚。两个人听到后停下脚步，那个北欧人问道，"你又是什么人？"

"罗马人。"

北欧人仰天大笑，"哈哈！真是个笑话，明明是个犹太人，还能变成罗马人？"

笑完之后，他又跟身边的同伴说了两句，两人继续朝宾虚走了过来。

"站住!"宾虚说着，身体从柱子上弹起，"我还有一句话要说。"

两人又停下了脚步，撒克逊人重复了一遍宾虚说的话，双臂交叉在前胸，黝黑的面孔开始出现的威吓之意稍微放松了一点，"那你说吧。"

"你是北欧人托德。在罗马你是角斗士主人。"

对方叫托德的听后瞪大了蓝色的眼睛，点了点头。

"我以前是你的学生。"

"不，不可能，"他一边摇头一边说。"我从来不会训练犹太人角斗。"

"你不相信的话，我可以证明给你看。"

"怎样证明?"

"如果我没猜错的话，你来这里是要杀了我，对吗?"

"没错。"

"那么你叫你的同伴来跟我单对单打一场，你马上就会明白。"

托德听后马上来了兴趣。他对他的伙伴说了几句话，那人做了回答。接着托德像个孩子一样说道，"你等着，我说开始才开始。"

说罢他拍了几次自己的脚，然后把一张睡椅推倒在地，在上面做了几次压腿动作，等他觉得全身舒展好了以后说了一声，"开始吧。"

宾虚不慌不忙地向自己的对手走去。

"防卫!"托德说。

听到指示，那个陌生人马上听话地抬起双手。

当两人面对面站在一起的时候，从外形上看并没有明显的高下之别，相反，从体型上看就像是兄弟一样。宾虚看着对手脸上充满自信的微笑，就像是提醒自己，对方和自己都在同一个地方学习的角斗术，也就是说彼此的招式互相都知道，这种情况下角斗的危险性不言而喻。两个人都知道这场角斗的结果，不是你死就是我活。

宾虚先出右拳佯攻。对方闪身躲开，同时左臂稍微向前伸出了一些。还没来得及回身防守，宾虚已经叼住了他伸出的手腕，划过三年船桨的大手就像老虎钳一样瞬间锁死了对方这只手臂。紧接着快如闪电一般，宾虚右手抓住对方左臂猛地向后一带，然后趁对方失去平衡扑倒的时候伸出空着的左手猛砍向对方的脖颈。只是这么简单一击，战斗已经结束。对方没有发出任何声音，身体已经重重地倒在地上。

宾虚转身面对托德。"哈！这是怎么搞的！"托德大声叫道，震惊非常。接着大笑道，"哈哈！就算是我，也未必能做得更好。"

说罢，他再一次从头到脚打量了一遍宾虚，然后脸上流露出难掩的敬意。

"刚才这一招的确是我教的——我在罗马的角斗学校练这一招练了十年。你绝不是犹太人，你到底是什么人。"

"你记得执政官艾瑞斯大人吧？"

"昆图斯·艾瑞斯？当然，他曾是我的赞助人。"

"他老人家有一个儿子。"

"是的，"托德说着，他好像想到了什么但是又还没反应过来，"我知道那个孩子，他是个绝好的苗子，可能成为最出色的角斗士，连恺撒都奖赏过他。我曾经把刚才你用的这招教给他——用这一招要奏效的话，至少要有和我一样强壮的臂力。我当年就是用这一招赢得了许多次桂冠。"

"我就是你说的那个孩子，我就是小艾瑞斯。"

托德又走进了几步，仔细地端详宾虚的面貌；接着他终于认出来了，眼睛里闪着真挚喜悦，一边大笑一边伸出手。"哈哈哈！他竟然跟我说到这里会找到一个犹太贱民——一条犹太狗——一个不尊敬众神的犹太人。"

"谁告诉你的？"宾虚握住对方的手问道。

"他啊——是梅撒拉——哈哈！"

"什么时候告诉你的，托德？""昨夜晚间。"

"我以为他受了重伤。"

"他以后都不能下地了。他是躺在床上咕哝着跟我说的。"

简单一两句话，一幅鲜明的画面，宾虚如同亲见一样。看来复仇之心仍然支撑着这个宿敌，他之所以赖着欠参巴拉的赌债不还，就是要想办法雇人报仇。之前尽管宾虚对如何扫清道路迎接犹太新王假设过各种可能，也想了很多办法，但眼前这件事让他突然来了灵感，为什么不用以其人之道还治其人之身的办法来试试呢？假设托德是受了雇佣而来的话，自己完全有能力给他更高的佣金！于是他看了一眼地上躺着的那位，然后说道，"托德，梅撒拉给了你多少钱让你来杀我？"

"一千块金币。"

"我想你还没拿到这笔钱才对。如果你照我说的去做，我会在这个金额上再加给你三千金币。"

托德听罢想了想，说道，"我昨天赢了五千块了，从罗马人那里又拿到一千块。如果你答应再多给我四千块——我才能同意为你效劳，就算雷神托儿用锤击我，也不后悔。另外我会把地上这人帮你解决掉，只要你愿意。"

说着他做出杀人的手势。"我明白了，"宾虚说；"一万块金币可是笔不小的财富。这足够让你回到罗马，在大竞技场旁边的闹市开一间酒店，并成为最大的角斗士主人了。"

托德听着宾虚描述的画面，脸上的伤疤都忍不住露出了笑意。

"我答应再给你四千块，"宾虚继续说；"你需要为我做的事很简单，听我说，托德，你觉得你躺在地上的朋友和我长得像不像？"

"像，你们两个就像一棵树上的苹果。"

"那就好办了，如果我穿上他的衣服，而他穿了我的衣服，接着我和你一起离开，把他的尸体留在这里，这样你不就可以得到梅撒拉的那一千块金币了吗？你需要做的事就是让梅撒拉相信死在这里的人是我，怎么样，听起来是不是很简单？"

托德笑得眼泪都流了出来。

"哈哈！一万块这么简单就到手了。我可以到竞技场旁边开酒店了！——只要撒谎就行，都不必杀人！哈哈！艾瑞斯之子，你太慷慨了。记得以后你要是去了罗马，千万到我的酒店找我！我一定会好好款待你。"

他们又一次握了手，接着宾虚跟地上的那位互换了衣服。处理完这些之后，托德敲了敲前门，很快门被打开两人走了出去，之后宾虚被托德领进隔壁的一间房，宾虚在房间里整理好身上粗糙的衣服，最后两人来到街上在翁法格斯碑那里分手，然后一个信使把宾虚许诺的四千块带走去了托德的住处。

"艾瑞斯之子，别忘了，别忘了去大竞技场的时候来找我！哈哈！今天我算发财了！愿众神保佑你！"

离开之前，宾虚看了地上裹着犹太人服装的尸体最后一眼，觉得自己的计策非常完满，这具尸体真假难辨。如果托德信守诺言的话，这个秘密将会对自己今后的计划非常有利！

入夜，到了萨耐德的房子，宾虚把自己的经历对老者讲述了一遍。两人都觉得如果一切顺利的话，用不了几天，小艾瑞斯的死讯就会在城里传开，并且最终马克森提乌斯执政也会听说。敌人方面的梅撒拉和格拉图斯知道这个消息一定会非常高兴并且松懈下来，不再追杀自己，而宾虚则可以放心大胆地赶奔耶路撒冷，寻找自己的亲人。

两人谈了很久，后来宾虚告辞离开。萨耐德老人让仆从把轮椅推到阳台上，目送宾虚离开，默默地祈祷上帝庇佑这个年轻的主人一路平安。埃丝特则陪着宾虚送出很远。

"如果我找到了我的母亲和妹妹，埃丝特，我想你应该来耶路撒冷见一见她们，你可以成为得撒的姐妹。"说着，宾虚吻了一下埃丝特。

是否这一吻只是离别的祝福？

他过了河来到伊德荣原来的驻地附近，在那里找到酋长留下来给自己帮忙的向导，向导牵过一匹马并说，"这匹马给你骑。"

宾虚瞥了一眼，发现这匹马竟是阿尔伯德瑞！四匹赛马中速度最快也是最聪明的一匹，在它身边站着天狼星，酋长的坐骑，他知道这一定是酋长特意的安排，是他的一片心意。

伊德尔尼宫前厅的尸体当晚就被人抬走掩埋了。作为梅撒拉计划的一部分，一个信使当夜就出发去给格拉图斯带去这个喜讯，好让总督安心。

果不其然，时间没过多久，在罗马大竞技场旁边有一间酒店开张了，门口挂着一块匾额，上书："北欧托德酒店"几个大字。

宾虚

第六部

那可是死神的身影,摇曳间单双难辨?
难道是死神随她而至?
她的皮肤却似麻风病人一般苍白,
她活在一个生不若死的梦魇中,
使人见之凝血,毛骨悚然。

——柯勒律治(Coleridge)[①]

[①] 英国诗人和评论家,诗歌作品相对较少。在幻想浪漫诗歌方面成就卓著。这里引用的是其代表作《古舟子咏》中的一部分。

第一章

宾虚离开安提俄克的三十天后，跟随伊德荣酋长的步伐进入阿拉伯沙漠。

这时东方的局势发生了变化，这个变化对我们的主人公来说意义可谓相当重大。瓦勒利乌斯·格拉图斯总督的位置被本丢·彼拉多(Pontius Pilate)[①]取而代之。

为迎合这次执政权力的更迭，萨耐德花费了五个塔兰特贿赂赛扬努斯（Sejanus）[②]，这个当时罗马帝国当红的宠臣。当然，目的是帮助宾虚使其在回到耶路撒冷后行踪得以更为隐秘。所用的钱都是宾虚比赛中参巴拉赢回的罗马人德鲁苏

[①] 罗马帝国犹太行省的执政官(26－36年)，根据《圣经·新约》所述，曾多次审问耶稣，原本不认为耶稣犯了什么罪，却在仇视耶稣的犹太宗教领袖的压力下，判处耶稣钉死在十字架上。

[②] 罗马帝国官员，公元14年至31年先后担任近卫军司令及执政官等职位。

斯之流偿付的赌债。在德鲁苏斯和他的党羽结清赌债之后，梅撒拉仍然厚颜无耻地拒绝还债，这在罗马流传为一大丑闻，并使他跟德鲁苏斯等人反目为敌。

对大多数犹太人而言，更换新的执政官不过是换汤不换药，并不会带来什么好处。

派往耶路撒冷解除安东尼亚军事堡垒的军团在午夜进入圣城。第二天一早周围的老百姓注意到堡垒的墙壁上被挂上了恺撒巨幅的半身像，上面还画了罗马帝国象征着征服和胜利的金鹰与权杖。这种景象刺痛了耶路撒冷人民的自尊心，许多人自发组成了请愿团，来到恺撒利亚寻找彼拉多论理。他们在彼拉多的府邸门前静坐了五天五夜，彼拉多终于同意跟他们开会商谈此事。后来彼拉多让请愿之人全部在竞技场聚集，但却又派了重兵将这些人围困作为威胁的手段。没想到所有来请愿的根本没打算抵抗，而是早就做好了牺牲的准备，如果彼拉多不同意他们的条件，所有人就要当场自杀。逼得执政长官无计可施，最终答应派人把皇帝的画像撤回到恺撒利亚——反正前任格拉图斯在任的十一年来早已把此地变成了犹太人的憎恶之地。

人是一种善变的动物，再坏的人也会时不时地改变手段来掩饰自己邪恶的用心。彼拉多到任之后，对朱迪亚地区的所有监狱服刑人员进行了大审查，他要求手下人提交一份材料，包括所有犯人的姓名，以及他们被关押的罪名缘由。这么做的目的很明确，就是恐怕前任给自己留下了什么棘手的麻烦事。而同时在外界老百姓看来，这么做似乎是在核查冤假错案，其影响往往是正面的，可谓是一石二鸟之举。经过排查之后，有数百在押的犯人被无罪释放，还有很多原来已经被判了死刑的犯人被减刑重新看到了希望。更不可思议的是，原本不为人所知的地牢也被打开了，那些被关押在地牢里的犯人早已被当局遗忘，现在奇迹般得以重见天日。下面我们要关注的正是被关押在地牢中的犯人之一。说来奇怪，这种事竟然会发生在耶路撒冷城中。

摩利亚山圣域的三分之二部分被安东尼亚堡垒占据，这座堡垒，或称之为塔楼，原本是由马其顿人建造的。后来，由约翰·许尔堪(John Hyrcanus)①将其改造成为具有御敌能力的塔楼，并且在他的时代，这座塔楼被誉为不可逾越的堡垒。再后来到了希律王时代，希律更是别出心裁地把这座塔楼加厚加固加大，把所有周围相关的区域都算作了安东尼亚堡的一部分，譬如兵营，军械库等，当然也包括各等级的监狱。由于他把该堡垒修建得非常完善，才被罗马人相中作为屯军之地。在格拉图斯任职时，这座堡垒的地牢被专门用作关押革命者和叛乱者。在了解这些背景之后，我们书归正传。

按照新执政官的要求，安东尼亚堡当职的保民官马上行动起来，很快地牢中的罪犯名单就提交了上来，摆在他的办公桌面上。他已经审阅了大部分内容，还剩最后一份材料等待审阅，此时他已经非常疲累，失去了耐心。再过几分钟这份名单就会被送往执政官彼拉多处，他选择走出宽大阴冷的办公室，来到外面看押犹太人的地方，呼吸一下新鲜空气，稍微放松一下。他的下属和书记官跟着一起来到外面。

这时门口来了一个人，手中提着沉重的监狱钥匙，引起了保民官的注意。

这人手提钥匙径直来到保民官座椅前面，所有人的目光

---

① 公元前二世纪犹太公会的著名领袖之一，后任大祭司，虽不是王却有王的统治权。

都落在他身上。就听这人走到近前深深地鞠了一躬说道,"我的长官大人!有些话我不知道当讲不当讲。"

"又发现什么错判的犯人了?基塞尤斯?"

"如果我能确定这只是简单的错判,我也不至于害怕。"

"那么是冤案或者滥用职权吗?直说吧——基塞尤斯!"

"我被格拉图斯总督任命为这里的典狱长已经八年有余。我记得多年前的一天,我像平常一样来到办公室。第一天城里的街上发生了骚乱。据说格拉图斯总督在街上被人行刺,说是有人用石块击中了他的头部,将他从马上打落在地。当时总督大人头上缠满了绷带。为了此事,第一天我们杀了很多犹太人。我记得那天一早总督大人就来见我,并交给我这串钥匙,他要求我把这串钥匙看作是我职位的徽章一样,绝对不能丢弃。每个钥匙上有数字对应地牢中相应的牢门。他给了我一个羊皮卷,并打开它向我介绍说:'这里一共三张地牢的地图,这一张里面是地牢的上层;这张记的是第二层地牢;最后一张是最底一层。我把这些地图交给你,你不要辜负了我的信任。'我从总督手中接过那些羊皮卷,他又交代我说,'现在你有了地图和钥匙;赶快过去熟悉一下地牢,每间牢房都要过目,一切用度你可以自行判断安排,这里的事情你直接对我负责,不需要请示任何人。'"

"我听完之后向总督敬了礼转身走开,他又把我叫住了。'我差点忘记,'他说,'请把最底层那张地图给我。我还有些事跟你介绍。'他接过第三张地图,铺在桌子上说,'注意这间牢房,基塞尤斯,'他用手指着五号房。'这里面关押了三个重犯,三个人身上都背负了国家机密,为好奇心所害,被处以重刑,现在目瞎无舌。并且'——他面色严峻地看着我——'被判作终身监禁。你只需要定时提供吃喝到五号房,你会在石壁外的洞口找到通往房内的滑梯,把东西从洞口放进去就行了,其他一概不要问。'我答应了他,然后他继续说,'还有一件重要的事,千万给我记住了,否则'——他用威胁的目光看我一眼——'五号房的牢门——就是这里,基塞尤斯'——他用手向我指明具体的位置——'绝对不允许打开,不论是何原因,连你本人也不例外。''那么如果犯人死在里面了呢?'我问总督。'如果真的死了,这间牢房便是其坟墓。本来就是要关押这几人直到死亡降临。另外,这间牢房不干净,沾染了麻风的。你懂吗?'说完以后他才让我离开。"

基塞尤斯说罢,从他前心衣服里面抽出三张羊皮卷,时间太长了,羊皮卷都已经泛黄。取过其中一卷,他铺开到桌子上给保民官观看,简单说道:"这就是第三层牢房的地图。"

于是所有人的目光被吸引着向桌上的地图看去。

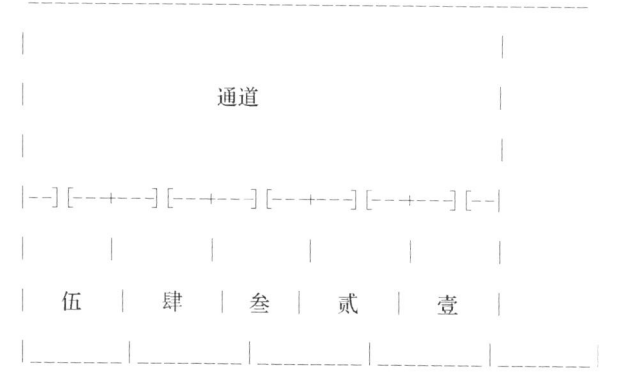

```
 ----------------------------------------
|                                        |
|              通道                       |
|                                        |
|--] [--+--] [--+--] [--+--] [--+--] [--|
|     |       |       |       |         |
| 伍  |  肆   |  叁   |  贰   |  壹      |
|_____|_____|_____|_____|_____|
```

"大人,这一张就是格拉图斯交给我的第三层地牢的地图。您看,这里就是五号房,"基塞尤斯介绍说。

"嗯,继续说,刚才你说这间牢房沾染了麻风?"

"我有个问题想要问您,"典狱长谦卑地说。

保民官点头示意他说下去。

"在这种情况下,我按道理是否必须相信他给我的地图是张真实的地图?"

"当然,这自不用说。"

"但事实的情况并非如此。"

保民官面现吃惊的神色。

"没错,这是一张假地图,"典狱长再次强调。"按照这张图,最下面一层只有五间地牢,但是实际上却还有第六间。"

"你说有六间牢房?"

"我来画给您看。"典狱长说着在记事板上,把下面的图画了下来交给保民官:

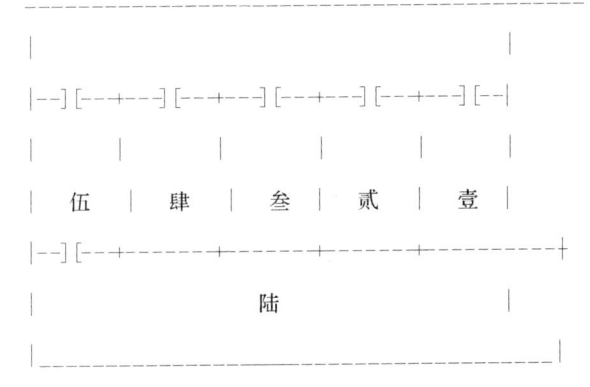

```
 ----------------------------------------
|                                        |
|--] [--+--] [--+--] [--+--] [--+--] [--|
|       |       |       |       |       |
|  伍   |  肆   |  叁   |  贰   |  壹   |
|--] [--+-------+-------+-------+-------+
|              陆                       |
|_____|
```

"你做得很好,"保民官看了图想了想,觉得话说得差不多了,"我会找人纠正并重新绘制正确的地图给你。明早你来找我。"说罢,他站起身来。

"但是我还有事跟您说,大人。"

"明早再说吧,基塞尤斯,明早。"

"但我下面要说的话,恐怕等不到明早。"

保民官看典狱长如此坚持,于是又坐回椅子里。

"我不会耽误您很多时间，"基塞尤斯更加谦卑了，"我只是再问您一个问题。关于格拉图斯告诉我的五号房犯人的事情，我是不是必须要相信他的话？"

"没错，既然是你的长官何况还是总督大人这么说，你应该相信，也就是说五号房的三个重犯，都是眼瞎无舌之人。"

"是啊，但是，他所说的并非真话。"

"不可能！"保民官的兴趣又被挑了起来。

"请听我说完，然后您再做判断，大人。我按照前任总督的吩咐，从第一层地牢开始一直到第三层，逐个牢房进行了探视。依照他的要求，五号牢房的牢门绝不能被打开，我也是这么做的。八年过去了，我每天都只把吃喝通过滑道送进牢房里。昨天我又到了那个牢门前，好奇心让我想知道八年过去了，里面关押的罪犯是否还活着。于是我用钥匙开门，但是竟然没有用；于是我试着推门，结果牢门直接倒在了地上，原来锁链早已锈断了。我走进去一看，发现里面只有一个人，双目失明，而且不能讲话，浑身赤裸。那人的头发已经长至齐腰，多年不洗都赶了毡。皮肤变得跟羊皮卷一样。他伸出手来，指甲张的跟鸟爪一样。我问他跟他一起关押的另外两人去哪里了。他只是摇头。为了找到另外两个犯人，我带人搜索了牢房四壁，想着即便两人已经死了，尸骨总归会留下。"

"所以，你认为——"

"我认为，大人，这个牢房从始至终就只是关押了一个犯人。"

保民官目光锋利地看了一眼典狱长，"注意你的言辞；你这么说的意思是格拉图斯对你撒谎。"

基塞尤斯鞠躬道，"也许他自己对此也有所误解吧。"

"不,他应该是对的,不然怎么解释你八年来都是按照三个人的分量送的吃喝呢?"

旁边站立的手下人都认为保民官的判断有道理,纷纷点头,但基塞尤斯并不这么认为。

"您刚才听到的只是故事的一半,大人。请听我说完,然后您就知道我所言不虚。我把五号房的罪犯带了出去,安排他洗干净身体并叫人给他剪发穿衣,然后带他到了塔门前,把他放走了,是的,我把他给释放了。今天他却回来找我,一把鼻涕一把泪地用手语要求我重新把他关到牢房里去。我答应了他,安排人送他入狱,临走时他亲吻了我的脚,并且恳求我跟他一起到牢房去。因为仍然好奇这件事情的疑点,所以跟他一起回了五号房。"

保民官和所有的手下都一动不动地听着他的讲述。

"到了牢里,那个罪犯急切地抓住我的手,带我去一个小洞口那里,就像我平时给他送吃喝的那个小洞门一样,大小能够伸进脑袋。昨天我检查牢房时并没有注意到这个洞孔。他一边抓着我的手,一边把头伸进那个洞里,然后发出一声尖叫,像某种动物发出的叫声一样。马上里面竟然有声音传了回来。我当时非常震惊,忙把他拉了出来,对着洞口高声呼喊道,'我在这!'里面又没有了声音。我重复了一次,里面有人回话说,'我的主啊,我赞颂您的恩德!'这让我更加吃惊了!大人,那个声音听得出来是个女子。然后我又问里面,'你是谁?'她回答我,'我是个以色列女人,和女儿一起被关押在这。请帮帮我们吧,我们快死了。'我让她们放心,然后赶忙跟您报告这件事"

保民官慌忙站起身。

"你做得对,基塞尤斯,我明白了,地图和三个重犯的故事都是谎言。格拉图斯是个彻头彻尾的骗子。"

"是啊,我后来从五号房的犯人那儿得知,原来是他一直按时把食物跟水传递给下面的女子的。"

"这就说得通了,"保民官看了一眼周围的朋友和下属说道,"咱们得尽快把里面的女人救出来,快,大家一起去。"

基塞尤斯听后显得很高兴。"我们不得不把墙壁打通才行,我发现其实原来是有门通向下面的,但是已经被人用石头和灰浆堵死了。"

保民官于是对一个书记官说,"马上叫工人来,记得带上应用的工具。快!此事先不要张扬。"然后众人纷纷行动了起来。

第二章

"我是个以色列女人,和女儿一起被关押在这。请帮帮我们吧,我们快死了。"这是基塞尤斯的回复,称是"六号房"中女犯的原话。聪明的读者想必已经猜到了被关押的女人是谁——终于,宾虚的母亲和妹妹得撒的下落清楚的出现在我们眼前。

没错,让我们回到八年前,那个宾虚家人被抓捕的早上。得撒和母亲一起被押到安东尼亚堡垒中,这是格拉图斯计划好的。他已经想好要把两人关押到六号牢房里,因为首先两个人对他来说最好从此在世上"消失",但又不好罗织罪名杀死她们;其次,这个六号牢房已经沾染了麻风,正好把她们关进去等死。于是当天入夜后,他派奴隶把两人带到六号牢房,并封死门口。干完之后,他怕这件事走漏风声,又把奴隶全都送到了不知名的地方,永远不会回到这里。为了避免事发的那天自己遭受双重谋杀的指控,格拉图斯故意这样关押受害者以便造成她们自然死亡的事实。他还安排了一个五号牢房的犯人，交待他按时把吃喝的东西给母女两人。就这样他和梅撒拉一起密谋了这场冤案，称得上是处心积虑，天衣无缝。事后按照计划他和梅撒拉将宾虚在耶路撒冷的家产全部充公没收，但实际上所有被充公的财产没有一分钱上缴到罗马政府。

作为密谋的最后一个环节，格拉图斯撤换了典狱长。并不仅是因为原来的典狱长知道他的所作所为——实际上此人并不清楚——而是因为原来的典狱长知道牢房的分配和布局，而要做到人不知鬼不觉的话，最好是换成一个完全不知情的人，然后就像前文所讲的绘制一份假地图给他，如果不细查，典狱长根本不会知道母女两人的事。

谈到母女两人过去八年的牢狱生活，就不能不提在此以前她们接受的文化和风俗习惯。外界条件的好与坏，舒适与痛苦，取决于我们对它的敏感程度。这么说并不偏激，如果人生在世，真的存在一个快速出口，姑且按照基督教的称呼叫它天国吧，这样一个天国也并非属于多数人；另一方面，在地狱中，也不是所有人都会遭受相同的磨难和痛苦。教化自得平衡。通常一个人越是拥有更高深的教养，他的灵魂便能容得下更广泛的乐趣和享受。当然，前提是他拥有独立自由的生活。

相反地一旦遭遇了不幸，那么他的这种能力便反应到了对苦难的承受力上。所以说，一个人的忏悔，一定不止于悔罪而已，应该也包含了他对性情的调整，以使自己有天得入天国。

让我再重复说一遍，为了更全面的理解宾虚的母亲八年牢狱所遭受的苦难，我们须知这与她的心灵和承受能力密切相关，而不单单在于牢房里的条件舒适与糟糕。所以，问题实质不在于外在的条件，而在于条件对她造成多大的影响。谈到这里，我们有必要提及她和宾虚一家人在遭遇不幸之前的生活状况。

换言之，我们可以拿地牢中的生活和她在宾虚家宅中平静、快乐、富足的生活进行一下对比。然后读者便会对她的苦痛有更深刻和正确的了解。如果读者也一样有着一颗柔软的心，那么他的怜悯心就会得到激发，不仅如此，他就会设身处地体会到她的灵魂所遭受的苦痛。

伤害一个男人最厉害的手段莫过于伤其自爱；伤害一个女人最厉害的手段莫过于伤其所爱。

稍微回忆了过去，现在让我们继续回到故事中来。六号地牢正如基塞尤斯所描述的一样，空间狭小，粗糙的四壁，凹凸的地面，只能勉强称之为一个房间罢了。

最初的时候，马其顿人修造的城堡和圣庙是分开的，中间隔着一道楔形的陡壁。工人们利用陡壁的石质结构把中间掏空建成了地牢的雏形。一开始他们只挖了从一号到五号的五个地牢，没有六号，同上面两层一样，他们只是修建了一条过道和通往上层的阶梯。而后六号地牢的挖掘工程和耶路撒冷城北的国王墓穴相似，完成后便用数块巨大的石头给封了起来，为了通风，工匠又在石头上留了一些洞孔。希律王当政之时，命人把这些洞孔封填了起来，只留下了一个洞口通风，至于光线就不必说了。这就是六号地牢的来历。

仅仅这些不算什么，让我们吃惊的还在后面。

来到地牢中，我们看到母女两人抱在一起，一个坐着，一个斜倚在另一人身上。她们紧紧贴着洞口，外面斜射进来的微弱光线打在两人身上，让人觉得不寒而栗。虽然地牢中非常阴暗，仍然看得出两人全都赤裸着身体，没有任何东西覆盖在身上。同时我们也看到，她们之间的关爱还在，因为两人相互拥抱着。没了财富，舒适的生活也离她们而去，希望早已破灭，但是，爱仍然与她们同在。爱就是上帝。

两人依偎在一起的地方，地面已经被磨得溜光发亮。谁知道过去的八年里，两人在这狭小冰冷的空间里是怎样一天天挨过来的，恐怕只有依靠洞孔中泄入的微弱光线来滋养她们内心的希望吧。光线的强弱变化可以告诉她们一天的清晨和入夜，尽管这里如同永夜一般，但起码让她们不至于堕入彻底的黑暗。世界啊！通过那狭小的缝隙，对她们两人来说是多么宽广高大的所在，如同国王的城门一样，她们只能凭着想象的翅膀到外面的世界看看，飞过山川海洋去寻找亲人宾虚。但是母亲的儿子，妹妹的兄长，却总像是一个不断飞驰的影子，触摸不到，遍寻不见。多少次，她们在相通的灵魂世界里觉得自己走出了牢房，或者宾虚来到了眼前解救她们出去。多少次，她们对自己说："只要他还活着，我们便不会被世界忘却。只要他还没有忘却，世界上便还有希望尚存！"正是这微弱的希望残留在脑海，支撑着她们活了下来。

过去的记忆让我们对两人更加心生敬意。她们虽经历如此苦难，却更显圣洁。从不远处看过去，能发现两人在外表上比起以前有了些变化，但并非时间或者长期的监禁造成。母亲看起来还是那个美丽的妇人，女儿依旧是那个美丽的孩子。除此以外，我们很难再有什么判断。她们的头发长而蓬乱，并且发色出奇的白。看到她们让人心生一种难以言喻的排斥感，或许是因为昏暗的光照射在两人身上形成的病弱的印象。另外自从五号牢房那位罪犯被提走之后，两人一直是水米未进，想必已经饿坏了。

得撒偎在母亲的怀里,可怜地呻吟着什么。

"安静下来,得撒。她们会来的。上帝不会抛弃我们。因为我们一直没有忘记他,每次听到圣庙的号声,我们都向他祈祷不是吗?你看,外面的光还在,说明太阳还很高,想必也才过去七八个时辰。有人会来这里的。我们要有信念,相信上帝吧。"

母亲简单的几句话起了作用,得撒现在已经不是个小孩子了,经历这八年的苦难,她早已长大。

"我会坚强起来的,母亲,你一定跟我一样难挨,我为了你和哥哥也要活下去!只是我的舌头和嘴唇像烧着了火一样。我想知道哥哥在哪里,不知道他究竟什么时候能找到我们!"

得撒的声音听起来有些奇怪,原本甜美的声调变得让人意想不到,尖利,沙哑,夹杂了金属般的声响,听起来很不自然。

母亲把女儿拉了过来,贴近自己的胸口,说道:"我昨晚做梦,见到了他,这个梦非常真切。得撒,就像我现在看到你一样。我们应该相信梦境,因为我们的祖先便是如此。我们的主经常通过这种方式跟我们的祖先沟通。我梦见和你还有许多女人在一起,他走了过来,逢人便问,四处寻找着谁。我知道他在找寻我们,所以伸开双臂向他呼唤。他听到了我的声音,也看到了我,但却不认得我了。不一会儿他又走了。"

"要是真有这一天,他会离开我们吗,要知道我们比起以前变化太大了。"

"有这种可能,但是——"母亲的头低了下来,显得消沉而痛苦。不过她很快稳定了情绪,继续说,"但是我们可以想办法让他认出我们来。"

得撒放开母亲的胳臂,又呻吟了起来。

"水,母亲,我需要水,哪怕给我一滴水!"

母亲四处敲了敲,眼里空空满是无助。她无数次呼唤上帝的名字向他祈祷,现在她甚至开始怀疑这么做究竟有什么用,仿佛充满了讽刺的意味。眼前朦胧间有一道阴影飘过,随着信念的崩溃,好像死神的脚步已经临近。尽管如此,她仍然对女儿说:"耐心一些,得撒;会有人来的——他们就要到了。"

她觉得外面透过石壁似乎传来了轻轻的脚步声。没错,不久五号牢房那个人的尖叫传了进来。连得撒也听到了,她们俩同时站了起来,抱住了对方。

"上帝啊,我们永远赞颂您!"母亲叫出声来,心中的希望和信念又恢复如初。

"那边!"她们听到外面有人说话,"你们是谁?"

是个陌生的声音。怎么回事?这是八年来母女两人第一次听到第二个人的声音,这种剧变仿佛起死回生一般,让两人心中燃起了从未有过的希望。

"我是个以色列女人,和女儿一起被关押在这。请帮帮我们吧,我们快死了。"

"放心。我还会回来的。"

女人大声地哭了起来。她们终于被人发现了,终日祈求的帮助也将到来,终于等到了重见天日的时刻。接下来家人就有希望重聚了!自己失去的一切——家,朋友,财产,还有失散多年的儿子和兄长!外面微弱的光在此刻照进来如同正午的阳光一样,让她们忘记了饥渴和死亡的威吓。她们做到地上抱头大哭。

这之后她们两人没有等待太久,保民官听到典狱长基塞尤斯的介绍之后,即刻行动了起来。

"里面的人!"他向牢里问话。

"我们在这!"母亲站起来回应。

接着她听到好像有人在敲击墙壁,回声在牢房四壁响了几个来回,听得出来是有人在用金属器具在击打石壁。她没有说话,得撒也是一声不响地听着,她们知道这意味着什么——外面的人正在想办法放她们出去。两人的目光盯着洞口的位置,好像生怕外面铁棒和尖锄的声音停下来一样。但她们的担心是多余的,外面的人一刻不停地在挖掘着。传进来的声音也越来越清晰。不久她们甚至能够听到工人们说话的声音了。接着——天啊!——通过一道缝隙两人看到了外面的火炬射进来红色的光!就像钻石的光芒一般璀璨耀眼!

"是哥哥,母亲,我想是哥哥来了!"得撒一边哭着一边表达着自己最美的幻想。

但是母亲只是谦和地说:"上帝是多么善良!"

石块裂开,一块块掉落——然后牢门整个被推倒了。一个人满身的灰浆和石屑走了进来,他停下脚步高举火把,紧接着后面又走进了两个人,他们分立两旁,等着保民官进来。

尊重妇女与传统和风俗无关,而是人良好的本性使然。保民官刚进来,发现几个工人突然向后面躲——因为他们发现里面是两个赤裸的女子所以出于尊重忙向后退。保民官起初也是这么想,但是突然他听到里面的女子喊出了一句话,一句让人听后绝望而恐惧到极点的话。

"不要靠近我们——不洁,不洁!"

几个工人摇了几下火把,瞪大眼睛相互望了望。

"不洁,我们不干净!"角落中又传出悲痛的哭叫声。从这凄切的声音里,我们仿佛能看到一个在天堂门外望而兴叹的灵魂。

这时母女两人才发现自己身上的麻风病让她们即使重见天日也无法享用终日期盼的自由和幸福。她们只能拼命提醒来者不要靠近，恐怕自己的病沾染了别人。

或许读者对麻风病不甚了解，若如此，请参考当时的法律是这样说的。

"以下四者可视为已死亡——失明者，麻风病人，穷困潦倒者，还有无子女者。"出自犹太法典。

也就是说，患了麻风的人会被视为死人——将被从城中赶出。更不用说参加宗教典礼和犹太教会堂了。他们只能穿无主的衣服，并除了警告他人自己不洁之时，必须掩住口鼻，就像母女两人现在的状况一样。他们将被赶进欣嫩子谷中，变成幽灵一样的存在，并不允许走出谷外半步。他们惧怕死亡，却不得不过着生不如死的日子。

母亲还记得那一天——尽管具体的日子或年份已经淡漠，但却如同地狱般在她脑海里纠缠不休——她第一次发现自己右手手掌脱落了一块皮屑，她试图用水把手洗净，但是皮肤脱落的迹象却越发严重。后来她发现女儿得撒也开始抱怨出现了类似的症状。本来已经缺乏的饮水，被她们用来清洗病患之处，可是却不见任何效果。最后，她的整只右手都感染了。皮肤寸寸裂开，指甲也开始活动，好像一不小心就会从肉中脱落。尽管没有特别的疼痛，但是不适感却随日剧增。发展到后来，她们的嘴唇也焦干崩裂。有一天，母亲一边祈祷，一边把女儿拉到洞口微弱的光里，心里恐怕女儿的容貌被毁，所以仔细端详——天啊！年轻的女儿竟然眉毛已经变得如霜雪般苍白。这叫她心里多么的痛苦！

做母亲的当时哑口无言，一动不动地坐在地上，好像勇气都被人从灵魂中抽去了一样。心里只有一个念头——麻风,这是麻风!

但是就算不为自己,为了心爱的女儿,她怎能绝望?继而她又拾起了作为一个母亲的勇气。她不断地鼓舞和安慰自己的女儿,试图让她忽视各种症状,试图让她相信这不过是疥癣之疾,没有什么好害怕的。甚至开始为女儿唱歌,给她讲各种故事,陪她玩耍,只为让女儿开心,从而忘怀病患的事实。她不断地教育女儿,让她相信上帝并未将她们抛弃,尽管希望迟迟没有出现,她还是锲而不舍地做该做的努力。

麻风病缓慢而稳步地侵蚀着两人的肌体,过了一段时间之后,她们的头发都变得苍白,嘴唇和眼睑都开始溃疡,周身上下的皮肤都被鳞屑覆盖。再后来她们的喉咙开始出现变化,声音变得尖利而沙哑。四肢关节开始变得僵硬——慢慢地,又侵蚀着她们的肺、动脉直至骨头。每一个阶段的变化都带来更深的痛楚,她们只能挨着日子等待死亡降临。

最后,母亲终于把真相告诉给了女儿。女儿知道以后,母女俩抱头痛哭,然后一起祈祷着——死亡啊,加快你的脚步吧。

两人都知道自己已经被麻风一步步变成了可怕丑恶的样子,但绝望中仍坚强得生存了下来。尽管她们经历了长时间病痛的折磨,还是出于善良的习惯得以镇定地告诉别人自己的病患。对重见宾虚的期待变作最后的一线希望支撑着母女两人,母亲答应女儿要让她和哥哥重逢,她至死也要办到。

在火把的光照进牢房的那一刻,母亲知道重见天日的时刻到了。她在心底赞颂着上帝:"主是仁慈的。"她流下了感激的泪水——并非为了过去的苦难,而是为了眼前的救恩。

保民官径直走了过来。母亲更大声地警告来者:"不干净，快走开！"

简单的一句警告对这位母亲却像是剧痛的折磨！虽然自由近在眼前，她却不能无视自己身上的病患可能造成的后果。看来，从前的幸福生活将永远变成奢望一去不复返了。尽管她的心里对家的怀念和热爱仍然和当初一样强烈，可现在就算家在眼前，她却已经跟以前不同，只能大声地说："不干净！不要靠近我！"尤其想到自己的儿子，那无日无夜不曾期盼的重聚即便实现，自己又能做什么？该如何面对亲生之子对自己的呼喊："母亲，我回来了！"一样只能高声说："不干净！不要靠近我！"只有眼前的女儿，看着她被病患折磨的苍白的毛发，母亲心中的不忍变成了自己坚强下去的理由，她明白自己必须陪伴女儿走下去，否则娇弱的女孩将如何面对生活。所以她只能收起眼泪，忍受一切。从此以后她对别人的"问候"都将变成这简单的一句话——"不干净！不要靠近我！"

保民官听到女人的警告，浑身一颤，但却没有后退。

"你们是谁？"他问道。

"两个又饥又渴的女人。记得，莫要再靠近我们，千万不要碰四壁和地面。这病会传染你们！"

"告诉我你们的故事——你的名字，什么时候，是谁把你们关进来的。"

"从前耶路撒冷有个人称宾虚的王子，他曾是很多罗马人的朋友，包括恺撒本人。我是他的妻子，这人是我的女儿。我该怎么告诉你我们的故事，我已经记不清楚发生在什么时候，更不知道为什么他把我们关进来。难道是因为我们很富有？格拉图斯总督会告诉你真相以及我们被关起来的原因。我却说不出，也不知道。您看看吧，我们变成了什么鬼模样——可怜我们吧!"

"你可以放下心来了,妇人,"保民官说着,合上记事板。"我马上叫人给你们准备食物和水。"

"还有衣服和干净的水,我们祈求您,慷慨的罗马人!"

"如你所愿。"保民官答应了一声。

"上帝多么仁慈!"母亲抽泣着说,"愿他赐给你平安!"

"噢,还有,"保民官说,"我不能再见你。准备一下,今晚我会安排人送你们到堡垒城门口,还你们自由。你知道按照法律,自己该怎么做。再见。"

他跟手下说了几句话,然后离开了地牢。

很快地,有奴隶进来,送来一大桶水,一个水盆和几块毛巾,另外还有一些面包和肉,并且给母女俩拿了一些女人的普通衣物。把这些东西放在母女俩面前不远处之后,奴隶们便慌忙离开了。

在当晚大概八九点钟的时候,两个人被领到了城门口。罗马人完成任务回转堡垒,母女两人在这座祖祖辈辈居住的城市重新获得了自由。

仰头望着夜空里的点点星辰,她们心潮翻涌:"下一步该去哪里?"

第三章

大约在典狱长基塞尤斯到安东尼亚堡找保民官汇报的时候，从橄榄山的东面来了一位徒步的旅人。坎坷不平的山道上，灰尘四起，因为此时正是朱迪亚的旱季，四处是一片焦黄的颜色。这个年轻的旅人身姿矫健，一身清爽飘逸的长衫平添了几分潇洒。

他一边缓步前行，一边左右顾盼。从他的脸上看不到新来乍到者焦急赶路却寻不到方向的烦恼，相反地更像是重归故乡的游子一样百感交集——半是快乐，半是伤痛。仿佛在说："我终于回到了这里。让我好好看看这么多年来你的容颜可曾改变。"

随着不断攀升的山势，他时不时地停下脚步向山下张望那愈发辽阔的景象，一直延伸到连绵的摩押山脉。快要抵达山顶时，他加快了脚步，顾不上攀山越岭的疲累，不再回头径直朝前赶起路来。而当他来到山顶最高点——即将右转走上那条再熟悉不过的下山路时——他突然停住了脚步,如同被一双巨大的手突然挡住了一样。就见他瞳孔放大,直直地望着眼前的景象。他的面色变得通红,急速地呼吸着,目光扫视着面前的一切。

这位旅人,聪明的读者一定已经想到了,正是宾虚。他眼前所展现的,便是他的故乡,耶路撒冷。

当然不是今天的耶路撒冷,而是希律王留下的圣城——基督教的圣城。此刻从橄榄山顶上望过去,一如既往地美丽而圣洁。

宾虚找了一块大石头坐下来,取下头顶遮阳的白色手帕,悠闲地望着一别数载的故乡。

跟宾虚此刻一样,有很多人曾经在历史上做过相同的举动——罗马皇帝维斯帕先(Vespasian)①之子,穆斯林教徒,圣骑士等等诸多的征服者们。还有这个时代之后许许多多从新世界赶来的朝圣者们。但是他们中没有任何一个人的心情像宾虚一样百味杂陈,深刻而心酸,悲伤中透着甜蜜,骄傲中透着苦涩。他的思绪如潮水般在心中翻涌,对同胞的怀念,对民族兴衰的记忆和对上帝开创的历史的敬仰,一起在他的脑海中搅动着。这座圣城,曾经见证了他的民族多少的罪恶和忠诚,软弱和天赋,信仰和背弃。但眼前这座曾被他视作骄傲的圣城,如今已经变了模样,不再属于自己的族人。圣庙中的膜拜竟要得到陌生人的准许。大卫王曾经居住的山顶如今只是个谎言般的存在——上帝选中的子民终日背负着苛捐杂税,因为自己顽强的信仰而遭受外族的鞭挞。这就是这

---

① 这里指提图斯,罗马帝国弗拉维王朝的第二任皇帝,公元70年攻破耶路撒冷,大体上终结了犹太战役。

个时代犹太人的现状，也是宾虚此刻心中背负的复杂情感。

这个依山而建的国家看上去没有多少改变，巨石组成的山脉更是未曾有丝毫的更变。宾虚眼前的故乡依旧如初，唯独关于这座城市的情感已经随着岁月变迁。

橄榄山的西面在阳光下比起东面更让人钟爱。到处可见的青藤和无花果树点缀在西面山上，还有古老的野橄榄树，现在还呈现着绿意。向下来到汲沦谷干燥的河床上，景色更加让人心生惬意。橄榄山在这里跟摩押地界相连——陡峭伟岸的城墙，白石如雪，当年由所罗门王兴建，并由希律王进行了完善。沿着城墙一路向上走，来到所罗门的走廊，目光在那里徘徊一阵，继续向上，便可看到异教徒教廷，接着是以色列人教廷和妇女教廷，然后是祭司教廷，每一处都看得到白色的大理石柱，它们依着山势拾阶而上布局在各处。在地势最高之处，那里曾经耸立着最神圣的建筑，王冠中的王冠，无限庄严而美丽的圣殿——啊，那是耶和华所在之处，在所有以色列子民的心中，那里是主现身之地。作为圣殿和纪念堂，没有任何一个建筑能与之相提并论。但是现在那里却是一片废墟。应由谁来重建它？什么时候开始重建？每一个朝圣者都在心里问着相同的问题——宾虚也是如此，他心里知道答案在于上帝的安排。第三个问题是，是谁预言了圣殿的陷落？主吗？或是主选定之人？还是——问题还是留给读者们来解答吧。

接着，宾虚的目光继续向上——越过圣殿的房顶，来到了锡安山这座充满了神圣记忆的圣山，无数先王曾在此受膏。他知道在这座山上有众多曾在耶路撒冷称王的人留下的住所和宫殿，其中最让他记忆深刻的是希律王的王宫，因为这让他想起犹太的新王，也就是他如今虽未见到但已投身其麾下的未知的王，他给自己安排的规划和工作便是为新王的到来清扫道路，梦想着为他的到来准备一份厚礼。等新王出现，并取回属于他的摩押和圣殿、锡安山上众多的高塔和王宫、圣殿一旁的安东尼亚堡垒、数百万以色列人的领地之时，他期待着看到同胞们一起高声赞颂主的救恩，因为主再一次征服了世界并把世界交还给他所选的子民！

人们说起做梦总把它当作晚上睡时出现的现象。其实岂止于此。我们的作为都是有谕示的，而所有的谕示都是从清醒的梦境中产生的。做梦是身体劳动后的安慰，是支撑我们行动的甜酒。我们学着热爱劳作，并非为劳作本身，而是为它所能提供给我们的梦想的机会，它是真实生活在潜意识中的投影，虽不被我们注意到，却恒久而不变的运行着。活着就是场梦境。只有在墓穴中才没有梦。所以不要笑话此时的宾虚，换作其他任何一个人，这时也会跟他一样，徜徉于白日的梦境中。

太阳如同一个燃烧的圆盘慢慢步入了低沉的轨道，愈来愈靠近西边的山峰，把这座城市的天空和城墙照射得一片金黄。接着太阳好似突然陷落了，留给世界一片孤寂和安静，宾虚的思绪在这片宁静中又回到了对家的思念上，他向北方圣殿的方向望着，在离那里不远的地方就是自己父亲的家宅——如果它还没有被拆除的话。

让人融化其中的黑夜，裹挟着宾虚的感情，让他暂时抛开了雄心抱负，重新拾起自己前来耶路撒冷的真实目的。

当他跟伊德荣酋长一起在沙漠中寻找落脚地，准备开展战斗的时候，一个信使带来了格拉图斯的总督位置已经被彼拉多取代的消息。

梅撒拉已经是个废人，生不如死。格拉图斯失势的消息对他来说更是雪上加霜。宾虚没有理由再推迟寻找自己的母亲和妹妹下落的计划。就算他本人不能到朱迪亚的各个监牢中逐一盘查，他至少可以想办法让别人帮忙。如果真的找到了母女二人，那么彼拉多是没有理由继续关押她们的——没有，至少，可以用钱把她们赎出来。如果找到了她们，他就能把她们送到一个安全的所在，然后自己就可以心无牵挂，用更冷静的状态迎接新王。下定了决心之后，他当夜就跟伊德荣商议，并得到了对方的同意。三个阿拉伯仆从跟他一起到了耶利哥城，他把三人以及马匹留在那里，独自一人步行来到了耶路撒冷城下。按照约定，玛鹿会在圣城跟自己汇合。

宾虚的计划，从现在来看还只是个笼统的打算。眼前最好还是保持行动低调，避免让罗马人知道自己的真实身份。宾虚认为玛鹿老成练达又值得信赖，是帮助自己实施调查行动的最好人选。

摆在面前的第一个难题，就是从何处入手开始查探。对此他还没有明确的想法。他希望是从安东尼亚堡开始。那里面灰暗得似迷宫一般的牢房，毫不逊于外面的堡垒，一直是犹太人想象中的噩梦。如果他的同胞被定罪关押的话，那里是可能性最大的投放地。另外，这里也是距离当年发生不幸地点最近的监牢，所以他很自然的首先进入了他的考虑范围之内，他还记得当年至爱的母亲和妹妹被罗马人从他身边带走时就是押往安东尼亚堡的方向。如果她们现在不在那里，但是曾经被关押在那里的话，至少能留下一些记录或者蛛丝马迹，那样自己就有继续寻找的线索了。

抱着这种想法，他还心怀另一个希望，那就是从萨耐德那里他听说了关于阿姆拉，那位埃及女仆的事情。据他所说，阿姆拉还活着。宾虚清晰地记得灾难降临的那天早上，忠实的阿姆拉哭喊着,不顾士兵的拦阻,冲回虚家然后被罗马士兵连同家宅一并封了起来。接下来的几年,萨耐德一直默默地为她提供给养。所以她一定还住在老家里,正因如此格拉图斯一直试图卖掉这所宅邸却未能得逞。这里的产业所经历的故事和往事,足够说明它的合法所有人只有虚家的子嗣,而非其他陌生的买家。从这里来回经过的人们从未停止过谈论这里的过往。如今这所住宅在流言蜚语中成了一座鬼宅。大概因为有人曾经瞥见阿姆拉的身影吧,有时在房顶上,有时在花格窗后面。可以肯定的是从来没有一个仆人像阿姆拉一样如此坚韧地守望。也没有哪座家宅像这里一样适合她幽灵般的存在。现在如果能找到她,就有可能从她口中得到有用的信息,来帮助自己更快地找到亲人的下落,哪怕这种希望再渺茫。不管怎样,在老家里看到这位旧家人都是一件让人安慰的事情,先跟她重逢再进行下一步行动吧。

想好以后,他站起身来,在落日的余晖中走上了下山之路,向东而去。沿路来到西罗亚水池旁的小镇。在那里他碰见一个牧人正赶着几只绵羊去往老市。他跟牧人打了招呼,两人结伴经客西马尼(Gethsemane)①和鱼门(Fish Gate)②进入了耶路撒冷。

---

① 又称蒙难地,基督被犹大出卖被捕之地。
② 耶路撒冷北面一座城门,这道门被称为鱼门,是因为加利利的渔夫们会将所捕到的鱼从这道门带进到城里来卖。

第四章

到了城里跟牧者分手之时，天色已晚，宾虚转入一条小巷朝南走了下去。路上有几个人向他打招呼致意。脚下的鹅卵石路粗糙不堪，两边的房屋矮小而昏暗，没什么生机。家家户户都紧闭房门，只有房顶上偶尔听得到女人哄小孩入睡的哼唱声。周围渐浓的夜色和心里的孤寂都让宾虚觉得怎么也高兴不起来。带着越发低落的心情，宾虚在入夜后来到了现在被称为毕士大（Bethesda）①的蓄水池旁，看着里面倒映的夜空，再抬头望望安东尼亚堡融入了夜色中的北墙。他停驻身躯，好像受到了某种威胁一样。

远处高大的塔楼矗立在夜色之中，巨大的塔身和基座无不彰显了它的坚实和力量。如果母亲被关押在这里，他又该怎么去解救呢？恐怕就算有军队用弩炮和撞锤去攻城也无济

---

① 传说耶路撒冷附近的池子，据说池水可治百病。

于事。于是他再一次感觉到自己的无助，巨大的城垛向东南延伸，看似像座小山一样。宾虚心想，自己原以为聪明的想法其实岂止那么简单啊。万能的上帝——为什么迟迟不响应自己的祈祷！

在这片疑虑和不安的情绪里，他转身走进安东尼亚堡前面的街道中，顺着街道向西走去。

按照他原来的计划，是准备在前面不远处的一个客栈落脚的，但是突然有一股冲动改变了他的路线，使他改为向老宅的方向走去。

一路上遇到几个向他打招呼的人，这让他心里总算高兴了一些。终于，他来到了父亲留下的家宅旁。

读者们看到这里一定对宾虚此刻的心情有所体会吧。也许我们都有过这样的经历，伴随我们快乐而幸福的少年时代的家宅，曾经充满了美好的回忆。那里是这一世里天堂的所在，是我们魂牵梦绕的地方，充满了欢笑和歌唱，比来世的所有凯旋和欢庆更弥足珍贵。

宾虚来到老房子的北墙边停住了脚步。墙角里张贴的封条还在，布告牌上面清晰地写着："此处归罗马帝国皇帝所有。"

看来自从上次离开，没有任何人曾进出过这里。他是不是应该像以前那样先敲敲门？明知道没有用，他还是试了试，果不其然。他没有放弃，又用更大的声音试了一次然后认真地听着。院里面一片寂静，好像在报以嘲笑一样。回到街上，他看了看窗户。一样不像里面有人的样子。房顶的垛口在明亮的夜空掩映之下非常显眼，如果有人出现在上面，肯定会被分辨到的。但是宾虚什么也没有看到。

他又沿着北墙绕到西墙，西墙上共四面窗户，宾虚怀着急切的心情盯了很久，仍然什么也没有见到。他的心里时而充满了无力的祈盼，时而又觉得是在自我欺骗。阿姆拉没有给他任何反应——连个影子也没有看到。

他又安静地绕到了南墙脚下。南面的大门上同样贴着封条和布告牌。如今正值八月，柔和而清澈的月光照映在橄榄山顶，也就是后来被称为犯罪山的山峰上，这月光同样照在眼前的封条和告示上，每一个大字都是那么刺眼，似乎充满了愤怒。他所能做的，只有用力把告示牌揭掉，然后扔进沟里，尽管上面钉了长钉。然后他坐在了门前的台阶上，祈祷着新王快些到来。坐着等了一会儿，他的血液不再那么炽热，这时不知不觉一阵困意和难以抗拒的疲累袭来，他终于抵抗不住，睡了过去。

就在这个时候，两个女子从安东尼亚堡的方向沿街走到了虚家的宅邸旁。她们的步子显得很小心，迈几步就停下来听一听动静。到了地面粗糙不平处，其中一个人对另外一个用低沉的声音说道："得撒，就是这里了。"

得撒看了一眼，抓住母亲的手，倚在母亲的身上小声地啜泣起来。

"我们走吧，孩子，因为——"母亲的身体战栗不已，似有迟疑。接着她努力让自己镇定了一些，继续说，"因为天亮以后，他们还是会把你我赶出城去，永远不能回来。"

得撒听后痛苦地几乎坐在地上。

"是啊！"她抽泣着说，"我差点忘了，我们现在是麻风病人，我们再也没有什么家了。我们只能形同死人，跟死人为伴了！"

母亲弯下腰扶住了女儿，温柔地说："我们没什么好害怕的，走吧。"

的确，如今她们凭着两双手也足以吓得一个军团望风而逃了。

她们悄悄靠近墙壁，贴着墙慢慢走着，像两个幽灵似的来到门前，停了下来。她们看到那张告示牌，上前一步踏上台阶，就像刚刚宾虚所做的一样，看清了上面的字——"此处归罗马帝国皇帝所有。"

母亲双手紧握，仰起头哽咽着，心中翻涌着绞痛。

"母亲，您怎么了？您不要吓我！"

过了一会儿，母亲回答说："得撒，可怜的人他已经死了！"

"您说的是谁，母亲？"

"你的哥哥！她们把一切都夺走了——一切——房子也被没收了！"

"可怜的人！"得撒一片茫然。

"我们恐怕等不到他的帮助了。"

"接下来我们怎么办，母亲？"

"明天——明天，我的孩子，我们得像其他麻风病人那样坐到路边向人乞讨度日，否则——"

得撒又扑到母亲的怀里，低声说："我们还不如去死！"

"不！"母亲坚定地说道。"上帝不允许我们有这样的做法，我们要相信他，相信上帝，即便情况已经这样绝望，我们仍然要相信他终将到来。走吧！"

她抓住得撒的手，一边说一边拉着女儿赶快贴着墙向房子的西墙角走去。她们没有看到一个人，接着又转向下个墙角，然后消失在了月光中。母亲的意志非常坚强。回头望了望西墙的窗户，她拉着得撒从阴影中走到月光里，这时她们的形貌才得以让人看清——她们的嘴唇和脸颊，她们朦胧的眼睛，龟裂的双手，尤其是她们苍白扭曲的头发，连同一样苍白的眉毛，令人见之欲呕。不知情者看了根本已经无法分辨哪个是母亲，哪个是女儿，因为她们两个都变成了像又老又丑的巫女一般。

"小声点！"母亲说。"你看台阶上坐了一个男人。我们绕过去，不要引起他的注意。"

她们俩于是快速地走到街道对面，往前一直走到那个男子的对面停下了脚步。

"他睡着了，得撒！"

对面的男人还是一动不动。

"你站在这，我试试能不能把门打开。"

说着，母亲轻手轻脚地走到对面，试着去推一旁的小门；不知道是不是自己的动作吵醒了坐在台阶上睡着的男子，她看到这个男子叹了口气，然后取下头顶的手帕，仰面朝天。母亲借着月光看了一眼男子的相貌，然后不自觉地仔细又看了一遍，她先是弯下腰然后又站直了身体，双手紧握，仰面向天默默地祈祷着什么。片刻之后，她回到了得撒身边。

"上帝保佑，那个男子是我的儿子——你的哥哥！"她小声对得撒说。

"我的哥哥？——犹大吗？"

母亲紧紧地握住女儿的手。

"走！"她用同样的声音小声说，"我们一起看看他，再看一次——只此一次——然后，上帝啊，帮帮你的子民吧。"

她们手把手像鬼魂一样迅速来到对面。当她们的影子遮盖到宾虚的时候，她们赶紧停了下来。此刻宾虚的一只手手心向上放在台阶上。得撒半跪在地上，多想亲吻哥哥的手，但是母亲拉住了她。

"千万不要,这辈子都不能!我们不干净,不要忘了!"她对女儿低声耳语道。

得撒连忙离哥哥远半步,好像宾虚是麻风病人一样。

宾虚长相英俊,就像少年时一样,但此时平添了几分男子气概。他的脸颊和额头经过沙漠里风吹日晒的生活变得黝黑。但借着月光看得到他的嘴唇红润,脸颊上留有轻微的胡须,牙齿洁白,短短的胡茬下面看得出他微圆的下巴和喉咙。在母亲的眼里宾虚看上去是多么的俊美!她此刻多想抱住自己的儿子,亲亲他的额头,就像他年幼时一样!是什么阻挡了这股冲动?是她对儿子的爱!啊,读者们!——作为一个母亲——她的爱如此与众不同:对儿子的爱有多深厚,对她自己就有多么残酷,她为这份爱要付出多么巨大的自我牺牲!如果不是害怕自己的病患传染给儿子,她是多想亲吻他啊!但这一吻可能要儿子付出健康甚至生命的代价,她却必须克制自己。但是她一定要摸一摸儿子,因为从此以后她就要和儿子永远分别!她跪下来,爬到儿子脚下,用嘴吻了一下儿子的鞋底,尽管鞋底沾满了路上的黄沙——她一遍遍地吻着,每一次都凝聚着自己的灵魂。

宾虚的躯体震动了一下,甩了甩手。母女两人忙向后一闪,却听到宾虚咕哝着在说梦话:"母亲!阿姆拉!哪里——"然后又沉沉睡去。

得撒看着哥哥,好像永远看不够一样。母亲把头几乎要埋进沙土里,拼命地抑制着心里痛彻骨髓的折磨。几乎有那么一瞬间她渴望儿子醒来。

她听到儿子在梦里叫着自己,他并没有忘记自己的母亲,一直在寻找自己,这难道还不够吗?

过了一会儿,母亲向得撒示意,她们站了起来,又看了一眼宾虚，好像要把此刻的画面印到脑海中一样。她们手把手到了街对面的阴影中，看着宾虚，等着他醒来——好像在等待什么启示出现一样。没有人能衡量母女两人此刻的爱和耐心。

宾虚一直沉睡不醒，这时在宅院的一角出现了另一个妇女。母女两人借着月光清楚地看到这个妇女身材娇小，有点驼背，皮肤暗淡，头发花白，一身整齐的女仆打扮，手里挎着一篮蔬菜。

看到台阶上的男子，这个女人停了下来，然后小心翼翼地靠近他。从他身边转了过去然后朝门口走去，轻易地拨开门闩，然后从小口伸进手去悄无声息地拨开了左边宽大的木阀。她把篮子送到门内，正准备随着走进去，但是似乎出于好奇心，她又一次回到男子身旁，此时男子的面孔正对着自己，看得很清楚。

而街对面阴影中的两位旁观者听到一声低沉的惊叹，她们看到对面的妇人擦了擦眼睛，好像是想要看的更加清楚，然后低下头，双手紧握，瞪大了眼睛盯着地上的男子，然后俯下身，拾起男子放在地上的手掌，温柔地亲吻着——这是母女两人渴望却不敢做的事。

宾虚被这个动作惊醒了，他本能地缩回手臂，这时他睁开了眼睛看到了对面的妇人。

"阿姆拉！啊，是你吗？"他问道。

这位妇人没有回答，只是俯在宾虚的脸颊上喜极而泣。

宾虚温柔地推开阿姆拉的手臂，托起她满是泪水的脸，亲吻了她的额头，他虽然也喜悦，但却没有因此落泪。这时他说道，"母亲——得撒——阿姆拉，快告诉我她们的下落吧！我求求你了！"

阿姆拉哭得更厉害了。

"你一定见过她们，阿姆拉。你知道她们在哪里，对吗？告诉我，她们在家里吗？"

得撒动了一下，母亲立即明白了她想要做什么，立即抓住了女儿，小声说，"不要去——这辈子都不要靠近他们。记得，我们不干净！"

她的爱如此残酷。尽管她们的心都已经破碎，也不能让儿子变得跟自己一样。得撒终于还是克制住了自己。

同时，阿姆拉听到少主人的问话，只是哭得更厉害了。

"你是要进门去吗？"过了会儿他问道，"走吧，我跟你一起进去。"他说着站起身来。"罗马人——愿上帝的诅咒降临到他们身上！——罗马人满口都是谎言。这房子是我的。站起来，阿姆拉，我们进去。"过了不久，两人一起走进了院子。街对面的母女眼睁睁地看着两人的身影消失在门口——这个她们今生今世再也不能踏入的门口。她们依偎着瘫坐在地上。

她们做了应该做的，证明了自己的爱。

第二天早上，她们果然被发现沾染了麻风并被人用石头驱逐到了城外。

"滚吧！你们应该跟死人在一起，去吧，快滚！"听着身后众人的审判，她们只能漠然向前。

第五章

两千年后的今天,旅行者们来到圣地游览名胜古迹的时候会发现,不少地方都有着美丽的名字,比如王园,旅者沿汲沦谷的河床而下或是基训河床和欣嫩谷下的弯道一直到隐罗结(En-rogel)①古井那里,饮一瓢甜净的井水,然后停下脚步,因为这里是城南最南边的名胜了。看着井口的巨石,问问井有多深吧,然后微笑看着当地人如何用原始的方法把珍贵的涓流汲出的,感叹一声他们辛苦的劳作。接着转过身,旅者会为眼前的摩押山脉和锡安山狂喜不已,两者从北连绵而下,一个止于俄斐勒(Ophel)②山,另一个则止于古大卫城的遗址。而后面远处天幕之下,更有优雅的圆顶大清真寺和

---

① 耶路撒冷城南地名。
② 古耶路撒冷的所在地。山丘北面与凹凸不平的山地相连,西面、南面、东面皆是深谷。

希皮库斯塔(Hippicus)①作圣地的点缀。一览这里的美景之后,旅者在右手边可以看到庄严雄伟的犯罪山,左边则是邪恶律师山。

要把这里的名胜逐个讲一遍需要太多时间和篇幅了。我们为了故事的需要,了解到这里有个地方叫欣嫩谷(Gehenna)②足矣。欣嫩谷,那里本是遍布坟墓的地方,不知从何时起就被划为麻风病人的聚居地。时间长了以后,那里的麻风病人竟然自组了政府并建立了小型的社会。他们在欣嫩谷里面建立了一个独立的城邦继续过活。他们不愿被人称作是遭上帝遗弃之人。

就在上一章的故事发生的第二天早上,阿姆拉来到了隐罗结的古井旁,坐在一块巨石上。熟悉圣城的人看到她的一身装束,都会说这个人一定是某个富足之家的女仆。只见她携着水罐和竹篮,篮子上盖了一张干干净净的白色方巾。坐下来之后,她把东西放在身旁,松了松头顶的头巾,双手交叉抱膝而坐,面色端庄地看着远方流血之地(Aceldama)③和无名墓地(Potter's Field)④旁陡峭的山丘。

天色尚早,阿姆拉是第一个到井边的人。不久,有个男子带着绳子和皮桶来到井旁。他向阿姆拉行了礼,然后松开绳子系好皮桶,等着顾客前来打水。有些人自带工具前来打

---

① 希律王所建造的城塔,现仅存遗址,登塔顶可以居高临下看遍整个耶路撒冷旧城。

② 在耶路撒冷城外,古希伯来人在此虐杀儿童,以祭火神摩洛。也指受难之地。

③ 血田,用犹大出卖耶稣所得的30块银钱购置的一块田地,在耶路撒冷附近。当然文中此时耶稣还未被出卖钉死,这里指的是该处地点而已。

④ 泛指无主的尸体被掩埋的地方。

水，而有的人则愿意出钱让他帮忙出力打水。这个男子便是做的这个生意，而且是个行家里手，他能轻易地把最大号的水罐打满。

看到阿姆拉坐着不动，身旁放着空水罐，这个打水人忍不住问她需不需要帮着打水。但被阿姆拉谢绝了，只说："现在不用。"于是打水人也就不再多问。不久天光大亮，很多人来到井边打水，打水人的顾客也多了起来，忙得不可开交。而阿姆拉一直这么坐着，直直地看着远处的山峰。那么她这么做究竟是何原因呢？

这些年来，阿姆拉已经习惯了在入夜后避开别人的注意偷偷来到提罗谷的市场，或者到东边的鱼门市场，购买诸如蔬菜肉食等生活必需品，然后再偷偷回到宾虚府邸中隐身不出。

昨晚遇到自己的少主宾虚后，阿姆拉的喜悦不言而喻。但是她的确不知道宾虚亲人的下落。于是宾虚想让她搬离这座落寞的孤宅到别处去住，却遭到阿姆拉的拒绝。相反地，她想让宾虚回到他自己的房间住下来，忠实的阿姆拉每天都有打扫那个房间，这么多年过去，那里还像离开时一样。但是为了避免招摇败露了行踪，宾虚不能就这么放心大胆地住下来。他答应阿姆拉一有时间就回来看她，但也只能是晚回早走，小心为上。没有办法，尽管如此阿姆拉已经很满意了。这让她觉得以后的生活终于有了念想，于是她开始想办法怎么才能让少主人开心一些。但是这么多年的空白她却不知如何填补，只好按照分别之前对少主人的了解入手，她记得宾虚小时候喜欢吃糖果，还有很多少年时他喜欢吃的东西，她决定多做一些，准备下次见面给宾虚尝尝。所以她第二天迫不及待地提前溜出来，挎着篮子去了鱼门的市场。在市场上，她逛了几个来回，寻找最好的蜂蜜，期间她无意中听到一个路边男子讲几句闲言碎语。原来说话的男子便是在安东尼亚堡六号地牢中给保民官开路并手举火把的三个人中的一个，他讲了自己怎么到牢房里找到宾虚家母女两人，尤其提到了她们自称的名姓。

几句听似闲言碎语的话却让阿姆拉感到震惊不已，她像做了场梦一样失魂落魄回到了宾虚家宅里面，一路上时哭时笑。后来她停下脚步，心里想，如果把母亲和妹妹都已变成麻风病人的事告诉了宾虚，他会生不如死的。甚至，她能想象到宾虚一定会不顾一切到欣嫩谷探寻母女两人的下落，然后——然后他也会沾染麻风变成跟母亲和妹妹一样！她心如刀绞，不知该如何是好。

就像在她之前和以后的许多人一样，出于发自内心的感情，她下定了决心。

她知道麻风病人习惯在早上从阴森如坟墓般的山谷中下来，到隐罗结古井旁汲水。他们会把水具放在井边，然后在远处默默地等打水人帮他们把水打满。阿姆拉为此在井边等待着，因为根据无情的律法规定，麻风病人不分贵贱，都是平等的，她想一定能等到得撒和女主人的到来。

另外，她决定先不把这件事告诉宾虚，而选择独自到井边等待。饥渴会促使母女俩到这里来的，而阿姆拉相信只要她们到这里来，自己一定会认得出来。即便自己认不出她们，她们也应该可以认出自己来。

这时宾虚来了，跟她谈了许多。明天玛鹿就会到达耶路撒冷。然后帮助宾虚立即开始搜寻母女俩的下落，他已经迫不及待要找到自己失散的亲人。在此之前无事可做的宾虚想要四处看看故乡各处的圣地。可以想象得到阿姆拉是如何强忍着内心的感情和冲动，才没有透露事实的真相。

在宾虚离开之后，她开始忙着准备做好吃的给少主人。看着天色渐亮，她选了一个水罐，挎了竹篮上路赶奔隐罗结，于是她穿过最早敞开的鱼门，来到了古井旁，就像本文一开始所讲的那样。

日出之后，井旁一下子变得忙碌了起来。大家都想在早晨的清凉褪去变成烈日当空之前把水打好回家。井边有时候同时有六七只水桶上上下下着。这时欣嫩谷的人也开始出现了。过了一会儿，有些麻风病人成群结伙地朝井边走来，其中有不少还是小孩子。他们绕过山谷峭壁下的弯道，女人们肩头扛着水罐，老人们拄着拐杖一路蹒跚。有些人相互搀扶着。这么悲伤的人群中却仍能看到爱的光芒闪现，绝境中的人们仍然相互扶持并忍耐着。

阿姆拉坐在井畔，继续观察着这群幽灵一样的人。她一动不动地看着，有几次她好像看到了自己要找的人，甚至肯定她们就在山顶的人群中，等普通人打完水散去之后，她们一定会下来到井边的。

在山谷的绝壁下有一个墓穴吸引了阿姆拉的目光，这个宽大的墓穴有许多洞孔。墓穴口有一块巨石。太阳这时已经很高，炽热的阳光透过洞孔射进墓穴中。这样一个地方除了偶尔有野狗游荡经过以外，恐怕不可能有人居住。但出乎她的预料，有两个女子竟然从里面钻了出来，其中一个扶持着另一个向这边走来。两个女人一样都是头发惨白，看样子老朽不堪。但她们身上的衣物不像是路边捡拾的褴褛，而且她们一边走一边环视周围，好像对这里的环境不甚熟悉。阿姆拉甚至注意到，她们俩看到跟自己一样的麻风病人群竟然显露出害怕的样子，并且有意与之拉开距离。再明显不过了，这两个人应该就是自己等候多时的母女俩。

两个人先是在巨石旁站立了一会儿,接着她们开始慢慢靠近,看得出每迈一步都忍受着痛苦。她们小心地靠近古井,这时有人发现并开始高声呵斥她们。但她们好像没有听到,仍然慢慢向井边走来。这时打水的人有的开始捡起地上的石块,准备驱赶她们。井边的人咒骂着,连欣嫩谷下的"幽灵们"也高声地叫道:"不干净!不干净!"

阿姆拉心想:"当然,她们还没有习惯麻风病人的生活。"

想罢,阿姆拉站了起来。她拾起地上的竹篮和水罐,朝母女俩走去。这时井边的呵斥声平息了下来。

"多么的愚蠢,"有人讥笑说,"竟然会有人愿意把干净的面包送给这群死人吃。"

"就算是我要这么做,"另一个人附和道,"至少不会跑这么老远送吃的来给她们,最多送到城门口也就是了。"

阿姆拉顾不上别人的风言风语,继续走着。她的心跳快到要从喉咙里蹦了出来一样。随着她向两个女子越走越近,她心里变得越来越疑惑。到她们旁边四五码远的地方,她停下了脚步。

来人哪里是自己的女主人和小得撒啊?!在阿姆拉的记忆中,她多少次亲吻过女主人的慷慨的双手,女主人主妇一样庄重而威严的美丽形象早已在她脑海里留下了铁一样的烙印!而小得撒,更是自己从小哺育长大的,她那甜蜜的笑脸,迷人的歌喉让家里总是充满了欢乐的气氛,阿姆拉无数次抚慰过她的伤痛,陪她一起玩耍,她是像阳光一样的存在!但是,眼前的两个人——怎么可能是她们?阿姆拉的心一下子沉了下去。

"这只是两个老妇女而已,"她自言自语,"我从来不认识她们。还是回去吧。"说着她就要转身离去。

"阿姆拉。"其中一位麻风女子叫出了她的名字!

这个埃及女仆听到这个声音,惊得水罐落在了地上,她回过头,浑身颤抖地问道,"谁在叫我?"

"阿姆拉。"

她的目光落在说话者的脸上。

"你是谁?"她忍不住叫出来。

"你不是要找我们吗?"

阿姆拉再也支撑不住,跪倒在地上。

"我的女主人啊,女主人!感谢上帝让我再一次见到您!"

阿姆拉一边说着,一边忍不住以膝代步向女主人靠近。

"不要靠近我,阿姆拉!不能再往前来,我们不干净!"

她的话起了作用,阿姆拉扑倒在地上,大声抽泣起来,连井边打水的人都听到了她的哭声。哭了一阵,她又跪坐起来。

"女主人,得撒呢?"

"我就是得撒啊,阿姆拉!你能给我打点水喝吗?"

多年养成的习惯使这位忠实的女仆赶忙站了起来,理了理脸上乱蓬蓬的头发,从身后把篮子取了过来,揭开了上面的方巾。

"看,这里面是我准备的面包还有肉。"

她正要把方巾扔到地上,突然被女主人用话语阻止了。

"不要这样做,阿姆拉。那里的人看到了会用石头驱逐你的,而且不会允许我们喝水。把篮子放在这里就好了。你把水罐装满,然后也放在这里。等下我们俩会把水和食物带回墓穴。有这些就足够了,你是个忠实的人,阿姆拉,快去吧。"

于是阿姆拉回到井边,旁边的人见此情景对悲伤的阿姆拉非常同情,纷纷出手帮她把水罐灌满。

"她们是谁?"一个陌生女子问阿姆拉。

"她们以前对我有恩。"她只是这么简单的回答。

水打好以后,她赶忙把水罐扛到母女俩跟前,要不是她们又一次警告说:"小心不要靠近我们,不干净",恐怕她都要把水送到她们手上了。就这样,把水罐放在篮子旁边,她慢慢倒退着离开几步。

"谢谢你,阿姆拉,"女主人拾起地上的东西说,"谢谢你的一片好心。"

"还有什么我能帮得上忙的吗?"阿姆拉问。

母亲的手已经落在水罐边,强忍着喉头的干渴,她又站起身坚定地说道,"是的,我已经知道犹大回来了,那天晚上我看到他睡在家门前,并看到你把他惊醒。"

阿姆拉双手握得更紧了。

"我的女主人啊!你都看到了,却不肯露面!"

"嗯,我若露面无异于坑害他。我将永远不能再揽他入怀,再也不能亲吻他。阿姆拉,我知道你也爱他。"

"是的,"阿姆拉发自内心,眼泪夺眶而出,又一次跪倒。"为了少主人,我死也甘心。"

"若真是如此,阿姆拉,我要你证明给我看。"

"当然可以。"

"好吧,若是这样,你便替我们保守秘密,永远不要告诉他我们的下落,也不要告诉他你见过我们。"

"可是他不远千里回来,就是要找到你们两个啊。"

"不能让他找到我们。你看到我们的样子了,他绝不能变成跟我们一样。听着,阿姆拉,以后你每天早晚两次就像今天一样把食物和水送到这里来，还有——"女主人的声音颤抖了起来，她的意志力几乎支撑不住。"还有，跟我们讲一讲关于犹大的事情，这就足够了。另外，千万不要向他提及我们。知道吗？"

"听他说着对你们的思念之情，却不能告诉他你们还活着，这太难了！"

"你可以告诉他我们还活着，阿姆拉。"

女仆把头埋进胳臂里面。

"算了，"女主人继续说，"还是守口如瓶的好。去吧，今天晚上再来。我们会来等你的，再见吧，阿姆拉。"

"这副担子太重了，我的女主人，我怕会经受不住。"

"比起看到他变成跟我们一样，你还会觉得这很难吗，"女主人一边说着一边把篮子递给得撒。"晚上再过来吧。"她又一次重复说，提起水罐，向墓穴走去。

阿姆拉跪在地上，一直到看不见母女两人的背影才伤心地站起来回转宾虚家。

当天的晚上，她又带了食物和水回到这里交给母女俩。从此这便成了她每天的习惯。墓穴中的生活比起地牢来总算不差，毕竟她们还能看到外面美丽的世界，然后怀着信仰等待死去的那天。

第六章

提市黎月(Tishri)[①]——也就是现在的公历十月——第一天的早上，宾虚在客栈的睡椅上坐起身，心中对整个世界充满了怨恨。

跟玛鹿会面后，宾虚一刻也没有耽搁，两人马上商定了方法开始着手寻找失散的亲人。办法直接而大胆，玛鹿到安东尼亚堡找到了当职的保民官，并向他介绍了虚姓家族的历史，以及跟格拉图斯之间发生的误会和恩怨，重点向他说明了宾虚一家的清白身世。在此基础上，玛鹿阐明了自己的要求，那就是要找到宾虚家还活在世上的人，然后到皇帝面前请愿，撤销关于宾虚家有罪的判罚，并索回宾虚家的清白和合法公民权。对此要求，罗马皇帝知道后一定会对此事展开

[①] 希伯来语，指犹太教历的七月，犹太人的新年，字面意义为岁首，由这个月的第一天开始，接下来的十日被称为"忏悔十日"。

公正的调查，对此所有宾虚家的朋友将勇敢面对。

作为答复，保民官按照实际情况把从地牢中发现宾虚家母女二人的事情告知了玛鹿，并向他展示了在案的记录。后来在玛鹿的请求下，保民官甚至同意他抄写了一份带走。

玛鹿马不停蹄地把这件事转告了宾虚。

无须描述这个事实对宾虚的打击有多重大，他的悲痛用眼泪和哭喊声已经不足以表达。他呆坐了很久，面色苍白无力，心力交瘁，只是偶尔会喃喃地说："麻风病人，麻风病人！母亲和得撒竟然成了麻风病人！这么久以来，她们一直是麻风病人啊，我的上帝啊！"

他的心里像翻江倒海一样，一会儿充满了痛苦和愤怒，一会儿又渴望着对仇人的报复。

最后，他站了起来。"我一定要找到她们。不能让她们在外面等死。"

"但是到哪里去找呢？"玛鹿问。

"她们既然得了麻风，便只有一个地方可去。"

玛鹿恐怕宾虚出现意外，提出来要跟他一起去，最后得到了宾虚的同意。于是两个人一起来到了欣嫩谷外的城门处，看到谷口四处游荡的麻风病人沿路乞讨着。他们一边施舍东西给这些可怜人，一边询问着母女两人的下落，并向每个被问的人承诺如果见到并帮忙找出她们，将得到优厚的报酬。就这样两个人每天都来这里寻找，一直从五月头找到六月底。尽管这些麻风病人在法律上被认为是等同于已死之人，但是在优厚的酬金吸引之下，还是有很多人在欣嫩谷行动了起来，四处寻找这对母女，于是在离隐罗结古井不远的那个墓穴里，母女两人整日里忙着接待一个又一个访客，但是她们始终保守着自己身份的秘密。所以两个月过去了，宾虚和玛鹿仍然一无所获。现在,七月的第一天早上,他们唯一得到的新消息就是不久前有人在鱼门附近看到两个麻风病的女人,后来被官兵用石头赶跑了。宾虚比较了一下相关的日期,很有可能被驱逐的两人就是自己的母亲和妹妹,如果真是这样,那么要再找到她们就会更加困难。究竟她们在哪里?现在过的怎样?

"难道我的亲人变成了麻风病人还不够吗,"宾虚一遍又一遍说着,心里的酸楚读者们可能想象得到,"为什么,为什么还要被人驱逐!母亲她一定死了!她一个人在野外要怎样生存下去!她一定是死了,还有得撒!全家人只剩了我一个。只有我一个活在世上,还有什么意义?上帝啊,我的祖先世世代代信仰的上帝啊,我们还要继续在罗马的暴政之下忍耐到何时方休?"

愤怒,无助,仇恨,宾虚怀着复杂的心情来到客栈的庭院里,看到一夜之间这里聚集了许多人。于是他一边吃着早饭,一边听着他们的谈话。其中一群人引起了宾虚的注意,这些人里面多数是年轻力壮的活跃分子。从他们的着装打扮和举止言行上看得出来,这些人多是耶路撒冷的下层民众。他们的气质间流露出山区居民的特征,更明显的是有一种自由奔放的感觉。宾虚猜测这些人很可能是来自加利利地区,或许是来圣城参加犹太新年的。宾虚很快对他们感兴趣起来,觉得这些人很可能成为自己下一步计划的助力。

在观察这些人的同时,他进一步思考着如果能把这样的人聚拢在一起,组建一支纪律严明的罗马式部队,将会成就怎样的事业。这时有个男人走进庭院里,面色红润,双眼有神。

"你们怎么在这里?"来人对那些加利利人说。"拉比和长老们已经从圣殿出发去见彼拉多去了。快点,我们赶紧跟上一起去。"

这些人立刻围拢上来。

"去见彼拉多!干什么?"

"他们发现了一个阴谋。彼拉多新修水渠用的钱竟然来自圣殿。"

"什么,竟然敢动用神圣的财产?"

这些人互相交头接耳,眼睛里闪闪放光。

"那是各耳板(Corban)①——属于上帝的钱。看他们敢动一个手指头!"

"走吧,"刚到的那个人叫道,"请愿的队伍现在已经过了桥了。整个城市的人都跟着去了。我们得快点跟上,快走吧!"

这些人马上行动了起来,甩掉了外面的长衫,只留了里面的无袖短衫,他们就像赶去收庄稼的农民和赶去打鱼的渔民一样——顶着烈日,紧了紧腰带,异口同声地说,"准备好了,我们走吧。"

这时宾虚开口对他们说。

"加利利的男人们,我是犹大的后裔。能让我加入你们吗?"

"我们可能要打仗的。"有人答复说。

"要是那样,我肯定不会第一个逃走的!"

听到宾虚的回答,那位传信的人说,"看你的样子也挺结实的,一起走吧。"

宾虚也闪掉了身上的长衫。

---

① 古犹太人对上帝的奉献之物。

"你们觉得可能要打仗吗?"他一边紧着腰带,一边问。

"没错。"

"跟谁打?"

"官兵啊。"

"罗马的官兵?"

"当然了。"

"你们就凭着赤手空拳跟官兵打吗?"

这些人看着宾虚,都不说话了。

"好吧,"他继续说,"看来我们只能尽量拼了。但是我想咱们最好选一个头领。罗马的军团都有首领,所谓鸟无头不飞,有人带领才能行动一致。"

这些加利利人看着宾虚愈发好奇,好像他们对这样的想法都是第一次听说。

"至少我们要结成一伙才行,"宾虚说,"我准备好了,你们呢。"

"好了,咱们出发吧。"

这个客栈位于新城毕则撒(Bezetha)①;众人出发赶奔被罗马人称为总督府的地方,也就是希律王在锡安山上的王宫,必须跨过北部的低地哈圣殿以西。他们沿着街道快速绕过阿克拉地区来到米利暗塔下面高大的总督府门前。一路上像他们一样的民众不断加入进来,愤怒的人们自愿地组成队伍声讨亵渎神灵的行径。这时拉比和长老们带领着一部分群众也赶到了。外面全是吵闹游行的群众。

一名百夫长和一名守卫的官兵盔甲全身,站在大理石城垛下,把守着总督府的入口。他们的盔甲在阳光的映照下熠

---

① 古耶路撒冷城中部地名,位于安东尼亚堡垒和圣殿西北。

熠生辉；面对门前的耶路撒冷群众，两人一幅漠然的样子，在罗马士兵看来，这些暴民不过一群乌合之众罢了。不断有大量的民众从黄澄澄的大门口涌进府内，但是往外面出来的人却很少。

"里面发生什么事了？"一个加利利人问出来的人。

"还没怎么样，拉比们在宫门口正在求见执政官。彼拉多拒绝露面。他们派了一个人进去告诉执政官，说除非他听取大家的意见，否则他们是不会撤走的。现在他们还在等。"

"我们进去。"宾虚静静地说。跟这些一起来的人不同，宾虚看到的问题更多更复杂，请愿者跟罗马政府之间不仅仅是意见不一致那么简单，里面还有更严重的问题，另外他更关心哪些人将是跟自己站在一边的。

进入门内，院子里种着一排枝繁叶茂的大树，树下摆着很多座椅。来回走动的人们经过整洁的白色甬道上都小心地躲避着地上的树荫。因为这听起来也许有些奇怪，拉比法典规定——据称源自于摩西五经——不允许耶路撒冷墙内生长绿色的植物。即便是所罗门王为了取悦心爱的埃及新娘，也只能把送她的宫殿修建在隐罗结北部山谷的会场上。

王宫的外墙透过树冠的间隙闪烁着阳光。向右转过弯走不远来到一个宽阔的广场，广场西边正是执政官办公驻地。广场上站满了请愿的人群，大家的目光都盯着西边宫门的柱廊，柱廊外站着一队罗马士兵，把守着门口。

由于人群太拥挤，跟宾虚一起进来的人根本无法再向里面前进，于是大家只好站在人群后面，观察着事态发展。他们从所站的位置可以看见拉比们的白色头巾，并注意到拉比们不时地在和后面的群众沟通着什么。人群中不时地有人高声叫着："彼拉多，如果你还是执政官的话，快出来，出来！"

这时有个男子推开人群挤了过来，他脸色通红透着愠怒之色。

"以色列人在这里没有任何地位可言，"他大声说着，"在这片圣地我们还不如罗马人养的狗。"

"你觉得彼拉多会出来吗？"

"别痴心妄想了，他都已经拒绝了三次了！"

"那么拉比们准备怎么办？"

"跟恺撒利亚那次一样——静坐直到他愿意出来商量。"

"他不敢动用圣殿的财宝，对吗？"有个加利利人问。

"谁知道？你难道没见过罗马人亵渎圣地吗？在罗马人看来恐怕没有什么是神圣的吧？"

一个小时过去了，仍然没有任何进展，拉比和人群继续等待着，没有人离去。中午时分，烈日把阳光从西边倾斜到人群中，事态仍然没有任何进展，人反而越聚越多，也愈发吵闹和愤怒起来。呼叫彼拉多的声音从一开始断断续续地变成了此起彼伏、接连不断的喊叫："出来，出来！"甚至在有的人口中变成了不尊重的咒骂。宾虚把跟他一起来的加利利朋友们聚在一起。据他判断，罗马人的理智最终会屈服于他的高傲，而且不会拖得太久。彼拉多只不过在等待群众给他一个诉诸武力的借口。

该来的终究还是会来的。在广场里人群之中突然传来一声撞击的闷响，接着有人发出疼痛和愤怒的尖叫并立刻引起了骚乱。人群前面的人脸上露出惊骇的神色，而人群后面的人则开始向前推。夹在中间的人努力地想要出来，一时间混乱席卷了人群。上千人一起喊叫着问发生了什么事，但是没人有时间来回答，一个意外突然迅速地变成了一场大恐慌。

宾虚却依然保持着冷静。

"你能看到吗?"他对一个加利利人说。

"看不见。"

"来,我把你举起来。"

于是他抱住那个男子的腰部,把他举了起来。

"看到了吗?"

"现在看到了,"被举的人回答,"有人拿着木棒,他们打前面的人。他们看起来像是犹太人。"

"看得到是谁吗?"

"是罗马人,看在上帝的份上!是罗马人假扮的。他们的木棒挥起来像连枷一样!我看见一个拉比被打倒在地了——还有一个老头!这些罗马人谁都不放过!"

宾虚把这人放了下来。

"加利利的朋友们,"他说,"这就是彼拉多的阴谋诡计。现在请你们按照我说的做,我们才能向那些挥动大棒的人报仇。"

加利利人听后热血沸腾。"好的,你说吧!"他们一起回答。

"我们先回到门口的树旁,找到希律王种的那些树就能找到武器了,尽管有违律法,但毕竟是个办法,跟我来吧!"

他们用最快的速度向后跑。很快各自取了木棒在手然后折返回来,到在广场的一角时他们发现人群在疯狂地冲向大门。人群后面的吵闹叫喊声不断——混乱之中夹杂着惊叫、呻吟、咒骂声。

"到墙边去!"宾虚高声喊,"到墙边!——让大家先退出去!"

他们用手扒住了墙上的砖石,以免被汹涌向外的人流冲散,同时慢慢向前挪动着,最后他们回到了广场中。

"大家守在一起，相互照应着点，跟我来!"

这时宾虚扮演的领导角色显露无遗。在四散奔逃的恐慌场面里，只有宾虚带领的一众人等紧密的团结在一起，保持了冷静一致的行动。就在罗马士兵向人群兴高采烈地挥舞着棍棒的时候，想不到一群同样手持棍棒的加利利人正一步步向他们靠了过来。这些加利利人每一个都身姿矫健，眼睛中燃烧着报复的火焰。随着距离罗马军兵越来越近，耳畔罗马人嚣张的叫喊声和他们手上的棍棒打在百姓身上的响声也越发清晰。宾虚等人心中的仇恨和暴怒已经快要忍无可忍，但是宾虚仍然保持着冷静的头脑和稳健的步伐，毕竟他曾在罗马接受过系统的训练。此时他身上的经验和素质开始显露出作用，他既是善于打斗的战士，同时又无愧为聪明睿智的统帅。他手中的木棍长度和重量正好，非常趁手，在他来看只需要一击便可解决一个敌人。同时他的目光还不忘扫视周围的帮手，在他冲锋的同时兼顾大家作为一个整体的战斗力。很快短兵相接了，高傲的罗马士兵对宾虚和他率领的"暴民"突然出现并还击根本毫无准备，不消片刻就被打得步步倒退，最后全部退回到柱廊旁。冲动的加利利人正要乘胜追击，宾虚连忙将他们制止。

"朋友们，不要冲!"他高声叫住了众人。"百夫长在那里已经警戒起来了。他们手上有长剑和盾牌。我们不能冲过去做无谓的牺牲。咱们做到这一步已经很好了。趁现在赶快撤退，晚了咱们就走不了了。"

众人尽管勉强，但还是听从了宾虚的指挥。一路上眼见地上横七竖八地都是痛苦呻吟的同胞们，有的已经奄奄一息，他们恨不得冲杀过去跟罗马人拼命，不过出于理智，大家还是慢慢向后撤退。

这时百夫长朝他们撤退的方向呵斥着。宾虚回过头用家乡话嘲讽道："如果你们一定要说我们是以色列的狗，那么你们不过就是罗马的豺狼。有胆的就留在这里，我们还会回来的！"

他身旁的加利利人听后欢呼大笑，大家就这样退出了大门。来到门外，宾虚被眼前的景象震惊了，就见外面不管是房顶、街道，还是山下的斜坡，全都是密集的人群！几乎所有的人都在哭泣和祈祷，空气中弥漫着悲伤和诅咒。

就在众人刚刚来到总督府外的时候，百夫长领着人来到外面大门口，他冲着宾虚大声喊道："猖狂的人！你究竟是罗马人还是犹太人？"

宾虚回答："我是这里土生土长的犹大子孙。你问我想干什么？"

"不要走，我要跟你比试一下。"

"单打独斗吗？"

"对！"

宾虚冷笑道："勇敢的罗马人！不愧是朱庇特神跟罗马人的种，敢挑战我这个手无寸铁的人！"

"我的武器给你用，"百夫长回答道，"我用卫兵的就行。"

听到两人的对话，离得近的人都安静了下来。逐渐地连后面围观的人都停止了说话，所有人静静地看着两人将会如何角斗。不久之前宾虚在远东的安提俄克击败了罗马人梅撒拉。面对眼前的角斗，他能否在耶路撒冷击败另一个罗马人？如果战胜的话，连续两次胜利对于宾虚迎接新王的计划无疑将会起到非常大的帮助作用。于是他毫不犹豫，径直来到百夫长跟前："我愿意跟你比试。把你的剑和盾借给我吧。"

"需不需要头盔和胸甲？"罗马人问。

"你留着吧。我穿了不合身。"

两人很快都武装好了，相对而立做好了战斗准备。总督府前的士兵站得整整齐齐，一动不动地看着。士兵们对两人的谈话听得一清二楚，直到两个人开始交手的时候，才有人小声问："这个人是谁？"但却没人说得出来。

罗马军兵制胜的三个法宝分别是——钢铁的纪律，战斗时的军团编队，还有对短刃的特殊运用。罗马士兵在短兵相接的情况下，他们手中的剑没有砍劈的动作，唯一的进攻方式就是刺——不管是进攻或者防御，都只用刺。而且他们瞄准的目标永远是敌人的面部。宾虚对这些自然是再熟悉不过。在他发起进攻的同时，对面前的百夫长说："刚才我只说了我是犹大的子孙。但没有告诉你，我是跟角斗士学习的搏击术。看剑！"

与此同时，宾虚抢步向前发动了进攻。片刻之后两人的盾牌撞在一起，双脚交叉，同时通过盾牌边沿盯着对方的动作；接着，百夫长用力向前推动盾牌，同时假意从盾牌下猛刺对方。宾虚冷笑一声，这时对方的挥剑刺向自己的面颊，宾虚错步向左闪开剑锋。趁百夫长挥剑时手臂向上抬起的机会，一滑手中的盾牌，向上猛地顶住了对方还未来得及撤回的剑柄。紧接着，宾虚又向左前方抢入一步，顺式从盾牌上面递出剑刃，此时百夫长已经毫无反击之力，眼看着对方的剑刺入自己的咽喉，之后重重地趴倒在地。只是这么一瞬间，这位百夫长便被宾虚击败。宾虚上前一步，一脚踩在百夫长的后背上，一只手高举盾牌，做出了角斗士战胜的姿势，然后向百夫长身后冷静观战的士兵们致意。

接着，所有观战的百姓们都欢呼雀跃起来，尤其是宾虚带来的加利利同胞们，高兴得差点要把他抬起来庆祝一番。

看到一个海军士官从府门前走了过来，宾虚对他说，"你这位朋友已经战死，尸体交换给你，但他的剑和盾牌我收下了。"

说罢，宾虚大步走开来到了加利利朋友们身边。

"兄弟们，你们今天表现得非常勇敢。大家散了吧，各位多保重，罗马人不会善罢甘休。今天晚上我们到毕则撒的客栈重聚。我有个很好的提议要跟你们商量。"

"你到底是谁？"众人异口同声问道。

"犹大的后人。"宾虚回答得依然简单。

更多的人围拢过来要一睹这位勇士的风采。

"你们今晚会去见我吗？"他问。

"当然，我们会去的。"

"那么带着这把剑跟这个盾牌，这样我就不至于认错人了。"说罢，宾虚便推开人群迅速地离开了这里。

这件事震动了耶路撒冷全城，人们从各个方向来到总督府，把伤者和尸体抬出来，为他们疗伤、祈祷。悲痛之情在人们心里弥漫开来。而宾虚的英勇行为也得到了广泛的传颂，以色列人为他的精神感到欣慰和振奋，马加比家族（Maccabees）①的英雄事迹再次被人提起，大家街头巷尾谈的都是关于民族和国家的未来。

"等着吧，兄弟们，以色列终将回归。让我们耐心一些，相信上帝的安排。"

通过此役，宾虚赢得了加利利人的尊重，为下一步计划的开展、为迎接新王的到来，他开始着手准备起来。

---

① 公元前2~1世纪巴勒斯坦地区耶路撒冷附近的犹太教世袭祭司长家族。曾为保卫和恢复犹太人的政治和宗教做出贡献。

宾虚

第七部

"睁开惺忪双眼,只见她
在弥漫着尘埃的空气中,在海之梦里
她柔美的肢体透着温和的喜悦
还有她手腕上鲜红的草编,
和颈间晶莹剔透的琥珀珠串,
连同海藻般的秀发一起,
闪烁着柔光"

——汤玛斯·贝利·阿尔德里奇

第一章

按照约定，宾虚和加利利人在贝则撒的客栈里碰头，开完会之后，他们一起去了加利利的乡下。在那里宾虚开始发展自己的武装力量，因为他的事迹在这里被广泛传扬，号召力与日俱增。在当年的冬天结束之前，宾虚已经组建起了三个罗马式军团，尽管如此，报名参军的人仍然络绎不绝。这个情况没有逃过罗马人的眼睛，事实上不仅罗马，连当地的希律·安提帕斯（Herod Antipas）①也颇受震动。宾虚为了迅速形成战力和增强实力，把军团转移到了特拉可尼（Trachonitis）②的火山盆地，避开了安提帕斯的势力，并夜以继日地开始操练，用罗马的方法系统地训练这些新兵，尤其重点教

---

① 加利利的分封小王，希律王的儿子之一，希律王死后把加利利和比利地区分给安提帕斯统领。
② 加利利北部地区名。

会他们如何投掷标枪和短刃格斗的技巧；同时训练他们军团作战的知识。等这些人熟练掌握之后，宾虚又让他们回到家里，每个人都像老师一样把作战的方法和技巧传承给其他人，日久天长，研究作战方法竟然变成了当地百姓消遣娱乐的主要内容。

宾虚为此耗费了大量的心血和劳动。尽管他自己对这些军事作战方面的内容已经非常熟悉，但要鼓舞和号召别人追随自己的理想和脚步，所需要克服的困难太多了——耐心、技巧、热情、信仰还有专注和奉献，如果没有这些品质，事情很可能早就半途而废了。除了宾虚的忘我付出之外，萨耐德的无私支持在此过程中也起到了至关重要的作用：他需要的金钱、武器、物资，凡所需要的，萨耐德无不供给；另外，伊德荣酋长也在关注着他的发展，并经常送来各方面的给养。除了这些以外，聪明的加利利人在起事的过程中也发挥了重要的作用。

加利利地区主要由四个部族组成——亚瑟、西布伦，以萨迦和拿弗他利——每个部族分别拥有自己的领地。生于圣城附近的犹太人往往瞧不起北部的加利利人，但是实际上按照犹太法典的说法："加利利人是守信和荣耀的，而犹太人热衷于财富。"

对加利利人而言，他们对家乡的热爱和对罗马人的仇恨一样强烈；历史上的对外族的每一次抗争，他们都是第一个站出来，也是最后一个退出的。在对罗马人的战争中，加利利奉献了十五万热血青年的生命。每逢节庆之日，与其他部族不同，加利利人都会像军队一样游行庆祝，但是他们在内心上却是自由奔放的，甚至对异教徒也秉持着包容的态度。

尤其是在西弗里斯城(Sepphoris)①和提比利亚(Tiberias)②地区,有大量的罗马建筑和工程是由加利利人负责建造的。他们往往能够跟异教徒和外族人融洽共处。另外,在希伯来荣耀的历史中,加利利人贡献过著名的雅歌③和先知何西阿(Hosea)④。

由这样一个敏捷、骄傲、勇敢、忠诚而又富于想象力的民族来引领推倒罗马暴政、迎接新王的战争,宾虚觉得再合适不过。同时他向加利利人承诺,当这项事业完成后,加利利人将会带领以色列民族,永远统领这个世界,甚至将超越英勇的恺撒和睿智的所罗门王,加利利人对此深信不疑,更加全身心地投入到宾虚的领导下。当然,他们一开始也对宾虚的权威产生过怀疑,对此宾虚引述了先知的预言,加上巴尔退则老人的亲身经历和自己打败梅撒拉的传奇故事,这才打消了加利利人的顾虑。有了如此稳固的基础,宾虚坚信自己已经为新王的降临铺好了道路,做好了准备。

冬去春来,随着西部地中海的暖风带来了令人喜悦的温润气息,宾虚经历了一个冬天的忙碌之后,心里的成就感和急切之情已经溢于言表,"传说中的新王啊,你快快出现吧。我已经准备好一切,你只要告诉我将在哪里登上王座,我便带领剑士为你开路护航。"

而到此为止宾虚在所有人眼里的身份,仍然只是犹大之子,仅此而已。

---

① 加利利地区的历史古城。
② 位于以色列东北部,加利利海西岸。
③ 《圣经》中很独特的一卷书,全书中心是讲男女间爱情的欢悦和相思之忧苦。
④ 公元前8世纪的希伯来先知。

一天晚上，在特拉可尼·宾虚和加利利人驻地的山洞中，一位阿拉伯人信使突然来找宾虚，并呈上一封密信。宾虚打开一看，信的内容中说：

耶路撒冷，尼散月①四日书。

这里出现了一位先知，被当地人称之为伊莱亚斯(Elias)②。此人终日游荡在旷野之中，已经数年。我们不知其姓名，权称之为先知；他所说的话引起了我的注意。他说不久从约旦河东岸将会出现一位肩负重大使命之人。我已经拜访过他，并聆听了他的预言，很显然他所指的应该就是你等待的新王。望见信后与我会合，以做打算。

整个耶路撒冷的民众都向往这位先知而前往听他的演讲，场面如同逾越节时的橄榄山山麓。

此致，玛鹿

宾虚看后面现喜色。"太好了，朋友们，"他对周围的人说，"这封信就是信号，新王的到来指日可待了，他的先驱已经出现并宣告了这个喜讯。"

大家听后一个个欢欣鼓舞。

"做好准备吧，"宾虚补充说，"明天一早各自回家；到家之后，让你们手下的人都随时待命。时机一到，听我的号令，在我的指挥下统一开始行动。我会马上回去确认消息是否准确，然后把确切的消息传递给你们。在此之前，请各位耐心等待。"

回到洞中，宾虚马上分别手书一封密信给伊德荣酋长和萨耐德老人，让他们关注最新的动向，并告知他们自己的行

---

① 犹太历法中，一年的第七个月。
② 古希伯来先知名。

动和打算。密信送出后,他连夜登程,骑着快马在阿拉伯向导的指引下赶奔约旦,希望能及时赶上往来于拉巴斯－亚蒙①和大马士革之间的商队。

向导对地理非常熟悉,而阿尔伯德瑞果真是一匹神驹;就这样,在午夜之前,两人已经远离了特拉可尼盆地,迅速向南而去。

---

① 古代约旦河以东的古国首都,位于今约旦安曼的旧址。

第二章

按照宾虚的本意,他准备在破晓之前改变方向,先找个藏身之处落脚休息。但是到天亮时他们仍未走出沙漠,于是他和向导只好继续往前赶路,后者非常肯定地说再往前走一段路就有一片谷地,那里有巨石、泉水和桑树,足以藏身,还有牧草可以喂马。

宾虚一边向前骑行,一边思考着最近发生的巨大变化和诸多事件,以及这些事将会对自己的民族和同胞产生的影响;向导一路保持着警戒,突然提醒宾虚后面出现了几个陌生人。在这片沙漠中,前后左右都是一望无际的黄沙,没有任何第二种颜色。这时在左后方看似很远处出现的人影尤其显眼,从轮廓上看应该是有匹骆驼在移动。

"看起来像是有人骑着骆驼。"向导说。

"后面有人跟着吗?"宾虚问。

"看起来没有。不,后面有匹马,骑马的大概是跟在后面赶骆驼的。"

不一会儿，随着距离的缩小，宾虚已经能分辨出来前面走着的是一匹身材硕大的白骆驼，就像自己在达芙妮之林的神泉旁见过的巴尔退则的那匹骆驼一样。宾虚相信这个世界上不会有第二匹骆驼长得那样高大，于是他不自觉地放慢了脚步，逐渐地变成了好像在原地踱步一样等着后面骆驼的靠近。又过了不久，他已经看得清驼背上的象桥了，果不其然，骆驼上坐着的正是巴尔退则和艾拉斯！正在他犹豫要不要主动过去打招呼的时候，对方已经来到他身边，骆驼颈上的银铃叮咚作响，后面跟着黑皮肤的埃塞奴隶。高大的驼背上美丽的艾拉斯眨着大眼睛正望向自己，明亮的眼睛里满是惊奇和疑问！

"这是上帝的安排啊，愿他庇佑你！"巴尔退则声音颤抖着说。

"愿主把平安赐予您和您的家人。"宾虚回礼道。

"我已经老眼昏花了，"巴尔退则说，"不过还能认得出你，我们曾经在伊德荣酋长的领地会过面，你是那个虚姓的年轻客人。"

"您是睿智的埃及人巴尔退则，正是您所说的神圣的故事让我来到这里。您到此有什么要事呢？"

"上帝果然无处不在，"巴尔退则感慨道，严肃地说，"是这样，我们打算赶赴耶路撒冷城，正巧路上碰到一支商队要前往亚历山大，他们也经过耶路撒冷；所以我们就搭伙一起赶路了。但是今天早上，商队碰到了一对罗马士兵，速度就慢了下来——我们不得已就提前出发赶路至此。因为我们手里持有伊德荣的图章，所以也不怕路上会遇到什么劫匪，何况还有上帝的庇佑。"

宾虚鞠躬道："伊德荣的图章确实算得上是沙漠中的护身符。"说着，他轻轻拍了拍骆驼的脖颈。

"对了，"艾拉斯说，脸上扬起一抹青春而迷人的微笑，目光流连令人沉醉其中——"很高兴又在这里遇到你，父亲经常提起你的大名，说你是个年轻有为的人，不知道你能不能帮忙找一个有泉水的地方，我们可以到那里共进早餐。"

宾虚自然是欣然乐意，回答道："美丽的埃及姑娘，你一定渴坏了。我们也正在往泉水那儿赶，如果你愿意再忍耐一会儿的话，我们一起上路吧，相信用不了多久就能到达，那里的泉水像卡斯塔里亚泉一样甘甜。"

"谢谢你的好意，作为回报，我会把大马士革的新鲜黄油跟你分享。"

"那可太好了！走吧！"

说完之后，宾虚和向导催马在前引路。与骆驼同行最不方便的地方就在于，根本无法边走边聊。

很快，一行人来到了一片浅谷地。众人在向导的带领下来到谷地中，转而向右前行了一阵。大概是不久前刚下过雨，谷床很软，斜坡处地势变得很陡峭。正走着，突然地势变得开阔起来；左右两边成了满是石块的峭壁悬崖，经过洪水冲刷，越向前走地势越深。终于，在走过一条走廊般的通道之后，几个人来到了那片谷地。可能因为刚刚从漫天黄沙的荒漠中下来的缘故，这片谷地就像天堂一样让人心旷神怡。四处溪流潺潺，在白色的碎石间流淌，地表到处着一片片的青草和芦苇；绝壁上偶尔伸出一棵夹竹桃树，盛放着花朵，还有一架棕榈树不知怎么生长起来的，坚强地站在绿洲的中央，仿佛在宣示这里是自己的领地一样。在左边的某处悬崖上长出一棵桑树来，而悬崖本身爬满了绿色的蔓藤。就在这棵桑树下面便是那眼泉水，向导指引着众人来到了泉水旁，惊起了周围不少的野鸟。

这眼天然的泉水从峭壁中一个拱形的空洞中汩汩流出。泉水上面的石壁上，不知是谁刻了"上帝"两个字，大概是某位干渴难耐的旅人在此饮用了泉水然后感叹于它的神圣和恩赐吧。泉水变成涓流，流经之处长满了鲜亮的苔藓，在不同的地方汇聚成了一个个小水池，水池全都清澈见底，滋养着这一方的草木。水池之间的边缘自然形成了几条小径，从小径上面生长的矮小植物看来，这里起码有一段时间没有人来过，这让向导放心了许多。宾虚和向导两人把马放开，任其自行饮水和啃食青草。埃塞奴隶命令骆驼跪下前腿，放巴尔退则父女两人走了下来；老人站在地上，面朝东方双手在胸前交叉，神色严肃地开始祈祷。

"给我拿个杯子来。"艾拉斯说，她已经等不及了。

埃塞奴隶忙递过她的水晶杯；接过杯子，艾拉斯对宾虚说："这次该我为你服务一次了。"

他们一起走到水池旁。宾虚提出要帮艾拉斯打水，却被姑娘拒绝了；艾拉斯单膝跪地，装满了一杯泉水递到宾虚跟前，让他先喝第一口。

"不，"宾虚说着，把姑娘的手推开，"我岂敢劳烦小姐？请让我自己来吧。"

"你知道，宾虚，在我的国家，我们有句谚语，'为幸运之人举杯，胜过做国王的首相。'"

"幸运之人！"他感叹道，他的言语和表情中透出惊奇和疑惑，于是艾拉斯赶快接着说道，"你在安提俄克的竞技场上获胜，说明众神站在你这一边啊，不是吗？"

宾虚听到这里，面颊飞过一抹红晕。

"那只是一个例子而已,前些时候,听说你还跟另一个罗马人角斗并杀了他。"

宾虚的脸红得更厉害了——倒不是因为对方提到自己的这些作为有多了不起,主要在于发现对方原来对自己的动向这么关注。但是接着他的喜悦又变成了不解和深思。据他所知,自己战胜罗马百夫长的事情在事后知道他身份的人没有几个——除了玛鹿,伊德荣还有萨耐德。难道这几个人里谁跟艾拉斯是知心朋友?宾虚越想越困惑;而姑娘似乎发现了他的奇怪表情,举起了手中的杯子,说道:"埃及的神明啊!感谢您庇佑我的英雄——谢谢您没让他成为伊德尔尼宫事件的受害者。我在这里敬您一杯。"

说罢,艾拉斯把杯中的泉水倒回了一部分到水池里,然后把剩下的部分一饮而尽。喝完水,她看着宾虚笑了起来。

"宾虚啊,像你这么勇敢的人怎么在女子面前扭捏起来了?杯子给你,我想听你说些让人高兴的话。"

宾虚接过杯子,弯下腰盛满泉水,说道:"一个以色列人的子孙,没有什么神明可以敬献的。"他一边说着,一边用动作掩盖自己的惊愕,而且比刚才更加强烈。这个埃及女子为何对自己如此了解?难道连自己跟萨耐德之间的关系她也知道了?还有伊德荣酋长呢?看起来她好像对自己和这些人的关系了如指掌。宾虚的心里顿时产生了一种不信任的感觉。一定有人背叛了自己,没有替自己保守秘密。而现在自己正要前去耶路撒冷,这样的背叛如果被敌人利用对自己和同伴将会尤其不利!但是这个埃及姑娘会是敌人吗?种种想法如同电光石火,在宾虚的脑海中瞬间闪过。他这时已经打满了一杯水,尽管心生疑窦,却不露声色。

"那么,假设我是个埃及人或者希腊人或者罗马人吧,我会说,"他把杯子高举过头顶,"我的神明啊!感谢你,尽管这个世上有这么多的不公和苦难,但我仍要感谢你让我见到美和爱的化身——那就是艾拉斯,尼罗河最美丽可爱的女儿!"

埃及姑娘把手轻轻放在宾虚的肩膀上,小声说道:"你刚才已经触犯了律法。你竟然把泉水敬献给伪神。难道不怕我到拉比那里告发你吗?"

"哈哈,"宾虚笑道,"恐怕你凭这个告发我很没说服力吧。"

"那我就换个说法——我就说你对那个在安提俄克养玫瑰花的女孩子不钟情。"

"对她?你准备怎么说?"

"我就把你刚才举杯时所说的转告她听啊。"

宾虚听到了这里,愣了一下,似乎在等艾拉斯继续说下去。恍惚之间,宾虚仿佛看见埃丝特正站在萨耐德老人身旁看着自己写过去的密信。当初他就是在埃丝特在场的情况下跟萨耐德讲述了伊德尔尼宫事件的经过。而她跟艾拉斯之间又相当熟稔;跟她不同,艾拉斯更加世俗和狡黠,反观埃丝特则既单纯又多愁善感,所以很容易被人利用。想到这里,宾虚似乎找到了线索,他相信萨耐德和伊德荣都不会背叛跟自己相同的信念——那么就只有埃丝特可能是这个告密之人了。虽然宾虚对埃丝特却丝毫没有怪罪的意思,但心中却不由得已经滋生了怀疑的种子。就在他还没来得及走出这团思绪回答对方之前,巴尔退则老人走了过来。

"我们都欠你一份情啊,宾虚,"老人严肃地说,"这个谷地太美丽了;草地,树木,树荫,还有泉水,你看水面的光芒就像钻石一样。我简直不知道该怎么感谢你把我们领到这里来;来,一起坐下吃些东西吧。"

"这是我该做的,您不要客气。"

说着,宾虚又装满了一杯水,递给巴尔退则,老人感激地接到手上。

马上埃塞奴隶把手帕给送了过来,众人净了手,一起坐在帐篷里——这个三十来年以前曾经被用于三智者沙漠聚首的帐篷——开始高兴地用起了早餐。

第三章

他们把帐篷扎在一棵树下,然后席地而坐,耳畔传来泉水流淌的悦耳声音。头顶上的枝头是茂密而宽大的树叶,一动不动地遮蔽着阳光;周围青草间的芦苇笔直地站立在水畔边,偶尔会有一只蜜蜂嗡嗡地飞来飞去;一只鹧鸪鸟在莎草间小心翼翼地喝着水,对它的伴侣鸣叫几声便跑开了。溪谷间荡漾着一片醉人的宁静气息,像花园一样美丽,像安息日一样平和,这种气氛也感染了埃及老人巴尔退则,他的面孔、声音和举止,都显得比平日温和了许多。他听着宾虚和女儿之间的交谈,目光中流露出怜爱之情。

"冒昧地问一句,宾虚,"吃罢早餐时,老人问道,"我看你们似乎也是要去往耶路撒冷,对吗?"

"不错,我正要赶去圣城。"

"你可知道有没有近路可以绕过拉巴斯-亚蒙,更快到达圣城?"

"有条近路，但是相对难走些，在杰拉什和拉巴斯－基列附近。我也准备从那里走。"

"我已经等不及了，"巴尔退则说，"最近我常常做同一个梦，梦里有个声音对我说'你要赶快动身！你一直在等待的人就会出现。'"

"您说的可是犹太的新王吗？"宾虚盯着巴尔退则老人，惊奇地问。

"我想是的。"

"难道您最近没有听到过关于他的消息吗？"

"没有，除了出现在我梦里的声音。"

"正巧，我这里有他的消息，相信您看了一定会和我一样高兴的。"

说着，宾虚从怀里取出玛鹿的密信，递给巴尔退则。老人伸出颤抖的手接过来展开观看。他大声地读出信的内容，心里的感情仿佛无法抑制一般，脖颈间柔软无力的血管再次充盈鼓胀起来，眼眶中老泪纵横。读罢书信，他仰起头来，默默祷念着感激之情并虔诚地祈祷。他什么也没有问，因为他对此毫不怀疑。

"善良的主啊，"他说道，"我祈求你让我再见一次救主吧，让我再一次膜拜在他的身前，作为你忠实的仆从，我便死而无憾了。"

宾虚在一旁看着老人的举动，他简单却虔诚的祈祷之词令人动容；这种触动直达宾虚的心底并久久挥散不去，让他感觉上帝从未如此真实和靠近，好像此刻他就站在众人身后或者就坐在大家旁边——如同挚友和慈父一般——他不单单属于犹太一族，他不需要媒介，不需要拉比、神父、教师的宣扬，他是宇宙中普世的慈父。就在这一瞬间，宾虚的心里出现了新的理解：上帝派来世间的并不是什么新王，而是一位救主！这种想法如此简单而朴实，令宾虚几乎马上认识到，这个世界真正需要的正是一位救主，而且只有救主的救赎才配得上无上至高的神性。

想到这一层，宾虚忍不住问道：

"巴尔退则，现在他就要降临了，你仍然相信他是一位救主而不是我们的王吗？"

巴尔退则用温和的目光看了宾虚一眼。

"我该如何让你更为理解呢？"宾虚接着问，"圣灵曾经指引和启示过我，但是自从上次我在伊德荣的帐篷里和你相遇之后，他就再也没有出现过了；我相信最近梦中出现的声音来自圣灵；但是除此以外，我也没有得到再多的启示了。"

"让我来回想一下我们的理解有什么不同。"宾虚面带尊重地说。

"依照您的说法，救主将会是一个王，却跟恺撒这样的王不同；他不是人王，统领的将是灵魂的国，而不是现实的世界。"

"你说得没错，"埃及人回答，"我现在仍然这样坚信。我们俩的理解之间的确有明显的分歧，你寻找的是一位人王，而我寻找的是灵魂的救赎者。"

他说到这里停了下来，从他的表情上看得出来此刻他心里正在努力寻找和组织更合适的表达，来解开眼前产生分歧的症结。

"我想我可以试着向你解释，"他接着又说，"让你更清楚地了解我的信仰，理解我所说的灵魂之国如何远胜如恺撒般的人王国度，然后你便知道我为何不远万里前来寻找这位传说中的救主了。"

"每个人心中皆有灵,我也说不清这种观念是自何时起便存在于世间的。大概从最古老的先祖时代开始吧。但是我们非常清楚的是,这种观念在漫漫历史长河之中从未曾消失过:可能在某些朝代或时间段里它变得模糊和淡漠了,而在另外的时间里又变得无比清晰和人所共知。但是上帝总是时不时地用它无上的智慧将这种意识保存下来,成为人们信仰和希望的一部分。"

"你可能会问,为什么每个人心中都有灵?其实,细想之后你便可知这种灵存在的必要性。人总难免一死,是否人死后便万事皆休,不留任何痕迹了呢?不是这样的,而且每个人都不会希望自己在世间活过之后什么也留不下只剩虚无。各个民族的纪念碑、纪念堂,还有雕塑和碑文等等便是明证,说明了死亡并不是最终的结果;人们需要记录下历史的印迹。我们埃及最伟大的国王曾经要求在山石中雕刻他的塑像。他每天都要乘车前去观看工程的进度;最后雕像完成了,雄伟壮观,坚不可摧,而且跟国王的形象一般无二,甚至表情都惟妙惟肖。在那一刻,国王骄傲地面对自己的雕像说:'我已不再畏惧死亡,因为即便肉身死去,我仍可留在世上一览后世兴衰!'没错,他的雕像至今仍在。"

"那么他口中所说的后世究竟是何物?哪里是他的来生?是那雄伟的雕像额头如月光般不实的荣光吗?是巨石间流传的关于他的故事吗?恐怕除此以外,也就剩下他存留在陵墓中不腐的躯壳了吧。但是这些都不是那位国王自己,那么国王去哪里了?他死后是否已经堕入虚无?"

"如果答案是肯定的,那便是忤逆上帝;让我们暂且接受他关于我们死后灵魂永续的安排——我指的是真实存在的灵魂——而不是存在人们记忆之中这么简单。它可以行动,能够感觉和认知，有力量，能鉴别；尽管可能有形式的差别，但它是确实的存在。"

"你可能会问，上帝的安排究竟是什么？他在每个人出生的同时赐之以灵，就是这样一条简单的律法——除了他给的灵之外，一切终归于尘土。从这条律法出发，你便能明白我刚才所说的灵存在的必要性何在。"

"首先，灵的存在让我们免于对死亡的恐惧，因为死亡不过是新的开始，我们的尸体被埋入墓穴，就像撒播入土的种子，将会迎接新的生命。其次，你看我——如今我已经老朽不堪，终日被疲惫和病痛纠缠，往日的风度和气宇早已不再，感官越来越衰弱，声音越来越刺耳。但是我却心怀喜悦，因为我能看到在我死去的那天，坟墓会为我打开另一扇门，我将会抛开这具老朽的躯壳，看到另一片天地，那便是上帝安排的宫殿，我的灵魂将在那里永生！"

"在那个世界，一切都将是无与伦比地美妙迷人！也许你会说我并不确然知道那里的模样。但是我非常肯定那会是个美好的归宿，而这对我来说已经足够——作为一个摆脱了肉体的灵，在那个世界将不需要再面对尘埃和羁绊，它的存在无比细致，比任何精髓的元素更纯粹——那将是一种绝对纯净的存在。"

"现在，年轻人，我们不需要去争论灵的具象——它停留在何处，需不需要饮食，乃至它有没有双翅，长成什么模样——这些都不重要，我们只要知道，它配得上对上帝的信仰。上帝定义了世间的一切形式，一切美丽的存在，只有他知道何为完美；因为他是一切的创造者，是他给百合花披上外衣，给玫瑰涂上色彩；是他提取了晨露，谱下大自然的乐章；总而言之，我辈应该如赤子一般信赖他，不管是怎样的形式，我们的灵都是经上帝之手创造，我相信他，因为他爱我。"

老人停下来喝了口水，宾虚和艾拉斯静静地听着，深受感染。尤其是宾虚，感到老者的话就像是清晨的曙光一样，照进自己的心里，让他看到了以前从不可见的世界，而这个世界将会由救主主宰，而不是他之前所期待的新王。

"我想问问你，"巴尔退则继续说，"如果在你所熟知的现实生命和永生的灵之间做个比较，你会选择哪一个呢？好好想想这个问题，你不需要回答我，在这里我只想这么说供你参考：假设两种生命的形式都是快乐的，那么问一下你自己，一个小时比起一年更让人满足吗？继而再问，俗世上的六十年和十年对于永恒的上帝来说有什么不同？宾虚，将来你从这个角度去思考，就会明白接下来我要说的内容。对我来说，如今最让我惊奇的事情，也是最让我悲伤的事，就是如今灵的观念已经几乎消磨殆尽了。也许你会从某个哲学家那里听到类似的介绍，但是哲学家只是把它当作是学问来研究，而非信仰的一部分。所以，哲学不能解决问题，从哲学角度去阐述灵的问题最终只能是一片黑暗。"

"世间每种生命都有其意识，不同的意识则有其存在的不同目的和需求。上帝唯独赋予人思考和推断未来的能力，你觉得这不是很神奇和不可思议的事吗？在我看来，上帝的意图是想要让我们明白自己存在的意义，也就是要去帮助他人并一起创造更美好的世界，这才是我们存在的本意。但是，主啊！放眼望去，各地的民族和国家现在已经堕落不堪！他们得过且过，好像当下就是一切，完全不需要为未来和别人去考虑；他们如同在说：'反正我死后一切都不会留下；也许明天我就不在这个世上了；所以何必在乎？'对这些人而言，如果真的大限已到，他们并不能享受我刚才所说的喜悦和灵魂的往生，因为他们根本不胜任也不适应。总而言之，人类最终极的幸福，只存在于上帝安排的灵魂国度。而现在的人们忙于跟随最神圣的祭司到最负盛名的圣庙里祈祷和供奉祭坛，他们只关注眼前的有限生命！几乎已经没有人记得还有更高的生命形式和国度存在！而这个灵魂之国现在就要来临！"

"你懂了吗，我们之间所讲的这些请你保密，我乞求你。"

"在我来看，凡间的一千年也比不上灵魂的一小时更可贵。"

这时，埃及老人对同伴的意识似乎已经消失，完全进入了抽象的世界。

"当下我们的生命存在很多问题，有许多人在想尽办法去解决这些问题；但是他们死后呢？又能做什么？在我死后，我的灵仍然存在，一切问题，一切秘密将会在我眼前自行解开；我会看到所有的荣耀，了解所有的知识，品尝所有的快乐，因为我永存不灭。直到上帝对我说，'我需要你为我效忠'，我便放弃了所有的雄心和欲望，随他而去。"

巴尔退则停了片刻，似乎正努力从自己忘我的感觉中走出来；而这些话语对宾虚来说，就像是在他内心里有这么一个灵自己在阐述一切似的。

"抱歉，宾虚，"老者继续说，同时严肃地躬身行了个礼，"也许我说得太过抽象晦涩，但这只能留给你自己思考和领会。一想到这个国度将会带给我的喜悦和自由，我就忍不住要讲很多。然而，尽管我试图向你解释我的信仰及其源头，但是言语显得无力。接下来就靠你自己的悟性去体会个中真理了。让你的内心引导你吧，到那个时刻，你的感觉和冲动会告诉你并在你内心苏醒的——你只要留心注意就是了，因为那是属于你自己的灵，它会用合适的方法叫醒你。而如果你能看到往生的喜悦，那么就会跟我一样高兴，尽管我已经没有更多的语言来表达。到那时，你也就会明白，我们为什么是在等待一位救主，这个救主远胜于一个王。"

"一个非常实际的问题摆在我们面前——那就是我们要去找寻的这个人有什么特征？怎样才能一眼认出他来？当然，在你看来，你要找的那个王一定像希律王那样——身穿紫色王袍，手执权杖；但对我而言，救主的打扮应该恰恰相反——他应该是个穷人，谦卑而不起眼，就跟普通百姓一样——然而我一定能立即认出他来，因为他会指引我去往永恒国度的道路；带我迎接纯洁而完美的灵魂。"

众人安静地坐着，谁也没有说话。最后巴尔退则说："咱们起身吧，该动身出发了。我刚才说了这么多，让我迫不及待想要见到那位救主了；请原谅我的急切心情，宾虚。"

他说罢示意奴隶把葡萄酒拿了过来；众人各饮一杯，然后掸了掸身上的尘土站了起来。

接着，三人在小水池里净了面，同时宾虚的向导和老者的奴隶把牲口已经备好，于是大家分别骑上坐骑，离开了这片绿洲，沿着商队的路线继续前行。

第四章

一支伸展在沙漠与天幕之间的商队缓缓移动，这是一幅非常别致的图画；但是它的移动速度如此之慢，如同一条懒惰的大蛇，时间一久，连巴尔退则老人也无法忍受了，在他的建议下，众人决定不再跟随商队，单独行动。于是宾虚等人催动坐骑加速前进起来。不一会儿，身后的商队便消失在沙漠闪烁的空气中。

一路走来，宾虚愈发觉得艾拉斯浑身散发着超乎寻常的魅力。每次当她从高大的骆驼背上看下来，宾虚都忍不住立刻赶过去到她近前，跟她聊上两句；而每次跟她交谈，宾虚都会感觉心跳加速，不管她说什么，自己都迫不及待地表示同意。路上遇到的一些非常普通的东西，因为艾拉斯的兴趣也突然变得非常有意思起来。有时在天上会有黑色的燕子飞过，宾虚就会马上随着艾拉斯的手指张望；有时在地上的沙砾中会看到亮晶晶的石英或云母片，宾虚便马上过去捡起来递给她把玩,而往往又被她失望地随手丢掉,宾虚来不及顾及自己的麻烦,反而会为她的失望感到抱歉,又转而寻找更好看的石头给她——希望能捡到宝石或者钻石。当她开口赞叹远山上的一抹紫色光晕时,那片原本几不可见的紫色在宾虚眼里马上变得浓重而美丽;而每次她把头上的布帘垂下来遮住面孔,宾虚就觉得好像天空下所有的景致立刻没有了光彩。他对这位埃及的姑娘如此痴迷,完全臣服在她甜蜜的魅惑中,有谁知道这一路相伴她将使宾虚面临怎样的危险呢?爱情是盲目的,毫无逻辑可言。艾拉斯在不知不觉间已经影响了宾虚的脚步。

而实际上艾拉斯本人可能并不知道自己已经对宾虚产生了怎样的影响。清晨出发前她从抽匣中取出了一张金箔穿成的网巾戴在前额,并且让网巾下闪亮的珠串散满额头和脸颊,跟她黑中透着蓝色光晕的头发相映成趣。另外她还从抽匣里取出不少珠宝戴上——手指上的戒指,耳朵上的耳环,还有珍珠串成的手镯和项链。同时,她的肩上还披着一张金丝穿成的方巾——方巾在她的脖颈和肩上被巧妙地叠成了印度式的花边,恰如其分地调和了身上的珠光宝气。带着这些让人目眩的打扮和装饰,加上她妩媚的举止、醉人的微笑和银铃一样的笑声,不断地刺激着宾虚,时而是如水一般让人迷醉的温柔,时而是像阳光一样明媚照人的笑意。想当年安东尼(Antony)[1]正是沉溺于这样的温柔乡中才失去了万里江山;

---

[1] 这里又提到埃及艳后克娄巴特拉的故事,安东尼是罗马三巨头之一,他在恺撒遇刺之后成为罗马最有实力的统领。在他到东方巡视的途中,克娄巴特拉不失时机地发挥自己的魅惑之力,使安东尼拜倒在自己裙下。后来安东尼不顾其与屋大维之间的矛盾,与克娄巴特拉结成联盟,使其在罗马内部的威信扫地,最终被屋大维铲除。

而彼时迷倒安东尼的女人恐怕还不及艾拉斯一半美丽。

就这样几人一路结伴而行,直到太阳落下了古老的巴珊山坡,大家此时来到了亚比利尼(Abilene)沙漠之中一座小水池旁,这是一方雨水汇聚而成的水池,池水清澈见底,正好可以用作补给。于是大家便在此扎下帐篷,进餐休息。

是夜,轮到宾虚第二个值夜;他手握梭标站在假寐的骆驼身旁,时而仰首望望天空的星星,时而看看夜幕下连绵起伏的大漠。四周一片寂静,只有偶尔一阵暖风吹过发出的飒飒风声,不过宾虚对此也毫无察觉,因为他此时心中想着的还是白天埃及姑娘的一颦一笑,时而沉溺其中,时而琢磨她究竟如何知道自己这么多秘密,尽管有所怀疑,但仍然抵不上艾拉斯对他的吸引来得强烈——在宾虚的心里已经燃起了熊熊的爱火,当他就要被那强烈的吸引所征服的时刻,突然感觉到一只柔软的手落在了自己的肩膀上。他吃了一惊,连忙转过身来——艾拉斯正站在自己的面前。

"我以为你已经入睡了。"宾虚愣了片刻,说道。

"老人和小孩才需要那么多的睡眠,我起来看看我的朋友们,南边夜空中的星辰——现在它们正点缀在尼罗河上的夜空中。看你的样子好像非常惊讶!"

宾虚把她落在自己肩膀上的手握住说:"嗯,说不定是敌人来袭呢?"

"不!仇敌意味着憎恨,但憎恨是种疾病,伊希斯女神是不会允许它靠近我的。女神在我出生时曾亲吻过我的心,我是受到她庇佑的。"

"你所说的,跟你父亲截然不同,难道你不认同他的信仰吗?"

"说不定呢,"她说着低声笑起来,"如果我经历过见过他所经历的传奇事迹的话，或者当我年老的时候。我觉得年轻人不应该抱有什么信仰，他的心里应该只有诗情和哲理，他所关心的事情应当是对酒当歌，风花雪月；他的哲学应该容许偶尔的恣意和荒唐。我父亲的信仰对我来说太可怕了。那次我在达芙妮之林差点都没找到他，他从来不登罗马人的门。但是宾虚，我有一个愿望。"

"愿望！你的愿望说出来恐怕没有人会拒绝吧？"

"那么我说出来你听听啊。"

"你说吧。"

"非常简单。我的愿望就是希望帮助你。"

她一边说着，一边跟宾虚靠得更近了。

"哈哈！埃及！——就像你之前要求的那样，我称呼你为埃及了！——斯芬克斯(sphinx)[①]不就是埃及的吗？"

"所以呢？"

"你就好像他出的谜一样。请你提示我一下帮我理解你话语中的意思。我在哪些方面需要你的帮助吗？如果有，你又准备怎样帮助我？"

艾拉斯把自己的手抽回来，转身面对着骆驼，一边轻轻拍打这骆驼巨大的脑袋，一边用教人爱怜的语气说："行走如飞的动物啊，你是约伯(Job)[②]留下的最后也是最庄严的种群！尽管有时走在粗糙不平的石子路上，身负重担的你也不得不跋行。虽然我这个女子不是你的主人，但你仍然聪明地回应我的心意。我忍不住要亲吻你，高贵的动物！"艾拉斯弯

---

① 狮身人面石像，据说斯芬克斯是狮身人面的怪兽，凡是路过的人必须回答他一个谜语，如果回答错误的都要被它吃掉。
② 《圣经》人物，在《圣经》中神为了跟魔鬼打赌，以各种考验试探约伯，约伯非常虔诚和敬畏神，经受住了重重考验。

腰在骆驼的前额亲吻了一下,然后说,"只因为聪明如你却从不怀疑。"

宾虚抑制着自己的感情,勉强平静地说:"你的责备我已经听出来了。希望不是因为我的荣耀之心,让你觉得我对你有所怀疑,这实在是人之常情啊。"

"也许吧!"她马上回答说,"确实是这样。"

宾虚稍退一步,面带惊奇之色问道:"为何你对我如此了解?"

艾拉斯笑着回答道:"为什么你们男人就是不愿意承认,女人的直觉比你们要敏锐呢?我今天看着你的脸,在你的表情中就看出了你脑中满是烦恼;而听了你和我父亲的对话,我怎会还不知道你的烦恼呢?"她的声音越来越低,非常高明地靠近宾虚,直到宾虚的脖子上感觉到了她的鼻息,"宾虚!你要找的那个人不是犹太人的王吗?"

宾虚的心此时急剧跳动着。

"他是一位像希律王一样的犹太国王,但更加伟大,对吗?"艾拉斯继续问。

宾虚连忙转过头去,望向无边夜空中的点点繁星;接着他的目光迷失在了艾拉斯的眼睛里;他的嘴唇已经可以感觉到她的呼吸。

"从今天早上开始,"她继续说着,"我们在各自心里都有自己的愿景了,现在我把自己的告诉你,然后你能把你的告诉我吗?怎么样?"

见宾虚没出声,她把宾虚的手推开,然后转过身看似要离开一样;宾虚连忙抓住她,然后急切地说:"请不要走,你先讲吧!"

艾拉斯走回来,又把手放在宾虚的肩上,然后把脸倚在上面；而宾虚则伸手揽住了她的纤腰把她更加拉近自己，然后在甜蜜的拥抱中，宾虚问道："说吧，告诉我你的愿景，亲爱的埃及姑娘！没有人能拒绝你的要求，就算先知以利亚或者摩西也不能。我请求仁慈的你别再逗弄我，快告诉我吧。"

好像没有听到宾虚的恳求一样，艾拉斯在他的怀抱中抬起头，慢慢开口道："我的愿景，我所看到的景象是宏伟壮阔的战争——在陆地上还有海面上——到处是冲锋的军队和军器撞击的火花，就像是恺撒和庞培的大战，或是屋大维和安东尼的交锋。烽烟滚滚，尘沙满天。而罗马已经陨落，东方重新夺回了世界的统治权，硝烟之中出现了新的英雄部族；他们的荣耀前无古人。而在这些景象在我眼前消退时，我不断地问自己，'这样波澜壮阔的史诗中，怎能少了最早辅佐新王的人呢？'"

宾虚听到这里心中一震。这个念头正是自己心里翻滚了一整天的问题。现在他似乎明白了为什么自己会有这样的念头。

"我明白了，"他说，"你的意思是要帮助我在这幅愿景中帮我取得统治和王权。我明白了！我相信这世上也从未有过你这样聪明而美丽无比的王后！但是，亲爱的埃及姑娘！在你描述的愿景中，所有这些荣耀的统治权都来自于战争，同时你只是一个女子，尽管你有伊希斯女神的祝福。夺得王权这样的事业怎是你这样一个女子所能帮得上忙的啊。除非你除了武力以外还有更好更确实的办法。如果是这样，那么埃及姑娘，请你告诉我吧，只要是你的需求，我会立即投入其中的！"

艾拉斯挪开宾虚的胳臂，说道："来，把你的外套铺在地上吧，在这里，然后我便可以在上面靠着骆驼坐下来。然后我会跟你讲一个故事,是一个在亚历山大和尼罗河流传的故事。"

宾虚照做了,并把梭标放在手边不远处。

"那么我该怎么做呢?"宾虚看着坐在地上的姑娘,可怜地说,"在亚历山大,作为一个听众应该坐下吗,还是要站着?"

艾拉斯听后背靠骆驼笑出声来:"听众往往都是很随意的,他当然可以按照自己的意愿去做。"

听到这个许可令,宾虚放心地躺在了沙地上,然后头枕着自己的臂弯,说,"我准备好了。"

于是阿拉斯开始把她的故事娓娓道来。

"你一定知道,在最早的时候,伊希斯女神是众神之中最为美丽的——现在仍是如此;正因这样,她的丈夫奥西里斯尽管是个睿智的当权者,却对她心怀嫉妒。这种情愫自然是因为他深爱着自己的妻子,所以才会表现出凡人的一面。"

"伊希斯女神的宫殿建在月亮上最高的山峰之巅,用白银做成,而她的丈夫奥西里斯的宫殿则建在太阳上面,用纯金打造,闪耀着夺目的金光,令凡人无法直视。"

"有一次——这么说是因为对神而言没有哪一天的分别——她正和自己的丈夫一起坐在黄金宫殿的房顶上,碰巧看到在远处宇宙的边缘,因陀罗正率领着一只猿猴组成的军队经过,这些猿猴都跨着飞翔的雄鹰。原来他——这位伊希斯女神的朋友刚结束了与可怕的罗刹的战斗,大胜而归;而跟随他一起的,还有英雄罗摩以及他的新娘公主悉多,这位公主的美貌仅次于伊希斯女神,非常漂亮。于是伊希斯女神解开腰上用星辰做成的丝绦,向悉多挥舞打招呼。接着,在黄金宫殿和因陀罗的队伍之间,夜幕突然降临了,阻挡了二者之间的视线;但那实际上根本不是夜幕,而是因为奥西里斯的蹙额。"

"原来奥西里斯心生嫉妒，显得很不高兴。他从房顶上站起身来，庄严地对伊希斯说，'你回自己的宫中去吧。我要开始工作了，凭我一己之力创造一个完美而喜悦的生物。我不需要你的帮助，你走吧。'"

"伊希斯听后眼睛睁得大大的，好像神殿里面吃草的神牛，连目光也一样的温柔。她站起来，微笑着对丈夫说道，'那么再见了，你不久一定会需要我的帮助的，我非常清楚；因为没有我的力量，你所创造的生物绝不会得到完美的喜悦，就像你自己也是一样，没有了我你又怎会永远快乐呢'，她说话的时候，脸上闪耀着满月一样温柔的光辉。"

"那就走着瞧好了。"奥西里斯回答。

"然后女神就带着自己的针线和椅子回到了在月亮上的白银宫殿，坐在宫殿的房顶上一边继续手上的针线活，一边留意着奥西里斯的举动。"

"就见奥西里斯宽阔的胸膛剧烈的起伏着，空中传来巨大的声响，好像所有神明的磨坊同时开动了起来，带动整个宇宙都如同被晒爆的豆荚一样震缠不止；尽管如此，伊希斯仍然镇定自若地忙着手中的活计，丝毫没有感到惊讶。"

"不久，太阳对面的宇宙某处出现了一个小点，这个点不断膨胀变大最后超过了月亮，遮蔽了太阳的光辉。伊希斯知道，她的丈夫创造了一个新的星球。在这颗星球的阴影笼罩下，月亮上只剩下伊希斯宫殿的银白色光辉，可见奥西里斯的心里的怒气有多么强烈。"

"就这样，我们生活的这片天地出现了。起初这个星球上到处都是冰冷土灰的一片。不久，奥西里斯在世界上划分出了各种分野；有平原，有山脉，有海洋，但是仍是一派黯淡的景象。接着，在河边出现了一个能够移动的生物；这让伊希斯禁不住停下手中的活计仔细观瞧。原来奥西里斯创造了完美的生物，也就是第一个人。这个人按照神自己的形象被创造出来，奥西里斯为了取悦他，又接着造就了我们今天所称的自然——花草虫鱼，野兽飞鸟等等。"

"这位世间第一个男子被创造出来以后，着实快乐了一阵，因为他对一切都如此好奇。而在这段时间，伊希斯听到丈夫高傲而轻蔑的笑声，仿佛在炫耀自己的完美作品。"

"'看吧，我完全不需要你的帮助，这个人就是完美的造物，他将永远沉浸在喜悦中。'"

"伊希斯不以为然，继续着手中的活计，她有着无比的耐心，而且对自己当初说的话非常有自信，因为在她看来，单单一个生命是不足以获得长久的快乐和幸福的。"

"果不其然。没过多久伊希斯就看到了她早已预料的变化。那个男子一个人在天地之间经历了新鲜感的冲击之后很快开始觉得无趣，他俯卧在河边，变得郁郁寡欢，几乎不再抬起头望一望天空。女神自言自语地说，'这个可怜的人，他已经不想活下去了。'刚说完，她的耳边就传来了奥西里斯的怒吼，他马上又发动了神力，于是世界上原本满眼的土灰色变成了缤纷绚丽的色彩，白云碧水，红花绿草，令人目不暇接。那男子看到眼前发生的剧变，从地上跳了起来，马上又变得神采奕奕了！"

"伊希斯仍然面带微笑干着手中的活计，自言自语说，'很不错的办法，但是效果也只能持续很短的时间罢了；单是色彩之美不足以让人保持长久的喜悦。我的丈夫一定还要尝试其他的办法。'"

"话刚说完，奥西里斯果然再一次发动了神力，连月亮都震动了起来。男子被固定在了一个地方，而整个自然被奥西里斯赋予了动感！鸟儿们扇动起翅膀翱翔于天际；野兽奔跑于旷野；河流归于大海，海水潮起潮落，浪花拍打着礁石泛起无数亮晶晶的泡沫；白云也如同无帆之船一样飘荡在天际。"

"男子顿时高兴得像个孩子一样；奥西里斯见状也乐不可支，高声叫道：'哈哈！看吧，没有你我一样可以让他喜悦起来！'"

"女神拿起停下的活计，继续做了起来，非常平静地回答，'现在看还不错——你的想法尽管很好——也撑不了多久的。'"

"过了些时日，男子又开始对眼前的景致习以为常。万物的律动不再让他惊喜，这次他变得更加郁闷。"

"伊希斯等待着，看到男子的不悦，感叹道，'可怜的人儿！他比之前更不开心了。'"

"奥西里斯仿佛听到了妻子的感慨，震怒不已，他摇撼着宇宙，除了他居住的太阳以外，万物都在他的怒火下战栗。伊希斯看着，却丝毫没有感到意外，仍旧面带微笑。突然男子从河岸边站了起来，他鼓掌大笑，再一次快乐起来，因为这次他第一次听到了大自然的声响——所有和谐的、不和谐的声音。风声在树林间低吟；鸟儿用各自不同的声音鸣唱；河流就像竖琴的琴弦一样潺潺流过；海浪起伏之间，声音低沉而庄严；一切声音汇聚成自然的交响，传入男子的耳中，令他又一次喜悦起来。"

"伊希斯也很高兴，因为丈夫的所作所为的确非同一般；但她还是摇了摇头：色彩，动感，声音——她慢慢重复着这些词语——美之所以为美，除了形体和光影，也就不外乎这三种因素了吧。现在，奥西里斯已经完成了他的工作，再也无计可施了。如果男子再次陷入苦闷，我亲爱的丈夫一定会找我帮忙的了。一边想着，她加快了手中的动作，飞快地穿针引线——两个，三个，五个，直到同时用上全部的手指。"

"男子这次喜悦的心情持续了很久一段时间；看起来好似他再也不会厌倦一样。但是伊希斯非常清楚，最终的结果仍然会是一样，所以她耐心地等着，无视丈夫得意的狂笑。终于，连声音也变得没有了新鲜感之后，男子的脸上再次蒙上了失望的神色，这一次，他的忧郁消沉远超过之前的每一次，最后他干脆倒在地上不愿动弹。"

"见此情景，伊希斯怜悯不已地说道，'可怜的人，他都不想活下去了。'"

"但是奥西里斯这次没有再发动神力，因为他的神力也到了山穷水尽的地步，已经无计可施了。"

"'我该不该帮助我的丈夫呢？'伊希斯心中念道，奥西里斯太过高傲，一直不肯求助于自己的妻子。"

"此时伊希斯正巧完成了手上的针线活，拢了拢手上的结束的作品，卷成一团扬手扔向大地，落在了那名男子身边。这个物件落地后马上变成了另一个人，这次出现的是人世间第一个女子！这名女子弯腰向男子伸出手来；男子欣然握住女子之手站了起来，颓然之色全然不见，两人永远幸福快乐地生活在了一起。"

"好了，刚才我说的故事就是流传在尼罗河畔的创世纪的经过，也是这世间至美的由来。"

艾拉斯说到这里，缄默不言。

"多美的创造啊，而且如此巧妙，"宾虚说，"但是我觉得并未完结。奥西里斯后来怎样了呢？"

"对了，"她回答，"他把妻子唤回了太阳上，两人重归于好，从此相敬如宾。"

"我是不是应该像那第一个男子一样呢？"

说着，宾虚抽出枕在脖颈下的手臂，把手放在唇边。"坠入爱河——与人相爱！"

他说着把头轻轻地枕在艾拉斯的腿上。

"你一定会找到心中的王，"她说，同时一只手在宾虚的头上抚摸着。"你要去寻找到他，然后辅佐他。用你的剑为他开辟新的世界和秩序；而他也必会回报于你，让你成为我的英雄。"

他转过脸，正好看到艾拉斯近在咫尺的美丽面庞，姑娘的眼睛虽然隐于暗影之中，却让他觉得比天上的星辰还要明亮。他忍不住坐了起来，抱住了艾拉斯，忘情地热吻她的红唇，口中说着："我亲爱的埃及姑娘！如果新王将王冠作为礼物，那么我必得之，并将其送与你作为礼物，使你成为我的王后——因为没有人比你更加美丽迷人！我们将永远幸福地生活在一起！"

"那么说你对我将会无所保留，并让我全力帮助你对吗？"

这个问题使宾虚突然从狂热的冲动之中抽身出来，一下子冷静了许多。

"难道我对你的爱还不够吗？"他问道。

"完美的爱意味着绝对的信任，"她说，"但是你不需要介意——以后你会对我更加了解。"说着，姑娘的手离开了宾虚，然后站了起来。

"请你不要这样无情。"宾虚说。走到骆驼前面，艾拉斯停下来，亲吻了一下这匹牲口的额头："你是最高贵的动物！因为，你对爱从不怀疑。"说罢，艾拉斯便离开了宾虚。

第五章

宾虚等人行至第三天中午时分,来到了雅博河岸边。他们看到河岸边有一百来人,看样子大部分是佩里亚(Peraea)①人,各自带着坐骑正在岸边休息。正要下马之际,人群中有一人热情地走过来,手中捧着水罐和碗;宾虚忙下马接了过来,并感谢对方的好意。这时对方说:"尊敬的朋友们,我刚从约旦回来,许多像你们一样来自远方的朋友正赶往那里;不过他们可没有随身带着仆从和如此高大而尊贵的骆驼。我能否冒昧地问一问这匹骆驼是什么品种的?"

巴尔退则回答了对方的问题,同时找地方坐下开始休息;而宾虚好奇地问那人。

"这些人是准备去往哪里吗?"

---

① 古罗马时约旦东部的巴勒斯坦地区。

"去伯大尼（Bethabara）①。"

"那里据我所知是个荒无人烟之地，"宾虚说，"怎么现在突然引起这么多人的兴趣了呢？"

"哦，我知道了，"这位陌生人回答，"你们一定是来自外地，对福音还没有听说过。"

"什么福音？"

"是这样的，在荒野中出现了一个人——他是个非常神圣的人——他满嘴说的都是些人们闻所未闻的道理，吸引了众人的关注。他自称是拿撒勒的约翰，撒迦利亚的子孙，说他是救世主派遣的信使。"

就连艾拉斯也在一旁认真地听着这人的话。

"据人们说，这个名曰约翰的人从儿时起就在恩戈地的山洞里过着苦修和祈祷的生活，比艾赛尼派（Essenes）②的教徒还要严格。人们赶往他那里听他布教。我是其中之一。"

"那么这些人，你的朋友们都去过那里吗？"

"大部分正要赶去；有一些是回来的。"

"他布教讲些什么呢？"

"是新的教义——一种在以色列闻所未闻的新说法，大家将他称之为忏悔和洗礼。拉比不知道该怎么对待他；我们也是一样。有些人问他是不是基督，还有些人问他是不是先知；对此他回答说，'我只是救主在旷野中哭喊的声音和主的清道夫！'"

说到这，这人被他的朋友叫了去；在他转身要走时，巴

---

① 位于约旦河西一个小村落，主耶稣在耶路撒冷，屡遭犹太教首领弃绝；但是在伯大尼，却备受爱他的人欢迎。
② 自公元前2世纪至公元2世纪盛行于巴勒斯坦的一个教派。

尔退则颤声说，"善良的陌生人！告诉我们你所说的那个布教者是否还在伯大尼。"

"是的，他应该还在那里。"

"这个人一定就是新王的先驱者了，毫无疑问！"宾虚对艾拉斯说。

在短短的时间里，艾拉斯对那位传说中的新王的关心程度大增，简直超过了她父亲！巴尔退则已经站了起来，深陷的眼眶中闪着光芒，他说："咱们还等什么呢，我一点也不觉得累，这就出发吧。"

于是众人一起转身帮埃塞奴隶打点行装启程出发。路上无话，到当日晚间时分，众人来到了基列的拉末（Ramoth-Gilead）①以西，找了个地方住了一宿。

"咱们得早点出发，宾虚，"巴尔退则说，"救主随时可能出现，我们必须及时赶到那里。"

"是啊，先驱已经出现了，新王可能就快到来了。"艾拉斯也轻声说，同时准备登上坐骑。

"明天我们就能赶到那里！"宾虚吻了吻埃及姑娘的手。

第二天早上十点左右，众人已经远离了拉末，绕过基列山山脚，来到了约旦河岸边荒芜的干草原上。对面视野所及之内便是耶利哥地界。宾虚的心情越来越激动，因为他知道距离目的地越来越近了。

"善良的巴尔退则，我们就要到了。"

骆驼加快了脚步。不久他们眼前开始出现民居和帐篷，四处还有人在放牧着牛羊；当他们来到河岸不远处时，看到在河流西岸聚集了大量的人。众人心想一定是那位名叫约翰

---

① 约旦河东的关口，在以色列国的历史上占着重要地位。

的人在布教，于是连忙行进得更快了；但是，就在他们越来越接近人群的时候，突然原本聚拢在一起的人们开始散开了。他们来晚了一步！

"咱们在这停下来吧，"宾虚对巴尔退则说，老者双手紧握在一起。"那个苦修者可能在往这边走也说不定。"

人们三五成群边走边交头接耳地议论着什么，没有人注意到新来的宾虚等人。他们等了好一会儿，已经数百人从身边走过，却始终没有发现那个苦修者的身影，正在这时，他们远远看到从河的上游走来一人，此人的出现立即引起了众人的注意。

从外表上看，这人穿着褴褛不修边幅。深褐色的皮肤略显憔悴，如同羊皮卷一样；长发披散在背后和胸前，显得粗糙干瘪毫无光泽，但他的双眼却炯炯有神。这人上身的右半边赤裸着，暴露在外的皮肤跟脸色一样呈深褐色，而且看得出身体非常瘦弱；他身上穿的衣服像流浪汉用的篷布一样粗糙不堪，腰间用一条生皮腰带束着。他的手里拄着根拐杖往前行走着，但速度并不慢，步履间显得非常坚定并且警戒着四周。时不时地，他理一理眼前的乱发，并扫望周围，似乎再期待见到某人。

美丽的埃及姑娘看到这个邋遢的来者心中称奇，但丝毫没有反感。很快她撩起象桥的轻纱挂帘，对身旁马背上的宾虚说："你觉得那人可是新王？"

"定是那个苦修者。"宾虚头也没抬地答道。

宾虚此时心里非常失望，尽管他对恩戈地的苦修者非常熟悉——知道他们从不修边幅，他们完全漠视外界对自己穿着或样貌的观感并坚持忠于自己苦修的信仰，甘于忍受肢体的痛苦，过着与普通人完全不同的苦行生活——他仍然希望能从这位新王的先驱身上至少能看到些代表新王美好和高贵的象征。但眼前这个人却恰恰相反，呈现出一幅如同野蛮人似的外表；这让宾虚难免会把他跟以前在罗马的豪华浴场见到的高贵的罗马名流做一比较。这让他觉得震惊和蒙羞，在这种困惑之下，他只能简单回答这一句"定是那个苦修者"。

而此番景象对巴尔退则而言则大为不同。以他的理解，上帝之道是凡人不能理解和设想的。他在马槽中曾见过婴儿时的救主，所以对救主形象方面的期待简单而神圣，本就没有期待救主会是一个人王。因此他看到走过来的苦修者后，只是双手交叉在胸前，口中念起了祷词。

就在几人用各自不同的眼光打量这个苦修者时，大家都没有注意到在河边的一块大石头上正端坐着一人，此人正思考着什么，可能是回想刚才苦修者布教的内容吧。这人想了一会儿站起身缓步朝宾虚等人走了过来。

在布教者距离宾虚他们还有二十来步的时候，那位从河边而来的人已经来到十步远的地方。这时布教者似乎注意到了这个人，于是停下脚步，撩动眼前的头发向那人看过去。看清那人的面貌之后，布教者突然双臂扬起伸向空中；这个举动让宾虚等人都以为他要开口布教，于是大家一动不动地注视着他，屏住了呼吸，侧耳倾听起来；但是布教者并没有开口说话，而是慢慢地把右手的木杖指向了不远处那位从河边过来的人。

这个动作使本来准备聆听布教的众人又从听众的角色转变成了"观众"，大家不约而同都望向木杖所指的那人。

只见那人步伐稳健而缓慢，行路中仿佛在思考什么重大的问题而又难掩优雅之态；他内衬及踝的长袖衫，外套犹太长袍；左手上的头巾，垂在身侧。除了头巾和他外袍的蓝色镶边以及蓝白的流苏部分以外，他通身都是土黄色的麻布衣衫。他脚上蹬了一双简单的布鞋，既没有束腰带，也没有负软背囊，手中亦没有拄杖。

这些是众人一扫而过所留意到的，但显然都不是大家关注的重点，因为当他们看到来人的相貌时，他们都被深深地吸引住了。

他一头微微卷曲的长发，在头顶正中分开垂下，发色是金色中透着微红的浅赤褐色。前额宽大但不高，一对黑色的新月弯眉下面是一双深蓝色烁烁放光的大眼睛，目光有神却非常温和，在长长的睫毛点缀之下，给人一种赤子般纯洁的感觉，同时让人说不清这人究竟是希腊人还是犹太人。而他的鼻子和嘴巴划出的优雅弧线则透出明显的犹太人特征；此人白皙的皮肤，秀美的头发和非同一般的温柔目光，让人看了以后不自觉的暗自称赞，不论是士兵、妇女、孩子，看见他这番样貌和眼神，谁都不能不承认他在俊美之中流露出天然的亲近，让人本能地产生出莫名的信任。

除去外貌，他脸上独特而坚定的表情更交融着智慧与爱，怜悯与悲伤；如果不是拥有纯洁而无罪的灵魂，一个人根本不可能有这样的神情。尤其对照每一个从他身边经过的人和面对他的人，有谁不是代罪的羔羊？无数被写进神圣历史的殉道者和伟大的信徒倾其毕生所领悟到的忍耐的力量所能换取的大爱和悲悯，都在此人身上一一体现。这就是此人带给大家的庄严的感觉。

一步一步缓慢地，这人距离宾虚和众人越来越近。

宾虚乘坐在马背上，手中握着梭标，已经做好了准备向新王致敬；然而来者的目光却越过了他看向更高处——并非看向美貌的艾拉斯，而是落在老迈的巴尔退则身上。

周围一片寂静。

突然那个布教的苦修者,手中的木杖仍然指着此人,口中大喊道:"看吧,他就是上帝的羔羊,来到这世界救赎所有罪恶的救主!"

所有听到布教者喊声的人都呆立在当场,布教者所说的超出了他们所能理解的范围,大家的心中顿时充满了敬畏。众人当中受到冲击和震动最大的当属巴尔退则老人了,他想不到有生之年还能再次一睹救世主的尊颜。这么多年过去了,巴尔退则老人的信仰从未有过动摇,依然坚定如初;正是这般的信仰使他得以从超越他人的高度上认识眼前的救主,而且尤为重要的是,他已经先于众人认识到了神圣的灵与自己灵魂的羁绊,以及未来将由救主主宰的灵魂之国——眼前的救主便是他信仰的理想,如今就这样突然来到,近在咫尺,怎能不让他激动不已。

而此刻在众人一片沉寂的气氛中,必须有人确然地指认救主的身份!

于是苦修者再一次高声重复道:"看吧,他就是上帝的羔羊,来到这世界救赎所有罪恶的救主!"

巴尔退则浑身颤抖重重地跪在地上。对他来说救主的身份已经不需要任何解释;而那个布教者似乎也已知道这一点,他转身面对那些还呆立在当场的人们说:"这个人就是我在讲说教义之前提到的,主派遣而来的救主。他在我之前来到世上,将会向以色列展示上帝的恩德,而我便是为他洗礼而来。我见到圣灵自天而降,落在此人身上。他受圣灵之洗,前来救赎人间的罪恶,而我只是见证者。"说到这里他停了下来,目光顺着手中的木杖望向救主,提高了声音,"我见证,他便是上帝之子!"

"就是他，没错！"巴尔退则也高声哭喊着扑倒在地，他老泪纵横情绪极度激动，竟然昏迷了过去。

而此时宾虚仍在不住打量这位圣子，他并不是没有感觉到救主的庄严、神圣和纯洁；只是此时他的脑海里只剩下一个他最关心的疑问——这个人究竟是谁？或者说是什么？究竟他是救主还是新王？如果说是他是新的人王，那么可以说从没有一个王如此落魄的；但是此刻感受着他无比平和而仁慈的目光，那些所谓的征伐世界和建立新统治的想法又变得如此亵渎神灵般俗不可耐。想到这里，宾虚自言自语般做出了评判，巴尔退则的理解应是正确的，而萨耐德的判断是错的。这个圣子来到人间，并非是要登临什么王座；更不是要成为希律王那样的人王帝主。

这便是上帝之子给宾虚的印象，进一步地宾虚又突然有所发现，那就是这个人的样貌使他越看越眼熟！"一定的，我一定见过他，但是在何时何地呢？"带着这个疑问，宾虚又再打量了一番，这样的目光，充满慈爱和悲悯，让人看一眼便能平息内心的感觉，他努力地回忆着，终于他记起来了！那是自己年少被抓时，在被罗马人拖往海边的路上，途径拿撒勒的井边，当时谁也不敢给自己水喝，只有这个人端了清凉的井水喂到自己的唇边！如果没有他的帮助恐怕自己早已死在荒漠之中了！想到这里，宾虚的内心翻江倒海一般，他的耳边只剩下布教者最后的那句话——"他便是上帝之子！"

宾虚于是几乎是滚鞍下马，扑倒在地上向自己的恩人表示由衷的敬意；但是此刻艾拉斯对他苦苦喊道："宾虚，帮帮我的父亲，他快死了！"

宾虚这才注意到巴尔退则老人已经昏倒，连忙转身帮助艾拉斯对老人进行急救；姑娘叫奴隶命令骆驼跪倒，她从上面下来，让宾虚跑去河边给老人接水喂水；当宾虚转身回到老人身边时，圣子已经离开了。

终于，巴尔退则被唤醒过来。他刚一醒来，就伸出自己干瘪的手臂，无力地问："他呢？"

"你问谁，父亲？"艾拉斯回答。

这时一种发自心底的满足之情溢满了巴尔退则老人的面庞，好像他最后的愿望得以实现一般，他回答说，

"他——救世主——上帝之子，我终于在有生之年再次见到他了。"

"你相信如此？"艾拉斯低声问宾虚。

"这是一个奇迹；我们且耐心看吧。"宾虚只是简单答道。

第二天，众人正聆听那个苦修者布教，约翰讲着讲着突然停下来，他面容严肃地说："看啊，上帝的羔羊来了！"

顺着约翰所指，众人又一次见到了上帝之子。宾虚再一次看到圣子的尊颜，突然脑海中冒出一个新的想法："巴尔退则和萨耐德都是对的。难道救世主不能同时也是新王吗？"

想罢，他转身问身边一个陌生人，"那边走来的人是谁？"

被问者大笑，好像嘲讽他的无知一样，回答说："他你都不知道，他是拿撒勒木匠的儿子。"

宾虚

第八部

"这世上有谁能拒绝?她的呼吸之间飘荡着安布罗希亚①的芬芳,令我沉迷在这黄金之地。她待我如同乳儿,用玫瑰花做襁褓,如此,她定了我前世之罪,她是我的女王,而我只能,恍惚之间俯首称臣。"

——济慈(Keats)②《恩底弥翁》(*Endymion*)③

"我就是复活与生命。"

---

① 安布罗希亚:希腊、罗马神话当中,一些神仙们所吃的鲜果、食物、香料、油膏,有人称为仙果、仙食,据说凡人吃了以后会长生不老。
② 约翰·济慈:出生于18世纪末年的伦敦,杰出的英国诗人和作家,浪漫派的主要代表。
③ 济慈于1818年5月发表长诗《恩底弥翁》,描写了希腊神话中月亮女神与凡人恩底弥翁相爱的故事。

第一章

耶路撒冷城中宾虚的家宅，时间是三月二十一日。圣子基督在伯大尼现身之后，已经过去了差不多三年。

"埃丝特——我的女儿！告诉楼下的仆人倒杯水上来。"

"不喝酒吗？父亲？"

"酒、水都送上来些吧。"

埃丝特来到女儿墙边吩咐下面侍立的仆人，这时她看到另外有一个男侍从正顺着楼梯上来。此人看到埃丝特后慌忙致意："有封信是给主人的。"说着侍从取出怀中用麻布包裹着的信件递给埃丝特。

在过去的三年中，玛鹿因为不忍看宾虚的家宅破落，于是花重金从新任总督彼拉多手中赎回了家宅的所有权，并将其修葺一新，包括大门、庭院、走廊、楼梯、护墙、房间等等，整理之后全部焕然一新，甚至更胜往昔，不管从哪个角度看，人们都不得不称赞这座宅邸的业主萨耐德有着极高的品位，毕竟他曾经常年来往于米塞努姆城和罗马的别墅。

但这并不意味着宾虚已经取回了宾虚家宅的名分，事实上他认为恢复家族之名的时刻尚未到来。在这段时间里，他仍然在加利利地区致力于起事前的准备工作，同时他默默地关注着拿撒勒人基督的举动。但圣子之于宾虚却越来越神秘，让他猜不透基督的用意和他到世间的使命究竟是什么。宾虚偶尔也会回到耶城的家宅，不过也是作为客人的身份。

宾虚每次回到耶路撒冷的老家，并不只是在劳神的工作之余回来休息那么简单。巴尔退则和艾拉斯已经住进了他的家中，他一则为了回家看看美丽的艾拉斯，另外也为了更多地聆听巴尔退则神圣的教诲，这位埃及老人一天比一天衰老了，但他对救主的理解和期望每次都能让宾虚听后受益良多。

至于萨耐德和女儿埃丝特则是几天之前才从安提俄克来到耶城的宾虚家宅的。一路上萨耐德老人受了不少的罪——因为身体的缘故，他只能乘坐在两匹骆驼之间搭起来的肩舆上，但两匹牲口走起路来难免颠簸倾斜，可以想见已经一大把年纪加上身体本就疲弱的萨耐德这一路的艰辛。不过好在两人顺利抵达了耶城，在宾虚家安下身来。萨耐德难掩对旧主家宅的怀念之情，看不够这里的一砖一瓦。他一天里大部分时间都待在楼顶上，坐在一把跟他在安提俄克所用的一模一样的靠椅里，仰头看着天空，呼吸着故土的空气，欣赏着远处天空下的崇山峻岭。就像多年前他在耶路撒冷主人手下听命时一样，他常常望着日出日落一看就是大半天，而不同的是，现在有女儿埃丝特在身边侍候着，这几年的时光里，女儿已经出落成人，也更加的温柔体贴，秀外而慧中，时不时让老人想起已经逝去多年的妻子拉结。萨耐德虽然身在耶路撒冷，但并没有忽视安提俄克的生意。每天都会有一名信使奉命从参巴拉那里来到宾虚家递书,参巴拉会把生意的进展写进书信告知萨耐德,而老人每天读完书信后随即便会回信一封,对参巴拉提出的问题逐一进行指点。

埃丝特接过信使送来的书信扫了一眼,然后转身欲走,突然又停住了脚步,重新拿起书信仔细看了一下,她注意到这封信原来是宾虚写来的,于是连忙加快脚步回到父亲身边。

萨耐德接过女儿取来的书信,打开宾虚的封印,然后把里面的信纸交给女儿,让她读出来。

他的目光落在女儿的脸上,突然觉得有些不妥似的,说道:"埃丝特,你知道这封信是谁写来的,对吗?"

"是的,父亲。"埃丝特回答,"是——我们的——我们的主人。"

萨耐德怎会错过女儿表情上的变化,他目光如炬,在生意场上如此,在察人方面亦是如此。见此情况,萨耐德的脸颊似乎更加深陷了。

"你爱他,对吗,埃丝特?"父亲的语气非常温和。

"是的。"埃丝特肯定地回答。

"但是,你有没有想好了呢?"

"父亲,我一遍又一遍地努力让自己忘记对他的感情,试图把他当作自己的主人看待。但是这种努力并没有让我变得坚强。"

"好孩子,你真是个善良的姑娘,像你的母亲当年一样。"萨耐德说着仿佛又陷入了对已故妻子的回忆之中,直到女儿打开书信才又醒转过来。

"愿主原谅我,但是——你要珍惜自己所有,珍惜我们的所有,就像我一直在做的工作一样,那么你的爱可能还有希望不被白费——目前来看我们只能用财富来维系跟主人的关系！"

"如果我只是把他当作主人来看待，我想事情恐怕会更糟，因为那样一来他便会看不起我，而我也失去了在他眼里的尊严。我可以开始读信了吗？"

"等等，"萨耐德说，"我想告诉你的是，实际上事情已经发展得更糟糕了，你可知道主人的爱已有所属了？"

"我知道。"埃丝特回答的时候，并没有显得诧异或激动。

"那个埃及女子已经俘获了他的心，"老人继续说，"她有埃及女人所独有的迷人诱惑力，再加上她又生得貌若天仙——但是同样地，她也有着埃及女人的缺点，那就是空洞的灵魂，外表虽然火热，内心却如同寒冰。一个轻视自己父亲的女人，她的丈夫必遭痛苦。"

"她会是如你所说的那样吗？"

萨耐德继续说道："巴尔退则是个睿智之人，他的信仰成就了他，使他作为一个异邦人而受到上帝的垂青。但他的亲生女却以此来开玩笑。我昨天亲耳听到她在提及自己父亲时这么说过，'年轻人的荒唐是可以原谅的。对老年人来说，除了随着年纪的增长而积累的智慧以外根本一无所长，而如果连智慧都没有，那样一个人还不如去死。'多么残酷的措辞，她的心肠简直就和罗马人一样。将心比心，你父亲我拖着这样的躯体迟早也会被她如此评价的，不信你看吧，很快这一天就会来到。但是女儿，你却永远不会这样说自己的父亲，不是吗？因为你的母亲是犹大的后裔，而且她多么的善良啊。"

埃丝特强忍着眼里的泪水，亲吻了一下父亲，然后说："我是母亲的女儿，当然不会。"

"是啊，我的好女儿——知道吗，你对我来说好比所罗门所有的宫殿加起来一样。"

沉默了片刻之后,萨耐德把手放在女儿肩上,继续说道:"如果主人真的娶了那个埃及女子为妻的话,他很快就会心生悔意的,到那时必然会惦念起你的好。因为主人将会了解到那个女子的心里装着的只有对罗马的向往和她虚荣的野心,对她而言,宾虚只不过是执政官艾瑞斯的儿子,而不是耶路撒冷的王子或者虚姓家族的嫡传后裔。"

埃丝特听了父亲的话之后,丝毫没有高兴的意思。她关切地乞求说:"救救他吧,父亲!趁现在还来得及!"

萨耐德语气游移地回答说:"溺水者尚可救之,但坠入爱河者,难啊。"

"但是您对他还是有一定说服力的。他在这个世上已是孤身一人了,如果您看到他面临这样的危险却不劝阻,那么还有谁能帮助他看清真相呢?"

"女儿啊,你只知其一不知其二。那样虽能把他从艾拉斯身边救走,却不能使他的心归于你啊,埃丝特。不,"说这话时萨耐德的眉毛拧在了一起。"我只是他的仆从,就像我的祖辈一样。怎能在主人的耳边说,'主人,请爱我的女儿吧,她比那个埃及女子强万倍!'从我这么多年的经验来看,一旦这样的话说出口来,只会使你我蒙羞。不,埃丝特,你要相信我,咱们宁可追随你母亲而去,也不能做出这样的事情。"

埃丝特脸上泛起红霞:"不,父亲。我并不是要你替我去跟主人提媒。我所关心的只是他的安危和幸福——仅此而已,我自己的婚姻与之相比不足一论。因为我既然敢爱上他,我就当在他心中留取尊严。如果明知他陷入困境却不去帮他,叫我怎能原谅自己。现在我给您读信吧。"

"好,你读吧。"于是,埃丝特开始朗读宾虚的书信。

尼散月八日。

写于从加利利前往耶路撒冷途中。

圣子也正赶往耶城,我在未引起他注意的情况下带领我的一个军团追随而来。第二军团紧随其后也将赶来。相信人数虽多,但赶在逾越节之际不会引起太多注意。圣子在出发之时声言,"我们将赶奔耶路撒冷,届时所有先知们关于我的预言将被完成。"

我们长久以来的期待将揭晓谜底。

信写得匆忙,祝您平安,萨耐德。宾虚手书。

埃丝特读完,把信还给父亲,同时她有种如鲠在喉的感觉。整封信里没有一个字是关于她的,甚至连信末的问候也没有提到。这让她怎能高兴得起来?

"八日手书,"萨耐德说,"那么今天是什么日子,埃丝特——"

"父亲,今天是九日。"

"噢,也就是说顺利的话,他们此时应该已经到伯大尼了。"

"是啊,顺利的话,今天晚上他们就会到这里了。"埃丝特接过话,此时她心里又泛起了喜悦,暂时忘掉了刚才的郁闷。

"没错!明天就是无酵节①,他可能想要庆祝一下;圣子可能也是这样想的。我们很快便会见到他和圣子了,埃丝特。"

就在这时,仆人把酒水送了上来,萨耐德在女儿的帮助下喝了一些。埃丝特转身之际看到埃及姑娘艾拉斯走了上来。

---

① 又称除酵节,犹太历的节日,与逾越节相连,为期七天,过节期间以色列人不可吃任何含酵母的食物,以示除罪,过圣洁的生活。

艾拉斯身上半透明的轻纱就像迷雾一样裹着里面优雅的身躯。她的额头、脖颈还有手臂上都戴着闪闪放光的珠宝和饰品，更是交相辉映，让埃丝特忍不住也要在心里赞赏她的美丽。从表情上看，艾拉斯似乎很高兴，她脚步轻快而雅致却并不做作。埃丝特看着眼前这位珠光宝气的美女，只好谦卑地把头靠在父亲的身上。

"祝您平安，萨耐德，还有你，美丽的埃丝特，"艾拉斯点头致意并问候道，"善良的萨耐德先生，您让我想起——如果我这样说冒犯了您的话，还请您原谅——让我想起波斯的祭司们，他们会在下午太阳落山时爬上神庙的房顶，对落日祈祷。不知道您对这种宗教崇拜有没有想要了解的，有的话我可以叫我父亲来，您尽可以问他。他是拜火教祭司的后代。"

"美丽的埃及姑娘啊，"萨耐德神色凝重，同时很有礼貌地点头答道，"你的父亲是个和蔼而慈祥的智者，我想说他关于拜火教的知识不过是他的智慧中最小的部分而已，你可以把我的话转告他，我相信他是不会生气的。"

艾拉斯轻抿朱唇，微微一笑。

"您说话就像个哲学家一样，"她说道，"少即是多，小即是大，对吧？我想问问您认为哪一样品质对我父亲而言是最为可贵的呢？"

萨耐德转脸看着艾拉斯，面色坚决地说，"纯粹的智慧最终只会归于上帝。最纯粹的智慧便是上帝的全知全能。据我了解，在我所认识的人中，只有你的父亲拥有的智慧最接近纯粹的智慧，他的睿智从他的一言一行之中流露出来，总让人受益匪浅。"

说完，老商人端起酒杯一饮而尽。

艾拉斯听后显得有些愠怒地转向埃丝特。

"你的父亲身价何止百万,商队遍布天下,是不会懂得我们女人之间的乐趣的。走吧,咱们到那边聊聊去。"

两人走到女儿墙旁边,就站在当年宾虚和得撒俯瞰格拉图斯进城的地方。

"你没有到过罗马,是吗?"艾拉斯一边解开一个手镯在手中把玩着,一边语气轻松而随意地问道。

"不,没有去过。"埃丝特神色认真地回答。

"你不想去那里看看吗?"

"从来没有想过。"

"你的生活太局限于自己的小圈子啦!"艾拉斯的感叹中透着对埃丝特的可怜和天然的优越感。说完之后,她大声地笑了起来,然后继续道,"美丽的小傻瓜!恐怕我们埃及孟菲斯沙漠中羽毛未丰的鸟儿都比你知道的事情多呢。"

看到埃丝特面露困惑之色,艾拉斯连忙转变了语气:"你可千万不要介意啊,我只不过跟你开个玩笑罢了。我跟你说的话都是轻易不对别人说的。"

说完艾拉斯又咯咯笑了起来,脸上的笑意掩饰着她的狡黠。笑罢之后,她看着埃丝特的眼睛,说道:"新王就要到这里了。"

埃丝特回望着艾拉斯,脸上露出天真的惊诧之色。

"我说的是救主。"艾拉斯继续说——"就是那位我们的父亲一直谈论多年的人,同时宾虚也一直在努力为他的到来做各种准备"——她说话的声音越来越低——"这位拿撒勒人明天就会抵达圣城,而宾虚今晚就到。"

埃丝特竭力压抑着内心的激动想要强装镇定,但是显然没有什么效果:她的目光低垂下来,加速流动的血液涌上脸颊和额头泛起显而易见的潮红,这一切都落在艾拉斯的眼里,好在埃及人绚烂一笑解救了她的尴尬。

"你看，这是他给我的信。"说着，艾拉斯从腰间取出一张信纸。

"跟我一起庆祝吧，我的好朋友！他今天晚上就回到这里了！他把台伯河河畔的一座高贵的庄园送给我了，让我做那里的女主人——"

她正说着，下面街道上传来一阵急速的脚步声打断了她的话，她忍不住俯在女儿墙上向下张望。看完后她激动地双手抱在头上，大声说道："感谢伊希斯女神的保佑！——是宾虚回来了！我正想着他就出现在了眼前！埃丝特，来和我拥抱一下吧，给我一个吻！这是冥冥之中众神的安排，不是吗？"

埃丝特抬起头来，脸颊通红，眼睛里面闪烁的光芒多半被愤怒占据。这个纯洁的犹太姑娘从来没有过像现在这样恼火过，她温柔善良的天性被眼前的埃及女人无情地践踏，艾拉斯夸夸其谈地炫耀着宾虚对她的倾慕和馈赠，却不知这个男人是埃丝特魂牵梦绕的王子。最后她终于开口说道："你真的如此爱着宾虚吗？或者更爱罗马呢？"

埃及人倒退了半步，仿佛被人窥见了心事一样，然后又凑近了埃丝特的脸庞，反问道："那么萨耐德之女，宾虚又是你的什么人呢？"

埃丝特微微颤抖了一下，回答道："他，他是我——"

正要吐露心迹之际，她脑海里突然划过一道闪电：让她脸色发白，浑身战栗不已；好不容易她终于控制住自己，假装镇定地回答："他是我父亲的朋友。"

她没有承认和说出自己作为宾虚家仆的身份。

艾拉斯笑得更加放肆了，"仅此而已？"她说，"以埃及众位爱神的名义,你要好好保留住自己的吻。你刚刚让我明白了自己在朱迪亚仍然大有可为;并且——"她转身欲走,同时扭过头来回望了埃丝特一眼——"我会好好努力。祝你平安。"

埃丝特看着她消失在楼梯口,终于再也忍不住了,她双手掩面,泪如雨下。滚烫的泪水从指间淌下来,带着委屈和羞辱。内心的煎熬在埃及人的刺激之下终于爆发,此时此刻她内心的玫瑰花几乎已经彻底凋萎,这让她对父亲说过的话有了更深的理解——"你要珍惜自己所有,珍惜我们的所有,就像我一直在做的工作一样,那么你的爱可能还有希望不被白费——目前来看我们只能用财富来维系跟主人的关系"。

哭泣了许久之后,她终于止住了悲声。而这时点点星辰已经爬上山头和城市的上空,她整理了一下自己的心情,回到屋内,重新侍候在父亲的身边。

第二章

埃丝特回到屋内不久，便陪同父亲跟智者巴尔退则一起来到客厅，两位老人刚聊了几句，宾虚和艾拉斯也走了进来。

宾虚进来后先走到巴尔退则老人面前，两人互相问候致意。然后他又来到萨耐德面前，但是当他看到埃丝特时愣了一下。

通常情况下，相爱的人心里是无法同时容纳两个人的，就算爱着一个人而又对另一个人有意，对后者的感情也只是蜻蜓点水般淡薄罢了，两份爱不可相提并论。对宾虚来说，他的家世和民族背景影响和造就了他对自己理想和信仰的执拗和坚守，当然还有其他方面譬如艾拉斯等对他的决定和生活轨迹也产生了一定的影响，在多方面的作用之下，宾虚已经把他的绝大部分精力投入到了建立新世界和新秩序的伟大事业中，对此的热衷使他几乎无暇顾及其他，并且逐渐取代了旧日宾虚曾关怀的一切，到现在为止他对以前的事情几乎已经置于脑后了，甚至包括自己家人的下落，他已不再抱有多大希望。尤其最近以来，他距离自己的理想已经越来越近，让我们先不要对他要求太高吧。

他之所以稍愣了一下，是因为多日未见，他发现如今的埃丝特已经从原来的姑娘出落成了亭亭玉立的女子，而且是这样的美丽。在这种感觉的牵引之下，埃丝特甜蜜的声音又出现在他的脑海中，让他一瞬间仿佛又听到了昔日自己对埃丝特所说过的誓言和承诺要做的事。仿佛遇见了旧日的自己！

一瞬间他如遭雷击一般，但很快又恢复了平静，他先前迈了一步，对埃丝特说，"祝你平安，亲爱的埃丝特——也祝您平安，萨耐德。"——他说着把目光落在了萨耐德脸上——"愿上帝庇护您和您的家人，因为您对我这个无父之人就像慈父一样照顾。"

埃丝特目光颓丧地低垂着。萨耐德回答道："欢迎你回来，家族的长子——欢迎回到你父亲的家宅。这里最有资格做主人的非你莫属，不要拘谨，来，坐下谈话，就坐在我两人中间，这样你说话我们都能听到。快跟我们说说你最近的工作，还有那位神奇的救世主是怎样的情况。"

埃丝特听着父亲的话，忙出去搬进来一张铺好的矮凳，放在宾虚跟前。

"谢谢你。"他对埃丝特感激地说。

坐下来之后，宾虚闲聊了几句，很快转入正题。他说："我想要跟你们讲一讲这位救主的事。"

两位老者听到这句话，马上神情严肃了起来，侧耳倾听着。

"我已经在旁边观察这个救主很多天了，毕竟我们对他都是期待已久。我在各种场景中观察他的言行，据他所称，他所行的是对世人的试练和检验。我越来越肯定他就是跟我一样的普通人，但与此同时又越来越肯定他不仅仅是个普通人。"

"不是普通人，他有什么特别之处？"萨耐德问道。

"我马上就会告诉你的——"

正要继续说下去的时候，有人走进来，打断了他的话。于是他转过身来，想要看清来者是谁。结果一眼看到女仆阿姆拉的身影。

"阿姆拉！我最亲爱的阿姆拉！"他忍不住唤道。

阿姆拉走上前来，两人的脸上被重逢的喜悦占据。她跪倒在地，手放在少主人的膝盖上，一遍又一遍地亲吻着他的手背。而宾虚则轻抚过阿姆拉灰白色的头发，亲吻了她的头顶，然后说："善良的阿姆拉，你有没有听到她们的消息了？或者一点点线索也好？"

阿姆拉听后又啜泣了起来，无形中已经回答了宾虚的问题。

"看来上帝已经做好了决定和安排。"他强忍内心的情感，神情肃穆地说道。旁边的每个人都从他的话语中听得出，宾虚对找寻自己亲人的希望已经消退破灭。他的眼睛里噙着的泪光转眼即逝，他不想让别人看到自己软弱的一面，因为他是个男子汉。

他重新坐好了以后，说道："来，阿姆拉坐在我的旁边吧。不好？那么就坐在我脚边的地上吧。因为我有很多话要对我的朋友们讲，是关于那个前来拯救世人的圣子的事，你也来听听。"

谦卑的阿姆拉并没有坐在少主人的旁边，而是走到墙边，双手抱膝背靠着墙壁坐在地上，满足地看着宾虚。最后，宾虚对面前的两位老人弯腰致意开始说了起来："你们都迫切地想要知道拿撒勒的救主是怎样的一个人，但是在我回答这个问题之前，我想你们有必要了解一下他的一些作为，这些都是我亲身经历的见闻，相信你们听完之后，心里自有评判。另外,明天他就会来到圣城，朋友们，他将会前往圣殿，那里被他称为圣父的家宅。到那里之后，他将最终明确地告知世人他的身份。到那时，尊敬的巴尔退则，还有萨耐德，你们对他的认识就会终见分晓了。"

巴尔退则摩挲着颤抖的手掌，问道："那么我们到哪里才能看到他？"

"我想到时圣殿那里免不了人满为患。所以你们最好提前登上回廊房顶——比如所罗门走廊的高处。"

"你会跟我们一起吗？"

"不了，"宾虚回答说，"我的朋友们可能需要我，我会加入到游行的队伍里。"

"游行？!"萨耐德惊奇地说，"难道救主要大张旗鼓地游行入城吗？"

宾虚明白萨耐德的顾虑，解释说："他带领了十二个人，有渔人，有耕夫，还有一个是税员，每一个都是谦卑的平民。他们一行人走到哪里都是步行，风雨无阻，无惧寒冷和炎日。入夜时他们就一起进餐并露宿在路边，这让我想从市场回到羊群中的牧羊人，而不是高贵的国王。当救主扬起手中的手帕望向某个门徒或者轻轻荡去头顶的沙砾，让我了解到他不仅是众人的师长，同时也是他们的伙伴。"

"你们两位都是非常睿智的前辈，"宾虚停了片刻，继续说道，"你们知道，我们一样都是为了追寻真理和理想锲而不舍的人，这种追求似乎成了我们生命的法则之一。正是基于这样的本性,我们才不断地加深对自己的认知。现在,如果我告诉你们一个人能够点石成金,但他却一贫如洗,你们会怎么看?"

"希腊人会说这个人一定是个哲学家。"艾拉斯说。

"不,女儿,"巴尔退则老人接过话来,"从来没有哪个哲学家有这样的能力。"

"你如何确定这个人能做到这一点?"

宾虚听到老者问自己,马上回答说:"我亲眼看到他把水变成了酒。"

"这太奇特了,"萨耐德说,"不过与此相比,他拥有这样的能力却宁愿做一个穷人,则更让我觉得惊奇。"

"是啊,他什么都没有,却并不嫉妒别人。他对富有四海的人常怀悲悯。除了我刚才说的,他还曾把自己仅剩的七个烤面包和两条鱼变成足以喂饱五千人的分量,并且绰绰有余。这也是我亲眼所见。"

"真的吗?你亲眼看到的?"萨耐德更觉得惊异莫名。

"我便是那五千人中的一个。"

"还有呐,"宾虚继续说,"他有愈人之力,凡病患者只要触摸了他的衣襟,便可恢复如初,不治而愈,甚至有的人都没有触及他,也得到了健康!这种事我不止见过一次。在我们离开耶利哥的时候,曾有两个盲者在路边恳求救主,结果拿撒勒人只是用手碰触了盲者的眼睛,就使他们重获光明了!于是两人复明后,又把一个瘫痪多年的人抬到了他身边,求他救治。结果他只是说了一句,'回家去吧',那位卧床多年的瘫子便下地走回家去了。你们对此怎么看?"

萨耐德没有答言。

"你们不必回答,可以先思考一下。我也曾听到有人议论说，他只是在耍一些障眼法的把戏。对此我想举另外一个例子，一个同样是我亲眼所见的事迹来驳斥他们的怀疑。我想你们都知道麻风病——这种病被人们称作是上帝的诅咒。"

听到这里，阿姆拉突然把头低了下去，然后又带着急切的心情稍稍抬起了一些，期盼宾虚继续说下去。

"不知道你们会怎么看，"宾虚更加真诚而庄重地说，"有一个得了麻风的人也去找到了拿撒勒人，当时我和他都还在加利利地区，那人见到救主后说，'主啊，如果是您的意志来到世上显露神迹，那么请您治愈我吧。'救主听到了此人的祈求，然后把手放在他的身上说'那么你必将得治愈！'然后他的麻风病就被祛除了，重新成了健康的普通人！这件事被无数人当场见证，绝无虚假。"

阿姆拉在角落里已经站了起来，她枯瘦的手指紧紧抓着发梢，简直不敢相信自己听到的话，心里好像有人敲响了巨钟一般。

"就这样，"宾虚没有停下来，"同一天晚些时候，又有十个麻风病患者一起找到了拿撒勒人，跪倒在他脚下恳求他——我正好在场，这是我的亲耳所闻——'主啊，您是我们的主人，请可怜可怜我们吧！'拿撒勒人对他们说，'去吧，按照律法规定，到神父面前祈祷去吧。在你们到那里之前，你们的病便可痊愈。'"

"那么后来他们怎样了呢？"

"在他们回去的路上，麻风病就自行消失了，路上只留下他们穿脏的衣物。"

"类似这样的事果真是闻所未闻啊——起码我在以色列是从来没有听到过的！"萨耐德轻声说道。

就在众人继续聊着的时候，阿姆拉转身默默地离开了客厅。没有人注意到她的离开也没有人知道她去干什么。

"这些都是我亲眼所见,你们可以想象我当时内心的震撼,"宾虚继续说,"但是我的顾虑和惊愕不只是如此。如你们所知,我手握加利利几个军团,而那里的人本性鲁莽而冲动,经历了这几年的训练和等待,他们已经如同箭在弦上。'他不知要等到何时才能宣示自己王的身份,干脆我们逼他宣布好了',他们甚至向我提出了这样的要求。这让我也很难再耐心等下去了。如果他注定要称王,为什么不趁现在呢?我的军团已经为他备好。有一次他在海边布教时,我们曾经准备要为他加冕。但是他中途消失了,很多人巴不得有这样的机会成为人王——无数人为此痴狂——可是他呢,根本不为所动。你们对此有何见解?"

萨耐德低着头静静聆听着。这时他抬起头来坚定地回答说:"上帝一直在关注我们,他将会见证先知们的预言。时机已到,明天便见分晓。"

"是啊。"巴尔退则表示同意,脸上浮现出难得一见的微笑。

宾虚听后说道:"那咱们就看明天的情况再说吧。但是我想要说的神迹还不仅如此。如果说我刚才所讲的都还没有超出我们所能认知和质疑的极限,那么接下来发生的事情绝对可以打破这个极限,因为它所展示的神力超越了人的力量。告诉我,你们是否相信这世上有人可以死而复生?他可以——"

"上帝啊!"巴尔退则虔诚地惊呼道。

宾虚对他鞠躬致意,继续说:"睿智的埃及智者!死亡就像母亲哄睡自己的孩子一样,无声无息之间让人魂归命殒。但是这位拿撒勒人竟可以不费吹灰之力,将已死之人的生命唤回。我记得当时是在拿因(Nain)①城门外，正要入城之时，有一群人走过来，他们抬着一个死人。拿撒勒人一行让开道路好让这群人通过。人群之中有位女子号啕大哭。我见到救主面现慈悲之色，他跟那寡妇说了几句话，然后走过去手扶着棺椁，对里面的死者说，'年轻人，听我说，站起来吧！'几乎是在一瞬间，里面那位死了多时的年轻人竟然坐了起来开口说话了！"

"上帝是唯一而伟大的。"巴尔退则对萨耐德说。

"你们需要留意的一点是，"宾虚继续说，"我跟你们说的，都只是我所见证过并且现场有人共同见证过的。在伯大尼，我还经历了另外一件事。那里有个人名叫拉撒路，他死后已经被人掩埋，墓穴被巨石覆盖。拿撒勒人到了那里以后，挪开了巨石，我和周围的人们一起看着拉撒路的尸体在墓中升起并来回旋转不停，拿撒勒大声地对他说，'拉撒路啊，还不醒来！'我难以表达自己当时内心的震惊，因为拉撒路果真从里面走了出来，身上还穿着寿衣！之后，拿撒勒人又对拉撒路说，'放开他，让他回来！'说着他用自己的手帕抚过拉撒路的脸，于是死者的脸上又浮现出血色，他的生命又一次回到了他身体里！现在这人仍然健在，你们明天应该就可以见到他并跟他求证。而现在，我要说的已经说完，我来这里其实有个问题要请教，萨耐德，您认为这个拿撒勒人究竟是怎样的一个人呢？"

宾虚的问题非常严肃，几个人就这个问题一直辩论到深夜。萨耐德仍然坚持己见，觉得这个人是先知预言中的那个新王，而宾虚仍然觉得巴尔退则的认识一样正确——这个拿

---

① 以色列古城，耶稣曾率众门徒经过此城，并行复活神迹。

撒勒人同时也是个救赎者。

"明天便见分晓。祝你们平安。"

说罢,宾虚起身离座,准备回返伯大尼。

第三章

第二天早上天刚蒙蒙亮的时候，阿姆拉手拧竹篮第一个走出了耶路撒冷东面的狮门。守门的门军根本没有对她进行盘问，他们对这个妇女每天早早出城的习惯早已见怪不怪，知道她是城外某人的忠实奴仆，这对他们来说已经足够了。

出城之后，阿姆拉朝着东面的山谷走了下去。此时在橄榄山的一侧暗绿色的山坡上到处是白色的帐篷，这些人都是赶来圣城参加无酵节的人搭建的。不过还没有人会这么早走出帐篷的。所以阿姆拉一路走来并未与任何人遭遇。她先后途经客西马尼和伯大尼路口的墓群以及西罗亚池旁阴森的村子，脚步比平时更加匆忙，以至于时不时地她不得不找块路边的石头坐下来休息片刻，才能继续赶路。如果路两边的灰色巨石也有生命的话，它们一定能听到阿姆拉赶路时的喃喃自语，并注意到她频频抬头仰望橄榄山山顶，埋怨早晨来得太快。如果巨石也能说话，它们大概会交头接耳说"我们的朋友今天一早显得不同寻常的急躁。等她送饭过去的人一定饿坏了吧。"

等阿姆拉到了王园地界才放缓了步伐，从这里已经能够看到恐怖的"麻风谷"了。

想必读者已经猜到了阿姆拉这是赶往隐罗结前去给女主人和得撒送食物的了，不过今天跟往日有所不同。

一如既往地，宾虚的母亲早早起来，坐在墓穴外面，而得撒还在里面熟睡。最近三年时间里，两人的麻风病变得更加厉害了，这位昔日的女主人几乎不敢面对自己现在的相貌，已经习惯了终日用衣服盖住面部，甚至还尽量避免被自己的女儿看到。

此时因为时间尚早，她坐在外面见四处无人，便没有盖住头部。虽然天色只是微微亮，不过已经足够看清她如同战争遗迹一般的面部，以及她那跟金属丝一般粗糙凌乱的灰白头发。曾经她红润的脸颊和嘴唇、长长的睫毛、优雅的线条和温柔的光彩全都已经消失殆尽。她的脖颈覆盖着一层土灰色，而且布满了斑疹和疖鳞；麻风使她的双手变得僵硬，并夺走所有的指甲。这三年来她几乎失去了一切，同时还经历着难以想象的病痛，可谓度日如年。

喷薄欲出的太阳为橄榄山和犯罪山的山顶镀上了一层金黄，伴随这辉煌的色彩在这片古老的土地上越来越耀眼，昔日的女主人知道，她忠实的女仆也快到了。按照三年来形成的惯例，阿姆拉会先到隐罗结的古井旁，然后到井与欣嫩谷之间的某处，那地上恰有一块巨石，阿姆拉会把盛放了食物的竹篮放在石头上，然后回到井边打一罐井水放到石上。接着主仆两人通常会简短地交谈几句，主要内容都是阿姆拉向女主人介绍宾虚的最新情况，所有她所了解到的，事无巨细，知无不言。这短短的交流是女主人每天最弥足珍贵的时光，尽管她所听到的消息往往是只言片语而已。每次听说儿子回到了耶路撒冷的家宅，她便会从墓穴中走出来坐在外面的石头上，双眼望着家的方向，如同一尊雕塑一样一坐就是一天，只因为儿子离自己更近了。除此以外她的生活已毫无生机可言，女儿得撒如今已经形同死尸，得撒本人每天只是数着日子，静待死亡的降临，因为死亡对她来说才是解脱。

她们所在的欣嫩谷，或称之为"麻风谷"，除了聚集于此的麻风病人以外，连自然到此也望而却步：鸟兽们似乎知道这里发生了可怕的事，纷纷远遁，绿色的植物则在第一个季节结束之前便已凋敝不堪。偶尔有些大胆的野草冒险地闯进这里，也很快被狂风吹得枯黄。一眼望去，视野之内遍布大大小小的坟墓，这绝望可怕的场景向外地人暗示着这里的用途和谷内居民的身份。随着天光渐亮，本来带给人们愉悦和温暖的阳光，对这里的人来说确是地道的噩梦！

也许有的读者会问，既然这般痛苦，为何不结束自己的性命以求解脱？

因为律法禁止她这样做！

也许异邦人会笑对这样疑问；但是以色列的子民却不然。

她正独坐在栖身的墓穴外面黯然神伤之际，一个妇女蹒跚的身影出现在前面不远处的山坡上。

这个未亡人赶紧站了起来，把整个头部盖住，大声叫喊着："不干净，别靠近！"

很快，阿姆拉抢步来到女主人面前，跪倒在地上，激动的热泪顺着脸颊淌了下来。她不住地亲吻着女主人的袍襟，吓得未亡人用力想要挣脱，但奈何衣服被对方死死拉住，最终只好等忠仆哭罢。

"阿姆拉，你知道自己在做什么吗?"她说，"你怎么突然变得这么不听话了？你要是爱我们的话，就不应该触犯禁忌！你一定是疯了。你这个样子——还怎么回到宾虚身边去——永远，你永远也不要接近他了。"

阿姆拉匍匐在地上，仍然在抽泣着。

"现在，律法的禁令也落在了你的身上。你再也不能返回耶路撒冷。你跟我们在一起就是生不如死！而且，这样一来，谁还会给我们送吃喝的来？我们现在是一样的人了啊!"

"原谅我，原谅我吧!"阿姆拉趴在地上回答说。

"我可怜你、原谅你有什么用？以后更没有人会可怜我们了，我们能到哪里去？谁也不会帮助我们！上帝对我们发怒也就罢了，现在连你也亵渎了自己的职责!"

女主人的责怪吵醒了原本熟睡的得撒，她也走了出来站在墓穴的出口。她身上的衣服松松垮垮，半边肩膀露在外面，露出和母亲一样令人惊怖的皮肤。她的四肢肿胀得好像充气一样，已经没有了人形。如果不是眼睛里透出的无邪还似曾相识，恐怕没有人会把她和以前的得撒联系在一起。

"母亲，是阿姆拉吗?"

阿姆拉闻声又想爬到得撒的身边。

"不要，阿姆拉!"女主人连忙尖声喝止，"我不许你碰得撒。你起来，不要再趴伏在地上了，趁现在还没人看到你来了这里，赶快起来回家去。不，我忘记了——现在已经太迟！你只能留在这里跟我们一起等死了。快起来，我命令你!"

阿姆拉跪直了身子，双手紧握，心痛地说道："我最仁慈的女主人！并不是我故意要亵渎自己的职责——我这样是事出有因啊。因为今天我带来了好消息!"

"是关于我儿子犹大的消息吗?"未亡人一边问着，一边从阿姆拉手中抢回自己的袍襟。

"听说有一个神人出现了,"阿姆拉继续说,"这个人能行神迹,他可以治愈你们。他只消一句话,病患便可以被祛除,他甚至有起死回生之力。我来就是为了带你们去找他。"

"我可怜的阿姆拉!"得撒感叹道,语气中充满同情。

"不,得撒,"阿姆拉注意到得撒话中有话,似乎并不相信自己所说——"不,我已经归于以色列的真主,我们共同的上帝他并没有舍弃你们啊,我说的句句是实!跟我走吧,我求你们了,一刻也不要耽搁。今天早上那个人就会路过这附近去往耶路撒冷。看!马上就天色大亮了。快把这些食物吃掉——吃完我们就离开这里。"

女主人怀着热切的心情听完阿姆拉的话。她并不是第一次听说关于这个人的事了,实际上关于救主的传言早已传遍了这片大地的各个角落。

"他是谁呢?"女主人问。

"是个拿撒勒人。"

"关于他的事情,是谁告诉你的?"

"是犹大。"

"犹大跟你说的吗?他回家来了?"

"对,昨天晚上才到家。"

未亡人听到这个消息,内心的激动几乎无法抑制,她半晌无言。最后问道:"是犹大派你来告诉我们这消息的吗?"

"不。他已经相信你们不在人世了。"

"曾经有一位先知治愈过麻风病人,"未亡人沉思后对得撒说,"但那是因为他得到了上帝恩赐的神力。"接着她转向阿姆拉问道,"犹大为何对此人的力量如此深信不疑?"

"主人说他曾跟随这个拿撒勒人行走了很多天,亲眼看见麻风病患者向拿撒勒人求助,并且轻易就被治好离开了。一开始是一个这样的人。后来有十个这样的人一起向他求助,结果他们都被治愈了。"

未亡人听后又陷入了沉默。她骨瘦如柴的手指颤抖着,心潮翻涌,仿佛她亲眼看到了阿姆拉所说的神迹被施行的整个过程一样!她对这个拿撒勒人的神力并没有怀疑,因为这已被自己的儿子见证。但是她努力想要理解这种神力怎么样被一个普通人施展出来的,这太让人惊异了。而要理解这种力量,换句话说,首先就要理解上帝。于是,经过简短的犹豫,她对得撒说:"这人:一定是传说中的弥赛亚!"

这句话说得斩钉截铁,弥赛亚作为救世主降临的预言在耶路撒冷家喻户晓,这样说得撒便能理解了。

"当年所有耶路撒冷和朱迪亚地区的人都听说过救世主降生的传言,我现在仍然记得。说起来到现在那位救世主应该已经长大成人了。一定是他回来了——是的,一定不会错。"她对阿姆拉说,"我们吃完饭就跟你出发去寻他。"

两人在兴奋的情绪中用了早餐,然后三人立即起身踏上了寻找救主的路。连得撒也被另外两人的情绪所感染,现在摆在眼前的问题只剩一个——按照阿姆拉所说的,救主会从伯大尼出发,而从那里前往耶路撒冷一共有三条道。其中一条途经橄榄山山顶,第二条绕过橄榄山山麓,第三条则在橄榄山和犯罪山山顶之间。尽管三条路之间相距并不远,但是一旦三人跟救主走了不同的道路,就必然错过这个机会。

考虑到阿姆拉对汲沦谷以外的地区基本毫无所知,而得撒自小养成了对别人的依赖习惯,女主人自然成了三人之中的向导和指挥者。"我们先去伯法其(Bethphage)①,到那里之后,如果上帝眷顾我们的话,下一步怎么走自然会有所启示。"

三个人从欣嫩谷出来途径陀斐特(Tophet)②和王园,然后来到一条小路旁停住了脚步,这是一条经过几个世纪的踩踏而形成的一条天然小路。

"我觉得咱们不能走这条路,"女仆说,"最好咱们穿过石块和树林,走野路过去。因为前面那边的山麓上全是赶来参加无醇节的人,我怕会引起他们的注意。"

得撒这一路走过来已经非常吃力了,听到阿姆拉这样说,连忙诉苦说,"那样的话,母亲,我恐怕根本爬不动的。"

"不要怕,你要知道咱们此行是为了重获健康和生命的。看吧,我的女儿,太阳马上就会出来,如果我们不赶快走的话,等下遇到过来打水的妇女,她们一定会用石头驱赶我们!快,这一次你一定要坚强起来。"

实际上母亲何尝不是在遭受着一样的痛苦呢,但是她不得不用话语鼓励女儿,同时跟阿姆拉一起搀扶着得撒一起前行。忠实的女仆走到得撒旁边把得撒的胳臂搭在自己肩头,小声对她说:"来扶着我。我虽然年纪大了,但是身子骨还算硬实。况且路途并不遥远,我们得赶快走。"

三人尝试着攀登的山坡起伏不平,到处是沟壑和建筑遗迹。当她们终于困难地登上山顶时,三人长长舒了口气。从

---

① 原文字意为"未熟无花果之家",为靠近从耶利哥到耶路撒冷必经之路的一小村子,离开耶路撒冷比伯大尼稍远。

② 陀斐特可能是指一个献燔祭的地方,据圣经(《耶利米书》)记载,位于欣嫩谷中。犹太人在那里杀害儿童献祭。当上帝责罚犹太人时,他要将那地方变为"杀戮谷"。尸体没有人掩埋,尸骨被人乱抛。

山顶上俯瞰山下的景致,眺望西北方向——锡安山的圣殿和方形的城垛,还有自古以来屹立的塔楼,白色的塔尖高耸入云——女主人顿时心里充满了对新生命的向往和对生活的渴望。

"看啊,得撒,"她说,"看一眼下面壮丽而亲切的景色,那金色的大门多漂亮,金色的阳光照在上面金灿灿的样子,多么的耀眼生辉!你还记得吗,我们以前经常去那里的?很快,我们很快就能再一次去那里了,想想难道不让人激动吗?还有我们的家,离那里只有几步路而已,从这里望过去,至圣所的尖顶过去的后面就是,而犹大就在那里等着我们回去!"

这时从山的一侧山腰位置,开始有袅袅的炊烟飘了出来,很明显是朝圣者中已经有起床准备早饭了。三人不敢再耽搁,必须尽快赶路。

下山的路上,尽管阿姆拉拼尽力气在帮扶得撒,但行路的困难和肢体的苦痛仍然把得撒折磨得抱怨连连,有时她甚至会高声哭叫,几乎要放弃。终于在她们来到犯罪山山顶和橄榄山次高峰之间的时候,得撒筋疲力尽倒在了地上。

"母亲,你和阿姆拉继续走吧,我走不动了,把我丢在这里好了。"得撒虚弱地说。

"不,这怎么可以,得撒。如果我被治愈了,而你没有,那么一切都会变得毫无意义!那样到时犹大问起我来,让我怎么答复于他?舍你而去吗?"

"告诉他我爱他。"

母亲看着倒在地上的女儿,无神的眼睛里面已经看不到丝毫的希望,如果说她看到了一个灵魂的湮灭也不为过。现在身为母亲的她,要么选择放弃女儿去寻找救主来治愈自己;

要么选择放弃这个机会继续跟女儿过死人一样的生活。如果非要她来做出抉择，那么毫不犹豫她会选择后者。正在这个时候，她远远地看到有一个人从东方步行朝这边走来。

"勇敢一些，得撒！高兴一点吧，"她说，"我想那个朝这边走过来的人应该知道关于拿撒勒人的消息。"

阿姆拉帮助得撒坐了起来，然后在旁边扶着她等待着。

"母亲，你忘了我们是麻风病人了。任何陌生人路过这里看到咱们都会远远走开的，不是朝我们丢石头就是咒骂我们不干净。"

"不要过早断言，等下看看吧。"

正如刚才所提到的，这是一条非常狭窄的小路，经人长时间的踩踏而成。如果来者沿着路走就一定会经过三人休息的地方。事实不出所料，来者没有绕路而行，径直来到了三人前面不远处。母亲连忙用衣服遮盖住自己的头部，高声警告说："不干净，不要靠近我们！"

让人没想到的是，这个来者一点没有被吓到或者觉得惊异，而是继续前行来到三人的面前。

"你们怎么了？"他来到未亡人前面三四步远的地方，问道。

"你应该看得出来。我们有麻风，你小心一点。"母亲冷静地回答。

"这个女子，我是救世主的信使，他只要一句话就能治愈你，这样的事情发生过不止一次。所以我也并不害怕。"

"你说的可是那个拿撒勒人？"

"是弥赛亚。"他回答。

"人们说他今天会进耶路撒冷的？"

"不错，他现在已经到了伯法其。"

"那他走的是哪一条路?"

"就是这条路。"

母亲双手紧紧握在一起,充满感激地望着眼前的信使。

"你们觉得他是什么人?"陌生人反过来悲悯地问道。

"他一定是上帝之子。"未亡人回答。

"不错。请你们不要动,就在那棵树下那块白色巨石处等候便可。在圣子经过的时候,记得一定要高声呼唤他,不要害怕。只要你们信念足够忠诚和坚定,飓风也无法吹散你叫他的声音,他一定会听到并过来帮助你们。祝你们平安。"

说完这些话,陌生人便自顾自离开了。

"得撒啊,你都听到了吗?拿撒勒人正顺着这条路走过来,他会听到我们的。我的孩子——再努力一下,只要过去那块巨石旁等着就行了。"

眼前发生的事情给了得撒巨大的勇气,她最终在阿姆拉的搀扶下站了起来,向那块巨石挪动着脚步。正在这时,阿姆拉说道:"先留步,那个人又回来了。"

"还有一些话我要告诉你们,"陌生人过来之后说道,"在拿撒勒人到这里之前,太阳会变得很毒,而我离圣城已经不远了,所以我想把这些水留给你们用会比较好。请收下吧,你们应该高兴一些,不要忘记到他路过时呼唤他。"

他说着递过一个装满水的水囊,并且没有像预料的那样把水囊放到地上让对方去捡起来,而是直接递到了女人的手中。

"你是犹太人吗?"未亡人接过水囊惊奇地问。

"不错,我是犹太人,而且不止如此。我是基督的门徒,刚才我对你们所做的事正是他每天教导我们要去做的,因为这个世界已经逐渐遗忘了慈善的含义。再一次地,祝你们平安喜悦。"说完这些,此人便继续赶路。

三人慢慢来到巨石旁边,这块白色巨石有一人来高,距离路边大约三十步远。站在石头旁边,她们可以轻松地俯瞰到下面路上经过的人群。就这样每个人喝了些水,然后得撒很快就睡着了。

第四章

三个人在巨石旁等到早上大约九点钟的时候，前面路上从伯法其和伯大尼方向而来赶往圣城的行人越来越多。到了十点钟，橄榄山山顶上出现了数以千计的人群，这些人鱼贯而下，阿姆拉和女主人用好奇的眼光盯着人群，她们发现这些人群中每一个人手里都拿着一片新鲜的棕榈叶。就在她们心中暗自称奇的时候，东边又传来一阵嘈杂的声音，原来从东面也走来大批的人群。母亲赶紧叫醒了女儿得撒。

"这是怎么一回事啊？"得撒醒来看到眼前的场景表示不解。

"他来了，"母亲答道，"这边过来的人群是从城里赶来迎接拿撒勒人的。而东面的人群应该是陪同拿撒勒人一起入城的同伴们。我猜两方面的人很可能在我们前面这里相聚在一起的。"

"可是母亲，我怕那样一来，他便无法听到我们的声音了。"

其实母亲心里也有着相同的顾虑,"阿姆拉,"她问,"你听犹大跟你讲圣子治愈麻风病人的经过时,还记不记得当时那些麻风病人是如何恳求拿撒勒人的?"

"我记得不是太清楚,可能说的是'主啊,可怜可怜我们吧',或者是'主人,请怜悯我们。'"

"就这么简单?"

"是的,我所听到的就是这样。"

"那好吧,若真是这样便足够了。"母亲似乎自言自语地说。

"请放心,"阿姆拉宽慰道,"犹大亲眼看到那些病人离开时都已经被治愈了。"

这时,自东而来的人群缓慢地向此处靠近。当队伍的前导终于进入三人的视野之内时,她们注意到走在最前面的是个骑马之人,另外有一群人围着他又唱又跳,场面显得非常喜悦。马上的人一身素白色的衣服,随着他越走越近,已经看清他一头赤褐色的头发,在头顶正中左右分开,面孔藏在长发下面远远看去好似呈橄榄色一样。他坐在马背之上,既没有左顾右盼,又丝毫不为周围人的狂热气氛所动,仿佛一切与自己无关一样。周围民众对他的尊奉丝毫没有减轻他脸上的愁思,他整个人很明显已经沉浸在自己的忧患之中。太阳打在他披散在身后的头发上,长发飘扬之际仿佛有一层金色的光环笼罩在他的头上。跟在此人身后的,是一眼望不到边的人群,熙熙攘攘的人群像洪流一样向前涌动,有的唱着赞歌,有的高声叫嚷着什么。毫无疑问,走在最前的乘马者就是三人等待的那个拿撒勒人!

"他在这里,得撒,你看到了吗?"母亲说,"快来,我的孩子。"

一边说着,她走到白色巨石前面扑通跪倒在地上。

得撒和阿姆拉也来到女主人两边,她们一起朝西边的人群张望,从城中出来迎接的人群停下了脚步,他们站在原地开始挥舞手中的绿色棕榈枝,口中与其说是在高呼,倒不如说像在颂唱,"以色列的新王以上帝之名来到了圣城,保佑你!"

再看另一边,跟随拿撒勒人前来的数千人争相回应对方,声音直冲霄汉,响彻了半边山坡。在这震耳欲聋的声音中,三个女人的祈求变得如同茫然不知所措的麻雀一样,几不可闻。

片刻之后,拿撒勒人和他身后的人群已经来到了三人前面不远处,她们期盼的机会到了离她们最近的地方,如果失之交臂,那么可能永远再没有这样的机会了!

"不行,孩子——我们要靠他更近一些才行。恐怕他从这里是听不到我们的。"母亲说着,连忙站了起来,她蹒跚着向前走去。她把已经被麻风折磨得变了形的双臂高高举在空中,同时发出了尖厉的叫声。很多人被她的举动所吸引,纷纷向她看过来——霎那间她那令人恐惧的麻风外表就被认了出来,这种惊惧迅速在人群中引起了骚乱。母亲身后的得撒因为实在走不动,还没来到母亲身边就摔倒在地上无法再前进一步。

人群中有人高声惊叫道:"麻风!她们有麻风病!"

"快用石头砸,不要让她们靠近!"

"她们是受到上帝诅咒的人!杀了她们!"

原本对救主和上帝的一片赞美之声被这突如其来的咒骂声打乱,不少离麻风病人比较远的人也注意到了骚动。跟那些咒骂的人不同，有一些长时间跟随圣子的人已经熟悉了圣子神圣的行事方式，他们并没有显得惧怕或激动，而是把目光聚集在了圣子身上。拿撒勒人此时在马背上也看到了母女两人的惨状，催马来到她们面前。跪在地上的母亲抬头看到了圣子的面孔——沉静和慈悲中透着俊美，他看向自己的目光里充满了温和的关切。

接着母亲开始诉说自己的祈求："我的主啊！你看到了我们所需。只有你能治愈我们，使我们的身体洁净。可怜可怜我们吧——我们祈求你的怜悯！"

"你相信我能治愈你？"拿撒勒人问道。

"我相信，因为你就是先知们预言之人——你就是弥赛亚！"

拿撒勒人的眼睛里闪过一丝光芒，他自信地说道："这个女子，你的信仰很坚定。你的愿望必得实现。"

说罢他默默地停留了片刻，似乎毫不在意周围聚集的人群——停了片刻——之后，他便催马离开了。

跪在地上的母亲怀着无比感激的心情对圣子离去的身影，称颂道："上帝啊，你是至高无上的荣耀！请庇佑圣子，感谢您把他赐给我们！"

这时从耶路撒冷和从伯法其而来的两方面人群全部围拢了过来，大家纷纷挥舞着手中的棕榈叶，口中高唱着赞歌，在圣子周围呈现出一片欢快喜悦的场面，圣子就在这样的气氛中从母女两人身旁走了过去。母亲目送圣子离开后忙用衣服遮挡住自己的头部，然后把得撒抱在怀中，边哭边说："女儿，你看到了吗，我刚才得到了他的许诺；他的确是弥赛亚。我们得救了——得救了！"两人激动地抱在一起，而游行进城的队伍缓慢地从她们不远处向前移动着，直到所有游行的人消失在了山的另一边，声音变得渐不可闻，这时奇迹开始出现了！

首先是在麻风者的心脏里开始涌现出新鲜的血液，这血液流动得如此迅速而有力，流经她们身体的每一处都能感受到一股无穷的力量正在祛除病患。她们能感觉得到长久以来折磨自己的苦痛正被快速地抽离出去，而消失的体力正逐渐恢复。这种身体和灵魂上的净化如此震撼，以至于她们都陷入了忘我的喜悦情绪中。很快，在这狂喜而美好的感觉里，不仅仅是病痛一扫而空，她们甚至感觉到独特而神圣的种子被播种在心里并且迅速生根发芽，成熟结果，最后变成了无形而单纯的感恩。

在这剧变发生的过程里——我们姑且叫它治愈的过程吧——除了阿姆拉之外，又出现了一个目睹奇迹的见证者，他便是宾虚。读者应该还记得前一天夜里宾虚回到家里跟巴尔退则和萨耐德老人的谈话，此时这个年轻人正跟随着朝圣的队伍一起赶奔耶路撒冷途经这里。他听到了麻风者的祈祷声，并看到了她们丑陋的面容，但他从来没有跟麻风者打过交道，所以他只是瞥了一眼便没有更多注意了。另一方面，他的心里还装着大事，那就是他长期追随的救主今天日落之前就要明确自己的身份了！他必须为这一盛况做好准备，所以此时他从队伍中抽出身来，找了块石头坐在上面等着游行的人群过去。

经过的队伍里面不时出现宾虚认识的人——多是他手下军团里的加利利人，内衬短剑，混迹于游行的人流中。他刚坐下一会儿，他看见队伍中一个肤色黝黑的阿拉伯人，手中牵着两匹马；经他示意，这人牵着马从人群中走了出来。

"先不要走，你在这等一下，"年轻的主人让阿拉伯的仆从牵着马在路边等候人群经过，直到连掉队的人也走过去了，他才说："我要尽早进城，需要阿尔伯德瑞做脚力。"

说着，宾虚拍了拍骏马宽阔的前额，这匹宝马如今更胜当年竞技之时，越来越强壮和神俊。接着，他牵着马朝母女两人的方向走去。

此时母女两人在宾虚眼中已经形同陌路，而且他已经不止一次见过被圣子救治的麻风病人，所以在他看来，这两个女人不过是一样在经历那神圣的净化而已。

"上帝啊，那人不是阿姆拉吗！"他自言自语说。

他加快了脚步，毫无觉察地从自己的生身母亲和亲妹妹身边走过，来到了女仆跟前。

"阿姆拉，"他对女仆说，"阿姆拉，你在这里做什么？"

忠实的仆人抢前几步扑通跪倒在他脚下，热泪已经模糊了她的双眼，这一刻巨大的喜悦和敬畏充斥了她的心，使她几乎不知道该说些什么。

"主人，我的主人啊！我们的上帝，他真的太伟大了！"

人与人之间往往在经历了磨难和同情之后才会增进了解，才会懂得设身处地地去体会别人的痛苦和悲伤，快乐和喜悦。可怜的阿姆拉尽管并没有亲身经历，却已经看出来。昔日的女主人和得撒已被拯救，她们正在慢慢痊愈。看着此时阿姆拉的举止动作如此反常，宾虚不自觉地把这状况跟刚才他路过的两个女子联系起来。他赶忙转过身来，此时正好身后的两个女子从地上站了起来，目光对视，宾虚刹那间被惊呆在当场。

眼前的女人——也就是刚才站在拿撒勒人面前的人——双手紧握，眼含热泪，正直直地望着天空。尽管上帝的神力治愈麻风本身已经让人惊奇不已。但此时比起眼前女子的面孔已经算不得什么了。难道自己是认错人了吗？自从家族的不幸发生那天起，从来没有哪个人的长相如此像自己的母亲！如果非要举出当年的母亲和眼前这人的区别，恐怕只有变得灰白的发色，但这对于已经过去的岁月而言不是再自然不过了吗？这个女子身后站立的那个人呢，不是得撒又是谁？——多么美丽，比起当年只是出落成熟了些而已。她们在自己记忆中明明都已经去世了不是吗？那么这又是怎么一回事？！宾虚无法忽视自己如潮水般涌现的感情，他的手放在女仆的头上，颤抖着声音问："阿姆拉，阿姆拉——她们难道真的是我的母亲和得撒吗！"

"跟她们说说话吧，我的主人，快跟她们说说话儿！"她说。

宾虚知道这是阿姆拉肯定的答复，于是他不再犹豫，张开了双臂奔向母亲和妹妹，口中高喊着："母亲！母亲！得撒！我在这！"

两人听到叫声，知道是亲人就在眼前，同时迈步向宾虚走去；突然母亲又停住身形，反而倒退几步，同时高声警告："不要靠近我们，犹大，我的儿子；我们不干净，不干净！"

这几句警告如同咒语又像习惯，早已变成了母亲的本能反应。尽管自己经被净化，但是突然间面对自己朝思暮想的儿子，她仍然不自觉地警告对方。但对面的宾虚却根本顾不了这么多，既然对方已经答应了自己的呼唤，也就说明眼前的人果真是自己一位早已不在人世的亲人！那么还有什么能阻挡自己把她们揽入怀中？

当三人的眼泪交汇流下，母亲感慨地说："在这重聚的时刻，让我们一起祈祷，感激我主和圣子的恩赐吧，我们欠他太多！"

说罢一家人一起跪倒在地上,阿姆拉也加入了进来。在母亲的带领下,所有人一起念了一遍赞美的圣诗。

得撒和宾虚一字一句地跟母亲念完了祝祷诗。但宾虚跟母亲并非怀着一样毫无质疑的信仰,等念完后众人起立,宾虚问母亲:"在那个拿撒勒人的家乡人们都说他是一个木匠的儿子。他究竟是什么人啊?"

母亲温柔的目光停在儿子的脸上,回答说:"儿子,他就是弥赛亚。"

"他的神力从何而来呢?"

"从他如何使用神力便能分辨。你能告诉我他是否曾用神力做过什么恶事?"

"从来没有。"

"这么说的话,我可以肯定地告诉你,他的神力来自上帝。"

期望久了,这份期望便会慢慢形成了人的一部分,很难在短时间里面摆脱掉。尽管宾虚不断自问虚荣浮华的世界对自己而言究竟意味着什么,但是顽固的雄心壮志始终无法压抑或消除。他的每一天都在为自己内心潜藏的雄心努力准备着,同时不断地在衡量着基督到底是怎样的存在。

母亲首先回到现实的问题中来,她问道:"我们该做什么,儿子?咱们现在去哪里?"

宾虚这才又想起自己此行的目的,他思索了片刻,脱掉身上的长袍,然后盖在妹妹身上。

"披上它,"宾虚微微一笑,"以前人们都藐视你们,现在不同了。"

动作之间宾虚腰间的短剑露了出来。

"你要去打仗吗?"母亲关切地问。

"不，没有这回事。"

"可你为何腰间佩剑?"

"我要保护拿撒勒人的安全。"宾虚搪塞道，并没有抖搂全部实情。

"他还会有仇敌吗？是什么样的人？"

"母亲，他的仇敌不仅仅是罗马人呢！"

"难道他不是代表和平的以色列子民吗？"

"当然，而且是个非常出色的以色列人不是吗？但是在有的拉比和教师眼中，他却像是肉中之刺，他们称他身犯重罪。"

"说的是什么重罪？"

"据拿撒勒所说，他把异教徒看作跟以色列人一样平等，他所布教的内容是全新的，挑战了那些长老的权威。"

母亲不再说话，他们沿着树荫向前走着。为了避免出现不必要的麻烦，宾虚告诉母亲和妹妹暂时还是要遵循的律法规定，然后叫过阿拉伯仆人，吩咐他带着马匹到毕士大的门口等自己。然后一家人便从犯罪山山脚出发开始往圣城行进。回来的路上大家步伐都显得轻盈而且迅速，不久便到了押沙龙之墓附近一座新的墓穴旁，向下已经可以俯瞰到汲沦谷。发现这座墓穴并没有人占据，母亲和妹妹便暂时在这里安下身，而宾虚则告别两人抓紧时间为今天的大事着手准备起来。

第五章

宾虚在汲沦谷以东扎起两座帐篷，就在过往牧群旁边。然后细心地布置了一番，尽量让母亲和妹妹住得舒服一些。这便是母女两人临时栖身的地方，因为她们需要经过祭司审查确定已经彻底康复之后才能搬回城里去。

他准备妥当之后便跟两位亲人一起住在了帐篷中，因为尽管他手上有很多事要处理，但是面对这么多年未能相见的亲人，他觉得自己必须留下来，听一听她们这些年都是怎样度过的。

于是母女二人便把各自过去遭受的痛苦和煎熬向宾虚一一倾诉了一遍。宾虚在聆听的过程中，看着母亲耐心而平静的外表，更让他深深感受到两人内心遭受过的痛苦和悲伤。他对罗马统治深恶痛绝，对罗马人的痛恨和复仇之心也愈来愈盛，这种强烈的感情随着亲人的讲述开始攫住了宾虚的内心，仿佛有一个声音告诉他一定要向罗马复仇，这个念头现在显得如此具有诱惑力,因为以他现在的条件,可以说机会就在眼前。他也不是没有想过带领自己手下的加利利军团起义的可行性,甚至可以组建自己的海上舰队来打击罗马人,但是每次这种狂热劲头过去之后,当他变得冷静下来,最终还是选择了放弃。因为他明白,这场预想的战争如果没有团结统一的以色列同胞做后盾是不可能有所作为的,而要得到最坚实的支持和后盾,必须由拿撒勒人本人提议起事才行。

宾虚甚至灵机一动,为拿撒勒人想起几句激昂的演说词:"听着,我的以色列子民们!我就是上帝应允之人,先知的预言之子,犹太的新王——起来吧,跟随我掌控整个世界!"

只要拿撒勒人在民众中间说出这样的几句话来,就会立即成为一场运动的导火索!到时无数人便会揭竿而起追随他,形成一支庞大的军队!

然而,他会这样表态吗?

怀着热切的理想和抱负,日益膨胀的雄心使宾虚逐渐忽略了之前他所顾虑的拿撒勒人的另一种身份,在那种可能性里,拿撒勒人的神性将超越凡人的野心。母亲和得撒被拯救的过程便是这种神圣力量的展现,对于这一点,母女二人的体会甚至比宾虚本人更加深刻。然而宾虚对这种神力的认知却偏执于另一方面。他认为基督的神力是得到犹太王位的辅助,可以帮助他成就摧毁罗马人重建新的世界秩序。而当这伟大的事业完成的那天,所有人都会在和平之中称颂上帝之子的美德和荣耀,他认为这就是基督之救赎的真正含义,到时不会有人计较党派的纷争,而他也将名扬四海。的确,面对这样的蓝图,又有谁会拒绝呢。

在这段时间里,沿汲沦谷而下到毕则撒,尤其在通往大马士革门的沿路上,到处都是赶着前往圣城参加逾越节的朝圣者们，还有他们搭建的临时帐篷。宾虚拜访了其中一些人，跟他们进行了交谈。然后他回到了自己的帐篷里，心中越来越惊异于日渐增长的朝圣者人数。另一方面，他发现来这里朝圣的人中，已经不单单局限于犹太人了，甚至有许多异族人也不远万里赶来——有的来自地中海彼岸的西方诸国，有的来自东方古国印度的恒河两岸，有的来自极北的欧洲诸国，而这些人不但都能用流利的古希伯来语跟宾虚致意交流，而且表示他们来此都为了同一个目的——参加著名的逾越节庆典。这种情况使宾虚在惊诧之余脑海中浮现了模糊而带有迷信色彩的想法。难道自己并没有误解拿撒勒人的身份？难道拿撒勒人也是在等待这次的机会？要在百万之众面前解开自己的身份之谜并登上犹太王座？带着这种猜测，宾虚甚至开始怀疑拿撒勒人是否一直以来脸上所表现的忧思只是伪装狂热内心的掩饰。

在此期间，时不时地有人过来找过宾虚，这些人多数身材不高但都相当健壮，不戴帽子并且留着黑色的胡茬。宾虚每次都是单独接待这些来客，当母亲问到他们是什么来历，他总是简单回答一句："都是一些加利利来的好友。"

而实际上，这些都是宾虚派出去的耳目，特地来向他报告城中的事态。他为了确保圣子的安全，特地派了不少人暗中对他进行保护，同时刺探那些可能对圣子不利的拉比们以及罗马人的动向。考虑到圣子受到大批群众的崇拜和拥护，宾虚猜想他受到威胁的可能性并不大。另外宾虚对圣子本人展现的神力深信不疑，一个像圣子这样手握生死予夺之力的人，如果说他连保护自己都做不到，不会有人相信的。

从三月二十一日到二十五日——按照现在的历法——宾虚在这里一共逗留了五天时间，在第五天的晚上，宾虚乘马离去。他临走时向母亲和妹妹保证自己当晚便会回来。

他跨骑宝马在夜幕之下飞快地前进着。一路上只有路边的爬藤看到他一闪而过的身影。马蹄落在碎石堆积的道路上，发出清脆而有节奏的声音，坚定而有力。路途上一个人影也没有遇到，房子里面看似并没有人住，而帐篷外面的火堆也都已熄灭。因为这是第一个逾越节的前夕，在这被称为"夜晚之间"的时刻，数百万人聚集在耶路撒冷城里城外，羊羔已经宰杀，在圣殿的前厅备好，祭司们接好了羊血洒到了祭坛之上——想着这些，宾虚策马飞奔在星辰之下，因为很快人们食用烤肉歌唱颂词的时间就要到来，一切准备都已就绪。

不久之后，宾虚乘马经高大的北门进入了耶路撒冷。晨曦之下的圣城，为上帝闪烁着荣耀的光芒，多么壮观而美丽！

第六章

宾虚来到当年三位智者到耶路撒冷时曾经住过的客栈门前下了马,想当年三位智者就是从这里出发赶往伯利恒迎见圣子的诞生。他把坐骑交给阿拉伯仆从照料着,然后步行回到家门口,从角门进去直接来到院子里。他进来后首先呼唤玛鹿,然后向萨耐德老人和巴尔退则问好。但是不巧的是,几个人都出去参加庆典了,并且家人告诉他说埃及老人最近身体非常虚弱。

宾虚问候埃及老者其实有自己的用意,像现在的年轻人一样,他是醉翁之意不在酒,事实上他是想传达给埃及姑娘艾拉斯自己已经回来的消息。果然,艾拉斯听到宾虚的声音后,很快拉开了门廊外的窗帘。客厅里面立着一盏七臂的巨大烛台,接着烛台的明亮光辉,宾虚看到埃及姑娘身穿那件她最喜爱的半透明纱衣来到客厅的中间。

仆人纷纷退出,偌大的客厅只剩下男女两人。

这几天所发生的事情使宾虚一直沉浸在某种兴奋之中，几乎忘记了美丽的埃及姑娘。偶尔想起时，他的心里便会出现短暂的快乐，因为他知道这个迷人的女子会一直在家里等着他回来。

而现在这位美人就在眼前，重新唤醒了宾虚内心压抑多日的想念，他忍不住快步向前，朝着艾拉斯走去。可是来到姑娘跟前，他突然发现面前的艾拉斯才数日不见竟然变得像另外一个人一样！

在此之前宾虚的脑海里，艾拉斯一直竭力想要赢得自己的荣宠——每次见到自己无不笑颜如花，举手投足之间无不透着倾慕和亲近之意。宾虚在场之时，她都会毫不吝啬自己的溢美之词，表示对他的钦佩和赞赏。而宾虚离开之后，她都热切盼望着下次见面。在宾虚的印象里，她的睫毛是为他描画，一双美丽的杏眼里尽是对他的渴望；她从亚历山大街头听到的富于诗意的故事，都暗示着对自己的爱意。那漂亮而精致的印度丝棉头巾下面，飘逸的黑发，粉嫩的脸颊和红润的嘴唇，头颈之间光亮动人的珠宝，还有从她口中传出的动人的尼罗河歌声，这一切都只有宾虚才能触摸和亲吻。常言道"美女配英雄"，宾虚一直以为自己就是艾拉斯心目中的英雄，而且她也无数次用不同的方式断言过这一点。

自从当年二人荡舟于棕榈园湖上那夜之后，这便是艾拉斯在宾虚脑海中植下的印象。可是现在？！

细心的读者可能从本部分的一些内容里注意到，我们对艾拉斯的态度的描述已经提到，其中存在某种模棱两可的游移。这个世界上几乎所有人其实都有着双重的人格，也就是先天的本性和后天习得的性格特征。后者多受后天所接受的教育影响，有许多人在成长的过程中后天性格逐渐加强甚至会变得像本性一样根深蒂固。我们点到为止，把更深层的思考交给那些哲学家去讨论，让我们再回到故事中来。

很明显现在眼前的艾拉斯看到宾虚后态度非常排斥，她站在客厅中间，如同一尊雕塑一样面带冷漠，只有倾斜的头部和抿着的嘴唇还有一点动作。两人对视良久，艾拉斯首先开口说："你来得正好，宾虚，"语气显得生硬而尖锐。"我想要对你的好客表示谢意，因为从明天开始我便没有机会再跟你致谢了。"

宾虚听罢只是点头致意，目光一直停在艾拉斯脸上。

"据说两个赌博的人在赌局结束后，"她继续说着，"他们会拿出各自的记事板，并核对好账目上的数字，接着向众神祭酒并为赢的人戴上表示胜利的花冠。我们之间的游戏已经结束了——在经过这么长的时间之后。今天走到尽头，难道不该看一看我们之间谁该佩戴这顶花冠吗？"

埃及人的话使宾虚顿时警觉起来，他小心而轻声地回答："女子下定了决心之后，男人没有理由去阻止她走自己的路。"

"那么告诉我，"她低下头，似有嘲讽之意地问道，"耶路撒冷的王子，请告诉我，那位拿撒勒木匠的儿子，如你所说他跟你的上帝一样富于神力——他现在在哪里？"

宾虚听到这样的话觉得不耐烦起来，朝艾拉斯摆摆手答道："我又不是他的管家，又怎会知道他的下落。"

艾拉斯咄咄逼人，向前探了探头，继续问："他有没有推倒罗马呢？"

这一次宾虚已经由不耐烦变得恼火起来，他举起一只手表示不愿再听下去。

"他定都在哪里了呢？"埃及人却不依不饶地说着，"我能不能去看看他的王座还有他金色的狮子雕像？对了，还有他的王宫——他能起死回生,造一所王宫自然不在话下,不是吗?"

说到这里,宾虚已经基本了解了眼前的女子在耍什么花样了。她的问题一个比一个刻薄而挑衅,她的态度和举止已经没有丝毫的友情可言。想到这里,他从自己的立场出发,不得不谨慎提防起来,于是他不无幽默地回答:"埃及女孩,不如我们再等一天,甚至一个星期吧,等他准备好王宫和金狮,你觉得呢?"

而埃及人仍旧继续说着,根本没有在意宾虚的回答。"你知道我看你整天穿的这身衣服让我想起什么吗?我想起有一次在德黑兰见到的身穿丝制长衫和镶金袍子的总督,他腰间悬挂的宝剑,剑柄和剑鞘上的宝石熠熠生辉,让我目眩神迷。我当时感觉那人一定是被奥西里斯赐予了太阳的光芒和荣耀!你几年前曾许诺与我分享的王国和新世界到现在在什么地方呢?恐怕你都还没进入里面吧?"

"巴尔退则是个睿智的客人也是我的好友,她的女儿曾经教我说伊希斯女神会亲吻一个人,而不强求他变得更好,那个姑娘在我眼里可宽容友好得多。"

宾虚这么说着,脸上的表情不冷不热,保持着一定程度的礼貌。而艾拉斯,一边玩弄着项链上的珠片,一边接过话来:"作为一个犹太人,王子宾虚是个聪明人。我亲眼看着你日思夜想的新王走进耶路撒冷。你告诉过我他会在步入耶路撒冷圣殿之时宣告自己为王的使命。我又看着游行的队伍跟随他从山上下来,人们又唱又跳,手里挥动着棕榈叶,多美的场面啊。但是我在人群里面四处寻找也没有找到任何与王位相称的迹象——比如身穿紫色长袍的马夫,金光闪闪的战车,盾矛在手的庄严卫兵,笔直站着如同雕塑一样——那种场面我并未见到。哪怕我能看到你和你领导的加利利军团在他周围护卫权且也可接受，可是我什么都没看到。"

她说话之间，鄙视地瞥了宾虚几眼，甚至大笑了起来，仿佛她所说的这幅图像在脑海中浮现出来显得非常滑稽一样。

"既不像辛努塞尔特王（Sesostris）①那样凯旋，又不像恺撒那样满身的戎装——哈哈哈！——我看到的拿撒勒人有着像女人一样的面孔和长发，骑着一匹小马驹，满眼含泪。这叫什么王！竟然恬不知耻还自称是主的儿子！世界的救赎者！哈哈哈！"

宾虚在一旁听着，脸上的肌肉禁不停地抽搐着。

埃及女人还没有笑完便接着说道："宾虚，我当时可没有笑，仍然和以前的立场一样，我对自己说，'再等等，也许他到了圣地里面便会展现荣耀的身份，成为真正的英雄。'然后我就看着他走进了书珊门和女子议会厅。我看到他停下脚步站在美丽的大门前。当时还有一些人跟我一起站在柱廊下，另外在庭院中、回廊里和阶梯上都站满了人——如果非要说的话，可能有上百万人在那一刻屏住呼吸等着他说出自己的宣言。哈哈！当时我甚至在想象着，罗马的战斧破碎的声音和楼宇被摧毁的倒塌声。哈哈！耶路撒冷的王子，宾虚啊！以所罗门的灵魂之名，我发誓你的救主他却只是整理了一下衣襟就走开了，一直到他走出最远处的一扇门，他一句话也没有说。看来，罗马仍然将会是无敌于天下的存在！"

随着整个经过被和盘道出，宾虚的希望也渐渐破灭——他在某种程度上有着跟埃及姑娘一样的感受，长期以来他一

---

① 古埃及第十二王朝法老（约公元前 1897 年——约公元前 1879 年在位）：他在埃及大规模修建水利工程。

直期待的事情并没有发生,而是在无声无息之间消散于无形。宾虚低下了头。

从一开始巴尔退则跟他的意见相左,到后来他遇到救主并发现他只是以普通人的面貌示人,再到如今从艾拉斯的见闻中了解到救主最终也没有宣称自己是什么王——这一切的经历都在告诉宾虚,这位救主的所作所为已经超出了常人所能理解的范围,也就是说印证了巴尔退则所说的——基督所要宣告世人的任务,绝对与政治无关。这一念头瞬间闪过宾虚的脑海,他知道自己向罗马复仇的计划已经随之无望,抛开了这个抱负,他顿时感觉自己轻松了许多,也离这位救主近了许多。至于别的什么,他已来不及思考更多。

"巴尔退则之女,"他开口说,"如果像你所说,你我之间只是一场游戏,那么你可以把桂冠拿去——我认输,它应归于你。我只想在结束时跟你坦诚相待。我知道你是一个有所追求的女子。我为你祈祷,愿你达成自己的心愿。今后我们各走各路,分道扬镳,让我们忘记曾经相遇相知。"

她仔细端详了一阵宾虚,似乎在决定下一步究竟该作何选择——也可能是在衡量对方的心思——然后冷冷地说了句:"你走吧,就此分手。"

"愿你平安。"宾虚也简单回应了一句,然后转身离开。就在他刚走到大门口时,艾拉斯从身后叫住了他。"还有句话!"

宾虚停住脚步,转身看着她。

"我在思考自己对你所知的一切。"

"那么美丽的艾拉斯,"他边往回走边回答说,"据你的了解,我是怎样的人呢?"

艾拉斯看着宾虚,心不在焉似的:"比起你的希伯来弟兄,你更像是一个罗马人。"

"我真的跟自己的同胞有这么大的区别吗?"他问,脸上显得非常淡然。

"你要知道,所有的半神之人现在都来自罗马。"她补充道。

"那又怎样呢,你还了解我什么?"

"从我的内心来讲,仍然无法割舍对你的喜爱。所以我想要救你。"

"救我?!"

艾拉斯的涂成粉红色的手指间仍旧把玩着颈间的项链,她的声音逐渐平和下来。只有她行走时轻盈的脚步声提醒着宾虚心怀警戒。

"有这么一个犹太人,是从罗马战舰中逃脱的奴隶桨手,他在伊德尔尼宫殿还杀死了一个人。"她开始娓娓道来。

宾虚听了这个开头打了个激灵,心里惊异不已。

"同样是这个犹太人,在耶路撒冷的总督府门前杀死了一个罗马百夫长。他在加利利训练了三个军团,意图叛乱,计划今晚抓捕罗马的总督。另外,这个犹太人还准备率领这三个军团及其叛党,对抗罗马政府,掀起对罗马人的战争,而有个叫伊德荣的酋长也是他的同谋之一。"

她一边说着,一边靠近宾虚,说到最后就像是耳语一样。

"你曾经在罗马待过。想必我说的这个人你心里非常清楚。啊,你的脸色怎么变了。"

他倒退了两步,用惊恐的眼神看着眼前的女子,仿佛原本一只温顺可爱的小猫突然变成了食人的老虎一样。而艾拉斯并没有停下来的意思,她继续说着:"你在罗马时曾在接待室见过赛扬努斯大人,你应该认识他吧。你可以假设我所说的这些事他已经都听说了——或许有真凭实据,或许没有——包括我所指的这个犹太人是东方最富有的人——不，应该说是整个帝国最富有的人这件事。宾虚，你还记不记得当初在竞技场那一场精彩的比赛，当时震惊了罗马，简直就像艺术一样。而在赛后还能得到巨额的财富，赛扬努斯简直就是个艺术家不是吗？"

宾虚对眼前这个卑鄙的女子记得这些事情并不觉得意外，看来除了她的记性仍然保持着"忠诚"以外，她就是个彻头彻尾的女野心家和阴谋家。他还记得当初在沙漠绿洲中跟她交谈的一幕，当时自己竟然还怀疑是埃丝特走漏了风声，现在回想起来后悔莫及。他尽量控制着自己，用平静的语气说道："你确实非常聪明，巴尔退则之女，看来我的命运就掌控在你的手中。我还想告诉你，我并不想向你求情，也不需要你救我。我举手之间就可以让你死于当场，但是我不会这么做，因为你是个女子。我随时可以隐遁于沙漠中，尽管罗马人向来擅于追杀之道，但我又有何惧，在他们抓到我之前恐怕也要费不少周折才行，因为那里隐匿的长矛就像沙砾一样多，另外如果他们执着于此的话，恐怕他们背后的帕提亚人不会坐失良机吧。看得出来，这些年来我一直是个上当受骗的角色，身陷圈套之中却不自知——不过对一件事我倒是很感兴趣。究竟是谁把与我有关的这些内情告诉你的？在我被抓捕囚禁起来之前，你能否让我弄个清楚明白？"

也许是因为宾虚问话的技巧，也许是因为他说得非常真诚——埃及人的脸上露出了怜悯之色。

"在我的国家，有这么一种人，他们在暴风雨之后到各地的海边捡拾五彩的贝壳，然后靠把它们制成图画为生。他们把捡到的贝壳嵌入大理石板中做成马赛克图。难道你还不明白吗？我把从一个个线人那里搜集到的有关你的一切拼在一起，自然而然就成了一幅完整的图画，这些事是我不得不做的，因为我曾经试图把我们将来的命运，"——她说到这停了下来，一只脚轻轻踢踏着地板，脸转向别处，仿佛在隐藏自己心中某种突然涌起的强烈情感——"把我的命运和你拼凑在一起。"

"不，这并不足以解释一切，"宾虚并没有被打动，他继续说道，"我请你再好好思考一下。明天再决定我们今后究竟是否要分道扬镳或是怎样吧，我可能命不久矣。"

"你说得不错，"她马上接过话，强调似的说道，"伊德荣酋长给我父亲带来了一些消息，那天晚上我父亲到沙漠中的林子去见那个信使，他们在帐篷里的谈话都被我听到了——毕竟那里没有什么守卫，偷听他们说话一点不费劲。"

她说这话的时候，似乎对自己的狡猾颇为自负。

"我听到了另外一些事情——这些都是我用来作画的贝壳——我是从——"

"从谁那里听到的？"

"宾虚，你自己说的。"

"没有别人跟你透露什么了吗？"

"不，没有了。"

宾虚长长出了一口气，轻轻地说道，"谢谢你。让你的赛扬努斯大人等久了可不好，你快走吧，沙漠不好走，我祝你一路顺风。"

说完之后，宾虚把一直搭在肩上的手帕取下来叠好盖在头上，转身就要离开。但是突然被埃及人拉住了："不要走！"艾拉斯伸手拽住宾虚的手臂。宾虚心中知道从她刚才的表现推断，她一定还有什么话没有说完。

宾虚转过身看着埃及人，但却没有像往日那样去握住对方的手。只听埃及人急切地说道:"请听从我的劝告,不要对我如此不信任好吗,宾虚?我知道当年执政官艾瑞斯为什么会把你收养做自己的义子。但是我没有泄露过这个秘密,因为我一想起你的勇敢和慷慨,就禁不住倾慕你的坚韧,我明白你在罗马寄居的几年一定经历了许多常人所不能想象的危险,也正因为这样我才选择了帮助你。请你再好好想一想,留下来在这沙漠中对你的下半生有什么益处呢?我每念及此,便觉得你真的很可怜——可怜之极!只要你按照我说的做,我便可以挽救你的命运。我愿意对伊希斯起誓!"

埃及人滔滔不绝地道来,看上去的确诚恳而美丽。

"几乎在一瞬间——只是一念之间,我好像相信了你。"宾虚回答道,声音低沉而模糊,听得出他的语气有些犹豫。此时他的内心正在激烈的斗争,一方面他知道对方对自己的怜悯其实是另有所图,另一方面他又倾向于接受这种诱惑。

"一个女人完美的一生应该是被爱的一生。而对于一个男人来说,最大的幸福就是战胜自己。对此,我的王子,我希望你能战胜自己,接受我的提议。"

艾拉斯快速而动情地劝说着,"你在年幼的时候曾经有个好朋友。你们吵了一架,结果你们便成了仇敌。他曾经陷害你。许多年后,你们又在安提俄克的竞技场中重逢。"

"你说的是梅撒拉!"

"没错。他欠你很多很多。我请你原谅他过去犯下的错误,跟他重归于好。把他在竞技场中失去的财富归还给他,拯救他。六个塔兰特对你来说不过是九牛一毛。不管什么时候你们重逢,他都将会仰望你。我的宾虚,尊贵的王子!对一个罗马人而言,他宁可去死也不愿向你乞求怜悯。请你看在他已经如此落魄的份上,救救他!"

艾拉斯控制语速的能力令人吃惊，她说得很快，故意不给宾虚留有仔细思考的时间。但是当她提到梅撒拉的时候，却不知道正好戳到了宾虚内心的忌讳。听完她的请求，宾虚并没有觉得梅撒拉会对自己有所求，相反地，他好像看到梅撒拉那副高高在上的贵族嘴脸又一次出现在眼前，这一幕对他来说再熟悉不过。

"你的请求我可以答应，一个小小的梅撒拉也掀不起什么风浪。我会把此事记下来，但在此之前，我想知道是不是他派你来向我提出这个请求的？"

"梅撒拉天性尊贵，你觉得会吗？"

宾虚抓住艾拉斯的手臂说道："美丽的埃及人，既然你们关系这么友好，请你告诉我，假如我把赢他的钱还给他，改天出现了相反的情况，他会不会做相同的决定来帮助我呢？以伊希斯的名义，请你扪心自问，告诉我！"

从他握住自己手臂的力度和说话时的表情来看，艾拉斯知道对方对这个问题的答案非常关心。

"这个，"她开始支吾起来，"他毕竟是——"

"你想说他毕竟是个罗马人对吗？也就是说我犹太人赢了罗马人的钱，就应该归还他，相反地，他却不用还给我，对吗？巴尔退则之女，如果你还有别的解释，快点告诉我，快！因为我以以色列人上帝的名义告诉你，趁我现在还能控制住自己的热血，在它沸腾之前我勉强还可以把你看作是个漂亮的女人！但是等会如果我控制不住自己，你对我来说便是罗马的敌人派来的奸细，仅此而已。有话你就快说吧！"

艾拉斯连忙抖落宾虚抓着自己的手，连退几步，来到烛火明亮的地方。"实话告诉你吗？好吧，对我来说，你跟梅撒拉根本无法相提并论，你天生就应当是做他奴仆的命，以你的身份，你只配吃那些残渣剩饭，喝那些发臭的粪水！他跟我说只要追回那六个塔兰特就行了，但是要按我的意思，还应该再加上二十个——二十个塔兰特，你听到了吗？你亲吻过我的小指，尽管是我所允许的，但那是我为了梅撒拉所做的牺牲，难道这些都白费了吗？只此一项就值二十个塔兰特！更不要提这么多年来我跟随你左右所付出的一切！我跟你在一起不过虚与委蛇罢了，不过是可怜你！你还以为我真的喜欢你怎的?!我已经忍了这么久，再也不要忍下去了！那个叫萨耐德的商人，他负责管理你的财产对吧？如果明天中午之前，他还没有把二十六个塔兰特的钱——两项费用加起来——还给梅撒拉的话，那你就等着赛扬努斯的抓捕令好了。放聪明些——再见！"

说完之后艾拉斯转身就要走，但是马上被宾虚拦住。

"你不愧是个埃及女人，"他说，"在你遇到梅撒拉的时候，不管是明天还是后天，在这里或是在罗马，请你向他转告下面我要说的话。你对他说，六个塔兰特是我取回原本属于我的财产，一个大钱我也不会还给他，因为那是他从我家里掠去的不义之财，还想要多加二十个塔兰特简直是痴人说梦。你告诉他，当年是他设计陷害于我，才使我在罗马战舰中为奴三年，感谢上帝让我大难不死，所以他现在的落魄和耻辱对我来说是最好的回报。告诉他，留着残废无助的躯体度过生不如死的下半生吧，那是以色列的上帝对他恶行的诅咒。告诉他，我的母亲和妹妹，从前被他陷害并关在安东尼亚堡的麻风地牢里，历经苦难之后，现在她们两个都活得很好，麻风病没有置她们于死地，被你貌视得一文不值的拿撒勒人已经用神力使她们恢复了健康。告诉他，我已经找回了自己的亲人，马上就会接她们回来一起共享天伦之乐。告诉他——同时作为对你们两个奸猾之辈的回答——如果赛扬努斯大人真的派人来掠取我的财产，他什么也得不到。因为我从执政官艾瑞斯手里继承的所有财富，包括米塞努姆城的别墅和庄园，都已经变现并转化成流通的汇票，现在分布在全世界各地的市场之中。还有，这幢宅邸和所有的货物，连同萨耐德赖以盈利的商船和商队都有罗马帝国的卫兵进行保护——我聪明的老仆人早已从罗马方面买到了特许权，这当中也包括你的赛扬努斯大人，以他的聪明，我想他不可能放着方便的钱不赚，宁可去选择流血和陷害他人的笨办法吧。告诉他，若他不信，大可去求证看我说的是否属实。假如他仍然执意要找我报复，打我手中财富的主意，我还给他留了一招——我会准备一份厚礼给恺撒——这份厚礼大到连皇帝都不可能拒绝。告诉他，尽管我非常鄙视他，但是我不会让你转达咒骂之词，我只是把这些事实告诉他知道，因为现实就是对他最大的诅咒，巴尔退则之女，他那罗马式的精明和奸诈会使他马上明白这些话的意思。你可以走了——我也要出去。"

说罢，他领着艾拉斯来到大厅门口，非常礼貌地给她撩起门帘，把她让了出去。

"愿你得平安！"看着艾拉斯消失的背影，宾虚高声道别。

第七章

  宾虚垂头丧气地离开了客厅，比起他刚回到家时兴冲冲的样子，此时的他好像被人摄去了魂魄一般。他现在才发现原来一个肢体残废的人，仍然可以兴风作浪，这使他陷入了深深的思考。
  经历过这一切之后，宾虚终于开始发现，其实一路走来关于艾拉斯的真实身份一直存在诸多的疑点，自己竟然都没有发现。相反地，这么多年来他就像被蒙上了双眼一样盲目地信任着她，根本没有去考虑过她可能是梅撒拉派来的卧底，就这样一步步地让自己，家人和朋友的命运被她玩弄于股掌之间。油然而生的挫败感侵蚀着这个年轻人的虚荣心。"我还记得，"宾虚自言自语地说着，"当年在卡斯塔里亚神泉旁，她面对梅撒拉这个不义之徒竟然连一句义愤之词都没有！而后来在他们两人荡舟于棕榈园湖上之时，她甚至夸过梅撒拉几句！对了，还有！"——他停下来，右手猛击了一下左掌——

"还有我一直没想通的那个谜:为什么她会约我到伊德尔尼王宫会面,原来她早已和梅撒拉串通好了!"

尽管宾虚的虚荣心和自尊心受到了严重的打击,但幸运的是他的亲人和朋友还没有因为自己的愚蠢受到伤害。塞翁失马焉知非福,他经此一役终于看清了敌人的真实面目和险恶用心,于是最后他高声地喊出来:"感谢上帝,是您让我终于认识了事实的真相,不用再受那个女人的摆布!并且让我明白,其实我并不爱她。"

说完这些,宾虚的心里顿时感觉如释重负一样,脚步也轻快了许多。这时他走到了第二层的露台,向上和向下分别是一趟楼梯,他沿着向上的楼梯爬了起来。

等他就要爬到天台上的时候,他又站住了。"巴尔退则老人难道一直以来也跟艾拉斯一样是在演戏吗?不,这绝不可能。以他这把年纪,不会是在蒙骗大家。他是个好人。"

想到这里,他跨步来到了天台上。头顶上是一轮明月,但天空被街道上和城里空旷处的火堆映照得一片血红,诵念和诵唱赞美诗的声音此起彼伏,更使夜空中平添了一种祥和的气氛。无数人的声音合在一起,仿佛承受着重担一般,说着:"作为犹大的后人,我们证明自己对主的膜拜和对他赐予我们的土地的忠诚。请再赐予我们一个基甸(Gideon)[①],或者大卫王,或者马加比,因我们已经准备好了。"

这仿佛是序曲一样,因为下一刻他便看到了拿撒勒人的身影。

在某种情绪的作用下,宾虚的心里出现了自我嘲笑的

[①] 基甸:以色列士师,他是击败米甸人的领袖,常被作为犹太勇士的代表。

念头。

这个长得像个女人似的基督，总是一副双眼含泪的样子。此时他走在横跨北边房顶的天桥上，从他的表现根本找不到要发动战争的意思。与此相反的，他此时所展现的却是像夜空一样的平和与安宁。看着这位救主，宾虚不禁再次自问，基督的初心究竟为何？

宾虚只是轻轻瞥了一眼，便转过身，迈着机械的步伐走向房顶的避暑凉亭。

"让他们这么继续折腾吧，"他一边走着，一边又自言自语地说了起来，"我绝不会原谅梅撒拉。让我跟他分享财富，甚至要我逃离圣城的家宅，简直是做梦。大不了我召集加利利的军团就此揭竿而起，大干一场。以我的号召力，很快就能召集起各个部族的勇士。我的上帝曾经指引帮助过摩西，如果我不称职，上帝一定能找到适合的人选来领导义军。如果不是拿撒勒人的话，大不了大家为自由战死沙场而已。"

随着走进凉亭，宾虚发现原来里面已经点燃了昏暗的灯光。北边和西边的柱子在地上拖出细长而模糊的影子。从他所在的位置可以看到萨耐德常用的那把轮椅被推到一个能俯瞰大半个耶路撒冷的地方，而且从那里可以轻易眺望到老市的景象。

"看来善良的萨耐德已经回来了。我得过去跟他谈谈，除非他已经熟睡。"

想罢，他放轻脚步来到轮椅的旁边。从轮椅高大的靠背上方，宾虚看到埃丝特正窝在椅子里——这个身材小巧的姑娘，正偎在父亲的毛毯下面香甜地睡着。长长的头发散落在她白皙的脸颊上。她轻声而均匀的呼吸有时会被一声长长的叹息打断，仿佛在被什么梦境侵扰一样，末了她还啜泣几声。

眼前的场景似乎在暗示着宾虚——对有些人而言，睡眠并非是让人在疲惫的劳作之后进行休息那么简单，更像是让人得以摆脱痛苦的良方。他常常觉得无邪的埃丝特就像个孩子一样，而做梦是上天赐给孩子的礼物。他把手臂搭在高背的轮椅上，心潮起伏。

"我最好不要吵醒她。如果她醒过来，我有什么好对她说的呢？除非——除了我对她的爱……她和我一样是犹大的子民，相貌也非常美丽，而且与那个埃及女子截然相反。艾拉斯只有空洞的虚荣心，而埃丝特总是那么的真诚善良。艾拉斯野心勃勃而且自私自利，可埃丝特宽容而谦恭，没有自己，总为他人着想……不，问题不是我是否爱她，而是她有没有爱我的意思？自始至终，我们就像朋友一样。当年在安提俄克的那个夜晚，我还记得她像个小孩子一样恳求我不要与罗马为敌，当时我还向她讲述了在米塞努姆城平静的生活！她是否还记得当时我留在她额头的吻呢？我却是没有忘怀。我的确对她有爱……她们都不知道我在耶路撒冷还有家人。关于这一点，我不敢告诉埃及人。但埃丝特如果听说了一定会为我高兴，像我一样热情地欢迎她们回家。她对我的母亲一定会像另一个女儿一样。对我的妹妹则会像双生的姐妹一样。我得叫醒她跟她说说这些想法，但是——刚刚结束跟那个埃及'女巫'的纠葛，让我怎么说得出口啊。我还是走开的好，等待以后有什么好点的机会再跟她详谈。就这样，再等等吧。美丽的埃丝特，虔诚的孩子，犹大的女儿！"

就像来时一样，他无声无息地离开了天台。

第八章

街道上人来人往，人们成群地围拢在火堆旁，有的在忙着烤肉，有的已经在吃了，大多数人在赞美的歌声中显得非常喜悦。空气里弥漫着烤肉和燃烧的杉木散发的香味。在这样的节日庆典中，每个以色列子民之间都没有了隔阂，大家是亲如一家的兄弟。宾虚每走几步便会有人热情地向他打招呼，当他走过火堆旁边，围拢的人群就会劝他。"留下来吧，和我们一起分享这神圣时刻和美味的食物。我们都是上帝钟爱的子民。"但是宾虚只是道了声谢谢便离开了，他心里挂怀着自己安排在汲沦谷的亲人，恨不得马上走到客栈取了自己的马匹赶去那里。

在去往客栈的路上必须经过城中的主干道，而那里宾虚看到基督信徒们正在进行着赞颂永生的仪式，场面庄严肃穆散发着忧伤的气息。虔诚的仪式的气氛正被推向制高点。沿街望过去，宾虚看到一支高举火把的队伍正向这边走来，火把摇曳在黑夜里好像三角的燕尾旗一样。接着他注意到队伍周围人群的颂唱声静了下来。在好奇心的驱使下，他仔细看了一阵，确定透过烟雾和火光竟有罗马士兵长矛闪烁着寒光！在这种节日里怎会突然出现罗马军团的？她们在犹太人的宗教游行队伍里干什么？这是前所未有的事情，宾虚忍不住驻足观望，想要看个究竟。

今夜的月光已经非常明亮。但是好像月光加上火把和街上火堆的火光仍然不够亮，还有从街道两旁的窗口以及打开的门口中射出来的灯光。似乎都不够照亮街道的地面似的，宾虚发现游行的队伍中有的人手中竟然还擎着点燃的烛台大灯。怀着好奇之心，他仔细观察了一番，原来举灯的人都是奴仆，而且这些奴仆的腰间或手中都携带着木棒或削尖的木棍。他们手中举灯看起来是为了看清楚地面，好为其主人——都是些年迈的长老和祭司——指引最平坦的落脚处。这些重眉长须的长老们，都是在该亚法(Caiaphas)①和亚那的领袖议会中举足轻重的人物。他们这一行人是要去往哪里？当然不是去圣殿，因为他们行进的方向正好相反。另外他们此行的目的为何？看起来不像是和平的目的，不然怎么会有这么多士兵出现？

这时队伍到了宾虚身边，他的注意力马上被队伍前面的三个重要人物吸引住了。奴仆们走在他们前面，认真地给三个人掌灯留心着地面。三个人里最左边的是圣殿的警务长。中间那位一开始很难辨认，因为他似乎走起路来非常吃力，身体的大部分重量都靠在左右两人肩上，脑袋低垂在前心，看不清他的相貌。看这人的样子，就像是刚被抓住的罪犯还

---

① 《圣经》福音中的重要人物，犹太人大祭司，曾经送耶稣去受刑。

没从惊恐中恢复过来，或是正在被押往刑场的死囚似的。从左右两人的显贵身份上来看，即便中间这人不是这支队伍此行的目标人物，起码说他也应该与其有直接的关系——或许是个目击证人或向导，又或许是个线人。如果能知道这人是谁的话，就很容易猜到这支队伍的目的为何了。就这样，宾虚走进了队伍，跟在右边的祭司身旁一起走了起来。从这里看，只要中间这人抬起头，他就能看清这人的相貌了。不久，那人果然抬起了头，灯光落在他的脸上，可以清晰地看到他的五官，苍白的一张脸上一片茫然，眼神中透着空洞和痛苦。他的下巴胡子拉碴，眼窝深陷，充满了绝望。看完之后，宾虚一眼认出了这人，因为他曾经长时间追随拿撒勒人，对他的门徒也非常熟悉，而这人便是其中一个！宾虚忍不住叫出声来。慢慢地，中间那人把头转了过来，目光落在了宾虚身上，他的嘴唇稍微动了动，好像有话要说似的；但正在这时，祭司抢先对宾虚说道："你是什么人？快走开！"说着一把将宾虚推开。

宾虚并没有生气，而是回到路边等待时机准备再次插入到队伍里。就这样，他沿着路边跟着队伍走着，穿过毕则撒和安东尼亚堡之间的低地，然后绕过毕士大水池来到了狮门处。一路上除了游行的队伍之外，街两边到处都站着人，这些人都用严肃的目光看着行进的队伍。

因为是逾越节之夜，狮门并没有关闭。门官大概去了某处参加庆典，根本无暇顾及大门。随着队伍畅通无阻地走出城门，队伍的前面已经来到了汲沦谷旁，外围便是橄榄山，除了山脚下墨绿的杉树和橄榄树之外，四处都被月亮撒上了一层银光。来到狮门外面，大道岔开了分做两条路——一条通向东北，另一条则通向伯大尼。在宾虚还没来得及细想要走哪条路之前，已经随着人群走下了汲沦谷。但他仍然猜不到这支游行的队伍到底要去往何处。

当队伍来到汲沦谷内的一座石桥上时，那些手中拿着木棒和棍子的人开始敲击武器，伴随着武器的撞击声，队伍越来越嘈杂，好像发生了骚乱一样。继续行了一阵，队伍转而向左来到一座橄榄园前面，这个园子被一堵石墙围了起来。宾虚对此地非常熟悉，他知道石墙后面的园子里面都像是些虬结弯曲的树木和大片的草地，还有一条类似城中的那种从巨石中开凿出的水槽。宾虚来到这里忍不住越来越好奇了，是什么让这些人在这个时候突然来到这么荒僻的地方。这时所有人都停了下来，前面的人开始大声叫唤起来，一种惊恐的气氛迅速蔓延。前面开始有人向后面退，而后面有不少人还没搞明白怎么回事就已经倒在地上。于是人群中发生了疯狂的踩踏。只有罗马士兵仍然保持着整齐的队形。

宾虚见势不妙，迅速从乱成一团的队伍里抽身而出，朝前跑去。很快他发现橄榄园的石墙有一处豁口，于是他马上从这里跳进墙内，然后向后面望去。原来后面站着那个拿撒勒人！

在拿撒勒人身后，紧靠着石墙的缺口，站着他的诸位门徒，看得出来他们都很兴奋，没有一个人像拿撒勒人那样冷静。火炬的红色火光照在他的脸上，给他的头发染上了一层微红。而他面上的表情跟平时并没有什么区别，依然是那么温和与悲悯。

此时在他前面，原本骚乱的人群见到拿撒勒人之后突然都张大了嘴巴，没有人再发出声音，有的出于敬畏，有的则出于畏缩——他们只等见到拿撒勒人一发怒恐怕就要一哄而散了。宾虚的目光从拿撒勒人身上移到他前面的队伍——简单的一瞥，他已经看出了这次游行的策划者和阴谋的发动者此时就站在人群中，便是犹大无疑。这个叛徒故意把军队和暴民引到这里来，怂恿他们对付拿撒勒人。

人们往往都是在事情发生在自己头上之后才知道该怎么做。如今的状况对宾虚而言便是如此，他多年的准备就是为了在这样的危急时刻，自己能保护救主的安全。但是他只是静静地站着，没有任何举动。这种矛盾的表现看似奇怪，实则很容易理解。事实上，读者们可以想象得到，此刻的宾虚还没有完全从埃及人给他描绘的耶稣在圣殿的那番表现中回过神来。另外，面对这么多暴民的威胁，神秘的拿撒勒人脸上依旧平静如初，这现象也抑制了宾虚的冲动，让他感觉拿撒勒人已经早有应对之策似的。在他以前追随拿撒勒人的时期里，和平和善意，爱和不抵抗，这些一直是他的教诲。难道他想要用这些来渡过这次危机吗？他是生命的主宰，起死回生不费吹灰之力；要取人性命自然更不在话下。那么面临这些人的威胁，他会如何应对呢？是否会再一次施展神力保护自己？如果真是这样，这次又将会施展怎样的神力呢？想必说一句话——吹一口气——甚至一个念头闪过就已经足够了。不论是怎样，宾虚觉得自己凭借凡人之力冲出去保护他都显得多余，他下意识地在期待着拿撒勒人展示不可思议的神迹。可是宾虚却不知道，他的所有推测和臆想，仍然是从凡人的角度来衡量非凡的拿撒勒人，但上帝行事又岂是常人能够猜度得到的呢？

这时基督开口问道："你们要找谁？"

祭司回答："我们找的是拿撒勒人耶稣。"

"我就是。"

简单的几个字从耶稣的口中说出，没有什么感情的渲染，也听不出任何戒备之意,却令面前手持武器的人纷纷倒退,甚至有几个胆小的竟然颓然趴伏在地上。这时要不是犹大从人群中站了出来,估计人群便自行散去了。

"您还好吗,老师!"犹大一边向耶稣问候,一边亲吻了耶稣。

"犹大,"耶稣温和地说,"你用亲吻做暗号,来背叛人子吗?你来此究竟是何目的?"

犹大没有回答,于是他的老师继续对人群说道。

"你们要找何人?"

"拿撒勒人耶稣。"人群中再次有人回答。

"我已经告知你们,我便是耶稣。如果你们的目标只是我一个,那么请让我的这些弟子离开。"

听到耶稣话语中的恳求之意,队伍前面的拉比们开始向前迈步靠近耶稣。眼见情势不妙,几个耶稣的弟子走了过来想要保护老师。其中一个弟子还跟人群发生了肢体冲突,用利刃削掉了一个人的耳朵。尽管这些人拼尽了全力,也只能眼睁睁地看着耶稣被拉比们抓走。而宾虚依旧站在外面旁观着!不,耶稣在被绑的过程中并非什么都没有做,他再次施展了宽容的神迹——虽然相比以前他展现过的能力这次可能算不上怎么强大,但在这样的时刻,他的这个举动却称得上是他宽容忍耐之心的最伟大的一次展示,远远超出了凡人!

"痛苦将无需再困扰于你。"他对耳朵被削去的伤者说着,同时轻轻触摸了患处,此人立即复旧如初了!

敌人和朋友同时见证了他这匪夷所思的举动——敌人惊异于他竟有此神力,朋友们则没有想到在这样的情形下他还能帮助敌方。

"他一定不会甘心就缚的!"宾虚此时仍然抱定这样的

想法。

"你们手中的剑可以入鞘了。圣父赐给我用来饮水的圣杯，我怎能不用?"拿撒勒人离开不悦的追随者们，转身面对前来抓捕他的人群，"你们此来是要抓捕窃贼吗，为何这般兴师动众？我白天还跟你们一起去过圣殿不是吗？彼时你们没有人要抓我。而现在你们神圣的庆典之夜，却成了最黑暗的时刻。"

最终，人群鼓起了勇气把耶稣捆绑了起来。只剩下宾虚躲在一旁，再看那些忠实的门徒，已经一个也找不到了。他期待的神迹并没有出现。

那些将耶稣围在中间的人，一边咒骂着，一边对耶稣拳脚相加。宾虚透过摇曳的火炬和昏黄的烟雾以及晃动的人头，捕捉到拿撒勒人瞬间望向他的眼神，充满了慈悲和众叛亲离、无依无靠的悲凉！从来没有哪个人的目光让宾虚的内心受到如此强烈的震撼！是啊，他心里想，这个人本来有足够的能力自保——他可以轻易制敌于死地，但是他没有这么做。为什么他明知自己已置生死存亡之险地，却只是提出来要用圣父的圣杯喝水？那是怎样一个杯子？他所说的圣父又是谁，为什么他对这个圣父如此遵从？秘密一环套着一环，令他困惑不已。

那群人抓获耶稣后便开始返回耶路撒冷城内，罗马的士兵在前面开道。宾虚越来越焦虑，他感觉非常懊悔。心知耶稣在人群中的位置一定是在火炬最集中的地方，他决定要再见耶稣一面，有一个问题他非问不可。

闪掉身上宽大的外衣和头顶的方巾，挂在石墙墙顶，宾虚开始追赶回城的队伍。待他来到队伍旁之后，果断地插入到队伍之中，并一点一点地靠近，终于挤进人群来到了拖着绑绳的那人旁边。

拿撒勒人慢慢地走着，低垂着头，双手被捆绑在他的身后。长发垂落在面前，他的背比平时弯了许多。很明显，他对发生在周围的事情并不在意。前面的长老们和祭司每向前走几步就会回头看一看。就这样宾虚一直跟着来到了石桥上，他再也忍不住了，抢前几步来到了耶稣身旁，从原来拉扯着耶稣的人手里夺过绑绳。

"老师，老师！"他俯在耶稣耳旁急切地问道，"您听到了吗，老师？我有一个问题问您——"

这时被夺走绳子的人开始叫喊，要他把绳子还给自己。

"请告诉我，"宾虚不顾一切继续问道，"您是甘心被这些人带走的吗？"

人群注意到了宾虚这边的吵闹，开始围拢上来，并有人愤怒地问他："你是谁？"

"我的老师，"宾虚只好加快语速分秒必争继续对耶稣说着，声音中透着急切和焦虑，"我是您的朋友和追随者。我请求您告诉我，我想要带人解救您，您会接受吗，我这样做合适吗？"

拿撒勒人甚至连头都没有抬起来，一点认同宾虚的意思都没有。对普通人而言，在自己落难之时竟然对想要解救自己的人置若罔闻，这是很难想象的。然而面对耶稣，宾虚就好像听到一个声音在劝告说："不要试图解救他了，他已经被朋友背叛和抛弃，整个世界都否定了他。他的灵魂已告别了世人，品尝着最孤独的痛苦。眼前这条路将会通向哪里，他并不清楚，他对此也不关心。随他去吧。"

此时十几个人一起上来，开始驱赶宾虚。人群中有人高声地呵斥着："他们是一伙的，把他也抓住，打死他——杀了他！"

宾虚在情急之下身体涌现了一股超常的力量，他奋力转过身，旋转之际猛地甩开了众人的手臂，然后低头冲出了人群。奔跑的过程中人群里有很多人伸手来抓他，尽管把他身上的衣服撕得粉碎了，但最后宾虚还是赤裸着上身逃离了追赶的人群。等他一口气跑到漆黑的汲沦谷内，黑暗伸开友好的双臂将他拥进了怀里，这才让他安下心来。

宾虚找到了放衣服的石墙，重新穿戴好外衣和头巾，这才走回到城里。他径直来到客栈，取过之前存放的马匹，快马加鞭赶到了他之前在国王墓地旁给亲人搭建的帐篷那里。

一路上他左思右想还是决定第二天再去见一次拿撒勒人——此时他却不知，是夜耶稣已经被直接带到了大祭司该亚法的岳父亚那家中受到了不公的审判。

等宾虚倒在帐内的睡椅上，他的心绪久久无法平复，更难以入睡。因为从现在的形势来看，多年以来自己苦心经营的重塑朱迪亚秩序的梦想，最终变成了黄粱美梦。看着自己修建的城堡一座一座地倒下已经够糟了，但是起码在倒塌的间隙还能给人以喘息之机。然而，当所有的成就一瞬间全都被推倒否定——就像暴风雨中沉没的舰队或是地震中倒塌的屋宇——能够冷静地接受现状需要比常人更加坚韧的精神力量，一个人能做到这一点难能可贵，宾虚便是其中的一个。此时的宾虚的内心里开始看到了自己另一种可能的未来，而在这幅画面中，自己卸下了肩头复仇的重担，原本梦想之中金碧辉煌的宫殿变成了温馨的家庭。他还看到了埃丝特成为自己米塞努姆庄园的女主人，她闲适地徜徉在庄园之中，漫步在天井下面，头顶上是那不勒斯的天空，脚下是洒满了阳光的碧蓝色海岸。

此时此刻的宾虚还不知道，他和拿撒勒人在翌日都将会面对人生中最大的危机。

第九章

第二天早上大约八点钟,两个加利利人快马加鞭来到了宾虚一家人的帐篷前,他们一刻也没耽搁,直接走到了宾虚的帐内。这时宾虚还没起床,看到两个人进来,他一眼认出来的是加利利军团中的两名士官。"愿你们平安,我的兄弟们。请坐。"

"不,没有时间了,"两者中级别更高的那人说道,"现在安然闲坐就等于眼睁睁看着拿撒勒人死去。快起身跟我们一起赶去城里吧,犹大,判决已经下达。用来做十字架的木头已经在各各他准备好了。"

"十字架?!"宾虚瞪着双眼看着眼前的两人,不敢相信他们说的一切。

"是的,昨天晚上那些人把他抓住后连夜对他进行了审讯和判决。今天一早就把他押到了彼拉多总督那里。尽管彼拉多两次都宣布耶稣无罪,并且两次都拒绝处置他,但是最终他还是迫于压力,拒绝背负这个责任,他说'你们自己看着办吧!'然后便置身于事外。而那些人则回答说……"

"哪些人回答?"

"就是那些祭司和抓捕他的人,他们说:'那就让他的血洒在我们和子孙的身上吧!'"

"以圣祖亚伯拉罕的名义!"宾虚尖叫道,"一个罗马人竟然比以色列的同胞更仁慈吗?!如果,如果他真的是上帝的圣子,那要怎样才能洗清这两手的血迹?!绝不能让他们得逞!该是战斗的时候了!"

下定决心之后,宾虚双掌猛地击打在一起,脸上的犹豫也一扫而光。

"备马!快!"宾虚对手下的阿拉伯奴仆命令道,"还有,你让阿姆拉给我准备一身干净的衣服,把我的剑取来!是时候为以色列做出牺牲了,朋友们。请你们俩稍候片刻,我马上就好。"

宾虚匆忙吃了点面包,喝了杯酒,马上跟来的两个加利利人一起踏上了回城的路。

"你打算先去哪里?"加利利人问宾虚。

"先去召集我们的军团。"

"唉!"加利利人伸出双手仰天长叹。

"发生了什么事?"

"老师,"说话的人满面羞愧,"老师,我和他两个人是咱们军团中仅剩的两个对拿撒勒人忠信的人了。其他所有人都已追随祭司而去。"

"跟祭司去做什么?"宾虚听到这里不由得一惊。

"去杀死他。"

"你说的难道是拿撒勒人?"

"是的。"

宾虚的目光慢慢从一个人移向另一个人。他的耳畔仿佛又传来昨晚耶稣被抓时所说的那几句话："圣父赐给我用来饮水的圣杯,我怎能不用?"接着他又想起自己在拿撒勒人耳边说过的话,"我想要带人解救您,您会接受吗?"他一边思考着昨晚到现在发生过的事,一边自言自语说道,"好吧,也许拿撒勒人的死已经无可挽回。他所行的路从一开始就是通向这个终点的,而且他可能从背负这个使命之初就已经知道了自己的归宿。因为他的命运是由更高的存在安排的,那便是上帝的意志!那么,既然是被上帝准许的事,圣子又甘愿赴死,其他人又能有什么作为呢?"他同时又感慨于那些加利利人对自己的遗弃,虽然这么说可能并不准确,毕竟他怎么也想不到宗教信仰能让他的军团一夜之间土崩瓦解。念及此处宾虚心里顿时涌出一阵阵的恐惧。自己亲手培养起来的军队,这么一来不就成了对抗上帝意志的刽子手?这种想法让他连忙拨转马头说:"兄弟们,我们要赶快。"可是他的心里仍然充满了疑虑和困惑,无法做出清晰的决定。

"走吧,兄弟们,咱们去各各他。"

他们几人催马飞奔,向南赶往各各他,此时跟他们一样从北往南而来的人络绎不绝。好像所有北方的人都行动了起来似的。

听到行进的人群中有人提到说死刑犯将路过希律王留下的白色塔楼,三个人连忙从阿克拉东南绕道赶奔那里。当三人三骑来到希西家水池下面的山谷,发现路上已经人满为患,骑着马根本寸步难行。三人纷纷下马,走到一所房子一角,一边牵马等着,一边看着眼前洪水般的人流向前涌动。

我们在第一部分的前文中对基督降生的时代耶路撒冷民

族的大致组成情况已经有过介绍。那番介绍对此刻宾虚三人眼前所见的景象无疑是很好的注释。有印象的读者们可以很容易地理解宾虚他们此时内心的震动!

半个小时——一个小时过去了,庞大而拥挤的人流从宾虚眼前慢慢走过。在队伍终于显得不那么拥挤之后,宾虚终于松了口气。他心里忍不住感叹道:"这场面太震撼了,我想我刚才应该已经看到了耶路撒冷所有阶层的人,听到了朱迪亚所有的秘密,也见到了以色列所有的部族,以及世界上所有国家的各色人等。"的确,人群里面行走着各种各样装束迥异的人,有来自利比亚、埃及和莱茵河流域的犹太人——简言之,从所有东方和西方国家来的犹太人,还有所有跟犹太人有商业关联的国家里来的外国人,他们有的步行,有的骑马,有的骑骆驼,有的乘轿,有的乘车。尽管人们穿着各异,操着不同的语言,来自不同的地方,但是相同的是所有人都神情肃穆而急切——他们都如同以色列的子民一样,争抢着要去目睹拿撒勒人的死刑。

这些人不在少数,但并非全部。队伍里还有许多人并不是犹太人——数以千计看不起犹太人的异族——希腊人,罗马人,阿拉伯人,还有叙利亚人,非洲人,埃及人,中土人。所以在观察整个队伍之后,宾虚感觉全世界所有种族的人都一一从自己的眼前经过了一样。

行进的队伍虽然庞大但却非常安静。马蹄落在石头上的踢踏声,车轮的隆隆声,人们交头接耳的对话以及有些人偶尔发出的呼喊声,混杂在一起但并不显得喧闹。从人们的表情猜测得出来许多人随人群而来,其实是为了见证残酷的行刑场面或者说是来看热闹的。进而看得出另外有些人则与肮脏的审判无关,只是虔诚的教徒赶来参加逾越节的,宾虚觉得这部分人或许能成为自己的朋友。

终于，从塔楼的方向传来一阵喧闹，许多人高声喊着什么，但是因为距离太远听得并不清楚。"看啊！他们过来了。"宾虚旁边的加利利朋友说道。

道路上的人群都停下脚步侧耳倾听；但是因为喊声人飘忽不定，人们相互看看不知所云，于是又继续向前行进。逐渐地，喊声愈发清晰起来。宾虚看到萨耐德由奴仆伺候着也出现在人群中，埃丝特跟在他的旁边；他们的后面还有一乘轿子，布帘落下，不知里面是谁。

"萨耐德，愿主保佑您——还有你，埃丝特，"宾虚上前跟他们打起了招呼。"如果你们也是要去各各他的话，请跟我一起等人群过去吧，然后咱们一道走。这里还有地方，来。"

萨耐德的脑袋低垂在胸前，听到宾虚的声音，他坐直了身体回答道："先问问巴尔退则吧，他坐在后面的轿子里。"

宾虚紧走几步来到轿帘旁，撩起布帘。埃及老者在轿子里半躺半卧，他皱纹堆垒的脸上已经形容枯槁。宾虚又问了他一遍。

"我们能再见到他一面吗？"巴尔退则气息微弱地问。

"拿撒勒人吗？没错，他一定会从前面过的，到时只不过离我们几步远而已。"

"上帝啊！"老智者激动地叫着，"再一次，再一次！啊，今天是多么可怕的日子。"

于是众人都聚拢在房檐下面等大队行人过去。他们相互之间几乎没有交谈什么，或许对说出自己的真实想法有所顾虑吧，毕竟现在有许多重大问题都还没有定论。巴尔退则在奴仆的帮助下勉强站着，而宾虚和埃丝特则站在萨耐德老人两旁。

与此同时前面的人群继续往前涌动，如果说跟先前有什么不同的话，就是人群更加密集了。刚才听到的喊声也愈来愈近，带着嘶哑和无情传出很远。最后游行的道队终于出现了。

"看！"宾虚痛苦地说，"他们从耶路撒冷过来了。"

队伍前面走着的是一群男孩子，他们一个个像起哄一样高声叫着："让一让，这位是犹太人的王，你们还不快给大王让路！"

萨耐德看着这些男孩一边跳舞，一边吹口哨的样子，如同一群夏日的蚂蚱似的，忍不住沉痛地感叹道："宾虚，不知道他们的后代将如何面对今天发生的事和这座所罗门之城，多么的可悲可叹啊！"

后面跟着的是全身戎装的罗马军团，这些士兵像平日一样只是面无表情地迈着稳定的步子，铮亮的矛头闪着耀眼的金光。

接着出现的便是拿撒勒人！

奄奄一息的他举步维艰，摇摇欲坠。身上的衣服被酷刑绞得破破烂烂，搭在他的肩头。他赤裸的双足每前进一步，都在石头上留下个血红的脚印。有人在他颈上挂了块木牌，在他的头顶硬生生套上了一顶满是尖刺的荆冠，鲜血顺着他的面颊淌下来，一直到他的脖子上，慢慢凝结成黑色的血块。他的长发缠结在荆棘间，乱成一团。暴露在外的皮肤如尸体般灰白，看不到一丝血色。他的双手被捆绑在身前。作为重犯，他本来需要自己拖动横梁把十字架背到刑场，但他在出城之前便已经无法再擎受十字架的重量，于是改为由一个农民替他拖着前行。四名士兵跟在他身边以防意外，尽管如此，仍然间或有冲动的民众冲破拦阻用木棒击打他，或是朝他啐上一口。然而面对这些，他一直默默无言，没有抱怨和抗议，甚至没有发出一声呻吟。就这样他低着头一步一步地往前挨，等到他来到宾虚众人的附近时，旁观的埃丝特简直不忍再看，紧紧靠在父亲的身上，连坚强的萨耐德也禁不住浑身颤抖。

巴尔退则只看了一眼便倒在地上，宾虚则痛苦而怜悯地喊道："上帝啊，上帝！"这时，拿撒勒人好似感知到了他们几个对自己的怜悯之情，又或是听到了宾虚的喊声，慢慢转过脸来，看向他们几人。这一眼让每个被看到的人终生难忘。尽管没有任何语言，他们仍能从拿撒勒人的目光中感受到了他的关切和祝福，丝毫没有对自身遭遇的怨恨。

"宾虚啊，你的军团呢？"萨耐德紧绷着身体问。

"这个问题亚那比我更清楚。"

"怎么，他们都背叛了信仰吗？"

"没错，只有我身边这两位例外。"

"噢，那么一切都来不及了，这个善良的人必死无疑！"

萨耐德说着，脸部的肌肉因为气愤和激动突突直跳，最后他只能又颓然地垂下头。毕竟他一直以来都是宾虚的坚定支持者，两人心怀相同的理想和信仰苦心经营多年，而现在大厦瞬间倾颓，怎能不叫他心灰意冷？

在拿撒勒人身后还跟着两个背负十字架的犯人。

"他们是谁？"宾虚问身旁的加利利人。

"两个窃贼，跟拿撒勒人一起被判决死刑。"他们回答。

在这两个犯人的身后，走来一位身穿金色祭司服，头戴主教冠的人。数名圣殿的警员护卫在他的身前身后；再向后看，跟着议会成员们和一队祭司，个个都内衬白色长袍，外套光鲜的长衫。

"前面那个就是亚那的女婿。"宾虚低声说。

"没错，是该亚法！我见过他。"萨耐德盯着那位傲慢的主教沉思了一会儿，回应道，"到现在我终于确信了。这个救主的使命的确是为了开启人们灵魂的大门——他用自己的行为使我确信这一点——这才是他称号的真正含义，就像他脖子上的牌子所写的——犹太人之王。一个普通人，一个冒名顶替者，一个恶棍，怎么可能做到他这一步。看啊，整个国家和所有民族都来见证他的壮举了——耶路撒冷，以色列。自从犹都拿(Jaddua)①当年迎接马其顿君王之后，再也不曾有人像拿撒勒人这般身穿紫色金边的王袍行走在这片土地上——这些不都是明证吗，他的确就是我们的王。如果我还能行走，我一定会追随他！"

宾虚听完萨耐德的话吃惊不小。似乎看出了宾虚内心的变化，萨耐德变得更加不忍。他催促道："宾虚，请你跟巴尔退则说一下，咱们还是快走吧，我再也看不下去这些无耻之徒的恶行了。"

这时埃丝特说话了。"我看到那边有几个哭泣的妇人，她们是谁？"

众人顺着她的手指望去，果然有四个妇女双眼含泪望着拿撒勒人前行的方向。其中一个女人把身体靠在一个年长的男子身上，那男子的气质跟拿撒勒人颇有几分相像。看了片刻，宾虚回答说："那个男人是拿撒勒人最喜爱的门徒，靠在他身上哭泣的就是拿撒勒人的母亲玛利亚，另外几个都是善良的加利利妇女。"

---

① 据传说，亚历山大大帝征服了推罗（古代腓尼基南部城邦，今黎巴嫩苏尔地区），挥军沿巴勒斯坦直逼埃及时，犹太大祭司犹都拿曾去迎接他，因为他也会献祭敬拜上帝。

埃丝特双眼含泪目送这几个哀伤的悼念者，一直等他们走出了视线之外。

读者们可能会觉得前面提到的众人间的对话，一定都是窃窃私语的，实则不然。在当时喧闹的环境中，他们对话的声音其实都不小，就像在巨浪翻涌的海边说话一样，只是没有人去在意罢了。

这场游行开启了一个新的时代。此后不到三十年，就在这片土地上，圣城被无情地摧毁。无数残忍狂热的暴民，语无伦次的咆哮，人声鼎沸——奴仆，骑跨骆驼的人，商贩，门官，园丁，水果酒水贩，改信仰者，外国来的异教徒，圣殿的更夫和佣工，窃贼，强盗，还有无法辨别身份的大批民众们——跟眼前一样的场景在不到三十年之后再次重现。在乱纷纷的人群中，有一些手持武器，或拿着利剑，或拿着梭标长矛，大多数拿着棍棒和投石器，头上不戴头巾和帽子，四肢赤裸在外，乱蓬蓬的须发不加打理，都穿着土黄色的布衫，如同饥饿的野兽一样，浑身散发着尸体一样的臭味。与之相对的，还有一些一眼就能看得出其出身尊贵的人——从穿着打扮上看，书记员，长老，拉比，法利赛人，撒都该人——他们走在队伍的前面，不断变换着口号，引领后面的暴民们不断呼唤着制造声势，一个口号喊累了以后，他们马上就发明出另一个——"犹太人之王""给犹太之王让道啊""亵渎圣殿的人""亵渎上帝之人""把他钉上十字架""钉死他""钉死他"渐渐地，最后一句口号变成了所有人一起呼喊的一致口令，似乎最能表达他们对拿撒勒人的痛恨。

"走吧。"萨耐德见巴尔退则已经恢复过来，于是催促说，"我们继续向前吧。"

宾虚没有听到他的话。游行的队伍继续前行，仿佛一头嗜血而残忍的怪兽，迫不及待地想要收割生命一样。这幅景象令宾虚陷入了对拿撒勒人过往的回忆之中——他面对无数不幸的生命所展示的慈悲和怜悯以及他所施的善行。接着，宾虚又想起了自己也曾接受过的救恩，当年拿撒勒人当着罗马人的面施舍给自己清凉的井水，想想当时自己已经濒死的感受跟此时的十字架又有何不同？只是彼时的自己看到了拿撒勒人温和的面容，而今的拿撒勒人却无人施以援手，自己也只能爱莫能助。无助与懊悔侵蚀着宾虚的灵魂，使他陷入了深深的愧疚。他觉得自己做得远远不够，就自己手下的加利利军队而言，本该可以约束他们不参与到暴民的行列之中的，而现在呢——天啊！恰恰相反，自己亲手培养了一批帮凶。现在机会都从指尖溜走了，难道自己真的已经无计可施了吗？

突然间一帮加利利人进入了宾虚的视野。他连忙拨开前面的人群，来到这帮人前面。

"跟我来，我有话对你们说。"

这些人遵从地跟着他来到房檐下。

这时宾虚开口说道：

"你们从我手中接过利剑，并曾承诺跟我一起捍卫自由和那位被押的新王。现在是出手的时候了。去人群里召集你们的战友吧，告诉他们到将对拿撒勒人行刑的十字架下等我的命令！快去吧！不要在这里浪费时间了。拿撒勒人就是我们的王！若他死了，自由也就不复存在了！"

他们听完后只是尊敬地望着宾虚，但没有一人行动。

"你们没听到我说的话吗？"

这时有一人回答说："犹大的后人，"——加利利人对宾虚所知仅限于这个称呼——"你还被蒙在鼓里，被拿撒勒人欺骗的是你，而不是我们。拿撒勒人才不是什么王，他根本没有为王的灵魂和意图。他一进耶路撒冷，我们就开始跟随他。那天我们跟他一起到圣殿中，他舍弃了自己也舍弃了我们，更舍弃了以色列。大家都期待他宣示称王，但是他却拒绝了王座，默默地离开了。既然他不要做犹大人之王，我们加利利人为何还要追随他？他太让人失望，应该被处死。不过犹大的后人，不管怎么说，我们的利剑的确是你的赐予，我们已经准备好了为自由而战，请听明白，我们愿意为自由而战，不是为了拿撒勒人。若为自由故，那么我们会到刑场等候你。"

宾虚此刻面对的无疑是一个十分重大的抉择，他再一次来到了人生的转折点。若他接受了加利利人的提议，那么他将成为首领甚至改变历史的进程。但是这种改变将建立在抹杀信仰的基础之上——彻底改变自古以来以色列民族的方方面面，这是难以想象的成功还是灾难？这让他困惑不已。不过他只是犹豫了片刻，很快还是下定了决心让自己的信仰继续追随拿撒勒人。因为他已经理解到了拿撒勒人赴死的更深一层意义，那就是只有他的死亡才能成就基督信仰的复兴，否则他倡导的信仰便只能沦为空洞的空壳。虽然走出了困惑，宾虚依然不知道下一步该怎么去走，只能以手掩面，默然无语。

"走吧。我们都在等你了。"萨耐德第四次催促道。

于是，宾虚机械地跟在两位老者后面向前走，埃丝特则陪同在他的身边。这一刻就像几十年前巴尔退则和另外两位智者为信仰而跋涉在沙漠之中一样，宾虚正一步步走上了正确的信仰之路。

第十章

宾虚也不知是怎么带着众人——巴尔退则,萨耐德,埃丝特还有两个加利利朋友——来到刑场的,挤过一路上拥挤的人群着实不是易事,另外前面我们也提到,他此时脑中一片混沌,双眼无神,漫无目的,几乎是在无意识的状态下来到了刑场旁。如果谈到解救拿撒勒人,这时就算一个孩童也胜过宾虚多矣。上帝的意图是神秘的,他总能用凡人想不到的方法使人归于信仰。

宾虚一行人停下了脚步。就像遮挡在眼前的帘子被人掀起来了一样,随着到达刑场,他终于从无意识的状态下醒转过来。

刑场设在一座矮山的山包上,如同人的脑壳形状相似。上面除了几撮低矮的牛膝草以外,几乎没有任何植被,随着大批的人聚拢于此,这里到处弥漫着灰尘。刑场外围是一堵人墙,外面是想尽办法看到现场的民众,里面是全副武装看护刑场的罗马士兵。在一圈罗马士兵身后，一个百夫长来回巡视着，宾虚等人挤进人群，来到现场的东南角，他站在人墙之外面向西北放眼看过去，这里就是阿拉姆语①所说的各各他地——在拉丁语中的意思是"颅盖"；放在英语中的意思则是"骷髅地"。

在这片骷髅地的斜坡上，隆起的地段以及更高的小丘上，地面在太阳下发出奇特的瓷釉般的色泽。从人墙上方望过去，宾虚看不到任何绿色的植物，满眼除了人群就只剩下黄褐色的土地，连石头也看不到一块。在他视线的尽头，到处都是通红的脸和瞪大的眼睛。而到了近处则只能看到一张张涨红的脸。这就是赶到各各他的三百多万民众。一张张面孔下面隐藏着三百多万颗悸动的心，所有人都心怀复杂的心情注视着山包上的刑场。他们静静地等待着，没有人去关心那两名盗贼的下场，每个人来这里都只为看拿撒勒人的结局——这个凝聚了所有仇恨、恐惧和好奇的人，他却爱着所有人，并甘愿为洗涤他们的罪恶而死。

面对像海水一样无边无际的人群，一个人难免会对这壮观的景象感慨一番，更何况此刻的场面称得上前无古人后无来者。但宾虚只是匆匆一瞥便收回了目光，因为在这样关键的时刻，他的全部注意力都在拿撒勒人的身上。

在人墙之内，刑场的高地旁边站着几位身份较高的长老，其中最为显眼的是头戴主教冠、身穿法衣、傲慢的大祭司该亚法。拿撒勒人此时已经被绑缚在高地之上，以便无论远近

---

① 是闪族语，从公元前539年～公元70年都作为以色列的日常用语；《圣经·旧约》除了大部分是用希伯来语以外，还有一部分就是用的这种语言。

的围观者都能看到。不知道是哪位"聪明"的卫兵折了一支芦苇放在拿撒勒人的手中，配上他头顶的荆冠，使人联想到国王的权杖。四面八方的叫嚣声在拿撒勒人耳旁爆响——嘲笑声，咒骂声，有时还分得清楚，多数时候混同在一起铺天盖地把他淹没在垓心。善良的读者——这样一个人，仅仅是这么一个普通人，却要在将死之际，用心里残余的爱来面对一个民族的怨怒！

所有人的目光都落在拿撒勒人身上。或许是其中的怜悯打动了他，或许是其他的什么原因，宾虚注意到拿撒勒人在感情上出现了变化。似乎是他所期待的来世将远远超过此生——某种美满的未来所带来的勇气，让他足以支撑当下他的身体和灵魂遭受的极度痛苦。让他心甘情愿地等待死亡降临——也许来世的生命将会比此生更加纯粹——或许巴尔退则所预言的灵魂之国即将随着他的死亡姗姗而来，似乎是这种理解在引导拿撒勒人最后理解到了死亡的最终意义，等到尘埃落定之时，他的使命便得完成，信他的人终将真正了解他牺牲自我的崇高意图，他所祈盼的灵魂之国随之将会统领这片大地。宾虚在恍惚间好像听到了拿撒勒人说："我就是复活与生命。"

这句话在空气中不断地重复再重复，就像新时代的晨光照在每个人身上，并使人忍不住去琢磨它此时所蕴含的全新含义。看到拿撒勒人戴着荆冠，昏厥后低垂着头的身体，许多人心里在问，谁代表了复活和生命？"我就是复活和生命。"——拿撒勒人似乎在回答一样，宾虚分明听到了这个声音。突然之间，在宾虚的脑海里好像有一扇窗打开了，在窗的那边他看到了另一种和平——一种他从未想到的和平：自己再没有疑惑和秘密，对信仰和爱开启了崭新而更清晰的理解。

片刻之后,一阵锤击声把宾虚从如梦似幻的状态里拉回到现实中。在刑场正中的高地上,几个士兵和工匠已经开始在挖好的洞旁固定十字架的横梁。

"快,把这些人钉起来,"大祭司催促着百夫长。"这些人,"他说着用手指着拿撒勒人,"在日落之前必须处死,并且将尸体深埋,不能玷污了土地。这是律法的要求。"

一名士兵貌似出于好意弄了些东西到拿撒勒人嘴边喂给他吃,但是被拒绝了。接着另一名士兵走过来把拿撒勒人脖子上挂的木牌取了下来钉在十字架上面——准备工作就这样结束了。

"十字架已经准备好了。"百夫长对大祭司报告。

大祭司听到后摆了摆手回答道:"先处死这个亵渎圣殿的人。如果他真的是上帝之子,那就让我们拭目以待他如何拯救自己吧。"

围观的人对行刑前的每个步骤看得一清二楚,不少人变得越来越不耐烦了,尖叫声如巨浪一样一波接着一波在耳边爆响,以至于间歇的片刻让人有种死寂的错觉。终于,他们期待的行刑的时刻到来了——拿撒勒人终于要被钉死到十字架上,只见几名士兵把他扶起来,让人战栗的气氛瞬间在围观的人群里弥漫开来。就连最残暴无情的人也心生恐惧、浑身打起了冷战,事后这些人纷纷称他们感觉空气瞬间变得冰冷。

"好安静啊!"埃丝特双臂环抱着父亲的脖颈小声说道。

萨耐德想起自己曾经遭受过的肢体折磨,忍不住把女儿的脸抱在怀里,浑身发抖。

"不要看,埃丝特,不看为妙!"他说着,"我知道现在目睹圣子被杀的人——不管有罪还是无罪的人——都将受到诅咒和惩罚,多么黑暗的时刻啊!"

此时巴尔退则已经颓然跪在了地上。

"宾虚,"萨耐德激昂地说,"如果耶和华此时还不赶紧伸出援手,以色列就完了——我们都将会迷失。"

宾虚冷静地回答说:"萨耐德,我刚才如同做梦一样听到了一切,我想我已经知道为什么事情会发展到这样的地步。这正是拿撒勒人想要的结果啊——这是上帝的意志,一切都是上帝的安排。让我们跟埃及智者一样——静静地等待并祈祷吧。"

说罢宾虚抬头望向刑场,耳畔再一次飘过那句话:"我就是复活与生命。"

他虔诚地对远方鞠了一躬,就像拿撒勒人在他对面跟他说话一样。

行刑的过程在继续着。卫兵扒掉了拿撒勒人的衣服,使他浑身赤裸面对百万围观的民众。人们可以清楚地看到当天凌晨他接受刑讯时酷刑在他背上留下的道道鞭痕,此刻在伤口旁仍然有斑斑血迹依稀可辨。接着,卫兵把他四肢平伸,无情地放在十字架上——先用尖利的长钉把左右手掌心钉穿到横梁上,用锤子砸牢。接着,卫兵把他的双腿拉直放到竖起的木头上,两只脚掌交叠,迅速地用长钉将两只脚钉穿打牢。锤子敲击的闷响传到附近围观者的耳中,而远处听不到声音的群众看着锤子一次次落下,心中也是一样感受到锤击的震颤。然而,人们没有听到拿撒勒人发出一声呻吟、尖叫或是抗议,令仇者快亲者痛的声音并没有出现。

"您想要让他面朝哪边?"一个士兵坦率地问大祭司。

"朝着圣殿的方向,"该亚法回答,"这样他在临死之际眼睛会看着安然无恙的圣所。"

工人们伸手扶起十字架,把它背起来走到挖好的洞边。听到大祭司的命令之后,他们把十字架重重地栽进了地洞中。被钉在上面的拿撒勒人被连带着也重重地向下坠落,鲜血从他的手掌心汩汩流出,但他仍然没有发出一声痛苦的叫声——他只是大声呼号了一句:"父啊,赦免他们吧,因为他们所做的,他们不晓得。"

就这样,十字架被立在了最高的地方,孤零零地面对着苍天,而面对这幅场景,人群里竟爆发出惊天动地的欢呼声。人们对拿撒勒人头顶的木牌上那句"犹太之王"展开了疯狂的嘲讽,这种讥笑在人群里迅速地传递着,很快几乎所有人都开始边笑边喊起来:"犹太人之王!向您致敬,犹太人之王!"

大祭司对这句话的含义有着更清楚地理解,他站在人群前面大声谴责这样的称呼。而十字架上被人们冠以"王"号的拿撒勒人半睁着眼睛,在弥留之时却仍被自己所爱的圣城和子民无情而不知羞耻地驱逐着。

很快天色已至正午,山头上褐色的泥土在烈日照射下更加的显眼,而更远处的山峰则呈现着一抹神秘的淡紫。神圣的耶路撒冷城中,一座座圣殿、王宫、高塔、尖顶以及所有目力所及的地方,在正午的阳光下都显得那么辉煌壮观,就好像全都有了生命一样知道圣子在临死时正望着她们。突然,天地之间开始变得昏暗无光——好像暮光提前笼罩了大地,紧接着四处变成了一片黑暗。异象顿生令原本喧哗的人群陷入了沉默,有人甚至怀疑自己的双眼是不是失去了光明,他们惊异莫名地相互看着。然后仰头望向太阳、远处的山峰,再看看天空和远处堕入阴影之中的地面,最后目光再次落在受难之地,最后人们相互对视之后,面色开始变得惨白,哑口无言。

"我想这不过是飘过的迷雾或者云层,"萨耐德安慰着吓坏了的女儿,"很快就会恢复光明的。"

而宾虚并不以为然。"这绝不是什么云雾,"他说道,"是空中神圣的灵——我们的先知和圣徒们——向世人显露悲悯。萨耐德,正像我刚才所说的那样,上帝为圣子之死而悲恸。"

萨耐德听罢,面对异象陷入了深深的思索中。宾虚又来到巴尔退则身边,一只手轻轻放在老人的肩上,说道:"睿智的埃及人,请听我说!一直以来你是对的——拿撒勒确然是上帝之子。"

巴尔退则拉着宾虚跪下,在他耳边用微弱的声音回答:"我看到过新生的圣子躺在马槽中。所以我比你先了解圣子的身份并不奇怪。但是为什么我主不早些让我死去,我情愿数年前随我那两位弟兄而去,也不愿留在今天看到这幅悲惨的画面!噢,若能跟梅尔该还有加斯巴尔一起死去我该是多么喜悦啊!"

"不要悔恨什么!"宾虚说,"我相信他们两人跟你一样也见证了此刻。"

黑暗并没有散去,反而变得愈发浓重。不过这对行刑的刽子手们似乎没有什么影响。另外两个窃贼接着被钉上了十字架然后栽进了挖好的洞中。卫兵们完成了任务后便撤退回城了,只剩下围观的群众。没有士兵们的阻拦,群众纷纷上前来到十字架下面。前面的人看过一眼之后马上就被后面的人推开,就这样一个接着一个,人们轮流仰望被钉在十字架上的拿撒勒人,大多数人看完还不忘扔下几句粗俗的咒骂或是几声嘲笑。

"哈哈!如果你真的是犹太人的王,为什么不解救自己啊?"一个士兵高声叫道。

"你说得对,"一个祭司回应说,"如果他现在从十字架上走下来,我们说不定就信了他。"

还有人则自作聪明地摇摇头说:"据说他能毁掉圣殿,并且三天便可将其重建,可现在连自己都救不了。"

"是啊,既然他自称是上帝之子,让我们来看看上帝会不会帮助他吧。"

拿撒勒人与这些人都无冤无仇,甚至有的人今天才第一次见到他的真容,但这些人却肆无忌惮地说着充满了讥讽和偏见的话语,而把怜悯留给了两个窃贼。

在这提前降临的黑夜笼罩之下,埃丝特像很多人一样,感到莫名的惊惧,她连续几次恳求说:"我们回家吧,父亲,这一定是上帝的不悦才出现了这样的黑暗。说不定还要发生什么恐怖的事情,谁知道呢?我好害怕。"

萨耐德仍然执拗地等在原地。他虽然没有多说什么,但心里感到异常的激动。等时间又过去了一个小时左右,他看到拥挤在十字架下的人群有点松动的迹象,于是建议众人向前靠拢些。宾虚接受了他的建议,扶起巴尔退则老人向上继续走近了一些。等他们来到足够近的地方之后,已经可以非常清楚地看到十字架上的拿撒勒人,此时他一动不动地悬在半空的木架上,只能偶尔听到他的叹气声。反观两边十字架上的窃贼,却时不时地大声恳求和呻吟着。

又是一个小时过去了。在这两个钟头时间里,拿撒勒人受尽了各种羞辱、挑衅和痛苦。这段时间中他只说了一句话。那是因为有几个妇女跪倒在他前面,其中一个正是他的母亲玛利亚。

"妇人,"他提高了声音说,"看啊,你的儿子。"然后他的目光落在旁边自己的门徒脸上:"看啊,你的母亲。"

第三个钟头来了,山头上仍然人头攒动,仿佛与异象有一定关系,这里吸引了更多人的注意。比起游行的时候,这些人已经安静了许多。间或仍然有人在黑暗中高声叫嚷着什么。不过宾虚也注意到,那些排队观看拿撒勒人十字架的人已经不像开始那样口出不逊,人们只是默默地走过十字架下,默默地抬头看上一眼便离去了。不仅仅是普通民众,连之前曾剥掉拿撒勒人衣服的罗马士兵此时也变得默然无语,他们的注意力已经从注视来往的群众转移到了受刑者身上。每次拿撒勒人在十字架上发出沉重的呼吸声,或是因为肢体的痛苦而引发抽搐和痉挛,这些士兵都会警惕起来。最奇怪的是,连大祭司和他的随从们,还有那些曾协助大祭司刑讯圣子的人们,脸上也会时不时地出现警戒的神情。其实从天降异象的时候开始,这些人就开始变得不自信起来。他们中有不少人精通天文,对异象颇有研究。而且他们的学识多来自先祖们留下典籍和祖训。异象发生之后,这些人便聚拢在大祭司周围,开始七嘴八舌地发表各自的见解:"一定是到了月满之时,"他们信誓旦旦地说着,"这不可能是日食。"

接着,因为众人无法对突然降临的黑暗做出合理的解释,更不知道为何异象偏偏发生在这一时刻,于是他们在心里不自觉地便把异象和眼前拿撒勒人身上发生的事联系在了一起,他们内心的恐惧也就不足为奇了。因为他们所处的位置距离十字架颇近,对拿撒勒人的叹息和肢体上发生的变化看得一清二楚,所以他们也和卫兵一样提心吊胆,窃窃私语;这人说不定真的是弥赛亚,那么——他们只好拭目以待了!

在此期间,宾虚耳旁没有再响起那个声音,他的内心充满了完满的平静。他只盼着结局快些来临。萨耐德此时正在信仰的边缘犹豫不决——宾虚注意到了他脸上凝重的神色，他对这一点看得非常清楚。萨耐德不断地仰头寻找着太阳，思索着黑暗降临的原因，以至于根本没有注意到身边埃丝特焦急和恐惧的样子。

"不要怕，"宾虚对埃丝特说，"跟我一起再忍耐一会儿吧，也许你能活过两倍于我的寿命，但肯定再也见不到这样富于人性的神圣时刻，而且可能还将出现更多的启示，值得我们等到最后。"

在第三个钟头快过去一半的时候，一些最卑贱的人：来自欣嫩谷的人走到十字架下。"这就是他，犹太人的新王。"其中一人说道。

其他人有的尖声怪笑，有的大声讥讽道："向您致敬了，犹太人的王！"

看到拿撒勒人并没有什么反应，他们靠得更近了。

"如果你真的是犹太人的王，上帝之子，干吗不下来啊？"他们大声地挑衅着。

而此刻，同样被钉十字架的盗贼中的一个，一边呻吟一边高声对拿撒勒人喊着："是啊，如果你真的是基督，请你解救自己顺便帮帮我们吧。"

于是人们一边讪笑一边鼓起掌来；就在他们等待拿撒勒人有所反应的时候，另一个盗贼出声了："你们难道不惧怕上帝吗？我们都会为自己的所作所为得到应有的报应。但被你们嘲笑的这个人，他却从未做过一件错事。"

听到他的话，周围的旁观者们都觉得非常吃惊。在他们还没反应过来的时候，那罪犯又说话了："上帝啊，当你降临到自己的国度，请记得我吧。"

萨耐德听到这句话心头一震。"当你降临到自己的国度！"

这不正是使他困惑的地方吗？正是他跟巴尔退则关于信仰的分歧所在啊！

"您听到了吗？"宾虚对萨耐德说，"那个国度一定不是指现实的世界。那人便是作证的人，他所说的主的国度正和我在幻梦中所听到的一模一样。"

"嘘！"萨耐德此时很不耐烦地阻止了宾虚继续往下说，显得非常大胆，这可与平时的他大不相同。"请你安静一些！说不定拿撒勒人会回答的——"的确，在他说话的时候，拿撒勒人果然做出了回答，而且声音清楚，充满了自信。

"我告诉你，今日你要同我在乐园里了。"

萨耐德继续等了一阵，但却没有听到更多的话，于是他双手交叠说道："不要再这样了，我的主啊！黑暗已经消退。我用心灵之眼已经看清了真相，我用完满的信仰已经看清楚了！"

这位忠实的老仆人终于得到了自己寻找的答案。他破损的肢体也许永远无法再恢复完整，与之相应的痛苦的记忆也许永远也无法摆脱，但他感觉到了新的生命降临——这新鲜的生命超越了这俗世的躯壳——它的名字叫作天堂。他知道，他将会在天堂里找到梦中期盼的国度，和他的新王。萨耐德的心里也充满了完满的平静。

在路对面十字架前，那些狡诈之徒们已经开始出现恐慌的迹象。这些所谓的长老和专家们习惯于用假设遮蔽问题，用招供掩盖答案。他们先是宣扬拿撒勒人就是弥赛亚，而后又想办法将其钉上了十字架。不过，让他们想不到的是，这个拿撒勒人在十字架上竟然更加充满自信，虽然没有再次主张自己的身份，却许诺了给另一个罪犯天堂的愉悦。这些人深感震惊，就连大祭司本人也开始害怕了。这个人究竟何来的自信？如果他所持的不是真理，怎可能如此执着？而这真理除了上帝还能来自哪里呢？

十字架上拿撒勒人呼吸愈发沉重起来，他的叹息变成了拼命的喘息。只是过去三个钟头，他已经快要死去了。

这情况从近前的人口中向后传递，很快所有人都了解到了十字架旁发生了什么。每个人都噤声不言，就连微风吹过这里好像都停下了脚步。空气中是令人窒息的沉闷，黑暗平添了许多压力。外围的三百万群众覆盖了整个山坡，大家都一动不动地等待下一刻将会发生什么，他们的心里充满了敬畏。

接着，穿过一片阴沉的黑暗，从人们的头顶上传来一声绝望的高呼，那是垂死的拿撒勒人的声音："我的神！我的神！为什么离弃我？"

凡是听到这个声音的，内心都无法控制地感受到巨大震惊。

士兵们也被打动了，他们装了一罐子酒水端了过来，放在离宾虚不远的地方。他们准备用海绵蘸了酒水然后用棍子把海绵挑到拿撒勒人嘴边，好让他可以滋润一下舌头。宾虚突然想起拿撒勒人给自己喂水救命的事，心里涌出一股强烈的冲动。他忽地冲出去，拿了海绵蘸了些酒水朝十字架走去。

"休要多事！"路上的人群怒气冲冲地对宾虚喊道，"你休要多事！"

宾虚根本无视他们，继续奔到拿撒勒人近前，把海绵放到他的嘴唇上。

但是已经太迟了！

宾虚看着拿撒勒人瘀青的脸庞，粘满了血污和尘土，几乎已经没有了任何生命残留的迹象，在宾虚来到眼前的瞬间突然焕发出一丝光辉；他睁大了眼睛，似乎眺望着遥远的天国似的。那最后的眼神中似乎充满了满足和解脱，甚至还有凯旋的喜悦，他大声地说："完成了！完成了！"

英雄就这样在陨落之际，用简单话语庆祝着自己的成就。

他眼里的光芒逐渐消散不见。戴着荆冠的头也慢慢低垂下来，落在饱受苦难的前胸。就在宾虚以为他的生命已经终止的时候，拿撒勒人游丝般将息的灵魂突然又一次振作了起来，用低沉的声音从口中说出了另外一句——也是他生命的最后一句话："父啊，我将灵魂交在你手里了。"

接下来他被钉在十字架上的身体抽动了几下，伴随着一声痛苦的尖叫，他的使命和凡间的生命同时结束了，他满怀着爱的心破碎了。亲爱的读者们，耶稣就这样死去了。

宾虚走回到他的朋友面前，只是简单地说了一句："都结束了，他已经死去。"

十字架周围的民众很快都得知了耶稣的死讯。没有人大声宣告，大家只是低声耳语相传，消息迅速地从垓心向四周更远处的民众扩散出去。大家都在轻声地说着："他已经死了！他已经死了！"有些人可谓得偿所愿，他们终于害死了耶稣。但这些人得知死讯后却互相对视，脸上露出惊骇的表情。耶稣所流的血，归于他们！就在这些人对视的时候，大地开始震动。每个人只能靠着互相扶持着才能免于摔倒。眨眼之间，天地之间的黑暗一扫而光，太阳再次出现的天空。人们注意到十字架在地震中也开始不停地晃动，尽管有三个十字架，但人们注视的一直是中间属于拿撒勒人的那个，其他两个几乎要倒了下去，而只有中间那个不但很稳，而且越来越伸向空中。此时所有那些曾经笑嘲讽宾虚的人；所有当初叫嚣着要用十字架处死基督的人；所有那些用棍棒敲打过基督的人；所有那些发自心底想要耶稣死的人，而这样的人在人群里面还占了多数。这些人潜意识地感到自己似乎已经成了被选中的目标，而天空的异象便是威胁和警告。于是他们开始不要命地逃离这里。有的骑在马上，有的骑着骆驼，还有的坐着车，多数则迈开了双腿奔跑起来。但是仿佛这些人都被盯上了一样，地震紧跟着他们追了上去。大地抖动起来把这些人无情地抛到了半空中，然后再重重落在地上，他们身下的石头发出怪异刺耳的摩擦声，伴随着巨石劈裂的声音，使这些人无不胆裂魂飞。他们面对恐惧惊声尖叫，因为耶稣所流的血，归于他们！不论是以色列的本土人，还是外国人，不管是祭司还是一般信徒，又或者是乞丐、撒都该人，法利赛人，在地震面前全都是平等的，他们有的口中呼唤着上帝，但是大地答复他们的却是满腔的怒火，在灾难面前，没有人受到特别的优待。就连大祭司也是一样，还有跟他一起的追随者们。此时一个个都变得狼狈不堪，他们的口中都是尘土，他们的金铃里灌满了沙粒。此刻他们显赫的地位不再给他们带来任何优越感，因为，耶稣所流的血，也归于他们！

当金色的阳光重新洒落在十字架上，刑场上只剩下拿撒勒人的母亲、门徒、还有跟随他们的加利利妇女，百夫长还有他手下的罗马士兵，以及宾虚等人。他们在混乱之中自顾不暇，根本没有时间去关心其他人是如何四散奔逃。他们大声地相互喊话以求渡过此劫。

"坐在这里吧，"宾虚对埃丝特说，并在萨耐德的脚边为她打扫了一小片地方。"现在遮住你的眼睛不要向上面看。只要心里相信上帝和刚刚死去的圣子，相信他们是公正的就不会有事的。"

"不，"萨耐德神色严肃地说，"我们从今天开始应该叫他基督了。"

"您说得对！"宾虚赞成道。

片刻之后，地震变得更加强烈了。两个尚未死去的窃贼被在摇晃的十字架上发出刺耳的尖叫和哀号。尽管晃动的地面使人无法稳住身形，宾虚仍然一边摇晃着身体尽量让自己站稳，一边留意着身边的巴尔退则老人，只见老智者仍然跪伏在地上，保持着跪拜圣子的姿势，一动也没动。宾虚小心地跑到老人身边，大声呼唤着他的名字——但是老人毫无反应。这位善良而坚定的埃及智者已经与世长辞了！宾虚这才想起耶稣临死说出最后一句话时，听到有人发出一声尖叫，当时他没有留意是谁的声音，原来彼时巴尔退则已经跟耶稣一起归天了。宾虚相信这位信仰坚定的智者死后一定已经跟随耶稣到了天堂。至此，三位智者都已经先后去世。他们——加斯巴尔的信仰，梅尔该的爱，还有埃及人巴尔退则的不辞辛劳的善举——行走一生，为世人展示了最伟大的三种美德。

巴尔退则的仆从在灾难开始时就弃主而逃。当所有过程都结束了之后，两个善良的加利利朋友帮助宾虚把老人的尸体用轿子运回了圣城。

日薄西山之时，众人怀着沉痛的心情回到城中，缓缓走进宾虚家宅的南门。与此同时，基督的尸体被人从十字架上放了下来。

巴尔退则的遗体和遗物被放置在客厅正中。他的仆人哭喊着要见主人最后一面，因为老人生前对他们的一切都关爱有加。而当这些泪流满面的人看到巴尔退则的遗容时，他们停止了哭声，擦干了眼泪，然后说："主人脸上竟然带着笑容，说明他死去之时比今早出城时喜悦得多，这样便好了。"

宾虚不愿意叫人把老人的死讯通知艾拉斯，因为面对这个女人，他不敢轻易相信哪个仆从。他决定亲自把遗体送到她面前。据他料想，艾拉斯看到自己唯一的亲人已经去世，一定会痛断肝肠。他觉得是时候自己试着原谅和怜悯她了。宾虚这时想起早上自己并未注意为何她没有跟老人一起，而且没有问她的下落，一整天过去了竟也没惦念过她。令宾虚遗憾的是，在自己想要原谅对方的时候，竟然不得不带给她如此沉痛的消息。

宾虚四处寻找了一遍，没有艾拉斯的身影。他询问了艾拉斯的仆从，一样没有人知晓她的下落。最后宾虚重新回到客厅，站在遗体旁，心潮起伏。他想到这里本应是艾拉斯站着的位置，如今自己却代替了她。同时他又感叹基督对他忠实的追随者多么仁慈，让他跟自己一起前往天国享受死后的安息与喜悦。

宾虚在附近择地为老人举行了葬礼，到了第九天，根据律法的规定，宾虚被允许把自己的母亲和妹妹接回家中。从这天开始，宾虚家的人把祈祷时对主的称呼全都改成了"我主圣父与圣子基督"。

耶稣受难五年后，埃丝特，此时宾虚的妻子，正坐在米塞努姆城美丽的别墅中。临近中午时分，意大利温暖的阳光洒在别墅外面的玫瑰花园和遍地的青藤上。别墅中的一切都是依罗马的风格而建，只有埃丝特一身典型的犹太主妇服装例外。地上铺着一张狮皮，得撒和两个孩子正在上面玩耍。从埃丝特关切的眼神看得出来，她便是地上两个孩子的母亲。

时间对她来说是慷慨的。她如今成了这别墅的女主人，而且也变得更加美丽动人。曾经所憧憬的梦想现在已经成为现实。

一个仆人这时走了进来，对女主人说："有一位女子来访，想要见您，现在她正在当院等候。"

"叫她直接到这里来吧。"

片刻后走进来一位陌生的女子。埃丝特连忙站起身，正欲开口说话，突然又顿住了。只见她脸色骤变，倒退了两步说："我认得你，女人。你是——"

"没错，我是艾拉斯，巴尔退则的女儿。"

埃丝特从吃惊的情绪中回过神来，示意仆人给埃及人准备座椅。

"不用了，"艾拉斯冷冷地说，"我马上就会离去。"

就这样两个女子相互对视良久。一边的埃丝特——一个美丽的女人，幸福的母亲，满足的妻子。而反观另一边的艾拉斯，则明显命运不济。高挑的身材尽管保留了一些当年的风韵，但是邪念已经严重侵蚀了。她脸上的皮肤变得粗糙不堪；眼睛通红，松弛的眼袋变得显而易见。原本白里透红的脸颊现在也失去了血色而变得灰白。善妒而世俗的嘴唇变得僵硬，她的面容已经过早地衰老，风采不再。这身装束也显得不合时宜，给人拖沓的感觉。她的鞋底粘满了泥巴。艾拉斯最后打破了尴尬的沉默："这些是你的孩子吗？"

埃丝特看了看孩子们，微微一笑："对。你要不要跟他们说说话？"

"不，我会吓坏他们的。"艾拉斯回答，接着她朝埃丝特走进了两步，注意到对方的畏缩之意，于是说道，"不必害怕。我只想让你带个口信给你的丈夫。告诉他，他的宿敌已经死了。是他带给我这许多年来的噩梦和不幸，所以我杀了他。"

"他的宿敌？！"

"对，就是梅撒拉。另外，告诉你丈夫，之前是我费尽心机要伤害他，为此我已经得到了惩罚，希望他能怜悯和原谅我。"

埃丝特听到这里，已经热泪盈眶，正要开口说话。

"请免开尊口。"艾拉斯依然冷冷地说，"我不需要可怜的眼泪。告诉他吧，最终我明白了，成为一个罗马人就意味着变成一头畜生。再见了。"

她动身欲走。埃丝特紧紧跟在她身后。

"留下来吧，见见我的丈夫。他早就不再恨你了，还四处派人寻觅过你的下落。你们还是可以做朋友，我们也一样。我们都是基督徒。"

而艾拉斯丝毫不为所动："不，是我自己造成了今天的命运，一切都是我选的。不过很快就会结束了。"

"但是，"埃丝特心生犹豫，"走之前难道你没有什么愿望吗？任何事只要我们能帮得——"

埃及人脸上的神色终于缓和了一些，她的嘴角甚至好像出现了笑意。她看着地上的孩子，说："这么说的话，我想要……"

埃丝特跟着埃及人的目光，迅速想到了她想要说的是什么，然后马上回答说："他是你的了。"

艾拉斯走到孩子身旁，跪在狮皮毯子上，吻了吻两个孩子。然后慢慢地站起身，看着两个可爱的孩子，接着一句话也没有说便离开了。在埃丝特还没做出反应之前，艾拉斯的身影已经消失在远方。

宾虚回到家中后，听妻子讲述了事情的经过，印证了自己的推测——艾拉斯在耶稣受难之日，抛弃自己的亲人投向了梅撒拉的怀抱。了解完情况，宾虚马上派人到处寻找艾拉斯的下落。但结果都是徒劳，没有人再见到这个女子，也没有谁听到关于她的任何消息。蓝色海岸在阳光下笑着，殊不知它也有着无数的秘密。如果它也能说话,或许能告诉我们埃及人的下落吧。

长寿的萨耐德老人一直活到了耄耋之年。他工作到尼禄(Nero)①治下的第十年,然后交出了以安提俄克为中心的商业帝国。直到最后,他仍然保持着清醒的头脑和一颗善良的心,而且没有人不称赞他一生的巨大成功。

一天晚上,在安提俄克旧居的房顶护墙旁边,老人坐在他的轮椅上面,宾虚和埃丝特站在他的左右两边,手里牵着他们两人的三个孩子。最后的几艘商船在前面的河流里正抛锚停靠。所有其他的商船都已经被售卖。从受难日起至今的这几年当中,宾虚等人只有一件事让人痛心和遗憾:就是他的母亲终因身体衰老与世长辞。身为忠诚的基督徒,宾虚等人每念及此,便会感到悲恸不已。

刚才提到的那艘船是头一天刚刚抵达安提俄克的,带来了尼禄皇帝在罗马迫害基督徒的最新情报。此时萨耐德等人正在护墙边上谈论新闻,玛鹿突然来到,他递过一封信交给宾虚。

"谁发来的?"宾虚读信后问。

"是个阿拉伯人。"

"他在哪里?"

"送信之后他就离开了。"

"您听。"

---

① 古罗马帝国的皇帝,公元54年~68年在位,这里指的应是公元64年。尼禄是著名的暴君,被称为"嗜血的尼禄",基督教在当时的罗马是相当受到歧视的宗教,因此受到官方与人民的反感与误解。尼禄诬指64年罗马大火的元凶为基督徒,对教徒施以公开的迫害与残杀,而且使徒保罗和彼得也是在他手中遇害。尼禄是第一个压迫基督教的暴君。

宾虚对萨耐德把信的内容一一读来:

我,伊德荣,慷慨的伊德荣首领和伊德荣部落的酋长之子,特此致信给犹大,虚姓的长子。

您是我父亲的好友,我知道他生前非常的爱您。请您相信,他的意志便是我的意志,他给予您的,也必将归于您。

在对敌帕提亚人的战争中,帕提亚人劫掠了我们部落并杀害了我的父亲——但我已经完成了复仇,并夺回了属于我们的一切。我父生前曾承诺送与您的,包括米拉哺育的神驹以及随信送到的东西,还请收下。

穿越无边的沙漠,我代表伊德荣部落,愿您和您的亲人平安。

宾虚轻轻地展开一张泛黄的、如同一片枯萎的桑叶般的纸莎草纸,小心翼翼地继续读着:

我,伊德荣,被赐以'慷慨'名号的伊德荣部落首长,致我的继承者,我的儿子。

我的所有,儿子,在你继承我的酋长之位时,都将为你所拥有,除了安提俄克那座被人称为'棕榈园'的庄园。那里已经被我送给了宾虚,因为是他在竞技场中带给我们部落以荣耀——这座庄园我将赠送给他,并永远归他所有。

谨记我的遗志,不要让父亲蒙羞。伊德荣书。

"您怎么看?"宾虚问萨耐德。

埃丝特高兴地接过信纸,自己又读了一遍。萨耐德一直没有说话。他的眼睛盯着河中的船只,同时在思索着什么。片刻之后,他面容严肃地开口说道:"宾虚,这些年来,我主对你可谓不薄。你的心里要常怀感恩。现在,你是否该决定如何使用手中这笔不断增长的巨额财富了呢?"

"很久之前我就已经想好了。这笔财富,应该为给予者服务。我指的不是一部分，而是全部，萨耐德。长久以来我心里的问题是，为了这个目的，我要怎样才能更好地发挥它的作用？我恳求您，给我指点迷津。"

萨耐德回答说："你赠予安提俄克基督教堂的巨资，我是见证人之一。而如今，我们才听说尼禄开始迫害基督徒的消息，伊德荣酋长之子便送来这份厚礼。我想这并非巧合，它启示着我们接下来应该怎样去做，基督的光辉不应在罗马变得黯淡。"

"请您告诉我应该怎样去做。"

"听我说。罗马人，即便是尼禄本人，认为神圣的东西有两样——据我所知除此以外再无其他——那就是死亡的灰烬和埋葬之地。如果你不能在这样的地面上建造神殿，那么就在地下建造吧；为了避免神明遭到亵渎，你可以把为信仰而牺牲的人们的遗体葬于其中。"

宾虚马上兴奋地站了起来，说道："这是个好主意，我马上着手去办。时间不等人，我明天一早就乘坐那艘船前往罗马。"

他转身对玛鹿说："玛鹿，帮我准备好船只，明天你跟我一道前往。"

"很好。"萨耐德赞同地说。

"埃丝特，你觉得呢？"宾虚问道。

埃丝特走到他身旁，把手放在丈夫的臂膀上，回答说："只要你是为了服务于基督，我的丈夫，不要以我为念，我愿与你一起前往，也许能帮得上忙。"

如果我的读者们有人到了罗马参观，请安排一次短暂的行程，到圣卡利斯托地下墓穴看一看，那里比起圣塞巴斯提诺教堂有着更古老的历史，到了那里你便能看到宾虚赞助修造的建筑的遗迹,也请你对他表达一份谢意。正是通过这些人的无私行动,基督教教义才得以广泛流传,并超越了曾经辉煌一时的罗马帝国。